BRITANNIEN ZUR ZEIT VON KÖNIG ARTUS

GINEVRA

Tochter des Frühlings (Band 1)
Königin unter Sternen (Band 2)
Rückkehr nach Camelot (Band 3)

Persia Woolley

GINEVRA

TOCHTER DES FRÜHLINGS

Aus dem Englischen übersetzt
von Hans J. Schütz

Klett-Cotta

Für Autumn und Sharon, John und Nick,
ohne deren Hilfe diese Geschichte
vielleicht nicht erzählt worden wäre,
und für Mama Dee, ohne die es die Erzählerin
nicht gegeben hätte.

Inhalt

Personenverzeichnis

Ginevras Familie

Leodegrance, König von Rheged
Ginevra (Gwen), seine Tochter
Cathbad, der Druide, Ginevras Lehrer
Edwen, der Barde, Rhegeds Harfner
Kaethi, Kräuterfrau
Lavinia, römische Witwe, Ginevras Erzieherin
Nidan, Kommandeur der Krieger Rhegeds
Nonny, Ginevras Kinderfrau
Rhufon, Stallmeister Leodegrance'

Die irische Familie

Brigit, Ginevras Pflegeschwester
Kevin, Ginevras Pflegebruder
Angus, Brigits Vater
Sean, Brigits Bruder

Artus' Familie

Sir Ector, Artus' Pflegevater
Artus, Sohn von König Uther und Igraine
Bedivere, Artus' Pflegebruder
Kay, Sir Ectors leiblicher Sohn
Drusilla, Artus' Pflegemutter
Merlin, der Erzdruide und Lehrer Artus'

Britannische Herrscher

Vortigern, der Wolf, Usurpator der Hochkönigswürde
Ambrosius, römischer Erbe des Hochkönigs, Vater Merlins
Uther, Bruder von Ambrosius, Vater von Artus
Gorlois, Herzog von Cornwall, Igraines Gatte
Cador, Herzog von Cornwall, Igraines Stiefsohn
Igraine, Herzogin von Cornwall, Mutter von Artus
Morgan le Fay, die Dame vom See
Morgause, Gattin von König Lot
König Urien, Gatte von Morgan, Feind Artus'
Uwain, Sohn von Morgan und Urien
König Lot von Lothien, Feind Artus'
Gawain, Sohn von Lot und Morgause, Neffe Artus'
Gaheris, Bruder Gawains
Agrawain, Bruder Gawains
Gareth, jüngstes Kind von Lot und Morgause
Mordred, Morgauses nach Lots Tod geborener Sohn

Weitere Könige

König Ban von Banwick, Vater von Lanzelot
Maelgwn, König von Nord-Wales, Vetter Ginevras
König Marke von Cornwall
Tristan, Neffe von König Marke
Dinadan, Krieger und Freund von Tristan
König Pellam, walisischer König
Ulfin, Garderobenverwalter von Uther und Artus
Griflet, Ulfins Sohn

Weitere Personen

Accolon, junger Krieger aus Gallien
Agricola Langhand, römisch-walisischer Edelmann
Balin und *Balan*, keltische Brüder
Bors aus der Bretagne, keltischer Krieger
Geraint, Edelmann aus Süd-Wales, Freund von Agricola
Nimue, Priesterin des Heiligtums in Avebury
Theo, westgotischer Kapitän und Seeräuber
Palomides, junger arabischer Reiter
Pellinore, Kriegsherr vom Wrekin
Lamorak, Pellinores Sohn
Vivian, Vorgängerin Morgans als Dame vom See

1.

Die Abreise

Ich, Ginevra, Prinzessin von Rheged und einziges Kind von König Leodegrance, wurde von Lärm im Stallhof wach. Ich vernahm barsche Befehle, das Klirren von Pferdegeschirr, Flüche und Gemurmel, und dazwischen das Aufstampfen großer ungeduldiger Hufe.

Ich kletterte aus dem Bett und lief zum Fenster. Tatsächlich! Unten bei den Ställen füllte sich der Hof mit Menschen und Tieren. Artus' Männer schnallten den Ponys Packgestelle auf, und bald würden auch die Reitpferde gesattelt sein.

Allzu rasch war der Morgen gekommen, und Panik stieg in mir auf, daß ich zu ersticken glaubte. Alles nahm seinen Lauf, ob ich wollte oder nicht, und ich mühte mich, mein Geschick in die Hand zu nehmen, während ich gleichzeitig nach einem Weg suchte, es abzuwenden.

»Ich kann nicht … ich kann Rheged nicht verlassen«, hatte ich letzte Nacht trotzig gerufen und mit einem Paar dicker Reithosen gekämpft, während Brigit mich verblüfft anstarrte und vor lauter Schreck vergaß, die Lampen anzuzünden, als sie mich, halb bekleidet zur Flucht, vorfand.

»Was soll das heißen, du kannst nicht?« Ihre Stimme war ungläubig, sie warf herausfordernd den Kopf zurück, und ihr rotes Haar wirbelte im düsteren Zwielicht wie ein Schatten. »Keine keltische Königin jammert, sie könne sich einer Herausforderung nicht stellen. Natürlich kannst du!«

Ihre Worte verrieten eher Stolz als Zorn, und einen Augenblick glich sie so sehr ihrem Vetter, daß ich hätte schwören können, seine Stimme zu hören.

»Das pflegte Kevin zu sagen …« In meinen Augen sammelten sich Tränen, und ich zwinkerte heftig, um sie zurückzuhalten.

»Und diesmal hatte er recht.« Dann wurde sie ruhiger und kam zum Bett, wo ich die Dinge aufgehäuft hatte, die ich bei meinem Griff nach der Freiheit mitzunehmen gedachte. »Aber das ist kein

Grund, vom Weglaufen zu reden. Du weißt, daß im Wald niemand überleben kann; wir würden von wilden Tieren gefressen oder von Räubern gefangen und als Sklavinnen verkauft werden, falls uns nicht noch Schlimmeres widerfährt.« Ihre grünen Augen waren voll Entsetzen, und sie zitterte plötzlich und schlug das Kreuz.

Ihre Annahme, daß sie mir überallhin folgen würde, war bezeichnend. Zu jeder anderen Zeit hätte ich über ihre Treue gelächelt, und ich begann gegen meinen Willen schwach zu werden.

»Möge Gott mich davor behüten, dich so etwas tun zu lassen, Gwen. Wenn du in diese Heirat wirklich nicht einwilligen willst, sage es deinem Vater. Du weißt, daß er dich nie zwingen würde, jemanden zu heiraten, den du nicht willst, auch wenn du eine Prinzessin bist.«

Da brachen sich die heißen Tränen der Wut und Enttäuschung und des Kummers Bahn, und Brigit nahm mich in die Arme und ließ mich meinen Schmerz an ihrer kräftigen Schulter ausweinen. Falls wir uns an den anderen Augenblick erinnerten, da ich so geweint hatte, so sprach keiner davon. Diese Nacht barg zu viel Schmerz, um ein anderes Leid zurückzurufen, das man am besten friedlich in seiner Gruft ließ.

Als der erste Ansturm des Gefühls vorüber war, bekam ich unversehens einen Schluckauf, und Brigit zupfte ein Taschentuch aus der Schürze und reichte es mir wortlos. Ich trocknete meine Tränen, wandte mich zum Fenster und blickte hinaus über die Veste.

Wie die meisten römischen Bauwerke lag sie halb in Trümmern; geflickt und gefleckt und dem Verfall preisgegeben. Normalerweise mochte ich solche Orte nicht, doch hier hatte man nach der Aufnahme Lavinias in den Haushalt einen zweigeschossigen Turm als »Frauengemächer« abgetrennt. Das oberste Zimmer bot einen schönen Ausblick auf den See und die Hügel, so daß ich mich jedes Mal, wenn mein Vater in Ambleside hofhielt, dort einrichtete wie eine Schwalbe, die in ihr Lieblingsnest zurückkehrt.

Heute nacht war der Windermere von heiterem Silberglanz überzogen, während darüber in einem fahlen Himmel ein verschleierter junger Mond hing. Ein Fisch warf in stummer Schönheit Kräuselwellen auf, und das gedämpfte Quaken einer Entenmutter, die ihre Küken rief, drang zu mir herauf. Irgendwo im Dorf versuchte ein Kind, ein lärmendes Huhn für die Nacht in den Stall zu treiben. Ich mußte an die alte einäugige Henne denken, die immer kreischte und mit den Flügeln schlug, wenn ich sie in Patterdale auf ihre Stange scheuchte, und die Bitterkeit einer so törichten Erinnerung drohte die Tränen zurückzubringen, die ich zu unterdrücken suchte.

»Ich denke, dein Kummer rührt eher von deinen Nerven her als von einer echten Abneigung gegen Artus«, meinte Brigit und machte sich gelassen wieder daran, die Lampen anzuzünden. »Obwohl ich zugebe, daß er sich ohne Zweifel einen abschreckenden Gesandten ausgesucht hat, um dich zu holen.«

»Merlin?« Ich schauderte ein wenig bei dem Gedanken an den abweisenden, unbeugsamen Zauberer. Er hatte sich nicht mehr als ein schroffes Nicken abnötigen lassen, als mein Vater mich vorstellte, und es während des Abendessens geflissentlich vermieden, in meine Richtung zu blicken. Selbst in der Vergangenheit, bei jenen seltenen Besuchen, die er während meiner Kindheit unserem Hof abgestattet hatte, war er immer seltsam und zurückhaltend und roch nach den Zauberkräften, über die Erzdruiden bekanntlich verfügen. Es hieß, er hätte sich dem jungen Hochkönig unentbehrlich gemacht, und wenn sein Betragen ein Beispiel für den Empfang war, den man mir in Logres bereiten würde, hatte ich guten Grund, den Verlust meiner Heimat zu beklagen.

Schließlich versprach ich Brigit, nicht auszureißen, sondern meinem Vater am Morgen mutig gegenüberzutreten. Und als letztes, bevor ich schlafen ging, betete ich lange und inbrünstig zu Epona und bat die Pferdegöttin, sie möge helfen, den Heiratsvertrag zu lösen, ohne Schande über unsere Familie zu bringen.

Jetzt war der Morgen gekommen und mit ihm die Nebel, die den See einhüllten, so daß selbst die steinerne Mole verborgen war und die Berge zwischen Erde und Sonnenaufgang zu schweben schienen, ihre Sockel in dem fahlen, schimmernden Nebel versunken. Ich durchforschte die Bruchstücke der Träume der vergangenen Nacht und suchte nach einem Zeichen der Göttin. Aber welche Weisheit mir Epona auch immer verkündet haben mochte, sie blieb meinem Blick ebenso entzogen wie der See. Das einzige Bild, das blieb, war das von Mama, die mich mit einem sorgenvollen Lächeln eindringlich zu beobachten schien.

Das half mir nicht im geringsten, denn seit ihrem Tod vor fünf Jahren erschien Mama regelmäßig in meinen Träumen. Letzte Nacht hatte sie weder etwas Bemerkenswertes gesagt noch getan, und kein anderes Bild war aufgetaucht, das mir Rat anbot.

Auf dem Hof erschienen Pagen mit Bündeln, welche die Männer des Hochkönigs auf verschiedene Stapel verteilten. Ich wandte mich ab und eilte zum Waschständer. Offensichtlich mußte jeder Versuch, das Schicksal abzuwenden, das vor der Pforte meines Lebens scharrte und stampfte, von mir selber ausgehen.

Ich kleidete mich hastig an und eilte die Treppe hinunter, denn mir war nur allzu klar, wie wenig Zeit noch blieb. Wenn ich bei meinem Vater nicht irgendeinen schwachen Punkt fand, würden wir im Handumdrehen auf der Straße sein.

In ihrem Zimmer im ersten Stockwerk fuhrwerkte meine Anstandsdame, Lavinia, mit Taschen und Körben herum, und ich schlich, so geräuschlos ich konnte, auf Zehenspitzen an ihrer Tür vorbei; dies war nicht der Augenblick für einen von Lavinias Gefühlsausbrüchen. Ich rannte über den Hof und stob mit einem erleichterten Seufzer in die Große Halle.

Unsere Gäste drängten sich um einen aufgebockten Tisch und griffen nach Haferkuchen und Bechern mit heißem Apfelwein, während die Diener hin und her huschten. Gladys kam durch die Küche, als sie mich erblickte, und bahnte sich den Weg durch das Gedränge.

»Ich habe Euer Frühstück ins Gemach des Königs gebracht«, sagte sie und nahm einen Zinnkrug vom Rand des Tisches. »Ich nehme an, Ihr möchtet mit Eurem Vater ungestört essen.«

Ich nickte dankbar, froh über einen Haushalt, der begriff, daß auch die königliche Familie zuweilen für sich sein wollte.

Das Gemach des Königs war an diesem Morgen der einzige ruhige Ort in der Veste, und mein Vater aß bereits, als ich eintrat.

»Nun, Gwen, ich nehme an, alles ist gepackt, und du bist bereit zum Aufbruch.«

Die Bemerkung war eher eine Feststellung als eine Frage, und ohne eine Antwort abzuwarten, bedeutete er mir, in Mamas Sessel Platz zu nehmen. Dieser war in die Nähe des Fensters geschoben worden, dem seinen gegenüber, und dazwischen hatte Gladys ein Tablett mit Speisen auf den Klapptisch gestellt.

Ich hockte mich auf die Sesselkante und griff nach einem Haferkuchen. Das Fenster war nicht verglast, und obwohl sich die Morgensonne durch die geöffneten Läden ergoß und auf den geschnitzten Möbeln spielte, lag wenig Wärme in ihrem Schein. Im April hält sich auf den Kuppen der Hügel immer noch Schnee, und der reine, kalte Hauch des Winters ist im nördlichen Frühling oft gegenwärtig. Ich war nicht überrascht zu sehen, daß die Knie meines Vaters in eine dicke Schoßdecke eingepackt waren.

»Gestern abend hatte ich ein langes Gespräch mit Bedivere«, bemerkte er. »Scheint ein prächtiger Bursche zu sein; hat seinen Verstand beisammen. Er sollte imstande sein, dich rasch und sicher zu Artus zu bringen, vorausgesetzt, es gibt keine unzeitigen Stürme.«

Mein Vater fuhr fort, sich über das diesjährige Wetter auszulassen, seine Auswirkungen auf die Ernte und die auffallend späte Apfelblüte. Ich verzehrte schweigend mein Frühstück und beobachtete ihn mit einer Mischung aus Zuneigung und Bewunderung, während ich auf eine Gelegenheit wartete, das Wort zu ergreifen.

Rhegeds König, der nie als ein kraftstrotzender Mann hätte gelten können, war im Alter hager und knorrig geworden. Sein Bart war mittlerweile eher grau als braun, und das knochige Gesicht, das früher so gern herzlich lachte, war seit langem von Kummer und Schmerz zerfurcht. Jedoch mit seinem besten Gewand bekleidet und die Würde seiner Jahre als König ausstrahlend, war er eine Persönlichkeit, die man ungeachtet seiner Gebrechlichkeit respektieren mußte.

»Du weißt, was man sagt«, fuhr er fort. »Wenn der Apfelbaum im Mai blüht, wirst du jeden Tag Apfelknödel essen! Da sich die Knospen aber noch nicht geöffnet haben, können wir in diesem Herbst mit einer prächtigen Ernte rechnen.«

Mein Vater plauderte weiter über allerlei nebensächliche Dinge, ohne auch nur ein einziges Mal auf meine Abreise zu sprechen zu kommen. Mir fiel auf, wie müde er aussah, und ich fragte mich, ob auch er die Nacht damit verbracht hatte, Träumen nachzuspüren.

Endlich, nachdem er einen zweiten Haferkuchen verspeist hatte, beugte er sich vor und sagte leise: »Bist du schrecklich enttäuscht, Kind?«

»Enttäuscht? Nein …«, sagte ich vorsichtig und schleckte die Butter von den Fingern. Das war meine Gelegenheit, und ich wollte eine behutsame Einleitung wählen. »Trotzdem würde ich lieber hierbleiben und einen Gefährten suchen, der in mein Land kommen und mein Königreich mit mir teilen will.« Ich warf meinem Vater einen hoffnungsvollen Blick zu und betete, daß er begreifen möge, was ich sagen wollte.

»Ach, wenn das nur möglich wäre«, warf er ein und schnippte eine Krume von seiner Decke. Der Fleck Sonnenlicht war weiter ins Gemach vorgedrungen und schien wie eine Katze in seinen Schoß zu springen.

Er schob sich unbehaglich im Sessel hin und her und beeilte sich, mir die Gründe für meine Vermählung mit dem neuen Hochkönig aufzuzählen.

Wir hatten darüber schon so oft gesprochen, daß ich nur mit halbem Ohr zuhörte und die prächtigen Farben seines Gewandes betrachtete, die in der Lache von Sonnenlicht leuchteten. Die knorrigen Finger meines Vaters lagen steif auf der weichen Wolle, und ich fragte mich, ob die Wärme half, die Schmerzen in seinen Gelenken zu mildern.

Schließlich hielt er inne, rieb sich die Fingerknochen und starrte sie an, um mich nicht offen ansehen zu müssen. »Du weißt, ich würde niemals darauf bestehen, daß du jemanden heiratetest, den du nicht magst, und ich mache mir Sorgen, daß du mit dieser Wahl nicht glücklich bist. Ich glaube, jedes junge Mädchen träumt davon, einen Mann zu heiraten, den es liebt …«

Seine Stimme verlor sich unsicher, denn obwohl wir im Lauf der Jahre viele Dinge zusammen besprochen hatten, waren Herzenssachen nie darunter gewesen. Seine Finger krümmten sich und lockerten sich wieder, so daß der Schmuck, den er trug, im Sonnenlicht schimmerte und glitzerte.

»Liebe ist etwas, das mit der Zeit wächst, Kind. Mit Hochachtung, mit der Verpflichtung, zusammen etwas zu schaffen. Deine Mutter und mich verband mehr als eine schöne Liebesgeschichte ...«

Dann hielt er inne und blickte auf den schmalen, emaillierten Ring, den Mama ihm vor langer Zeit geschenkt hatte. Verglichen mit dem Ring der Königswürde war der Schmuck billig und unbedeutend, doch hatte ich den Verdacht, daß er die Macht des einen mit Freuden preisgegeben hätte, um die Schenkerin des anderen wieder an seiner Seite zu haben.

Das war der Augenblick, auf den ich gewartet hatte, und die Worte stiegen in mir auf wie Quellblasen, die zur Oberfläche streben. Liebe und Hoffnung und Achtung und Fürsorge: ich wollte das haben, was er und Mama geteilt hatten; wollte hierbleiben bei meinem eigenen Volk und einen Mann meiner Wahl heiraten. Jedes Küchenmädchen, jede Melkerin hatte dieses Recht; war es zuviel verlangt, wenn ich zugleich Königin und Ehefrau sein wollte?

Sie waren alle da, die Worte, durch die sich die Herrschaft über mein Leben wiedergewinnen ließ, und sie steckten mir in der Kehle wie eine Fischgräte, die sich weder verschlucken noch ausspeien lassen wollte. Ich versuchte mich zu räuspern und rang darum, meine Stimme in der Stille laut werden zu lassen, doch alles, was mir einfiel, waren Mamas geflüsterte Worte am Morgen ihres Todes: »Sobald du weißt, was du tun mußt, tu's einfach ...«

Mein Vater sah auf, und die Tiefe des Kummers und die Sorge um meine Zukunft malten sich unverhüllt auf seinem Gesicht. »Wenn es irgendeine bessere Lösung gäbe ...«, sagte er hilflos.

Mit einem Würgen im Hals streckte ich die Hand aus und legte sie auf seinen Arm, betroffen von der Erkenntnis, daß es für ihn ebenso schwierig war wie für mich.

»Ich verstehe, Vater, wirklich«, versicherte ich ihm. »Der Hochkönig scheint ein prächtiger Mann zu sein, ein ehrenwerter Führer und aller Achtung würdig, und ich bin nicht unglücklich, daß mir diese Ehre zuteil wird. Ich bin darüber traurig, daß ich dich und Rheged verlassen muß, nicht über die Aussicht, Artus zu heiraten.«

Mein Vater nickte, erleichtert, einen so unangenehmen Augenblick überstanden zu haben. »Und auch er kann sich recht glücklich schätzen, dich zu bekommen«, bekräftigte er. »Es ist keine leichte Sache, Königin eines Landes zu sein, und ich könnte mir vorstellen, daß an eine Hochkönigin höhere Ansprüche gestellt werden. Ich weiß, du wirst gut damit fertig werden, mein Kind … und darüber hinaus eine gute Gattin sein.« Einen Augenblick legte er seine Hand auf die meine. »Du gleichst deiner Mutter viel zu sehr, um das nicht zu schaffen.«

Es sah ihm gar nicht ähnlich, Mama zu erwähnen, und das in einem Gespräch gleich zweimal, und seine Stimme klang ein wenig brüchig. Er drehte den emaillierten Ring an seinem kleinen Finger, streifte ihn dann bedächtig über das steife Gelenk und reichte ihn mir.

»Ich denke«, sagte er heiser, »sie würde wollen, daß du ihn mitnimmst in den Süden.«

Ich blickte ihn erstaunt an, Liebe und Dankbarkeit stiegen heiß in mir auf, doch er blickte hastig zur Seite und hob die Hand, als ob ich eine körperliche Bedrohung darstellte.

»Es gibt noch ein paar letzte Dinge, die wir besprechen sollten, Gwen.«

Seine Stimme wurde wieder normal, und ich hörte schweigend zu, als er die Liste der Personen durchging, die man vielleicht zum Regenten machen konnte, sollte ihm etwas zustoßen, während ich mit Artus im Süden war. Auch das war unlängst ausgiebig erörtert worden, und es langweilte mich, noch einmal davon zu hören, wo es doch so viele andere Dinge gab, die ich lieber mit ihm besprochen hätte; Dinge, die wir einander noch nie erzählt hatten und die auszusprechen wir angesichts seiner schlechten Gesundheit vielleicht nie wieder Gelegenheit haben würden. Doch er setzte sich über mich hinweg, als ich versuchte, ihn zu unterbrechen.

»Dies sind Angelegenheiten des Reichs, meine Liebe, und sie müssen erwogen werden, so schmerzlich das auch ist. Die Bedürfnisse des Volkes kommen zuerst, immer … gewiß weißt du das inzwischen?«

Natürlich hatte er recht, also biß ich mir auf die Lippen und blieb stumm. Der Sonnenfleck war von seinem Schoß geglitten, und der Lärm im Hof nahm zu, als die Pferde aus dem Stall geführt wurden.

»Es ist das Beste, was du tun kannst«, sagte er schließlich, »wenn du Artus so viele Söhne schenkst, daß ich es noch miterlebe, wie einer von ihnen zum König dieses guten Volkes gewählt wird.«

Da lächelte ich, denn von allen Dingen, die man von einer Königin erwartet, ist das Gebären das natürlichste und leichteste.

Es klopfte energisch an der Tür, und Nidan steckte seinen Kopf durch den Vorhang und deutete an, daß es Zeit zum Aufbruch sei. Ich glitt aus meinem Sessel und kniete mich rasch vor meinen Vater hin, bevor er sich erheben konnte, entschlossen, zumindest einen Teil meiner Gefühle auszusprechen.

»Du hast mir einen schönen Anfang bereitet, Vater, und dafür werde ich dir immer danken und dich ehren.«

»Nun«, sagte er ein wenig verlegen, »es ist vielleicht ein bißchen rauh gewesen, hier oben im Norden aufzuwachsen, aber ich hoffe, die Dinge, die du gelernt hast, werden dir gut zustatten kommen. Du bist eine kräftige, schöne junge Frau geworden, und ich bin stolz, eine solche Tochter zu haben.«

Ein Kloß steckte in meiner Kehle angesichts dieses unerwarteten Lobes. Er legte zum Segen seine Hände auf meinen Kopf, und als er sie hob, gab er mir einen derben Puff, als wäre ich einer seiner Hunde. »Es ist wohl Zeit aufzubrechen ... man darf die Leute nicht warten lassen, weißt du.«

Der Hof war voll von Mitgliedern des Haushalts, Dorfbewohnern und den Männern von Artus. Ich zögerte ein wenig im Schatten des Bogenganges, einen Moment unfähig, in mein neues Leben einzutreten. Vor mir schienen sich Vergangenheit und Gegenwart miteinander zu verflechten, als schickten mich alle Menschen, die ich je gekannt hatte, auf den Weg. Mamas Geist lächelte ermutigend, und ich betete rasch, sie möge immer bei mir sein, wohin ich auch würde gehen müssen.

Sogar Nonnys Geist war da, hockte in einer warmen, windgeschützten Ecke. Als Amme meiner Großmutter und Erzieherin Mamas pflegte Nonny zu sagen, sie hätte drei Generationen von Königinnen aufgezogen und werde es nicht zulassen, daß ich mit schmutzigen Kleidern und Haaren wie ein Heuhaufen aussah und Schande über die Familie bringe! Ich fragte mich, was sie wohl von dieser Wendung des Schicksals gehalten hätte: sehr wahrscheinlich wäre sie damit nicht einverstanden gewesen, denn über alles

Römische hatte sie eine entschiedene Meinung: »Die Kumbrier schulden dem Reich nichts«, hatte sie oft genug gesagt, »und sie sollten darum stolzer auftreten!« Ich konnte sehen, wie sie traurig den Kopf schüttelte, als sich das letzte ihrer Küken anschickte, diesen König im Süden zu heiraten, der ein halber Römer war.

Jemand zupfte mich am Ärmel, und als ich nach unten blickte, sah ich Kaethi zu mir hochschauen, das runzelige Gesicht schiefgelegt und die Augen vor dem Sonnenlicht zusammengekniffen.

»Was würde ich nur darum geben, mit dir auf dieses Abenteuer zu ziehen«, rief sie leise, und der alte Schalk umspielte ihre Augen. »Aber dieses Mal mußt du die Reise für uns beide machen, fürchte ich. Vergiß nicht, daß das Leben eine wundervolle Rundreise ist, wo immer man auch hinkommt, und daß nur ein Narr darüber klagt, was nicht zu ändern ist.«

Ich betrachtete Kaethi aufmerksam und fragte mich, ob sie wußte, daß ich um ein Haar ausgerissen wäre. Seherin der Zukunft und Hüterin meiner Kindheit, konnte sie vielleicht einen Zauber weben, der mich in Freiheit setzte. Doch kaum war mir der Gedanke in den Sinn gekommen, da wußte ich bereits, daß sie es nicht tun würde. Sie lehrte mich, daß die Parze des Lebens ihren eigenen Faden spinnt und daß es das klügste ist, sich davon leiten zu lassen.

Kaethi langte in ihre Schürze und zog einen kleinen Beutel hervor, der an einem Lederriemen baumelte.

»Ich dachte, wenn ich schon nicht mitkommen kann, solltest du vielleicht das mitnehmen«, sagte sie fröhlich. Ich blickte flüchtig auf ein sonderbares, eingesticktes Symbol, ausgeblichen und geheimnisvoll, und erkannte das Amulett, das sie gewöhnlich um den Hals trug.

»Es hat mich sechzig Jahre lang beschützt, also habe ich es gestern gewaschen und geflickt und ein Stück Mistelzweig für dich hineingetan, um dich vor Unfruchtbarkeit zu bewahren.«

Ich schwieg, nicht fähig, ihr im selben fröhlichen Tonfall zu antworten, weil die Tränen wieder zu fließen drohten.

»Es ist Zeit, daß du aufbrichst, Mädchen«, setzte sie mit fester Stimme hinzu und reckte sich, um mir das Amulett unter das Gewand zu schieben. »Rhufon wird deine Stute nicht den ganzen Tag halten, weißt du.«

Ich beugte mich nieder und umarmte sie rasch. Dann ging ich, so hoch aufgerichtet wie ich konnte, durch meine Leute zum Oberstallmeister, der wartend dastand. Er grüßte mich mit einem schiefen Lächeln.

Rhufon, grob wie rauhe Wolle, der mich hinter sich hatte hertrotten lassen, so lange ich denken konnte. Es waren seine stämmigen Arme, die mich zu meiner ersten Reitstunde auf den Rücken eines Zugpferdes gehoben hatten, als ich kaum alt genug war, um zu laufen. Ich konnte immer noch den Geruch des frisch gemähten Grases riechen und den Gestank von Schweiß, wenn wir feierlich von den Feldern heimkehrten. Oder mich an die Vielfalt der Sattlerei erinnern, wo er das Geschirr anfertigte und reparierte. Oder sehen, wie die Talgbrocken in einen Riemen einzogen, je heftiger ich rieb, als er mir beibrachte, das Geschirr herzurichten. »Müßige Hände taugen nicht für Pferde«, sagte er immer, wenn er mich Lederstücke aussortieren oder die Bronzebuckel des Zaumzeugs polieren ließ.

Jetzt beugte er sich vor, dieser Mann, der wie kein anderer das Licht und den Klang der Kindheit verkörperte, bot mir Knie und Hand, um mir beim Aufsitzen zu helfen.

»Kein Grund, so grämlich zu gucken, Fräulein«, knurrte er. »Ist ein schöner Tag zum Reiten.«

Sein Betragen war so ritterlich und ernst, daß man denken konnte, dieser Augenblick sei das prächtige Ergebnis vieljähriger Arbeit und er hebe mich in eine lang ersehnte und nicht in eine widerwillig hingenommene Zukunft. Als ich im Sattel saß, lächelte ich ihm zu, während er mein Pferd ruhig hielt, bis mein Vater auf den Hof ritt.

Auf seinem Streitroß und mit dem Königsmantel bekleidet, sah Rhegeds König nicht so gebrechlich aus wie vorhin beim Frühstück. Eine Welle der Bewegung lief durch die Leute, als sie zurücktraten, um ihm Platz zu machen, und er nickte ernst und begann das Zeremoniell der Übergabe der Braut an die Männer, die sie in ihre neue Heimat begleiten würden.

Ich hörte kaum die Worte, klammerte mich statt dessen an die aufmunternden Worte, die er über den Krumen eines kalten Haferkuchens an mich gerichtet hatte. Schließlich machte er Rhufon ein

Zeichen, der meine Stute behutsam vorwärts führte und Artus' Feldhauptmann die Zügel übergab.

»König Artus läßt Euch wissen«, verkündete Bedivere, »daß der Prinzessin Ginevra alle Hege und Pflege zuteil werden wird.« Des weiteren versicherte er dem Volk, daß Artus künftig den Bedürfnissen Rhegeds Aufmerksamkeit schenken werde. Ich achtete kaum darauf, denn irgendwo in meinem Inneren begann der Gedanke an Rettung Gestalt anzunehmen. Vielleicht würden ja mit ein wenig Glück auf dieser Reise die Götter eingreifen, wie sie es bei meiner Mutter getan hatten.

Der Jubel der Leute schreckte mich auf, und wir bahnten uns langsam den Weg durch das Tor der Veste. Mein Vater ritt an der Spitze, seine Krieger hinter ihm. Artus' Männer umringten mich und meine Frauen, und der Troß bildete den Schluß.

Es ist ein stolzer Augenblick, wenn ein König seine Tochter, die ihre Hochzeitsreise beginnt, aus ihrem Heim geleitet, und die Dörfler eilten in freudiger Aufregung die steilen Pfade zum Ufer des Sees hinunter. Hunde und Kinder und Gänse stürzten aus reetgedeckten Häusern und Bauernhöfen hervor, je nach ihrer Natur bellend, schreiend oder zischend.

Die zerlumpte junge Hirtin, welche die Tiere des Dorfes zusammentrieb, um sie auf die Weide zu führen, blieb jetzt stehen, um uns anzustarren und ein ungestümes Lebewohl zuzuwinken. Ihre Schützlinge hüpften und sprangen fort, durch ihre Bewegung aufgeschreckt oder einfach froh, einen Vorwand zu haben, hoch auf den Berghang zu klettern, und die Hirtin krabbelte ihnen mit einer Grimasse nach. Ich lächelte bei dem Anblick, meinem Kummer zum Trotz, überwältigt von der heiteren Seite des launenhaften Lebens.

Am anderen Ende des Dorfs, wo der Pfad sich jenseits des lieblich plätschernden Flüßchens fortsetzte, ritt mein Vater an die Seite und saß stolz im Sattel, als wir in einer Reihe an ihm vorbeizogen. Inzwischen winkte und jubelte die kleine Menge stürmisch, Tränen und gute Wünsche, alles vermischte sich. Ich folgte meiner Eskorte durch die Menge, nickte und winkte allen zu, die gekommen waren, um mich zu verabschieden.

Erst als ich an meinem Vater vorbeiritt, entdeckte ich sekundenlang auf seinem Gesicht den schwachen Schimmer eines Lächelns.

Mir war, als umklammerten Krallen meine Kehle, und ich kämpfte, um das Schluchzen zu unterdrücken, das in mir aufstieg.

Feierlich das Lächeln erwidernd, winkte ich Lebewohl und hoffte, man würde die Tränen auf meinem Gesicht für Tränen der Freude halten.

2.

Der Bote

Hinter Ambleside folgt der Pfad dem Ostufer des Sees, biegt und senkt sich wie das Land. Die Sonne hatte die Bergspitzen noch nicht überstiegen, so daß dort, wo die Wälder bis zum Gestade vorstießen, dunkle, kühle Schatten lagen. Tau hing schwer an den Gräsern, wo die dichten Wälder in offene Wiesen übergingen, und er zerstob in einem silbernen Schauer, als ein junger Hase in sein Versteck flitzte. Morgennebel lag auf dem See und wehte von den Bäumen, welche die Inseln krönten. Saumlos vermischte er die sichtbare und die unsichtbare Welt, und eine Familie von Schwänen verschwand geräuschlos darin, als wir näher kamen.

Allmählich überwältigte die Schönheit des Tages die Pein in meinem Herzen, und ich blickte nach hinten, um den Zug zu betrachten. Wir ritten zu zweien, zu einem langen hellen farbigen Band auseinandergezogen, wie Edelleute, die zu einem Jahrmarkt ziehen. Artus' Männer hielten sich vor und hinter uns und schwatzten behaglich miteinander. Bedivere ritt auf und ab, manchmal an der Spitze des Zuges, manchmal ließ er sich zurückfallen, um die Wagen und Packpferde zu überprüfen.

Vor uns trottete Merlin auf einem bejahrten grauen Wallach, mit dem er aus dem Süden gekommen war. Mein Vater hatte ihm als Geschenk ein jüngeres, edleres Pferd angeboten, worauf der Zauberer verächtlich geschnaubt und gemeint hatte, das wäre eine schreckliche Verschwendung eines guten Reittiers. Jetzt schien er in eine Art Trance gefallen zu sein, die alles, was ihn umgab, ausschloß; wenn es stimmte, daß er, der seine Gestalt ändern konnte, gewohnt war, in der Gestalt eines Vogels von Ort zu Ort zu fliegen, war es verständlich, daß es ihm keine Freude bereitete, mit einem Troß von Packpferden dahinzuzuckeln.

Ich beobachtete ihn vorsichtig, diesen Mann, der im ganzen Land am meisten gefürchtet und verehrt wurde. Betrachtete man sein strenges, in sich gekehrtes Antlitz, war es nicht schwer zu begreifen, daß die Leute sagten, er stamme von einem der alten Götter ab, wenngleich man in seiner augenblicklichen Verkleidung weniger den furchteinflößenden Zauberer als den Schatten eines Mannes erkannte, der sein Leben seinem Land geopfert hatte. In diesem Sinne war er meinem Vater nicht unähnlich, und ich fragte mich, ob Führerschaft immer solchen Tribut fordert.

Brigit und ich kamen als nächste. Ich warf ihr einen liebevollen Blick zu, froh über ihre Begleitung und dankbar, daß sie schwieg und mich meinen eigenen Gedanken überließ.

Hinter uns war meine Erzieherin, Lavinia. Als echte römische Matrone hatte sie darauf bestanden, daß wir eine Sänfte mitführten, um zu zeigen, daß wir einen Sinn für kultivierte Lebensart hatten. Ich haßte das Ding und hatte einen Tag Aufschub gewonnen, indem ich vorbrachte, aus dem Inneren eines schwankenden Kastens könne ich meinem Vater nicht richtig Lebewohl sagen. Jetzt saß sie in der Sänfte, hatte es sich vergnügt zwischen den Kissen bequem gemacht und genoß in ihrer aufgeregten Art den Prunk unseres Zuges.

Draußen auf dem See rief ein Fischer einen Gruß aus seinem Boot, und seine Stimme dröhnte hohl über das Wasser. Er hielt Bewunderung heischend eine Schnur mit Fischen in die Höhe, köstliche Rotforellen, die ihm heute abend in seinem Gehöft ein schmackhaftes Mahl versprachen. Ich nahm das als vielversprechendes Vorzeichen und winkte zurück.

Wir hatten gerade den Anleger des Fährmannes erreicht, als der Bote uns einholte. Er kam in vollem Galopp, und als die Männer des Königs herumfuhren, um ihn abzuwehren, prallte er fast gegen sie. Er trug die weißen Gewänder eines Druiden, und nach einem Augenblick des Zögerns ließen ihn die Soldaten zur Spitze unseres Zuges reiten.

»Ist dies die Gesellschaft, bei der sich Merlin, der Zauberer, befindet?« fragte er drängend.

Bedivere hielt an und betrachtete den Ankömmling mit großer Gründlichkeit.

»Wer fragt?«

»Cathbad, mit einer Botschaft für des Königs Zauberer.«

»In wessen Auftrag, Sir?«

»Es ist in Ordnung, Sir Bedivere, ich kenne diesen Mann«, sagte ich, und die sich sammelnde Gruppe von Soldaten teilte sich, um mich durchzulassen.

Ich hatte meinen ehemaligen Erzieher mehrere Jahre nicht gesehen und keine Ahnung, wieviel Groll er vielleicht wegen der Ereignisse in Carlisle noch hegte. Lavinia schnaubte ärgerlich über die Verzögerung, doch zwischen der Sänfte und unserer Gruppe waren genug Soldaten, daß ich hoffen konnte, der Druide würde nicht einmal bemerken, daß sie da war.

Cathbads Gesicht war gerötet und erregt wie nach einem scharfen Ritt, und sein Pferd stand mit gesenktem Kopf und wogenden Flanken da. Ich fragte mich, was so wichtig war, das Wagnis einzugehen, ein gutes Tier lahm zu reiten.

Er warf mir einen langen, abschätzenden Blick zu und war offenbar zufrieden, daß ich eine erwachsene Frau mit einem Hauch von Anmut geworden war, und murmelte: »Mein Fräulein.«

Es trat eine verlegene Stille ein, während er darauf wartete, daß der Zauberer sich zu uns bequemte.

»Sir Merlin, das ist Cathbad, der Druide, der eine Botschaft für Euch bringt«, verkündete ich, als der Zauberer endlich bei uns war.

Merlin saß mit der Teilnahmslosigkeit eines Mehlsacks auf seinem Pferd, aber ich sah, wie sich seine Tigeraugen hell und scharf auf das Gesicht des Druiden richteten. »Ja?« murmelte er, und es hörte sich mehr schlafend als wachend an.

»Ich habe eine Botschaft für Merlin, den größten aller Zauberer in ganz Britannien …«

Cathbad betrachtete die Gestalt neben mir und versuchte herauszubekommen, ob es sich wirklich um den Mann handelte, den zu finden man ihn ausgeschickt hatte. Es gab eine lange Pause, in der durch das Buschwerk vor dem Wald ein Meisenschwarm flitzte, dessen hohes Zirpen die Stille füllte. Ich fragte mich, ob der Zauberer taub geworden war.

Der Druide warf mir einen fragenden Blick zu, der Merlins raschem Auge freilich nicht entging.

Mit einem Seufzer richtete der Weise sich im Sattel auf und sagte majestätisch: »Ich bin's. Was ist dein Wunsch?«

Der Verwandlung kam blitzartig. Die Wälder erklangen wie unter dem Echo einer großen widerhallenden Glocke. Ich starrte ehrfürchtig den Urheber dieser wundervollen, unwiderstehlichen Stimme an, und Cathbad verbeugte sich ehrerbietig und griff nach dem Beutel an seinem Gürtel.

»Ich komme von der Dame vom See, die darum bittet, daß Ihr auf sie wartet, damit sie sich Eurer Gesellschaft anschließen kann, denn auch sie hat vor, der königlichen Hochzeit beizuwohnen, und würde gern mit Euch reisen. Sie schickt dieses Zeichen«, fügte er hinzu, zog ein kleines Päckchen aus dem Beutel und beugte sich vor, um es in die Hand des Zauberers zu legen.

Merlins faltiges Gesicht nahm den verwirrten, verärgerten Ausdruck eines alten Mannes an, den man auffordert, etwas anzuschauen, das seine Augen nicht mehr ohne weiteres erkennen können; doch als er das Leinen zurückschlug und erkannte, was darin war, lachte er so herzhaft, daß auch ich lächeln mußte, obgleich ich nicht wußte, worüber.

Nach einer Weile schloß er sorgsam die Verpackung wieder und steckte das Päckchen in die Tasche seines Gewandes, dann wandte er sich an den Druiden. »Wann kann die Dame frühestens zu uns stoßen?«

»Sie sagt, sie wolle die heilige Stätte morgen verlassen, und sie wird zwei weitere Tage brauchen, um hierher zu gelangen.«

Ein Frösteln überlief mich bei der Vorstellung, mit der Priesterin zu reisen. Merlins Gegenwart war beunruhigend genug, und er war mir angeblich wohlgesinnt; bei der Dame war es ganz anders. Ich erinnerte mich zu gut an den Zorn und die Verachtung, zu denen sie fähig war; der Gedanke, sie könnte auf einer so schicksalhaften Fahrt meine Reisegefährtin sein, ließ mein Blut erstarren.

»Nun ja …« Ein kleines, verschmitztes Lächeln umspielte den Mund des Zauberers. »Bitte, sage der Dame, daß ich Befehl habe, die Braut so rasch wie möglich nach Süden zu bringen, und daß ich auf niemanden warten kann. Wenn sie uns unterwegs einholt, wird sie willkommen sein. Ansonsten freue ich mich, sie bei den Festlichkeiten in Winchester zu sehen.«

Meine Stute wurde unruhig, und ich zügelte sie, um das kleine Schauspiel zu beobachten. Ich konnte nicht sagen, ob Merlin immer noch über das Geschenk lächelte, das die Dame ihm gesandt hatte, oder ob er mächtiges Vergnügen daran hatte, ihre Bitte abzuschlagen, und als ich Cathbad ansah, bemerkte ich, daß auch er unsicher war.

»Die Dame wird aufs höchste enttäuscht sein.« Der Druide räusperte sich, als wollte er eine Rede beginnen. »Sie war insbesondere daran interessiert, die junge Braut nach all dieser Zeit kennenzulernen.«

Alle Gutmütigkeit war von Merlin abgefallen, und er ließ die ganze Kraft seiner strengen und düsteren Miene auf den Boten wirken. So wie seine Stimme Ehrfurcht einflößte, rief sein Mißfallen Furcht hervor, und ich zog mich zurück, denn ich wollte Cathbad, was immer Merlin sagen würde, durch meine Anwesenheit nicht in Verlegenheit bringen.

Langsam ritt ich an Brigits Seite zurück und ließ die Zügel schleifen, während ich einem Specht zusah, der am Waldrand einen Ameisenhaufen bearbeitete. Filigrane Lichtflecken tüpfelten den grünen Rücken des Vogels, so daß er wie ein Blätterbüschel aussah, das zum Leben erwacht war, als er hin und her tappte, nicht ohne rasche Seitenblicke auf unsere Gruppe zu werfen.

Als der Bote abgefertigt war und wir weiterritten, flog der Vogel fort, und sein gelber Rumpf blitzte kurz zwischen den Baumschatten auf. Ein rauhes Lachen schwirrte ihm hinterher, und eine Vorahnung ließ mich erschauern.

Es war unvermeidlich, daß die Dame vom See und ich uns bei der Hochzeit begegneten, denn bald würde sie meine Schwägerin sein. Doch nun war abermals ein formelles Treffen aufgeschoben worden. Schicksal? Unpassender Zeitpunkt? Die Laune der Götter? Wer wollte das wissen? Ich hoffte bloß, sie würde diese jüngste

Zurückweisung nicht als persönliche Beleidigung auffassen. Das letzte, was ich wünschte, war, ein neues Leben zu beginnen und eine der mächtigsten Frauen im Reich zur Feindin zu haben.

Wir bogen scharf vom See ab und kehrten auf den Weg zurück, und ich warf einen letzten Blick auf die neblige, verhangene Schönheit der Landschaft, umhüllte mich damit wie mit einem Mantel, als könnte er mich vor dem kalten Stein eines fernen Hofes schützen.

Ich hatte angenommen, daß wir schneller reiten würden, sobald wir die Straße erreichten, doch obwohl der Weg breiter und der Reiterzug kürzer geworden war, bewegten wir uns nicht schneller vorwärts. Die Anwesenheit von Artus' Soldaten, zumal sie jetzt neben mir und Brigit ritten, erinnerte mich ständig daran, daß ich eher ein kostbarer Besitz und eine Gefangene als eine jubelnde Braut war. Ich mußte die Regung unterdrücken, auszubrechen und Hals über Kopf in eine andere Richtung zu sprengen.

Ein königlicher Zug bewegt sich immer langsam, ermahnte ich mich, und selbst an den besten Tagen stellt er die Geduld derer auf die Probe, die es verlangt, vorwärtszupreschen. Die Erinnerung an andere solche Reisen stieg in mir auf, zog mich zurück in die strahlenden Zeiten der Kindheit, vor meiner ersten Begegnung mit der Dame vom See … zurück in jene Zeit, da ich nichts weiter war als eine Tochter der Kumbrier.

3.

Appleby

Der Herbst kam in einem Schauer von Gold, als ich neun Jahre alt war. Der Morgenhimmel wölbte sich rein und tiefblau über uns, und der Wind war scharf, doch nicht bedrohlich, als wir uns zur Straße hin aufmachten.

Es war ein friedliches Jahr gewesen, in dem sich die Pikten und Schotten damit zufriedengaben, in ihren Nordreichen zu bleiben, und die Iren emsig damit beschäftigt waren, die schlechte Ernte des Vorjahres wettzumachen, anstatt Raubzüge gegen unsere Küste zu unternehmen. Folglich waren die Krieger nicht zu den Waffen gerufen worden, und unser Haushalt hatte meinen Vater das ganze Jahr lang begleitet.

Am ersten Mai hatte man auf dem großen Felsen am Solway Firth, den man Mote nennt, das Maifest Beltane begangen, mit Freudenfeuer und Rundtanz am Morgen, fröhlich und unbeschwert auf dem Hügel hoch über dem Wasser. Danach waren wir in Carlisle geblieben, während mein Vater und Rhufon die Pferde in den Ställen von Stanwix inspizierten, um festzulegen, welche wir mitnehmen, welche auf die Weide geführt, welche zugeritten und welche verkauft werden sollten. Den Sommer verbrachten wir in Muße an der Irischen See, zogen von einem Herrensitz zum anderen, kümmerten uns um die Ernte, die Stärke der Kriegsscharen, die Bedürfnisse und Wünsche des Volkes. Und überall, wo wir hinkamen, schlichtete mein Vater Streitigkeiten, gab Ratschläge und teilte milde Gaben aus, wie man es von einem König erwartet.

Zwischendurch gab es Feste; fröhliche und ausgelassene, feierliche und ehrfürchtige oder einfach Feiern zum Wechsel der Jahreszeiten, wenn das Volk sich versammelte, um den Göttern zu huldigen und wieder einmal zu erleben, daß sein König sich tatkräftig um seine Sicherheit kümmerte. Zur Mittsommernacht waren wir an den Stehenden Steinen von Castlerigg und am Erntefest bei den Leuten, die in der alten Siedlung Ewe Close wohnen.

Gerade hatten wir noch in der römischen Veste in Penrith hofgehalten, und jetzt zogen wir nach Appleby, wo wir Samhain feiern und den Winter in der großen hölzernen Halle auf dem Hügelkamm am Eden verbringen würden. Von allen Orten, die ich Heimat nannte, waren mir dieser Fleck und das Dorf am Mote die liebsten, und die Freude über unser Reiseziel steigerte noch meine Aufregung.

Ich ritt an der Spitze des Haushalts, warm in ein Seehundsfell eingepackt, über die Maßen stolz, daß man mich auf den Rücken eines graubraunen Ponys gesetzt hatte und ich nicht mehr wie mein kleiner Bruder und Nonny auf den Wagen verbannt war. Es war das erste Mal, daß ich den trägen Stunden des Reisens mit den Kindern entkommen war, und ich streckte meine Hand aus und tätschelte den struppigen Hals meines Reittieres. Untersetzt und stämmig von Natur, war es fett von der Sommerweide und besaß bereits das dicke Fell, das es im Winter brauchen würde. Es hatte wenig Ähnlichkeit mit den edlen Tieren, die meine Eltern ritten, aber es war mein Pferd, und voller Dankbarkeit nannte ich es Freiheit.

Die Straße vor uns stieg mit dem Land an, verlief so gerade wie der Schaft eines Eschenspeers durch die Lücke in den Hügeln, die man Stainmore nennt. Wie die Siedlungen und Häfen waren auch die Straßen vernachlässigt worden, seit die Legionen abgezogen waren; Haselnuß und Bruchweide, Schlehdorn und Brombeere wuchsen unmittelbar neben dem Pflaster und nahmen die Randstreifen wieder in Besitz, die man früher saubergehalten hatte. Nahm man die Unkräuter dazu, die zwischen den Pflastersteinen wucherten, sah es so aus, als versuchte die Natur selbst, den Hochmut solchen Menschenwerks zu tilgen.

Gleichwohl gab es für unseren Zug Platz genug; Banner und Leibwächter, Krieger und ihr Troß, Diener und freie Handwerker (mein Vater wollte keine Sklaven) und all die Köche und Schmiede und andere, die zum Haushalt eines Königs gehören. Edwen, der Barde, fuhr auf einem Wagen mit den Frauen, weil er lahm war, und Rhufon bildete mit den Stalljungen und dem Gepäck die Nachhut.

Wenn der Hof eines Königs auf Reisen ist, geht es lebhaft und geräuschvoll zu. Sind die Straßen gut und ist das Wetter schön, erhält der Zug ein festliches Gepräge, denn das rhythmische Klimpern von Pferdegeschirr, das Quietschen der Räder, Gelächter und Wimpelknattern sind wie Musik. An diesem Tag war es sicherlich das Lied meines Lebens, so wie der Klang einer Axt für das Kind eines Wäldlers das Morgenlied ist.

Vorn ritten meine Eltern, mein Vater auf dem großen Shire-Hengst, der ihn im Krieg trug, Mama auf ihrem walisischen Bergpony Federfuß. Diese rotbraune Stute, von der es hieß, sie entstamme einer von Julius Caesar begründeten Zucht, war das schönste Tier, das ich je gesehen hatte. An diesem Morgen tänzelte und bockte die Stute verspielt und wohlgelaunt in der klaren, frostigen Luft. Ihr Fell hatte denselben Kupferglanz wie das Haar meiner Mutter. Einmal war ich früh aufgestanden und hatte mich just bei Sonnenaufgang zu den Pferdehürden geschlichen, und dort sah ich meine Eltern im dämmernden Licht, wie sie nach einem Ausritt zu zweit zum Stall zurückkehrten. Mamas Haar war gelöst und offen, hing bis über die Hüften, und wo es auf den Pferderücken fiel, konnte man Haar und Fell nicht unterscheiden. Jetzt beobachtete ich sie, ihre lässige Art, ohne Sattel zu reiten, und ich fragte mich, ob sie ein Teil des Pferdes war, so sehr wirkten beide wie ein Wesen.

Ich konnte ihre Unterhaltung nicht hören, doch an der Art, wie Federfuß den Kopf hin- und herwarf und Mama ihr Kinn hob und meinen Vater von der Seite ansah, erkannte ich, daß die beiden lachten und scherzten. Einmal drehte Mama sich um und zeigte auf die Hügel, wo die Kupferfeuer des Herbstes loderten.

Jetzt war mein Vater derjenige, der lachte, den Kopf schüttelte und sein Pferd mit den Schenkeln ruhighielt. Offensichtlich waren sie sich einig, denn plötzlich sprengten sie auf dem Fußpfad vorwärts, schossen an den Anführern des Trupps vorbei und jagten einander, aus reiner Lebensfreude. Ich sah sie hinter dem Grat der nächsten Anhöhe verschwinden und dachte, wie schön es sein müßte, erwachsen zu sein, frei gegen den Wind reiten zu dürfen, anstatt mit dem Rest des Zuges dahinzutrotten.

Kurz darauf kam Kaethi an meine Seite und deutete auf eine große Eiche, die auf der Kuppe eines nahen Bergkammes stand.

»Es heißt, daß in den alten Zeiten die Götter selbst in den wilden Wäldern wohnten«, sagte die Kräuterfrau und versuchte, eine Strähne ihres weißen Haares unter ihren Schleier zu stecken. »In jenen Tagen kamen die Götter nicht ins Innere von Gebäuden oder an kleine dunkle Plätze. Darum waren die meisten heiligen Flecken im Freien, unter hohem Himmel. Doch inzwischen hat sich das alles verändert. Die Legionen kamen mit ihren kleinen rechteckigen Tempeln, und die Anhänger von Mithra gruben dunkle heilige Orte wie Höhlen. Selbst die Christen pflanzen ihren Gott in ein Gebäude«, setzte sie hinzu, ohne Zweifel auf das Kloster in Whithorn anspielend. »Ich weiß nicht, ob das einen großen Unterschied macht. Drinnen, draußen, unter der Erde, in Baumwipfeln ... ich habe genügend heilige Stätten gesehen, um zu glauben, daß sie nicht für den Gott, sondern für die Anbeter geschaffen sind.«

Kaethi wußte mehr von der Welt als irgendein anderer am Hof, denn sie wurde in einer Handelsstadt am Hadrianswall geboren, damals, als die Erinnerung an die Legionen noch frisch war. Als Waisenkind in den Gassen von Vindolanda war sie als junges Mädchen gefangen und in die Sklaverei verkauft worden, durch die Hände zahlreicher Besitzer gegangen und von der Laune des Schicksals von einem Ende des Hadrianwalls zum anderen getrieben worden. Einzig ihr scharfer Verstand und der hartnäckige Wille zu überleben retteten sie, und von überall nahm sie neue Geschichten mit von sonderbaren Göttern und ausländischen Bräuchen, denen die Abkömmlinge der Legionäre, die aus einer anderen Welt gekommen waren, noch immer anhingen. Doch vor allem lernte sie Heilmethoden vieler Länder kennen. Sie war schon eine alte Frau gewesen, wenn auch sicher nicht so alt wie Nonny, als mein Vater sie kaufte und ihr als Gegenleistung für ihre Heilkünste die Freiheit schenkte. Es war freilich auch ein guter Handel, denn sie wurde nie müde, ihr Wissen mit anderen zu teilen.

Sie verzog das Gesicht zu dem klugen, runzeligen Lächeln, das eine Welt verspottete, die sich so ernst nahm, und kniff ihre fahlen Augen zusammen, um die Eiche auf der Kuppe zu erkennen.

»Sind das nicht Mistelzweige, da seitlich von der Kuppe?«

Das war ein Spiel zwischen uns; sie deutete auf Dinge, und ich mußte ihr sagen, was ich sah, denn schon als Kind hatte sie weißes Haar und fahle, wässrige Augen gehabt, die zu schwach waren, Dinge deutlich zu erkennen. Sie wirkte in diesem Land starkfarbener und dunkler, durchdringender Augen so sonderbar, daß einige tuschelten, sie müsse sächsischer Herkunft sein. Aber genau das, was sie von den anderen unterschied, hatte sie während der Tage der Sklaverei auch geschützt, denn niemand wagte es, einem Geschöpf, das so offenkundig von einem Gott berührt war, ein Leid anzutun, denn alle fürchteten, die Gottheit würde für ihr Leben Rache nehmen.

»Mistelzweig?« wiederholte ich und starrte auf die dunkle Masse, die wie ein Netz in den Zweigen des Baumes hing. »Vielleicht. Oder vielleicht das Nest eines Eichhörnchens. Da oben ist etwas ... wollen wir nachsehen?«

»Nein, nein, Kind! Ich möchte es nicht auf Nonnys Schelte

ankommen lassen, bloß um eine flüchtige Neugier zu befriedigen. Außerdem können wir einen Druiden fragen, wenn er an den Hof kommt. Die wissen immer, wo das heilige Kraut zu finden ist.«

Zu jener Zeit waren Druiden selten, wie all die anderen heiligen Männer, und sie durchreisten das Land, je nachdem wo sie gebraucht wurden. Sie gehörten zum freien Volk und kamen und gingen zwischen den Königtümern in vollkommener Sicherheit, ganz gleich, wer gerade wen bekämpfte. Ich fühlte mich in ihrer Gegenwart nicht wohl – diese geheimen Beschwörungen und feierlichen Verkündigungen –, und ich erfuhr viel lieber von Kaethi etwas über die Götter.

So ritten wir in lebhafter Unterhaltung weiter, und ich merkte nicht einmal, daß meine Eltern wieder bei uns waren, bis Mama Federfuß neben mir zügelte.

»Wie geht es meinem Mädchen?« fragte sie, schlug ihre Kapuze zurück und nickte gleichzeitig Kaethi zu. Ihre Wangen glühten, und ihre Augen funkelten fröhlich. »Bist du nicht müde nach einem ganzen Tag zu Pferde?«

Ich schüttelte entschieden den Kopf, während Kaethi lachte.

»Sie ist ohne Zweifel die Tochter ihrer Mutter«, sagte die alte Frau, »und trägt ein altes Erbe in sich, wie es scheint.«

Sie sprach von unserem Vorfahren, der aus dem Norden hinuntermarschiert war und an der Küste von Wales die Iren besiegt hatte. Manchmal sang Edwen in der Halle von ihm: »Cunedda, stolz wie ein Löwe, Cunedda mit neunhundert Pferden ...« Anders als meine Mutter hatte ich ihn nicht kennengelernt, aber ich war trotzdem stolz auf unser Erbe.

Als wir den letzten Kamm überquerten, war der Wind rauh geworden, und die Pferde stießen den Atem in leisen Dampfwölkchen aus. Über dem Wald jagten große Wolken dahin, und ich war froh, daß wir beinahe daheim waren.

Unten breitete sich der Fluß aus, und am anderen Ufer kamen die Dorfbewohner hervor, um uns zu begrüßen. Hochrufe erschallten, als wir den Rand der Furt erreichten, und ich erblickte Llyn, die Tochter des Käsemachers, die sich nach vorne drängelte und wild in meine Richtung winkte. Ich hatte in ganz Rheged Spielkameradinnen, doch auf keine freute ich mich so wie auf sie, und ich winkte fröhlich zurück und hätte Freiheit die Sporen gegeben, hätte Kaethi nicht wachsam ausgerufen: »Man muß den König und seine Dame um Erlaubnis bitten, wenn man als erster einreiten will, und du wirst dich nicht an ihnen vorbeidrängeln, bloß weil du gute Laune hast!«

Also zog ich die Zügel an und blieb auf meinem Platz in der Reihe, wie es sich gehörte, folgte meinen Eltern durch die Furt und den Hügel hinauf. Die Banner knatterten hell vor dem sich verdunkelnden Himmel, während die Harfner und Pfeifer und Musikanten aus der Gegend neben uns marschierten, den Zug mit ihrer Musik begleiteten und die festliche Stimmung verstärkten. Zu beiden Seiten standen winkende oder lachende Leute, und ich warf Llyn ein breites Lächeln zu, als ich vorbeiritt. Alle am Straßenrand, die im Zug Freunde oder Verwandte entdeckten, faßten ebenfalls Tritt, und bald eskortierte uns die gesamte Bevölkerung in unser Winterquartier.

Der feierliche Einzug eines Königs spielt sich oft so ab, doch früher hatte ich ihn vom Karren aus beobachtet und wußte nicht, wie aufregend es sein konnte, wenn man direkt daran teilnahm. Ich habe seitdem viele Einzüge mitgemacht, die prunkvoller waren, habe auf edleren Pferden gesessen, doch bei keinem mehr Stolz und Vergnügen empfunden. Es war vielleicht der erste wirkliche Vorgeschmack dessen, was es heißt, von königlichem Geblüt zu sein.

Kaum hatten wir die Tore zum Hof passiert, schwand alle Förmlichkeit, und lärmendes Willkommensgelächter mischte sich mit Schreien der Überraschung und Seufzern der Erleichterung, als die Damen von ihren Wagen kletterten. Nonny reichte meiner Mutter den jungen Prinzen, und Llyn kam durch die Menge gerannt, als ich von meinem Pony glitt. Wir liefen zusammen zur Scheune, wo ich anfing, mein gewaltiges Roß abzureiben, aber Rhufon nahm mir die Zügel ab und jagte uns fort.

»Hat keinen Zweck, zwei kichernde Gören um die Füße zu haben«, brummte er, und Llyn wich zurück und ließ den Kopf hängen.

»Ach, nimm ihn nicht ernst«, sagte ich, während wir zur Küche gingen. »Er ist gar nicht so bärbeißig, wie es scheint.«

Es war wie immer am ersten Abend, wenn erschöpfte Reisende mit fröhlichen Angehörigen zusammentreffen, die glücklich sind, sie wieder daheim zu wissen. Überall war Gelächter und Trubel, und wir schlängelten uns durch lärmende Menschengruppen und flitzten durch den Eingang der Großen Halle.

Das Feuer der mittleren Feuerstelle war mit Asche belegt, und an dreifachen Ketten hingen darüber gewaltige Töpfe mit Fleisch. Holzplanken wurden auf Böcke gelegt und die geschnitzten Stühle für den Rat, der nach dem Abendessen beginnen würde, hereingebracht. Llyn und ich fanden in den Schatten eines Dachwinkels ein stilles Plätzchen und ließen uns nieder, um Neuigkeiten auszutauschen.

»Ich habe mir den Arm gebrochen«, sagte sie, streifte den Ärmel zurück und hielt mir zur Prüfung den leicht gekrümmten Arm hin, »als ich versucht habe, im Wald eine Falle zu stellen.«

Nicht einmal Erwachsene wagen sich allein in die Wälder, und ich starrte meine Freundin bewundernd an und fuhr neugierig mit dem Finger an der seidenglatten Narbe entlang. »Du bist in den Wald gegangen?«

»Nicht allein. Mein Bruder war bei mir, und es war nur bis zum Rand der Kuhweide. Aber der Knochen war zu sehen, und es tat mächtig weh, und Mama sprach davon, mich zur Dame zu bringen, damit sie mir hilft.«

»Hast du die Dame vom See gesehen?« Ich war bei dem Gedanken entsetzt und entzückt zugleich, denn ich hatte nie jemanden getroffen, der der Hohepriesterin wirklich begegnet war, obwohl natürlich jeder von ihr wußte.

»Nein«, antwortete Llyn, schüttelte den Kopf und ließ den Ärmel wieder über die Narbe gleiten. »Mama hat ihn geschient und Ulmenblätter darumgewickelt, und er heilte von allein und ist nur ein bißchen verdreht geblieben, also ging ich nicht zum Heiligtum.« Sie kicherte und legte den Kopf auf die Seite. »Papa hat einen ziemlichen Wirbel gemacht, als Mama es vorschlug. Er griff sich ein Käsetuch, legte es um seine Schultern wie eine Schärpe, hüpfte auf und ab und riß die ganze Zeit Witze über die Dame. Mama war entsetzt und wirklich erschrocken und machte für alle Fälle das Zeichen gegen das Böse.«

Dabei vollführte Llyn selbst die flinke kleine Handbewegung, und ich tat es ihr nach, weil man sich versündigte, wenn man sich über die Priesterin lustig machte.

»Trotzdem, wer will schon eine erschöpfte alte Druidin sehen, die zu schwach und gebrechlich ist, um unter die Leute zu gehen?« schloß meine Freundin.

Ich fragte mich, ob sie bei den Christen gelauscht hatte, die jeden Gott außer dem ihren anprangerten, doch ehe ich fragen konnte, fing sie an, mir von dem zweiköpfigen Zicklein zu erzählen, das die Ziege in diesem Frühling geworfen hatte, und von den Zeremonien, die nach dessen Tod stattgefunden hatten.

Ich wiederum erzählte ihr von meinem Pony und von den Jährlingen, die Rhufon ausgewählt hatte, um sie im Lauf des Sommers zuzureiten, und von dem Handelsschiff, das auf den Sandbänken der Morecambe-Bucht gestrandet war.

Es war in die Flußmündung geglitten wie ein Wesen aus der Anderwelt, hoch aus dem Wasser aufragend, und hatte sich fest in die sandige Landzunge gegraben. Den ganzen Tag lag das Ungeheuer dort, ganz anders als alle Boote, die ich bisher gesehen hatte. Unsere leichten Boote aus Weiden und Fell hätten die Untiefe längst überwunden und ihren Weg fortgesetzt, aber dieses Ding türmte sich über Mann und Meer auf, neigte sich über sie wie eine schwimmende Festung aus Holz und Haut. Aus seiner Mitte wuchsen hohe, gerade Bäume mit flatternden Schurzfellen, die an Querästen angebunden waren, und es war voller Seeleute, die in einer Sprache fluchten, die keiner verstehen konnte. Schließlich brachte der Anführer seine Fracht an Land, um die Ladung zu erleichtern und soviel er konnte zu verhökern. Mama suchte sich ein paar Edelsteine aus und ein Stück schimmernden Stoff von der Farbe grüner Äpfel und gab dafür eine Seite Salzfleisch und einen Korb Kohlköpfe.

»Der Stoff ist ganz glänzend«, sagte ich und versuchte, mir etwas auszudenken, um ihn zu beschreiben. »Irgendwie glatt und weich … und wie ein Schmetterlingsflügel. Kaethi sagt, daß er aus einem Land hinter dem Sonnenaufgang stammt. Mama kaufte ein grünes Stück und hat mir versprochen, meine Kapuze damit zu füttern, wenn Reste übrigbleiben, nachdem ihr Kleid geschneidert ist. Und sie hat auch ein Halsband aus Elfenbein mit Perlen aus Bernstein.«

»Bernstein?« Meine Freundin bekam vor Überraschung runde Augen. »Haben die Perlen wirklich Zauberkräfte? Kannst du die Götter damit rufen?«

Bei Llyns Eifer, sich mit den Göttern abzugeben, war mir unbehaglich, und ich tat ihre Frage achselzuckend ab, erleichtert, als eine Dienerin um ein Haar über uns stolperte.

»Auf die Beine, ihr junges Volk! Seht ihr denn nicht, daß der König und die Königin kommen?« rief sie, drückte uns die mit Haferkuchen beladenen Holzteller in die Hände und schob uns an den nächstbesten Tisch. »Es ist jetzt nicht die Zeit, herumzusitzen und zu schwätzen, wenn ein Tisch bedient werden muß.«

Und so ging der Tag sanft und mit all der gewohnten Sattheit in den Abend über; die Halle war erfüllt von den Stimmen freier Männer und Frauen, die lachten und scherzten, während sie aßen, und als die Näpfe leergegessen, die Messer abgewischt und die Finger saubergeleckt waren, wurde der Honigwein aufgetragen, und die Tische wurden fortgebracht. Der Kreis bildete sich, und der Rat begann ernsthaft sein Geschäft.

Dieser Mann hatte Neuigkeiten von der Strathclyde-Sippe und jener hatte ein Auge auf unsere Nachbarn in Northumbrien geworfen. Wie gewöhnlich streiften König Uriens Männer über unsere penninische Grenze hin und zurück, erhoben Anspruch auf ein Gehöft oder verschwanden mit einer Kuh. Ein Schäfer aus Alson hatte durch eine merkwürdige Krankheit seine ganze Herde verloren, und man stritt darüber, ob das die Strafe dafür sei, daß er die alten Bräuche nicht mehr achtete. Emerys, der Müller, berichtete von der diesjährigen Getreideernte, wieviel Korn er gemahlen habe und wie groß der Ertrag gewesen sei. Und die Reiter sprachen von ihren Tieren, während einige versuchten, den König dazu zu bewegen, ihre Stuten von seinem Hengst decken zu lassen.

Mama saß auf ihrem geschnitzten Stuhl neben meinem Vater, hörte aufmerksam zu und griff gelegentlich in die Unterhaltung ein. Doch während der ganzen Zeit hielt sie, wie ich wußte, nach Nonny Ausschau, und als die alte Frau kam und nickte, der junge

Prinz müsse zu Bett, stand Mama auf und dankte den Leuten für das herzliche Willkommen.

»Es ist immer ein Vergnügen, bei euch zu sein«, sagte sie anmutig, nahm Abschied von dem Kreis und ging zur Treppe hinauf. Sie bewegte sich vorsichtig durch die Schatten, achtete darauf, jene nicht zu stören, die sich zur Nacht in ihre Umhänge gehüllt hatten und bereits halb schliefen.

Ich lächelte, als ich mich jetzt erinnerte, daß sie, als ich ein Kind war, immer zu mir gekommen war, mich geküßt und mir ein Schlaflied vorgesungen hatte.

Zwei frische Scheite, gut abgelagert, so daß sie nicht qualmten, wurden für die Nacht über die Asche gelegt, und Llyn und ich liefen zur Feuerstelle und schmiegten uns zwischen das Rudel junger Hunde. Wir flüsterten miteinander und stupsten uns schläfrig an, während die Erwachsenen über das Gerücht sprachen, daß Uther, Hochkönig von Britannien, im Frühjahr einen Angriff auf die Sachsen im Süden plane. Man spekulierte darüber, ob unser Nachbar Urien sich dem Hochkönig anschließen oder hier im Norden bleiben werde, um uns mit Grenzüberfällen heimzusuchen.

Ich trieb zwischen Schlafen und Wachen, kaum darüber besorgt, was die größeren, mächtigeren Monarchen tun würden. Es genügte mir, wieder in Appleby zu sein, und ich lächelte zufrieden, als Edwen die Harfe zur Hand nahm und die vertrauten Lieder der Geschichte uns alle einhüllten.

4.

SAMHAIN

Wir waren ungefähr vierzehn Tage in Appleby gewesen, als ein Druide den Hügel heraufkam und durch das Gatter der Palisade schritt. Ich war im Zwinger und half, die Wunden eines Hundes zu versorgen, der vor zwei Tagen bei einer Hirschhatz aufgespießt worden war, und so entging mir die Aufregung seiner Ankunft. Als wir fertig waren und uns am Trog wuschen, sprachen sogar schon die Stallknechte über den Besucher, und es wurde viel herumgerätselt, wer er sei und was er wolle.

An diesem Abend war die Halle überfüllt, denn die Nachricht, daß ein Druide am Hof war, verbreitete sich mit Windeseile, und nach dem Abendessen versammelte sich der Rat. Jene, deren Rang sie nicht zu einem Stuhl berechtigte, breiteten Teppiche oder Kissen aus und machten es sich zwischen den Sitzenden bequem. Ich fand Kaethi auf der anderen Seite der Feuerstelle und hatte mich gerade neben ihr hingekuschelt, um alles zu beobachten, als eine von Mamas Hofdamen meine Schulter berührte.

»Du gehörst an die Seite der Königin«, flüsterte sie.

Ich starrte sie verständnislos an, und sie zupfte mich am Gewand und setzte energisch hinzu: »Mach schon!«

Ich hatte mich meiner Mutter noch nie genähert, wenn sie auf dem Stuhl der Königin saß, und tat es jetzt mit einer Mischung aus Vorsicht und Aufregung. Bestraft wurde ich nur innerhalb der Familie und nicht vor den Augen des Hofes, also glaubte ich nicht, daß ich Ärger hatte, doch ich konnte mir nicht erklären, warum ich meinen Platz verlassen sollte. Der reservierte Gesichtsausdruck meiner Mutter ließ jedoch darauf schließen, daß jetzt nicht die Zeit war, Fragen zu stellen.

Sie deutete auf den Schemel an ihrer Seite, und ich setzte mich, während mein Vater die Versammlung für eröffnet erklärte und alles verstummte.

»Es ist uns eine Ehre, heute abend einen besonderen Gast zu haben«, sagte er, blickte sich im Kreis um und nickte dem Fremden zur Begrüßung zu. »Cathbad, der Druide, hat um Erlaubnis gebeten, dem Rat eine Botschaft von der Hohepriesterin zu überbringen.«

Der Fremde erhob sich und trat in die Mitte des Kreises. Er war schlank und blond, und man hätte ihn leicht für einen von Nidans Kriegern halten können, hätte er nicht das weiße Gewand eines weisen Mannes getragen. Die meisten Druiden waren alt und griesgrämig, und ich sah fasziniert zu, wie dieser junge Druide meine Eltern mit einer formellen Verbeugung grüßte. Als sie ihm dankend zunickten, wandte er sich an den Rat und betrachtete aufmerksam jeden der versammelten Freien, bevor er lächelte.

»Es ist eine Freude, bei euch zu sein.« Er sprach mit volltönender Stimme, klar akzentuiert, um Aufmerksamkeit auf sich zu lenken. »Und ich bringe euch ganz besondere Grüße von der Dame vom See. Sie ist bei guter Gesundheit und schickt euch ihren Segen, froh darüber, daß so viele zu den alten Bräuchen zurückkehren. Das Geschenk der jüngsten Ernte beweist, daß die Götter mit ihrem Volk zufrieden sind und uns allen reichlich Korn geschenkt haben.«

Er hielt inne, blickte in die Glut des Feuers, während die Zuhörer sich vergnügt regten und zustimmend nickten. Llyn schnitt mir eine Grimasse, und ich sah rasch wieder zum Druiden, um nicht kichern zu müssen. Der Druck von Mamas Hand auf meiner Schulter mahnte mich, auf meine Manieren zu achten.

»Die Dame vom See«, fuhr unser Besucher fort, durch die Zustimmung seiner Zuhörer in Schwung gebracht, »sieht es als Beweis an, daß die Göttin Mórrígan das Lehrhaus gebilligt hat, das kürzlich an der heiligen Stätte wieder eingerichtet wurde.«

Bei der Erwähnung der dreifachen Göttin des Krieges, des Todes und der Blutgier machte er das Zeichen, um Gotteslästerung abzuwehren, und viele im Rat folgten ihm.

»In den alten Zeiten war es Brauch, die besten jungen Männer in ihr Lehrhaus zu schicken, wo sie in der Kriegskunst unterwiesen wurden. Das war vor langer Zeit, vor dem Reich, als Helden und große Krieger von Mórrígan selbst besucht wurden. Es gab nirgendwo eine bessere Ausbildung, und sogar die Prinzen vom Festland wurden zur Dame geschickt, um an der heiligen Stätte unterwiesen zu werden.«

Er war jetzt in Fahrt, wob einen Zauber von Ruhm und von den Tagen, die aus ferner Vergangenheit aufschienen, und wir schlürften seine Worte wie Honigbier. Lieblingshelden und vielbesungene Schlachten traten aus den Schatten, und in seinen beschwörenden Worten schimmerten goldene Halsringe und verzierte Schilde auf.

»Das«, sagte er und senkte die Stimme fast zu einem Flüstern, »waren die Tage, ehe die Marschkolonnen der Legionen mit den roten Helmbüschen kamen, die den Befehl hatten, die alten Bräuche aus dem Land zu vertreiben.«

Die Leute in der Halle waren stumm, als sannen sie über alte Verletzungen nach, und eine kleine Flammenzunge schoß zischend vom Scheit im Feuer empor.

»Aber jene Druiden, die dem Massaker in Anglesey entkamen, wollten die alten Legenden nicht sterben lassen oder sich der römischen Denkweise anschließen. Über Generationen haben sie, unter dem Schutz der Dame vom See, ihre Weisheit unversehrt erhalten, haben die Erinnerung weitergegeben, haben festgehalten an dem Traum, daß eines Tages die Macht, welche die alten Götter besitzen, wieder zum Leben erwachen würde.« Seine Stimme hatte sich gehoben, war klangvoll und majestätisch und triumphierend. »Jetzt hat sich endlich das Blatt gewendet. Die Zeit ist gekommen, unser Erbe anzunehmen und noch einmal zum Ruhm aufzusteigen!«

»Hört, hört!« rief einer der Krieger vom anderen Ende der Feuergrube, und der Druide wandte sich um und hob seinen Becher zum Gruß. Nachdem er die ersten Tropfen für die Götter vergossen hatte, trank er herzhaft, und eine Welle der Zustimmung lief um den Kreis und legte sich wieder, als er den Becher absetzte.

»Indem wir das Lehrhaus wieder öffen und unser junges königliches Geblüt im Heiligtum lernen lassen, sichern wir den Erfolg künftiger Generationen. Dieses Mal wird der Unterricht umfassender sein, die Unterweisungen Mórrígans in der Kriegskunst nicht ausschließen, aber auch das Wissen der Druiden umfassen, Geschichte und Wissenschaft und Schrifttum, das in vielen Jahren angesammelt wurde. Selbst Heilkunde wird gelehrt werden, so daß jeder künftige Führer mit dem geheimen Wissen der Göttin vertraut ist. Die Dame begann, Schüler um sich zu scharen, als König Ban von Banwick seinen Sohn Lanzelot zu ihr schickte, und seitdem hat die Zahl der Schüler jedes Jahr zugenommen. Jetzt«, sagte er und richtete den Blick langsam auf meine Eltern, »bittet sie um die Ehre, Eure Kinder dort empfangen zu dürfen.«

In der Stille nach den Worten des Druiden umfaßten Mamas Finger meine Schulter fester. Alle in der Halle hielten den Atem an, und ich hörte, wie ein glühendes Scheit zerbröckelte und in die Asche fiel. Mama entspannte sich, als der Druide sich niederbeugte, um den Becher neben seinen Stuhl zu stellen, und als er sich wieder an sie wandte, lächelte sie. Welche Furcht auch immer sie dazu gebracht hatte, meine Schulter so heftig zu umfassen, jetzt war sie verschwunden, und ihre Stimme war ruhig und fest.

»Ehrenwerter Sir, Ihr seid für Eure Berufung wohl begabt. Es ist leicht zu erkennen, daß Ihr ein prächtiger Vermittler zwischen den Göttern und dem Volk sein werdet oder gar schon seid. Und wir schätzen uns glücklich, daß ein solcher Mann uns bei Hof besucht. Wir haben es seit langem als eine Ehre empfunden, daß die Dame in unserem Königreich wohnt, und unseren Nutzen aus ihrem Segen und ihrer Weisheit gezogen. Freilich haben wir, als wir unser Land vor Eindringlingen schützten, auch sie beschützt, und wir haben es gern getan.«

Sie hielt inne und griff nach ihrem Becher, während ihre Worte nachwirkten. Wir folgten ihr ebenso aufmerksam wie vorher Cathbad, denn die Macht der Dame war zur Legende geworden, und es war gefährlich, ihr eine Bitte abzuschlagen. Langsam hob Mama den Becher und trank dem Druiden zu.

»Bitte sagt ihr, daß wir ihr für ihr Angebot danken, den Prinzen zu erziehen, aber er ist ja noch ein kleines Kind, das noch nicht einmal laufen kann. Und die Prinzessin möchte ich bei mir behalten, weil sie viele Dinge, die sich auf das Führen eines Hofes beziehen, noch lernen muß.«

»Die Dame hatte gehofft ...«, begann Cathbad, als könne man die Angelegenheit noch weiter erörtern.

Mama schnitt ihm das Wort ab, im Ton verbindlich, aber trotzdem bestimmt. »Ich bin sicher, die Ausbildung der Jugend in Geschichte, Wissenschaft und Heilkunde ist höchst wünschenswert, doch wir müssen alles, was in unseren Kräften steht, innerhalb unserer Familie tun. Angesichts der heutigen Zeit, die immer noch unsicher ist, wird die Dame das zweifellos verstehen.«

Cathbad forschte im Gesicht des Königs nach einer Reaktion, doch mein Vater nickte zustimmend.

»Alles Nötige ist gesagt«, sagte er abschließend. »Vielleicht können wir es irgendwann in der Zukunft nochmals erwägen. Jetzt möchten wir Eure anderen Neuigkeiten hören, denn der Rat ist begierig zu erfahren, was in den entlegeneren Königreichen geschehen ist. Kommt Ihr zufällig aus dem Süden, und habt Ihr Kenntnis, wie es um den Hochkönig steht?«

So ging der Augenblick vorüber, und damit war meine Aussicht dahin, bei der Dame zu wohnen. Ich drückte mich wieder an Mamas Knie, neugierig, wie das Leben im Heiligtum wohl gewesen wäre. Rhufon hatte einmal davon gesprochen und gesagt, alle großen Männer wären als Kinder dort gewesen, doch jetzt hörte ich zum ersten Mal, daß Mädchen es besuchen konnten. Wie viele andere waren wohl eingeladen worden, und würden meine Eltern es sich anders überlegen? Die bloße Vorstellung, im Heiligtum zu lernen, versetzte mich in Aufregung; zumindest hätte ich vielleicht gelernt, unter Anleitung der Priesterin die Gestalt zu wechseln, und hätte eine Kriegerin werden können.

Warum hielten es meine Eltern für angebracht, die Einladung abzulehnen? Ich beschloß, Kaethi am Morgen danach zu fragen. Währenddessen fuhr der Druide mit seinem Bericht fort.

Der Sommer im Süden war friedlich gewesen, denn die Sachsen blieben in ihren Ländereien am östlichen Rand unserer Insel.

»König Uther beobachtet dieses Gebiet genau, aber es laufen Gerüchte um, daß es auf dem Festland andere Stämme gibt, die sich zu einem größeren Einmarsch verbünden. Er verlangt von allen Vasallenkönigen die Zusicherung, daß ihre Krieger bereit sind, sollte es nötig sein.«

Mein Vater nickte eifrig, und es gab allgemeine Zustimmung, denn obwohl wir in Rheged mit den Sachsen nicht in Berührung kamen, hieß es von ihnen, sie seien grausame Sieger und noch schlimmere Sklavenhalter. Ich glaubte jedoch nicht, daß sie die Iren übertrafen, denn Nonny sagte, daß die Iren immer noch die Schädel ihrer toten Feinde aufbewahrten, ein Brauch, den wir in England längst aufgegeben hatten.

Jedenfalls war das ein Thema, über das ich nicht weiter nachdachte, und ich war froh, als das Gespräch auf Samhain kam. Mein Vater lud den Druiden ein, uns beim Fest des Jahresendes Gesellschaft zu leisten, und dieser nahm an, vorausgesetzt, er sei mit den Aufträgen der Hohepriesterin fertig.

Beim ersten Tageslicht stand ich auf, zog mich an und rannte zur Schlafstelle der Kräuterfrau neben der Küche. Auf mein Klopfen hörte ich ein Gemurmel, und ich schlüpfte durch den Eingang und plumpste auf den dreibeinigen Schemel neben dem Bett, bevor der Türvorhang zur Ruhe gekommen war.

»Kaethi, weißt du, daß die Dame vom See mich aufgefordert hat, zum Lernen zu ihr zu kommen?« Ich platzte mit der Frage heraus, noch bevor wir einander guten Morgen gewünscht hatten.

Meine ehrwürdige Freundin band erst einmal das Kräutersäckchen an ihren Gürtel, dann drehte sie sich um und sah mich mit einem verschmitzten Lächeln an, als wollte sie fragen, was mich so lange aufgehalten hätte.

»Na, sagen wir mal, daß ich nicht überrascht bin, obwohl ich nicht glaube, daß ›auffordern‹ das richtige Wort ist. Sie ist nicht mächtig genug, das Erscheinen von Königen und Königinnen zu befehlen.«

»Hatte sie früher diese Macht? In den alten Zeiten?«

»Was wissen wir schon von den alten Zeiten, abgesehen von Gerüchten und den Geschichten, die böse Erinnerungen ausschmücken, um sie lebendiger zu machen?«

Die alte Frau kam zum Bett und setzte sich, um ihre Schuhe aus weichem Leder anzuziehen.

»Laß mich das machen«, sagte ich, und als sie ihren Fuß in meinen Schoß setzte, konzentrierte ich mich darauf, den Riemen zu befestigen. »Aber warum wollen meine Eltern mich nicht gehen lassen?«

»Viel wichtiger ist die Frage, warum die Dame dich überhaupt aufgefordert hat. Da steckt mehr dahinter als die freundliche Sorge um deine geistige Entwicklung, täusche dich da nicht, Kind.«

Kaethi setzte den geschnürten Schuh auf den Boden und hob langsam den anderen. An diesem war die Schnalle verbogen, und ich brauchte Geduld, um den Riemen zu befestigen. Meine Ratgeberin bemerkte es nicht einmal, so sehr nahmen ihre Gedanken sie in Anspruch.

»Die Dame und ihre Priester sind eine kleine Gruppe, die man mehr aus Geschichten denn als wirkliche Personen kennt. Jetzt, da die friedvollen Tage des Reiches dahin sind, ist jede Religion auf neue Anhänger erpicht. Sie halten alle Ausschau nach frischem Blut und neuen politischen Vorteilen. Es wäre ein gefundenes Fressen für die Dame, eine hübsche, junge Prinzessin auszubilden, damit du, wenn du eines Tages eine große Königin bist …«

Kaethis Stimme war leise und verträumt geworden, und ihr Blick war verschleiert, denn sie sah Dinge, die ich nicht sehen konnte. Ich hielt den Atem an, während sie in die Zukunft schweifte, und nach einer Weile seufzte sie und schüttelte den Kopf.

»Deine Eltern handeln klug, kleines Fräulein. Du bist nicht dazu bestimmt, eine bloße Schachfigur im Spiel eines anderen zu sein.«

Ich war mit ihrem Stiefel fertig, und sie stand auf und schüttelte sich wie ein Vogel, der sein Gefieder ordnet.

»Was hast du noch gesehen, Kaethi?« fragte ich hoffnungsvoll.

Sie warf mir einen zärtlichen Blick zu, dann lächelte sie. »Daß es ein prächtiger Tag ist, der jetzt anbricht, und man die Gelegenheit nicht versäumen sollte, Freiheit und Lebenslust zu genießen, wenn man sie haben kann.« Im Eingang blieb sie stehen, hielt den Vorhang zur Seite, während ich mich an ihr vorbeidrängte. »Aber vielleicht, nur vielleicht, könnte es dir nicht schaden, hier am Hof von dem Druiden unterrichtet zu werden. Was die Dame vom See betrifft, wird sie, wie es scheint, ein bißchen warten müssen, deine Bekanntschaft zu machen.«

Danach flogen die Tage dahin wie ein Schwarm leuchtender Blätter, voller Farbe und Leben. Die Tochter des Käsemachers und ich waren unzertrennlich: Als wären wir Pflegekinder, ging die eine im Haus der anderen aus und ein … wir kletterten in die hohen Apfelbäume, um die allerletzten Früchte zu pflücken … rannten zum Tor, als die Jagdgesellschaft mit einem ausgewachsenen Keiler zurückkehrte, der zwischen zwei Kriegern an einem Pfahl schaukelte … wir melkten die Kühe, wenn sie auf der Weide grasten, oder schöpften an den flachen Steinbecken den Rahm von der Milch.

Und überall gab es Äpfel: in flachen Körben zum Trocknen ausgebreitet oder für die Keller in Fässer gepackt, mit Honig und Gewürzen eingekocht oder in Fäßchen zu Apfelwein gepreßt, den man im Winter brauchte. Ihr Duft erfüllte unsere Tage mit berauschendem Aroma, und wir tollten darin herum wie zwei Kätzchen zwischen den Stauden der Katzenminze.

Als der Herbst sich dem Ende näherte, begannen die Vorbereitungen für Samhain, den Tag, an dem das alte Jahr stirbt und das neue beginnt. Man sammelt sich vor dem Jahreswechsel, und wenn dies die wichtigste, heiligste Zeit des Jahres ist, dann ist es auch die anstrengendste.

Überall in Britannien muß jedes Tier, das nicht durch den Winter gefüttert werden kann, am Ende dieses Tages geschlachtet sein, und alle Vorbereitungen muß man bis zum Sonnenuntergang des Vortages abschließen, weil Samhain in der Dämmerung beginnt. Das ist die Zeit, da die Geister der Toten zurückkehren, um sich vor dem Winter zu wärmen, und die Grenze zwischen Diesseits und Jenseits schwindet.

Natürlich sind die alten Götter und die Feen immer nahe; Feen und Kobolde und Geister sind jeden Tag um uns. Aber am Abend des Samhain ist es anders, denn dann versuchen sie die Seelen der Menschen, locken und kaufen sie oder feilschen mit ihnen, und jeder, den sie außerhalb seines Hauses erwischen, ist am Morgen ihr Opfer geworden. Jeder weiß, daß die Anderwelt ein Gefilde der Schönheit und Wonne ist wie das Land der Immerjungen, doch ist es auch voll von Gefahr und Schrecken und wird von Mächten beherrscht, die der menschlichen Gewalt entzogen sind. Also würden wir die alten Rituale beachten und in dieser Nacht im Haus bleiben.

Unten an der Auwiese, wo der Fluß sich krümmt, hatten die Männer mehrere Tage lang die Viehgehege und Pferche beobachtet, und der Schmied schärfte Klinge und Ausfleischmesser. Der große Kessel wurde in den Hof der Küche geschafft, und die Frauen machten sich daran, ihn mit weichem Schaffell und Scheuersand zu schrubben. Er stand auf einem Dreifuß und schimmerte trübe in der Oktobersonne, ein Sinnbild der Erfüllung von Leben und Tod.

»Wie alt ist er?« fragte Llyn und drängelte sich zwischen die Arbeitenden, um die Figuren, die sich um seine Rundung zogen, besser sehen zu können.

»Das weiß niemand«, sagte eine Dienerin und stupste gegen eine Ausbuchtung, die einem Hirschkopf ähnelte.

»Ich wette, Kaethi weiß es«, bemerkte eine andere.

»Kaethi würde damit nichts zu tun haben wollen«, verkündete

ich stolz, fest davon überzeugt, daß die Figur böse sei und Schlimmes ahnen lasse.

»Es ist nicht klug, für andere zu sprechen, Fräulein.«

Die vertraute Stimme ertönte hinter mir, und erschrocken fuhr ich herum und sah Kaethi im Eingang der Küche stehen.

Alles im Hof verstummte plötzlich, und die Frauen machten Platz, als sie langsam auf das riesige Gefäß zuging.

Sein Rand reichte der Kräuterfrau bis zur Hüfte, und sie beugte sich nieder, um die Figuren genau zu betrachten, kniff die Augen zusammen, um die Umrisse zu erkennen. Ich mußte an eine Grasmücke denken, die neugierig durch das verschlungene Unterholz eines Dickichts späht, und wäre ihre Miene nicht so ernst gewesen, hätte ich gekichert.

»Viele der alten Götter haben Opferkessel«, murmelte sie vor sich hin sich. »Ich habe mal von einem anderen Kessel gehört, der noch größer war, irgendwo auf dem Festland. Dieser hier ist groß genug, daß ein Mensch kopfüber hineinspringen kann.«

Einen Augenblick dachte ich, sie werde die Hand ausstrecken und eine der Figuren mit den Fingern betasten, um ihre Bedeutung besser zu verstehen, doch statt dessen zuckte sie zurück, verbarg ihre Hände wieder in den Ärmeln und wich vor dem Gefäß zurück wie vor einer Natter, die man nicht reizen will.

»Es scheinen Götter und Opfertiere zu sein ... und ein paar Fragen stellt man besser nicht. Es reicht, wenn man weiß, daß der Kessel den alten Bräuchen genügt.«

In ihrer Stimme klang unsagbares Wissen mit, und die Frauen gingen schweigend wieder an die Arbeit, als wären sie von einer dumpfen, namenlosen Furcht erfüllt. Am Tag des Samhain forderte man die Schicksalsgötter besser nicht heraus, und jeder war bemüht, sich für den morgigen Tag bereitzumachen, denn dann konnten keine ungetanen Arbeiten mehr erledigt werden. Ich machte Llyn ein Zeichen, und wir schlichen uns heimlich davon.

An diesem Nachmittag suchten wir unser Lieblingsplätzchen an der steilen Hügelflanke auf, die schroff zum Fluß abfällt, und blickten aus dem Schutz des Hangwaldes über das aufgefächerte Land. Eine Schar lärmender Krähen hatte sich auf der anderen Flußseite am Heiligen Hain nahe der Hügelkuppe versammelt. Das rauhe Krächzen und das stolze Gehabe der Tiere, die der Kriegsgöttin gehörten, zerrten an meinen Nerven.

»Mama sagt, der Druide ist von seiner Reise zum Heiligtum noch nicht zurückgekehrt«, bemerkte meine Freundin. »Sie sagt, es ist eine böses Vorzeichen, Samhain ohne einen Druiden zu feiern.«

»Mein Vater hat die Samhain-Riten schon ausgeführt, als du und ich noch nicht auf der Welt waren«, gab ich zurück. Ich spürte ein Kribbeln auf der Haut, und ich war tief verärgert. »Ich glaube nicht, daß es eine Rolle spielt, ob ein Druide dabeisteht und zusieht oder nicht.«

»Sei still«, erwiderte sie und senkte die Stimme. »Ich habe an heute nacht gedacht ... wenn alle Geister unterwegs sind. Was soll sie davon abhalten, an unsere Betten zu kommen und uns mitzunehmen?«

Etwas hatte die Krähen verstört, und sie flatterten hoch durch die Luft, unruhig, kreischend und rasselnd, und ich wünschte, ich beherrschte die Druidenkunst, zu erkennen, was ihre Bewegungen bedeuteten.

»Hast du je davon gehört, daß sie einen Menschen aus einem Haus gestohlen haben?« Ich warf ihr einen Blick zu und hoffte, daß meine Stimme zuversichtlicher klang, als ich mich fühlte. Llyn zeichnete ein kleines Muster auf den Boden, und als sie merkte, daß ich zusah, wischte sie es verlegen lächelnd wieder aus.

»Was war das?«

»Nichts.« Sie zuckte die Achseln. »Bloß ein Zeichen, das Papa mir gezeigt hat. Ein Fahrender hat's ihm beigebracht.«

»Das Zeichen der Christen?«

»Ich glaube. Papa sagte, der Fahrende hätte einige Zeit bei dem heiligen Mann zugebracht, der in den Höhlen unten am Eamont haust, also ist es wohl möglich.«

Ich zog die Knie unter mein Kinn und wünschte, in meinem Pelz zu stecken, denn der Nachmittag war plötzlich fröstelig geworden.

»Glaubst du, daß es dich heute nacht schützen wird?«

»Vielleicht, aber ich werde trotzdem im Bett sein, bevor die Dunkelheit kommt!«

Sie lachte, und da ich wußte, daß es bei mir ebenso sein würde, lachte ich auch.

Wir verließen unseren Hochsitz und kletterten wieder auf den Pfad, der zur Palisade auf der Hügelkuppe führte. Der Lärm des Viehs, das zur Schlachtbank getrieben wurde, drang herauf, und wir blickten über den langen Hang auf die Tiere, ungefähr ein Dutzend, zusammengedrängt in ihren Pferchen. Die Gerber waren gekommen und zogen ihre leeren Schlitten hinter sich her, und alle, die keine Freunde oder Verwandten hatten, mit denen sie diese Nacht verbringen konnten, waren emsig damit beschäftigt, ein Lederzelt zu errichten, um sich gemeinsam vor den umherstreifenden Anderen zu schützen. Für mich war es nicht viel mehr als ein Schutz vor dem Wetter, aber vielleicht besteht der Zauber des Samhain eher darin, sich in seiner Sippe als hinter dicken Mauern zu bergen.

Dann trennten wir uns, damit Llyn Zeit blieb, zur Käserei ihrer Familie zurückzukehren, bevor die Dämmerung langsam einsetzte, und ich umarmte sie kurz, um ihr Glück zu wünschen. Wir hatten nie gehört, daß am Samhain jemand verschwunden war, aber am Hof gab es einige, die sich daran erinnern konnten, daß man Leichen in den Wäldern gefunden hatte, die Gesichter starr von Tod und Entsetzen, die Seelen ohne das Anzeichen einer Verwundung oder eines Kampfes verschwunden. Und manche, so hieß es, verschwänden, ohne die geringste Spur zu hinterlassen.

In diesem Jahr war die heilige Nacht ruhig, weder Wind noch heulende Todesfeen störten den Frieden, und ich, behaglich in Pelzdecken eingehüllt, war froh, auf unserem Schlafboden sicher zu sein. Das weiche Glühen eines Binsenlichtes warf einen Keil Wärme durch den Spalt zwischen den Vorhängen, die meine Schlafnische von dem großen Raum trennten, in dem sich meine Eltern leise unterhielten. In ihrer Nische begann Nonny ihr rhythmisches Schnarchen, das ich kannte, seit ich als Kind an ihrer Seite schlief. Ich dachte an die Gerber in ihrem Zelt am Fluß und betete wie mancher andere in dieser Nacht, nichts möge ihren Schlummer stören.

Irgendwann mitten in der Nacht erwachte ich, als das Kind im Traum unruhig zu weinen begann. Nonnys Schnarchen verstummte auf der Stelle, während sie sich um das Kind kümmerte, und setzte erneut ein, als sie wieder eingeschlafen war. Das Licht war gelöscht, also wußte ich, daß es spät war, und es überraschte mich, daß meine Eltern sich noch immer unterhielten. Ihre Stimmen waren leise, und zuerst konnte ich nichts verstehen, doch als alles wieder ruhig war, hörte ich sie deutlicher.

»Bringe es vor das Volk«, sagte Mama in ihrer durch und durch vernünftigen Art. »Die Leute wollten nichts davon hören, als du zum ersten Mal verwundet wurdest, das weißt du, und ich glaube, sie wollen auch jetzt nicht darüber nachdenken. Du bist der König, den sie wollen, und solange du im Krieg die Männer um dich scharen und ihnen im Frieden klugen Rat geben kannst, werden sie dir folgen.«

»Oh, ich weiß, daß sie mir folgen werden. Das bezweifle ich nicht.« Meines Vaters Stimme klang müde. »Aber manchmal denke ich, sie sollten einen König haben, der ...« – er hielt inne und suchte nach dem passenden Wort – »unversehrter ist.«

»Lieber! Wie kannst du deine Unversehrtheit in Zweifel ziehen?« Mama war so entsetzt, daß sie vergaß, die Stimme zu dämpfen. »Lahm, ja. Sogar verkrüppelt, wenn du willst. Aber die Macht eines Führers liegt nicht in seinen Knochen, und mancher Mann ist wegen alter Wunden lahm geworden, die man schlecht versorgt hat. Es stört sie nicht, daß du humpelst; die meisten merken es nicht einmal, wenn du mich fragst. Und es ist schließlich kein angeborenes Gebrechen.«

Ich hörte meinen Vater leise lachen. »Ich glaube manchmal, meine Liebe, du siehst einfach nicht, wie sehr ich mich verändert habe. Ich bin nicht mehr der stolze, junge Prinz, der dich in einer wilden Sommernacht deinem künftigen Bräutigam geraubt und dich mit dem Recht des Besitzers als seine Braut beansprucht hat.«

»Wir verändern uns alle«, sagte Mama hitzig, mehr mit der Gegenwart beschäftigt als mit den Erinnerungen an – wie mir schien – die abenteuerlichste Entführung der Welt. »Wir sind beide klüger geworden und verstehen inzwischen viel, viel mehr vom Leben. Aber das Beste, was ich je tat, war, mich zu weigern, heimzukehren, nachdem du mit meinem Vater Frieden geschlossen hattest. Was kühne Abenteuer im Dunkel der Nacht angeht, die sind nicht mehr nötig. Was wir jetzt brauchen, ist ein König mit einem klaren Kopf, der alles zusammenhalten und ordnen kann, einen Hüter der Gerechtigkeit und einen Mann, der mehr für sein Volk im Sinn hat als einen weiteren Viehraub oder Beute aus einer fremden Schatzkammer.«

Mein Vater antwortete leise und bedächtig, doch seine Stimme drang durch das Dunkel zu mir. »Das Volk hat ein Recht auf einen König, der groß und stolz durch die Menge gehen kann … der länger als ein paar Minuten aufrecht stehen kann, ohne daß ihm vor Schmerz der Schweiß ausbricht und er gegen die Erschöpfung ankämpfen muß. Sie sind unruhig, diese Zeiten, voller Angst, und die Erinnerung an die alten Bräuche sucht die Menschen unaufhörlich heim. Vielleicht beginnen die Leute zu spüren, daß ein jüngerer, kraftvollerer Herrscher den Göttern besser gefallen würde.«

Mama schnaubte verächtlich, und ich hörte, wie sie sich auf ihrem Strohsack aufsetzte. »Und die Druiden helfen nicht mit ihrem Geflüster von ›richtigen‹ Opfern. Aber die Leute werden sich von einem bewährten Anführer nicht abwenden, bloß weil er in ihren Diensten alt und griesgrämig wird. Hör mal, der alte König Coel war kindisch, und sie folgten ihm trotzdem!«

»Aber er hatte die römische Tradition hinter sich, zumindest in der Erinnerung«, ermahnte sie mein Vater. »Und diese Erinnerung schwindet rasch. Die Älteren sind weggestorben, und unter dem gemeinen Volk sind es nur noch wenige, die leibhaftig oder in Gedanken weiter als bis nach Chester gereist sind. Also fallen sie den Geschichten von großen vergangenen Zeiten zum Opfer und verlieren den Blick für das, was im Augenblick erreichbar ist. Und diese alten, vergangenen Geschichten verlangen nach einem König, der durch seine körperliche Kraft Furcht und Ehrfurcht und Bewunderung einflößt, nicht durch seine geistige Tüchtigkeit. Ich sage dir« – und seine Stimme wurde fast ein Flüstern – »ich habe keine Zweifel, wer mein Volk regiert. Es sind die Riten, die Überlieferungen, das ›Beiwerk‹, wenn du willst, die ich mehr fürchte als jede Schlacht. Ein Herrscher muß seinem Volk sein Leben weihen und es opfern, wenn es nötig ist. Und das will ich mit Freuden tun. Wenn ich aber eines Tages bei einer Zeremonie strauchle oder es nicht schaffe, das Opfertier mit einem glatten Streich zu töten, wird das Getuschel anfangen. Und damit wird auch wieder das Geschwätz vom älteren, geheimnisvolleren Opfer beginnen.«

Er seufzte schwer, und ich hörte, daß Mama sich wieder neben ihn legte und besänftigend summte, wie man es bei einem verärgerten Kind macht.

»Du bist heute nacht einfach übermüdet. Warte ab; wenn der Morgen kommt, wirst du so majestätisch, wie man es sich nur wünschen kann, den Hügel hinabschreiten, und jedermann wird dir mit Liebe und Bewunderung zusehen.« Sie mußte noch etwas anderes hinzugefügt haben, denn ich hörte ihn leise lachen, und dann verstummte die Unterhaltung.

Ich lag lange wach, dachte über meinen Vater nach und zum ersten Mal auch über sein Gebrechen. Ich hatte immer gewußt, daß er verkrüppelt war, doch wenn man ihn zu Pferde oder im Rat sitzen sah, fiel seine Mißbildung nicht auf. Bis heute hatte ich auch nie etwas Schlechtes darin gesehen, und die bloße Vorstellung empörte mich, die Leute könnten sich wegen der Wunden, die er im Dienst für sie davongetragen hatte, von ihm abwenden. Daß seine Lahmheit zu einer Bedrohung für sein Leben werden könnte, entsetzte mich.

Verdammte Druiden, dachte ich grimmig, während ich mich noch tiefer unter den Fellen verkroch. Verwünschte Wichte, die sich in alles einmischten … wenn man mich fragte, konnten sie alle zu ihrer Dame zurückgehen und in ihrem heiligen See versinken!

5.

WINTER

Trotz der Vorahnung meines Vaters ging beim Opfer am nächsten Tag alles gut, und während das Blut des Ochsen in den Kessel floß, sangen die Leute die alten Lieder und freuten sich über das fruchtbare Jahr. Es gab weder Unruhe noch Unzufriedenheit, und wir alle begannen das neue Jahr mit großer Zuversicht und einem fröhlichen Schmaus.

Danach kam rasch der Winter, früher als gewöhnlich, und mit

ihm kam das Große Kreuz des Nordens, das in Schlieren von leuchtender Farbe auf dem Nachthimmel schimmerte und flackerte. Oft, wenn die Tage stürmisch waren und Llyn zu Hause blieb, ging ich in Rhufons Sattlerei und nahm meinen Platz neben dem Handwerkskasten ein.

Dort verbrachte ich Stunden, beobachtete den stämmigen, älteren Mann, der nachdenklich an einem Strohhalm kaute, während seine kräftigen Hände an Zügeln und Zaumzeug, Riemen und Satteltaschen zupften und zogen und nähten. Er hatte mich gelehrt, auf die ersten Anzeichen von Verschleiß zu achten und ein neues Lederstück einzusetzen, und ich war stolz darauf, eine Arbeit zu machen, die seinen strengen Maßstäben gerecht wurde. Und immer sprach er über die Tiere.

Einmal erzählte er mir von den Streitrossen, die für die Schlacht beschlagen und dazu abgerichtet waren, mit ihren Hufen wie mit Waffen auszuschlagen.

»Haben die Legionen solche Streitrosse benutzt?« fragte ich, gefesselt und abgestoßen zugleich vom unheimlichen Weiterwirken römischer Bräuche.

»Nicht, daß ich davon gehört hätte. Die Römer hielten nicht viel von Pferden in der Schlacht, glaube ich, obwohl sie sie am Wall bestimmt benutzt haben. Es heißt, daß die Legionen meistens zu Fuß kämpften, so wie wir es heute machen, aber bei ihnen sah es so aus, als wäre ein ganzes Weltreich auf den Beinen, so zahlreich waren sie.«

Ich versuchte mir vorzustellen, wie die Römer aussahen. Einmal fragte ich Nonny, die verächtlich schnaubte und sagte, sie wären Unholde, wie mir jeder gute Kelte bestätigen könnte. Kaethi lachte bloß und gab zu, daß wir alle Römer gewesen seien, damals, bevor die Legionen abzogen und die Zeit der Unruhen begann. Rhufon sagte, er wisse es einfach nicht, und es interessiere ihn nicht sonderlich; soweit er sehen könne, hätten sie keinen Sinn für Pferde gehabt und seien es deshalb nicht wert, daß man sich mit ihnen befaßte.

Eines Tages, als ich aus dem Stall in die Küche kam, fand ich Mama, die im Gewürzschrank kramte. Sie betrachtete mich und rümpfte die Nase.

»Du liebe Güte, Kind, du riechst wie ein Stall. Was hast du bloß gemacht?« Es war eine beiläufige Bemerkung, und sie fuhr in ihrer Suche fort, ehe ich antwortete.

»Ich habe Rhufon geholfen«, sagte ich achselzuckend und fragte mich, was wir zu essen bekommen würden, wozu Kräuter nötig waren. Kräuter gab es in jedem Garten und Tal in Hülle und Fülle, doch die scharf riechenden Nüsse und Rinden im Gewürzschrank wurden selten verwendet. Nonny sagte, es sei barbarisch, mit den Zweigen eines Baumes zu kochen, der nicht auf dem eigenen Acker gewachsen sei, doch Kaethi meinte, es würde eine erbärmliche Kost dabei herauskommen, wenn wir uns darauf beschränkten, unsere Speisen nur mit Knoblauch und Zwiebeln zu würzen. Auf jeden Fall waren die Gewürze besonderen Gelegenheiten vorbehalten, und ich war neugierig, warum Mama sie jetzt brauchte. »Was kochst du?«

»Ich fange mit den Fladen für das Fest der Wintersonnenwende an«, erwiderte sie geistesabwesend und blickte stirnrunzelnd auf das hintere Brett. »Die verbringst im Augenblick viel Zeit mit Rhufon?«

»Ich glaube ja«, sagte ich ausweichend und warf einen Blick auf die Bratäpfel, die Gladys zum Abkühlen hingestellt hatte.

Mama zog das Kästchen hervor, nach dem sie gesucht hatte, drehte sich um und sah mich scharf an.

»Ich dachte, du wärst zum Spinnen bei Vida.«

Zu spät erkannte ich, daß meine flinke Zunge mich wieder in Schwierigkeiten gebracht hatte; jetzt konnte ich nur noch weggucken und den Mund halten.

Ich haßte das Spinnen. Ich mußte dabei an früher denken, als feindliche Überfälle die Männer in den Kampf riefen und die Frauen und Kinder in die geheimen Verstecke bei den Seen geschafft wurden, bis die Gefahr vorüber war. Das waren Zeiten der Furcht, in denen die Frauen schweigend ihrer Hausarbeit nachgingen und niemand bereit war, zu spielen, zu lachen oder am Seeufer herumzutollen. Mir kam es so vor, als wären diese Tage aus der schweren grauen Wolle gemacht, mit der wir Kinder zu spinnen lernten; rauh und fettig war sie, zerkratzte meine Hände und machte mich nervös, bis ich das Spinnen schließlich haßte.

Selbst der Geruch von ungesponnener Wolle erinnerte mich an Furcht und düstere Häuser, in die man eingesperrt war.

»Nun, Gwen, ich denke, ich spreche mal mit Rhufon«, sagte Mama seufzend, »weil ich dich von morgen an bei Vida im Dachboden haben will.«

Meine Mutter muß mir meine Bestürzung vom Gesicht abgelesen haben, denn sie legte mir den Arm um die Schulter und drückte mich. »Ich weiß … ich weiß, wie gern du unten bei den Ställen wärst, aber es gibt Dinge, die du lernen mußt, und die fangen mit Spinnrocken und Wolle an. Ohne Wolle gäbe es keine Kleider, keine Beutel, keine Behänge für die Wände, weder Fahnen oder Fischnetze noch Bindfaden für die Küche. Und du wirst später nie die Arbeiten in einer Spinnstube planen können, wenn du jetzt nicht lernst, was alles dazugehört.«

Ich sah zu ihr auf, wütend und hilflos und unglücklich, und sie brach in Lachen aus. »Ach, Kind, es ist gar nicht so schlimm. Das heißt ja nicht, daß du nicht gelegentlich bei Rhufon und den Pferden sein kannst, weißt du. Es heißt nur, daß du anfangen mußt, dich mit den Dingen zu beschäftigen, die alle jungen Frauen lernen müssen. Und morgen meldest du dich als erstes bei Vida, damit sie dir Arbeit gibt. Jetzt geh hinaus und wasche dich; ich will nicht, daß du in die Große Halle kommst und wie ein Misthaufen riechst.«

Für dich sagt sich das alles so leicht, dachte ich trotzig, während ich am Wassertrog planschte. Du bist erwachsen, und es steht dir frei, nach Lust und Laune zu kommen und zu gehen, während man mich jeden Tag mit dieser stinkenden Wolle und den schnatternden Frauen einsperren wird!

Jedoch am nächsten Morgen stellte ich mich pflichtgemäß in der Spinnstube ein, wo Vida entsetzt das klumpige, ungleichmäßige Probestück beäugte, das ich für sie spann.

»Na ja, so schlimm ist es nicht, daß man es durch Übung nicht besser machen könnte«, sagte sie und deutete auf Gladys' Tochter, die kaum die Finger bewegte, aber stolz einen endlosen, gleichmäßigen Faden zustande brachte. »Sie ist erst seit dem letzten Frühjahr dabei, und ihre Arbeit war anfangs nicht besser als es die deine jetzt ist.«

Ich starrte das Mädchen an und dachte hartherzig, daß es sich vermutlich vor Pferden fürchtete, doch ich hütete meine Zunge und versuchte zugleich, mit den Wollfasern fertig zu werden.

So fügte ich mich in die Welt der Frauen ein, in der man krempelte und spann, webte und nähte. Im Gegensatz zu den Koppeln oder den weiten Hügeln, wo Llyn und ich sonst spielten, war die Spinnstube eng und stickig, und das Plappern der Frauen über kleine Kinder und Kochen fand ich unsäglich langweilig, verglichen mit Rhufons Unterhaltung.

Sie plauschten über das frühe Einsetzen des Winters mit Schneetreiben und eisigem Wind; selbst die abgehärteten Schafe mußten in die Hürden getrieben werden, damit sie nicht wochenlang unter einer dicken, frostigen Schneedecke verschwanden. Aber mir schien, das hätte ich ebensogut von dem Reisenden erfahren können, der eines Abends ankam und berichtete, daß der See Derwentwater bereits zugefroren sei und Kälte und Hunger die wilden Tiere frech werden lasse; gestern hatte ihn den ganzen Tag ein Wolfsrudel verfolgt, obgleich er auf der Straße geblieben war.

Allmählich dunkelte sich das Jahr ein. Als die Tage kürzer wurden, nahm das Licht in der Spinnstube ab, und die Talglampen brannten den ganzen Tag. Ihre Hitze und der stechende Rauch schwängerten die ohnehin stickige Luft, und die Tage dehnten sich entsetzlich lang und eintönig. Ich schleppte mich jeden Morgen zu meiner Arbeit, als hätte ein Gericht mich dazu verurteilt, und sehnte das Fest der Wintersonnenwende herbei wie eine Verbannte, die es nach ihrem Heimatland verlangt.

Als das Fest näher rückte, zog man immer häufiger auf die Jagd, und meine Mutter gab meinem Vater Lebensmittelpäckchen mit, die er an der Quelle hinterlassen sollte, welche die Uralten benutzten. Sie waren das kleine Volk, dunkel und zierlich, das im Herzen der Wälder wohnte, fern von den Straßen und Gehöften. Nonny sagte, sie wären mit den Feen verwandt und darum der Welt entrückt. Kaethi sagte, das wäre möglich, aber sie hätten auch als erste hier gewohnt, damals, als ganz Britannien noch den Namen Albion trug. Manche sagten sogar, sie wären die Kinder der alten Götter, und jeder kluge Grundbesitzer ließ im Wald Speisen für sie zurück, wenn die Winter rauh wurden.

Dann kam der Feiertag, und der Hof erwachte zum Leben, denn Leute aus dem ganzen Land versammelten sich. Manche wollten dabei helfen, die Sonne auf althergebrachte Weise zurückzurufen, und manche freuten sich auf ein Festessen, wie sie es in den kommenden Monaten nicht wieder bekommen würden. Die meisten jedoch wollten lachen, jagen und an den Wettbewerben teilnehmen, die im Hof oder unten am Fluß stattfanden.

Am Festtag weckte mich die besondere Stille, die sich nach frischem Schneefall einstellt, und als ich durch einen Spalt hinausspähte, verschlug es mir beim Anblick dieser reinen Schönheit den Atem. Ich fuhr in meine wärmsten Kleider und rannte los, um Llyn zu suchen, und nach kurzer Zeit standen wir auf der Kuppe des Hügels und überblickten eine vertraute Welt, die jetzt in ungewohnter Schönheit dalag, denn in Appleby gab es selten so viel Schnee.

Der Tag war strahlend und frostklar, so daß jeder Gegenstand funkelte, und ich schlug die Kapuze meines Umhangs aus Seehundsfell hoch, die jetzt mit weicher grüner Seide gefüttert war. Auch die anderen Kinder nutzten den Feiertag, gesellten sich zu uns, und mit unseren Schlitten fuhren wir um die Wette die Hügelstraße hinunter. Wir lachten und tollten in der frostigen Luft umher, machten Schneeballschlachten, stießen uns gegenseitig in Schneewehen und bauten gemeinsam eine Schneefigur für die Götter. Es war ein schöner Winterdrachen, mit Stechpalmenzweigen bekränzt, und sogar der Druide lächelte darüber, als er auf seinem Weg zum Hof daran vorbeikam. Seit Mama es abgelehnt hatte, mich der Dame vom See zu überlassen, war es das erste Mal, daß er wiedergekommen war, und ich hätte allzu gern gewußt, was sein Lächeln bedeutete.

Am Abend vor Beginn des Festes kleidete Nonny den kleinen Prinzen an, während Mama mein Haar herrichtete. Ich zappelte unruhig, als sie den Kamm durch mein Haargewirr zog, bis sie mich an der Schulter rüttelte.

»Um Himmels willen, Kind, dein Haar sieht wie ein Rattennest aus. Jetzt halte bloß still, während ich versuche, etwas daraus zu machen. Ich habe noch nie ein so unordentliches Mädchen gesehen.«

»Aber ich«, sagte Nonny und warf ihr einen Blick zu. »Wenn es darum ging, etwas anzustellen, dafür habt Ihr einmal ein recht hübsches Beispiel abgegeben, wißt Ihr.«

Mama lachte und zuckte die Achseln. »Ich denke, du hast recht, Nonny. Aber es hat mir nie behagt, wie ein verspieltes Kätzchen am Feuer zu sitzen. Es gab immer so viele Dinge zu tun, die viel interessanter waren, bei den Booten oder den Fischerhütten. Und natürlich bei den Pferden ...«

Ich drehte mich plötzlich um, ich hatte sie ertappt und wußte, sie würde mir jetzt zuhören. So trug ich allerlei Gründe vor, um der Spinnstube zu entrinnen, die Tatsache eingeschlossen, daß selbst Vida sagte, ich sei besser geworden, und ich schloß mit der Bitte, mir zu erlauben, Rhufon wieder im Stall zu helfen.

Mama lächelte, flocht mein Haar und zählte die vielen Dinge auf, die ich noch lernen mußte, bevor ich imstande war, einen eigenen Haushalt zu führen, und das Aufziehen von Pferden gehörte nicht dazu. Als sie mit meiner Frisur fertig war, drehte sie mich herum, damit sie mich anschauen und das Ergebnis ihrer Arbeit prüfen konnte.

»Es genügt, wie du aussiehst, um deinem Vater heute abend Ehre zu machen, Kind, und er sollte entsprechend stolz auf dich sein.« Sie lächelte mich an, schelmisch und ernst zugleich. »Cathbad hat ein paar Neuigkeiten, die dich interessieren werden, denke ich, also spitze die Ohren, wenn nach dem Essen der Rat zusammentritt.«

Unten wurde das Festmahl vorbereitet, kleine harte Gewürzkuchen, in Honigwein getaucht, und große Stücke Wildbret, die sich an den Spießen über der Feuerstelle drehten. Es war ein prächtiges Mahl, und danach, bevor der Tanz anfing, rief mein Vater den Rat zusammen.

Cathbad war von der Dame mit dem Angebot zurückgekehrt, er solle in Appleby bleiben und dort die Kinder unterrichten, und Mama verkündete, daß alle Eltern, die es wünschten, ihre Kinder an den Hof bringen könnten, um sie in allen Dingen, welche die Druiden im Heiligtum lehrten, unterweisen zu lassen. Ein Raunen lief durch die Versammlung, und viele Köpfe nickten zustimmend. Welche Vorbehalte Mama auch gehabt haben mochte, der Vorschlag schien großen Anklang zu finden, und ich war natürlich entzückt, denn das bedeutete, daß ich reinen Gewissens einen Teil jedes Tages fern von der Spinnstube verbringen konnte.

Dann begann beim Klang von Glöckchen und Klappern der Tanz, der die Sonne zurückrufen soll. Alle trugen ihre farbigsten Kleider oder Röcke, Halsringe aus Bronze und anderen strahlenden Putz. Mama hatte ihr neues Seidenkleid an und trug den Goldschmuck aus ihrem Schmuckkasten, und als sie den Tanz eröffnete, sich heiter im Kreis bewegte und jeden aufforderte, ihr zu folgen, war ich sicher, daß sie die schönste Frau der Welt war.

Wir tanzten und sangen bis tief in die Nacht, Erwachsene und Kinder und Alte, alle tanzten um die Feuerstelle. Es war eine prächtige Feier, laut und bunt, und selbst die geschnitzten Gesichter der Säulen, welche das Dach trugen, grinsten fröhlich hinter ihren bemalten Blättern. Ganz gleich, wie weit der Sonnengott gewandert war, ich war davon überzeugt, daß er sein Volk hören und zurückkehren würde.

Am nächsten Morgen trat Cathbad zu mir an den Tisch, an dem Llyn und ich unseren Haferbrei löffelten. Ich betrachtete ihn abwartend und hoffte, daß seine Gesellschaft interessanter sein würde als die in der Spinnstube.

»Es gibt viel zu lernen über die Welt; über das Wachstum und den Nutzen von Pflanzen, das Leben in den Flüssen und über die Sterne auf ihren Bahnen«, sagte er, während sich einige Stalljungen unsicher dem Tisch näherten. »Aber ich denke, die Beschäftigung mit den Dingen draußen werden wir bis zum Beginn des Tauwetters aufschieben und uns inzwischen den Religionen, Ideen und der Geschichte zuwenden, denn darüber kann man auch im Haus etwas lernen.«

Seine zukünftigen Schüler nickten stumm, und ich bemerkte, daß sich Gladys' Tochter in die Gruppe gedrängt hatte und den Druiden mit demselben leeren Gesichtsausdruck anstarrte, wie sie beim Spinnen die Wolle ansah. Es war offenkundig, daß sie entweder ein Denkmal der Geduld oder nicht sehr gewitzt war, doch bis jetzt war ich nicht sicher, was zutraf.

»Hat jemand eine Frage?« wollte der Druide wissen und ließ einen wohlgefälligen Blick über seine wachsende Herde gleiten.

»Mama hat mir gesagt, ich soll nicht zu viele Fragen stellen«, platzte ich heraus.

Unser Lehrer lachte, und sein junges Gesicht legte sich vor Vergnügen in Falten.

»Es gab im alten Griechenland einmal einen ganz besonderen Mann, der glaubte, Fragen seien die beste Möglichkeit, etwas zu erfahren, kleines Fräulein. Man hielt ihn für sehr weise, aber die Anführer fürchteten ihn und sagten, er dürfe nicht herumlaufen und andauernd Fragen stellen. Heute erinnern sich nur noch wenige an die Namen jener, die seinen Tod verursachten, aber Sokrates' Ruhm hat tausend Jahre überdauert, und wir ehren ihn noch immer als einen prächtigen Lehrmeister.«

»Wonach hat er gefragt?« Llyns Stimme war klar und wach, und ich hatte den Verdacht, daß sie hoffte, es seien die Götter gewesen. Als Cathbad zu erklären anfing, glitten wir in unsere erste Unterrichtsstunde, ohne es auch nur zu merken, und der Rest des Morgens verging mit Gespräch und Geschichten und neugierigen Fragen. Als ich am Nachmittag in die Spinnstube eilte, war ich davon überzeugt, daß der Unterricht mir sehr gefallen würde.

Der Druide erwies sich als ein großartiger Lehrer, wenn ich auch enttäuscht war, daß unsere Erziehung die magischen Dinge nicht einschloß, die uns die Dame beigebracht hätte, wie ich annahm. Im allgemeinen entzückte er uns mit den Geschichten anderer Völker und Länder, insbesondere mit solchen von den alten Göttern und Helden Griechenlands.

Wir sprachen über den Trojanischen Krieg und das sonderbar verwickelte Schicksal der Helden, die in jenen fernen, sonnenhellen Tagen ein Leben der Treue und des Verrats führten. Ganz besonders fesselte mich Helena.

»Die sagenhafte Helena«, bemerkte er und strich sich den goldenen Kinnbart. »Ihr bloßer Name beschwört die Zerstörung von Menschenseelen herauf. Ist euch je aufgefallen«, fügte er nachdenklich hinzu, »daß es zwei Arten von Schönheit gibt? Eine innere, die nicht täuschen kann, und eine äußere, die oft irreführt?«

Er erklärte, etwas Häßliches müsse nicht unbedingt schlecht sein, wenn wir auch vor Spinnen und Kröten zurückschreckten, weil uns ihre Gestalt und ihre Bewegungen abstoßend vorkämen, und daß reine Schönheit nicht unbedingt auf Gutes hindeute, denn viele giftige Dinge hätten ein schönes Aussehen.

An diesem Unterricht gefiel mir am meisten, daß Cathbad über eine Sache zu sprechen schien, wir jedoch am Ende in der Regel über etwas anderes nachdachten. Und oft stieg ich die Treppe zur Spinnstube hinauf und grübelte über Dinge nach, die weit entfernt waren von den häuslichen Sorgen der Frauen, zu denen ich mich gesellte.

Vielleicht ist das der Grund, warum ich nichts von dem Unheil ahnte, das die Frauen bereits witterten.

6.

TOD

Als der Winter sich hinzog, gesellten sich in der Großen Halle jeden Tag mehr Kinder zu uns; der Schnee lag so hoch, und die Temperaturen waren so niedrig, daß es draußen wenig zu tun gab, und oft fand sich nirgendwo ein warmes Plätzchen, außer in der Nähe der Feuerstelle. Die Geschichten abends beim Feuer handelten von Unglück und bösem Geschick, und alle Leute waren sich darüber einig, es sei einer der härtesten Winter seit Menschengedenken. Das Fest von Imbolc wurde Anfang Februar gefeiert, doch nur die nächsten Nachbarn konnten uns Gesellschaft leisten, und die Fröhlichkeit hielt sich angesichts der Kälte in Grenzen.

In den Haushalten der Freien wurden Nahrung und Brennholz knapp, und sie begannen sich um Hilfe an ihren König zu wenden, obwohl es in der Regel Mama war, mit der sie sprachen.

»Eure Hoheit«, sagte Gladys eines Tages, und die Wahl der förmlichen Anrede zeigte, wie bestürzt sie war. »Ihr habt dieser Frau einfach die Hälfte des Pökelfleisches gegeben, das wir für die Tafel des Königs beiseitegelegt hatten.«

Sie deutete auf die gebeugte und vermummte Gestalt der Frau des Dachdeckers, die mit einem kleinen Bündel Reisig, das kostbare Fleisch an sich gepreßt, zum Tor trottete.

»Ich weiß, Gladys, ich weiß«, erwiderte Mama. »Aber sie sind eine so große Familie, und sie haben so wenig Feuerholz, daß sie kaum durchkommen werden. Wir haben es in der Großen Halle zumindest behaglich, selbst wenn wir Haferbrei essen würden. Und heute abend können wir uns statt Fleisch auch mal mit Suppe begnügen.«

Gladys schüttelte den Kopf und brummelte, als sie ihrer Hausarbeit nachging, und später am Abend hörte ich Mama mit Nonny sprechen.

»Wir können sie nicht hungern lassen, Nonny, das weißt du. Es bedeutet vielleicht, daß wir eine Zeitlang nicht so königlich leben werden, aber das können wir leicht in Kauf nehmen, um unser Volk vor dem Verhungern zu bewahren.«

Bald war die Not so groß, daß es einfacher wurde, die Leute ständig unter unserem Dach zu speisen und zu wärmen anstatt von Fall zu Fall. Es versammelten sich so viele Leute zum Schlafen um das Feuer, daß unser Haus Mitte März bis zum Bersten gefüllt war und wir einen Wetterumschwung herbeisehnten, als die Tage länger wurden.

»Ich weiß nicht, wo ich sie noch hinstecken soll, Lieber«, seufzte Mama eines Abends vor dem Schlafengehen. »Wir haben in der Großen Halle ganze Familien, und mit den Leuten, die diese Woche gekommen sind, werden alle Ecken und Winkel voll sein. Was hältst du davon, wenn wir einige im Stall einquartieren?«

Ich lugte durch die Vorhänge meiner Nische. Mama saß an ihrem Toilettentisch und nahm die Nadeln aus ihrem Haar, und mein Vater stand hinter ihr.

»Nicht im Stall selbst«, erwiderte er, zog ihre emaillierte Haarspange heraus und ließ die langen kupfernen Flechten durch seine Hände abwärts fallen. »Das Vieh und das restliche Futter sind zu wertvoll, um Leute und Feuer in die Nähe zu lassen. Es wäre besser, wenn die Stallknechte enger zusammenrücken und die nächsten paar Familien einen Teil ihrer Schlafräume benutzen würden.«

»Glaubst du, daß diese Kälte noch länger andauern wird?« Sie lehnte sich an ihn und blickte zu seinem Gesicht auf, müde und besorgt, in der Hoffnung auf Ermutigung.

»Das ist schwer zu sagen, Liebes. Doch ich denke, wir müssen aufs beste vorbereitet sein, für den Fall, daß das gute Wetter zu lange auf sich warten läßt.«

Mama nickte, und als er sich niederbeugte, um ihren Scheitel zu küssen, vergrub ich mich wieder im Bett und war davon überzeugt, daß unsere Zukunft in den besten Händen lag.

Am Tag darauf stieg die Temperatur, und die Regenfälle setzten ein, prasselten aus schweren Wolken nieder und füllten die Bäche mit trübem, schlammigem Wasser. Der Schnee verwandelte sich unter den Sturzbächen des Tauwetters in grauen, häßlichen Matsch, und jeder freute sich, daß die neue Jahreszeit bevorstand.

Aber die Regengüsse dauerten wochenlang an, manchmal nur als Nieselregen, manchmal ergossen sich ganze Wasserfluten aus dem aufgedunsenen Himmel. Man erwachte im dünnen grauen Licht eines weiteren sonnenlosen Tages und sah den Nachmittag ohne eine Spur von Dämmerung in den Abend übergehen. Ohne das Sonnenlicht würde der Frühling nie kommen.

Wasser floß überall, kam in Strömen von oben oder tröpfelte unaufhörlich aus durchweichtem Reet, gluckerte zwischen den Pflastersteinen des Hofes oder stand träge und stinkend auf den niedriger liegenden Wiesen.

Bauern, deren Vieh die Kälte umgebracht hatte, mußten jetzt mit ansehen, wie sich ihre Äcker in Schlamm und Sumpf verwandelten. Das Korn für die Frühjahrsaussaat ging dahin, um den Hunger zu stillen, und Schafe verhungerten, weil ihre jämmerlichen stinkenden Füße zu faulig waren, um bei der Futtersuche ihr Gewicht zu tragen.

Jeden Tag wurde die Schlange der Bittsteller am Tor länger, schwoll an wie der Fluß selbst. Sie kamen mit Frauen und Kindern und Großeltern, wandten sich um Hilfe an ihren König, da sie keinen anderen Ausweg mehr wußten.

Zum Schutz gegen den Regen wurden im Hof Zelte und Verschläge errichtet, als in den Gebäuden kein Platz mehr war, und in Haus und Stall schlich sich leiser Groll ein.

»Als ob knappe Rationen und Zusammenrücken nicht genug wären«, knurrte der schmalgesichtige Mann, der bei Elidan, dem Schmied, arbeitete, »jetzt tritt man auch noch überall auf Gören.«

»Das will ich nicht hören«, sagte Rhufon scharf, während er ein

Halteseil straffzog. »Es gibt schon ohne dein Stöhnen und Jammern Schwierigkeiten genug. Wenn du nur ein bißchen Verstand hättest, wärst du dankbar, daß wir einen König haben, der sich um uns kümmert. Und jetzt verkeile den Pfahl, sonst kriegen wir dieses Zelt nie aufgebaut.«

Während Mama versuchte, allen, die zu uns kamen, ein Dach über dem Kopf zu verschaffen, war es die Aufgabe meines Vaters, sie zu ernähren. Jeden Tag zog er auf die Jagd, stapfte mit seinen Gefährten mühsam durch tropfnasse Wälder oder trotzte den unwirtlichen Hochmooren, und sie schätzten sich glücklich, wenn sie mit einem mageren Hasen oder vielleicht einem Dachs, den sie aus seinem Bau gescheucht hatten, zurückkehrten. Allzuoft kamen sie mit leeren Händen heim, denn den wilden Tieren ging es genauso schlecht wie den Haustieren, und immerfort regnete es.

Schließlich wurde eines der alten Arbeitspferde geschlachtet. Es war der schwarzweiße Wallach, den Rhufon aufgezogen hatte, nachdem seine Mutter von Wölfen gerissen worden war, und er war in den letzten Minuten bei ihm, streichelte seine Nase und versuchte mit ihm oder vielleicht mit sich selber Frieden zu schließen, bevor der Schlachter sein Messer zog.

Mama und Gladys kochten riesige Töpfe dicke Suppe und teilten sie während des ganzen Tages in der Großen Halle aus, damit jedermann Gelegenheit bekam, wenigstens für einige Minuten der Kälte und Feuchtigkeit zu entrinnen.

Doch trotz der Freude, daß man wieder Fleisch hatte, sorgte das kaum für Trost. Der Himmel blieb verhangen, und selbst wenn der Regen aufhörte, gab es dennoch keinen Sonnenschein. Kinder bekamen Erkältungen, und eines der älteren starb. Und dann weinte ein Kind nicht vor Hunger, sondern im Fieber, und bei Anbruch der Nacht lag es tot in den Armen seiner Mutter.

Danach wurden die Leute in großer Zahl krank, von einem Augenblick auf den anderen, und alle, die nicht sogleich starben, lagen schwach und teilnahmslos da. Binnen weniger Tage war die Zahl der Toten so groß, daß wir sie nicht mehr beerdigen konnten, und es schlich sich Verzweiflung ein.

Von Anfang an war Mama überall, verwandelte die Große

Halle in eine Krankenstube, half Kaethi bei der Zubereitung von Arzneien und suchte, wo immer sie konnte, Hoffnung und Trost zu spenden.

»Meine Teure«, flüsterte die Kräuterfrau eines Abends, »es wird knapp, unsere Kräutervorräte gehen zur Neige.«

»Nun, tu dein Bestes«, erwiderte Mama. »Haben wir nicht noch etwas oben in der Truhe?«

»Ja, vielleicht«, antwortete Kaethi zurückhaltend. »Aber das ist für Euch und den König und die Kleinen bestimmt, für den Notfall.«

»Ich kann mir keinen größeren Notfall vorstellen«, sagte Mama schroff. »Es gibt keinen Grund, eine Arznei zurückzuhalten, wenn sie jetzt so dringend gebraucht wird.«

Ihre Stimme war eher müde als rauh, als hätte sie sich den ganzen Tag durch einen endlosen Morast gequält, und mit einem Seufzer schickte sie Kaethi nach oben, um den Rest der Heilkräuter zu holen.

So wurden die letzten unserer Vorräte verbraucht, um neue Tränke zu brauen, und Kaethi beugte sich über die Töpfe, schüttelte den Kopf und murmelte besondere Worte, als versuchte sie, das ganze Land zu retten.

Am Ende der ersten Woche der Krankheit war weniger als die Hälfte der Leute kräftig genug, sich zum Essen in der Großen Halle zu versammeln. Wir umklammerten unsere Schalen mit Gerstenbrei und kauerten uns um das Feuer, denn die Lager der Kranken nahmen zuviel Platz weg, um die Tische aufzustellen.

Als die Mahlzeit beendet war, bat Nidan als Anführer der königlichen Krieger um Aufmerksamkeit, und alles verstummte.

»Wir sind verdammt«, begann er und musterte die ausgemergelten Freien, die im Feuerschein saßen. »Das ist das Werk der Götter, die über etwas erzürnt sind, das wir getan oder unterlassen haben. Und wenn wir überleben wollen, müssen wir einen Weg finden, sie zu besänftigen.«

Ein Gemurmel der Zustimmung schlug ihm entgegen, doch ein anderer Mann fragte halb verzweifelt, halb zornig: »Wie können wir wissen, um welchen Gott, um welchen Ritus es geht?«

Darauf entspann sich ein Streit zwischen den Anhängern aller

Götter, die Rheged jemals gekannt hatte, und schließlich gebot mein Vater Schweigen.

»Es ist völlig klar, daß wir Führung brauchen. Was mich angeht, so bin ich willens, die alten Götter zu bitten, und« – er hielt inne und blickte direkt auf Cathbad – »ich schwöre hiermit, alles zu tun, was für notwendig erachtet wird, um mein Volk zu schützen.«

Eine jähe Stille trat ein, als hätte jeder lautlos Luft geholt und hielte jetzt den Atem an. Jene, die meinen Vater beobachtet hatten, während er sprach, starrten ihn entgeistert an, bald von anderen gefolgt, als ihnen die Bedeutung seiner Worte aufging. Ich wußte nicht genau, was diese stumme Ehrfurcht bedeutete, aber mein Magen krampfte sich in einer schrecklichen Vorahnung zusammen.

In der Stille erhob sich der Druide und verneigte sich vor dem König. »Ihr seid immer weise und gerecht gewesen, Sir. Ich höre, daß Ihr Euch jetzt erbötig macht, das heiligste aller Opfer zu bringen … jenes, auf das sich alles Königtum gründet. Habe ich Euch recht verstanden?«

»Ja«, kam die Antwort. »Ich tue dies Gelöbnis ohne Vorbehalt.«

Mama war sehr bleich geworden, als hätte sie das nicht erwartet, und ich sah von ihr zu Cathbad, entdeckte aber keine Feindseligkeit.

Der Druide blickte meinen Vater voll Respekt und Bewunderung an und wandte sich dann an die Leute. »Ihr seid höchst glücklich zu schätzen, einen solchen Führer zu haben. Doch ich glaube nicht, daß das alte Ritual nötig sein wird; wenigstens sollten wir die Dame vom See um Rat fragen, bevor eine solche Entscheidung getroffen wird. In zehn Tagen feiern wir Beltane, und wenn man mir eine Stute ausleiht, werde ich zum Heiligtum reiten und mit der Priesterin Rücksprache nehmen. Mit Glück werde ich zurück sein, bevor das Feuer entzündet werden muß.«

Einige Einzelheiten wurden noch besprochen, und am Morgen ritten Cathbad und ein paar von Nidans Männern los. Der Druide ritt die Stute Federfuß, die dadurch wahrscheinlich ihr Leben rettete, denn alle anderen Tiere, ausgenommen der Hengst meines Vaters und zwei Arbeitspferde, wurden am folgenden Tag in die

Wildnis getrieben in der Hoffnung, sie würden vielleicht selbst etwas zum Fressen finden. Sollten ein paar der Tiere überleben, wollten wir versuchen, sie im Sommer einzufangen. Ich sah mein Pony nie wieder, doch ich betete zu Epona, sie möge das Tier diesen schrecklichen Frühling überstehen und später im Jahr in einem anderen Stall Zuflucht finden lassen.

Ein letztes Pferd wurde geschlachtet, und eine Zeitlang hatten wir Brühe mit Fleischbröckchen darin.

Sieben Tage nach der Abreise Cathbads wurde der kleine Prinz krank, und in jener Nacht war Mama nicht an der Feuerstelle, obgleich sie einmal, als das Kind schlief, nach unten kam.

Sie sah erschöpft und abgespannt aus, als sie sich langsam zwischen den Leuten bewegte, dort jemanden tröstete oder mit einem anderen plauderte. Ich trat zu ihr, als sie mit Gladys sprach, die neben ihrer kranken Tochter saß.

»Wie geht es ihr jetzt?« fragte Mama.

»Sie lebt noch«, sagte die stämmige Köchin, »aber keine Besserung. Überhaupt keine.«

»Und wie steht's mit den Vorräten in der Küche?«

Gladys zuckte ihre kräftigen Schultern. »Ungefähr zwei Faß Hafer und ein halbes Faß Gerste sind übrig, ein paar Beutel Erbsen, und heute haben die Männer zwei Moorhühner gebracht. Den letzten Kohl habe ich heute abend für die Suppe verbraucht, und wir haben noch ein paar runzelige weiße Rüben. Auch Schweineschmalz ist noch da, aber alles andere ist fast weg. Ich weiß nicht, was wir tun werden.«

Der massige Körper der alten Frau sackte mutlos zusammen, und meine Mutter kniete neben ihr nieder.

»Laß mich bei dem Mädchen wachen, während du eine Schale Wasser holst, um dem Kind Gesicht und Hals abzuwaschen, damit es sich besser fühlt.« Mama deutete auf die fiebernde Gestalt und tätschelte zugleich Gladys' Schulter. »Ich denke, du hast dich so emsig um alle anderen gekümmert, daß du selbst eine Ruhepause nötig hast.«

Zuerst protestierte die Köchin, aber dann ging sie fort, um das Wasser zu holen, und eine Zeitlang saßen Mama und ich neben dem Mädchen, das ich nie gemocht hatte. Ich erinnerte mich an meine unfreundlichen Gedanken in der Spinnstube und betete, sie möge bald gesund werden. Und ich erinnerte die Göttin an Llyn, denn seit Tagen hatte man von ihrer Familie nichts gehört, und ich hatte Angst, auch dort sei die Krankheit ausgebrochen.

Später lag ich zusammengekuschelt neben Kaethi am Feuer, als Mama stehenblieb, um zu fragen, wie es um den Vorrat an Arznei bestellt sei.

»Kann nicht mehr sagen, was dünne Medizin ist und was einfaches Wasser, worüber ich einen Haufen Wörter gesprochen habe«, knurrte Kaethi und griff nach Mamas Hand. »Mir gefallen diese Ringe unter Euren Augen nicht, Teure. Wie lange ist es her, seit Ihr richtig geschlafen habt?«

»Oh, es geht mir gut«, versicherte ihr Mama. »Ich gehe in unsere Gemächer zurück, wenn ich mir die übrigen Kranken angesehen habe.« Sie ließ es so klingen, als wollte sie nur einen Augenblick bleiben, aber als ich die Treppe hinaufstieg, um zu Bett zu gehen, war sie noch immer bei den Kranken.

Ich kroch unter die Decke und lauschte dem Wasser, das von den Traufen tröpfelte, und mein Magen zog sich vor Angst und vor Hunger zusammen. Frühling und Hoffnung und selbst die Götter schienen in weiter Ferne, und ich rief alle Gottheiten an, die ich kannte, von der großen Brigantia bis hin zu Cernunnos, dem Gott mit dem Hirschgeweih, und bat sie, von unserem Hof keine weiteren Opfer zu fordern.

Als ich am nächsten Morgen erwachte, fand ich meine Mutter auf einem Stuhl dösend am Bett meines Bruders, in ein Fellgewand gehüllt, neben dem Rost, dessen Glut seit langem erloschen war. Sie sah so müde und elend aus, daß ich aus dem Bett schlüpfte, zu ihr schlich, mich auf den mit Binsen bestreuten Boden kauerte und meinen Kopf gegen ihre Knie lehnte. Sie regte sich schläfrig, strich mir über das Haar, und ihre Finger fühlten sich auf meiner Stirn heiß und trocken an.

»Geht das nie zu Ende?« flüsterte ich.

»Natürlich, Kind, natürlich«, versicherte sie mir, allmählich erwachend. »Alle Dinge kommen an ein Ende, gute und schlechte.«

»Aber wenn nicht … wenn es so weitergeht … was ist das für ein Ritual, über das Cathbad etwas herausfinden will?«

Ich hoffte halb, sie würde wieder einschlafen und meine Frage nicht beantworten, doch nach einem Schweigen begann sie eine Locke meines Haares um einen Finger zu drehen. Und als sie sprach, flüsterte sie ebenso leise, wie ich es getan hatte.

»Es heißt, daß in den alten Zeiten der König an Beltane als menschliches Opfer dargebracht wurde, wie der Stier an Samhain. Diese Riten wurden in der Zeit des Reiches abgeschafft. Aber die Vorstellung ist noch immer da: ein König muß bereit sein zu tun, was immer für das Heil seines Volkes erforderlich ist ... und in sehr schlimmen Zeiten kann das bedeuten, selbst geopfert zu werden.«

Mir wurde bang ums Herz, als sie diese Worte aussprach. Auf irgendeine Weise hatte ich es die ganze Zeit gewußt, doch wie bei vielen schrecklichen Dingen wurde es mir erst bewußt, als jemand es in Worte faßte.

Meine Stimme war vor Angst nur noch ein Krächzen. »In der Spinnstube sagen die Frauen, es wäre noch niemals so schlimm gewesen ...«

»Das sagen sie immer, wenn die Lage schwierig wird«, erwiderte sie leise. Dann setzte sie sich plötzlich auf, als werde sie erst jetzt ganz wach. Sie nahm mein Kinn in die Hand und hob mein Gesicht, damit ich sie ansah. »Denke daran, ganz gleich, wer was sagt, wichtig ist nur zu begreifen, was getan werden muß, und es dann zu tun. Ganz gleich, wie schwer es ist oder wieviel Schmerz du empfindest. So einfach ist das, wirklich. Sobald du weißt, was du tun mußt, tu's einfach ...«

Ein Zittern durchlief sie, und sie lächelte mich einen Augenblick zärtlich an. Dann schlug sie das Fell zurück und stand müde auf. »Hier, wickle dich ein, während ich in die Küche gehe und nachsehe, wie ich Gladys helfen kann. Der Himmel weiß, wie wir mit Beltane fertig werden sollen, mitten in all dem ...«

Ich kroch auf den Stuhl, und sie packte mich in das Gewand ein, bevor sie nach Nonny und dem Kind sah. Nachdem sie sich vergewissert hatte, daß sich nichts geändert hatte, ging sie auf Zehenspitzen zur Tür.

»Sag Nonny, sie soll das Feuer wieder entfachen, wenn das Kind aufwacht«, mahnte sie mich, blieb unter der Tür stehen und streckte eine Hand aus, um sich abzustützen.

Ich weiß nicht, wie lange sie schwankend dort stand, bevor ihr Körper schlaff wurde und sie langsam zu Boden glitt.

»Mama!« schrie ich, ohne Rücksicht auf das schlafende Haus. »Mama ... Mama!«

Mein Vater sprang aus dem großen Bett, und Nonny kam taumelnd auf die Füße, während der Prinz anfing zu weinen. Eine Magd kam die Treppe hinaufgerannt, und als ich die Schwelle erreichte, auf der meine Mutter lag, hatte sich schon eine solche Menge um sie versammelt, daß ich nicht in ihre Nähe kommen konnte.

Man legte sie auf das große Bett, und Kaethi tappte den ganzen Tag zwischen dem Arzneischrank und dem Bett hin und her und versuchte alles, um ihrer Königin zu helfen. Ich führte ihre Aufträge aus, so gut ich konnte, oder half Nonny beim Prinzen, der fast den ganzen Tag weinte. Mein Vater saß am Feuer, starrte auf die Frau, die die Freude seines Lebens gewesen war, und ich wußte, daß er jede Gottheit anflehte, von der er hoffte, erhört zu werden. Von Zeit zu Zeit trat er ans Bett oder löste Kaethi ab, die kühle Wickel auf Mamas Stirn legte, aber sie stöhnte und wand sich bloß im Fieberwahn, und er konnte sie nicht mehr ansprechen.

Sie starb am nächsten Tag, als der Morgen dämmerte, und der kleine Prinz folgte ihr binnen einer Stunde.

7.

Beltane

Ich verkroch mich im Heu und warf mich hin und her, die Hände auf die Ohren gepreßt. Nonnys Jammern ging endlos weiter und hallte wie das Geschrei der Vertriebenen in meinem Kopf wider.

Mehr als alles andere wünschte ich mir eine warme, zärtliche Umarmung, in der ich mich bergen konnte; festgehalten, beschützt und gedrückt zu werden, bis der kalte Eisblock in meiner Brust schmolz und verschwand. Doch zwischen dem Wehklagen der Frauen und dem gramvollen Schweigen meines Vaters war kein Trost zu finden. So suchte ich Zuflucht im Stall, versuchte verzweifelt, den Gedanken an eine Welt ohne Mama aus meinem Kopf zu verbannen.

Nebenan wieherte der Hengst meines Vaters, als jemand sanft an meinen Händen zupfte. Ich schlug die Augen auf und sah Kaethi neben mir hocken, und ihr tränenfeuchtes Gesicht starrte mich durch die Düsterkeit an. Zögernd ließ ich zu, daß sie meine Hände vom Kopf löste. »Aber, aber, Kind ... du kannst dich nicht den ganzen Tag verstecken«, sagte sie schmeichelnd. Mit flinken Liebkosungen begann sie, meine schmerzende Stirn zu streicheln.

»Sie ist nicht wirklich tot, nicht wahr?« wimmerte ich, und als die Kräuterfrau nickte, schloß ich fest die Augen, abermals vom Kummer überwältigt.

»Nein, nachher ist noch Zeit genug zum Trauern«, sagte die Alte, packte meine Schultern und rüttelte mich mit überraschender Kraft. »Beltane muß vollendet werden. Du mußt zu den Riten herauskommen, mein Fräulein ... es gibt keine Wahl, man muß dem Ritual folgen.«

»Ritual!« Der Gedanke raubte mir den letzten Atem, und ich blickte sie an, plötzlich erstarrt. Schreckliche Bilder suchten mich heim, vom Kessel, dem Druiden und verschwommenen Gestalten, die scheußliche Opfer darbrachten. »Welches Ritual?«

»Na, das Anzünden des Feuers. Du weißt, daß niemand den Beltane-Riten fernbleiben kann, sonst werden die Götter nicht für Feuer sorgen oder für Frühling oder für eine reiche Ernte im kommenden Sommer.«

»Und Mama?« fragte ich und schob den Gedanken an Beltane so weit wie möglich weg. »Was ist mit Mama?«

»Man wird sie morgen beerdigen, nach dem Maitanz um den Pfahl. Sie haben einen Stamm genommen und ihn ausgehöhlt, genau wie in den alten Zeiten, denn die Zeit reicht nicht, einen prächtigen Sarg zu bauen.«

Ich nickte und dachte träge, daß es wenigstens kein kalter Steinkasten sein würde, wie sie die Römer auf dem Friedhof bei Carlisle hatten.

»Laß uns reingehen«, drängte meine Freundin.

Das Geheul in meinem Kopf ließ nach, aber ich zögerte, noch immer unwillig, die Geborgenheit des Stalles zu verlassen.

»Es ist spät, Kind … der Tag ist fast vorbei, und es ist Zeit, Gladys zu helfen.« Kaethis Bitte wurde drängend. »Gladys braucht deine Hilfe … und dein Vater braucht sie auch!«

Irgendwo hörte ich Mama immer wieder flüstern: »… Ganz gleich, wie schwer es ist …«

Ich schluckte und nickte stumm.

In der Halle bewegten sich die Leute mit gedämpftem Schritt und sprachen leise, und aus den oberen Gemächern kam leises Wehklagen. Niemand schien bemerkt zu haben, daß der Regen aufgehört hatte, obgleich die Tür der Halle offenstand, ohne daß Wasser eindrang. Drinnen regnete es Tränen.

Leise Bemerkungen gingen von Mund zu Mund; ja, die Scheite für das Feuer waren zugehauen und bereit; nein, der Druide war noch nicht zurückgekehrt; und vielleicht war es am Ende doch am schicklichsten, die junge Königin nach dem alten Brauch zu beerdigen, anstatt ihre Leiche dem Feuer zu übergeben, wie jemand vorgeschlagen hatte.

Das schreckte mich auf, und meine Schultern zuckten bei dem Gedanken, daß Flammen Mamas Leib umzüngelten. Kaethi hatte mich beim Genick gepackt und schob mich sanft in die Küche, wo Gladys bereits an der Feuerstelle hantierte.

Früher hatten wir Kinder uns einen Spaß daraus gemacht, dabei zu helfen, die lebenspendenden Feuer auszulöschen und jedes Fünkchen aus Herd oder Rost, Laterne oder Fackel zu vertreiben. Wir wußten genau, daß alle Leute zwischen den zwei Flüssen dasselbe machten, während wir hinter Gladys hertrippelten wie die Küken einer Glucke und mit gespielter Ernsthaftigkeit die Asche durchwühlten.

Doch heute geschah das mit traurigem Ernst, denn auch nur ein einziges Fünkchen, das in einem Winkel des Herdes zurückblieb, verhinderte, daß das Freudenfeuer brannte, und ganz besonders in diesem Jahr brauchten wir das Zeichen des Gottessegens. Ich wagte nicht daran zu denken, was geschehen konnte, wenn die winzigste Glut übersehen würde, und ich ließ sorgfältig jeden

Aschenrest durch meine Finger rieseln, damit auch nicht die geringste Spur von Wärme unentdeckt blieb.

Anschließend ging ich ins Schlafgemach zurück, wo mich Nonny mit wildem Schluchzen umarmte, mein Haar streichelte und tröstend auf mich einredete, als sei ich ihr ins Leben zurückgekehrter Liebling. Ich blickte sie tränenlos an, in meinem Inneren taub und stumm, und sie eilte fort, um unsere Umhänge zu holen, denn der Weg zum Heiligen Hain war feucht und kalt, und wir würden warme Kleidung brauchen.

Während sie fort war, ging ich langsam zum Bett, auf dem Mama und das Kind lagen. Sie sahen aus, als schliefen sie, friedlich und heiter, und ich dachte einen Augenblick, ich könnte sie mit einer Berührung aufwecken. Doch meine Finger fanden bloß Kälte, und ich zog mit einem Laut des Erstaunens meine Hand zurück, als Nonny zurückkehrte.

»Hier, mein Liebling. Da ist etwas, das dich warm und trocken halten wird, wenn wir jemanden finden, der dich durch den Fluß trägt.«

So schloß ich mich am Tor dem übrigen Hof an und schritt durch den späten Nachmittag wie in einem Alptraum, ohne am Tod hinter mir noch am Schicksal vor mir etwas ändern zu können.

Dieses Mal gab es kein freudiges Planschen beim Durchqueren der breiten, flachen Furt, kein helles Gelächter und keine Scherze, um die Ankunft des Sommers zu bejubeln. Die gelegentlichen Worte und Grüße kamen aus bedrückten, düsteren Herzen. Jene, die kräftig genug waren, trugen Freunde oder Verwandte, die zu schwach und krank waren, auf eigenen Beinen zu gehen, und alle konzentrierten sich auf den schlammigen Pfad, der zur Kuppe des Heiligen Hügels hinaufführte.

Die Leute bildeten unruhig einen Kreis um den riesigen Holzstoß, der die Ankunft der Götter erwartete. Die jungen Männer drehten abwechselnd die scharfe Spitze des Bohrers auf dem alten Beltane-Scheit, und jedermann wartete gespannt auf die hervorschießende Flamme, die bewies, daß die Götter anwesend waren.

Ich schmiegte mich an Nonny, unter dem Lederumhang geborgen wie ein kleines Kind, und hörte zu, wie die Leute zwischen

Hoffen und Bangen schwankten. Zweimal fing der Zunder Feuer, und ein Schrei der Hoffnung entrang sich ihren Kehlen, der vorsichtig anstieg, als die Fackeln entzündet wurden, und zu einem unheilvollen Grollen zusammenfiel, als die Flammen spuckten und verloschen.

Die Menge begann nervös zu scharren und konnte jeden Augenblick außer Kontrolle geraten. Als die Fackeln zum drittenmal ausgingen, rief jemand: »Ein Zeichen! Das ist ein Zeichen! Das Feuer wird ohne ein Opfer nicht brennen!«

»Oh, Nonny«, wimmerte ich, »was werden sie tun, wenn es sich nicht entzündet?«

»Still, Kind! Natürlich wird es sich entzünden; es muß«, murmelte sie, doch insgeheim wußte ich, daß sie unsicher war. Wurde das Feuer nicht neu entfacht, so daß es fröhlich züngelte, würde es einen Sommer der Pestilenz und Verzweiflung geben. Die Welt würde erkalten und die Wärme aus der Sonne entschwinden, so wie sie aus Mama entschwunden war.

Ich klammerte mich an die alte Amme und dachte an Mama und meinen Bruder, die so früh gestorben und kalt waren wie das im Flug erfrorene Rotkehlchen, das ich im Frühwinter vor dem Tor gefunden hatte. Es erschien so bitter, wie der Fußabdruck eines Kindes, der für immer im Schnee zurückbleibt, und das Gewicht in meiner Brust löste sich in einer Flut von Tränen auf.

Mein Schluchzen verwandelte sich in Schreien, und ich brüllte meine Qual über Mamas Tod hinaus, just als die Menge nach dem Blut meines Vaters schrie, und die beiden Qualen vereinigten sich zu einer gewaltigen Bitte an den Himmel.

»Schau, Kind, schau auf den König!«

Nonny rüttelte mich heftig und zerrte mich hoch, bis ich ungläubig und entsetzt auf den Scheiterhaufen starrte.

Das Feuer war endlich entflammt, und dort, als Schattenriß vor den züngelnden Flammen, oben auf dem prasselnden Scheiterhaufen, hüpfte und sprang die verkrüppelte Gestalt meines Vaters. Er tanzte in der Glut, machte sich selbst zur Brücke zwischen den Göttern und seinem Volk. Es war die Einlösung seines Versprechens als König, und ich blickte mit Ehrfurcht und Entsetzen ins Innere des Infernos, während die ganze Welt zu einem Funkenwirbel verschwamm.

Jahre später sang Edwen, der Barde, davon, wie der König eine der brennenden Fackeln ergriffen und trotz seiner verkrüppelten Beine den Holzstoß erklettert hatte, um die Fackel tief in die trockenere Mitte zu stoßen, wo die Flammen sich rasch ausbreiteten. Aber in jenem Augenblick sah ich meinen Vater als Mensch und als Opfer, und ich schrie laut, als der Anblick sich in mein Gedächtnis einbrannte.

Die Leute jubelten, als ihr König herabstieg, und rannten zu ihm, hoben ihn auf die Schultern und zogen triumphierend um das Feuer. Der Zauber, das Wunder der Rettung durchströmte sie und fand Ausdruck in mächtigen Jubelrufen für den König, der sie befreit hatte.

Ich war zu schwach, mich aus Nonnys Armen zu lösen, warf vor Entsetzen den Kopf zurück und erblickte Sterne, die durch zerfetzte Wolken blinkten. Es waren die ersten Sterne, die ich seit Monaten gesehen hatte, und von diesem wunderbaren Anblick wollte ich unbedingt Nonny erzählen und fuchtelte herum und stammelte zusammenhangloses Zeug.

Wie aus weiter Ferne sah ich, daß sie mich zu beruhigen suchte; dann nahm mich jemand aus ihren Armen, und ich hörte Vida betrübt sagen: »Armer kleiner Wurm, krank wie seine Mutter, ohne Zweifel … fühlt doch mal das Fieber!«

Die Menge zerstreute sich, die Leute wurden zu Schatten, als wir uns auf den Rückweg machten. Und dann stand Mama wartend auf dem Pfad vor mir, das Lächeln der Maikönigin im Gesicht.

»Komm, Gwen, komm hilf mir Blumen pflücken für die Krone«, rief sie lachend und sprang fröhlich voran. Sie war so strahlend, wie ich sie kannte, und ihre Aufforderung so fröhlich und liebevoll, daß ich lächelte und meine Arme nach ihr ausstreckte.

Das war das letzte, woran ich mich viele Tage lang erinnern konnte, und ob sie wirklich in jener Nacht dortgewesen oder mir nur in meinem Fieberwahn erschienen war, werde ich nie erfahren, aber sie hat mich niemals wirklich verlassen.

8.

Bedivere

Ich war so tief in meinen Erinnerungen versunken, daß ich Brigits Worte erst wahrnahm, als sie meinen Arm ergriff. Der Jammer dieses längst vergangenen Frühlings schwand im gleichmäßigen Geräusch der Hufschläge, dem Klirren des Zaumzeugs und dem frischen Grün der Wälder, die uns umgaben.

Meine Freundin beobachtete mich aufmerksam.

»Geht es dir gut, Gwen?« fragte sie, besorgt die Stirn runzelnd.

Ich nickte langsam und kehrte in die Gegenwart zurück.

»Nicht etwa trübe oder dumpfe Gedanken? Ich habe keine Lust, die ganze Nacht wach zu bleiben und aufzupassen, ob du wieder wegzurennen versuchst«, sagte sie halb im Scherz.

»Hab keine Angst … ich habe mich an meine Kindheit erinnert, und dorthin auszureißen ist unmöglich. Und ich habe an Mama gedacht … ich wünschte, du hättest sie gekannt.«

»Wenn ich bedenke, daß Nonny andauernd von ihr spricht und welche Bemerkungen die Frauen hin und wieder machen, scheint mir, ich hätte sie gekannt«, sagte Brigit sanft. »Sie muß eine vollkommene Heilige gewesen sein, nach allem, was mir zu Ohren gekommen ist.«

Ich lächelte bei der Vorstellung, Mama plötzlich in die christliche Kirche aufgenommen zu sehen. Treu, besonnen, humorvoll, königlich, schalkhaft, sanft, anmutig … alles das war sie gewesen, und noch mehr. Doch der Mantel der Selbstverleugnung und Abwendung von der Welt, den christliche Heilige tragen, wäre zweifellos kein Gewand gewesen, in das meine Mutter sich gekleidet hätte. Ihre Liebe zum Volk und das Gefühl der Verantwortung für die Leute machten sie zu einer guten Königin, und es kam mir unwahrscheinlich vor, daß sie diese Seite ihres Wesens hätte verändern können. Vielleicht ist es unmöglich, zugleich eine fromme Christin und eine Königin zu sein.

»Nun ja« – ich lachte – »trotz alledem war Mama in den Augen der Christen ungefähr so ungläubig, wie man's nur sein kann.«

Artus' Feldhauptmann kam angetrabt, um zu melden, man werde zum Mittagmahl im nahen Gasthaus Rast machen.

»Auch um den Pferden Gelegenheit zum Ausruhen zu geben«, fügte er hinzu.

Das Gasthaus war alt und behaglich. Einen römischen Straßenposten hatte man durch einen Anbau aus Steinen erweitert, so daß weitere Räume entstanden waren, und das ganze Gebäude kauerte unter einem dicken Reetdach. Die Besitzer mußten uns erwartet haben, denn die Tische waren mit Speisen überladen, und man hatte für den Fall, daß ich ungestört sein wollte, ein Zimmer hergerichtet. Lavinia hielt es für schicklicher, wenn uns dort serviert würde; aber das Zimmer war klein und bedrückend, so daß ich mich noch mehr als eine Gefangene fühlte; darum gesellte ich mich zum Rest der Gruppe in den Hof, wo die Tische aufgeschlagen waren.

Ich kannte den Gastwirt und seine Frau flüchtig, denn sie waren zu den Ratsversammlungen in Watercrook gekommen, wann immer dort hofgehalten wurde. Die Frau, eine üppige, offenherzige Person, brannte darauf, ihre Kochkünste unter Beweis zu stellen, und war ein wenig aufgeregt, eine so vornehme Gesellschaft bewirten zu dürfen. Ihr Gatte war so rank und schlank, wie seine Frau drall war, und er setzte uns reichlich gutes Bier und Met vor, ohne Zweifel, um das Fehlen von Wein auszugleichen.

»Nur das Beste für Artus' Männer«, verkündete er und erntete dafür von meiner Eskorte stürmischen Beifall.

Nachdem wir kaltes Fleisch, Käse, Haferfladen und Essiggemüse verspeist hatten, tischte die Wirtin eine Süßspeise auf, die mit einer Glasur aus Beerensaft überzogen war.

Bedivere füllte zwei Schalen mit der Nachspeise, brachte eine zu mir und setzte sich mir gegenüber an den Tisch.

Wenn man genauer hinsah, war Artus' Feldhauptmann jünger, als ich gedacht hatte, doch sein in der Jugend pausbäckiges Gesicht war kantig geworden. Sein lohfarbenes Haar sah aus wie Weißbuchenblätter im Herbst, und obgleich er mit seinen Männern Lateinisch redete, sprach er mich in der einheimischen Sprache der Kumbrier an. Das Abzeichen des Roten Drachen an der Schulter seines Umhangs war der einzige Hinweis auf seine Zugehörigkeit zu Artus' Hof.

Er nickte höflich. »Ich hoffe, das Tempo ist für Euch nicht zu ermüdend.«

»Nicht im geringsten«, erwiderte ich und fragte mich, was er in mir sehen mochte. Vielleicht reisten die Damen des Südens wirklich ausschließlich in Sänften. »Im Grunde wäre ich ganz froh, wenn wir ein wenig rascher ritten. Wäre das möglich?« fragte ich hoffnungsvoll.

»Leider nicht«, erwiderte er zwischen zwei Bissen, »weil Merlin seinen alten Wallach nicht überanstrengen will und ich mich um den Troß kümmern muß. Aber ich will sehen, was ich tun kann, wenn wir die Hauptstraße erreichen.« Er kniff seine Augen zu einem Lächeln zusammen, als er hinzufügte: »Ich schließe daraus, daß Ihr nicht eine jener Frauen seid, die einen Schrecken bekommen, wenn ihr Pferd anfängt zu traben.«

Ich lächelte über die Untertreibung und nickte. »Es stimmt, meine Erziehung erhielt ich zu Pferde so gut wie zu Fuß. Und ich kann Euch sagen, daß ich im Augenblick nichts lieber täte, als am Strand von Ravenglass um die Wette zu reiten.«

Als ich das gesagt hatte, wurde mir klar, daß man die Bemerkung mißverstehen konnte, doch Bedivere schien unbewegt. Es war schwer zu sagen, ob er sehr diplomatisch oder bloß schwerfällig war, doch ich ermahnte mich, meine Zunge zu hüten.

»Es war eine Ehre, gestern abend Euren Barden zu hören«, fuhr der Feldhauptmann fort. »Und eine Ehre, auf die ich mich geraume Zeit gefreut habe.«

»Edwen?« Ich war überrascht, daß irgend jemand außerhalb unserer Grenzen von unserem Familienchronisten gehört hatte.

»Oh ja«, versicherte mir Bedivere. »Er hat im Süden einen guten Ruf, und einen wohlverdienten. Früher gefiel mir der Gedanke, selber ein Barde zu werden, hätte ich mich nicht dafür entschieden, Krieger zu werden.«

Er war mit seiner Nachspeise fertig und stellte die Schale ab. »Ich hoffe, es enttäuscht Euch nicht zu sehr, daß wir nicht auf die Dame vom See warten konnten. Die Reise wäre gewiß weniger langweilig für Euch, wenn in Eurem Gefolge mehr Leute wären, die Euch vertraut sind.«

»Keineswegs«, versicherte ich ihm, von seiner Rücksichtnahme beeindruckt. Es dämmerte mir, daß es für diese Männer keine leichte Aufgabe war, eine Frau zu eskortieren, die bald ihre Königin sein würde; sie wußten von mir genausowenig wie ich von ihnen, und sie hatten keine wirkliche Vorstellung davon, was ich vielleicht brauchen oder wünschen könnte. So versuchte ich, Bedivere die Befangenheit zu nehmen, und sagte, daß die Dame und ich nicht unbedingt auf vertrautem Fuß stünden, wenngleich wir uns geraume Zeit kennen würden.

»Ich hörte, daß sie hier im Norden großen Einfluß und Rückhalt hat«, bemerkte er. »Wenigstens hört man das an Artus' Hof.«

Bedivere war aufgestanden, und ich glaubte, das Thema sei erledigt, doch er sah mich wartend an, so daß ich antworten mußte.

»Es ist wahr, der größte Teil unseres Volkes ist zu den alten Bräuchen zurückgekehrt«, sagte ich und vermied es mit Bedacht, etwas über die Priesterin selbst zu sagen.

Mein Begleiter zog fragend eine Augenbraue hoch, als ich aufstand, aber unsere Wirtin kam mit einem Blumengebinde herbeigeeilt, bevor er etwas sagen konnte.

»Für unsere zukünftige Königin«, verkündete sie und machte einen Hofknicks. Dann nahm sie mich plötzlich in die Arme und drückte mich kräftig. »Wer hätte das von unserer kleinen Gwen gedacht, mit der wir an Lammas früher so oft das Brot gebrochen haben ...«

Ich erwiderte ihre Umarmung und dachte wehmütig, wie typisch diese Frau für die warmherzigen Leute war, unter denen ich mein bisheriges Leben verbracht hatte, und wie sehr ich sie in Zukunft vermissen würde.

Wir setzten unsere Reise fort und gelangten nach Kendal, wo der Fluß rasch und klar dahinfließt.

Als wir uns der Siedlung näherten, drehten sich die Leute um, winkten und jubelten. Sie sahen in mir das Landeskind, das sie bei Hofe vertreten würde, und darum lächelten sie und erflehten durch Zeichen den Segen der verschiedensten Götter.

Auf dem Marktplatz hielten die Händler beim Abwiegen der geschorenen Wolle inne, um uns zu grüßen, als wir vorbeizogen. Und in den Laufgängen, wo gesponnen wurde, nickten und knicksten die Frauen und Mädchen, ließen ihre Handspindeln einen

Augenblick ruhen, beugten sich über Geländer und lächelten unserem Zug freundlich zu. An einer Stelle führte die Straße so dicht am Haus einer Spinnerin vorbei, daß mir ein Kind Blütenblätter zuwarf, um sich dann kichernd hinter den Röcken seiner Mutter zu verstecken.

Am Flußufer hingen fertige Stoffe an Spannhaken zum Trocknen. Sie waren gerade gefärbt worden und bildeten einen Flickenteppich aus Gelb und Scharlachrot, Blau und Tiefbraun, alles durchsetzt mit dem zarten Beige und den strengen, nüchternen Grautönungen der Herdwick-Schafe. Und natürlich war auch das satte Grün dabei, für das der Ort berühmt ist.

Der Umhang fiel mir ein, den ich für Artus gemacht hatte; dick und dunkel, reich bestickt mit den Zeichen der Göttin, von mir selber eingearbeitet. Es war das beste Hochzeitsgeschenk, das ich mir vorstellen konnte, denn immerhin kannten wir einander kaum. Meine Erinnerung an unser einziges Zusammentreffen vor langer Zeit wurde von anderen Erinnerungen überlagert, und ich hatte überhaupt keine Ahnung von seinem Wesen, noch hegte ich besondere Gefühle für ihn. Er war jetzt genauso ein Geheimnis für mich wie damals, als die Verlobung verabredet wurde.

Sogar sein Land war mir unbekannt, und ich fragte mich aufs neue, ob es dort wohl die ausgedehnten offenen Heideflächen zum Reiten geben würde oder Stehende Steine, die nach den Zyklen des Universums angeordnet sind, oder Beltane-Feuer, um die Erde aufzuwecken und den Segen der Fruchtbarkeit zu erflehen.

Oder war es, wie Vinnie sagte, ein Land strenger Gesetze und gemessener Sitten, wo es Tanz nur bei Hof gab und nicht ungezügelt und frei auf sternhellen Wiesen? Der bloße Gedanke machte mich beklommen, und mit einem Seufzer beschloß ich, nicht mehr daran zu denken.

Brigit ritt gelassen neben mir, und ich konnte nicht erkennen, was sie dabei empfand, Rheged zu verlassen. Wir würden die Nacht bei ihrer Familie verbringen, und es kam mir sonderbar vor, Fremde zu besuchen, deren Kinder ein so wichtiger Teil meines Lebens gewesen waren. Die Erinnerung an ihre Ankunft stieg in mir auf, und ich gab mich ihr dankbar hin.

9.

Die Pfänder

Die auf Mamas Tod folgenden Monate durchlebten wir in ständigem Kummer.

Ich war wochenlang krank gewesen, und als ich mich wieder erholt hatte, fand ich eine Welt vor, die sich unwiderruflich verändert hatte. Nicht nur Mama, auch Vida und Gladys' Tochter waren gestorben, und viele andere. Sogar Llyn war mir genommen worden, und keinem, mir am allerwenigsten, war nach Lachen und Spielen zumute.

Meines Vaters Entscheidung, ich solle auf Federfuß reiten lernen, munterte mich kaum auf, denn die rotbraune Stute erinnerte mich ständig an Mama. Hinzu kam, daß ich sie nicht allein aus der Übungskoppel führen durfte und alle anderen viel zu beschäftigt waren, um uns beim Ausritt zu begleiten.

Wir quälten uns mutlos und bekümmert durch den Sommer, und als feststand, daß die Ernte ausreichen würde, um durch den Winter zu kommen, verlegte mein Vater den Hof nach Ambleside.

Dort waren die Leute fröhlicher, denn sie hatten nur unter dem schlechten Wetter zu leiden gehabt, aber nicht unter dem Fieber. Der ganze Haushalt lebte auf, und als mein Vater verkündete, daß wir ihn zu den Stehenden Steinen in Furness begleiten sollten, um Zeugen eines bedeutsamen Rituals zu werden, lag fast Festtagsstimmung in der Luft.

Wie es schien, sollten wir mit einer Familie irischer Flüchtlinge zusammentreffen, die vor den Kriegen ihrer Heimat geflohen waren. Sie hatten um Erlaubnis gebeten, sich bei uns ansiedeln zu dürfen, und wollten uns zwei ihrer Kinder als Pfand geben.

Ich war zugleich entsetzt und neugierig. Ich kannte die Iren ausschließlich vom Hörensagen; es waren ihre Seeräuber, die unsere Küsten überfielen, und ihre Krieger, welche die Kumbrier von Wales unterworfen hatten, ehe mein Vorfahr Cunedda von Lothian kam, um sie zu befreien.

Nonnys Familie hatten sie zur Sklaverei gezwungen, also waren die Iren in ihren Augen grausam und hochmütig, sangen schauerliche Lieder und tranken Blut. Kaethi aber sagte, die Iren seien ein fröhliches, lachendes Volk, das die Götter liebte und nie besiegt worden sei. Ich hätte gern gewußt, wer recht hatte, oder ob die Iren beides zugleich sein konnten.

Daß wir neue, mutterlose Kinder in unserem Haushalt haben würden, kam überraschend. Wie sie wohl aussahen? Würden wir uns mit ihnen verständigen können, und würden sie sich in das Leben am Hof einfügen? Hoffentlich waren sie alt genug, um kein Kindermädchen mehr zu brauchen, denn Nonny würde sie vermutlich nicht aus ganzem Herzen willkommen heißen. Sie hatte sich immer noch nicht vom Tod Mamas und des kleinen Prinzen erholt und ging ihren häuslichen Pflichten mit dem zerstreuten Ausdruck einer Frau nach, die unsichtbaren Stimmen lauscht. Es würde ihr vielleicht guttun, sich um ein Kind kümmern zu müssen … wenn auch nicht gerade um ein irisches.

Am Tag der Ankunft der Flüchtlinge wurde ich beauftragt, nach ihnen Ausschau zu halten, und ich kletterte dort, wo der Pfad eben wird und auf den Steinkreis zuläuft, ins Geäst einer riesigen Eiche.

Es ist ein Fleck, der genau auf halbem Weg zwischen dem windigen Hochmoor und dem unten friedlich schimmernden Meeresarm liegt. Hinter mir wandte Black Combe Fell seinen heidebewachsenen Rücken dem Gestade zu, während, getrieben von einem schneidenden Wind, Wolkenfetzen und Nebelschwaden über seine Flanke trieben. Es war der Westwind von der Irischen See, der Fische und Wellen vor sich herjagte und so heftig über die Seeseite des Berges fegte, daß sich dort nur die dürftigsten windgebeugten Pflanzen halten konnten. Doch im Schutz der buckligen Berghänge lag der Sommer saftig und grün am Flußufer, und der Wind bewegte kaum die Banner neben unseren Zelten. Nach Süden hin, am Ende des felsigen Bachlaufs, schimmerten silbern und golden die Wasser des Duddon-Fjords zwischen den Schlammflächen, von einer unsichtbaren Lichtquelle erhellt. Es sah aus, als ließe ein Gott einen geschmolzenen Schatz aus der Tiefe erstrahlen.

Die Fremden kamen gegen Mittag in Sicht, bewegten sich langsam den hügeligen Pfad hinauf. Ich rannte zu meinem Vater und dann zu Kaethi, die dabei war, das Gästezelt herzurichten.

»Scheinen nicht so viele zu sein«, sagte ich, während ich dabei half, die Schaffellteppiche zwischen den Strohlagern auszubreiten. »Ungefähr ein Dutzend Leute. Und alle zu Fuß.«

»Aber natürlich, Kind. Wie sollten sie in Booten aus Weidengeflecht Pferde rüberbringen?« Sie trat zurück, um ihr Werk zu betrachten, und gab mir einen Krug. »Und jetzt geh, fülle den Krug am Bach, und dann sind wir mit allem fertig.«

»Und sie haben komische Tiere bei sich«, beharrte ich. »Zum Reiten nicht groß genug, aber größer als Schafe, und sie laufen neben ihnen her und werden nicht getrieben.«

»Ob das Schweine sind?« grübelte Kaethi. »Ich habe gehört, daß die Iren großen Wert auf ihre Schweine legen. Nun ja, wir werden es bald wissen. Und jetzt beeile dich mit dem Krug, mein Kleines, oder sie werden hier sein, bevor wir mit unseren Vorbereitungen fertig sind.«

Ich trabte zum Fluß, fand mitten in den grauen Felsen einen hellen Fleck, wo das Wasser klar und kühl strudelte. Normalerweise hätte ich dort herumgetrödelt, auf das Aufblitzen eines Eisvogels oder die Kapriolen eines Tauchers gelauert, aber heute füllte ich den Krug und lief zu den Zelten zurück.

Als die Gästequartiere Kaethis Billigung gefunden hatten, traf die Gesellschaft ein. Wir schlossen uns dem übrigen Haushalt an, der am Wegrand Aufstellung genommen hatte und beobachtete, wie die Fremden ins Lager kamen. Mein Vater war ihnen entgegengeritten, um sie zu begrüßen, und begleitete sie so freundlich zu uns, als handelte es sich um Gesandte eines verbündeten Königs und nicht um Flüchtlinge, die um Schutz baten.

Die Erwachsenen waren großgewachsen und rothaarig, mit der roten Gesichtsfarbe und den Sommersprossen der Leute von Argyle. Männer wie Frauen hatten helle Kleider an, Umhänge mit feingearbeiteten Borten, und sie trugen eine stattliche Menge Goldschmuck.

Sie kamen mir nicht wie Rohlinge vor, und ich betrachtete die Gruppe mit prüfendem Blick, denn ich hätte gern gewußt, welches der Kinder bei uns bleiben würde. Meine Aufmerksamkeit wurde von einem dunkelhaarigen Jungen gefesselt, der hinkte. Er hielt ein kräftiges Lederband in der Hand, an dem ein riesiger grauer Hund angeleint war, bei dessen Anblick ich aus dem Staunen nicht mehr herauskam. Der gewaltige, rechteckige Kopf des Tieres reichte dem Jungen fast bis zur Brust, und mit seinem struppigen Fell und dem langbeinigen Körper war er anders als alle Hunde, die ich kannte, denn die Hunde in unserem Zwinger hatten schmale Schnauzen und seidenweiches Fell und waren braun und schwarz und weiß gefleckt. Ich fragte mich, wozu diese Riesentiere nütze waren und wie man ihr Zottelfell pflegte.

Insgesamt waren es vier dieser Riesentiere, und sie trotteten gelassen voran, ohne an den Leinen zu zerren oder auf das Gemurmel unserer neugierigen Begrüßung zu achten. Ich beschloß, den Jungen sobald wie möglich über seinen Schützling auszufragen.

Die Gesellschaft verschwand in ihrem Zelt, mitsamt den Tieren, und erst am späten Nachmittag kamen die Männer hervor und begaben sich ins Quartier meines Vaters zum Begrüßungstrunk. Das Wetter hatte aufgeklart und versprach einen schönen Sommerabend, also trugen wir die Polster und Holzschalen zu den Bratspießen zum Waldrand, um mit unseren Gästen das Brot zu brechen.

Es ergab sich jedoch keine Gelegenheit, den Jungen mit dem Hund zu treffen, bevor das Ritual an den Stehenden Steinen begann, weil alle Kinder unter sorgsamer Überwachung der Frauen standen.

Als schließlich das Mahl vorüber war und die lange Dämmerung eingesetzt hatte, zogen wir am Rand des Hochmoors entlang zum Steinkreis.

Diese heiligen Stätten, von den Göttern angelegt, bevor die Zeit begann, sind über das Land verstreut wie Feenkreise aus den Zeiten der Riesen. Immer in der Nähe eines alten Pfades, immer an Sternen, Sonne oder Mond ausgerichtet, dienen sie allen Leuten als Treffpunkte; ein abgelegener Ort, wo der Mensch frei ist von Krieg und Verstellung, Stolz und Besitz, und seinem Mitmenschen aufrichtig und rechtschaffen gegenübertritt. Dies war nicht die erste Versammlung in einem Steinkreis, an der ich teilnahm, doch sie war zweifellos die aufregendste.

Mein Vater kam zu Pferd, saß aber ab, als alle in dem alten Kreis Platz genommen hatten, und begab sich langsam in die Mitte, wo der Königsstuhl schon bereitstand. Nidan und Rhufon begleiteten ihn, und jeder trug einen langen zugespitzten Stab, der in Klammern auslief, in denen Fackeln steckten. Diese Stäbe stießen sie hinter dem König in die Wiese, dann nahmen sie, wie es vorgeschrieben war, als Zeugen des Vorgangs Haltung an.

Nachdem der Kreis für geschlossen erklärt und die Formel zur Eröffnung des Rates gesprochen war, blickte mein Vater in die Runde und fragte: »Wer hat ein Anliegen an den König von Rheged?«

Der Anführer der irischen Gruppe stand auf und trat gemessenen Schrittes vor, als überdenke er noch die Klugheit seines Handelns. Schließlich straffte er die Schultern, verneigte sich vor dem König, wandte sich um und richtete seine Worte an die ganze Versammlung:

»Ich bin Angus, ein Mann aus Ulster, der mit dem Wunsch nach Rheged gekommen ist, friedfertig unter Eurem Zepter zu siedeln und zu wohnen.« Er sprach klar, ohne Vorrede und Beiwerk, und sein Tonfall hatte einen angenehmen Beiklang.

»Und warum willst du Irland verlassen?« fragte mein Vater.

»Unsere Familie hatte bei unserem König eine hohe Stellung, aber er ist von seinem Bruder getötet worden, und es ist gefährlich für uns, zu bleiben.«

Die Antwort war ausdruckslos und knapp, vielleicht um den Schmerz zu verhüllen, den der Mann empfinden mochte.

»Und welche Sicherheit hast du anzubieten, falls ich dir Zuflucht gewähre?« Meines Vaters Erwiderung war ebenso knapp, und man hätte denken können, hier würde rein geschäftlich über den Kauf einer Kuh verhandelt.

»Meine Tochter Brigit, die ein gutes Mädchen ist und Euch wacker dienen wird, und meinen Neffen Kevin, Sohn des Finn, der mein Bruder ist und neben mir dieses Unternehmen anführt. Beide Kinder sind Erstgeborene und haben in ihrem Heimatland Anspruch auf ein ehrenvolles Erbe.«

»Bringt sie her«, sagte der König, und zwei der Frauen, die offenkundig geweint hatten, lösten sich von der Gruppe und begleiteten die Pfänder vor den Königsstuhl. Die Fackeln flackerten im weichen Zwielicht, und unsere Leute beugten sich vor, um die Kinder besser sehen zu können.

Das eine Kind war ein großes, knochiges Mädchen, das andere der dunkelhaarige Junge, der hinkte. Sie waren beide viel älter, als wir erwartet hatten, und in unserem Haushalt wurde ein Murmeln der Überraschung laut.

»Er hinkt seit seiner Geburt«, erklärte der Ire eilig, »aber er ist sehr flink im Sprechen und Denken und wurde von einem der besten Geschichtenerzähler in ganz Irland ausgebildet. Vielleicht könnt Ihr ihn zu Eurem eigenen Barden heranziehen oder Eurem Schreiber zur Seite setzen. Es dürfte nicht schwierig sein, ihn schreiben zu lehren.«

Mein Vater hatte seit Monaten nicht mehr gelacht, doch ich glaubte in seinen Augen ein amüsiertes Zwinkern zu erkennen, als der Mann ohne weiteres annahm, wir hätten einen Schreiber. Da in Rheged niemand zu lesen brauchte, gab es keinen Grund, sich einen Schreiber zu halten.

Der König blickte die Frauen und die Kinder eine Weile nachdenklich an und strich sich geistesabwesend den Schnurrbart. Schließlich nickte er und richtete seine Aufmerksamkeit wieder auf Angus.

»Wo gedenkt ihr euch niederzulassen?« fragte er, offenbar mit den Pfändern zufrieden.

»Das, Sir, liegt bei Euch. Wir hätten gern ein eigenes Gehöft; wir werden Land roden und Äcker bestellen, denn Schafzucht betreiben wir nicht allzu gern. Wir bauen auf Euer Urteil, uns ein Gebiet zu überlassen, das unseren Bedürfnissen entspricht.«

»Nun gut«, erwiderte mein Vater. »Wenn ihr dem Ufer dieser Bucht nach Osten folgt, werdet ihr nahe der römischen Straße, die nach Süden führt, günstiges Land finden. Ich werde es aufzeichnen und euch zeigen, wo ihr landen könnt. Wenn ihr lieber nicht zu Fuß gehen wollt, kann ich euch mit Pferden und etwas Gerät versorgen.«

Der Ire sah überrascht aus, denn einen so wohlwollenden Empfang hatte er offenbar nicht erwartet.

Die Augen meines Vaters funkelten gutgelaunt, und er fuhr fort: »Das sind Einzelheiten, um die wir uns später kümmern können. Was nun die Pfänder betrifft, gibt es einige Dinge, die ihr wissen solltet.«

Er deutete auf die Kinder, die zu beiden Seiten seines Stuhles Aufstellung nahmen. Das Mädchen stand einfach da und sah mit ruhiger Würde zu Boden. Doch der Junge sah erst den König, dann die Leute im Kreis freimütig an.

»Es ist ein besonderes Vertrauen, das ihr in mich setzt, wenn ihr die Erben eures Geschlechtes in meine Hände gebt«, begann mein Vater, und es war seiner Stimme anzuhören, daß dies ein ernster Augenblick war. »Das soll für beide Seiten eine Verpflichtung sein. Von eurer Seite aus soll es weder Auflehnung, Bruch des Friedens noch Pläne zur Verschwörung geben. Und ich für meinen Teil gelobe, euch als Freie des Landes anzusehen und eure Kinder zu behüten und zu beschützen und sie in meinen Haushalt aufzunehmen. Sie sollen wie jedes Pflegekind mit Sorgfalt und Rücksicht auf ihr Wohlergehen behandelt werden. Ich will nicht, daß ihr euch sorgt«, und damit wandte er sich an die Mütter, »sie könnten schlecht behandelt oder mißbraucht werden. Ein armseliger Führer ist der Mann, der nicht um die Achtung und Würde weiß, welche Kindern zukommen, die man seiner Fürsorge überlassen hat.«

Die Räume zwischen den Steinen hatten sich mit Schatten gefüllt, und über uns begannen die Sterne, im dunkler werdenden Himmel zu tanzen. Eine der Frauen schniefte laut, und der König wandte sich abermals an ihren Anführer: »Stimmst du dieser Abmachung zu?«

Der Mann nickte stumm, und mein Vater ließ die Pfänder ihre Hände zusammenlegen, wonach ihr Verwandter seine Hand über die zwei kleineren legte. Sorgsam schob der König seine eigenen Handflächen über und unter den verschlungenen Fingerknäuel und sagte: »Schwörst du, Angus von Ulster, beim Leben deiner Kinder, den Frieden dieses Königreiches zu achten und aus freien Stücken anzuerkennen, daß ich, Leodegrance von Rheged, dein Führer und König bin?«

Der große, rothaarige Ire beugte den Kopf, erwiderte aber mit fester Stimme: »Ich schwöre.«

Die Hände lösten sich, und mein Vater nahm in seinem Stuhl eine bequemere Haltung ein. Alle Zuhörer waren bewegt und seufzten, und irgendwo in der Ferne hörte ich den schwachen Ruf einer Eule.

Mein Vater wandte sich an das Mädchen und lächelte: »Wie alt bist du, Brigit mit dem flammenden Haar?«

Sie hatte während der gesamten Zeremonie zu Boden geblickt, doch jetzt hob sie den Kopf und antwortete mit derselben festen Stimme wie ihr Vater: »Ich werde nach dem nächsten Samhain dreizehn.«

»Und du, Kevin?«

Der Junge erwiderte ernst: »Ich bin in diesem Frühjahr zwölf geworden, Sir.« Er hatte bereits die Redeweise eines Barden, und ich glaubte fast, daß es nach dem Stimmbruch nicht schwer sein würde, über sein Hinken und sein zartes Aussehen hinwegzusehen. »Das rechte Alter, um Gefährten meiner Ginevra zu werden, und ohne Zweifel gut für ihr Gemüt, wie auch für das meine«, sagte mein Vater, blickte sich erneut im Kreis um und fragte langsam: »Hat irgend jemand etwas gegen diese Vereinbarung vorzubringen?

Ich sehe keine Einwände«, nickte er zufrieden und sagte dann, feierlich die Sache abschließend: »Also sei es wie besprochen«, und nickte dem Iren zu: »Würdet ihr die Kinder gern bei euch behalten, bis ihr am Morgen aufbrecht? Zu wissen, daß die Kinder im selben Lager, aber unter den Fittichen eines anderen sind, macht die Trennung noch schwerer, als sie ohnehin ist.«

Da erhob sich raunende Zustimmung bei den Gästen, Brigit und Kevin verschwanden unter der Obhut der Frauen, und mein Vater begann, den Rat zu schließen.

Beim Schlußgebet hielt er inne und setzte ein paar eigene Gedanken hinzu:

»Und für diese Mahnung, daß das Leben weiterfließt, daß wir diese Zeit der Trauer hinter uns lassen müssen, danken wir dir, o Brigantia. Die Geschicke aller menschlichen Wesen ändern sich und fließen, und nur die Hochmütigsten glauben, das versiegelte Schicksal erkannt zu haben. Diese Kinder werden erleben, daß die Schicksalsfäden ihrer Leben für immer mit den unsrigen verflochten sind. Doch sie sind nicht die einzigen, die in Mitleidenschaft gezogen werden; ihr Dasein bringt eine neue Kraft, eine neue Farbe an den Hof von Rheged, und das wird uns alle gewiß reicher und glücklicher machen. Darum wollen wir diesen Rat einen glücklichen Zufall nennen, große Göttin, und darum bitten, daß unsere Übereinkunft Gnade in deinen Augen finden möge.«

Das rundete die Zeremonie trefflich ab, und ich ging mit einer neuen Herzensfreude zu Bett, ganz versessen darauf, die Pfänder kennenzulernen, wenn sie auch Iren waren.

10.

Brigit und Kevin

Am nächsten Morgen waren wir früh auf den Beinen, brachen das Lager ab und sagten der irischen Sippe Lebewohl. Wie versprochen hatte mein Vater sie mit Pferden und Sätteln versorgt, und Angus bestand darauf, daß wir zum Dank einen der großen Hunde als Geschenk annahmen.

»Um die Wahrheit zu sagen«, sagte der Ire rauh, »der Junge hängt mächtig an diesem Hundevieh und kann ziemlich gut mit ihm umgehen. Er wird sich weniger einsam fühlen, wenn er etwas hat, das ihn an seine Kindheit erinnert.«

Als die Sonne den Meeresarm mit Gold überzog, brachen wir in verschiedene Richtungen auf, die Iren strebten ihrer neuen Heimat zu, und unser Haushalt zog nach Norden durch das Gebirgstal zum See Windermere und zur Veste Ambleside. Kevin blieb bei Rhufon und den Männern, die langsamer ritten und die Zelte und Geräte transportierten, während Brigit neben mir im Gefolge des Königs ritt.

Es war ein herrlicher Morgen, voller Lerchen, hoher flauschiger Wolken und mit einer sanften Brise.

»Ist es hier anders als in deiner Heimat?« fragte ich das fremde Mädchen, das seit unserem Aufbruch neugierig die Gegend betrachtete.

»Ein bißchen vielleicht. Obwohl der Steinkreis denen sehr ähnelt, die wir in Irland haben. Sage mir«, fragte sie vorsichtig, »gibt es eine Kapelle in der Nähe des Königspalastes?«

»Palast?« fragte ich verblüfft zurück. Es war mir nicht in den

Sinn gekommen, daß sie vielleicht erwartete, in einem Gebäude zu wohnen, das ausschließlich für den König bestimmt war.

»Du weißt schon, dein Zuhause. Du hast doch ein Heim, in dem deine Familie wohnt, oder?«

»Ja, das schon ... eigentlich mehrere«, sagte ich und erklärte ihr, daß wir mit dem Hof meines Vaters in allen möglichen Gebäuden wohnten, in einem römischen Badehaus, einem prächtigen Gehöft wie Patterdale oder in der Großen Halle in Appleby mit Schlafböden und großen Holzsäulen, die das hohe Dach trugen.

»Doch ich glaube, keines dieser Gebäude würdest du einen Palast nennen«, schloß ich. Besorgt, sie könnte enttäuscht sein, wies ich darauf hin, daß wir eben oft auf Reisen waren. »Bist du nicht mit dem Hof gereist, als du in Ulster warst?«

Sie schüttelte leicht den Kopf. »Nicht oft. Wir blieben im Palast des Königs, selbst wenn er nicht da war ... Aber dort gab es eine Kapelle. Und hier?«

»Nun«, wich ich aus, »da gibt es das Kloster Sankt Ninian – das Weiße Haus, am Rand des Solway. Und hin und wieder kommt einer der umherziehenden Christen an den Hof oder wohnt eine Zeitlang in einer Höhle an einem der Flüsse. Ich glaube, in Carlisle gibt es die Ruinen einer Kirche, aber sie ist verlassen ... Seid ihr in eurer Familie Christen?«

»Ich bin Christin«, erwiderte sie stolz, »und auch meine Eltern sind Christen, Kevins Familie dagegen nicht. Aber sie sind schließlich nie einem Heiligen begegnet, also dauert es bei ihnen vielleicht länger, den rechten Weg zu finden.«

Ich blickte meine neue Gefährtin mit wachsendem Interesse an; wenigstens konnte ich aus erster Hand etwas über den Glauben erfahren, dem diese Leute anhingen.

Der Morgen verging mit Gesprächen über Wunder und Magie, Einsiedler und heilige Männer und die großen Lehren, denen sie sich verschrieben hatten. Nach Brigits Erzählungen waren die Heiligen den Druiden sehr ähnlich, außer daß ihre Opfer anders waren und sie einen Gott verehrten, der selber Mensch geworden war. Sie sagte, daß der neue Gott an den Handlungen der Menschen besonderes Interesse nehme – anders als die alten Götter, die darauf bestünden, daß wir zu ihnen kämen, und die unsere Gebete erhörten oder auch nicht.

Ich wußte bereits, daß einen die alten Götter, wenn es ihnen gefiel, in Wonne oder Entsetzen versetzen konnten. Davon schienen die Anhänger des Weißen Christus nicht soviel zu wissen, und darum beschloß ich, bei den alten Bräuchen zu bleiben, und hoffte, das irische Mädchen würde nicht versuchen, mich zu bekehren.

Als wir ans Ufer des ersten Sees kamen, ließ mein Vater halten, damit die Pferde verschnaufen und wir Mittagsruhe halten konnten. Brigit und ich liefen zum steinigen Ufer, kauten Nüsse, aßen Käse und schwatzten noch immer über alle möglichen Dinge. Ich genoß ihre Gesellschaft ungemein, denn sie war die erste wirkliche Freundin, die ich seit Llyns Tod gewann, und ich freute mich darauf, ihr alles über unser Land zu erzählen, so gut ich konnte.

Sie tauchte ihre Hand ins Wasser und zog sie mit einem Ausdruck der Verblüffung zurück.

»Der Coniston ist immer kalt«, erklärte ich und deutete auf die Insel am anderen Ufer. »Dort lassen sich die Kormorane nieder, um ihre Flügel zu trocknen, und die Haubentaucher bauen schwimmende Nester, und manchmal fischen sie im Mondlicht. Der Coniston ist nicht mein Lieblingssee, aber er hat gute Fische.«

»Habt ihr andere Seen?«

»Hm. Da gibt's den Windermere, zu dem wir jetzt unterwegs sind, und den Ullwater mit seinen großen Hirschen und den Schwarzen See, wo die Dame wohnt.« Ich machte das Zeichen und fragte mich anschließend, ob das meinen Gast störte, doch Brigit schien es nicht zu bemerken. Vielleicht gehörte sie nicht zu den Christen, die jeden anderen Glauben verabscheuen.

»Was ist das für eine Dame?« fragte sie und legte sich ihr helles Tuch um die Schultern, denn wir waren an eine Stelle gelangt, wo die Bäume dicht am Wasser wuchsen und es merklich kühler war.

»Nun, die Priesterin ... die Dame vom See. Wißt ihr bei euch etwas über die Göttin und ihre Dame und all das?«

»Du meinst die Mórrígan?« Eilig machte auch sie ein Zeichen. »Jeder kennt sie. Aber wer ist diese Dame?«

Ich erklärte ihr, eine kleine Zahl von Frauen würde in denselben

Künsten ausgebildet wie die Druiden, und beim Tod der alten Priesterin würde eine neue dazu bestimmt, ihren Platz einzunehmen, um für den Rest ihres Lebens andere zu unterrichten.

»Sie heißt die Dame vom See, weil das Heiligtum am Schwarzen See liegt«, schloß ich.

»Ist sie die Führerin der Druiden?« fragte Brigit vorsichtig.

»Das glaube ich nicht, wenn sie auch große Hochachtung vor ihr haben. Sie ist eher Lehrerin als Herrscherin ... und eine große Heilkundige. Die Leute gehen mit allen möglichen Problemen zum Heiligtum.«

»Ähnelt es denn einem Kloster, nur für Frauen?«

»Weiß ich nicht.« Ich zuckte die Achseln. »Ich bin nie im Heiligtum gewesen, und im Kloster auch nicht. Aber ich denke, daß am See Männer und Frauen wohnen, während es in Sankt Ninians Haus in Whithorn nur Männer gibt.«

Brigit dachte eine Minute darüber nach und lächelte. »In meiner Heimat hat die Heilige, nach der ich benannt bin, angefangen, ein Haus nur für Frauen zu gründen. Ich hatte keine Gelegenheit, ihr zu begegnen«, setzte sie wehmütig hinzu. »Aber vielleicht reist sie eines Tages nach Britannien.«

Wir kehrten wieder zur Gruppe der Erwachsenen zurück und gingen vorsichtig, weil sich die Baumwurzeln aus dem Boden rankten und schlängelten und drohten, den Unaufmerksamen zu Fall zu bringen. Eine der Wurzeln war um einen Stein herumgewachsen, und da die Erde ausgewaschen war, saß der Stein wie in einem lebendigen Käfig fest. Ich habe immer den Verdacht gehabt, hier seien zwei Götter am Werk gewesen, ein Gott des Steins und einer des Baums, und stumm grüßte ich beide, als wir vorbeikamen.

»Wie wird man eine Heilige?« fragte ich.

»Oh, wohl vor allem dadurch, daß man im Einklang mit den heiligen Gesetzen lebt und sie anderen beibringt«, sagte Brigit.

»Also ist die Dame vom See in gewisser Hinsicht eine Heilige?«

Das christliche Mädchen blieb jäh stehen, und auf seinem sommersprossigen Gesicht malte sich deutlich der Schrecken. Dann brach Brigit in Lachen aus. »Nun, es ist der falsche Gott, aber sonst ist es vielleicht so. Trotzdem bin ich sicher, daß die Mönche und

Priester es nicht gutheißen würden, wenn man die Dame so nennen würde. Sie mögen die alten Bräuche nicht, weißt du, und sie sagen, es sei töricht, sie für heilig zu halten.«

Ich nickte und lächelte, denn diese neue Freundin mit der singenden Stimme und dem herzhaften Lachen gefiel mir sehr.

Schwieriger war es, den irischen Jungen kennenzulernen. Meine Tage waren arbeitsreich, weil Gladys mir und Brigit in der Küche viel zu tun gab und Kevin bei den Männern war. Ich sah ihn nur beim Abendessen, wenn er zusammen mit den anderen Jüngeren die Erwachsenen bediente. Es gab viel wegzutragen und zu holen, aber herzlich wenig Gelegenheit zum Plaudern. Überdies erschien er, immer wenn ich mit ihm sprach, scheu und zurückhaltend, und es sah fast so aus, als würden wir nie Gelegenheit bekommen, uns anzufreunden.

Eines Morgens sprang ich zu den Ställen, denn ich hatte vor, Federfuß zu striegeln. Als ich um die Ecke des Stalls bog, stieß ich auf Rhufon, der an der Stalltür stand und aufmerksam beobachtete, was auf der Koppel geschah.

Kevin ritt einen jungen kastanienbraunen Wallach und ließ das Pferd alle Gangarten machen. Er umkreiste zweimal die Koppel, hielt das Tier in einem gleichmäßigen Trab, dann trieb er es an der anderen Zaunseite in einen leichten Galopp, während der Stallmeister zusah.

»Scheint, daß er mit Pferden vertraut ist«, bemerkte Rhufon, als ich mich näherte. »Ich habe ihn jedes Tier reiten lassen – natürlich nicht das des Königs –, und es gibt keines, mit dem er nicht fertig wird.«

»Dann kann er vielleicht mit mir ausreiten«, schlug ich mit gekünstelter Gleichgültigkeit vor und versuchte den Eindruck zu erwecken, als wäre das bloß eine praktische Bemerkung und nicht der Gedanke an eine erfüllte, strahlende Zukunft, der mir plötzlich in den Kopf geschossen war. »Du weißt, daß Federfuß nicht genug Bewegung bekommt, und wenn ich einen Begleiter hätte, der sich so gut auf Pferde versteht, wäre es nicht gefährlich, uns allein reiten zu lassen.«

Rhufon warf mir einen langen, abschätzenden Blick zu, Schalk in den Augen, den Mund kaum zu einem Lächeln verzogen, als er sehr, sehr langsam nickte.

»Könnte sein, mein Fräulein ... könnte sein«, meinte er schließlich.

»Ich werde sie im Nu gesattelt haben«, versprach ich und huschte in den Stall, bevor er seine Meinung ändern konnte. Binnen weniger Minuten hatten Kevin und ich das Tor und den Knüppeldamm passiert, der über den Doppelgraben führt.

»Bist du immer so schnell?« fragte er, als wir das Dorf hinter uns gelassen hatten und das kleine Tal ansteuerten, das sich zwischen den grünen Hängen öffnet.

»Wenn ich die Gelegenheit bekomme«, erwiderte ich fröhlich. »Du etwa nicht?«

»Wenn ich die Gelegenheit bekomme«, äffte er mich nach, und wir brachen beide in Lachen aus. »Ich wünschte bloß, wir hätten Ailbe mitgenommen; es war nicht genug Zeit, ihn aus dem Zwinger zu holen.«

»Er kann beim nächsten Mal mitkommen«, versprach ich.

Während des Ritts überhäufte ich ihn mit Fragen nach seinem Hund, nach Irland und all den Dingen in unserem Land, die für ihn neu waren. Anders als seine sanfte Base war er ruhelos und neugierig und betrachtete alles mit prüfendem Blick, von der Anlage der Veste durch die Römer bis zum besten Platz am Ufer, um Schlingen für Enten anzubringen.

Ich war ungeheuer beeindruckt. Er war nur zwei Jahre älter als ich, doch er schien Dinge zu verstehen, über die ich noch nicht einmal nachgedacht hatte.

»Wie kommt es, daß du das alles weißt?« fragte ich.

»Du mußt bloß hinsehen«, erwiderte er. »Nur die Augen offenhalten und auf das achtgeben, was du siehst.«

»Zum Beispiel?«

»Zeichen der Alten. In meiner Heimat hinterlassen sie einander überall Botschaften, die nicht zu übersehen sind, und ich habe hier bereits ein paar gefunden.«

»Wirklich?«

Die Vorstellung, daß Kevin die Zeichen der halb-magischen

Geschöpfe zu deuten wußte, auf die man gewöhnlich nur in Geschichten stieß, war faszinierend, und ich blickte ihn genauer an. Ein schwarzer Haarschopf fiel ihm in die Stirn, verdeckte beinahe die funkelnden blauen Augen, und mir kam der Gedanke, daß er bei seinem Aussehen selber einer dieser Kobolde sein konnte.

»Ganz gewiß«, versicherte er. »Wenn du eine Blüte findest, bei der auf gegenüberliegenden Seiten je zwei Blütenblätter fehlen, weißt du, daß es ein Zeichen von ihnen ist. Oder eine Kerbe in der Rinde eines Baums, etwa drei Fuß hoch über dem Boden … sie sind nicht sehr groß, weißt du.«

»Woher weißt du das? Hast du schon mal einen gesehen?« Ich war sicher, daß er mit jedem der Geister sprechen konnte, wenn er wollte.

Er schaute zur Seite, die Schüchternheit kehrte plötzlich wieder.

»Oh, erzähl's mir, bitte. Ich verspreche, es niemandem zu sagen, wenn du's nicht willst«, bat ich, denn ich fürchtete, mein neuer Freund würde unsere ungezwungene Unterhaltung abbrechen.

»Ich bin schon genug damit gehänselt worden, ich sei ein Wechselbalg, weil ich das einzige dunkelhaarige Kind in einer Schar von Rotschöpfen war«, sagte er vorsichtig. »Und die Erwachsenen hörten nicht gern, daß ich Verbindung zum Kleinen Volk hatte.«

»Du bist also einmal einem von ihnen begegnet, oder?« drängte ich.

Er sah mich an und lächelte, ein plötzliches, wunderschönes Lächeln, das sein Gesicht erhellte.

»Ich war an einem kleinen Bach fischen, der so abseits lag, daß sich niemand sonst dorthin bemühte. Wegen meines Fußes konnte ich es mit den anderen Jungen nicht aufnehmen oder mit dem Schwert üben oder Aufträge für den König übernehmen, darum ging ich meine eigenen Wege und verbrachte den ganzen Tag damit, zu fischen oder Muscheln zu sammeln oder die Vögel zu beobachten, die auf den Landzungen nisteten.

An jenem Nachmittag saß ich auf einer überhängenden Uferbank, versuchte, den Riesenfisch, der dort hauste, zu locken, daß er meinen Köder annahm, als ein Schatten auf mich fiel, und als ich aufblickte, sah ich einen kleinen Mann dastehen, die Hände in die Hüften gestemmt und ein Auge schräg nach oben gerichtet.

Er sah wie ein normaler Mensch aus, nur kleiner, und er hatte schwarze Haare und dunkle Augen, soweit ich das erkennen konnte. Ich sagte etwas, und er sagte auch etwas, und da begriff ich, daß wir nicht dieselbe Sprache sprachen. Er ging um mich herum, damit ich nicht in die Sonne schauen mußte, um ihn zu sehen, und hockte sich vor mich hin. Er war mir so nahe, daß ich ihn riechen konnte, und er stank ziemlich, das kann ich dir sagen. Die Felle, die er trug, waren miserabel gegerbt, und ich bin nicht sicher, ob er je gebadet hat, und seine Haare und seine Felle rochen schwer nach Torfrauch.«

Kevin hielt inne und blickte mich an, um sich zu vergewissern, daß ich ihm glaubte, und fuhr dann mit seiner Geschichte fort.

»Ohne ein Wort ergriff er meinen Fuß, den verkrüppelten. Ich hatte ihn beim Sitzen abgespreizt, und er nahm ihn einfach und streckte mein Bein, damit er den Fuß besser sehen konnte. Dann zog er mir den Schuh aus und versuchte, die Knochen durch die Haut zu ertasten. Er war sehr sanft. Aber niemand, nicht mal meine Mutter, hat sich je den Fuß genau ansehen wollen, also kam mir das sehr sonderbar vor. Nach einer Weile machte er einige Zeichen über der Haut und sagte ein paar Worte, während er den Fuß zwischen seinen Handflächen hielt. Dann nickte er mir zu, zog mir den Schuh wieder an und lehnte sich zurück. Ich hätte nicht sprechen können, wenn ich's versucht hätte, aber ich weiß nicht, ob meine Verblüffung daran schuld war oder ein Zauberbann, mit dem er mich belegt hatte.«

Kevin machte das Zeichen gegen das Böse, und ich nickte, wartete darauf, daß er weitersprach. Der Pfad hatte uns auf eine Wiese geführt, wir hielten an und ließen die Zügel schleifen, damit die Pferde grasen konnten.

»Er griff nach meiner Angelschnur und zog sie aus dem Teich. Der Köder saß noch dran, und er starrte unentwegt auf den Haken, drehte ihn mit derselben Sorgfalt herum wie vorher meinen Fuß. Schließlich blickte er zu mir auf und schüttelte den Kopf, sehr entschieden, und deutete auf den Bach, für den Fall, daß ich nicht verstand. Er nahm ein Feuersteinmesser aus seinem Schurz, schnitt die

Angelschnur ab und steckte das Messer sorgsam wieder ein. Aber den Haken hielt er weiterhin in einer Hand, während er die andere ausstreckte, als wollte er meine Augen vor etwas abschirmen. Ich schloß die Augen und legte meinen Kopf zur Seite, doch als ich sie wieder öffnete, war er gegangen, genauso geräuschlos wie er gekommen war.

Ich habe viel darüber nachgedacht«, schloß Kevin, »und ich weiß nicht, wieviel Neugier bei ihm im Spiel war und ob er wirklich vorhatte, meinen Fuß zu heilen, damit ich dieses Fischwasser in Ruhe ließ. Er hatte mich offensichtlich beobachtet, als ich den Bach heraufkam, sonst hätte er nicht gewußt, daß ich lahm war. Die meisten Leute schauen weg und wollen es sich nicht anmerken lassen; er packte einfach zu und versuchte den Fuß zu richten. Und das ist etwas Besonderes.«

Ich nickte stumm. Nach seiner Geschichte erschien mir das Kleine Volk weniger unheilvoll als vorher.

»Ich habe einmal gehört, daß sie eine Prophezeiung haben«, fuhr Kevin nachdenklich fort. »Sie behaupten, daß ein großer König kommen wird, ein Mann, dessen Reich durch einen Kometen angekündigt wird. Unter seinem Zepter wird es keine Kriege mehr geben. Keine Kelten mehr, die gegen Kelten kämpfen oder Römer gegen Britannier oder Britannier gegen Sachsen. Und das ist auch etwas Besonderes.«

»Ist das möglich?« fragte ich. Die bloße Vorstellung war so sonderbar und großartig, daß sie ihren Ursprung gewiß in der Anderwelt hatte.

Kevin zuckte die Achseln. »Vielleicht. Aber Edwen hat mir ein paar von euren britischen Liedern beigebracht, und die Stammbäume von Königen und Kriegern, die weit zurückreichen … keiner von ihnen war an Frieden sehr interessiert. Der Frieden scheint bei Helden nicht hoch im Kurs zu stehen«, fügte er im selben nüchternen Tonfall hinzu, der auch Brigit eigen war. Wir lachten und spornten die Pferde zu einem Wettrennen über die Wiese an, und als wir heimritten, wußten wir beide, daß wir eine besondere Freundschaft begonnen hatten.

11.

Der Hochkönig

Binnen eines Monats waren Brigit und Kevin so sehr Teil des Haushalts geworden, als wären sie in ihn hineingeboren, und ich konnte mich nicht erinnern, daß das Leben, auch nicht vor Mamas Tod, jemals so ausgefüllt gewesen wäre. Wenn ich nicht mit Brigit zusammen war, unternahm ich etwas mit Kevin. Wir ritten mehrere Male in der Woche aus, durchstreiften das Land, wenn das Wetter es zuließ, sprangen über Bäche oder kletterten auf der Suche nach Honig auf Bäume und dachten uns immer neue Abenteuer aus.

Im Haus erweiterte sich unter Brigits wachsamen Augen meine Kenntnis häuslicher Dinge, wenn auch nicht meine Liebe dazu. Welche Abneigung Nonny gegen die Neuankömmlinge auch gehegt haben mochte, sie schwand dahin, als Brigit mich zum ersten Mal ausschalt, weil ich meine Reithosen zerrissen hatte.

»Wenn du so geschickt bist, den Stoff zu zerreißen, dann kannst du auch lernen, mit der Nadel umzugehen«, verkündete meine Gefährtin und führte mich zu Nonny, um das Nähzeug zu holen.

Die alte Frau war verblüfft, sperrte mit Mamas Schlüsseln den Schrank auf und stöberte herum, bis sie den polierten Knochensplitter mit dem Loch an einem Ende gefunden hatte.

»Alles in Ordnung, Nonny; ich werde dafür sorgen, daß die Nähnadel ordentlich wieder zurückgelegt wird«, versicherte ihr Brigit, und ich mußte mich auf der Stelle hinsetzen und eine Lehrstunde im Flicken über mich ergehen lassen. Nonnys Augen waren zu schwach, um zu erkennen, wie unbeholfen meine Stiche waren, doch sie freute sich, daß mich jemand unter seine Fittiche nahm, daß sie ohnehin nicht allzu kritisch war.

Als die Herbstnächte länger wurden, beschloß mein Vater, daß der Hof an der Nordküste des Solway überwintern sollte; dort war das Wetter mild, und wir konnten den Schmerz um die Verluste des letzten Jahres hinter uns lassen.

Also zogen wir nach Norden und hielten unterwegs häufig an,

um zu erfahren, wie die Ernte sein würde. Es war natürlich nicht die beste, weil der Frühling so feucht und kalt gewesen war, aber wie es schien, würden die meisten Leute genug haben, um durch den Winter zu kommen, und mein Vater räumte ein, daß es viel schlimmer hätte sein können.

Wir ließen Carlisle hinter uns und suchten unseren Weg durch ein Gewirr von Flüssen und Strömen, die bei den Steinen von Mabon in den Firth fließen. Dort war eine Versammlung anberaumt, und die Leute kamen aus allen Gegenden des Walls, um Neuigkeiten auszutauschen; Grundherren und Krieger, einflußreiche Männer aus der Umgebung und ein paar, die sich eher aus persönlichen Gründen einfanden. Emerys, der Müller, kam aus Appleby, um zu berichten, Urien hätte zwar an der penninischen Grenze mehrere Überfälle unternommen, seinen Anspruch auf Rhegeds Staatsgebiet jedoch nicht durchsetzen können.

Es gab zahlreiche andere Berichte und Gerüchte, und am Nachmittag führte mein Vater die Erntedankfeier an, während die Musikanten aufspielten und Cathbad uns einen griechischen Tanz zu Ehren des jungen Gottes beibrachte. Er sagte, daß die Griechen, obwohl Mabon bei ihnen den Namen Apollo trage, die Bedeutung des Tanzes fast genauso verstünden wie wir Kelten.

Alles in allem war es eine fröhliche Versammlung, obgleich es Gerüchte gab, der Hochkönig leide an der Auszehrung.

Ich beobachtete einen Schwarm von Gänsen, die aus dem hohen Norden einflogen, und während ihre Schreie gedämpft und weich aus dem silbrigen Himmel drangen, dachte ich darüber nach, was unter Auszehrung zu verstehen sei.

»Vermutlich etwas, gegen das Heilkundige machtlos sind«, meinte Kevin am nächsten Tag.

Mein Vater war erfreut, daß der Junge mit Pferden umgehen konnte, und machte ihm den Wallach zum Geschenk, der jetzt den Namen Möwentänzer erhielt. Wir ritten zusammen, als der Hof sich ins Winterquartier begab, und Ailbe, der Hund, trottete an unserer Seite.

»Ist das wichtig?« wollte ich wissen, denn war es nicht gleichgültig, wer Hochkönig war? Schließlich sahen wir ihn nie in unseren dunklen Regionen zwischen dem Herzland Britanniens und dem wilden Kaledonien. Ich hätte eher gedacht, Gesundheit und Launen der nördlichen Führer wären für uns wichtiger als das Wohlergehen eines Phantoms im fernen Logres.

»Solange wir ein Vasallenkönigtum sind, ist es wichtig«, behauptete Kevin. »Außerdem sind nicht alle Hochkönige in ihrer Beweglichkeit so eingeschränkt wie Uther. Es heißt, daß Ambrosius weite Reisen durch das Land unternahm; vermutlich ebensoviele wie dein Vater.«

Wir kamen aus einem Gewirr von Hügeln, und ich hielt den Atem an, als unten das weite Tal in Sicht kam. Es ist ein Anblick, den ich von ganzem Herzen liebe. Das Ackerland fällt sanft zum nördlichen Ufer ab und wird im Westen durch die erste der zerfurchten Halbinseln begrenzt, die sich wie dicke, plumpe Finger in den Solway bohren, jeweils durch die aufgewühlten Wasser eines Meeresarms voneinander getrennt.

An diesem Nachmittag lagen die Felder im blanken Bronzeglanz des Herbstes, und die Kette der Criffelberge bezeichnete den Rand der vor uns liegenden Welt. Auf höherem Grund jauchzte der Wind in den Wäldern, während der Solway hinter dem Streifen Marschland trügerisch glatt und friedlich aussah. Bei Ebbe kannst du weit hinauslaufen ins silberne Watt, das sich zwischen dem Himmel über dir und seinem Spiegelbild in der feuchten Glätte unter deinen Füßen spannt. Wenn aber die Flut aufläuft, braust sie zischend über alles hinweg, und dann kannst du dich von einem Schritt zum anderen verirren.

»Edwen meint, die unbeantwortete Frage sei, wer nach Uther König sein wird.«

Kevins Stimme durchkreuzte meine Gedanken und riß mich so plötzlich in die Gegenwart zurück, daß die rauschende Flut und das Bild des Hochkönigs zusammenflossen und mich in Verwirrung stürzten.

»Nach was …?«

»Nach Uthers Tod, Dummkopf. Edwen sagt, daß wir uns an einem Knotenpunkt befinden, wo Vergangenheit und Zukunft sich kreuzen, wo alles, was hinter uns liegt, ebenso in die Schicksalsfäden eingesponnen ist wie die Bestimmung, die vor uns liegt.«

Ich lächelte, weil ich am Ton seiner Stimme merkte, daß er sich anschickte, eine der Geschichten zu wiederholen, die ihm unser Barde beigebracht hatte. Er lernte, die Geschichten mit Erhabenheit und geheimnisvollem Dunkel auszustatten, und ich hörte ihm gern zu, wenn er übte.

»Als die Tage des Reichs endeten, zogen die Heerführer ihre Truppen aus Britannien ab und schifften sich nach Rom ein, in der Hoffnung, die Stadt vor dem Ansturm der Barbaren beschützen zu können.

Da begann die Zeit der Unruhen, mit Pestilenz und Hungersnot allerorten, und weil die Legionen fort waren, wurden die Feinde Britanniens keck und frech. Sie drangen von Norden und Osten und Westen vor: Pikten mit ihren bemalten Leibern und gräßlichen Schlachtrufen, Sachsen in ihren Langschiffen, und Iren, die über das Kleine Meer kamen. Britannien wurde belagert und rief Rom um Hilfe an, aber die Ewige Stadt war in die Hände der Barbaren gefallen und konnte weder Truppen noch Ermutigung schicken.

Überall war Chaos, bis ein Mann aufstand, der es unternahm, die Wunden zu heilen und die Kumbrier gegen den furchtbaren Feind zu vereinigen. Dieser Mann war Vortigern, ein zäher, stolzer Krieger, der sich beim Zusammenbruch des Weltreiches, während des irrwitzigen Raufens um die Macht, den Weg zur Oberherrschaft über alle anderen mit Mord und Plünderung erkämpfte. Er war ein Mann, der an die alten Götter glaubte, der die Geschichte der Kelten pries und versuchte, alles auszulöschen, was einen römischen Anstrich hatte; und jene, die sich ihm widersetzten, liefen um ihr Leben und fanden Zuflucht in Klein-Britannien, das wir heute Bretagne nennen.

In seinem Bemühen, dem Angriff der Feinde, die das Land zu überrennen drohten, Einhalt zu gebieten, schloß der Tyrann Vortigern einen Pakt mit den sächsischen Stämmen, obgleich sie Feinde waren. Er bot ihnen Land und Schätze, wenn sie gegen die anderen Eindringlinge zu den Waffen griffen, und aufgrund dieses Versprechens kamen Hengist und Horsa, die Führer der Sachsen, Britannien mit drei Langschiffen voller Krieger zu Hilfe.

Dann kämpften die neuen Verbündeten auf Britanniens Seite und vertrieben die Eindringlinge aus dem Norden. Nachdem jedoch die Pikten zurückgedrängt waren, begannen die Sachsen, unzufrieden mit den geschenkten Ländereien, mehr zu verlangen und wandten sich gegen ihren Gastgeber und ergossen sich wie eine tödliche Woge in die reichen mittleren Lande Britanniens.

Und darauf kamen übers Wasser her die Söhne der Männer, die Vortigern bei seinem Aufstieg zur Macht ermordet hatte. Erwachsen nun und mächtig brachten sie Heere ins Land und gaben dem Volk noch einmal Mut und Hoffnung, und die Leute folgten ihnen, standen auf gegen den Tyrannen und vertrieben ihn sogar aus seiner Bergfestung im Herzen von Wales.

Diese neuen Führer waren Ambrosius, wohl ausgebildet in der Staatskunst, und sein kriegerischer Bruder Uther, der die Männer in die Schlacht führte. Gemeinsam stellten sie im Reich die Ordnung wieder her und trieben die Sachsen an das östliche Gestade zurück.

Ambrosius wurde zum Hochkönig ausgerufen, und er befahl den jungen Zauberer Merlin an seinen Hof, erkannte ihn als seinen eigenen Sohn an, obgleich dieser unehelich geboren war. Nach Ausbildung und Denken ein Römer, ging Ambrosius daran, die Herrschaft von Recht und Ordnung neu zu begründen, reiste durch das Land und suchte die verschiedenen Stämme der Kelten zu vereinigen.

Doch Ambrosius fiel einem Giftmörder am Hof zum Opfer, und da die Krieger seinem Bruder Uther am meisten vertrauten, wählten sie ihn zum Hochkönig, auf daß er seines Bruders Platz einnehme.

Das war vor sechzehn Jahren«, sagte Kevin, jetzt wieder in gewohntem Tonfall. »Uther ist während der ganzen Jahre seiner Herrschaft ohne Erben geblieben – ausgenommen natürlich der geheimnisvolle kleine Prinz, den Merlin durch Zauber und Hexerei geschaffen haben soll. Seit Jahren hat man weder den Jungen noch den Zauberer zu Gesicht bekommen; niemand weiß, wo das Kind ist oder wie es heißt … ja nicht einmal, ob es noch lebt. Kleine Prinzen haben immer Feinde, wenn es stolze Bewerber um die Krone gibt.«

»Aber wer bewirbt sich darum?« fragte ich, denn ich begriff immer noch nicht, was uns in Rheged das anging.

»Edwen sagt, daß es viele gibt, die mit dieser römischen Erbfolge nicht glücklich sind und die sich wünschen, daß die Krone des Hochkönigs zu den alten keltischen Familien zurückkehrt, die an der Macht waren, ehe die Unruhen begannen. Da es bei der Wahl des Hochkönigs der Zustimmung aller bedarf, gibt es viele, die um die Ehre und die Macht, die mit dem Titel verbunden sind, kämpfen würden.«

Seine dunklen, durchdringenden Augen beobachteten mich gespannt.

»Sage mir«, fragte er, »wie würde es dir gefallen, wenn man die Krone des Hochkönigs zum Beispiel Urien aufsetzen würde?«

»Oh …«

Mit Urien als Nachbar war es schwierig genug; ich war gewiß nicht angetan von der Vorstellung, daß er als Hochkönig auch über uns herrschte. Ich nickte wortlos, schaute wieder aufs Wasser und dachte, wie knifflig und unbeständig die Dinge doch waren, wenn man unter die Oberfläche blickte.

Ein Schauer lief mir über den Rücken, und ich verdrängte das Problem des Hochkönigs und seines Erben aus meinen Gedanken. Wir ritten den schwimmenden Häusern am fernen Loch Milton zu, und ich sagte mir, daß selbst der Hochkönig uns dort nicht würde aufstöbern können.

Länger als die Erinnerung irgendeines Menschen reicht, ruhen die Häuser auf Inseln aus Schlamm und Strauchwerk und Holzstämmen und ähneln sehr den Nestern, die Haubentaucher bauen. Im Sommer sind sie wunderbar, wenn die Boote an den Lauben vertäut sind, die jedes Haus umgeben, und der Wellenschlag von allen Seiten die Seele kühl und frisch umfängt. Und selbst im Winter sind der geglättete Holzboden und die heimeligen Schlafräume, die strahlenförmig vom steinernen Herd ausgehen, ebenso behaglich wie in jedem Rundhaus im Hügelland.

Das Wetter war mild und still in diesem Jahr, vielleicht um uns für die Schrecken des letzten Winters zu entschädigen, und an manch einem Morgen ritten Kevin und ich bei Tagesanbruch aus, durchquerten die gedämpfte, neblige Landschaft, wenn die Sonne aufging. Das Winterschilf, schwarz und ockerfarben am Seeufer, teilte sich plötzlich, wenn ein Reiher krächzend in den Tag aufstieg, und mein Herz erhob sich mit ihm. Selbst die nackten schwarzen Gerippe der Erlen wurden schön, wenn die Sonne den Reif auf ihren Zweigen wie zersplitterte Edelsteine aufblitzen ließ.

Es war an einem solchen Morgen, als wir auf den wilden Mann stießen, der in einem Verhau aus Ästen und Zweigen schlief. Jede unbekannte Person, die im Wald lebte, kündete von fremden und finsteren Mächten, denn nur Ausgestoßene und Verrückte hausten in den Wäldern. Außerdem verbargen die Kleider dieses zerlumpten Wesens kaum die Tätowierungen, die ihn als einen Pikten auswiesen, einen Angehörigen dieses seltsamen, ungezähmten Volkes, das sich von Heidebier ernährte und mit wilder Entschlossenheit in den nördlichen Hochlanden hauste. Kaethi sagte, die Grausamkeit und der Hohn der Pikten sei so schrecklich, daß die Römer den Wall gebaut hätten, um sie fernzuhalten. Ich schluckte plötzlich und lenkte Federfuß fort, und Kevin lachte.

»Was für eine keltische Königin wirst du abgeben, wenn du bei der ersten Mutprobe Reißaus nimmst?« hänselte er mich. »Komm, wir wollen feststellen, wer er ist.«

Ich wollte protestieren, doch Kevin ergriff einen Kiefernzweig und begann den kahlen Kopf des Schläfers damit zu kitzeln.

Mitten im Lauf gezügelt, tänzelten die Pferde ungeduldig, während ringsum der Dampf in die frostige Luft stieg. Möwentänzer, der immer neugierig war, senkte seinen Kopf und schnaubte behutsam gegen den entblößten Fuß des Fremden.

»Lieber Gott, steh mir bei«, murmelte der zerlumpte Fremdling und versuchte, nach dem kitzelnden Kiefernzweig zu schlagen, während er die Beine unter der Wolfsfelldecke hervorzog. »Schon gut, schon gut, ich stehe auf«, fügte er mit bewunderungswürdiger Gutmütigkeit hinzu.

Er setzte sich gemächlich auf und rieb sich die Augen, während wir ihn verblüfft anstarrten. Um seinen Hals hing ein hölzernes Kreuz, und er machte das Zeichen der Christen, obgleich unklar war, ob das ein Gruß an uns oder ein Schutz seiner selbst sein sollte. Kevin warf den Kiefernzweig fort.

»Wohin des Weges, Vater?« fragte er, denn ihm war klar geworden, daß der Mann nur vorübergehend Unterschlupf gesucht und kein Feuer angezündet hatte.

»Na, zum Kloster von Whithorn natürlich«, kam die Antwort.

»Wie lange ist es her, daß Ihr einen vollen Magen hattet?« fragte mein Gefährte, und der Pikte grinste wehmütig.

»Darüber denke ich nicht oft nach«, antwortete er, »denn ich habe gelernt, mich mit dem zu begnügen, was der Herr mir zukommen läßt.«

Also zeigten wir ihm die Richtung zum See und sprengten in vollem Galopp nach Hause. Die Ankunft jedes Fremden bietet Anlaß zur Aufregung, und ein so seltsamer und ungewöhnlicher Besucher war zweifellos noch interessanter.

Wir ließen die Pferde in Rhufons Obhut und stürzten ausgelassen rufend über den Knüppeldamm zum Haus.

»Wir bekommen Gesellschaft … ein Gast, Gladys, ein Gast!«

Die Köchin sah von ihrem Topf mit Haferbrei auf, in dem sie rührte, und ihre stämmige Gestalt drückte nicht die geringste Überraschung aus.

»Zu dieser Jahreszeit?« fragte sie, und wir erzählten ihr alles, was wir wußten, während sie zwei Portionen des dicken, heißen Breis in unsere Näpfe füllte und vor uns hinstellte.

»Nun, er wird sich mit dem begnügen müssen, was wir haben … und das ist guter, kräftiger Haferbrei mit einem Löffel Sahne.« Sie zuckte die Achseln.

»Oh, damit wird er sicher zufrieden sein«, mischte Brigit sich ein, die von der Aussicht auf einen solchen Besucher offensichtlich entzückt war. »Heilige Männer erwarten nicht viel, wißt ihr.«

Und so kam Vater Bridei an, und seine zerlumpten Kleider und sein schmutziges Aussehen wurden durch den lebhaften Geist, der in seinen Augen glänzte, Lügen gestraft. Er verbrachte den Tag bei uns, und die Leute kamen aus allen anderen Häusern, umdrängten ihn und stellten ihm Fragen. Sogar mein Vater gesellte sich am Abend zu uns ans Feuer, um den Erzählungen des Reisenden vom Leben in der Wildnis und dem Kloster in Whithorn zu lauschen, das sogar mit einer Bibliothek aufwarten konnte.

»Dort gibt es Schriftrollen und Schreibtafeln und Schriften aller Art; einige mit Bildern und wunderbaren Titelseiten und andere, die alt und brüchig sind, doch voll der Worte Gottes.«

Sein Gesicht glühte vor Begeisterung, und Kevin hörte ihm aufmerksam zu.

»Ich habe Lust, jetzt dorthin zurückzukehren«, fuhr Vater Bridei fort, »um mit den anderen Mönchen zusammenzuleben; meine Jahre als Einsiedler sind für eine Zeitlang vorbei.«

»Habt Ihr Euch nicht gefürchtet«, fragte Kevin, »ganz allein in den Wäldern umherzustreifen, ohne Nahrung und Feuer und ohne einen Gefährten?«

Unser Gast lächelte, und sein Gesicht nahm einen Ausdruck wunderbarer Weisheit an.

»Es ist die Liebe Gottes, und das Wissen, daß er mich vor Wolf und Bär, vor dem Hungertod und den Taten verruchter Menschen behüten wird, die das Leben wunderbar machen, ganz gleich, wo ich bin. Mit dem Weißen Christus an meiner Seite brauche ich das Böse nicht zu fürchten, kein Gold anzuhäufen, keinen Überfluß zu begehren. Und immer, immer kehre ich zum Kloster zurück mit übervollem Herzen und preise meinen Herrn.«

Viele im Kreis nickten voll Bewunderung, von dem Glauben beeindruckt, der diesen Mann so tapfer machte.

Der heilige Mann verbrachte die Nacht bei uns, und mein Vater erlaubte ihm, am nächsten Morgen in einem der Nebengebäude am Ufer die Messe zu lesen. Rhufon murrte über dieses Treiben, doch Brigit und Leute aus der Gegend, die ebenfalls an Christus glaubten, waren hoch erfreut.

Später, als der Mönch sich anschickte, seine Reise fortzusetzen, liefen alle zusammen, um ihm Glück zu wünschen. Einige baten ihn um den Segen, und er machte über uns alle das Zeichen des Kreuzes, gleichermaßen über Heiden und Christen.

»Vergeßt nicht«, rief er, als er in den Uferpfad einbog, »das Kloster heißt jeden willkommen, der bei Christus Zuflucht nehmen will! Ihr braucht euch bloß auf den Weg zu machen.«

Brigit und Kevin und ich standen auf dem Knüppeldamm, winkten mit den übrigen Mitgliedern unseres Haushalts und schwelgten im Gefühl der Kameradschaft, das der piktische Mönch hervorgerufen hatte. Ich schlang die Arme um meine Gefährten und drückte sie voller Liebe und Dankbarkeit.

Gewiß, dachte ich, konnte man sich keine bessere Familie oder ein schöneres Leben wünschen.

12.

Die irische Familie

»Es ist ein langer Tag gewesen, meine Dame«, sagte Artus' Feldhauptmann und nickte grüßend, als er neben uns sein Pferd zügelte. Er wandte sich an Brigit. »Ich nehme an, daß wir bald auf den Weg stoßen werden, denn am Meilenstein sind wir vor einer kleinen Weile vorbeigekommen.«

Brigit deutete auf ein Wäldchen, das vor uns lag. »Das ist die Abzweigung. Ich jedenfalls werde sehr froh sein, wenn ich von diesem Tier absteigen und wieder auf festem Boden stehen kann.«

Wir verließen die Straße und kamen nach einigen Wendungen und Kehren zum Fuß eines Hügels, der das Gehöft von Brigits Familie überragte.

Die Rundhäuser drängten sich jenseits eines Walls und eines Grabens zusammen, dahinter lagen Scheunen, und Felder breiteten sich aus, die man der Wildnis abgewonnen hatte. Ein wenig abseits stand ein Schweinestall, und eine Reihe kleinerer Reetdächer deckten die Vorratsgruben für Getreide und andere Wintervorräte. Ein paar Pferde spitzten die Ohren und sahen unserer Ankunft neugierig entgegen. Ich fragte mich, ob es die Pferde waren, die mein Vater Angus geschenkt hatte, als die Familie nach Rheged kam.

Der Weg fiel zwischen den Bäumen wieder ab, und wir kamen an einer Gruppe von Birken vorbei, deren Blütenkätzchen golden im Nachmittagslicht leuchteten. Die Stämme zahlreicher Bäume waren verfärbt, wo man Saft abgezapft hatte, was darauf hindeutete, daß wir vielleicht zur Erquickung frischen Birkenwein bekommen würden. Offensichtlich verstand Brigits Familie ihr Land wohl zu nutzen, und der Gedanke, daß mein Vater das möglich gemacht hatte, erfreute mich.

Die gesamte Sippe erwartete uns, als wir uns dem Tor näherten. Die Erwachsenen waren so, wie ich sie in Erinnerung hatte, grobknochig und rothaarig. Inzwischen hatte sich die Zahl der Kinder vergrößert, und eine der jungen Frauen war schwanger.

Als die Begrüßungen und Vorstellungen vorüber waren, zerstreuten wir uns und suchten die verschiedenen Rundhäuser auf, in denen wir Quartier beziehen sollten.

»Wir haben nicht oft so viele Gäste.« Tante Oonagh, Kevins Mutter, lächelte mich schüchtern an.

»Oder so bedeutende«, warf Brigits Mutter ein und nötigte uns zum Weberhaus, das sie für uns vorgesehen hatte. Das Gebäude war so groß, daß ein zweiter Pfostenkranz das Dach stützte, und zwischen diesem und der Wand hatte man Klappbetten aufgestellt. Ein halbfertiges Webstück wartete auf dem Webstuhl neben der Tür.

»Möchtet Ihr vor dem Abendessen ein wenig ruhen?« fragte meine Gastgeberin. »Es wird noch eine Weile dauern, bis es fertig ist.«

»Danke, aber ich möchte mir lieber ein wenig die Füße vertreten. Wir sind den ganzen Tag im Sattel gewesen, und meine Beine könnten Entspannung brauchen«, gab ich zur Antwort.

»Oh, gewiß, ich hätte daran denken sollen. Vielleicht möchtet Ihr, daß Brigit Euch herumführt? Es ist nicht gerade ein Palast, aber wir haben alles mit eigenen Händen gemacht, und es ist unser Zuhause.« Die Frau erglühte geradezu vor Stolz.

Lavinia war emsig damit beschäftigt, das Kleid auszuschütteln, das ich nach ihrer Ansicht an diesem Abend tragen sollte, und blickte jetzt mit finsterer Miene auf. Da ich wußte, daß es galt, die Wogen zu glätten, wenn Lavinia ins Spiel kam, dankte ich Brigits Mutter, sagte ihr, ich würde Brigit in wenigen Minuten im Haupthaus treffen, und wandte mich meiner Anstandsdame zu.

Die kleine römische Matrone mitten im Raum war in diesem ungefügen Landhaus so fehl am Platze wie eine frisch geprägte Münze auf dem Jahrmarkt in Carlisle. Empörung rötete ihre rundlichen Wangen und knirschte in ihrer aristokratischen Stimme.

»Hat man jemals so etwas vernommen? Ein Mädchen, das die Königin von ganz Britannien werden soll, wird eingeladen, in einer Bauernhütte herumzustöbern!«

»Aber Vinnie, ich denke, das war sehr lieb von ihr. Immerhin hat sie bloß versucht, gastfreundlich zu sein. Schau doch, welche Mühe sie sich gegeben haben, um es uns behaglich zu machen.«

Es war offenkundig, daß die Wollbehälter und Flachsbündel, die üblicherweise den Raum füllten, entfernt worden waren, und das Haus war gründlich gelüftet worden. Körbe voll mit Leinengarn und verschiedene Holztruhen, ohne Zweifel mit Webwaren gefüllt, waren unter den Dachtraufen verstaut worden, und auf einem Schrank stand in einer Schale ein Krug mit frischem Wasser.

»Ihr wißt, daß Euer schönes Kleid ganz von Schmutz und Dung verschandelt wird«, klagte Vinnie und glättete zärtlich das Gewand, als wäre es ein Kind.

»Nun, tatsächlich dachte ich«, sagte ich so taktvoll wie möglich, »daß es besser wäre, das Kleid nicht zu tragen, weil es schmutzig oder ganz verdorben werden könnte. Eigentlich würde ich lieber ein frisches Paar Reithosen und eine Jacke anziehen, und du könntest die Hosen, die ich jetzt trage, sauberbürsten und für morgen an die Luft hängen.«

Wie vorauszusehen war Vinnie über meinen Vorschlag entsetzt. Die gute Matrone glaubte immer noch, daß Frauen, die ritten und Hosen trugen, eine Beleidigung für die gesamte vornehme Lebensart darstellten. Sie räumte grollend ein, daß Reithosen für Tätigkeiten außer Haus praktisch sein mochten, war man jedoch erst einmal unter einem Dach, erwartete sie von mir, »auf meine Stellung Rücksicht zu nehmen«. Inzwischen zeigte ihr rosiges Gesicht in gleichem Maße Ärger und Enttäuschung.

»Ihr meint, daß Ihr das Kleid weder heute abend noch morgen tragen wollt?« empörte sie sich. »Aber gewiß wäre ein Kleid passender, wenn Ihr in der Sänfte reist.«

Jetzt waren wir beim heiklen Punkt angelangt, und ich ging zu ihr und nahm ihre Hand.

»Vinnie, ich habe ebenfalls darüber nachgedacht. Ich fühle mich in der Sänfte einfach nicht wohl: ich kann nicht sehen, wohin der Weg führt, ich kann den Wind nicht spüren, und das Schaukeln macht mich krank. Es ist ein hübscher Einfall, und ich weiß deine Fürsorge zu schätzen, aber auf dem Rücken von Federfuß bin ich glücklicher.«

»Aber die Sänfte wurde gerade für diese Gelegenheit angefertigt«, ermahnte sie mich, »ein Nachbau der Sänfte, in der meine Großmutter aus Rom kam, damit Ihr in der rechten Manier beim

Hochkönig einziehen könnt und nicht auf irgendeinem Tier hockend und in den Lumpen eines Barbaren.«

»Und ich weiß die großen Mühen zu schätzen, die du auf dich genommen hast. Wenn es dich glücklicher macht«, sagte ich rasch, in der Hoffnung, die verletzten Gefühle meiner Erzieherin zu besänftigen, »verspreche ich, die Sänfte zu benutzen, wenn wir in Winchester einziehen, aber bis wir König Artus treffen, möchte ich lieber meine barbarischen Lumpen tragen und mit der übrigen Gesellschaft reiten.«

Lavinia war noch immer nicht ganz versöhnt, als ich aus den Reithosen schlüpfte und ein Paar neue anzog.

»Und Ihr braucht nicht zu glauben, daß Ihr bei Hofe mit so etwas davonkommt!« sagte sie abschließend, als ich mich anschickte, den Raum zu verlassen.

Ich war versucht zu sagen: »Ich weiß, ich weiß … warum, denkst du, habe ich jetzt so große Lust dazu?« Doch ich hütete meine Zunge und dankte ihr, als sie mir einen kurzen Umhang reichte mit der Ermahnung, es werde an diesen Abenden immer noch ziemlich kühl, ganz gleich, was der Kalender sage.

Brigit führte mich auf dem Anwesen ihrer Familie herum, während die Kinder hinter uns herliefen, und sie zeigte mir die Kühe und Schweine und sogar die Herde Graugänse, die auf uns zuwatschelten, mit gereckten Köpfen und langen Hälsen, die sich wie Schlangen wanden, als sie uns gackernd, gluckernd und zischend ihre Verachtung zeigten.

Die Häuser, Flechtwerk mit Lehm beworfen, waren ansehnlich, und im Dachraum tummelten sich Hausspatzen, die sich zankten. Der Höhepunkt unserer Besichtigung war der Zwinger, wo ein Wurf junger Hunde herumtollte und spielte, knurrend und streitlustig.

»Mein Vater ist noch immer stolz auf seine Hunde«, sagte Brigit durch den Lärm der Kinder, die uns umringten. »Ich glaube, er schätzt sie höher als seine Kinder. Auf jeden Fall brüstet er sich mehr mit ihnen«, setzte sie mit einem bitteren Lächeln hinzu.

Als wir uns zum Abendessen ins Haupthaus begaben, hatte die Dämmerung eingesetzt. Die Mahlzeit war fröhlich und laut, zumal sich die Männer der Eskorte unter die Freunde und Verwandten von Brigits Familie mischten. Es war ein richtiges Festmahl mit gebratener Ente und frischem Fisch aus der Morecambe-Bucht und einer köstlichen Frühlingsnachspeise aus jungen Weißdornschößlingen, dazu alle Arten von Gerste- und Haferfladen.

Angus bestand darauf, daß ich seinen Platz in der Mitte der Tafel einnahm, eingerahmt von Bedivere und Brigit. Natürlich hatte Brigit sich erboten, ihrer Mutter zu helfen, war jedoch aus der Küche gescheucht worden mit der Ermahnung, das Fest fände nicht nur zu meiner, sondern auch zu ihrer Ehre statt, so daß sie lachte und neben mir auf die Bank plumpste.

Die anderen Männer Artus' saßen, wie es sich gerade fügte, an den Tischen, und alle schienen sich zu amüsieren. Merlin jedoch war nirgendwo zu sehen, und schließlich fragte ich Bedivere, warum der Zauberer nicht bei uns sei.

»Habt Ihr immer ein Auge auf alles, meine Dame?« Sein Ton war ernst, aber ich entdeckte dasselbe sonderbare Lächeln wie beim Mittagessen.

»Nun, hm …« Ich brach ab, wußte nicht, was ich sagen sollte.

»Nein, bitte, ich wollte Euch nicht kränken. Das ist ein guter Charakterzug, das wollte ich sagen. Eine Königin, die nur an sich selber denkt, ist nicht schwer zu finden, aber eine, die sich um das Wohlergehen und den Verbleib ihrer Gesellschaft kümmert, ist um so mehr zu bewundern.«

Mein Gesicht wurde puterrot, und ich blickte eilig auf meinen Teller. An öffentliche Schmeicheleien und Komplimente für etwas, das selbstverständlich schien, war ich nicht gewöhnt, und meine Reaktion erschien mir töricht und ungeschickt.

»Ich wollte Euch nicht in Verlegenheit bringen, Euer Hoheit«, fügte Bedivere eilig hinzu und beugte sich zu mir, um vertraulicher sprechen zu können.

Als ich aufblickte, war die Bestürzung auf seinem Gesicht so echt, daß ich lächeln mußte.

»Sir Bedivere, an solche Schmeicheleien bin ich nicht gewöhnt. Noch nicht einmal daran, ›meine Dame‹ genannt zu werden, und wer weiß, wie lange es dauern wird, bis ich mich selbst für eine Königin halte. Vielleicht gilt unsere nördliche Lebensart manchen als rückständig und ungehobelt, aber sie ist wenigstens offen und ehrlich und nicht voll von … von … « Ich verhaspelte mich und verstummte und war nicht imstande, etwas zu sagen, ohne beleidigend zu werden.

»Wie möchtet Ihr denn lieber genannt werden?« fragte er, und seine Liebenswürdigkeit verhüllte meine Verlegenheit.

»Gwen, so wie ich mein Leben lang genannt wurde.«

»In Ordnung«, erwiderte er feierlich, doch seine Augen zwinkerten immer noch. »Von jetzt an werde ich Euch in jeder privaten Unterhaltung Gwen nennen, bis Ihr mich auffordert, damit aufzuhören. Ist das besser?«

»Viel besser«, sagte ich erleichtert und kam mir vor, als hätte ich Federfuß gerade über ein gefährliches Hindernis gebracht.

»Nun zum Zauberer des Königs.« Mein Reisegefährte warf einen Blick in die Runde und zuckte die Achseln. »Unser verehrungswürdiger weiser Mann ist kein Freund überfüllter Räume und schwerer Speisen, also hat er sich vermutlich zu einem kleinen Imbiß verholfen und auf eine nahe Hügelspitze zurückgezogen, um allein zu essen. Er ist ein bißchen verschroben, wißt Ihr, doch angesichts seines Alters und seiner Bedeutung für die Sache kann man seine Wünsche sicherlich respektieren.«

»Gewiß«, sagte ich erleichtert. »Ich befürchtete, der lange Tagesritt hätte ihn zu sehr angestrengt. Seid Ihr sicher, daß es nicht mehr ist als eine persönliche Grille?«

»Ganz und gar«, kam die Antwort. »Ich kenne ihn seit meiner Kindheit, und er ist zwar außerordentlich zäh, doch er wird unleidlich, wenn er gezwungen ist zu reisen. Vergeßt nicht, daß er ein Meister der Verkleidung ist, und wenn es ihm auch zuweilen gefällt, als gebrechlicher, schäbiger alter Mann zu erscheinen, ist der Zauberer in seinem Inneren dennoch stark und kraftvoll.«

Ich lachte. »Diesen Verdacht hatte ich nach unserer Begegnung mit dem Boten der Dame.« Eine Schwester Brigits hielt mir eine Schale mit frischem Salat hin, und ich nahm etwas davon, dankte ihr und wandte mich wieder Bedivere zu. »Wie kommt es, daß Ihr so lange miteinander bekannt seid?«

»Artus und ich wurden im selben Haushalt aufgezogen.« Er nahm sich Salat und begann die zarten Blätter mit Begeisterung aufzuspießen. »Ich war der Köder, glaube ich, dazu bestimmt, die Aufmerksamkeit vom anderen Kind abzulenken, sollte jemand nach ihm suchen. Natürlich wußte das damals keiner von uns. Wir waren bloß Pflegekinder, die an einem kleinen Hof aufwuchsen, ohne daß man von uns viel Aufhebens machte. Sir Ector behandelte uns genauso wie seinen eigenen Sohn Kay, und wir hätten sehr wohl drei Brüder aus irgendeinem kumbrischen Königreich sein können.«

»Und Merlin?«

»Er war unser Erzieher, mehr oder weniger. Wir hatten damals keine Ahnung, wer er war – bloß ein schrulliger Gelehrter, der sich in unseren abgelegenen Winkel von Wales verirrt hatte. Manchmal brachte ein Besucher Nachrichten vom Treiben am Hohen Hof und von Gerüchten über König Uthers Sohn, den ein Zauberer an einem geheimen Ort versteckt hätte. Aber das war alles unserem eigenen schlichten Leben so entrückt, daß es ebensogut eine der berühmten Sagen aus fernen Ländern hätte sein können, die unser Lehrer erzählte … keinem von uns Jungen kam je in den Sinn, daß wir ein Teil der Sage waren.«

Ich nickte und erinnerte mich an Cathbad und seine wunderbaren Geschichten. »Wie die Sage vom Trojanischen Krieg: etwas Mythisches, das in einer anderen Welt spielt …«

Bedivere lächelte. »Eure Erziehung ist also gar nicht so beschränkt gewesen!« rief er. »Wie habt Ihr von der Ilias erfahren?

»Von meinem eigenen Erzieher, Cathbad, dem Druiden. Er machte uns früh damit bekannt. Ich erinnere mich, daß ich meiner Kinderfrau davon erzählte, als Mama abends mein Haar flocht, und wie verblüfft sie war, von einer Königin zu hören, die ihr Volk im Stich ließ, bloß um bei ihrem Geliebten zu sein. ›Für irgendeine rührselige Ausländerin mag das ja in Ordnung sein, aber keine keltische Königin würde so etwas tun!‹« Ich machte Nonnys Verachtung nach, und Bedivere lachte. »Vermutlich habe ich Helena bis zu diesem Augenblick eher beneidet, weil sie schön war und von so vielen Männern begehrt wurde, doch von da an war ich sehr froh, eine Keltin und keine Griechin zu sein.«

Wir aßen schweigend, dann fragte ich: »Was ist das heute für ein Gefühl, Teil einer Sage zu sein?«

»Nun, es braucht schon einige Zeit, sich daran zu gewöhnen, wie Ihr Euch vorstellen könnt.«

Ich nickte mitfühlend, und er lächelte abermals. »Vielleicht ist es bei Euch ja ebenso. Aber glaubt mir, Gwen, wenn Furcht und erste Verwirrung sich verlieren, ist das Leben fast so wie vorher. Man steht noch immer morgens auf; die Pläne für den Tag müssen überprüft und dann ausgeführt werden; das Abendessen wird immer noch zur Dämmerstunde aufgetragen, und die Harfe muß noch immer gestimmt werden, ehe man singen kann. Die Dinge, die wir tun, haben nichts ausgesprochen Magisches. Aber die Sache, für die sie getan werden, ist wahrlich großartig. Dieser Teil meiner Aufgabe hat nie aufgehört, mich in Erstaunen zu versetzen.«

Er hielt inne, ergriff seinen Becher, drehte ihn langsam zwischen den Fingern, so daß der Birkenwein ein wenig sprudelte und den reinen, prickelnden Duft von Wintergrün verströmte. Sein zerfurchtes Gesicht wurde weicher, und in seiner Stimme mischten sich Ehrerbietung und Begeisterung.

»Ich weiß nicht, ob es als Artus' oder Merlins Traum begann oder ob es vielleicht in den Sternen geschrieben stand, aber es ist wunderbar, dafür zu arbeiten. Und« – er hob den Becher und trank mir zu – »ich würde sagen, wir sind glücklich, daß Ihr daran Teil habt.«

Das Kompliment überrumpelte mich, und ich blickte auf den Teller, während mir die Röte ins Gesicht stieg.

Er senkte seine Stimme und sagte ruhig: »Schaut mich an, Gwen«, und als ich es tat, war er ganz ernst. »Ich spreche nicht als schmeichelnder Höfling, sondern wie ein Freund zum anderen. Ich fürchtete, Artus würde sich am Ende als Ehefrau eine alberne Närrin aufhalsen; die Tochter eines dieser Höflinge, die herumscharwenzeln und auf seine Gunst schielen, oder ein Klosterfräulein, das nur daran interessiert ist, zu beten und sich aufzuputzen. Es gibt zu viele wichtige Dinge, die getan werden müssen, als daß ein Führer wie Artus von den Nörgeleien einer verwöhnten, selbstsüchtigen Xanthippe belästigt werden darf, die nur wegen ihrer Schönheit zur Macht gekommen ist. Was mich betrifft, so war ich erleichtert, als er verkündete, er werde ein Mädchen aus dem Norden zur Frau nehmen. Er wolle eine keltische Frau aus dem Volk der Kumbrier, und er hätte an Euch und Eurer Familie bereits Gefallen gefunden.«

Ich schlug abermals die Augen nieder, denn die Enttäuschung, das zu hören, was ich schon vermutet hatte, war schmerzlicher als ich vorausgesehen hatte.

Bedivere mußte etwas in meinem Gesicht gelesen haben, denn er fuhr sanft fort: »Soll ich Euch erzählen, was Artus zu mir sagte? Wir waren in seinen Gemächern, nachdem er seinen Entschluß verkündet hatte, und er hatte es satt, mit denen zu streiten, die wollten, daß er sich anderswo umsah. ›Bedivere, sie ist nicht nur eine vernünftige Wahl, sie entstammt auch einer guten Familie, und ich will keine andere Frau in Erwägung ziehen. Das kannst du dem Haufen hoffnungsvoller Väter da unten ausrichten, und vielleicht wird sie das zum Schweigen bringen.‹ Ich glaube, um Euretwillen wäre er gegen sie in den Krieg gezogen, so sicher war er, daß Ihr die Frau seid, die er will.«

Ich lächelte, zum Teil über Bediveres geschickte Art und zum Teil über die Vorstellung, daß eine persönliche Vorliebe im Spiel gewesen sein sollte.

»Na also – das ist besser«, bestätigte Bedivere, der mich aufmerksam beobachtete. »Doch wenn ich mir einen kleinen Rat erlauben darf ... Ihr solltet lernen, Komplimente anzunehmen und Schmeicheleien. Es verwirrt den Schmeichler, wenn er sieht, daß etwas huldvoll aufgenommen wird, von dem er weiß, daß es ein Versuch der Täuschung ist. Ich denke, Ihr werdet unter Artus' Leuten viele finden, die Euch echte Liebe und Bewunderung entgegenbringen, und es wird sie verletzen, wenn Ihr ihre Huldigungen nicht so ehrlich aufnehmt, wie sie gemeint sind. Und was die anderen angeht, so ist es besser, sie nicht spüren zu lassen, daß man sie durchschaut hat.«

Ich lachte, als er das sagte, und dieses Mal nickte ich leicht und lächelte, als er mir zutrank, und ich erinnerte mich, wie oft ich Mama dasselbe hatte tun sehen. Wie hatte sie gelernt, eine anmutige, würdige Königin zu sein? Hatte sie ebensoviele Gewissensbisse gehabt wie ich jetzt?

Nach dem Essen brachten unsere Gastgeber die Geschenke. Angus hatte für Brigit ein kleines Holzkreuz geschnitzt, damit sie das Sinnbild ihres Glaubens, wo immer sie auch war, bei sich tragen konnte, und sie bekam überdies ein Halsband aus grau-grünen Perlen, die man in den Flüssen des Westens findet.

»Um dich an die Seen zu erinnern, wo deine Familie ist«, sagte Brigits Mutter leise.

Für mich hatten die Frauen ein wunderbares Umhängetuch gemacht, so leuchtend und farbenprächtig wie das Tuch, das Brigit aus Irland mitgebracht hatte. Dieses jedoch, beeilte man sich mir zu erklären, enthalte alle sechs Farben, meinem Rang als Königin zu Ehren. Ich bekam ein Paar Ohrringe, eine feine und zierliche Arbeit aus irischem Gold, und ich fragte mich, welche der Frauen sich von diesem Schmuck trennte und damit von ihren eigenen Erinnerungen an eine vor langer Zeit verlassene Heimat. Es war ein Geschenk, das zu Herzen ging, und Bediveres letztem Rat eingedenk nahm ich es so huldvoll entgegen, wie ich konnte, und zeigte meine Dankbarkeit ganz unverstellt.

»Weil Ihr so gut zu unserem Kind seid«, sagte Angus so zufrieden, als sei die Zeit der Erziehung für ihn vorbei.

Dann machte unser Gastgeber einem der Jungen ein Zeichen, und dieser flitzte hinaus und war im Nu mit einem knochigen, zappelnden grauen Fellknäuel zurück.

»Es geht nicht an, bei dieser Feier den Bräutigam zu vergessen«, verkündete unser Gastgeber und hielt den jungen Hund hoch, damit ihn jeder sehen konnte. »Reine irische Rasse, und er verspricht, zu einem schönen, kräftigen Wolfshund heranzuwachsen.«

Bedivere schien verdutzt, denn für jeden, der diese Hunderasse nicht kennt, ähneln die Welpen eher einem Zottelschaf als einem Wolf. Ich lachte, klatschte in die Hände und nahm das lustige, tolpatschige Wesen auf meinen Schoß.

»Ihr braucht nur die Dame zu fragen, zu welcher Art von Hunden sie heranwachsen.« Angus strahlte und fand offensichtlich Gefallen an seiner Rolle als Wohltäter. »Wir haben die ersten mitgebracht, als wir vor fünf Jahren rüberkamen, und sie gedeihen in diesem Land genauso gut wie in Irland. Ihr könnt dem König sagen, daß es dort, wo dieser herstammt, noch mehr von der Sorte gibt, falls er sich einen eigenen Zwinger zulegen will.«

Das Hündchen kuschelte sich in meine Armbeuge, blinzelte schläfrig und wedelte leicht mit dem Schwanz. Plötzlich mußte ich daran denken, daß wir das Tierchen zweihundert Meilen weit mitschleppen mußten; ein Geschenk dankbar anzunehmen mochte leicht sein, jedoch zu wissen, was man damit anfing, war schon schwieriger.

Bedivere dankte der Familie für ihre Gastfreundschaft, für ihre Treue und für den Hund, alles im Namen des Königs. »Vielleicht«, fügte er hinzu, »könnten wir hier eine Kiste bekommen, um den Hund zu befördern.«

»Natürlich«, sagte Angus eifrig. »Also, ich habe eine besondere Kiste gezimmert, falls Ihr sie brauchen solltet. Fest und geräumig. Und der Hund ist bereits entwöhnt, so daß es nicht schwierig sein dürfte, für ihn zu sorgen«, setzte er hinzu, stolz, alle diese Kleinigkeiten bedacht zu haben.

Darauf brachte die gute Seele eine Flasche zum Vorschein und goß jedem von uns etwas von dem kräftigen braunen Schnaps ein, der in der Kehle brannte, aber mit Sicherheit das Herz erwärmte. »Ein kleines Geheimnis, so etwas wie das Wasser des Lebens«, sagte er, als jemand ihn fragte, was das sei, und es gab in der ganzen Runde Gelächter und Fröhlichkeit.

Brigits Bruder Sean packte seine Harfe aus, an der Bedivere großes Interesse zeigte, und begann irische Lieder und von großen Helden zu singen. Es war seine junge Frau, die schwanger war, und sie hörte gelassen und zufrieden zu. Die weichen Schatten und das behagliche Rund des Hauses umschlossen uns auf die jahrhundertealte Weise, und die Musik umschloß die vergangenen Generationen ebenso wie die zukünftigen.

Später, als wir alle warm eingepackt in den Betten lagen, denn der Frühling war kühl, ließ ich den Abend an mir vorüberziehen. Brigits Familie war herzlich und angenehm, und von allen Geschenken, die man mir gemacht hatte, war das anrührendste, daß sie Haus und Hof mit mir geteilt hatten. Vielleicht hegten sie doch keinen Groll gegen mich, weil ich ihre Tochter in so weite Ferne entführte … warfen mir nicht einmal vor, was mit Kevin geschehen war. Der alte Schmerz über diesen Verlust pochte dumpf in meinem Herzen, und ich wandte mich unruhig von ihm ab.

Die heutige Reise war viel bequemer gewesen, als ich erwartet hatte. Der Feldhauptmann des Hochkönigs erwies sich als freundlich und sympathisch, und da er Artus schon so lange kannte, war es denkbar, daß er mir mehr über den Mann erzählen würde, der mich zu seiner Königin machen wollte.

Ich gähnte schläfrig. Immerhin konnte es nicht schaden, herauszufinden, wie Artus war. Das brauchte meinen Entschluß, Fallstricken auszuweichen, nicht umzustoßen, und half möglicherweise dabei, einen Weg zu finden, die Richtung zu ändern, in die mein Leben sich zu bewegen schien.

13.

König Uther

Der Morgen dämmerte strahlend schön und klar, ohne Nebelschleier oder Reste der Wolken, die in der Nacht einen Schauer gebracht hatten. Brigit war bereits auf den Beinen und hatte zusammen mit ihren Eltern gebetet, bevor die notwendigen Vorbereitungen für den Aufbruch unserer Gesellschaft getroffen werden mußten. Ich ging gerade zum Frühstück, als sie zurückkehrte, neben mir herschritt und eine Schar Küken aus dem Weg scheuchte.

»Es ist schön, deine Familie wiederzusehen«, bemerkte ich und warf ihr einen Blick zu. »Ich habe mich die ganze Zeit gefragt … ob du nicht lieber hier bei ihnen bleiben möchtest, anstatt mit mir die lange Reise nach Logres zu machen.«

»Wozu?« Ihre Frage war so ehrlich und freimütig, daß sie mich verblüffte.

»Schließlich ist es deine Familie. Sie schenkten dir das Leben und brachten dich gesund durch die Kindheit … und sie sind Christen, und ich kann dir nicht versprechen, daß du im Süden viele Christen finden wirst. Ich … ich wollte dich bloß wissen lassen, daß du die Wahl hast …«, schloß ich verzagt.

»Was für eine Wahl«, erwiderte sie und schüttelte lachend den Kopf. »Da bist du, und nur der Himmel weiß, in was für eine glorreiche Zukunft du reitest, und du fragst mich, ob ich lieber zurückbleiben möchte!«

Sie schritt durch eine Schar von Kindern, die Wasser vom Brunnen holten.

»Vergiß nicht, Gwen, daß ich erst wieder Verbindung mit meinen Eltern habe, seit Kevin … uns verließ. Und dann nur für gelegentliche Besuche. Davor lag eine ziemlich lange Zeit, in der du und der Hof die einzige Familie waren, die ich kannte. Ich ehre meine Sippe; sie sind meine Eltern, mein Geschlecht – aber du bist meine Familie. Inzwischen kenne ich dich weit besser, als ich die Meinen kenne, und ich ziehe es vor, bei dir zu bleiben.«

Wie üblich hörte es sich bei ihr so an, als sei alles ganz einfach, und ich nickte dankbar.

»Wenn wir bloß nicht so weit reiten müßten«, setzte sie wehmütig hinzu. »Ich wußte gar nicht, daß mein Körper so viele Stellen hat, die weh tun können.«

Ich hatte vergessen, daß Brigit nicht gerade begeistert war, zu Pferde zu reisen, und sich nur darauf einließ, wenn Entfernung und Zeit es nötig machten.

»Warum setzt du dich nicht zu Lavinia in die Sänfte?« schlug ich vor. »Das Ding ist schließlich groß genug für zwei, und deine schmerzenden Muskeln könnten sich ausruhen.«

Jetzt lächelte sie. »Das mache ich vielleicht«, erwiderte sie.

Wir verließen die irische Familie in prächtiger, heiterer Stimmung. Als ich gerade aufsitzen wollte, kam Seans Frau herbei und sagte mir schüchtern, ich dürfe, »weil es Glück bringt«, ihren Bauch berühren. Als ich meine Hand auf ihren gewölbten Leib legte und das Leben spürte, das sich darin regte, lächelten wir uns zu, und ich richtete die stumme Bitte an die Götter, diese Frau möge heil entbunden werden.

Als wir auf der Straße waren, betrachtete ich meine Eskorte genauer und versuchte, meine Begleiter nicht einfach als »Artus' Männer«, sondern jeden einzelnen als Mensch zu sehen. Sie verband eine Kameradschaft, die nichts mit Rang oder Alter zu tun hatte und den bartlosen Jüngling, der die Sänfte begleitete, ebenso einschloß wie den grauhaarigen Veteranen, der die Packpferde beaufsichtigte. Das war ein gutes Zeichen für die Zukunft des

Hochkönigs, denn Gefolgsleute, die in Parteien aufgespalten und zerstritten sind, wirken wie ein schleichendes Gift.

Als wir ein gutes Stück Weges zurückgelegt hatten, kam Bedivere an meine Seite geritten. Weiße Wolkenbäusche jagten von Westen heran, eine halbe Drohung, uns mit einem Frühlingsschauer zu durchnässen, und Federfuß ging hoch, tänzelte aufgeregt und konnte es nicht erwarten, vorwärtszupreschen. Ich warf Artus' Feldhauptmann einen kurzen Blick zu. Ob er wohl etwas gegen ein Wettrennen hat? Aber ich beschloß, ihn nicht zu fragen. Doch der Zeitpunkt schien günstig, mehr über Artus zu erfahren, und so plauderten wir freundschaftlich, und bald lachten wir gemeinsam über die Schwierigkeiten, die der Welpe machte.

»Artus ist ein Mann, der einen guten Hund zu schätzen weiß«, meinte Bedivere, »und wenn dieses Knäuel aus Knochen und Fell zu einem Hund heranwächst, wie man uns versprochen hat, wird er entzückt sein. Ich glaube, als er Sir Ectors Hof verließ, hat ihn wohl am meisten geschmerzt, daß er nicht mehr genug Zeit für die Hundezwinger hatte.«

»Und die Familie? Hat er es bedauert, sie zu verlassen?« Mir schien, nur eine kaltherzige Person würde Hunde mehr vermissen als Menschen.

»Aber wir gingen ja mit ihm. Ich, das versteht sich, denn ich war sein bester Freund. Und Kay, weil er unser Bruder war. Sir Ector und Drusilla waren während der ganzen ersten Monate am Hof bei uns, und Merlin ist immer noch bei ihm, wie Ihr seht. Es ist also nicht so, daß er die Menschen, die ihm am nächsten waren, auf seinem Weg vergessen hätte.«

Ich nickte und versuchte, mir eine kumbrische Familie vorzustellen, die sich plötzlich mitten an einen römischen Hof versetzt sieht. Das erschien mir so widersinnig, daß ich darüber lächeln mußte. »Wann habt Ihr entdeckt, wer Euer Pflegebruder war?«

»Zur selben Zeit wie alle anderen, Artus eingeschlossen«, erwiderte Bedivere lächelnd. »Ich glaube, niemand außer Merlin hatte eine Ahnung, welche Veränderungen Uthers letzte Schlacht bewirken würde. Natürlich gab es keinen Hinweis, daß das Geheimnis um den verborgenen kleinen Prinzen kurz vor der Enthüllung stand. Wie viele andere Leute nahmen wir an, daß er in der Bretagne aufgezogen wurde, genauso wie Ambrosius und Uther. Bedenkt, die Idee, einen Zaunkönig vor seinen Feinden zu verbergen, bis er alt genug ist, ihn fliegen zu lassen, war in Artus' Fall nicht neu. Aber hier ergab sich die zusätzliche Frage, auf welche Weise Artus überhaupt flügge wurde, und das hatte vielleicht damit zu tun, daß Merlin den Säugling wegschaffte, sobald er geboren war.«

Ich hätte gern gewußt, was Bedivere über das Geheimnis wußte, das Artus' Herkunft umgab, aber mein Gefährte fuhr mit seiner Erzählung fort, bevor ich ihn taktvoll danach fragen konnte.

König Uther war ein stolzer Mann gewesen, offenbar nicht willens, seine eigene Sterblichkeit zu bedenken, und er hatte es aufgeschoben, seinen Erben oder auch nur einen Verweser zu benennen, der über das Königreich wachte, bis der kleine Prinz herangewachsen war. Als Gerüchte aufkamen, daß Uther kränkele, wurden die Vasallenkönige unruhig, weil sie fürchteten, das Fehlen eines natürlichen Nachfolgers werde zu blutigen inneren Kämpfen führen. Dann kam die Nachricht, daß im Norden eine neue Gruppe von Eindringlingen gelandet sei und Urien Hilfe brauche, um sie zu bändigen.

Obgleich das Frühjahr noch nicht eingesetzt hatte, war Uther entschlossen, in den Krieg zu ziehen. Vielleicht spürte er in seinen Knochen, was er sich mit dem Verstand nicht eingestehen wollte: daß er dem Tode nahe war.

Sir Ector verkündete, daß der Hochkönig jeden Krieger brauche, und da die drei Jungen alt genug seien, könnten sie auch Kriegsdienst leisten.

»Drusilla hatte starke Bedenken«, erinnerte sich Bedivere, »doch Sir Ector sagte, es spiele keine Rolle, wo ein Krieger sein Blut vergieße, er könne ebensogut bei einem Grenzscharmützel wie bei einem großen Angriff getötet werden. Und am Ende folgten wir Uthers Aufruf, trotz des Wetters.«

»Die Männer von Rheged ebenfalls«, unterbrach ich ihn, denn ich wollte Bedivere wissen lassen, daß auch wir dem Ruf in Treue Folge geleistet hatten. »Es waren noch Eisschollen auf dem Stainmore, darum entschied sich mein Vater für die südliche Route, durch die Aire-Schlucht. Außerdem schien es bei einem so unsicheren Nachbarn wie Urien klüger, mit unserer Hauptstreitmacht nicht der Länge nach durch sein Königreich zu marschieren.«

»Euer Vater ist ein scharfsinniger Mann«, sagte Bedivere. »Aber ich hatte keine Ahnung, daß er Euch an seinen militärischen Überlegungen hat teilnehmen lassen.« Er warf mir den sonderbaren Blick zu, den ich bereits kannte, halb ein Lächeln, halb eine Frage.

»Vielleicht weil er keinen Sohn hatte, dem er sie mitteilen konnte«, antwortete ich. »Gleichviel, was geschah, als Ihr zum Hochkönig aufgebrochen wart?«

Artus' Pflegebruder nahm seine Geschichte wieder auf, und seine Stimme wurde im Lauf der Erzählung feuriger. Ich ließ mich von seinen Worten einlullen und beschwor die Bilder jener Ereignisse.

Sie waren aus den schroffen grünen Tälern von Wales gekommen, ein einsiedlerischer Erzieher und drei Kinder, die dem Mannestum und der Geschichte entgegenritten, ohne Gelegenheit zum Nachdenken zu haben. Merlin wußte es natürlich, und Sir Ector vermutete es gewiß, daß sein Pflegesohn bald alle Aufmerksamkeit auf sich ziehen würde. Aber alle anderen ahnten nichts von dem, was bald geschehen würde, und für die Jungen war es abenteuerlich genug, die Welt jenseits der Marschen zu entdecken, wo das Land in sanften Hügeln seine Schrunden verliert und es kaum Wasserfälle oder Klippen gibt, die den Horizont markieren.

Ein später Nachmittag war's, da das kleine Grüppchen einen Hügelkamm überwand und auf die Zelte, die Reihen von Weidepflöcken, Lagerfeuer und Pavillons von Uthers Lager niederblickte. Der Wind kam aus Osten, schneidend und bitter kalt, und er trug ihnen den hellen Schall eines Schmiedehammers zu und das Knittern und Schlagen der Feldzeichen. Überall waren sie zu sehen, ob lange, schmale Wimpel oder riesige eindrucksvolle Flaggen, und jede Fahne trug das Zeichen ihres Haufens, jede ein Sammelplatz für die Krieger. Die Jungen hatten noch nie ein solches Schauspiel gesehen und rissen verblüfft die Augen auf.

Als sie ins Lager kamen, schickte Sir Ector die übrigen Männer fort, einen Platz zum Aufschlagen ihrer Zelte zu suchen. Er schien beunruhigt, und später fragte ihn Bedivere, wie er sich gefühlt hätte. »So nervös wie ein Mann am Vorabend der Hochzeit seines Sohnes«, antwortete er. »Ich frage mich dauernd, ob ich alles richtig gemacht habe; ob Uther nach all diesen Jahren damit zufrieden ist, wie der Junge sich entwickelt hat; ob er mit seinem neugefundenen Sohn schroff umgehen oder ob er glücklich sein wird; und vor allem frage ich mich, wie Artus es aufnehmen wird, wenn er sein königliches Erbe entdeckt.«

Sir Ector bedeutete den Jungen, ihm zu folgen, und zusammen mit ihrem Lehrer begaben sie sich umgehend zu Uthers Zelt. Statt eines Feldzeichens flatterte über dem Zelt der Rote Drache wie ein angepflocktes Ungeheuer, und Wachen und Boten, Pagen und Diener drängten sich um den königlichen Pavillon und warteten auf die Befehle des Hochkönigs.

Der Einsiedler ritt stracks auf sie zu, und sie wichen ehrfürchtig und achtungsvoll zurück, als sei er selbst von königlichem Geblüt. Als sie das sahen, tauschten Bedivere und Artus Blicke, doch es war offensichtlich nicht der Augenblick, Fragen zu stellen.

Als sie am Zelt waren, rannte jemand vor, um Merlin vom Pferd zu helfen, und plötzlich stand ihr zerlumpter alter Erzieher mitten unter den königlichen Wachen, und die ungeheure Kraft seiner Persönlichkeit schlug alle in Bann. Es war das erste Mal, daß sie hörten, wie er die Stimme der Macht benutzte.

»Sagt dem Hochkönig, daß ich angekommen bin«, befahl der Zauberer, und im Handumdrehen wurden die Zeltklappen zurückgeschlagen und sie ins Innere genötigt.

Jemand hatte Kräuter in die Kohlenpfanne getan, so daß es im Raum heiß war und stickig von Arzneigeruch. Uther saß in seinem geschnitzten Stuhl, trug alle Insignien seines Königsamtes, und in seiner Krone schimmerten Edelsteine und Gold. Solcher Glanz und Prunk gingen von ihm aus, daß Bedivere kaum bemerkte, daß man den König mit Kissen gestützt und eine Pelzrobe über seine Knie gelegt hatte.

Dennoch: ob krank oder nicht, es gab keinen Zweifel, daß er immer noch der unumschränkte Herrscher Britanniens war. Er war so hager und dünn, sein Gesicht wie der Kopf eines Toten, und seine Hände waren so knochig wie die eines doppelt so alten Mannes. Aber in den dunklen Augen brannte ein begieriges Feuer, und sein Blick ging ständig zwischen Artus und Kay und Bedivere hin und her.

Merlin trat vor, und ohne jede weitere Grußformel fragte er den König: »Warum habt Ihr mich nicht wissen lassen, wie schwer Euer Leiden ist?«

Uther blickte ihn von oben nach unten an, ehe er antwortete. »Ihr seid nicht der einzige Arzt in Britannien, Merlin. Doch ich denke, Ihr habt mir ein Tonikum mitgebracht, das besser ist als jedes Gebräu, das mir Ärzte verordnen könnten … « Und er winkte den Zauberer beiseite. Der große Granatring mit dem eingeschnittenen königlichen Drachen, für den die welke Hand nicht der rechte Platz zu sein schien, blitzte im Lampenlicht.

Merlin trat einen Schritt zurück, drehte sich um und begann die formelle Vorstellung: »Mein König, ich freue mich, Euch Sir Ector und seine Familie vorstellen zu dürfen.«

Sir Ector trat vor und kniete vor dem Stuhl des Königs, doch Uther beachtete ihn kaum, so sehr war er damit beschäftigt, die drei Jünglinge zu mustern.

»Und dies sind meine Söhne«, sagte Sir Ector. »Kay, aus meinem eigenen Blut, und Bedivere und Artus, die ich aufgezogen habe, bis Ihr ihrer bedürfen würdet.«

Die Jungen traten nacheinander vor und fielen vor dem Hochkönig auf die Knie. Er entließ Kay mit einem Nicken, musterte aber Artus und Bedivere weiterhin eindringlich. Und als Merlin Bedivere nach vorn rief, war Uthers Blick so durchdringend, daß der Junge seine ganze Kraft aufbieten mußte, nicht zu zittern.

»Und welchem Geschlecht entstammst du?« fragte der König, als Bedivere vor ihm kniete und auf die Hand mit dem Drachenring starrte.

»Ich bin eine Waise, mein König, deren Eltern von Plünderern getötet wurden, als ich sehr jung war«, sagte Bedivere und nahm seinen Mut zusammen, um dem Blick des Königs standzuhalten. »Sir Ector hat mich als Gefährten für seinen Sohn Kay und den Pflegesohn Artus aufgenommen.«

Es schwante Uther, daß dies nicht das Kind war, das er suchte. Möglich, daß er und Merlin sich durch ein unmerkliches Kopfschütteln verständigten. Bedivere spürte nur, daß die Aufmerksamkeit des Königs schwand wie sie Sonne, die sich hinter eine Wolke zurückzieht, noch bevor sich Uther an Artus wandte.

Merlin rief den anderen Pflegebruder nach vorn, und nun trat ein Augenblick tiefster Stille ein, als Artus, nachdem er den Drachenring geküßt hatte, fest in Uthers Augen blickte und sagte, er habe keine Ahnung, wer seine Eltern seien.

»Du hast diesen trüben Tag erhellt und Hoffnung gebracht, die ich nie erwartete«, sagte der Hochkönig und lehnte sich mit einem Seufzer in die Kissen zurück. Sein Gesicht war rot übergossen und strahlend, und ein Diener näherte sich ihm mit einem Becher, doch Uther schüttelte den Kopf und wies den Mann zurück.

»Es ist keine Medizin, die ich jetzt will, sondern nur Zeit. Nur ein bißchen Zeit.« Er riß sich von Artus' Gesicht los und blickte die übrigen Besucher an, als wunderte er sich, daß sie noch anwesend waren. »Laßt den Jungen bei mir«, befahl er und fügte mit einem Blick auf Merlin hinzu: »Ihr seid für Eure Dienste sehr zu loben, Merlin, und ich werde später mit Euch sprechen. Im Augenblick wünsche ich mich mit dem Pflegesohn bekannt zu machen.«

Also verließen sie das königliche Zelt und begaben sich in ihre Quartiere. Sir Ector war verstummt, und Kay fragte verdrießlich, warum Artus als einzigem die königliche Gunst zuteil geworden sei. Sir Ector brachte ihn mit der Mahnung zum Schweigen, er solle seine Nase nicht in die Angelegenheiten Älterer stecken. Kay zog sich verärgert zurück, düster schmollend, während er auf einem Stück Trockenfleisch kaute. Bedivere war weniger daran interessiert zu erfahren, warum Artus besondere Gunst zuteil geworden war, sondern er hätte viel lieber gewußt, warum ihr Erzieher so großartig empfangen worden war; er wußte, daß Artus ihm alles über die Audienz beim König erzählen würde, doch er war nicht sicher, ob der Einsiedler sich jemals erklären würde.

»Ich wartete die ganze Nacht auf Artus' Rückkehr, schlief wenig und fand beim Erwachen Artus' Feldbett leer. Ich hatte erst nach der Schlacht und der Proklamation wieder Gelegenheit, mit ihm zu sprechen.«

Bedivere hielt inne, doch die Bilder, die er heraufbeschworen hatten, ließen uns nicht los.

»Hat Artus Euch erzählt, was während seiner Audienz beim Hochkönig geschah?« fragte ich, als ich meine Neugier nicht länger zurückhalten konnte, und Bedivere nickte.

Uther hatte dem Jungen mit Fragen nach seiner Abkunft zugesetzt, über die Artus freilich sehr wenig sagen konnte, da er sie selber nicht kannte. Und der König wollte etwas über seine Fechtkunst erfahren, seine Ausbildung, Erziehung, seine Ansichten über die Zukunft Britanniens, seine Meinung zu den königlichen Zielen. Es schien Artus offenkundig, daß Uther vielleicht ein tüchtiger Heerführer gewesen war, es ihm jedoch an Weitblick mangelte, wenn es um sein Land in höherem Sinn ging. Hauptsächlich hatte er sich damit begnügt, mit den Sachsen zu kämpfen und im Süden hofzuhalten, wenn er nicht in einen Krieg zog.

Die beiden aßen zusammen zu Abend, und Uther bestand darauf, daß Artus die Nacht auf einem Feldbett im königlichen Zelt verbrachte. Das Bett wurde aufgeschlagen, und nachdem die Glut auf dem Rost mit Asche belegt und dem König die letzte Arznei gebracht worden war, wurden die Diener fortgeschickt, und Uther begann in der Erinnerung an seine eigenen Jugendjahre zu schwelgen.

Er sprach von den Tagen, da er und sein Bruder Ambrosius aus der Bretagne zurückgekehrt waren und Vortigern, den Wolf, besiegt hatten. Und wie Ambrosius Merlin zu sich gerufen, ihn als seinen Sohn anerkannt und ihm eine Stellung bei Hofe gegeben hatte. Gemeinsam entwarfen sie den Plan, Britannien aus eigenem Recht stark und einig zu machen, zu einem unabhängigen Land, das nicht mit der welkenden Macht Roms verknüpft war. Das erinnerte Artus an Dinge, über die sein Lehrer zu sprechen pflegte, doch ihm kam nicht in den Sinn, daß der Erzieher und der Zauberer Merlin eine und dieselbe Person sein könnten.

»Wir kamen nie gut miteinander aus, Merlin und ich, obwohl er mein Neffe ist. Ich hoffe«, sagte Uther unvermittelt, »daß du nicht solch ein Stubengelehrter bist.«

Artus lächelte und schüttelte den Kopf. Uther schien zufrieden und fuhr nachdenklich fort: »Ich habe mich zuweilen gefragt, ob ich den Zauberer hätte bei mir behalten sollen, wie mein Bruder es tat … ob die Dinge einen besseren Verlauf genommen hätten. Aber das einzige Unternehmen, das Merlin und ich gemeinsam wagten … ging merkwürdig aus«, sagte Uther beklommen, und er starrte lange ins Feuer.

»Es gab Gerüchte, daß Ihr Euren Sohn in Merlins Obhut gabt«, mahnte Artus, und der kranke König nickte.

»Das war Teil eines unglücklichen Handels … jedenfalls habe ich das immer geglaubt«, antwortete Uther zurückhaltend, bevor er seinen Gast anblickte. »Inzwischen denke ich jedoch anders darüber, und ich bereue den Handel nicht mehr. Du mußt wissen, daß du dieser Sohn bist und daß Merlin dein Erzieher ist und man dich in einem Augenblick zu mir gebracht hat, da ich Hilfe und Beistand am meisten brauche.«

Jetzt war's heraus, unverbrämt und unverrückbar. Artus starrte den älteren Mann an und war so erschrocken und überrascht, daß er nichts zu sagen wußte.

Allmählich stellten sich Fragen über Fragen ein, und die beiden redeten bis tief in die Nacht, ohne daß der kranke König Zeichen von Erschöpfung zeigte, und Artus war zu überwältigt und erregt, um der Unterhaltung ein Ende zu machen, nicht einmal um des Schlafes willen. Erst als der Bote eintraf, der das Näherrücken der Sachsen meldete, wurde ihnen bewußt, daß es fast Morgen war.

Der Kundschafter berichtete, der Feind sei fast die ganze Nacht marschiert und plane zweifellos, sie in der Morgendämmerung im Lager zu überraschen. Uther schickte ihn mit dem Befehl fort, die Truppen wachzurufen und Vorbereitungen zu treffen, die Feinde an einem Ort ihrer Wahl zu empfangen.

»Ich hatte vor, dich heute morgen dem Heer vorzustellen«, sagte Uther und nickte Artus zu, »aber ich denke, das kann warten, bis wir uns um dieses Barbarengesindel gekümmert haben. Bleibe während der Schlacht einfach neben mir, mein Sohn, und wir werden zusammen durchkommen. Oh, mein Junge, nichts gibt es, das für uns unmöglich wäre, nun, da du bei mir bist!« rief der kranke König aus, von neuer Hoffnung erfüllt.

So ritt denn Artus mit dem Hochkönig in die Schlacht, saß auf einem von des Königs eigenen Pferden und trug dieselben schlichten Kleider aus Wolle, in denen er gekommen war. Später erzählte er Bedivere, es wäre keine Zeit zum Umkleiden gewesen, und als er seinen alten Gürtel und sein Schwert anlegte, sei er sicher gewesen, das Ganze sei ein Traum, aus dem er jeden Augenblick zuhause in seinem Bett erwachen konnte.

»Vielleicht«, schloß Bedivere in seiner sarkastischen Art, »könnte man sagen, daß es der Anfang eines Traumes war, aus dem noch keiner von uns erwacht ist.«

Ich lächelte darüber und wollte fragen, was danach geschehen sei, doch wir näherten uns der Furt eines ziemlich breiten Flusses, und er ritt weg, um unseren Übergang zu beaufsichtigen, während ich über die Geschichte nachgrübelte, die er erzählt hatte.

Ereignisse, von denen ich nur entfernt etwas gehört hatte, gewannen eine Bedeutung, die ich nie für möglich gehalten hätte, und Bedivere erfüllte Gestalten mit Leben, die ich nur als Schemen wahrgenommen hatte. Das fesselte mich, und ich wartete begierig auf die Rückkehr des Feldhauptmannes, damit er seine Geschichte weitererzählen konnte.

14.

Die Proklamation

»Was geschah während der Schlacht?« fragte ich Bedivere, kaum daß er wieder an meiner Seite war. Er blickte mich einen Augenblick verblüfft an, dann lächelte er.

»Während Uthers letzter Schlacht? Eine ganze Menge, und je nachdem, wem Ihr zuhört, war es entweder gut oder schlecht. Am besten erzähle ich Euch das, was ich persönlich sah, und überlasse Euch die Entscheidung.«

Ich nickte und wartete begierig darauf, daß er seine Erzählung wiederaufnahm, und nach einer kurzen Weile fuhr er fort:

Urien kannte sein Land genau, und er hatte König Uther gut

beraten, denn die Truppen konnten, nachdem sie Stellung bezogen hatten, in ein flaches Tal blicken, das trichterförmig auf den Engpaß zulief, durch den der Weg führte. Bäume boten links wie rechts Schutz, und auf jeder Seite waren Felsbrocken verstreut. Die Sachsen würden ohne Schutz auf ihren Flanken das offene Tal durchqueren müssen. Es war ein Kampfplatz, den kein Heer wählen würde, es sei denn, es hielte die Höhen besetzt.

Die Sachsen nahten mit federnden, raumgreifenden Schritten. Jeder Mann trug einen Schild, der an der Schulter befestigt war, wodurch er beweglicher, aber nicht sofort kampfbereit war. Sehr wahrscheinlich hatten sie gehört, daß Uther ein kranker Führer sei, rechneten also nicht damit, ihn bereits wartend vorzufinden.

Der Feind kam widerstrebend zum Stillstand, sobald die Sachsen die britischen Streitkräfte im Engpaß entdeckten. Sie wollten nicht glauben, daß der todkranke König sich in der vordersten Reihe befand und sein Heer von einem eigens gebauten Stuhl anführte, der von vier Soldaten getragen wurde. Er hatte das Königsschwert gezückt, daß alle es sehen konnten, und war das Ebenbild eines Kriegers, der sein Reich gegen ein einfallendes Heer verteidigt.

Das friedliche Tal war plötzlich vom wütenden Kriegsgeschrei auf beiden Seiten erfüllt, und Uther ließ die Schlachthörner blasen, während die Sachsen sich bemühten, ihre keilförmige Anordnung zu festigen. Die Männer mit Schwertern und Helmen waren an der Spitze, während die Krieger, die Streitäxte trugen, die Mitte bildeten. Welle auf Welle wurde zu einer dichten Masse zusammengedrückt, runde Schilde eilig in Position gebracht, als Uthers Hauptstreitmacht vorwärtsdrängte und auf sie niederbrach.

Im Sattel eines königlichen Pferdes blieb Artus während des ganzen Kampfes neben Uther, um mit Leib und Waffe Uthers Schwertseite zu schützen. »Den Göttern sei Dank«, erzählte er Bedivere später, »daß diese Gruppe nicht die tückischen kleinen Wurfäxte benutzte, die bei den Franken so beliebt sind. Der König hätte ein leichtes Ziel abgegeben, denn er thronte ja über dem Schlachtgedränge.«

Da Artus beritten war, ragte er aus der schreienden, ächzenden, wogenden Welle von Grausamkeit hervor. Er leuchtete in seinem weißen Gewand wie ein Sonnenstrahl und wurde zum Orientierungspunkt für die Krieger, die unten in einem Meer von Blut und Schmutz kämpften.

Mitten im Getümmel verschwendeten nur wenige Männer einen Gedanken daran, wer er war und woher er kam. Es genügte, ihn zu sehen, strahlend und behende wie ein junger Gott, an dem die sächsische Streitmacht zerbrach. Die Männer, von seiner Begeisterung mitgerissen, nahmen den Schlachtruf auf und stießen in die Lücken, die sich im sächsischen Keil auftaten.

Bedivere kämpfte sich zu Artus durch, parierte Angriffe und teilte nach allen Seiten Hiebe aus, viel zu erregt, um die Arme, Beine und abgeschlagenen Köpfe wahrzunehmen, die unter den Füßen zertreten wurden. Er gelangte an Uthers Schwertseite, verstärkte den Druck der Männer um die Sänfte, die sich dem heulenden Pöbel entgegenstemmten, als plötzlich der Mann vor ihm zu Boden stürzte, beide Beine unterhalb der Knie abgetrennt. Ein langer Eschenstab löste sich aus dem Griff des Verwundeten, und Bedivere sah, wie er sich langsam und tödlich um seine Achse zu drehen begann.

Bedivere streckte den Arm aus, um den Stab abzuwehren, noch nicht ahnend, daß es das Banner war. Als er jedoch spürte, daß die Standarte durch ihr Gewicht nach unten gezogen wurde, begriff er plötzlich, und er stemmte sich dem Zug entgegen, bis der Stab wieder im Gleichgewicht und davor bewahrt war, in blutgetränktem Schlamm und Gedärm zu landen. Bedivere ließ sein Schwert sinken und hielt, solange die Schlacht währte, den Roten Drachen hoch.

Artus, der herübergeblickt hatte, als das Banner zu sinken begann, war in diesem Augenblick unaufmerksam und konnte gerade noch sein Schwert heben, um den Schlag einer Axt abzuwenden. Die sächsische Waffe traf die Klinge, und sie löste sich trudelnd aus seinem Griff.

Jäher Schrecken ergriff ihre Reihen, als die Briten ihren jungen Helden plötzlich waffenlos und ungeschützt dem Feind ausgeliefert sahen.

Der Hochkönig selbst war es, der sich in seinem Stuhl aufrichtete und rief: »Hier, mein Sohn!« und ihm vor den Augen aller das Königsschwert reichte.

Hochrufe brandeten auf, als die Männer sahen, was Uther tat, und binnen kurzem war das sächsische Heer in zwei Teile gespalten, denn aus der Deckung des Waldes schwärmten Uthers Männer herab, um die Sachsen auf den Flanken anzugreifen. Die Feinde irrten ziellos herum, versuchten, sich irgendeinen Fluchtweg freizukämpfen, dann begannen ihre Reihen sich zu lichten, als die Nachhut zurückwich, denn es war nur allzu klar, daß die Schlacht verloren war. Binnen einer halben Stunde hatten die Briten das Tal genommen, den Sieg errungen und den Feind in die Flucht geschlagen.

Die Männer in der Umgebung des Hochkönigs waren so sehr mit dem Kampf beschäftigt, daß sie nichts anderes sahen und hörten, bis ein Feldhauptmann heranritt, um neue Befehle zu erbitten, und verblüfft zurückwich. Uther saß aufrecht, auf seinem Stuhl aufgestützt oder vielleicht festgebunden, das Gesicht zu einer Grimasse der Verwunderung erstarrt. Das Kinn war heruntergesackt, und die glasigen Augen starrten ins Leere. In all dem kreischenden, gellenden Lärm des Gemetzels hatte niemand bemerkt, daß Uther gestorben war.

Das Entsetzen, von dem das Häuflein Männer um des Hochkönigs Stuhl erfaßt wurde, drohte auf seine Truppen überzugreifen, sie in Verwirrung zu stürzen und den verdienten Sieg zu verspielen.

»Haben wir genug frische Männer, um die Sachsen zu verfolgen?« rief Artus dem Feldhauptmann zu, und als der Mann nickte, riß Artus den Arm hoch und schwenkte das Königsschwert. »Dann laßt die Auerochsenhörner blasen!« rief er. »Die Sachsen dürfen nicht erfahren, daß der König gestorben ist!«

Der Feldhauptmann salutierte, und Artus drängte sich nach vorn und setzte sich an die Spitze einer Abteilung, die dem flüchtenden Feind nachsetzte, während der Rest der Männer zurück ins Lager humpelte, zerschlagen und abgekämpft, doch voll der überschäumenden Freude, die dem Sieg folgt.

Merlin, der in der Schlacht niemals Waffen trägt, dessen Anwesenheit jedoch für den Erfolg sorgt, tauchte von irgendwo auf und geleitete den Leichnam des Hochkönigs zum königlichen Zelt. Und als Artus vom Schlachtfeld zurückkehrte, schritt er zum Pavillon, um für Ordnung zu sorgen.

Feldhauptleute kamen und gingen, baten den jungen Fremden um Anweisungen, als wäre er ihr natürlicher Anführer, und das traf in gewissem Sinne zu. Er antwortete ihnen, stellte knappe Fragen und erteilte klare Antworten, als sei dies ein Feldzug, den er selbst geplant hatte. Er war leicht verwundet worden, hatte aber die Wunde mit einem Streifen Stoff verbunden und lehnte es ab, sich auszuruhen, ehe er sich nicht um alle Einzelheiten gekümmert hatte. Niemand machte ihm das Recht streitig, so zu handeln, und erst später wurden fragende Stimmen laut.

Der Zauberer rief das gesamte Heer noch am selben Abend vor dem Zelt des Hochkönigs zusammen, und als sie alle versammelt waren, wurden die gegabelten Fackeln aufgestellt und angezündet. Sie flackerten leicht in der Brise, die mit dem Rauch der Lagerfeuer spielte und hin und wieder die Ränder des Drachenbanners kräuselte, das auf seinen Ehrenplatz zurückgekehrt war. Wie ein Echo der zuckenden Schatten liefen Gemurmel und Fragen durch die Männer, die erst verstummten, als sich die Zeltklappe öffnete und Merlin Artus herausführte, so daß ihn alle sehen konnten.

»Krieger, Helden, die ihr dem Tod dieses Tages entronnen seid, hört mich an«, rief der Zauberer, und seine majestätische Stimme erschütterte den Abend. »Ich bringe euch eine Kunde von Trauer und großer Freude. Uther Pendragon, Hochkönig von Britannien und Führer eurer Heerscharen, ist am heutigen Tage verschieden. Gestorben in der Schlacht, im Kampf für sein Land, von Ruhm umglänzt. Er wurde nicht gefällt von feindlichen Schwertern oder des Lebens beraubt von den Feinden, die sein Reich an sich reißen wollten. Er erlitt keine Wunden, verlor keinen Tropfen Blut und fand seinen Tod im Sieg, nicht in der Niederlage. Er war ein Mann, der noch seine letzte Kraft seinem Volk opferte, und viel Ehre wird seinen Namen begleiten.«

Es gab eine Pause, und jeder bezeugte schweigend jenem König Hochachtung, der sie noch vor kurzem geführt hatte. Dann umfaßte Merlins Blick die Versammlung, und er begann zu sprechen.

»So mögt ihr denn wissen, daß Uther in Freude starb, mit dem

Wissen, daß an seiner Seite ein neuer Held erstanden war. Ein Held aus seinem eigenen Geblüt, sein eigener Sohn war's, der an seiner Seite focht und seinen Vater beschützte, so wie er auch euch beschützen wird, sein Volk. Habt ihr diesen Jungen nicht immer im dichtesten Kampfgetümmel gesehen, wie er euch tapfer und verläßlich führte zum Siege über die Sachsen? Und seid ihr ihm nicht gefolgt, befeuert durch sein Beispiel, froh, seine Jugend und Kraft zu eurer Verfügung zu haben? Ich stelle euch jetzt diesen jungen Führer vor: Artus, Sohn von Uther Pendragon und künftiger Hochkönig von Britannien.«

Er drehte sich um und machte eine Handbewegung, die alle Blicke auf Artus lenkte, der ernst vor den Fackeln stand. Die Menge scharrte unruhig, murmelte, und die Männer verdrehten die Hälse, um besser sehen zu können.

Artus, ruhig und gefaßt, hatte die Arme vor der Brust verschränkt. Weder keltische Torques noch römischen Lorbeer trug er zum Zeichen seiner Führerschaft, doch es gab keinen Zweifel daran, wen die Männer vor sich sahen: den ungekrönten Helden des Tages.

»Beweis!« schrie jemand. »Wo ist der Beweis?«

»In deinen eigenen Augen, Mann«, schleuderte Merlin ihm entgegen. »Hast du nicht gesehen, wie Uther ihm heute das Königsschwert übergab? Hast du nicht gesehen, wie der junge Krieger das Amt übernahm, für das er geschaffen war? Bist du ihm nicht gefolgt und seinen Befehlen, während der Schlacht und danach?«

Die Menge brummte zustimmend, und Merlin hob die Stimme. »Und zuallerletzt, bin nicht ich der Beweis? Habt ihr nicht während all dieser langen Jahre gehört, ich sei derjenige, der den jungen Prinzen aufzog, ihn unterrichtete und ausbildete, damit er das werde, was wir am dringendsten brauchen, ein Hochkönig, der das Reich in Ordnung bringt und dem sächsischen Vormarsch durch unser Land Einhalt gebietet? Ich, Merlin, Seher der kristallenen Höhle, Ratgeber von Königen und Sprecher für die Götter, sage euch, daß in ihm eure Bestimmung sichtbare Gestalt angenommen hat. In ihm wird man für alle Zeiten Britanniens größten König, Krieger und Helden erkennen, und sein Name ist Artus Pendragon!«

Da stiegen Hochrufe auf, getragen vom auflebenden Wind, und

der Rote Drache des Banners regte und streckte sich träge vor dem Nachthimmel. Das Geschrei der Leute erstarb erst, als der Wind sich legte und der Drache sich zusammenfaltete, als versinke er in einen wachsamen Schlummer.

»Halt! Ich will sprechen!« kam eine Stimme aus den Schatten, und ein untersetzter Stammesführer bahnte sich den Weg durch die Menge, bis er vor Merlin stand. »Ist dies eine rechtmäßige Ratsversammlung von Kelten, um einen König zu wählen, oder die List eines Königsmachers, der ein Herrscherhaus nach römischem Vorbild begründen will?« fragte er.

Merlins Gesicht war ausdruckslos, und er sah den Sprecher weder mit Achtung noch mit Verachtung an. Dann blickte er auf das Heer und verkündete in aller Form: »König Lot von Lothien und den Orkneys bittet um eure Aufmerksamkeit.«

»Kampfgenossen, tapfere Männer und Freie«, begann Lot, langsam vor den Truppen auf und ab gehend. »Ich trete vor euch hin, um deutlich auszusprechen, daß wir Gefahr laufen, uns zur Anerkennung eines jungen Mannes überreden zu lassen, über den wir nichts wissen. Ein Junge, genau gesagt, der, wenn es hochkommt, einen knappen Tag bei uns war. Ein Bursche, dessen einzige Heldentat gewesen zu sein scheint, das Schwert einem kranken König entrissen zu haben, der zu schwach und hinfällig war, sich solchem Diebstahl zu widersetzen. Ein Thronbewerber, dessen Anspruch auf dem fadenscheinigsten aller Gründe beruht: auf seiner angeblichen Blutsverwandtschaft. Haben wir nicht allzu deutlich gesehen, was geschieht, wenn Herrscherhäuser begründet werden? Wenn Könige ihre Macht erben, statt sie zu verdienen? Wo ist unsere keltische Freiheit, die es uns erlaubt, nur einem Manne zu folgen, der sich in der Schlacht bewährt, im Rat als verläßlich erwiesen hat und dessen Fähigkeit zur Führerschaft anerkannt ist? Ich will nicht meines Rechts beraubt werden, meinen König zu wählen, ich will mich nicht von den gleisnerischen Reden eines Zauberers hinreißen lassen, und vor allem will ich nicht müßig zusehen, wenn das Amt des Hochkönigs auf einen Jüngling übergeht, dessen Ausbildung und Gedankenwelt mehr römisch als keltisch sind!« Gemurmel der Zustimmung war zu hören, und Merlin trat vor.

»Was soll dieser Unsinn ›keltisch gegen römisch‹?« fragte er. »Wir alle sind eine Mischung von beidem. Unsere Großväter nannten sich römische Bürger und waren stolz darauf. Das Reich wurde von den Barbaren zerrissen und zertrümmert, das ist wahr, aber das Wissen um staatliche Ordnung ist unabhängig von der Geographie. Eine nützliche Herrschaftsordnung zu verdammen, weil sie einer gewissen Quelle entstammt, ist so widersinnig, als würde man ein gutes Bratenstück zurückweisen, weil es von der Kuh unseres Nachbarn stammt.«

Eine Woge von Gelächter lief durch die Zuhörer, die bei Lots eigenen nördlichen Verbündeten begann, die sich immer noch gelegentlich als Viehdiebe betätigten.

Lot machte Anstalten zu sprechen, doch Merlin fuhr unbekümmert fort: »Ich fordere euch nicht auf, diesen jungen König anzuerkennen, weil ich ihn euch aufhalsen will, wie Lot andeutet. Ich fordere euch lediglich auf, als Freie des Reiches eurem eigenen Gewissen zu folgen, eurem Instinkt, einen Helden zu erkennen, wenn er unter euch erscheint, und eurer Bereitschaft, euch einem Mann zu verpflichten, der für dieses Amt eigens aufgezogen und ausgebildet wurde. Artus schuldet niemandem hier einen Gefallen, erhebt gegen niemanden Ansprüche, nährt weder Gedanken an Blutrache noch Groll, die sein Urteil trüben könnten. Und eben darum kann er gerecht und unparteiisch sein. Was können wir uns mehr wünschen? Was kann man von einem Hochkönig mehr erwarten?«

Merlin hielt inne, warf einen aufmerksamen Blick auf die Versammlung und achtete zweifellos darauf, wer zustimmend nickte und wer nicht.

»Wegen Uthers Tod am heutigen Tage«, fuhr er fort, »sind wir ein Land ohne Führer. Und doch hat dasselbe Geschick, das euch den Hochkönig nahm, auch für seinen Nachfolger gesorgt. Wollt ihr zu inländischem Gezänk und kleinlicher Politik zurückkehren, wo ihr doch heute abend die Gelegenheit habt, einen neuen Stern zu erkennen, der in den Himmel Britanniens aufsteigt? Er steht vor euch, hier und jetzt, und wartet nur auf euer Zeichen, das ihm sagt, was er tun soll. Was sagt ihr, Freie von Albion?«

Vielleicht war es der Gebrauch des alten Namens für Britannien oder der Wind, der abermals am Banner zerrte, die dazu beitrugen, daß die Männer zu rufen begannen. Zuerst langsam und leise, dann höher und kräftiger ertönend, wurde ihr Sprechchor immer mehr zu einer einzigen Stimme, bis das ganze Lager davon widerhallte: »Artus, Artus, Artus Pendragon.«

Lot wich nicht vom Fleck, und Artus blieb unbewegt, als sei der stürmische Beifallslärm nur der Wellenschlag an einem fernen Gestade und nicht der Vorbote seines eigenen Königtums.

In dem Augenblick, da die Kraft der Menge schwächer wurde, erhob sich ein großer, breitschultriger Mann, der das Zeichen des Ebers trug, und bat um Erlaubnis, sprechen zu dürfen.

»Eure Worte sind eindrucksvoll, großer Merlin, und die Zukunft, die Ihr ausmalt, ist verlockend. Und von allen Männern, die hier versammelt sind«, sagte er bedächtig, »habe ich am meisten Grund, Euch zu mißtrauen. Aber ich, Cador von Cornwall, bin hier und jetzt bereit, Artus meine Treue zu geloben, und ich gründe das nicht auf Eure Worte, sondern darauf, was ich am heutigen Tage auf dem Schlachtfeld gesehen habe. Dieser Bursche ist ein Führer, für das Schwert geboren, ein Mann, wie er selten einem Land beschert wird, und ich bin willens, ihm zu folgen, von diesem Tage an.«

Cador verließ seinen Platz in der vordersten Reihe der Versammlung, schritt auf Artus zu, beugte das Knie und hob seine Hände, die Innenseiten zusammengelegt. Artus blickte auf ihn nieder, barg sorgsam diese beiden Hände zwischen den Innenseiten seiner eigenen, und dann gab er sie frei, als Cador zu ihm aufblickte.

»Das Lächeln, das Artus' Zurückhaltung durchbrach, war eine Augenweide«, sagte Bedivere, und seine Stimme hatte einen Anflug von Bewunderung. »Und als er Cador auf die Beine half, bezeugte das Heer mit Gebrüll und Stampfen, daß es einverstanden war. Ich glaube«, fügte er hinzu, »es war das erste Mal, daß ich vor Glück weinte, und das hatte nichts damit zu tun, daß Artus mein Bruder ist.«

»Was geschah dann?« stieß ich hervor, ganz im Banne der Bilder, die er entworfen hatte.

»Man darf sagen, daß Artus durch einstimmigen Beifall zum König proklamiert war, während Lot beiseite trat, die Fäuste geballt, seine Augen fast Funken sprühend. Einer nach dem anderen traten die Könige vor, jeder beugte das Knie und gelobte Treue und wurde von Artus mit einem Lächeln belohnt, einem Nicken oder gar mit einer persönlichen Bemerkung.

Als er erkannte, daß die Mehrheit ihm nicht folgte, machte Lot kehrt, sammelte seine Mannen und Bundesgenossen um sich und verließ das Lager. Erst später erfuhren wir, daß er und seine Truppen sich nach Norden in Marsch setzten, anstatt sich uns anzuschließen, die Uthers Leichnam nach Süden geleiteten, zurück zu seinem Hof und seiner Witwe.

Ich selbst kehrte in unser Zelt zurück, denn das Gedränge um Artus war zu dicht, um durchzudringen, und inzwischen begann die lange, schlaflose Zeit bei ihm ihre Spuren zu hinterlassen; er sah zu abgespannt aus, um Zeit für einen Gespielen der Kindheit zu haben. Ich sah ihn erst am folgenden Morgen wieder.«

»War sie sehr unangenehm, diese Begegnung?« wollte ich wissen.

Bedivere lachte aus ganzem Herzen und schüttelte den Kopf.

»Artus schickte beim ersten Tageslicht einen Knappen, um Ector, Kay und mich zu wecken, und als nächstes saßen wir alle an einem Tisch im Küchenzelt, aßen Hafergrütze, und jeder erzählte, was er in der Schlacht erlebt hatte, so als wären wir just von einem Ausflug zum Jahrmarkt nach Hause zurückgekehrt. Ich sage Euch, Gwen, Artus versteht es, Leuten das wohlige Gefühl zu geben, sie wären Teil des großen Abenteuers, ganz gleich, wie turbulent es um ihn zugeht. Das ist nicht bloß eine geschickte Art, sich zu benehmen, oder etwas, das man lernen kann. Das ist ihm angeboren. Ihr werdet sehen … Ihr werdet es erleben, wenn Ihr ihm begegnet.« Und er lächelte ermutigend.

Ich nickte und gestand mir halbwegs ein, daß ich, falls die Götter nicht eingriffen, guten Grund haben würde, darauf achtzugeben, was für eine Persönlichkeit Artus war.

Ein Kundschafter kam angeritten und meldete, daß wir bald die Gemeinde Ribchester und unsere Nachtquartiere erreichen würden.

Bedivere ritt an die Spitze des Zuges, und ich dachte daran zurück, was Uthers letzte Schlacht für Rheged bedeutet hatte.

15.

GAWAIN

Uthers Aufruf zum Krieg erreichte uns im Frühjahr, kurz vor der Tagundnachtgleiche, und hatte viele Beratungen und heftige Streitigkeiten zur Folge. Rhufon vertrat hartnäckig die Ansicht, es sei viel zu früh, mit Pferden in den Krieg zu ziehen, und er würde für die Tiere Futter mitnehmen müssen, weil es nicht genug Gras gebe. Viele Straßen seien noch nicht frei, in höheren Lagen gebe es noch Eis und Frost des Winters und, wo es bereits getaut hätte, Schlamm und Schneematsch, so daß es Wahnsinn sei, einen Troß mit Vorräten quer durch Britannien zu schleppen.

Nidan nickte zustimmend, und mein Vater gab dem Boten zu bedenken, es sei vielleicht klüger, zumal König Uther selbst nicht gesund sei, noch ein wenig zu warten, bis der König und seine Verbündeten kräftiger und besser vorbereitet seien.

Der königliche Bote blieb hartnäckig. »König Uther ist bereit zur Schlacht«, verkündete er, »selbst wenn er sein Heer von einer Sänfte aus anführen muß! Er ist ein starker, tapferer Mann, Sir, und zählt in dieser Sache auf Eure Unterstützung. Wenn er es unter diesen Bedingungen mit einem solchen Feind aufnimmt, werdet Ihr gewiß einen Weg finden, mit den Schwierigkeiten der Vorräte fertig zu werden.«

Kaethi sagt, man könne die Kelten dazu bringen, die dümmsten Dinge zu tun, wenn man sie bei ihrem Stolz packe, und tatsächlich räumte Rhufon nach einer hitzigen Erörterung von Routen und Transportmöglichkeiten ein, daß es vielleicht zu machen wäre, mit weniger Wagen auszukommen, wenn jedes Pferd ebenso wie jeder Reiter einen zusätzlichen Futtersack tragen würde. Am Ende einigte man sich darauf, gerade so als hätte die Vernunft gesiegt.

Die Kriegsscharen wurden angewiesen, sich an der Aire-Schlucht zu treffen, und wir begannen, alles Notwendige zusammenzupacken. Abends saßen wir gemeinsam um das Feuer und knüpften Futternetze aus Leinenzwirn, während Edwen vom Ruhm früherer Siege erzählte. Binnen einer Woche waren wir unterwegs, denn der

Haushalt begleitete die Männer bis zum Beginn des Weges, der uns zum Mote führen würde, wo wir in Sicherheit waren, solange die Männer im Krieg waren.

Ich konnte mich nicht erinnern, daß mein Vater schon einmal in den Krieg gezogen war, und wurde von der Aufregung über den bevorstehenden Kampf mitgerissen. Als unsere beiden Haufen sich trennten, klatschte, jubelte und sang ich genauso eifrig wie das Kind irgendeines Kriegers.

Meine Hochstimmung hielt an, als wir auf den abwärts führenden Pfad einbogen, denn der Mote ist ein wilder und urtümlicher Fleck, der von der Zeit unberührt scheint. Der riesige graue Felsen stößt stolz aus dem Berghang vor, scharf aufsteigend über den aufgewühlten Wassern, wo sich der Rough Firth und der Solway vereinigen. Heimelige reetgedeckte Rundhäuser kleben wie Pilze an seinem Sockel, ziehen sich vom Kieselstrand hinauf zur oberen Brustwehr. Und ganz oben thront die Veste, wehrhaft und schmuck wie ein Wanderfalke. Gewiß ein aufregender Fleck, wie geschaffen, das Ende des Krieges abzuwarten.

Kaum waren die Frühlingsstürme vorbei, begann schon das schöne Wetter, und wir waren frei, die Küste und die nahen Wälder zu erkunden. Wir sammelten für Gladys die zarten Stengel des Strandkohls und brachten ihr die merkwürdigen, hohlen Pilze, als Morcheln bekannt, die in der Asche von Beltane-Feuern wachsen. Im Hochwald ließen Eichhörnchen Kiefernzapfen auf uns niederregnen, und bei unserem ersten Besuch überraschten wir eine Schar Hasen, die wie wild über eine Lichtung flitzten, sich ab und zu auf den Hinterläufen aufrichteten, um einander wie Kinder zu boxen, bis sie forthüpften und wie toll durch den Wald rannten.

Doch obwohl uns die Heiterkeit der Frühlingszeit umgab, bedrückten uns doch die Angst und die Sorge um die Männer, die fort waren, um gegen die Sachsen zu kämpfen. Nirgendwo war das deutlicher spürbar als am abendlichen Feuer, wo Kevins Stimme, die gerade umschlug, für die einzigen tiefen, männlichen Töne sorgte.

Dann, an einem feuchten grauen Tag, erschien auf dem Kiesstrand eine kleine Schar Männer, die sich wegen der Tragbahre langsam durch den Regen bewegte. Auf diese Entfernung konnte ich meinen Vater nicht deutlich ausmachen, doch niemand sonst würde seinen Hengst reiten, und es war Nidans Pferd, das sie reiterlos heimführten.

Weißgesichtig und grimmig schlug des Königs bester Krieger kaum die Augen auf, als sie die Veste erreichten. Mein Vater half ihm auf ein Lager am Herd, und Kaethi ging mit ihren Kräutern ans Werk. Die übrigen Männer, durchnäßt und erschöpft, verzehrten schweigend die dampfende Brennesselsuppe, die Gladys ihnen vorsetzte, und gingen dann schlafen. Rhufon blieb noch eine kleine Weile am Herd sitzen, doch er weigerte sich, irgend etwas über die Schlacht zu erzählen.

Mit den wärmenden Sonnenstrahlen des folgenden Tages zog die ganze Bevölkerung der Siedlung zur Veste hinauf, brachte Kissen oder Matten mit und machte es sich auf der breiten, flachen Kuppe des Felsens bequem.

Es machte mir immer besonderes Vergnügen, dort zu sitzen, wenn der Wind mich peitschte, die schwarzköpfigen Möwen unten unablässig kreisten und die Wasser des Rough nach Annwn jagten und wogten, dem Reich der Anderwelt. Auf der anderen Seite der schmalen Mündung des Fjords liegt oben auf der nächsten Bergkette, in Wäldern versteckt, eine alte Veste, und an schönen Tagen verlassen die Fischer ihre Hütten und wagen sich trotz unsicherer Strömungen dorthin. Heute fand ich ein Plätzchen am Rand der Versammlung, von wo ich über das Wasser schauen konnte, während Edwen von Uthers letzter Schlacht berichtete.

Er begann mit einer Erzählung von Uthers Werdegang, genau wie Kevin es auf unserem Ritt zum See gemacht hatte. Ich hörte halb zu, ließ meine Gedanken treiben und auf den kleinen Wellen tanzen, die auf dem Meeresarm funkelten. Selbst an nebligen Tagen bilden die Strömungen Muster aus Schimmer und Schatten, und Nonny sagt, daß sie die Reise von Seelen bedeuten, die zu jenem fremden Land unterwegs sind, wo ein magischer Kessel den Festsaal ziert. Ich fragte mich, ob es heute wohl die Seelen jüngst Verstorbener waren, die zum Fest in Annwn unterwegs waren, oder die Seelen derer, die zur Welt zurückkehren, um als neue Menschen wiedergeboren zu werden.

Bei der Nachricht von Uthers Tod gab es einen Laut des

Erschreckens, und ich fuhr plötzlich auf, als ich an seinen möglichen Nachfolger denken mußte. Doch Edwen erzählte von einem neuen Helden, unbekannt und unerwartet: Uthers eigener Sohn, lange von Merlin versteckt gehalten, war an die Macht gelangt und hatte die Heere hinter sich geschart.

»Und nunmehr«, schloß der Barde mit einem Lauf über die Harfensaiten, »erglüht Artus Pendragon über dem Horizont wie ein feuerspeiender Drache, der aus dem Nichts erscheint und ruhmvoll durch den nächtlichen Himmel fährt.«

Die Zuhörer lächelten und klatschten Beifall, wenngleich es schwer zu sagen ist, ob ihre Begeisterung Artus oder Edwens Vortrag galt. Für mich war Artus nicht mehr als ein Junge, kaum älter als Kevin, der jetzt zwischen Rheged und der Bedrohung durch Urien stand. Ich beobachtete den Wechsel der Gezeiten im Meeresarm und fragte mich, was des jungen Mannes Schicksalsgöttin für ihn bereithielt.

»Vielleicht«, sagte Kevin leise und beugte sich zu mir, damit andere nicht mithören konnten, »ist das der Große König, von dem die Alten erzählen, dessen Herrschaft wie ein Komet aufleuchten wird.«

Ich hatte die Prophezeiung vergessen und nickte, als ich mich ihrer erinnerte. Ich hoffte, die Zeichen für den Jungen standen gut, denn in gewisser Weise waren wir ihm Dankbarkeit schuldig.

Gladys rief mich, ihr bei der Bereitung des Festmahles zu helfen, und als ich aufstand und zur Küche lief, war der künftige König bereits aus meinen Gedanken verschwunden.

Die Krieger waren nicht die einzigen, die bei Uthers letzter Schlacht litten. Auch die Pferde waren nach den schlechten Wegen und knappen Rationen mager und erschöpft heimgekehrt, und darum wurde beschlossen, sie den Sommer über weiden zu lassen. Es freute mich für die Tiere, doch zugleich war ich enttäuscht, weil wir darum an einem Ort würden bleiben müssen.

Wir nahmen nahe dem See Derwentwater Quartier, in einer Hügelsiedlung, die das breite Tal überblickt, das von den Seen zu den Penninen führt. Es ist eine uralte Stätte, über Generationen in harter Arbeit aus Steinplatten erbaut, deren größter Vorzug für mich darin bestand, daß sie den alten Wegen so nahe war, die auf den Hügelkämmen verlaufen.

Die Talgründe und die unteren Hänge der Berge sind so dicht bewaldet, daß man nur Pfade, die am Wasser entlangführen, oder gewundene Fußwege benutzen kann. Allein im Hochland mit seinen verkrüppelten Bäumen und Büscheln von Gras und Heidekraut kann man bequem vorwärtskommen, und hier sind die alten Fahrwege von jahrhundertelangem Gebrauch glatt und breitgetreten. Der Pfad, der Threlkeld Knotts streift, führt nicht nur nach Westen zum See und nach Osten zur römischen Straße, sondern verläuft meilenweit über die Hügelkämme und bot Kevin und mir reichlich Raum, unsere Pferde zu tummeln.

Nichts ist so kalt wie ein Steinhaus, denn die Mauern speichern die Winterkälte auch dann noch, wenn die Sommerblumen längst die Wiesen sprenkeln, doch in Zeiten schwülwarmer Hitze ist ihr kühler Schatten höchst angenehm. In diesem Jahr kamen die heißen, trockenen Tage im August, und es war eine Wonne, unsere Mahlzeiten am späten Abend im mittleren Hof einzunehmen, der sich der langen Dämmerung öffnet und nur von den hellen Sternen überdacht ist.

An einem frühen Abend kam ein Reiter zum Hof mit der Nachricht, hoher Besuch stehe bevor: König Lot von den Orkney-Inseln werde am nächsten Tag eintreffen und wolle die Gelegenheit benutzen, vor unserem Rat zu sprechen. Mein Vater knurrte vor sich hin, dann schickte er den Boten zur Küche, wo Brigit und Kaethi beratschlagten, wie man die Gäste unterbringen und verpflegen sollte.

Ich schaute Kevin an und grinste; hochgeborene Besucher waren selten an den Seen, und ein bißchen Aufregung konnten wir gewiß brauchen. Als Elfjährige dachte ich nicht weit über den Augenblick hinaus, und es kam mir nie in den Sinn, daß die Ereignisse der nächsten paar Tage in den künftigen Jahren vielleicht Auswirkungen haben könnten.

Die Gesellschaft war größer, als ich erwartet hatte, denn König Lot reiste mit allen Kriegern, mit persönlichen Gefolgsleuten und hatte auch seinen ältesten Sohn mitgebracht.

Der Junge mit Namen Gawain war klein und stämmig, noch nicht im Mannesalter, und seine Haare waren genauso rot wie die seines Vaters. Alles, was er machte, verriet seine wache Tatkraft, ob er nun hinter seinem Vater herstolzierte oder ein Lächeln aufblitzen ließ, wenn ihn etwas erheiterte.

Er war nicht hochmütiger als die anderen Prinzen aus dem Norden, die ich kennengelernt hatte, doch zum ersten Mal mußte ich mich um einen kümmern, und ich fragte mich, was ihm wohl während der nächsten Tage Spaß machen würde.

Er erwies sich als guter Gefährte, der gern alles mitmachte, was ich vorschlug, obgleich ich bald feststellte, daß wir nichts bieten konnten, das mit den Wundern Orkneys vergleichbar war. Selbst als er Ailbe, den Wolfshund, erblickte, wurden seine blauen Augen nur einen Augenblick größer, bevor er meinte, daheim hätten sie Hirschhunde von derselben Größe.

»Wir haben auch Steinhäuser«, teilte er mir in seinem schweren nördlichen Tonfall mit, als wir mit seinem Pferd zu den Pferchen gingen. »Aber unsere sind aus rotem Felsen, der zu dicken Mauern verarbeitet ist, die viele Geschosse hoch sind und durchsetzt von Gemächern. Du kannst sie schon von ferne sehen, und wenn du innerhalb der Mauer die Treppe hinaufsteigst, kannst du meilenweit in jede Richtung schauen.«

»Sind sie wie die römischen Vesten?« fragte ich und versuchte mir Mauern vorzustellen, die dick genug waren, um Gemächer aufzunehmen.

»Oh, nein. Wir nennen sie Brochen, und sie sind uralt, oft dunkel und überfüllt. Sie wurden als Festungen benutzt, als die Römer uns zum ersten Mal bedrohten, aber wir schlossen Verträge mit dem Weltreich und mußten seine Soldaten nie auf unserem Boden empfangen. Ich glaube, daß die Brochen sie abschreckten«, setzte er stolz hinzu.

»Wo wohnt ihr jetzt?« fragte ich und versuchte die Anspielung zu überhören, daß die Briten, die Teil des Römischen Reiches geworden waren, irgendwie weniger tapfer oder klug sein sollten.

»Manchmal wohnen wir in einem der runden Turmhäuser, deren Steinwerk nicht so hoch reicht, aber wo auf der Innenseite der Mauer hölzerne Räume hinzugefügt sind, die sich auf einen Hof öffnen, so groß wie hier der eure.«

Er zeichnete einen Kreis in den Staub und zog eine Reihe von Linien hindurch, wie die Speichen eines Rades. Die Anordnung erinnerte mich an die schwimmenden Häuser am Solway, doch bevor ich das sagen konnte, fuhr er mit seiner Aufschneiderei fort.

»Sie sind viel höher und luftiger als diese hier«, verkündete er und deutete auf unsere niedrigen Häuser und kleinen Eingänge. »Die meisten Räume sind offen zum Hof hin, mit Fellvorhängen, die man beiseite ziehen kann, so daß man in den Hof oder hinauf zum Himmel schauen kann. Mein Quartier in Midhowe liegt ganz oben, und es ist, als würde man in einem Nest schlafen.«

Ich warf einen Blick in die Runde, sah unsere Häuser zum ersten Mal als dunkle, schäbige Siedlung und wünschte, wir hätten unsere Gäste in Carlisle empfangen, wo das Haus am Fluß groß und eindrucksvoll ist. Kevin sagte nichts, doch ein kleines Lächeln umspielte seinen Mund.

Der Aufruf zum Rat war kurz nach der Ankunft unserer Gäste ergangen, doch da die Leute von weither kommen mußten, würde die Versammlung erst in drei Tagen stattfinden. Lot und mein Vater waren eifrig damit beschäftigt, politische Dinge zu erörtern, und da es nicht nötig war, daß wir uns in der Siedlung herumtrieben, verbrachten wir den nächsten Tag damit, der Hitze zu entfliehen und die Pfade durch die Wälder zu erkunden.

Eine Zeitlang sprach mein Gast über Dinge, die er auf dieser seiner ersten größeren Reise durch sein eigenes Land und die der Nachbarn gesehen hatte. Seines Vaters Veste auf dem massigen Felsen von Edinburgh beeindruckte ihn mächtig, wie auch die Größe des Firth of Forth und die große Siedlung Dumbarton am Clyde. Und er freute sich darauf, Uriens Hauptstadt kennenzulernen, die einst eine mächtige römische Stadt gewesen war.

Doch in allem, was er sagte, schimmerte eine Haltung durch, außer seiner Inselheimat nichts anderes gelten zu lassen. Nirgendwo waren die Farben der Großen Krone so strahlend, nirgendwo die Krieger tapferer, die Frauen schöner. Seine Mutter, obgleich sie ursprünglich aus Cornwall stammte, nun als Königin der Orkneys anerkannt, war die schönste und mächtigste Frau der Welt.

»Es gibt keine Menschen oder Göttern bekannten Künste, in denen sie nicht bewandert ist, und sie kann sogar über die Geheimnisse der Göttin gebieten.« Seine Stimme war voller Ehrfurcht, und er machte sorgsam das Zeichen. »Ja, meine Tante Morgan sagt, Mama hätte selber eine Priesterin werden können, wäre sie Schülerin der Dame gewesen.«

Ich nickte stumm und hätte gern gewußt, was eine Königin mit der Macht anfangen sollte, die in der Regel religiösen Führern vorbehalten ist. Es kam mir vor wie eine unheilige Verbindung von Interessen, die mich mit Unbehagen erfüllte.

Am späten Nachmittag machten wir uns auf den Heimweg, wanderten zum Ende des Sees und kamen am Pachtgut des Gerbers vorbei, das auf der Kuppe liegt und den Wasserlauf überblickt. Eines der Kinder im Hof sah von dem Fell auf, das es gerade abschabte, und winkte uns zu. So würde Gawain wenigstens mit dem Wissen heimkehren, daß unser Volk selbst zu Fremden freundlich und herzlich ist.

Der Pfad folgte dem Fluß, der wenig Wasser führte, weil es spät im Jahr war, aber das Wasser selbst floß hell und klar, tanzte über sein felsiges Bett mit einem fröhlichen Geräusch, wie ein Gebirgsbach nach einem Frühlingssturm. Ich erzählte unserem Gast, wie die Lachse flußaufwärts zogen, um zu laichen, sich gegen die Strömung vorankämpften und das Wasser in schäumendes Silber verwandelten. Er zuckte die Achseln und sagte, in den Flüssen von Lothien sei das genauso.

Aus einer Laune heraus machte ich einen Umweg zu einem der schönsten Flecken im Seengebiet, ohne Gawain zu sagen, wohin wir gingen. Das soll er erst einmal überbieten, dachte ich, während wir unter prächtigen alten Eichen durch grüne Farne und über graue, felsige Simse emporkletterten. Als wir die Spitze des Hügels erreichten, lichteten sich plötzlich die Bäume, und vor uns lag der große Steinkreis, den wir Castlerigg nennen.

Die Steine erheben sich stolz und feierlich auf dem Rasen, krönen den Hügel, der dort aufsteigt, wo drei Bergtäler zusammenstoßen. Auf jeder Seite fällt der Boden zu den Tälern ab, und die wuchtigen Berge umringen den Himmel dahinter, als befinde man sich in der Mitte einer Schale.

Die üblichen Dünste und Nebel des späten Nachmittags waren nirgends zu sehen, und die Sonne entlockte Fels und Geröll gleichermaßen einen hellen, herben Glanz. Doch ringsum spürte man die Gegenwart der Götter, sie durchwehten das tausendfache Grün der Wälder und ragten an den steilen Hängen der Hügel auf.

Wir standen schweigend da, als sei die Zeit zum Stillstand gekommen. Nur daß ich keine Flügel hatte, hielt mich davon ab, hinauszuschweben in die wundersamen Tiefen des Raums, der die liebliche grüne Anhöhe umgibt.

Kevin löste seine Flasche vom Gürtel, vergoß ein paar Tropfen als Opfer für die Götter und ließ sie reihum gehen. Niemand sagte etwas, bis wir wieder aufbrachen, und Gawain ließ einen langen unterdrückten Pfiff hören.

»Also, das ist das Eindrucksvollste, was ich in Rheged gesehen habe«, sagte er, als wir wieder sicher auf dem Pfad waren. »So alt wie die Zeit, könnte man denken. Aber die roten Steine von Stennes sind noch ein bißchen größer, und dort steht in der Mitte ein geschnitzter Balken, der aus einer gefliesten Feuerstelle aufsteigt, und wenn das Feuer darunter angezündet wird, werden die Figuren auf dem Balken lebendig.«

Ich warf Kevin einen Blick zu, wütend, daß ich die uneingeschränkte Bewunderung des Jungen nicht gewinnen konnte, aber Kevin wich meinem Blick geflissentlich aus, und ich mußte meine Enttäuschung für mich behalten.

Nach dem Abendessen richtete es Gawain so ein, daß er bei den Soldaten am Berghang schlafen konnte, mit den Worten, er fände die steinernen Räume zu dunkel und stickig, um behaglich zu sein.

Ich blickte über den Hof zu meinem Vater und fragte mich, ob König Lot ebenso schwer zufriedenzustellen war wie sein Sohn.

Als ich Nonny davon erzählte, schnaubte sie verächtlich.

»Stolz wie die Adler, die zwei, aber auch so ungehobelt. Die Gesetze der Gastfreundschaft gelten für den Gast wie für den Gastgeber, und das hätte ihnen jemand beibringen sollen, als sie jung waren!«

»Vielleicht fühlt er sich bloß deshalb nicht wohl, weil er so weit von zuhause fort ist«, sagte ich und war selber überrascht, daß ich als Gawains Verteidigerin auftrat. Ich erinnerte mich an sein feines

Lächeln, als wir stehenblieben, um einen Marder zu beobachten, der ein Eichhörnchen keckernd durch die Baumwipfel jagte.

»Der kleine Frechling ist entwischt«, rief er jubelnd, als das Eichhörnchen in Sicherheit hüpfte, nachdem der Marder einen Zweig verfehlt hatte und zu Boden fiel. Ich hatte den Verdacht, daß Gawain eine geheime Ader für Schwächere hatte, und rätselte, was sein Vater davon halten mochte.

Der nächste Tag brach an, heiß wie glühendes Metall, und die Sonne klebte am Himmel wie eine flachgehämmerte Kupferscheibe. Wir verbrachten den Tag am See, versuchten mit Fallen Enten zu fangen, während Kevin vom Boot aus fischte. Ich fing zwei Vögel, Gawain jedoch keinen, denn ihm fehlte die Geduld, die beim Fallenstellen nötig ist, und er neigte dazu, sich durch seine schnellen Bewegungen zu verraten.

»Ich jage lieber die Waldtiere«, sagte er und beäugte verächtlich meine Stockenten. »Die königlichen Hirsche in unseren Tälern sind so prächtig, wie du nirgendwo welche findest.« Ich sagte nicht, daß ich lieber handfeste Ente essen würde, als meinen Magen mit eingebildetem Wildbret zu füllen.

Als Kevin mit dem Boot zurückkam, fragte ich unseren Gast, ob er zur Insel hinausrudern wolle.

»Dort gibt es Ruinen«, bemerkte ich und deutete auf die felsigen Klippen, halb hinter Bäumen versteckt. Die Insel flimmerte in der Nachmittagshitze wie ein Feenbild, geheimnisvoll und fremd. »Es heißt, dort hätte einst Bilis gehaust, der Zwergengott der Unterwelt, der auf dem Rücken einer Ziege reitet«, setzte ich beiläufig hinzu in der Hoffnung, unser Ansehen wiederzugewinnen.

»Und du würdest sein Eigentum betreten?« fragte Gawain, entsetzt über meine Unverschämtheit.

»Die Insel ist Teil meines Königreiches«, erwiderte ich achselzuckend und versäumte nicht hinzuzufügen, daß alle Kinder, die am See lebten, an warmen Tagen zwischen den nunmehr harmlosen Felsen und dem Geröll herumkletterten.

»Nein, an so etwas werde ich mich nicht beteiligen«, wehrte Gawain ab und machte das Zeichen. Eine Augenbraue Kevins schoß spöttisch in die Höhe, doch er sagte nichts, und wir beide verbissen uns das Lachen.

Mir dämmerte, daß menschliche Fertigkeit und schlichte Schönheit ihm vielleicht keine Ehrfurcht einflößen konnten, wohl aber Begegnungen mit den alten Göttern, und also erzählte ich ihm auf dem Heimweg vom Rough Firth mit seinem sonderbaren, furchteinflößenden Pfad zur Unterwelt.

»Annwn liegt irgendwo jenseits vom Mote«, erklärte ich, und die Worte riefen in mir einen köstlichen Schauer von Furcht und Staunen hervor. »Und an manchem Morgen saß ich hoch oben auf dem Felsen und rätselte, wessen Seelen die Strömung wohl gerade vorbeitrug. Ja, und einmal«, sagte ich atemlos, denn die bloße Vorstellung beflügelte mich, »sah ich die Schatten der Götter, als sie zu Arawns Halle zogen.«

Gawain hatte vor Erstaunen die Augen aufgerissen, und er blickte mich mit achtungsvollem Schweigen an. Ich fühlte mich ein wenig besänftigt; das zeigte wenigstens, daß er etwas außerhalb der Grenzen seines Königreiches bewundern konnte.

Der Morgen der Ratsversammlung dämmerte strahlend und klar und versprach für den Nachmittag noch mehr Hitze, so daß wir beschlossen, einen Ritt auf dem Pfad zu unternehmen, solange es noch erträglich kühl war.

Gawains Pferd war ein gutmütiges, derbes Tier, ausdauernd und zuverlässig, obgleich ich vermutete, daß es ihm nicht feurig genug war. Für lange Strecken verwendet man nicht die besten Pferde, es sei denn, man braucht sie am Zielort.

Kevin hatte die Pferde zusammengetrieben, und Federfuß war gesattelt und bereit für den Ausritt, als Gawain und ich zum Stall kamen.

Rhufon half mir in den Sattel und knurrte eine knappe Warnung: »Eure Stute ist heute morgen mächtig ausgelassen. Also seid nicht unbesonnen, kleines Fräulein.«

Ich lachte und nickte ihm zu, weil ich wußte, daß er, wenn ich nicht dabei war, damit zu prahlen pflegte, ich könne mit einem Pferd besser umgehen als die meisten Jungen meines Alters.

Wir ritten auf dem Waldpfad, Kevin wie üblich an der Spitze. Bis jetzt hatte Gawain von meinem dunklen Gefährten keine Notiz genommen, was Kevin entgegenkam, der es im allgemeinen vorzog, darauf zu achten und zu lauschen, was um uns passierte, und der gelegentlich eine spaßige Bemerkung zu mir machte, die sonst niemand hören konnte.

Als wir uns der Stelle näherten, wo der Reitweg mit unserem Pfad zusammentraf, wandte sich unser Gast zu mir und fragte: »Hast du immer einen Diener bei dir?«

»Diener?« keuchte ich. »Kevin ist kein Diener. Er ist mein Pflegebruder und der Hohe Prinz eines stolzen Königreichs in Irland.«

Ich wußte, daß ich übertrieb, doch nachdem ich mir tagelang Gawains Herablassung hatte gefallen lassen müssen, war es mir gleich.

»Hoher Prinz? Aber ich dachte, niemand, der mißgebildet ist, kann den Thron von Tara innehaben.« Das klang mehr wie eine sachliche Feststellung denn als Herausforderung, und innerlich wand ich mich und schämte mich, daß ich gelogen hatte, und es bedrückte mich, daß ich Kevin in eine peinliche Lage gebracht hatte.

»Ich habe nicht von Tara gesprochen. Er kommt aus einem kleineren nördlichen Reich, und sein Vater ist einer von Taras Vasallenkönigen, so wie wir Vasallenkönige des jungen Artus sind.«

»Dein Vater hat Uthers Bastard Lehenstreue gelobt?« Seiner Stimme und seiner Miene war das Entsetzen deutlich anzumerken, und er blickte mich fassungslos an.

»Natürlich«, erwiderte ich, denn ich war jetzt wütend, ein Thema angeschnitten zu haben, von dem ich hätte wissen müssen, daß es unseren Gästen nicht genehm war. Mein gedankenloser Schnitzer bedrängte mich ebenso wie die Bäume und das Unterholz zu beiden Seiten des Pfades.

Der Reitweg begann unmittelbar hinter der Biegung des Pfades, und ich gab Federfuß plötzlich einen solchen Stoß in die Rippen, daß das Pferd an Kevin vorbei und ins Freie schnellte. Es war nicht die rühmlichste Art, sich aus einer Klemme zu befreien, aber sie war erfolgreich.

Wir rasten den breiten Reitweg hinunter, die hohe, kahle Landschaft flitzte verschwommen vorbei. Ich duckte mich, umklammerte den Hals der Stute und spürte, wie der Wind meine Haare fliegen ließ. Die Jungen polterten hinterher, aber bis jetzt hatte nur der Hund Schritt halten können, und er sprang mit der gleichen

Anmut gelöster Kraft dahin, die auch ich verspürte. Wir blieben an der Spitze, flogen in die Morgensonne, als verfolgten uns die Geister des Samhain, und ich sah Ailbe an Kevins Seite zurückfallen, während Federfuß ihr Tempo beibehielt.

Der Reitweg senkte sich zur steinigen Furt am Wildbach, und ich wich ihr aus, so daß wir über den holprigen Grund auf eine Stelle zugaloppierten, wo die Ufer des Baches hoch und fest waren. Federfuß sah das Gefälle vor uns, sammelte sich und meisterte den Sprung, als hätten wir ihn jeden Tag geübt. Einen Augenblick lang schwebten wir, frei von der Erde, flogen über die kleine Kluft und landeten sicher auf der anderen Seite. Nach ein paar Sätzen riß ich den Kopf der Stute herum und sah gerade noch, wie Kevins Wallach den Sprung mit Mühe schaffte.

Ich strich mir triumphierend das Haar aus dem Gesicht und sah Gawains Pferd ans Ufer kommen und trotz der Befehle seines Reiters seitlich ausbrechen. Der rothaarige Junge lenkte sein Pferd zur Steigung zurück, peitschte es mit den Zügeln und setzte ein zweites Mal zum Sprung an. Das Pferd nahm zuerst schneidig Anlauf, dann brach es abermals aus, wobei es seinen Reiter beinahe abwarf.

Kevin und ich führten unsere Pferde zur Furt und näherten uns von hinten unserem Gast, der sein Tier wütend verfluchte.

»Ist schon gut«, sagte ich so taktvoll wie möglich. »Dein Pferd ist wahrscheinlich ans Springen nicht gewöhnt.«

Der Prinz von Orkney sah mich finster an. Sein Gesicht war gerötet, und er war wütend. »Ist ja nur ein Pferd für die Reise. Mein Hengst hätte das leicht geschafft.«

Ich nickte und sah, wie Gawains blaue Augen Kevin anstarrten. Es war offensichtlich, daß er sich von einem Jungen nicht ausstechen lassen wollte, den er für einen Diener gehalten hatte. »Ich könnte es mit deinem Pferd versuchen«, wandte er sich wieder an mich.

»In Ordnung«, sagte ich und glitt von Federfuß' Rücken, »aber sie hat ein sehr empfindliches Maul, also sei vorsichtig und reiße nicht an den Zügeln.«

Gawain und ich führten Federfuß zu einer Felsbank, damit sie sich an seinen Geruch und seine Stimme gewöhnen konnte.

Ich benutzte einen leichten Sattel, kaum mehr als ein Lederkissen, und als Gawain vom Felsen auf den Pferderücken kletterte, sah es eher trotzig als elegant aus. Als er die Zügel ergriff, hatte ich plötzlich eine böse Ahnung und hoffte, er würde meine Warnung vor ihrem empfindlichen Maul nicht vergessen. Doch er ging sanft, wenn auch nicht geschickt mit ihr um.

Erst jetzt, als ich zusah, wie sie auf den Reitweg zurücktrabten, wurde mir klar, daß er alles andere als ein guter Reiter war. Liebe Epona, betete ich, laß nichts passieren, solange er mein Gast ist. Ich warf Kevin einen Blick zu und sah, daß auch er besorgt die Stirn runzelte.

Federfuß kam sauber den Reitweg herunter, überquerte den holperigen Boden und näherte sich dem Bach, mehr dem eigenen Willen als dem ihres Reiters folgend. Sie erreichte das Ufer, erhob sich in die Luft und schwebte mit vollendeter Anmut über die Kluft. Gawain klammerte sich an ihre Mähne, über beide Ohren grinsend, doch als sie landete, verlor er den Halt und fiel von ihrem Rücken.

Mit einem entsetzlichen Krach schlug er zu Boden, rollte auf den Rücken und lag wie tot da.

Ich kletterte zu ihm, voller Angst, er hätte sich an einem halb verborgenen Stein den Kopf zerschmettert. Ich fragte mich, was ich den Göttern opfern konnte, um ihn wieder lebendig zu machen.

Er lag zwischen Büscheln von Gras und Heide, schnappte nach Luft und sah sehr überrascht aus. Sein Gesicht war blutbespritzt, und aus seiner Nase floß unaufhörlich Blut.

»Bist du verletzt?« fragte ich, kniete neben ihm und versuchte das Nasenbluten zu stillen.

»Es geht mit prächtig«, keuchte er schließlich. »Bin auf der Schulter gelandet und ein bißchen gerollt, glaube ich.«

Ich war erleichtert, daß sein Blick klar und seine Haut unverletzt waren, und nachdem wir das Nasenbluten gestillt hatten, setzte er sich mühsam auf. Auf einer Wange war ein roter Fleck, der sich vermutlich in eine Beule verwandeln würde, aber wenigstens hatte er sich nichts gebrochen.

Dann lächelte er – dieses grimmige, strahlende Lächeln, das ich anfangs so ansteckend gefunden hatte – und schüttelte bewundernd den Kopf. »Ihr mögt ja in kleinen, dunklen Häusern wohnen und Vögel und Kohl essen wie ein Bauer, aber ihr habt zweifellos schöne Pferde und eine Menge Spaß«, sagte er.

Ich war so überrascht, daß ich in Lachen ausbrach. Die dünkelhafte Verachtung und Unbeherrschtheit waren völlig verschwunden, und obgleich er sich vorsichtig bewegte, blickte er sich vergnügt um. »Dieses Pferd wird inzwischen fast am Wall sein. Wird es schwierig sein, es einzufangen?«

»Federfuß? Nein, sie ist zu sehr Teil der Familie, um wegzulaufen.«

Ich stand auf und suchte die Landschaft ab und entdeckte meine Stute, die an einem verkrüppelten Baum graste.

»Ich werde sie holen«, sagte Kevin und reichte mir die Zügel der beiden anderen Pferde.

»Bist du auch ganz sicher, daß es dir gutgeht?« fragte ich noch einmal, als Gawain aufstand. Als mir klar wurde, daß wir knapp einem schrecklichen Unglück entkommen waren, fingen meine Knie an zu zittern. Was wäre geschehen, wenn er in das Bachbett geworfen, gegen trockene Felsen geschleudert worden wäre, seine Familie in Kummer und mich in Schande gestürzt hätte? Ich war entsetzt, was hätte geschehen können, und fand es erstaunlich, daß Gawain selbst unbesorgt schien.

»Natürlich«, sagte er, »bloß ein paar Schrammen hier und da. Daheim, beim Üben mit dem Schwert, ist es mir schon schlimmer ergangen.«

Danach ritten wir gemächlicher, zum Teil wegen des Mißgeschicks, zum Teil weil uns auf dem Reitweg Leute begegneten, die zur Siedlung und der Ratsversammlung unterwegs waren. Als die Bäume der Siedlung in Sicht kamen, hielt Gawain an.

»Mir wäre es lieb, wenn wir die Sache den Erwachsenen gegenüber nicht erwähnen würden«, begann er und lächelte schüchtern.

»Aber was ist mit deiner Nase?« fragte ich, denn ich hatte bemerkt, daß sie rot angeschwollen und nicht mehr ganz gerade war.

»Ich werde sagen, mein Pferd hätte plötzlich gescheut. Es ist ein dummes Tier, und das wird mein Vater lieber hören, als wenn er erfährt, daß meine erbärmlichen Reitkünste daran schuld waren, besonders weil ich mich bei einer Herausforderung nicht gut geschlagen habe.«

Ich seufzte erleichtert, und Kevin nickte stumm, sah unseren Gast aber mit Bewunderung und einem halben Lächeln an.

»Wollen wir es also dabei belassen?« fragte Gawain hoffnungsvoll.

»Ich bin einverstanden«, sagte ich lächelnd, und nach dieser Abmachung kehrten wir zum Stall zurück und zur nachmittäglichen Ratsversammlung.

16.

KÖNIG LOT

Königliche Ratsversammlungen, zu denen auch die Bürger aus entlegenen Gegenden des Königreiches zusammengerufen werden, sind ungewöhnlich, denn in der Regel werden sie dort abgehalten, wo der König sich gerade aufhält. Es kam höchst selten vor, daß auf Wunsch eines reisenden Herrschers eine besondere Versammlung einberufen wurde, und die Menschenmenge, die zusammenströmte, war voll fröhlicher Neugier. Es war klar, daß die Leute sich über diese unerwartete Unterbrechung des sommerlichen Alltags freuten, als sie alte Freunde begrüßten, familiäre Neuigkeiten austauschten und darüber spekulierten, worum es bei der Versammlung gehen würde.

Die Siedlung quoll rasch von Menschen über, und viele schlugen ihre Lager außerhalb der Mauern auf, denn sie waren so weit gereist, daß sie nicht hoffen konnten, am Abend wieder zuhause zu sein. Sogar ein fahrender Händler war gekommen und breitete seine Waren auf einem Teppich neben dem Brunnen aus.

Das blonde Haar und die blauen Augen ließen auf einen Ausländer schließen, und ich beobachtete neugierig, wie er erfolglos versuchte, seine Waren an Bauernweiber zu verkaufen.

Ich betrachtete die bunte Vielfalt der Dinge auf dem Teppich des

Händlers genauer: eine Menge des üblichen Tands aus Bronze und Kupfer, wie man ihn auf jedem Markt findet, aber darunter auch eine massive scheibenförmige Brosche aus Silber, wie ich sie noch nie gesehen hatte.

»Sächsische Arbeit, Fräulein«, sagte der Mann vertraulich. »Sehr verbreitet in der Gegend um York. Aber teuer, viel zu teuer für jedes Fräulein, das nicht gerade eine Prinzessin ist.«

Ich war versucht, ihm zu sagen, ich sei eine Prinzessin, da ich aber ohnehin nichts zum Tauschen hatte, beschloß ich, es zu lassen.

Er hielt eine kleine Geldbörse hoch, in prächtigen Farben und mit verschlungenen Mustern verziert. »Ägyptisch, wenn ich mich recht erinnere. Aus Kairo jedenfalls. Vielleicht war der Weber aus Damaskus.«

Ich fragte mich, wo Damaskus lag und wer der Handwerker gewesen sein mochte, und bewunderte die Händler, welche die Erzeugnisse menschlicher Arbeit durch die Welt beförderten. Ich wünschte, wir hätten uns hinsetzen und über die Lagerfeuer sprechen können, an denen er gesessen, über die Schmieden, die er gesehen, und über die Geschichten, die er auf seinen Wanderungen gehört hatte. Aber Gladys rief mich heim, um beim Abfüllen des Weines zu helfen, und so lächelte ich dem Mann zu und trollte mich zur Speisekammer.

Der Nachmittag war heiß und schwül, und als der Rat begann, drängten sich die Leute im mittleren Hof zusammen. Es waren so viele, daß einige in die Hauseingänge traten, dicht zusammengedrängt standen oder saßen, damit alle Platz fanden. Die Diener mußten die Weinkrüge von den Gästen weiterreichen lassen, weil es nicht genügend Becher gab, um jeden einzeln zu bedienen. Allmählich begann die festliche Stimmung abzuflauen, und als der Königsstuhl gebracht und in der Mitte des Hofes aufgestellt wurde, war die heitere Stimmung verschwunden, denn nun würden ernste Dinge zur Sprache kommen.

Mein Vater eröffnete den Rat zu Ehren des bedeutenden Ereignisses mit einer feierlichen Anrufung der Götter, und nachdem das Trankopfer dargebracht worden war, stellte er sogleich König Lot vor und sank matt in seinen Stuhl zurück.

Die robuste Tatkraft des Königs aus dem Norden beherrschte den Raum in der Mitte der Versammlung und nahm jedes Auge gefangen. Er war ein stämmiger Mann mit einem riesigen Schnurrbart, dessen Spitzen gewachst und gezwirbelt waren, so daß sie schwungvoll an seinem Kinn herunterhingen. Sein rotes Gesicht und sein kräftiger Körperbau verrieten unbändige Gesundheit und Kraft, und ich starrte ihn voller Ehrfurcht und Bewunderung an. Als er da stand, mit seiner grünkarierten Schärpe, die an einer Seite von einer großen mit Edelsteinen besetzten Brosche gehalten wurde, und in seinem Leinenschurz, der knapp bis zu den Knien reichte, sah er wie ein zeitloser Held aus, stolz und kraftvoll.

Es war leicht zu erkennen, woher Gawains Barschheit rührte, die manchmal ungehobelt erschien. War das Verhalten seines Sohnes indessen manchmal überhastet und unüberlegt, so wurde das seines Vaters von der Gelassenheit eines Kriegers gebändigt, der gelernt hat, immer und um jeden Preis die Fassung zu bewahren.

Er begann mit den rituellen Worten eines Gastes, dankte dem König für seine Gastfreundschaft und den Leuten für ihre Bereitschaft, zu hören, was er zu sagen hatte. Seine Stimme war nicht besonders wohlklingend, aber er verstand sie so vollendet einzusetzen wie mancher Barde, und anfangs achtete ich mehr auf seine Art, die Worte zu setzen, als auf deren Inhalt. Hätte er mehr Platz gehabt, wäre er um den Kreis herumstolziert, doch wie die Dinge lagen, mußte er sich darauf beschränken, auf einem Fleck zu verharren, sich mit weit ausholenden Gebärden zu drehen, um alle Anwesenden der Reihe nach anzusprechen. Es versteht sich, daß diese Entfaltung von Selbstbewußtsein und Macht die Zuhörer fesselte.

Irgendwann, nach allerlei Höflichkeiten und Schmeicheleien, kam er auf König Uthers Tod und auf den Zweck seines Besuches zu sprechen.

»Nun also setzen sie die Geschichte in die Welt, daß dieser Artus wirklich Uthers Kind sei, durch Zauber empfangen und versteckt, bis er plötzlich als Erbe des Hochkönigs vorgeschlagen wird«, erklärte Lot, und seine Stimme hob sich vor Empörung. »Welch ein Gewäsch! Sie spielen ihr politisches Spielchen, wohlgemerkt, versuchen den Süden, der noch immer Rom hörig ist, zufriedenzustellen, der erwartet, daß Söhne das Erbe antreten, ohne Rücksicht auf ihre Fähigkeiten!«

Er stieß die Worte »Rom« und »hörig« mit solcher Verachtung hervor, daß ich mich fragte, was Kaethi wohl denken mochte, aber die Menge stand so dichtgedrängt, daß ich sie nicht sehen konnte.

Auf der gegenüberliegenden Seite des Kreises beugte Lot sich zu einem Mann nieder und nahm den Weinkrug, der ihm angeboten wurde.

»Oh, es ist ausgesprochen schlau, wahrlich, ihn zu einem halben Kelten zu machen, dazu noch mütterlicherseits, in der Hoffnung, wir im Norden würden uns damit zufriedengeben, daß die Abstammung eindeutig und unvermischt ist. Aber wir werden uns nicht zu Narren machen lassen ...«

Er nahm einen tiefen Schluck, gab den Krug zurück und wischte sich mit dem Handrücken den Schnurrbart. Man konnte auf der ganzen Länge seines Armes die Narben der letzten Schlacht sehen, ein blasses Gewebe auf dem dunkleren, unversehrten Fleisch.

»Der Anspruch dieses jungen Artus auf Logres mag hingehen; es war Uthers Reich, und wenn die Leute diesen seinen ›Sohn‹ auf Merlins Geheiß annehmen wollen, ist das ihre Sache. Aber wir, die wir niemals Roms Knechte waren, wir aus dem Norden, die stolz sind, Kelten zu sein, wählen unsere König nach Verdienst und bewiesener Führerschaft. So ist es immer gewesen, und das werden wir jetzt nicht ändern. Wir werden keinen unerprobten Jungen anerkennen, der uns nach fünfzehn Jahren im Verborgenen vor die Nase gesetzt wird. Gleich, von wem er abstammt, die Kelten werden keinem Führer folgen, der nicht bewiesen hat, daß er des Throns würdig ist. Man denke, er ist kaum ein Jahr älter als mein eigener Sohn, und während Gawain bereits ein halbes Dutzend Schlachten hinter sich hat, ist dieser Artus nur in einer einzigen erschienen, und wir alle wissen, daß das nicht genügt, den Kampfgeist eines Mannes zu prüfen!«

Er warf einen Blick auf die Krieger, die hinter den Zuhörern standen, und ein paar antworteten durch Händeklatschen und Stampfen.

»Nicht nur das: der Junge tauchte aus dem Nichts auf, plötzlich von Merlin herbeigezaubert. Niemand fragte danach, wie er zu seinem Rang gekommen ist, niemand fragte nach seinen Kenntnissen im Kriegswesen, auf dem Schlachtfeld erworben, niemand fragte, wie er zu dem Vorzug kam, neben anderen Königen kämpfen zu dürfen. Keine Vorgeschichte, keine Erfahrung, kein Beweis für seine Eignung … nein, sage ich, nein, nein, nein!«

Er hatte sich in einen kontrollierten Zorn hineingesteigert, und sein ganzer Körper strahlte Empörung aus. Der Zorn seines Sohnes, dachte ich, war gewiß nicht mit dem zu vergleichen, wozu sein Vater fähig sein mußte.

»Wenn dieses römische Bübchen nach dem Amt des Hochkönigs strebt, soll es sich das Recht in der Schlacht verdienen, auf den Leichen seiner erschlagenen Feinde … auf der meinen, wenn nötig!«

Blitzschnell war Lots Hand an seinem Gürtel, sein Dolch blitzte auf und fuhr im Bogen in den harten Boden zu seinen Füßen. Dort stak er zitternd eine halbe Minute, und diese stumme Herausforderung ließ die Leute erschauern.

»Zu den Waffen, zu den Waffen!« rief jemand, und sofort erhob sich zustimmendes Gebrüll. Jetzt jubelten Lots Leute, und nicht wenige unserer eigenen tapferen Krieger fielen ein, hoch erfreut, von der Spannung erlöst zu sein. Ich warf heimlich einen Blick auf meinen Vater, der zusammengesunken über seinem Weinbecher saß und die Vorgänge mit einem nachdenklichen Stirnrunzeln beobachtete. Verglichen mit der glänzenden Figur, die König Lot von Orkney machte, sah er alt und gebrechlich aus, und mein Herz schlug ihm entgegen.

Als die Beifallsrufe erstarben, hob der König von Rheged den Arm und gebot Schweigen.

»König Lot, Ihr sprecht überzeugend. Und Ihr habt Euch klar ausgedrückt. Doch gebe ich zu bedenken, ob wir darüber nicht den Feind vergessen, der wichtiger ist. Wir haben Nachrichten erhalten, daß die Sachsen sich zu einem neuen Einfall vom Festland bereit machen. Wäre es nicht klüger, sich gegen diese unsere bekannten Feinde zusammenzuschließen, als unsere Kräfte in inneren Streitigkeiten zu zersplittern? Schließlich sind die Sachsen eine Bedrohung für jedes britische Königreich, und sie wären grausame Herren, gelänge es ihnen, uns zu besiegen, weil wir zu sehr damit beschäftigt sind, uns gegenseitig umzubringen.«

»Belehrt mich nicht über die Sachsen, werter Sir.« Lot schlug jetzt einen verbindlichen Ton an und sprach, als ob die beiden Könige alte Freunde wären. »Oder über die Pikten und Iren, was das betrifft. Wer kennt sie besser als ich, ein König zweier Länder, die durch Gebiete getrennt sind, welche die feindlichen Pikten seit langem besetzt halten? Es ist keine leichte Sache, an zwei Orten gleichzeitig zu herrschen, besonders wenn feindliche Heere dazwischen stehen.«

Er lachte stolz, zog sein Messer aus dem Boden und blickte sich selbstbewußt um.

»Gäbe es nicht die Erfahrenheit meiner Orkney-Seeleute, nicht die klugen Schiffbauer – und die guten Wälder – meines Volkes von Lothien, wäre ich nicht einmal in der Lage, mich zwischen meinen beiden Hauptstädten zu bewegen. Ein geteiltes Königreich schwebt immer in Gefahr. Und das führt mich zu dem zurück, was ich sagte: wir müssen einen Führer haben, der uns eint, bei dem man darauf vertrauen kann, daß er sich um die Bedürfnisse der Kelten kümmert und für eine gemeinsame Sache mit unseren Männern in die Schlacht zieht.«

»Habt Ihr, rein zufällig, einen solchen Mann im Auge?« Meines Vaters Stimme war sanft, mit einer unmerklichen Spur Ironie. »Vielleicht Euch selbst?«

Lot zögerte einen Augenblick, und ich erwartete, er würde zu der blumenreichen Prahlerei und Großsprecherei übergehen, so recht nach dem Herzen eines Kriegers. Aber es stand mehr für ihn auf dem Spiel, deshalb wandte er sich jetzt geschickt wieder an die Versammlung.

»Ich kann nicht sagen, daß ich mich nicht geehrt fühlen würde, trüge man mir den Titel an. Aber, ehrlich, ich denke, daß es einen anderen Mann gibt, der nicht nur ebenso erfahren ist wie ich, sondern der eines der größten Heere befehligt, die es in ganz Britannien gibt. Nicht nur das, er ist nach Abstammung und Ausbildung ein Kelte und mit einer keltischen Prinzessin aus dem Süden vermählt. Kein Makel unehelicher Geburt haftet ihm an, keine Neigung zu römischem Wesen, an seinen Fähigkeiten als Heerführer ist nicht zu zweifeln. Von allen britischen Führern ist er am besten geeignet, Hochkönig zu sein, und strategisch hat er die beste Stellung, um die Bedrohung der Sachsen abzuwehren. Ich schlage als unseren nächsten Hochkönig Urien von Northumbria vor, und ich bitte um eure Unterstützung als Verbündete.«

Ich hielt überrascht und bestürzt den Atem an und warf einen raschen Blick in die Runde, um festzustellen, welches Echo er finden würde. Falls Lot einen plötzlichen Ausbruch von Zustimmung erwartet hatte, wurde er gründlich enttäuscht. Als Redner gehörte er zu den besten, die ich je gehört hatte, und seine Gründe hatte er überzeugend dargelegt, aber unter meines Vaters Kriegern gab es wenige, denen unser Nachbar nicht irgendeine Verwundung zugefügt hatte, und sie waren nicht bereit, ihn von einem Tag auf den anderen Urien als ihren künftigen Oberbefehlshaber willkommen zu heißen.

Unsere Männer rückten unbehaglich hin und her, kratzten sich am Kinn oder richteten mit gesenkten Blicken und mürrischen Mienen ihre Gürtel. Lots Mannschaft nahm den Wandel der Stimmung wahr und überließ es dem Führer, das verlegene Schweigen zu brechen.

»Aha, Urien«, sagte mein Vater ruhig. »Euer Schwager, wenn ich mich recht erinnere.«

Lot warf ihm einen raschen Blick zu, dann grinste er breit. »Ja, so ist es. Urien und ich hatten das Glück, daß jeder von uns eine Tochter von Gorlois, einst Herzog von Cornwall, heiratete. Diese Töchter sind die rechtmäßigen Kinder aus Königin Igraines erster Ehe.« Das Wort »rechtmäßig« betonte er nur flüchtig, denn Igraine war durch ihre Verbindung mit Uther auch die Mutter des jungen Artus.

»Durch unsere Gattinnen sind wir mit dem Süden wie auch dem Norden verbunden, und man könnte das als einen weiteren Grund anführen, warum wir uns hinter Urien zusammenschließen sollten.«

»Und diese Schwestern, Morgan und Morgause, sind sie nicht auch verwandt mit Cador, dem gegenwärtigen Herzog von Cornwall?« fragte mein Vater.

»Sind nur Halbschwestern«, kam die rasche Antwort. »Cador ist viel älter, entstammt Gorlois' erster Ehe. Niemand bestreitet, daß er zu Recht in Cornwall sitzt.«

Diese Aufreihung von Stammbäumen verärgerte Lot zunehmend, denn wie die meisten Krieger war er nur an jenen Geschlechtern interessiert, die für ihn nützlich waren, und das Aufzählen anderer Ahnenreihen empfand er als lästig und unnötig.

»Aber«, fuhr mein Vater im Plauderton fort, »ließe sich daraus nicht schließen, daß ein Bündnis zwischen Eurer Gattin und ihrem Halbbruder in Cornwall höchst wahrscheinlich ist? Und da Cador von Cornwall den Anspruch des jungen Artus unterstützt hat, liegt es da nicht nahe anzunehmen, daß auch die Schwestern ihn anerkennen werden?«

»Durchaus nicht!« Lots Stimme erhob sich zu voller Lautstärke, und er wandte sich abermals an die Versammlung, um wieder Fuß zu fassen. »Es ist eine geschichtliche Tatsache, daß Uther, unser jüngst verstorbener Hochkönig, Igraine durch Betrug gewann, sogar auf Kosten des Lebens ihres rechtmäßigen Gatten. Und nach seiner Heirat mit Igraine schickte er als erstes ihre Töchter fort. Sind sie jetzt dazu verpflichtet, sich mit dem Sohn eines Mannes zu verbünden, der sie so rüde vertrieben hatte, als sie noch Kinder waren? Uther hat eine rechtmäßige Königsfamilie auseinandergerissen, sich von Wollust getrieben an die Stelle eines liebenden Vaters gesetzt und die Kinder des Mannes, den er tötete, verstoßen.«

Die Leute brummten beifällig, denn sie waren dazu erzogen worden, Blutsbande und Familienstolz hochzuhalten, und Lot wußte nur zu gut, daß eine Beleidigung von einer Generation auf die nächste übertragen wird, es sei denn, es wird Genugtuung geleistet.

»Ich bin nicht sicher, ob ›verstoßen‹ der beste Ausdruck dafür ist, daß er Morgause mit Euch verheiratet hat«, warf mein Vater ein wenig belustigt ein. »Es scheint für Euch beide eine gute Sache gewesen zu sein; sie hat einen stolzen König zum Ehemann, der für sie sorgt und sie beschützt, und Ihr seid der Vater von ... wie viele waren es gleich? ... drei kräftigen jungen Prinzen?« Er nickte Gawain beifällig zu.

»Vier sind's inzwischen. Ja, vier Jungen von echtem Schrot und Korn und stolzem Gemüt.«

Ich hatte meinen Vater niemals mit einem Mann so spielen

sehen, wie er es mit Lot machte, und ich war davon ebenso gefesselt wie jemand, der eine Natter beobachtet, die sich einer Kröte nähert.

Nachdem der König der Orkneys seiner gerechten Empörung über den Verlust des Vermögens seiner Gattin Luft gemacht hatte, kam er auf seine Söhne zu sprechen, mit dem glühenden Stolz eines Mannes, der sie als Spiegelbilder seiner selbst sieht und darin Befriedigung findet. Er nannte die Namen und Tugenden jedes seiner Kinder: Gawain, der Tapfere, Gaheris, der Schlaue, Agrawain, der Stolze, und Gareth, den er einfach als den jüngsten Sohn bezeichnete. Sie waren offensichtlich die große Freude seines Lebens, und der Reihe nach prahlte er mit jedem, bis die Menge das Interesse zu verlieren begann und mein Vater eingriff.

»Ihr seid in der Tat ein beneidenswerter Mann«, sagte er zuvorkommend. »Und wir hören gern Eure Neuigkeiten und lauschen Euren Gedanken. Doch der Tag geht zur Neige, und viele meiner Leute werden vor Einbruch der Dunkelheit zurück in ihren Behausungen sein wollen, also sollten wir die Ratsversammlung vielleicht vertagen.«

»Und was ist mit Urien?« fragte Lot, völlig aus dem Gleichgewicht gebracht. Es war kein günstiger Zeitpunkt, vom Volk von Rheged eine Abstimmung zu verlangen, ob es ihn darin unterstützen wollte, Artus' Anspruch auf den Thron anzufechten oder nicht, aber er war nicht willens, das Thema ganz fallenzulassen.

So wurde denn die Sache zur Erörterung gestellt, und Freie stellten Fragen oder brachten eigene Gründe vor. Es bestand wenig Neigung, unserem Nachbarn mehr Macht zu geben, und als abgestimmt wurde, sprach das Ergebnis klar zu Artus' Gunsten.

»Ich kann nur hoffen«, sagte mein Vater ernst, als er sich anschickte, die Versammlung zu schließen, »daß diese Frage bald entschieden werden wird, denn innerer Zank nutzt niemandem, außer den Sachsen, und ich habe gehört, daß Artus im kommenden Frühjahr wahrscheinlich das Königsschwert verliehen werden wird.«

»Nicht«, knurrte Lot, »wenn ich etwas damit zu tun habe.« Aber er begab sich zu seinem Stuhl und nahm mit gespielter Würde an den Förmlichkeiten teil, die den Rat beendeten.

Erst viel später in der Nacht, als ich meinem Vater den Trank brachte, den Kaethi gebraut hatte, damit er leichter einschlief, konnte ich ihn nach dem Rat fragen und ob er mit dem Verlauf zufrieden sei oder nicht.

»Zufrieden … Nein. Mir wäre lieber, ein solcher Rat wäre nicht nötig. Aber wenn man den Charakter von König Lot bedenkt, ist die Versammlung vielleicht gut ausgegangen.«

Er zuckte die Achseln und trat von dem kleinen Fenster zurück, aus dem er über den mondhellen Wald zum Tal hinuntergeblickt hatte. Die Leute an der Bergflanke hatten sich für die Nacht bereit gemacht, und Lots Leute schliefen bereits, denn sie wollten morgen in aller Frühe aufbrechen. Die Luft war unbewegt, doch die Hitze schien gestiegen zu sein, und die Welt lag in der Stille der Nacht ruhig und friedlich vor uns.

»Vergiß eines nicht, mein Schatz«, sagte er, begab sich zu seinem Lieblingsstuhl und bedeutete mir, mich zu setzen, »jeder hat einen schwachen Punkt, ob Mann oder Frau, der lebenswichtig ist. Das ist vielleicht traurig oder vielleicht ein Segen, aber es gibt ihn, in jedem menschlichen Wesen.«

Er seufzte und rieb sich mit den Fingern die Schläfen, als wollte er einen schmerzlichen Gedanken verscheuchen.

»Lots schwacher Punkt ist sein Stolz. Er verfügt über die ganze Tapferkeit eines Helden, über die Liebe zu Ruhm und Ehre, die wir Kelten immer gehegt haben. Aber er ist zu stolz, um zu erkennen, daß die Zeiten und die Bedürfnisse sich geändert haben. Ich fürchte, er wird vor nichts zurückschrecken, um Uthers Sohn das Amt des Hochkönigs streitig zu machen.«

»Und du«, fragte ich, »glaubst du, daß Artus' Anspruch gerechtfertigt ist?«

»So gerechtfertigt, denke ich, wie der jedes anderen. In Zeiten wie diesen ist Rechtmäßigkeit nicht ganz so wichtig, sondern man muß einen Führer finden, um den sich die Leute scharen. Seit fast sechzig Jahren haben wir Unordnung und innere Kämpfe gehabt, ob nun Vortigern alles verwarf, was nicht keltisch war, oder Ambrosius zurückkam und versuchte, römische Ideen wieder einzuführen. Uther war in unserer Zeit ein kleiner Segen, allein schon deshalb, weil er sich nicht so sehr um unsere inneren Angelegenheiten kümmerte und sich auf die sächsische Bedrohung konzentrierte.

Uther verschuldete durch seinen Betrug an Igraine eine weitere Spaltung, und jetzt besteht die Gefahr, daß es ein nördliches und ein südliches Lager geben wird. Doch trotz dieses Erbes scheint Artus die Unterstützung vieler Gefolgsleute Uthers gewonnen zu haben. Und er hat den Zauberer auf seiner Seite, das verspricht Gutes. Seit mehr als einer Generation hat Merlin hinter der britischen Geschichte die Fäden gezogen, und wenn ich auch vielen Geschichten, die ich über ihn gehört habe, keinen Glauben schenken kann, so scheint er doch, anders als die meisten von uns, einen größeren Zweck zu erkennen.«

Mein Vater seufzte müde und griff nach dem Becher, den ich gebracht hatte.

»Sitzungen wie die heutige mag ich nicht; danach fühle ich mich erschöpft und sehr alt. Aber ich habe drei Tage mit Lot verbracht und herausgefunden, wo seine Schwächen liegen, weil es wichtig war, daß die Leute sie klar erkennen. Man muß sich immer über den Mann klar werden, mit dem man es zu tun hat, und wenn du ihm genügend Zeit und Aufmerksamkeit widmest, wird er sich dir in der Regel so zeigen, wie er ist.«

Er nahm einen Schluck und schloß die Augen.

»Ich hatte gehofft, die Leute würden merken, in welchem Maße seine Frau, Morgause, in die Sache verwickelt ist, doch als er auf den Verlust anspielte, den sie durch Uthers Heirat mit ihrer Mutter erlitt, gab es keine stichhaltigen Argumente mehr. Nach dem, was er mir jedoch privat erzählt hat, muß sie eine richtige Wildkatze sein, voll von schwarzer Magie und schrecklichen Wutausbrüchen, und ich kann mir vorstellen, daß die beiden ein aufregendes Pärchen abgeben. Und sie hegt keine Liebe für ihren jungen Bruder Artus, soviel steht für mich fest.« Dann seufzte er und öffnete die Augen. »Man muß immer vorsichtig sein, wenn man einen Mann so in die Ecke treibt, wie ich es mit Lot getan habe, besonders wenn es um eine so heikle Sache geht wie um seine Frau. Und wenn du es mit jemandem von den Orkneys zu tun hast, kannst du sicher sein, daß sein Stolz eine Rolle spielen wird!

Hast du gesehen«, fragte er plötzlich, »wie blitzschnell dieser Dolch flog? Im Nu war die Klinge zu einem guten Viertel im Boden verschwunden! Also, das ist ein Mann, vor dem man Respekt haben und sich hüten muß. Selbst als er jünger war, hätte Nidan das nicht schaffen können, und Nidan ist der beste Mann mit einem Messer, den ich je hatte.«

In echter Bewunderung schüttelte er den Kopf; dann blickte er in den Becher, trank aus und gab ihn mir zurück.

»Eine unangenehme Sache, diese Politik«, sagte er gedehnt. »Findet immer im Gedränge statt, und es sind zu viele krumme Gedanken dabei. Wenn's nach mir ginge, hielten wir alle Ratsversammlungen zu Pferde ab, dort unten am See oder oben, wo der Fluß klar über die Felsen strömt. Nur der Himmel als Dach, und das Wort eines Mannes, ohne Winkelzüge und ehrlich, wie es nach dem Willen der Götter sein soll.«

»Na, wer hört sich jetzt wie ein echter Kelte an?« sagte ich lachend, und auch er mußte lächeln.

Wir plauderten noch eine Weile, bevor ich mich von ihm verabschiedete und langsam zum Haus zurückschlenderte, das ich mit den anderen Frauen teilte. Ich war zu der Überzeugung gelangt, daß die Politik nicht meine Lieblingsbeschäftigung war.

Die Erinnerung an diese Arglosigkeit brachte mich unwillkürlich zum Lächeln. Was hatte ich damals von Politik gewußt oder von Eigennutz oder davon, daß manchmal ein Geflecht von Ereignissen einfach größer ist als man selber?

Nun gut, dachte ich grimmig, sollen doch andere Frauen aus königlichem Geblüt zulassen, daß man ihr Leben so zurechtstutzt, wie es die politischen Strömungen der Zeit gerade verlangen. Dieses kumbrische Mädchen würde nicht dazu gehören. Zumindest nicht aus freiem Willen.

17.

Die Krönung

Bedivere führte uns aus dem Wald von Bowland, während sich hinter uns die Sturmwolken auftürmten und die Stadt, die das Ribble-Tal schützt, unmittelbar vor uns lag. Das gewürfelte Schild eines Gasthauses versprach willkommenes Obdach, und als wir in den Hof einbogen, bemerkte ich in einem Feld auf der anderen Straßenseite eine Gruppe Reiter. Sie schienen jung zu sein, jagten trotz des Wetters ihre Pferde hin und her und machten ihren Mangel an Disziplin durch lautes Geschrei und ihre Begeisterung wett. Sie beachteten uns kaum, als wir ankamen, und mir wurde klar, in welch großem Maß das eigene Schicksal an eine bestimmte Gegend gebunden ist, denn hier, in den Außenbezirken Rhegeds, kannte ich niemanden.

Das Gasthaus war groß und gut ausgestattet, und eine Reihe von Gästen hatte bereits an den Tischen der Gaststube Platz genommen. Reisende Kaufleute und Handwerker aus dem Osten der Penninen mischten sich mit der üblichen Schar von Marktbesuchern aus Nord und Süd. Das Gemisch ihrer Mundarten war so dickflüssig und wärmend wie das Hammelgericht, das wir aßen, und ich lehnte mich in die Polster meines Eckplatzes zurück und beobachtete mit dem sicheren Gefühl, zum ersten Mal eine Unbekannte zu sein, die Leute.

Das Stimmengesumm erfüllte den Raum, hin und wieder von einer einzelnen Stimme übertönt, die sich zu einem kräftigen Trinkspruch oder einem hitzigen Redeschwall erhob. Zahlreiche Würfelspiele waren im Gange, und die Küchenhilfe war unaufhörlich beschäftigt, alle Bestellungen auszuführen. Die Notwendigkeit, sich wegen der Sicherheit auf den Straßen zusammenzuschließen, hat zur Folge, daß die Gasthäuser meistens überfüllt sind, wenn eine Gruppe Rast macht und jedermann auf der Stelle bedient werden will. In dieser Herberge herrschte jedoch ein gutmütiges Geplänkel vor, während die Leute darauf warteten, daß sie Essen oder Bier bekamen.

Ein stämmiger Talbewohner von der anderen Seite der Berge hob seine Stimme im Streit mit einem Burschen aus Lancastershire, und einen Augenblick sah es nach Ärger aus, aber sein Kumpan bestellte eine Runde Bier für alle Beteiligten und zog seinen Freund hinaus in die Nacht, nachdem sich die Aufregung gelegt hatte.

Jemand griff zur Harfe, und bei der Aussicht auf ein Lied verstummten die Gespräche. Ich habe sagen hören, daß alle Kelten, ob sie nun aus Irland, der Bretagne, Kumbrien oder Cornwall kommen, durch Musik so tief berührt werden, daß ihre Wunden heilen und ihre gebrochenen Knochen sich wieder zusammenfügen, und vielleicht ist das nicht ganz falsch.

Auch mich versetzte die Musik in eine sanftere Stimmung. Das Verlangen nach vergangenen Zeiten war nicht mehr so schmerzhaft, mein Groll über das Verlassen Rhegeds weniger bitter. Ich ließ mich von der Musik durchströmen, und als das muntere Feuer der Essenszeit zu Holzkohle geschrumpft war, fühlte ich mich durch und durch schläfrig und entspannt.

Als die Frau des Wirts kam, um uns in unsere Räume zu geleiten, erhob ich mich schläfrig und folgte ihr durch die Tür aus Flechtwerk.

»Es ist kein Palast, Herrin«, sagte unsere Wirtin, »aber es ist das Beste, was wir bieten können, und ich bin sicher, Ihr werdet es warm und behaglich haben.«

Ich lächelte dankbar und sah mich in meinem Quartier um.

Es war ein großer Raum, mit schweren Möbeln und guten Teppichen ausgestattet, und mir schien, daß er regelmäßig benutzt wurde. Ich dachte, es könnte das eigene Schlafzimmer der Wirtsleute sein, und ich fragte danach. »Ja, ich hoffe, Ihr habt nichts dagegen. Die anderen Räume sind viel kahler, und wir wollten Euch nicht einfach irgendeinen Raum geben«, erwiderte sie schlicht.

»Aber wo wirst du schlafen und dein Mann?« fragte ich, durch diese Rücksichtnahme berührt. »Ich will euch schließlich nicht aus eurem Bett vertreiben.«

»Oh, es gibt eine Menge Platz bei der Dienerschaft«, versicherte sie. »Wir haben uns bereits darauf eingerichtet, und Großmutter hat in den letzten zwei Tagen hier alles gefegt, abgestaubt und gelüftet; für sie wäre es eine große Enttäuschung, wenn Ihr das Zimmer zurückweisen würdet.«

Tatsächlich zeigte ein Blick, daß der Raum makellos war, die frisch gewachsten Dielen glänzten, und die Kissen waren tüchtig aufgeschüttelt. Selbst Lavinia schien das anzuerkennen, als sie mein Nachtgewand ausbreitete.

Unsere Gastgeberin schlug den Überwurf des Bettes zurück und glättete mit verhaltenem Stolz den Stoff der Bettdecke.

»Sie ist mit Daunen ausgestopft«, verkündete sie, »und viel besser als jede Wolldecke oder schwere Überwürfe aus Pelz. Ich bin sicher, daß Ihr gut darunter schlafen werdet.«

Ich hatte den großen Bronzespiegel am Kleiderschrank bewundert.

»Ich habe noch nie einen so großen Spiegel gesehen. Ist er sehr alt?« wollte ich wissen.

Die Frau nickte, und als sie lächelte, bekam sie Grübchen in den Wangen. »Ich weiß nicht, wie viele Generationen lang unsere Familie schon in dieser Stadt lebt, zuerst als Soldaten Roms und jetzt als Händler und Gastwirte. So haben sich alle möglichen interessanten Dinge angesammelt. Das«, sagte sie und deutete auf das Bild eines stattlichen Mannes auf einem kräftigen Pferd, »ist ein Bild des Ahnen, der aus Sarmatien kam, als unsere Stadt gegründet wurde.«

Ich trat näher, um das Bild genauer betrachten zu können, und sie brachte eine Lampe.

»Und ein stolzer Krieger war er auch, aus seiner Heimat weit im Osten hatte man ihn hergeschickt, und er kämpfte wacker, daran zweifle ich nicht. Es gibt viele in dieser Gegend, die ihre Ahnenreihe zurückverfolgen können bis zu den Sarmatern, die sich hier niederließen, als ihre Zeit bei den Legionen vorüber war.«

»Was hält er in der Hand?« Ich betrachtete den Reiter eingehend, seinen Schuppenpanzer und die Stange, die er fest mit einer Hand umfaßte.

»Seine Lanze. Sie kämpften zu Pferde, unsere Vorfahren, und benutzten diese langen Lanzen, und auch Schwerter. Großmutter sagt, wir hätten sein Schwert viele Jahre in der Familie aufbewahrt, aber niemand weiß, wo es jetzt ist. Vermutlich hat's irgendein irischer Räuber«, setzte sie nüchtern hinzu. »Aber die Jungen in der Gegend spielen noch immer mit hölzernen Lanzen und prahlen damit, daß sie von berittenen Kriegern abstammen.«

Das erklärte die Kampfspiele der Jungen, die wir bei unserem Einzug in die Stadt auf dem Feld gesehen hatten. Kein Wunder, daß sie kaum Notiz von uns genommen hatten: wenn jemand mit einer dieser Waffen auf mich losginge, würde ich auch nicht auf etwas anderes achten.

In dieser Nacht schlief ich sehr gut, selbst zum Träumen zu müde. Die leichte, flauschige Bettdecke war so warm und behaglich, wie unsere Gastgeberin vorausgesagt hatte, und ich beschloß, mich nach ihrer Herkunft zu erkundigen.

Als der Morgen dämmerte, zog von der Küche der Geruch von Speck herein. Unten war bereits reges Treiben, und um unsere Gastgeber nicht zu behelligen, ging ich selber auf die Suche nach Wasser im Stallhof. Der Himmel war nur leicht bewölkt, und ich schaute über das breite Flußtal, während die aufgehende Sonne den Himmel pfirsichrosa, golden und dann blaßblau färbte. Es war kein Eis auf dem Trog, also band ich mein Haar hoch und planschte mit dem angenehmen Gefühl im Wasser, daß der Frühling wirklich gekommen war.

Hufschläge weckten meine Aufmerksamkeit, und als ich aufblickte, sah ich einen jungen Mann in die Einfriedung galoppieren und sein Pferd zur Küchentür treiben. Er lenkte das Pferd lediglich mit den Knien, denn in seinen Händen hielt er einen Korb mit in Moos gepackten Eiern; ich staunte, daß er mit solcher halsbrecherischen Geschwindigkeit eine so zerbrechliche Fracht befördern konnte.

Das Pferd kam mit geübtem Schwung zum Stehen, und der Junge rief mich zu sich. Er reichte mir den Korb, sprang vom Pferd, nahm mir den Korb ab, reichte mir die Zügel und eilte in die Küche. Wie selbstverständlich nahm ich die Zügel und führte das Tier im Hof herum, damit es sich richtig abkühlen konnte.

Es war eine junge Stute von ansehnlicher Größe, wenn auch nicht so groß wie unsere Shire-Pferde, zwar nach diesem frühen Morgenritt mit Schweiß bedeckt, doch kein bißchen außer Atem. Ich bemerkte mit Interesse die langen Lederschlingen, die zu beiden Seiten des Sattels herabhingen, und fragte mich, wofür Rhufon sie wohl gehalten hätte, denn sie waren wie von häufigem Gebrauch gedehnt und abgenutzt, aber kaum an der richtigen Stelle angebracht, um Satteltaschen oder Bündel daran zu befestigen.

Der Junge kam aus dem Haus gerannt und nahm mit einem raschen Lächeln die Zügel. »Tante Hulda sagte, wenn ich diese Eier für das Frühstück der Gäste nicht rechtzeitig herbringe, zieht sie mir das Fell ab!« Darauf grinste er spitzbübisch. Seine Haare und Augen waren pechschwarz, und seine Haut hatte einen Bronzeschimmer, den ich noch nie gesehen hatte. »Es scheint, daß ein paar ziemlich wichtige Leute zu deiner Gesellschaft gehören, wie?«

Ich lachte und meinte, das sei Ansichtssache. »Wozu«, fragte ich und deutete auf die Lederriemen, »dienen die da?«

»Dazu«, erwiderte er, hob ein Bein, schob seinen Fuß in die Schlinge und schwang sich in den Sattel.

Ich stand mit offenem Mund da, während er die Stute herumschwenkte und über den Hof zu traben begann. Nachdem er mit dem anderen Fuß Halt gefunden hatte, drückte er die Knie durch und richtete sich mit gegrätschten Beinen auf, blieb gleichwohl im Gleichgewicht mit der Bewegung des Tiers und zwang es zu einem leichten Galopp. Dann führte er eine Anzahl von Kunststücken vor, beugte sich tief über den Widerrist der Stute, legte sich auf ihren Rücken, ließ sich weit über eine Flanke hängen und zog seine Hand durch das Wasser im Trog, als er vorbeigaloppierte.

Schließlich drehte er und ritt zu mir zurück, sein dunkles Gesicht von Erregung glänzend, und ich lächelte bewundernd zu ihm auf.

»Wo hast du das alles gelernt?«

»Hier. Als ich herkam, hatte ich noch nie auf einem Pony gesessen, aber nach all diesen Jahren beherrsche ich alle Tricks und kann mit den besten von ihnen kämpfen.«

»Mit den anderen Jungen«, nickte ich. »Aber wie bist du darauf gekommen, diese Riemen am Sattel festzumachen?«

»So machen wir's hier eben.« Er zuckte die Achseln. »Ich habe mich immer gewundert, warum andere das nicht auch tun. Manchmal ist es sehr komisch, einen Gast zu beobachten, wie er stolz wie ein Pfau auf dem Rand des Trogs balanciert, um auf sein Tier zu klettern, wo ich doch weiß, daß zwei einfache Lederriemen alles viel einfacher machen würden.«

Ich lachte über die Bemerkung und sah mir genauer an, wie die Riemen befestigt waren, um in Zukunft mein Sattelzeug ändern zu lassen. Es sah wirklich nicht schwierig aus, und ich wunderte mich ebenfalls, warum andere das nicht nachmachten.

Ich wollte gerade fragen, ob ich sie mal ausprobieren dürfte, als ein Haufen Leute durch die Küchentür gestürzt kam. Köchin, Diener, Gastwirtin und Lavinia, alle nahmen mich eilig in die Mitte und machten mir Vorwürfe, daß ich knöcheltief im Schmutz stand, anstatt am Frühstückstisch zu sitzen. Also winkte ich dem Burschen auf dem Pferd Lebewohl und ging ins Haus.

Meine Anstandsdame machte ein bitterböses Gesicht, während sie erzählte, sie hätte überall nach mir gesucht, und setzte resigniert hinzu: »Ich hätte wissen müssen, daß Ihr draußen bei den Pferden wart!«

Das Frühstück war heiß und lecker und bestand aus Spiegeleiern mit Speckscheiben und derben Haferfladen. Als ich mit dem Essen fertig war, rief ich die Wirtin an unseren Tisch und dankte ihr für ihre vorzügliche Gastfreundschaft.

»Ich muß mich für den Jungen entschuldigen, meine Dame«, sagte sie schnell. »Er hatte keine Ahnung, wer Ihr seid.«

»Ich weiß«, versicherte ich ihr, »und das machte unsere Unterhaltung um so kurzweiliger. Ich nehme an, daß er dein Neffe ist?«

Ich dachte an das Bild von dem sarmatischen Krieger und nahm an, das Kind habe sein Talent, mit Pferden umzugehen, von den Vorfahren geerbt.

»Ein angenommener Sohn, genau gesagt«, erwiderte sie und schüttelte liebevoll den Kopf. »Das arme kleine Würmchen wurde in der Sklaverei geboren, glaube ich; zumindest war er der Sklave eines griechischen Augenarztes, als sie im Gasthaus meiner Base in Corbridge ankamen. Sein Besitzer behauptete, das Kind sei ein Araber, aber wer weiß das schon? Er war ja noch ein kleiner Junge, als sein Herr in die Stadt kam, doch ein Augenarzt braucht keinen großen, stämmigen Gehilfen. Der Arzt starb bald darauf, und meine Base nahm das Kind auf und schickte es später zu mir. Sie selbst hatte schon vier Söhne und wußte, wie gern ich ein eigenes Kind gehabt hätte ...«

Die gute Frau hielt inne, und ich sah, wie sich der Schmerz, unfruchtbar zu sein, flüchtig in ihrem Gesicht widerspiegelte.

»Palomides kam im Frühjahr darauf und ist seitdem bei uns. Er ist wirklich ein prächtiger Junge, wenn auch manchmal ein bißchen reizbar und so vernarrt in Pferde, daß er sich gern den Gästen gegenüber vergißt.«

Sie lächelte liebevoll, und ich dachte, wie gut das Schicksal es gemeint hatte, daß ein Kind, das eine Familie brauchte, eine Frau gefunden hatte, die ein Kind brauchte.

»Ich hoffe, Ihr werdet über seine Ungehörigkeit heute morgen hinwegsehen«, schloß sie, plötzlich sehr ernst. »Er wollte Euch nicht kränken.«

»Das hat er nicht«, versicherte ich und suchte nach einer Möglichkeit, das Thema zu wechseln. »Du hattest völlig recht mit der Bettdecke«, sagte ich, »sie ist ganz wunderbar.«

Ein dankbares Lächeln lief über ihr Gesicht, und ich fragte, wie sie an die Decke gekommen sei.

»Ach, dieselbe Base hat sie mir von ein paar Jahren geschickt. Scheint, daß ein fahrender Händler eine in seinem Vorrat hatte, und als sie sah, wie fein und warm und leicht die Decke war, fing sie an, eine für sich selbst zu machen. Seitdem hält sie sich eine Schar Gänse und hat für fast jeden in der Familie eine Bettdecke gemacht. Ich bin sicher«, fügte sie freundlich hinzu, »daß sie auch für Eure Hoheit eine machen würde, wenn Ihr es wünscht.«

Als sie den Titel benutzte, war ich so verblüfft, daß ich ihr nur noch versprechen konnte, ich werde sie wissen lassen, wenn ich eine brauchte. Bedivere kam zum Tisch, um zu sagen, alles sei gepackt und er wolle gern aufbrechen, solange das Wetter gut sei. Eilig bedankte ich mich bei unserer Gastgeberin und winkte dem arabischen Jungen im Stallhof zum Abschied zu. Er winkte schüchtern zurück und blickte dann verlegen weg.

Und so verließen wir Ribchester mit seinem herrlichen Talblick, Erinnerungen an uralte Vorfahren und einen Jungen von der anderen Seite der Welt, der auf dem Pferderücken Wunderdinge vollbringen konnte.

Nachdem wir unser Marschtempo gefunden und die Pferde sich diesem Rhythmus angepaßt hatten, ritt Bedivere an meine Seite. Nach dem üblichen Morgengruß kam das Gespräch bald wieder auf Artus, und ich fragte Bedivere, ob er bei der Krönung zugegen gewesen sei.

»Gewiß«, sagte er lächelnd. »In den vergangenen fünf Jahren bin ich selten nicht an Artus' Seite gewesen! Und alles fing so fröhlich und festlich an, daß ich wünschte, Ihr hättet dabeisein können, Gwen.«

Bedivere hielt inne, und ich nickte in der Erinnerung an die Aufregung, welche die Krönung ausgelöst hatte. Als die Einladung eintraf, hatte ich Kaethi angefleht, mich hingehen zu lassen, denn ich wollte das festliche Gepränge und die Pferde sehen. Doch die Alte hatte nur den Kopf geschüttelt und gesagt, ich müsse noch ein bißchen im Norden bleiben.

»Lot war es während des Winters nicht gelungen, genügend Unterstützung für Uriens Thronanspruch zu bekommen«, fuhr Bedivere fort, »also erklärte Merlin, die Erhebung des Königs werde im Frühling stattfinden. Er entschied, sie solle in Caerleon abgehalten werden, in einer Stadt, die weder zum Norden noch zum Süden besondere Bindungen hatte. Zwei Zeremonien waren geplant, eine, die für Heiden, und eine, die für Christen verbindlich war.

Alle Vasallenkönige kamen, Lot eingeschlossen, der prahlerisch herumstolzierte, aber nie dem Zauberer öffentlich die Stirn bot. Merlin war überall, sprach mit der einen und begrüßte eine andere Gruppe. Er betonte immer wieder, daß Artus der vorbestimmte Führer aller Briten sei, ein König für jedermann.

Artus bat Bedivere, ihm beim Ankleiden für die Zeremonie zur Hand zu gehen, und der Feldhauptmann, der so kostbare Kleider, wie sie im Schrank des Königs hingen, noch nie gesehen hatte, bewunderte deren Pracht.

»Du solltest mal versuchen, sie zu tragen!« Artus lächelte, während er den Schrank nach einem Paar Stiefel durchwühlte, die bequemer waren als das prächtige Schuhwerk, das Ulfin für ihn bereitgestellt hatte. Er schob einen Umhang beiseite, der mit Pelz gesäumt und mit Seide gefüttert war. »Das alles ist gewiß schwerer als ein vollständiger Kettenpanzer. Der Göttin sei Dank, daß es nur für kurze Zeit ist; sobald die Dame mich auffordert, ihr zum heiligen Hügel zu folgen, kann ich den Königsumhang abnehmen, denn sie sagt, er wäre für die Amtseinsetzung nicht nötig.«

»Sind die beiden Riten sehr verschieden?« wollte Bedivere wissen.

»Ein bißchen«, kam die gedämpfte Antwort, während Artus ganz hinten im Schrank kramte und die abgenutzten alten Stiefel hervorzog, die er bei Sir Ector im Hundezwinger zu tragen pflegte. »Der Bischof wird mich dem christlichen Gott weihen, die Dame dagegen wird die Göttin bitten, mich dem Volk zu weihen. Und die Dame wird mir natürlich das Schwert übergeben, während der Erzbischof mir bloß die Krone aufsetzt. Wenigstens *die* ist nicht so schwer, wie sie aussieht. He, he, hör auf damit – die Stiefel kann ich mir immer noch selber anziehen!« sagte er plötzlich, als sein Pflegebruder sich bückte, um ihm zu helfen. »Du glaubst doch nicht im Ernst, daß ich beim Anziehen Hilfe brauche, oder? Ich wollte dich bloß bei mir haben, um ein bißchen zu schwatzen, und als sie sagten, ich müsse einen besonderen Diener haben, schien mir das die beste Möglichkeit zu sein.«

Er lachte und schob Bedivere beiseite und begann von ein paar Dingen zu sprechen, die er in Angriff nehmen wollte, sobald die Krone fest auf seinem Kopf saß; sie bezogen sich auf Handel und Steuern und künftige Bündnisse.

An diesem Morgen schien es so, als brauchte man sich einige Dinge bloß in den Kopf zu setzen, und schon waren sie vollbracht, so wunderbar ansteckend war Artus' Begeisterung. Als Ulfin kam, um zu melden, es sei Zeit zum Aufbruch, stand Artus da, hatte den abgewetzten Stiefel vergessen, der an seiner Hand baumelte, und ließ sich über die Notwendigkeit aus, die Straßen instand zu setzen, um den Handel zwischen den Königreichen zu fördern. Es klang so, als spräche Merlin von diesen Dingen, wie er es in ihrer Knabenzeit getan hatte, und Bedivere wurde das Gefühl nicht los, daß Britannien kurz vor dem Eintritt in ein neues Zeitalter stand, und er fand es aufregend, dabeizusein.

Das christliche Ritual war lang und ermüdend, und die kleine Kapelle bot kaum genug Raum für die zahlreichen Könige. Während der gesamten Zeremonie mußte man stehen, und einmal bemerkte Bedivere, daß Artus auf einem Fuß balancierte, damit der andere ausruhen konnte, obgleich beide Füße durch die langen Prunkgewänder verdeckt waren.

Die Zeremonie umfaßte eine Menge gemurmelter Formeln, und die Könige aus dem Norden begannen unruhig zu werden, vor allem jene, die kein Latein verstanden. Wenigstens würde die Zeremonie am Nachmittag in ihrer eigenen Sprache abgehalten werden, mit einem Opfer, das sie sehen und begreifen konnten. Und wenn das erst vorüber wäre, würde es an Artus' Königswürde keinen Zweifel mehr geben.

Schließlich wurden Gebete für Artus gesprochen, und Uthers Krone wurde auf sein Haupt gesetzt. Die Edelsteine blinkten und schimmerten im Kerzenlicht, sahen prächtig und königlich aus, und Artus war jetzt wahrhaftig Hochkönig von Britannien, zumindest soweit es die Christen betraf.

Der kumbrische Chor sang eine Schlußhymne, während der Königsumhang um seine Schultern gelegt wurde, und der neue König drehte sich um und ging hinaus, um jene zu grüßen, die in der Kirche keinen Platz mehr hatten finden können. Die Gefährten gingen hinter ihm: Kay und Bedivere, Baudwin und Brastias und all die anderen jungen Männer, die sich ihm seit Uthers Tod verpflichtet hatten. Als nächste folgten die Edelleute unter den Vasallen, zuerst Cador von Cornwall, und dann kamen die Frauen, angeführt von Artus' Mutter Igraine.

Beifall erhob sich, als Artus vor der Menge erschien, und die Leute überschütteten ihn mit Blüten und guten Wünschen, die noch in der Kapelle zu hören waren. Die Städter hatten ihre besten Kleider angelegt und füllten den Platz vor den Stufen, jubelnd und lärmend und voll Erregung. Artus war angemessen ernst, aber seine Gefährten setzten ein breites Grinsen auf.

Der neue Hochkönig hob die Arme, so daß der Umhang sich hob und ausbreitete wie ein Adlerflügel, der sich entfaltet, und die Menge verstummte. Dann schritt er die Stufen hinunter und ging über den Platz auf die Dame vom See zu.

Die Leute bildeten eine Gasse, um ihn durchzulassen, und sahen stumm und gespannt dem zweiten Ereignis entgegen, das weitaus bekannter und beliebter war als das erste. Die Hohepriesterin Vivian war sehr alt und gebrechlich, doch sie stand stolz und hoch aufgerichtet da, als sie ihn erwartete, das Königsschwert flach auf ihre ausgestreckten Hände gelegt. Das Gefolge bewegte sich langsam auf sie zu, und während es näher kam, wirkte die Priesterin noch majestätischer.

Fünf Schritte von ihr entfernt kniete Artus nieder, und die Gefährten bildeten einen Kreis, der auf der einen Seite die Dame, auf der anderen den Hochkönig einschloß. Ein paar Zuschauer bekreuzigten sich, und ein paar der Gefährten ebenfalls. Kay und Bedivere flankierten die Dame, und Bedivere fiel auf, daß der Mann neben ihm, Balin, bleich und unruhig war und sich zweimal bekreuzigte.

Balin war ein sonderbarer Kauz, überaus leicht erregbar und nervös. Er war ein großer, bulliger Bursche, stark wie ein Ochse, und hatte noch immer das grobschlächtige Benehmen eines Mannes vom Land, denn er war erst kürzlich an den Hof gekommen. Er hatte ein höchst reizbares Gemüt, war außerordentlich empfindlich und stolz und sofort beleidigt, wenn er glaubte, jemand mache sich über seine bäuerlichen Manieren lustig. Es gab Gerüchte, er hätte einen von Uriens Vettern getötet, da es aber keinen Beweis gab, schnüffelten die Leute nicht weiter in abgetanen Dingen herum, die sie nichts angingen.

Es war jedoch offensichtlich, daß er Artus um jeden Preis gefallen wollte, und er meldete sich immer freiwillig für Aufgaben, bei denen er seine bemerkenswerte Kraft nutzen konnte.

Bedivere wußte, daß Balin Christ geworden war, denn er hatte ihm einmal anvertraut, wie traurig es ihn mache, daß weder sein Zwillingsbruder noch seine Mutter zur Konversion bereit gewesen seien. Seine größte Angst war, beide könnten ungetauft sterben und im nächsten Leben ewigen Qualen ausgesetzt sein. Und als seine Mutter starb, war sein Kummer so tief, daß er kaum aß und sich länger als einen Monat weigerte, mit irgend jemandem zu sprechen. Er war erst seit kurzem an den Hof zurückgekehrt, und Bedivere sah ihn heute zum ersten Mal wieder.

Die Dame begann ihre Anrufung, grüßte Artus als den Sohn der Großen Göttin. Ihre Stimme war weniger schwächlich als ihr Aussehen und nahm an Kraft und Resonanz zu, als sie die Dreigestaltige Göttin bat, bei der Zeremonie anwesend zu sein. Bedivere blickte auf Balin, dessen Gesicht jetzt schweißnaß war, als werde er gleich ohnmächtig.

Die Dame hatte nur Augen für Artus, und die Liebe und Hingabe, die sie verströmte, riefen beim Volk dieselben Empfindungen hervor, während die vertrauten Worte des Segenswunsches ertönten.

Plötzlich regte sich Balin, schritt so rasch vor, daß niemand ihn hätte aufhalten können. Er griff nach der Quaste des Schwertes, hob es von den Handflächen der Priesterin, und mit einem gewaltigen Hieb der scharfen Klinge schlug er ihr den Kopf ab.

Ein Laut des Erschreckens stieg aus der Menge auf, als der Körper der Dame in einer Fontäne von Blut nach vorne kippte und ihr Kopf auf das Pflaster kollerte und vor die Füße ihres Mörders rollte. Er zitterte wie im Schüttelfrost, die Augen tief in den Höhlen, und ein entsetzliches Stöhnen kam aus seinem Mund.

Die Menge war erstarrt, unfähig sich zu rühren, während Artus aufsprang, um dem spritzenden Blut auszuweichen. Einzig Merlin handelte, trat vor und packte Balin fest bei den Schultern.

»Gib mir das Schwert, Sohn«, befahl er, und als Balins Augen sich wieder belebten, entwand ihm der Zauberer behutsam die Waffe.

»Sie war eine Hexe, ein gemeine Teufelin, die meine Mutter ins Feuer schickte«, begann Balin zu stammeln und starrte die kopflose Gestalt an, die grotesk verkrümmt vor ihm lag. Der abgetrennte Kopf, Mund und Augen weit aufgerissen, starrte ihn an.

Merlin drehte sich um und reichte Kay das Schwert, und in diesem Augenblick klaubte der Wahnsinnige den Kopf der Priesterin auf, hielt ihn hoch vor sich und rannte durch die Menge. Entsetzt wichen die Leute zurück, und in Windeseile hatte Balin eines der Pferde erreicht, die für den Zug zum heiligen Hügel bereitstanden. Mit einem Sprung war er auf dem Rücken des Tieres und galoppierte durch die Stadt davon.

»Ein furchtbarer Strom schrillen, sinnlosen Geschreis kam aus seinem Mund, und dann bog er um eine Ecke, und wir blieben schweigend zurück.« Auch Bedivere verstummte und sah gewiß aufs neue die krankhafte Gewalttat vor sich, die einem Tag ein Ende setzte, der ein Tag großer Freude hatte werden sollen. Ich erschauerte und machte das Zeichen gegen das Böse.

»Das übrige ist Euch gewiß bekannt«, fuhr mein Begleiter mit einem Seufzer fort. »Daß die Throneinsetzung verschoben werden mußte, bis eine neue Dame gewählt und ein neues Schwert angefertigt war. Und es erging der Befehl, der Missetäter sei zu fangen und zur Aburteilung an Artus' Hof zu schaffen. Ich denke, daß Merlin hoffte, dadurch die kämpferischen Heiden ein wenig zu besänftigen, aber die Könige des Nordens protestierten heftig und verkündeten, einem Hochkönig, der nicht durch die Dame in sein Amt eingesetzt sei, würden sie nicht folgen; die christliche Zeremonie habe nur für jene Bedeutung, die Knechte Roms seien.

König Lot ergriff die Gelegenheit, die Tragödie zu seinem eigenen Vorteil zu nutzen. Er verkündete, das sei ein Zeichen, ein schreckliches, düsteres Omen, daß Artus' Herrschaft für alle Anhänger der Dame ein Blutbad bedeuten würde. Er zählte auf die Furcht und den Argwohn alter Feinde, und noch ehe der Tag endete, hatte er die meisten Könige des Nordens auf seine Seite gebracht. Sie brachen noch am selben Abend nach York auf, Uriens Stadt, um ihre Streitkräfte neu zu ordnen.

So endete Artus' erster Tag als Hochkönig damit, daß Britannien uneiniger war als je zuvor«, schloß Bedivere grimmig.

»Wie nahm er es auf?« fragte ich, neugierig, wie wohl ein Mann einen solchen Schlag verkraftete.

»Zuerst war er schrecklich erschüttert. Er sprach sogar davon, abzutreten und einem anderen, Cador zum Beispiel, den Thron zu überlassen. Und später erzählte er mir, daß er noch Wochen später Alpträume gehabt hätte, in denen sich eine große Blutlache vor ihm ausbreitete, die an seine Knie schlug und ihn für immer als Schuldigen am Tod der Dame befleckte.

Aber Merlin blieb in all den schlimmen Nächten bei ihm, ließ ihn reden und reden und überzeugte ihn davon, das sei kein böses Omen der Götter gewesen, sondern das Werk eines Mannes, den Kummer und Überspanntheit wahnsinnig gemacht hatten. Auf diese Weise gewann Artus schließlich seine Sicherheit zurück und begann Pläne zur Niederwerfung des Aufstandes im Norden zu machen.«

Es trat eine lange Pause ein, dann seufzte Bedivere. »Es war alles andere«, sagte er bitter, »als ein vielversprechender Anfang.«

Wir ritten eine Weile schweigend, Bedivere kämpfte mit seinem Zorn auf die Götter, während ich versuchte, mir kein allzu deutliches Bild vom Tod der Dame zu machen.

Schließlich schloß ein grauhaariger Veteran, dem die Packpferde unterstanden, zu uns auf und meldete Schwierigkeiten mit einem der Pferde. Also nickte Bedivere mir höflich zu und ritt fort, und ich kehrte in der Erinnerung zu jenem Tag zurück, an dem mein Vater von der Krönung heimkehrte.

18.

BALIN

»Krieg«, schrie der Bote, als er vorbeisauste. »Bürgerkrieg!« Kevin und ich kamen von einem Ritt am Fluß zurück und stritten so eifrig darüber, ob für einen Schmied Geschicklichkeit oder Körperkraft wichtiger waren, daß wir den Mann erst kommen hörten, als er bei uns war.

Jetzt sahen wir einander verblüfft an, und im selben Augenblick trieben wir unsere Pferde zu einem wilden Galopp. Wir hatten den Reiter fast eingeholt, als er das Tor der Veste in Kendal erreichte, und zu dritt stoben wir hindurch.

Mein Vater und seine Männer ritten ein wenig später ein, kaum weniger atemlos als der Bote. Als der Rat zusammengetreten war, sah er einen König, der von der Reise noch schmutzig war und dem die Glieder schmerzten, der aber dennoch beschlossen hatte, den Leuten Bericht zu erstatten.

»Merlin hat versprochen«, sagte er langsam, nachdem die Geschichte von Vivians Tod erzählt war, »daß die neue Dame vom See, wenn sie gewählt ist, ein neues Schwert anfertigen lassen wird, eine stärkere Waffe, als sie je ein Brite gesehen hat. Strahlend und rein, ausdrücklich zu diesem Zweck geschmiedet, soll sie ein Sinnbild keltischen Glaubens sein, ein mystischer Talisman, einzig und allein für den Hochkönig gemacht. Auf diese Weise wird den uralten Riten Genüge getan, und die Dame selbst wird die Zeremonie vornehmen, daß alle es sehen können.«

Mein Vater blickte sich sorgenvoll im Kreis um. »Artus setzt alles daran, daß diese Sache nicht zu einem religiösen Krieg ausartet, und er hat erklärt, er werde nicht dulden, daß wegen religiöser Überzeugungen Rache genommen wird. Ob das beide Seiten davon abhalten wird, im Namen einer heiligen Sache ein Gemetzel anzufangen, weiß ich nicht. Ich weiß aber, daß die Leute von Rheged nun seit vielen Jahren in friedlicher Eintracht leben, ob Mönch oder Druide, Christ oder Heide. Es hat immer gegenseitige Achtung gegeben, und als euer Führer bin ich stolz und glücklich, daß es so ist. Ich möchte sicher sein, daß ihr alle hier begreift, daß der Tod der Dame das Werk eines eifernden Wahnsinnigen war und nichts mit Artus' Einstellung zur Religion zu tun hat.«

Mein Vater verstummte, und Stille lastete schwer auf der Versammlung, während jeder versuchte, die Tragweite der Nachrichten zu erfassen. Die Tat nackter Gewalt, die das Leben der Dame beendet hatte, lähmte uns alle, und als ich mich umblickte, bemerkte ich in den Schatten die Bewegung einer großen, weißgekleideten Gestalt. Ich hatte keine Ahnung, wann Cathbad gekommen war, doch ich war sehr froh, daß er sich jetzt zu uns gesellt hatte.

»Ich bringe das Thema Krieg nur ungern abermals zur Sprache«, fuhr mein Vater mit einem Seufzer fort. »Wir haben uns gerade erst von den Auswirkungen der letzten Schlacht Uthers erholt. Aber es gibt Dinge von größter Bedeutung, über die entschieden werden muß. Es ist höchst wahrscheinlich, daß die Könige des Nordens Urien zu ihrem Anführer wählen werden, und wir können damit rechnen, daß sich innerhalb seiner Grenzen Truppen sammeln. Urien könnte unsere jüngste Unterstützung von Artus zum Vorwand nehmen, Rheged anzugreifen, ob wir nun seine Partei ergreifen oder nicht. Es scheint also, daß wir uns auf Krieg vorbereiten müssen, ohne Rücksicht darauf, welche Stellung wir dem Hochkönig gegenüber beziehen. Zumindest müssen wir unsere Grenzen verteidigen, und vor allen Dingen müssen wir darüber beraten, ob wir dem Pendragon zu Hilfe kommen, wenn Artus uns dazu auffordern sollte.«

»Wann, glaubt Ihr, könnte solche Hilfe nötig werden?« fragte jemand, und mein Vater seufzte noch einmal.

»Ich kann nur Vermutungen anstellen. Urien und seine Verbündeten werden notwendigerweise ihre Streitkräfte vereinigen müssen. Das schafft man nicht über Nacht, und darum zweifle ich, daß sie vor dem nächsten Frühjahr werden ausrücken können. Und bis dahin gibt es für uns viel zu tun. Vor uns liegt ein Winter der Vorbereitung: Wir müssen Waffen reparieren oder ersetzen, Kettenpanzer anfertigen, Übungen abhalten, zusätzliche Vorräte anlegen, Fahrzeuge bereitstellen. Wenn wir uns einig werden, dem Pendragon zu folgen, müssen wir uns ohne Wenn und Aber verpflichten, denn wenn wir seine Partei ergreifen und er unterliegt, werden die Sieger nicht über unsere Beteiligung hinwegsehen.«

Abermals trat Schweigen ein, dann war Tuscheln zu hören, als man sich beriet. Die Unruhe nahm zu, wurde dann zu einem Gemurmel, und als ich mich umsah, trat Cathbad hinter der Menge hervor und schritt in die Mitte des Kreises. Er stand vor dem König und bat um Ruhe.

»Ich habe nur eine Frage, Eure Hoheit«, sagte er förmlich, und alle anderen Stimmen verstummten. »Was ratet Ihr?«

Mein Vater richtete sich kerzengerade in seinem Stuhl auf und antwortete mit einer Stimme, die so kraftvoll war, wie ich sie noch nie von ihm vernommen hatte:

»Es ist besser, wenn man für etwas kämpft, woran man glaubt, als wenn man versucht, unbeteiligt zu bleiben, in der Hoffnung, daß der Pendragon siegt.«

»Der Pendragon!« rief jemand. »Hilfe für den Pendragon!« Und der Ruf wurde wie eine Hymne aufgenommen, die alle mitriß. Welche anderen Sorgen die Leute haben mochten, es war klar, daß sie Urien nicht unterstützen wollten.

Es gab Händeklatschen und Singen, und ein Musikant ließ die Knochenschlegel auf seiner Handtrommel rasseln und schlug den erregenden Rhythmus eines Schlachtgesanges.

Das erinnerte mich an die hochgemuten, stolzen Tage, bevor die Männer zu Uthers letzter Schlacht ausgezogen waren; aber dieses Mal zügelte ich meine Begeisterung, denn ich hatte gesehen, wie der Krieg Menschen und Tiere vernichtete.

Ich hörte nicht nur die begeisternden Lieder, sondern auch das Stöhnen Nidans, der mit dem Tod rang; im Schatten der Siegesbanner erblickte ich noch einmal die kleinen grauen Gestalten, die sich im Regen nach Hause schleppten.

Jetzt wurde das Volk von Rheged erneut im Namen eines Hochkönigs in den Krieg gerufen. Ich erschauerte vor Furcht, und Zorn durchlief mich. Ich hatte den leidenschaftlichen Wunsch, der junge Artus möge seine Königswürde bekommen und verschwinden und uns in Frieden lassen!

Ich stürzte mich in den Sommer, als würde es keinen zweiten mehr geben, und machte mir jeden Vorwand zunutze, um mit Kevin über Land zu streifen. Manchmal suchten wir Honigbäume, probierten neue Fischgründe aus oder plauderten mit der Familie der Schweinehirten, die ihren Tieren durch den Wald folgte. Im allgemeinen brachten wir Vorräte für die Speisekammer und manchmal Neuigkeiten aus der Umgebung mit. Niemanden am Hof kümmerte unsere Abwesenheit, und die Freiheit, nach Belieben zu kommen und zu gehen, wurde mir bald selbstverständlich.

Mitte August trafen Berichte von allgemeiner Unruhe ein; jetzt, da die Könige anderswo beschäftigt waren, wurden Gesetzlose frecher, und durchziehende Banden von Kriegern plünderten auf ihrem Weg nach Süden, wo sie sich verschiedenen Führern anschließen wollten, Gehöfte und Schafhürden.

Als die Ernte eingebracht war, zog unser Haushalt nach Patterdale, das im Schatten der Hügel an der Spitze des Ullswater liegt. Ich habe dieses Gehöft mit seinen dicken Reetdächern und den vielen Nebengebäuden immer gern gehabt. Den Fluß, der in den See fließt, säumten Erlen, die in der frostigen Herbstluft wie mattes Gold leuchteten. Im Lauf des Herbstes dröhnten die Kampfrufe der großen roten Hirsche durch das Tal, und ihr Widerhall fing sich in Bucht und Klippen, und im Frühling beobachtete ich die Hirschkühe, die ihre Kälber vorsichtig zum Trinken an den See brachten. An einem solchen Zufluchtsort konnte man beinahe vergessen, daß im Land jenseits der Berge die fiebrige Spannung stieg.

Beinahe, aber nicht ganz. Als es wärmer wurde, sickerten Geschichten von Zwist und Aufruhr zu uns durch. Es liefen Gerüchte um, Truppen würden zusammengezogen und Leute suchten in den Wäldern Zuflucht, um dem drohenden Kampf zu entrinnen. Manche Geschichten spiegelten eine Welt, die verrückt geworden war, und je schlimmer die Berichte, desto größer wurden unsere Ängste. Ein Wahnsinn, geboren aus Furcht und Verzweiflung, schien Britannien zu zerreißen, bevor die königlichen Gegner überhaupt zu kämpfen angefangen hatten.

Während des ganzen Winters zog mein Vater von einer Veste zur anderen, trieb die Männer in den Schmieden zur Arbeit an, ließ Männer ausbilden und die Ausrüstung bereitmachen. Seine militärischen Vorkehrungen erwiesen sich als völlig berechtigt, denn nach dem Tauwetter nahm die Zahl der Truppen rund um York immer mehr zu, und unsere Späher berichteten von Plänen für einen großen Angriff im kommenden Sommer.

Unsere Streitkräfte begannen sich in Brocavum zu sammeln, wo der Stainmore auf die Hauptstraße stößt, und als die Pferde aus Stanwix eintrafen, beschloß mein Vater aufzubrechen.

Er machte einen kurzen Abstecher nach Patterdale, um die kleine Schar von Männern zu inspizieren, die er zu unserem Schutz zurückgelassen hatte, und um mir Lebewohl zu sagen. Er brachte Brigits Bruder Sean mit, denn der Junge hatte sich freiwillig als Bote gemeldet und kam jetzt, um Nachrichten von der Familie zu bringen und sich von seiner Schwester zu verabschieden.

Es war ein kurzer, verkrampfter Besuch. Mein Vater war so beschäftigt, daß er mich nur flüchtig begrüßen konnte, und als er aufbrach, blieb nur noch Zeit für die hastige Ermahnung, ich solle keine Dummheiten machen.

Ich stand neben Nidan und winkte verschreckt Lebewohl. Meines Vaters Feldhauptmann würde nie mehr in den Krieg ziehen, denn seine sächsischen Wunden hatten ihn steif und unbeweglich gemacht, und so hatte man ihm den Schutz des Hofes übertragen. Es war das erste Mal, daß sein König ohne ihn in den Krieg zog, und wenn er das auch mit keltischer Beherztheit hinnahm, rann doch eine traurige Träne langsam über seine Wange. Die Miene meines Vaters verriet, daß die Trennung den König ebenso bitter schmerzte wie den alten Krieger.

Hatte ich früher die Zeit gehaßt, die wir im Versteck der Täler hatten zubringen müssen, so nahm ich jetzt, da ich alt genug war, die Lage zu begreifen, den Schutz der Berge gern an und war damit zufrieden, Kaethi und Brigit bei ihren täglichen Aufgaben im Haushalt zu helfen.

Kevin blieb bei uns, denn hier konnte er nützlicher sein als auf dem Schlachtfeld. Während der ersten Wochen erhielten wir Berichte, daß unsere Truppen hauptsächlich damit beschäftigt waren, ein paar kleine Banden zurückzuschlagen, die Grenzüberfälle verübten. Wie es schien, war Urien weniger an uns interessiert als vielmehr daran, im Süden die Oberherrschaft zu gewinnen, und mein Vater war sehr besorgt, ob der junge König sich gegen einen so gefährlichen Widersacher würde behaupten können.

Dann verging eine Woche, in der überhaupt keine Nachrichten eintrafen, und Kevin beschloß, am Stainmore entlangzureiten, um zu sehen, was er in Erfahrung bringen konnte.

Er kehrte zwei Tage später mit der Nachricht zurück, ein Bote, den er traf, hätte berichtet, Urien ziehe mit seiner Hauptstreitmacht nach Süden, und es sei zweifelhaft, ob er überhaupt Truppen für einen Angriff auf Rheged abstellen würde.

»Ich habe allerdings noch etwas anderes gehört, was mich beunruhigt«, sagte Kevin mir unter vier Augen und runzelte seine dunklen Augenbrauen, während er nach einem geölten Lappen suchte.

Wir waren in der Werkstatt, wo die Wetzsteine aufbewahrt wurden. Kevin schliff die Schneide seines Dolches, während ich an der Flickenkiste saß und nach einem Lederstück suchte, um einen Blasebalg zu reparieren. Ich sah auf, denn sein Tonfall machte mich stutzig. Er hielt inne, um mit dem Daumenballen die Schärfe der Schneide zu prüfen, dann schüttelte er mit finsterer Miene den Kopf. Er legte die Spitze des Dolches auf einen Wetzstein und begann sie in kleinen, flachen Kreisen zu drehen. »Erinnerst du dich an die Geschichten über den Mann, der wie ein Wahnsinniger durch das Königreich Wales irrte?«

»Der Mann, der König Pellam angriff, als er Gast am Königshof war?« fragte ich und spürte, wie sich Abscheu in mir regte. Es war eine besonders grausige Geschichte, denn der Fremde hatte sich gegen seinen königlichen Gastgeber gewandt und den Herrscher mit dessen eigenem Schwert verwundet. Danach war der Unhold durch das Land gerast, hatte alles verbrannt, was ihm in die Quere kam – Scheunen und Hütten, Kapellen und heilige Haine gleichermaßen – und eine Verwüstung hinterlassen, wie sie ein sächsisches Heer nicht schlimmer hätte anrichten können.

Kevin nickte und machte das Zeichen gegen das Böse.

Mir schauderte bei dem Gedanken: eines Mannes Schwert muß sein Freund und sein Beschützer sein, und das heilige Königsschwert war die verkörperte Macht des Herrschers. Es hieß, daß König Pellams Wunden, die ihm sein eigenes Schwert beigebracht hatte, nicht heilen wollten. Er schwebte zwischen Leben und Tod, gelähmt vom Hieb zwischen seine Schenkel, und sein Volk wußte nicht, ob es sich freuen sollte, daß er noch lebte, oder die Hoffnung auf seine Gesundung aufgeben sollte.

»Der Übeltäter entkam«, fuhr Kevin fort und bewegte den Dolch behutsam in größeren und flacheren Kreisen auf dem Stein. »Jetzt hört man Geschichten über zwei Verrückte, die durch unsere Wälder streifen und schreien und heulen, wie von Geistern gequält. Einige sagen, es seien Brüder, die in Blutfehde lägen, und einer habe dem anderen wegen früherer Greueltaten Rache geschworen. Bis jetzt haben sie noch kein Haus angezündet, aber die Leute haben Angst, denn sie denken daran, was in Pellams Land geschah.«

»Weiß jemand, wo diese beiden Männer sind oder woher sie kommen?« fragte ich.

»Man weiß nichts Genaues. Es heißt, der Mann, den man öfter zu Gesicht bekäme, sei sehr groß und kräftig, und das wirre Zeug, das er von sich gebe, klinge keltisch. Wenn sie aber Zwillinge sind, wie man vermutet hat, ist nicht sicher, welchen von beiden man gesehen hat. Offensichtlich leben sie beide seit geraumer Zeit in der Wildnis, in zerfetzten Kleidern und mit häßlichen, struppigen Bärten. Ich denke«, sagte er nüchtern, »ich sollte herausfinden, wohin sie sich verzogen haben, und wenn mich nicht alles trügt, werde ich sie aufstöbern.«

Ich hatte das Gefühl, mir drehe sich der Magen um, und ich starrte Kevin an. Er prüfte die Schneide, indem er über das Haar auf seinem Arm fuhr, und hielt sie ans Licht, um die schwarzen Haare zu beäugen, die die Klinge säuberlich abgetrennt hatte. Offenbar zufrieden steckte er das Messer wieder in den Gürtel und sah mich an.

»Die Fährte müßte leicht aufzunehmen sein.«

Ich blickte meinen Pflegebruder bestürzt an.

»Du willst ihnen doch gewiß nicht allein nachspüren, Kevin. Nimm wenigstens Nidan mit, falls es Schwierigkeiten gibt.«

»Geht nicht«, sagte er bestimmt, während ich dahockte und den Blasebalg in meinem Schoß ganz vergessen hatte. »Es ist nun mal so, daß wir hier nur eine ziemlich kleine Wache haben. Falls Uriens Truppen sich gegen uns wenden sollten, werden wir jeden einzelnen Mann brauchen, um die Pässe zu verteidigen und Patterdale zu schützen. Und falls einer dieser wilden Männer nach Westen zieht, will ich mich nicht ängstigen müssen, daß er an mir vorbeischlüpft und euch zu schwach vorfindet, während ich nach seiner Spur suche.«

Er zuckte die Achseln und lächelte plötzlich, und in seinen blauen Augen leuchtete die Abenteuerlust »Mach dir keine Sorgen, Gwen, ich werde nichts Törichtes tun. Ich will bloß herauskriegen, was an den Geschichten dran ist, und ich werde auf mich aufpassen, wenn es gefährlich werden sollte. Möglicherweise handelt es sich nur um jemanden, der in die Sicherheit der Berge flieht oder, befallen von heiliger Verrücktheit, in die Wildnis gezogen ist, um nach den alten Göttern zu suchen.«

Am nächsten Morgen in aller Frühe sattelte er Möwentänzer. Brigit und ich gaben ihm das Geleit bis zur Quelle des heiligen Patrick, wo der Heilige der Iren, wie es heißt, so viele Heiden zu seinem Glauben bekehrt hatte.

Im Norden gibt es alle Arten von heiligen Quellen und Brunnen, und obgleich diese Quelle inzwischen eine christliche war, hingen in dem Baum, der sie überschattete, Gaben und Zierat vieler Generationen. Manches war alt und verblichen, anderes neuer und farbenfroher. Einige frische Kreuze, unbeholfen aus Zweigen gemacht und mit Bindfaden zusammengebunden, zeigten, daß die neue Religion sich immer noch gegen die Rückkehr der alten Götter behauptete.

Brigit tauchte die Hand in das kühle Wasser und besprenkelte

Kevin damit, der sich zu ihrer und meiner Überraschung nicht dagegen wehrte.

»Ja, Base, heute kannst du für mich beten, zu wem du willst, und ich werde mich darüber freuen, solange du nicht erwartest, daß ich Christ werde, wenn ich zurückkomme«, warnte Kevin und lachte fröhlich, als sie den Kopf schüttelte.

Dann warf er uns eine Kußhand zu und lenkte das Pferd auf den Pfad, der dem Seeufer folgte, und ritt in leichtem Galopp davon, ohne sich umzudrehen. Wir sahen ihm nach, wie er die sanfte Wiese überquerte, wo die Bergwände, die den See umschließen, sich ein wenig nach Westen öffnen und auf dem Weideland zartes grünes Gras wächst. Am Fuß der grauen Klippe, wo der Fels steil vom Ufer ansteigt, tauchte er in ein Wäldchen, und dann war von ihm nichts mehr zu hören und zu sehen. Brigit preßte meine Hand.

»Willst du mit mir ein Gebet sprechen, an den guten Patrick?« flüsterte sie, und ich nickte, und wir knieten im Gras oberhalb der kleinen Quelle und baten jeder auf seine Weise darum, daß Kevin unversehrt heimkehren möge. Und danach gingen wir zusammen zurück und hielten uns an den Händen wie Schwestern.

Brigit und ich sprachen nicht über Kevins Unternehmen, sondern erledigten die alltäglichen Dinge des häuslichen Lebens, als sei die Zeit stehengeblieben. Als hätten wir ein stummes Bündnis geschlossen, begleitete ich sie jeden Morgen zur Quelle, wo sie für Kevin betete, und gelegentlich ließ sie ihre Hand auf meiner Schulter ruhen, wenn sie zufällig an mir vorbeikam, wo ich saß und spann oder butterte oder das Haferstroh in unseren Klappbetten erneuerte. Ich denke, es war die einzige Zeit, da ich jemals Freude an den tausend Aufgaben hatte, die zur Führung eines Haushalts nötig sind, weil mir schien, daß ich durch diese emsige Tätigkeit am häuslichen Herd zu Kevins sicherer Heimkehr beitrug.

Wir erhielten eine weitere Nachricht von meinem Vater, der nach Süden zog und meldete, Artus' Streitkräfte seien weit größer, als er erwartet hätte, und der Pendragon könne die bevorstehende Schlacht durchaus gewinnen.

Ich war froh und erleichtert, die Botschaft des Reiters zu hören, und schickte ihn zu einer wohlverdienten Mahlzeit in die Küche.

Wenigstens eine der Bedrohungen meiner Familie erschien nicht mehr so schrecklich.

Als Kevin fünf Tage fort war, verrieten die großen blauen Ringe unter ihren Augen Brigits Anspannung, und mir blieb jedesmal fast das Herz stehen, wenn ein Pferd über den Pfad galoppiert kam. Jeden Abend dachte ich, morgen werde er gewiß zurückkommen.

Eines Abends spät kam er zurück und führte Möwentänzer, der seit dem Nachmittag lahmte. Er brachte den Wallach zur Koppel, rieb ihn ab, dann schritt er durch die Küchentür, als käme er vom Melken zurück. Ich war so überrascht, daß ich fast den Honigtopf umstieß, den ich gerade füllte, und ich wäre ihm jubelnd um den Hals gefallen, wäre da nicht sein Gesichtsausdruck gewesen.

Nach den Tagen des Ritts sah er erschöpft und abgezehrt aus, und schmutzig außerdem. Doch sein Blick war gehetzt und argwöhnisch, und der grimmige Zug um seinen Mund ließ mich erstarren.

Er nickte Gladys zu, fragte, ob vor dem Essen noch Zeit zum Baden sei, und eilte dann in sein Quartier.

Als er an mir vorbeikam, sagte er leise: »Es wird keinen Ärger mehr geben«, dann verschwand er. Ob aus Erschöpfung oder weil er wünschte, Fragen zu vermeiden, erschien er nicht zum Abendessen, und ich bekam erst am folgenden Tag Gelegenheit, mit ihm zu sprechen.

Ich fand ihn am Morgen am äußersten Rand der Weide, wo er sorgfältig Möwentänzers Beine untersuchte.

»Geht's dir gut?« fragte ich, ergriff das Halfter und zügelte das Tier.

»Natürlich«, erwiderte er schroff.

Der Wallach neigte seinen Kopf, um zu sehen, ob ich ihm etwas Interessantes gebracht hatte, und begann ungeduldig an meinem Haar zu zupfen. Er hatte mich in der Vergangenheit mehr als einmal gezwickt, und jetzt gab ich ihm einen Klaps und schob seinen Kopf weg. Kevin begann jeden einzelnen Huf zu untersuchen und reinigte sorgfältig die Sohlen. Dabei runzelte er heftig die Stirn.

»Tut mir leid, Gwen. Ich wollte nicht grob sein«, sagte er, als er fertig war und Möwentänzer den Kopf hochwarf und sich trollte.

»Es war für mich nicht sehr gefährlich; ich war es nicht, den er suchte.«

Schweigend gingen wir zum Geräteschuppen zurück, und als die Salben und Werkzeuge verstaut waren, schlug er vor, zum Bach bei der Quelle des heiligen Patrick zu gehen.

Nachdem wir uns am klaren, sprudelnden Rinnsal niedergelassen hatten, starrte Kevin eine Weile ins Leere, dann schluckte er heftig.

»Zwischen hier und Penrith hatte niemand etwas von den Brüdern gesehen oder gehört«, sagte er schließlich, »als ich aber auf die Hauptstraße kam, sprach jedermann von ihnen, und es war nicht schwer, der Spur zu folgen.«

Kevin verbrachte die erste Nacht in einem Gasthaus, wo einer der Brüder eine Woche zuvor vorgesprochen und gefragt hatte, ob er eine Mahlzeit haben könne, wenn er dafür Feuerholz hacke. Als er seine Arbeit beendet hatte, war er in eine zügellose Raserei verfallen. Er knurrte und fluchte, schrie, daß sein Zwillingsbruder ein Anhänger der Christen geworden sei und auf unerklärliche Weise angefangen habe, jeden zu erschlagen, der den alten Göttern folge, ihre Mutter eingeschlossen. Der Gastwirt war heilfroh, als der Bursche verschwand, denn er schien ihm nicht bei Verstand zu sein.

Die Spur führte östlich am Stainmore entlang, und Kevin zog gemächlich dahin, denn viele Leute hatten etwas von den Brüdern gehört, die in Fehde lagen.

Ein kleiner Junge erzählte ihm, auf der anderen Seite des Eamonts, dem Gehöft seiner Eltern gegenüber, hätte sich in der Höhle ein Fremder aufgehalten. Da es eine der Höhlen sei, in denen zuweilen heilige Männer wohnten, seien sie daran gewöhnt, Einsiedler kommen und gehen zu sehen. Aber dieser Mann lärmte und murmelte unablässig, und obwohl er sich bekreuzigte und oft und lautstark den Namen Jesu rief, benahm er sich eher wie jemand, der vom Teufel besessen ist. Er verschwand nach ein paar Tagen, doch der Junge und seine Mutter hielten ihre Tür verriegelt und verrammelt, falls der heulende Christ zurückkäme.

Am Ende des dritten Tages hatte Kevin Kirkby Thor erreicht, wo die Spur kalt wurde, denn die Leute hier hatten zwar von den wilden Männern gehört, niemand hatte sie jedoch zu Gesicht bekommen.

Am nächsten Morgen begann er dem Eden zu folgen und suchte sich seinen Weg am Ufer. Er traf einen alten Mann, der nach Forellen fischte und ihm erzählte, seinem Hund sei die Kehle durchgeschnitten worden, und drei Tage vorher hätte er seinen Hühnerstall leer gefunden, als er die Küken herauslassen wollte. Es hörte sich so an, als halte sich zumindest einer der Brüder in der Nähe des Baches auf, so daß Kevin seinen Weg flußabwärts fortsetzte.

Am Nachmittag des fünften Tages hatte Kevin den Wasserfall erreicht, den wir im letzten Sommer entdeckt hatten. Es ist eine wunderschöne Stromschnelle, ganz am Ende einer tiefen Schlucht, wo sich ein Bach in den Fluß ergießt. Jemand hatte am Rande der Klamm des Wasserfalls eine Hütte gebaut, die zum herabstürzenden Wasser hin offen war. Es ist ein friedliches, abgeschiedenes und seit langem verlassenes Plätzchen, und wir waren mehr als einmal den steilen, schlüpfrigen Steg an der Wand der Schlucht neben der Stromschnelle hinaufgeklettert und hatten den Nachmittag oben in der kühlen Schutzhütte verbracht.

An diesem Tag war der Wald erfüllt von Vogelstimmen und leichten Lüften, und da die Spur des wilden Mannes kalt zu werden schien, beschloß Kevin, den Tag in dem Sommerhaus zu verbringen und am kommenden Morgen nach Hause aufzubrechen. Zumindest war er beruhigt, daß die Brüder für Patterdale keine Bedrohung darstellten.

Er ritt den bequemen Pfad zwischen den Bäumen hinauf, eingelullt von der Schönheit des Tags und dem Geräusch des Wassers, das unten in den Teich stürzte.

Plötzlich zerriß ein durchdringender Schrei die Ruhe des Nachmittags. Möwentänzer schnaubte heftig, und Kevin sträubten sich die Haare. Das Geräusch klang so entsetzlich, daß er auf der Stelle absaß und das weißäugige und nervöse Pferd sicher an einem Baum festband.

Er schlich vorsichtig den Pfad bis zur Rückseite der verlassenen Hütte hinauf. Aus dem Inneren drang ein Durcheinander von Anklagen und Vorwürfen; dann begann jemand zu schluchzen und dann so laut zu schreien, daß man es verstehen konnte.

»Balin«, stöhnte der Mann, »du Schuft, möge sich die Göttin an deinen Eingeweiden ergötzen! Ich werde deine Augen den Krähen zum Fraß vorwerfen und aus deinem Schädel auf das Wohl der Mórrígan trinken. Mörder der Priesterin, Verräter deiner Sippe, schändlichster Götterlästerer aller Zeiten, du wirst mir dafür bezahlen!«

Der Sprecher fuhr ungehemmt fort, spie seinen Ekel aus über den Mann, der die Dame getötet hatte, und das, womit er drohte, hätte selbst die Götter erschreckt.

Nach einer Weile verstummte er, und aus dem Inneren der Hütte war weder ein Wort noch eine Bewegung zu vernehmen. Schließlich schlich sich Kevin bis zum Rand und spähte ganz vorsichtig um die Ecke.

Das Geschöpf war allein, zusammengesackt auf dem Rand einer Art Bettstatt, das Kinn ruhte auf der Brust, und die Hände hingen schlaff zwischen den Knien. Der Mann bot einen schmutzigen und zugleich erbarmenswürdigen Anblick, trug nur Lumpen und Fetzen, und sein Haar war strähnig und hing lang und zerzaust über sein Gesicht. Ein Bein war mit einem schmutzigen Verband umwickelt, und die Wunde hatte sich entzündet, so daß ekelhafter gelber Eiter durch den Stoff sickerte. Der Gestank des faulenden Fleisches war entsetzlich, und es war ein Wunder, daß der Mann überhaupt noch lebte.

Von Zeit zu Zeit zuckte und ruckte er im Schlaf, und einmal schlug er mit den Armen um sich, die mit klaffenden Wunden übersät waren, weit schlimmer als sie Brombeerranken hätten verursachen können.

Kevin kauerte lange dort und überlegte, was zu tun sei, und fragte sich, wo der andere Zwilling stecken mochte. Schließlich wurden seine Knie steif und er stand langsam auf. Er beschloß, trotz der Dämmerung nach Carlisle zu reiten und zu fragen, ob man in der Veste ein paar Männer entbehren konnte, die er herführen wollte, um den armen Irrsinnigen einzufangen.

Plötzlich begann ein Eichelhäher zu kreischen, und der Verrückte erwachte ruckartig, sein Kopf schwenkte hin und her wie der einer Schlange, die feststellen will, woher die Gefahr kommt. Er griff nach dem Dolch, der ihm aus den Fingern geglitten war, als er einschlief, und starrte mit entsetzlich weit aufgerissenen

Augen zur offenen Seite der Hütte, bis sein Blick direkt auf Kevin fiel.

Der verzerrte Mund stieß einen Schrei aus, dann knurrte der Mann: »Aha, Balan, heidnisches Schwein, Seelenbesudler, Christenquäler … hast du es also am Ende gewagt, dich zu zeigen!«

Der Klang seiner Stimme war kaum menschlich zu nennen, und er starrte Kevin unverwandt an. Der wilde Mann schlug das Kreuz mit dem Heft seines Dolches und begann zu beten.

»Süßer Jesus, siehe vor dir den Dämon der Hölle! Da … da, siehst du den Kopf seines Opfers an seinem Gürtel hängen? Eine Heilige ohne Zweifel, die jetzt bei dir im Himmel wohnt. Oh, mächtiger Herr«, flehte er, »sende deine Engel herab, um Rache zu nehmen an dem Ungläubigen!«

Er sprang auf die Füße und kauerte kampfbereit, und Kevin erblickte erst jetzt einen widerlichen Klumpen stinkenden Fleisches und Haars, der an seinem Gürtel hing.

Bei diesem Anblick wurde dem Jungen übel, denn obwohl bis zur Unkenntlichkeit verfault, meinte er doch mit Sicherheit Vivians Kopf zu erkennen. Es wurde ihm mit Grausen klar, daß dies der Mann war, der die Dame enthauptet hatte.

Balin sprang, und Kevin kroch am Rand des Wasserfalls auf die Bäume zu. Die Dämmerung vertiefte sich, und der verkrüppelte Junge wünschte nichts mehr, als daß die Schatten ihn verbergen würden.

Balin raste, forderte seinen Peiniger auf, hervorzukommen und zu kämpfen. Kevin schaffte es, hinter ein Verhau aus Ranken und Unterholz zu gelangen, duckte sich, um nicht gesehen zu werden, während er von Baum zu Baum flüchtete und sich bemühte, seinen Verfolger abzuschütteln.

Der wilde Mann griff zu einer List; er begann den Pfad entlang zu gehen, plötzlich vorzuschnellen, stehenzubleiben, sich lautlos zu ducken und angestrengt zu lauschen. Auch Kevin durfte sich nicht rühren, denn jeder Laut würde ihn verraten, und manchmal schien es, als würden sie Stunden in lautloser gespannter Aufmerksamkeit verbringen. Kevins Herz pochte so heftig, daß er sich fragte, ob sein Verfolger es hören konnte.

Der Mond war in dieser Nacht noch fast voll, und sein Licht

überflutete bald den Pfad, so daß Kevin in seinem Versteck blieb und hoffte, die Stufen zu erreichen, die in die felsige Klamm des Wasserfalls führten, bevor der Verrückte ihn erspähte.

Eine Eule glitt auf lautlosen Schwingen vorbei, und als der Schatten Balin streifte, wirbelte er herum, schlug danach und schrie: »Heidnisches Vieh!«

Möwentänzer, der den Schrei hörte, wieherte plötzlich, und Balins Kopf zuckte bei dem Geräusch herum.

»Verhöhnen willst du mich, christlicher Abschaum?« schrie er herausfordernd, und Kevin packte die nackte Angst, denn ihm war bewußt, daß Balin den Wallach angreifen und töten würde.

»Ich bin's, nach dem du suchst«, rief der Junge zu allem entschlossen, um Balin von dem Pferd abzulenken. Er kam aus dem Brombeerdickicht hervor und schritt in das Mondlicht, damit der Wahnsinnige ihn deutlich sehen konnte.

Balin sprang vor, den Dolch gezückt, mit wehenden Haaren. Keuchend schlüpfte Kevin hinter den nächsten Baum, aber das Dornengestrüpp war undurchdringlich, so daß er gezwungen war, am Rande des Pfades von Schatten zu Schatten zu hüpfen.

Balin stolperte und schlug schwer auf die Knie, seine Arme wild schwenkend. Als er wieder auf die Füße kam, zeigte sich an seinem Schenkel eine frische Wunde, wo er sich beim Fallen verletzt hatte.

»Komm heraus zum ehrlichen Zweikampf!« schrie er und schwenkte den Dolch. Dann begann er zu tanzen, sprang im Mondschein vor und zurück, ununterbrochen die Namen Balin und Balan kreischend. Machmal sprang er zu weit, geriet aus dem Gleichgewicht und fügte sich an Arm oder Bein eine frische Wunde zu. Aber jedesmal erneuerte er seinen Angriff mit vermehrter Wut, bis er am Ende aus einem Dutzend Wunden blutete.

Kevin hatte die Stelle erreicht, wo die Stufen in die Wand der Schlucht gehauen waren, stieg so weit ab, daß Balin ihn nicht sehen konnte, und spähte über den Rand der Klamm.

Die Schmähungen und Anklagen und Beleidigungen zerrissen die Nacht und brannten in Kevins Seele. Er schlich durch die Nacht davon, zwischen dem Tosen des Wasserfalls und dem Geschrei des Verrückten, der sich selber zerfleischte.

Als der Mond hoch am Himmel stand, lag Balin auf den Knien,

schwankte vor Erschöpfung und Blutverlust. Als die Stunden vergingen, ließ sein Zorn allmählich nach, bis er schließlich schluchzte: »Mein Bruder, mein Bruder, wie konntest du so etwas tun?«

Als es dämmerte, schlich sich Kevin auf den Pfad zurück, näherte sich vorsichtig dem stummen menschlichen Wrack und rechnete immer noch damit, Balin könne sich tobend von der blutgetränkten Erde erheben.

»Er war viel jünger, als ich gedacht hatte, Gwen«, sagte Kevin betrübt, »und vielleicht war er früher einmal ein ansehnlicher Mann. Doch jetzt starrten seine Augen in einen sonnenhellen Himmel, den er nie mehr sehen würde, und die Stimme, die so viele Seelenqualen hinausgeschrien hatte, war für immer verstummt. Ich hatte keine Ahnung, welche letzte Ehre ich ihm erweisen sollte; sollte ich ihn nach heidnischem oder nach christlichem Ritus begraben? Beides erschien mir wie Hohn, und schließlich ließ ich ihn liegen und zählte darauf, daß die Krähen und Aasfresser ihr Werk tun würden. Ich hoffe«, schloß er langsam, »daß ich nie wieder einem Menschen begegne, der so zerrissen ist, weil die eine Treue in ihm die andere bekämpft.«

Ich schauderte und legte meine Hand auf die seine.

»Du glaubst, daß er der einzige war, daß es keinen Zwillingsbruder gab?«

»Ich bin sicher, Gwen. Er verkörperte beide Brüder, gefangen in einem Körper: der stolze Kelte und der fromme Christ, die ihre Gegensätze nicht versöhnen konnten.«

Ich zog die Knie unter das Kinn und umschlang sie mit den Armen, von der Vorstellung erregt und geängstigt, daß die menschliche Natur einen solchen Krieg gegen sich selbst führen konnte.

»He, aber, aber, du bist ja kreideweiß geworden!« rief Kevin, betrachtete mich besorgt und sprang auf die Füße. »Ich wollte dir gar nicht soviel davon erzählen! Sieh doch, ich bin zurück, wohlbehalten und ohne einen Kratzer.« Er schlug sich triumphierend an die Brust. »Und ich will nicht, daß du mir die Heimkehr verdirbst, indem du um meinetwillen krank wirst. Verstanden?«

Er ergriff mein Kinn und zwang mich, ihn anzuschauen. »Komm, es ist ein herrlicher Sommertag, und wir sollten ihn nicht damit vergeuden, über eine arme Kreatur zu grübeln, die sich die Götter zum Spielball erwählt haben.«

Ich lächelte, weniger weil meine Stimmung sich gebessert hätte, sondern eher über seine Bemühungen, mich aufzuheitern. Und als ich langsam aufstand, forderte ich ihn zu einem Wettrennen zum Schuppen auf. Das hob unsere Stimmung beträchtlich, aber diese Geschichte blieb lange Zeit in meiner Erinnerung.

19.

KÖNIG BAN

Die Nachricht von Artus' Sieg über die Könige des Nordens wurde mit Jubel und großer Erleichterung aufgenommen. Mit Hilfe des Königs der Bretagne hatte er in einer großen Schlacht die Oberhand behalten, in der viele Krieger, darunter König Lot, gefallen waren. Urien hatte sich ergeben und versprochen, ihm Lehenstreue zu schwören, und Artus hatte das Angebot angenommen. Die Männer würden in ihre Heimatländer zurückkehren, und wenn wir etwas Glück hatten, war der Bürgerkrieg für uns beendet. Da mein Vater nach Rheged zurückkehren wollte, sobald Urien sein Heer aufgelöst hatte, konnten wir ihn binnen vierzehn Tagen erwarten. In der Zwischenzeit sollte Nidan den Haushalt nach Carlisle begleiten und dort auf seine Rückkehr warten.

Das Getreide stand kniehoch, und die ährenschweren Halme bogen sich in der Brise. Wir konnten mit einer guten Ernte rechnen, wenn nichts Unvorhergesehenes geschah, und da die Männer lange vor dem Herbst zurückkehren würden, hatten wir doppelten Grund zu feiern. Von Bauernhöfen, Gehöften, Schafhürden und Gemeinden strömten die Leute zu der ummauerten Stadt, die im Herzen Rhegeds liegt, um unseren Truppen einen triumphalen Empfang zu bereiten.

Carlisle ist seit der Zeit des Römischen Reichs ein Mittelpunkt von Handel und Verkehr gewesen, denn die Stadt beherrscht nicht nur das westliche Ende des Hadrianswalls, auch die nach Norden und Süden verlaufende Hauptstraße führt hindurch. In den Tagen der Legionen muß es eine lebendige Stadt gewesen sein, die einen ständigen Strom von Soldaten, Seeleuten, militärischen Befehlshabern und reisenden Beamten beherbergte.

Heute ist der König an die Stelle der römischen Regierung getreten, und der Mittelpunkt des Staates ist dort, wo er sich gerade aufhält. Raum für Ämter und Beamte wird nicht mehr gebraucht, die Gebäude des Reiches stehen leer und verfallen, außer wo sie die Bürger für ihre eigenen Zwecke in Besitz genommen haben.

Carlisle flößt mir immer ein Gefühl des Unbehagens ein, denn obgleich die römische Lebensart sich allmählich verflüchtigt, bleiben die Bauwerke zurück wie alte Skelette, denen man nicht ausweichen kann. Die Mauern um die Stadt sind noch so streng und abgemessen wie damals, als die Baumeister sie entwarfen, und die Geister von Legionären hausen in den Schatten. Die Bewohner haben das Antlitz der Stadt weicher gemacht und verändert, wie Moospolster am Fluß die Felskanten überziehen; jetzt sind es der fahrende Händler und der Bauer der Gegend, die in den halb verfallenen Bogengängen ihre Geschäfte betreiben, und wenn im August der große Jahrmarkt stattfindet, empfinden sich die Leute, die lachen und singen und tanzen, als Kumbrier, nicht als Römer. Doch ich neigte trotzdem dazu, das große Haus am Ufer des Eden zu meiden, und verbrachte so viel Zeit wie möglich in der Veste der Reiterei in Stanwix auf dem Hügel jenseits des Flusses.

Von Stanwix hat man einen hervorragenden Ausblick, und als ein Wachposten im Turm das Nahen des Heeres ankündigte, kletterten Kevin und ich zur Brustwehr hinauf, um es mit eigenen Augen zu sehen.

Die Leute rannten bereits zur Straße und riefen Nachbarn und Fremden die Neuigkeit zu. Alle strömten am Osttor zusammen und riefen freudig: »Heil den Kriegern!«

Aus dem Süden näherten sich Fahnenträger, in ihren Gesichtern der Hochmut, den siegreiche Männer immer zur Schau tragen. Rhegeds Banner kräuselte sich hoch und stolz über den übrigen, und darunter ritt ein Harfner mit den Männern, zweifellos ein

Schüler Edwens, und sang das Lob der heimkehrenden Helden in schönen keltischen Strophen. Edwen selbst ritt als Barde des Königs mit meinem Vater.

Da die Abteilung des Königs noch ein Stück entfernt war, kletterten Kevin und ich von der Brustwehr und gesellten uns zu den ausgelassen jubelnden Leuten.

Stolz schwellte mein Herz, als mein Vater hinter seiner Leibgarde durch das Tor ritt. Er sah so gesund und robust aus, wie ich ihn in Erinnerung hatte, und er strahlte, wenn nicht vor Freude, doch zumindest vor Zufriedenheit. Ich drängte mich durch die Menge, und als er mich neben seinem Hengst herlaufen sah, griff er zu und half mir, in den Sattel zu klettern. Ich fühlte mich zwar nicht ganz wie ein triumphierender Krieger, aber doch ein bißchen, und das genügte mir.

An diesem Abend gab es ein einfaches Essen im Kreis der Familie, denn das öffentliche Fest sollte in zwei Tagen stattfinden. Fröhlich um die Tische versammelt, lauschten wir den Begebenheiten, die Edwens Lied bald unsterblich machen würde: Ban hatte seine Streitkräfte übers Meer gebracht, um dem Sohn seines Kindheitsfreundes Uther zu helfen; Merlin machte Artus klar, daß eher Taktik als Wagemut nötig war, und schließlich hatten die aufrührerischen Könige um Frieden gebeten, ihre geschlagenen Heere gesammelt und waren Artus nach York gefolgt, wo die Bedingungen ihrer Kapitulation ausgehandelt wurden.

Dort, in Uriens Hauptstadt, verkündete Merlin, die Druiden hätten eine neue Dame gewählt: Morgan le Fay, die Gattin von König Urien, würde als Hohepriesterin in das Heiligtum einziehen.

»Wie sieht sie aus, diese hochgeborene Dame, die den Platz unserer Vivian einnehmen wird?« fragte jemand, und mein Vater schürzte nachdenklich die Lippen, bevor er antwortete.

»Sie ist eine bemerkenswerte Erscheinung«, sagte er schließlich und wählte seine Worte sorgfältig, »sehr geheimnisvoll und leidenschaftlich. Ich denke, daß sie erheblich rühriger sein wird als ihre Vorgängerin. Wir unterhielten uns beim Festessen, und ich versicherte ihr, daß wir das Heiligtum nach wie vor schützen würden. Ich fand, daß sie viele ausgeprägte Ansichten hat und eine Art von unaufhaltsamer Tatkraft, die keinen Widerspruch duldet. Möglich, daß sie hofft, im Reich ihres Bruders eine führende Rolle zu spielen, und in York schien sie ihn zweifellos in der Gewalt zu haben. Sie könnte für ihn sehr nützlich sein. Und Cathbad sagte mir, die Druiden hielten große Stücke auf sie.«

Mein Vater sprach mit einem Unterton, und ich hatte das bestimmte Gefühl, daß mit dieser Person nicht gut Kirschen essen war.

Später, als neben meinem Vater nur noch Kevin, Brigit und ich an der Tafel saßen, erzählte Kevin meinem Vater die Geschichte von Balins Tod. Das Abenteuer war bis zur Rückkehr des Königs geheimgehalten worden, aber als ich jetzt sah, wie die Besorgnis aus dem Gesicht meines Vaters wich und Bewunderung für Kevins Mut an ihre Stelle trat, wünschte ich, der ganze Haushalt würde wissen, wie sehr Kevin zu bewundern war.

»Welch tragisches Ende einer aberwitzigen Geschichte«, sann mein Vater, als er alles gehört hatte. »Vielleicht«, sagte er leise, mit einem Seitenblick auf uns, »wäre es angebracht, keinem anderen davon zu erzählen. Der Krieg, den Balin unabsichtlich ausgelöst hat, ist vorüber; eine neue und kraftvolle Priesterin ist der alten gefolgt, und es gibt keinen Grund, Vivians Andenken noch weiter zu beflecken.«

Ich fügte mich widerstrebend und wünschte, es gäbe eine Möglichkeit, alles geheimzuhalten und zugleich Kevin in den Genuß der Ehre kommen zu lassen, die er verdiente.

Das Siegesfest fand auf dem Marktplatz statt, wo an jeder Ecke Kochfeuer brannten und neben dem Springbrunnen Fässer mit Wein und Bier angeschlagen waren. Edwen erzählte den Triumph Artus' und brachte mit seiner kraftvollen Ballade selbst die ungezogenen Kinder des Schweinehirten zum Schweigen, und danach gab es viele Trinksprüche auf die Heimgekehrten, und es wurde ausgiebig gesungen und getanzt.

Alle waren sich darüber einig, daß Artus nicht nur die Schlacht, sondern auch die Bewunderung seiner Untertanen gewonnen hatte, denn daß er Urien als Verbündeten angenommen hatte, zeuge sowohl von einem edelmütigen Herzen wie von politischem Weitblick.

Wir hörten, daß Lots Witwe, Königin Morgause von den

Orkneys, ihre Kinder dem jungen Hochkönig in York vorgestellt hatte, wo sich jedermann nach der großen Schlacht eingefunden hatte. Sie hatte sich selber und ihre Kinder ihm auf Gnade oder Ungnade ausgeliefert und ihn gebeten, die älteren Jungen an seinen Hof zu nehmen. Sie erinnerte ihn daran, daß sie seine Neffen und nach keltischem Recht seine Erben seien. Artus nahm die Jungen auf und versprach, sie zu Kriegern und Gefährten auszubilden. Ich fragte mich, was Gawain dabei empfand, dem Mann zu dienen, gegen den sein Vater gekämpft und dafür mit seinem Leben bezahlt hatte.

Über Morgan le Fay wurde viel gerätselt. Es machte Eindruck, daß sie über soviel Macht gebot, wo sie doch noch nicht einmal dreißig Jahre alt war, und jene, die die letzte Priesterin als alt und hinfällig verspottet hatten, hörten plötzlich auf, sich über die neue Hohepriesterin lustig zu machen. Cathbad war mit ihrer Ernennung sehr zufrieden, weil sie sich ausgezeichnet auf die Heilkunde verstand und eine starke geistige Führerin zu werden versprach.

Nach dem Essen und dem Tanz gab der Druide seine Absicht bekannt, das Heiligtum aufzusuchen, um die neue Dame willkommen zu heißen. Da der Sommer reifte und es für uns Kinder mehr als genug Arbeit gab, willigte mein Vater ein, bis zum Herbst ohne ihn auszukommen, wollte ihn jedoch wieder bei uns sehen, wenn das Farnkraut auf den Hügeln sich kupfern färbte. Wir sagten ihm Lebewohl und dachten nicht weiter darüber nach; es kam mir nicht in den Sinn, daß er nie mehr mein Lehrer sein würde.

Im Lauf der nächsten Woche begann das Land zum Alltag des Friedens zurückzukehren, und wir machten Pläne für unseren Aufenthalt im Herbst. Es war einige Zeit verstrichen, seit wir im Norden überwintert hatten, also wurde beschlossen, zum Mote zurückzukehren und dann zu den zahlreichen Siedlungen jenseits der Wigtown-Bucht zu ziehen.

Am Tag vor unserer Abreise machten sich mein Vater und ich nach Stanwix auf, denn Federfuß' Fohlen sollte hier auf der Koppel bleiben, und ich wollte Lebewohl sagen.

Es war ein frischer, reiner Morgen nach einem nächtlichen Regen, und in der Stadt herrschte sommerliches Treiben, als wir aus dem großen Haus am Flußufer kamen. Die Bauersfrauen hatten Zeltplanen auf dem Marktplatz aufgeschlagen und Eier und Gemüse, frische Käse und Wolle ausgebreitet, um mit den Leuten zu handeln, die innerhalb der Stadtmauern wohnen und darauf angewiesen sind, daß andere für ihre Lebensmittel sorgen. Die Geräusche und Farben des Marktes umschwirrten uns.

Als wir am Springbrunnen vorbeikamen, ritt ein Kurier, der das Zeichen des Roten Drachen trug, durch das Tor und brachte sein Pferd rasselnd zum Stehen, als er meinen Vater erkannte.

»Ich habe eine Botschaft für Eure Hoheit«, sagte er. »Der Hochkönig wünscht eine sehr wichtige Angelegenheit mit Euch zu erörtern. Er wird übermorgen hier eintreffen, und in seiner Begleitung ist auch König Ban von Banwick.«

»Du liebe Güte!« brummte mein Vater.

Er, der an höfischer Geselligkeit nie Freude gehabt hatte, war deutlich über die Unbequemlichkeit verstimmt, die diese plötzliche Störung zur Folge haben würde, und ich konnte spüren, wie er in Gedanken diese Wendung der Dinge mit unseren Plänen, nach Norden zu ziehen, in Einklang zu bringen suchte.

»Sagte er, worum es geht? Oder wieviele Gefolgsleute wir aufnehmen müssen? Oder wann er wieder aufzubrechen gedenkt?«

»Näheres weiß ich nicht, aber die Gesellschaft ist klein, insgesamt nicht mehr als zehn Männer, und sie werden nicht lange bleiben, denn König Artus hat vor, von hier nach Strathclyde zu reiten.«

Mein Vater seufzte und wandte sich zu mir. »Am besten, du sagst Brigit, daß wir Besuch bekommen, und erinnere sie daran, daß wir nach dem Wein sehen müssen«, sagte er, dann fügte er mit gedämpfter Stimme hinzu: »Sage ihr aber, daß sie nicht sofort alles wieder auspacken soll.«

Brigit war inzwischen in der Führung eines Haushalts ebenso erfahren wie meine Mutter, und mein Vater überließ alle Einzelheiten ihren tüchtigen Händen.

Sich auf den Besuch des Hochkönigs vorzubereiten war keine Kleinigkeit. Es schien unmöglich, alles rechtzeitig herzurichten, und Nonny murrte, das käme so plötzlich, während Brigit und Gladys, Kaethi und ich uns in aller Eile darüber klar zu werden versuchten, was alles zu bedenken war.

Kevin machte sich daran, die alten Bäder zu befeuern, vergewisserte sich, daß genügend Holzkohle da war, um das Wasser zu erhitzen, und reparierte die größeren Lecks in der Zuleitung vom Aquädukt. Gladys und Brigit kümmerten sich um den Speiseplan, während Kaethi und ich die Abstellkammern durchstöberten, um Stühle und Tische, gute Schlaflager und Polster zu finden, damit unsere Gäste es bequem hatten. Es gelang uns, die Schlafräume auszustatten, und wir trieben sogar Öl und Trockentücher für die Bäder auf, aber es gab einfach nicht genug Stühle für alle anreisenden Würdenträger.

»Sind das Liegen, die ich dort sehe, drüben zwischen den Spinnweben?« fragte Kaethi und spähte durch das trübe Licht zu einer Ansammlung ausrangierter Möbelstücke.

Ich kletterte durch das Gerümpel, das wer weiß wie lange dort lag, und konnte ein paar Liegen und einige niedrige Tische hervorziehen. Sie waren verstaubt, und es war ihnen anzusehen, daß sie seit Jahren nicht benutzt waren, doch sie erwiesen sich trotzdem als stabil. Nach einer raschen Rücksprache mit meinem Vater kamen wir zu dem Schluß, daß die Könige, wenn sie denn so an Rom hingen, wie jedermann sagte, sich wohl fühlen würden, wenn sie nach Art der alten Römer speisen konnten.

Ich betrachtete die Liegen argwöhnisch, als sie in der Haupthalle aufgestellt waren. Kaethi lachte und sagte, gerade hätte ich bewiesen, wie sehr ich eine Tochter der Kumbrier sei; wäre ich eine echte römische Bürgerin, würde ich mit Vergnügen lernen, wie man auf einen Ellenbogen gestützt speiste. Nonny verkündete, sie werde am Abend überhaupt nicht anwesend sein, weil sie lieber in ihrem Gemach esse, anstatt mit Leuten zu speisen, die zu faul seien, aufrecht zu sitzen. Mein Vater machte ein paar Versuche, auf einer der Liegen Platz zu nehmen, und kam ächzend zu dem Schluß, es wäre für ihn vielleicht das einfachste, am Ende einer Liege zu sitzen.

»Warum benutzt du nicht deinen geschnitzten Stuhl?« fragte ich, denn für mich stand außer Frage, daß die Bequemlichkeit des Gastgebers wichtiger war als die Etikette.

»Um auf den Hochkönig herabzublicken? Nein, nein, mein

Schatz, das ginge nicht an. Vielleicht rebellieren meine Knochen weniger, wenn ich genügend Kissen unter mir habe«, seufzte er.

Als ich am folgenden Tag vom Brunnen zurückkam, wo ich einen Eimer Wasser für Gladys geholt hatte, hörte ich einen Klang, wie ich ihn noch nie vernommen hatte. Zwei Reiter kamen durch das Tor und bliesen auf zerbeulten Metallhörnern, die irgendein Legionsführer hinterlassen haben mußte.

Das Geräusch war ungewöhnlich, und ich brauchte eine Weile, bis ich begriff, daß die Könige früher als erwartet, eintrafen.

Die Leute, die aus Läden und Schuppen gerannt kamen und auf den Platz drängten, boten alles andere als einen gebührenden Empfang, und ich wurde in einer Welle von Rübenhändlern und Metzgerlehrlingen vorwärtsgetragen, die alle darauf erpicht waren, einen Blick auf den neuen Hochkönig zu werfen. Als ich versuchte, zurückzubleiben, bekam mein Eimer so heftige Stöße, daß der halbe Inhalt verlorenging und ich barfüßig in einer Wasserlache stand und wie ein Küchenmädchen aussah, als das Gefolge auf uns zusteuerte.

Die Pferde waren mir so nah, daß ich sie hätte berühren können; sie glänzten wie Seide, sie waren gut genährt und kraftvoll, obgleich ich bemerkte, daß keines so groß war wie der Hengst meines Vaters. Als die Trompeter vorbeigezogen waren, sah ich mich plötzlich einem jungen Mann gegenüber, starrte in sein rotbäckiges Gesicht und fragte mich einen Augenblick, ob er der Hochkönig Britanniens war. Aber er trug die Wollkleidung eines gemeinen Mannes, und weil ich noch nie einen Hochkönig gesehen hatte, kam es mir unwahrscheinlich vor, daß er so herumlief.

Neben ihm ritt ein keltischer Stammesführer, geschmückt mit Armbändern und einem goldenen Torques. Stolz wie Lot, jedoch viel schlanker, war er ein Mann wie ein Baum, mit hellem Haar und tiefblauen Augen, die mich anlächelten. Sein Gesicht war glatt rasiert, er trug jedoch einen großen wehenden Schnurrbart, der an den Mundwinkeln vorbei bis unter sein Kinn reichte, und sowohl seine Haltung wie sein Schmuck ließen keinen Zweifel an seinem königlichen Rang.

Hinter ihm kam eine Gestalt, die so sorgfältig in einen großen Umhang gehüllt war, daß man nur die Augen sehen konnte, und ich blickte unwillkürlich zu Boden, als sie sich wie zwei Feuersteine auf mich richteten.

In der Nachhut ritt eine Handvoll Wachen, und dann waren sie verschwunden, bogen in den Hof des großen Hauses ein, und wir blieben zurück und fragten uns verblüfft, welcher der Männer wohl der Hochkönig gewesen war. Entweder war er nicht so jung, wie jeder sagte, oder er hatte beschlossen, überhaupt nicht zu kommen.

Unsere Gäste machten umgehend ihre Aufwartung bei meinem Vater, dann begaben sie sich ins Bad. Kevin war von Anfang an bei ihnen und gesellte sich erst später in der Küche zu mir.

»Der Zauberer ist dabei«, berichtete er, während er beim Füllen der Weinkrüge half. »Er hat nicht ein einziges Wort gesagt, aber er beobachtet alles wie ein Falke.«

»Ich weiß. Ich sah ihn auf dem Markt, als sie einritten. Kein Wunder, daß er Merlin genannt wird«, erwiderte ich und dachte an den schönen, aber todbringenden Vogel, der auf unseren Hügeln nistet. Ob sich der Erzdruide wohl auch darin übte, aus der Luft auf seine Beute herabzustoßen?

»Man hätte ihn besser nach der Eule benennen sollen«, antwortete Kevin, »weise und stumm und in die Schatten der Nacht gehüllt.«

Mir blieb gerade noch Zeit, die Treppe hinaufzuspringen, um vor dem Abendessen die Kleider zu wechseln und es so geduldig wie möglich zu ertragen, daß Nonny versuchte, meine Haare zu einer halbwegs ansehnlichen Frisur zu formen. Sie wollte, daß ich Mamas Armband trug, aber Kaethi wies sie darauf hin, das passe wirklich nicht, denn ich sei noch nicht alt genug, um vorgestellt zu werden, und würde heute abend lediglich bedienen. Ich rannte wieder in die Küche, gerade noch rechtzeitig, um für den Tisch meines Vaters eine Platte mit Wildleber zu holen.

Weil dies ein Staatsbesuch war und keine Ratsversammlung, waren in der Speisehalle weniger Leute zusammengekommen, als man hätte erwarten können. Das Gefolge meines Vaters und die Edelleute aus Carlisle, denen ihr römisches Erbe teuer war, machten freudig von den Liegen Gebrauch, während unsere Leute verstreut zwischen den Tischen auf Teppichen saßen, und ihre Kleider aus Wolle und Hirschleder standen in seltsamem Gegensatz zum Leinenputz der Gäste. Es war in der Tat eine sehr eigentümliche Mischung.

Ich balancierte das Tablett so vorsichtig wie möglich und kniete, um es abzusetzen, vor dem Tisch nieder, um den sich meines Vaters Gäste gelagert hatten. Ein plötzlicher Anflug von Schüchternheit hielt mich davon ab, zu unseren Gästen aufzublicken, damit sie mich nicht als das Mädchen vom Marktplatz wiedererkannten.

»Ach«, sagte mein Vater, »das ist meine Tochter Ginevra.«

Verflixt! dachte ich, biß mir auf die Unterlippe und wußte, daß mir nichts anderes übrigblieb, als meinen Blick zu heben.

Es waren die lustigen blauen Augen des Stammesführers, die erst verschwommen, dann klar in mein Blickfeld glitten, und sie tanzten und funkelten höchst schalkhaft, als er mir ernst zunickte. Es gab überhaupt keinen Zweifel, daß er mich wiedererkannt hatte, und ich spürte einen Kloß im Hals und betete, er möge es nicht erwähnen.

»Und darf ich Artus vorstellen, den Hochkönig von Britannien«, sagte der keltische König. Er drehte sich um und lächelte den Jüngling an, der neben ihm saß, und ich blinzelte vor Verblüffung: es war der rotbäckige Junge, der zwar jetzt keine grobe Wolle mehr trug, aber dennoch aussah wie irgendein junger Mann vom Land.

»Oh …«, sagte ich benommen, denn ich wußte nicht, was ich sonst tun sollte.

»Du hast wundervolles Haar, Kind«, fuhr König Ban von Banwick fort, und in seinem herzlichen Ton schwang unverkennbar Erheiterung mit. »Es hat das rote Gold des Weißdorns im Herbst, und es ist eine passende Krone für die Prinzessin von Rheged.«

Unwillkürlich errötete ich und fragte mich, wie ich um Himmels willen aufstehen sollte, wenn ich weiche Knie hatte.

Irgendwie schaffte ich es und flüchtete mich in die Küche, um Gladys zu helfen, fest entschlossen, nicht mehr in die Halle zurückzukehren. Ich hatte nicht die geringste Ahnung, was ich zu einem von ihnen hätte sagen können, und doch hatte ich nur den einen Wunsch, mich vom Blick des Königs der Bretonen verzaubern zu lassen.

Als das Mahl sich dem Ende näherte, drückte Brigit mir einen Deckelkrug in die Hand mit der ausdrücklichen Ermahnung, daß die Könige von mir erwarteten, daß ich ihnen nach dem Essen einschenkte.

König Ban ist auch bloß ein Krieger, sagte ich zu mir und musterte verstohlen die Köpfe der drei Staatsmänner, bevor ich durch den Raum zu ihnen ging. Aber dennoch war ich wie gelähmt, als er mich anlächelte, und ich vergaß den Wein, den ich einschenkte, außerstande, den Blick von diesen lachenden Augen abzuwenden.

»Das ist ein hübscher Krug«, unterbrach Artus und hob unsanft seinen Becher, bis der Rand an die Tülle des Kruges stieß und ihn nach oben drückte. Mit einem Blick wurde mir klar, welches Unglück hätte geschehen können, denn der Becher war kurz vor dem Überlaufen. Ich lächelte den Hochkönig dankbar an.

»Mama hat mir erzählt, er stamme aus Ägypten«, erwiderte ich, denn plötzlich fand ich wieder Worte. »Das Blaue darauf ist Email.«

Er nahm den Krug in die Hand und beugte sich vor, um die Verzierungen auf seinem Deckel zu betrachten. Verglichen mit König Ban war Artus bloß ein Junge; hübsch zwar, aber nicht sehr eindrucksvoll. Nur der goldene Granatring mit dem Drachen kennzeichnete ihn als mächtigen König. Möglich, daß er mehr Eindruck machte, wenn er reifer geworden war, und ich fragte mich plötzlich, ob er die römische Gewohnheit, sich zu rasieren, annehmen oder versuchen würde, wenn sein Bart kräftiger sproß, sich selber einen langen Schnurrbart zuzulegen.

Ein sonderbares Gefühl begann in meinem Nacken zu kribbeln, das allmählich zu einem Frösteln wurde, und als ich mich umdrehte, spürte ich Merlins Blick, der auf mir ruhte. Artus gegenüber liegend schien des Königs Zauberer alles, was geschah, zur Kenntnis zu nehmen, obgleich er sich nicht bewegte und kein Wort sprach. Unter dem Zwang seines unnachgiebigen Blicks erschauerte ich, ergriff rasch wieder den Krug und füllte die restlichen Becher.

Edwen kam mit seiner Harfe und begann zu singen. Zuerst spielte er die schlichten Melodien, an denen die einfachen Leute

Freude haben, später dann gab er zu Ehren des Hochkönigs den Triumph Artus' zum besten.

In den Schatten stieß ich auf Kevin, ließ mich neben ihm nieder und war froh über die Gelegenheit, unbehelligt den großartigen Stammesführer beobachten zu können.

König Ban streckte sich mit beinahe katzenhafter Anmut auf seiner Liege aus, und es kam mir seltsam vor, daß ein Mann, dessen Blut und Werdegang unverkennbar keltisch waren, so sorglos den Bräuchen der kraftlosen Römer folgte. Vielleicht stammte seine Familie ursprünglich aus Britannien und war mit all jenen auf das Festland geflohen, die ihre Villen und Städte im Stich ließen, als die Sachsen zum ersten Mal den Süden mit Mord und Verwüstung heimsuchten.

Später am Abend suchte ich aus den Dingen auf Mamas Frisiertisch den Spiegel heraus. Seit Jahren hatte Nonny die Schminken und Duftwässer unverändert stehen lassen, als erwarte sie Mama jeden Augenblick zurück; es kam mir nie der Gedanke, daß sie die Zeit abwartete, da ich selbst Interesse an solchen Dingen zeigen würde.

Der Spiegel wurde lebendig, als ich ihn hob, aber ich konnte an meinem Spiegelbild nichts Besonderes finden; bloß ein dreizehn Jahre altes Gesicht mit Sommersprossen, grauen Augen und einem kindischen Grinsen. Nichts von Mutters Schönheit, kein wehendes Kupferhaar, keine Spur anmutiger Gelassenheit, und selbst wenn ich ein ernstes Gesicht machte, lag darin weder die feste Entschlossenheit noch die kühle Sicherheit, die eine Königin besitzen sollte.

Eines Tages, tröstete ich mich, eines Tages werde ich in den Spiegel schauen, das Antlitz einer Frau erblicken und bereit sein, die Pflichten zu übernehmen, wie man es von mir erwarten wird … aber nicht jetzt. Es gab noch so viel zu tun, ehe ich meine Freiheit aufgab!

Damit legte ich den Spiegel wieder hin und vergaß König Bans Kompliment auf der Stelle.

Der Hochkönig und seine Berater führten am nächsten Tag mit meinem Vater geheime Gespräche und reisten am Nachmittag ohne Aufsehen und Trompetenklänge ab. Als sie fort waren, fragte ich meinen Vater nach dem Grund ihres Besuches.

Mit einem leichten Stirnrunzeln trat er von seinem großen Arbeitstisch zurück und deutete auf eine Pergamentrolle. Die Bänder, die sie umschlossen, wurden von einer kleinen Bleischließe gehalten, wie ich sie noch nie gesehen hatte, und ich starrte sie neugierig an.

»Unser eben flügge gewordener König hat alle Merkmale eines vorzüglichen Staatsmannes«, sagte er. »Wie es scheint hat er, während er seinen Thron sicherte und Urien in die Schranken wies, einen Friedensvertrag entworfen, den Urien und ich unterzeichnen sollen.«

»Wie kann er das tun?« fragte ich, über den Hochmut empört, der in dieser Forderung zum Ausdruck kam.

»Oh, es ist ihm ganz klar, daß der Vertrag von den Räten gebilligt werden muß. Aber er sagt, er hätte nicht die Zeit, umherzureisen und inländische Streitigkeiten zu schlichten, solange die Sachsen für uns alle eine weit größere Bedrohung darstellten. Das hat er richtig erkannt, und grundsätzlich stimme ich mit ihm überein. Ich sah freilich nicht voraus, daß Artus, jetzt, da er Hochkönig ist, unser Gebiet als Übungsplatz für seine Macht über die übrigen Könige benutzen würde.«

»Was steht in dem Vertrag?« Mißtrauisch betrachtete ich die Rolle.

»Er sieht eine vollkommene Beendigung der Grenzkriege vor sowie die Anerkennung von Rhegeds Souveränität und gibt Artus das Recht, den Frieden mit Gewalt wiederherzustellen, sollte einer von uns beiden, Urien oder ich, den Vertrag brechen.«

»Und was springt für Urien dabei heraus?« Von Verträgen wußte ich genug, um zu begreifen, daß sie beiden Seiten Vorteile bringen mußten, und ich fragte mich, welche Versprechungen von uns erwartet wurden.

Mein Vater nahm die Rolle, schob die Bleischließe sorgsam über die Enden der Bänder, und dann entrollte er das Schafleder.

»Da liegt der Hase im Pfeffer, mein Schatz. Sollten wir beide, du und ich, ohne Erben sterben, kann Urien Rheged rechtmäßig als Teil seines eigenen Königreiches beanspruchen und es als solches regieren – mit der Zustimmung des Volkes natürlich.«

»Die Leute werden ihn nie anerkennen!« sagte ich rasch und ohne wirklich nachzudenken, denn ich erinnerte mich an den Widerhall, den Lot gefunden hatte, als er versuchte, uns für ein Bündnis mit Urien zu gewinnen. Die Leute hatten damals nicht viel davon gehalten, und ich glaubte nicht, daß sie diese neue Idee jetzt gutheißen würden.

»Ich bin nicht so sicher, Gwen. Wenn Urien dieser Vereinbarung zustimmt, sind die Freien, wenn die Frage ansteht, wer der nächste Herrscher in Rheged sein wird, vielleicht eher geneigt, ihn anzuerkennen; wenn es um Politik geht, haben die Leute ein bemerkenswert kurzes Gedächtnis. Urien weiß, daß das für ihn die einzige Möglichkeit ist, ohne großes Blutvergießen hier Fuß zu fassen, und er könnte sich entschließen, einfach das Ende abzuwarten, sozusagen.«

Mein Vater fuhr mit dem Finger über den Rand des Pergaments und starrte geistesabwesend auf die Schrift. Ich ging zu ihm und betrachtete die Worte ebenfalls. Damals sah ich in der Handschrift nicht viel mehr als Schnörkel, aber das Große Siegel Britanniens hob sich klar und eindrucksvoll ab. Der Drache krümmte und wand sich in dem Klecks von rotem Wachs, als käme er aus einem Blutstropfen der Göttin hervor.

»Aber was ist mit meinen Kindern? Würden die Leute nicht lieber ein in Rheged geborenes Kind anerkennen als ein auswärtiges?«

»Nun«, sagte mein Vater, »es scheint, daß Artus diese Möglichkeit bereits bedacht hat. Wenn du hierbleibst und nach meiner Herrschaft selbst Königin wirst, dann werden deine Kinder geschützt und können sich ohne Furcht vor Nebenbuhlern aus unserer Nachbarschaft um die Königswürde bewerben. Der Vertrag ist in diesem Punkt ganz eindeutig.« Er tippte behutsam mit dem Finger auf das Dokument. »Es ist ein sehr verlockendes Angebot, Gwen, und ich habe mich bereit erklärt, es dem Volk vorzulegen. Falls die Leute es gutheißen, können wir uns auf das Ende der Viehdiebstähle und ähnlicher Vorfälle freuen. Diese Vorstellung könnte Anklang finden, besonders bei denen, die in den Penninen leben und unter der Habgier unseres Nachbarn am meisten zu leiden haben.«

Mein Vater rollte das Pergament langsam zusammen und gab es mir, damit ich es wieder verschloß.

»Was meinst du dazu?« fragte ich und versuchte das Ende des Bandes durch die Bleischließe zu schieben.

Er zog eine Augenbraue hoch. »Ich frage mich dauernd, wieviel davon Artus' Idee ist und wieviel von Merlin stammt. Ich glaube, es spielt keine große Rolle, von wem es kommt, aber wenn es der junge König selber war, bin ich sehr beeindruckt; dahinter steckt ein ausgezeichneter Kopf. Ich werde auf jeden Fall während des ganzen Sommers Ratsversammlungen einberufen und überall, wohin wir kommen, den Vertrag den Freien vorlegen. Ich kann nicht erkennen, daß der Vertrag uns schaden könnte, und ein Ende der Grenzkämpfe wäre wünschenswert. Also wollen wir mal abwarten, was die Leute sagen, wie?

Vergiß nicht«, setzte er hinzu, streckte sich langsam und schien lächeln zu wollen, »daß es am Ende immer nach dem Willen der Leute geht, ganz gleich, was die Königstreuen davon halten mögen.«

20.

Die Amtseinsetzung

Nach Artus' Besuch in Carlisle mußten unsere Pläne für eine gemächliche Reise in den Norden geändert werden. Im Lauf des kommenden Jahres waren so viele Ratsversammlungen wie möglich abzuhalten, und mein Vater entwarf einen Reiseplan, der ihn viele Monate in Bewegung halten würde.

»Wenn wir das Gebiet südlich des Walls bereisen können, solange sich das Wetter hält, und zum Samhain am Nordufer des Solway sind, kann ich König Artus am kommenden Beltane vom Willen des Volkes in Kenntnis setzen, denke ich. Aber das bedeutet, daß wir uns jetzt sputen müssen. Mit einer kleinen, schnellen Gruppe werde ich die kleineren Orte aufsuchen, während die Route des Haushalts durch die Hauptsiedlungen führen wird.« Mein Vater glättete die verblichene Landkarte, mit der wir beide durch und durch vertraut waren, und fuhr mit dem Finger die

Straßen entlang. »Meine Männer und ich werden euch alle paar Tage einholen, um auch in den Städten Versammlungen abzuhalten.«

Er starrte ins Leere, bedachte das Wetter, die Länge des Tages, den Zustand der Straßen und unvorhergesehene Schwierigkeiten, während er die beste Route ausknobelte. »Wir können uns in Carvoran und Whitby Castle treffen«, spekulierte er, »aber selbst dann wird meine Gruppe wahrscheinlich vor euch Kirkby Thor erreichen. Nun gut, wenn das geschieht, werde ich einfach einen Abstecher nach Appleby machen, um zu sehen, wie es dort steht.«

Mein Vater war immer glücklich, wenn er eine große Reise planen konnte, und obwohl er die Eile beklagte, die dieser Plan zur Folge haben würde, merkte ich, daß er die Betriebsamkeit genoß.

Die nächsten zwei Tage vergingen mit Gesprächen über die Städte und Vesten, die im Schatten des Hadrianswalls liegen. Ihre Namen beschworen die geheimnisvollen Götter und Stätten, von denen Kaethi erzählt hatte, als ich ein Kind war: Castle Nick und Haltwhistle Burn, Camboglanna und Vindolanda, der Mithras-Tempel und die heilige Coventina-Quelle. Der Haushalt hielt sich im allgemeinen in den sicheren mittleren Gebieten Rhegeds auf, und da der Wall noch immer Ziel aus dem Norden und Osten einfallender Räuber war, hatte ich ihn bis jetzt nicht bereist.

In meiner Vorstellung vermischten sich Bilder von wunderbaren Badehäusern und riesigen, emporstrebenden Brücken mit Geschichten von mächtigen Gottheiten. Dort war es einst geschehen, daß Göttinnen aus fernen Ländern, die Hamia, Viradexthis, Cybele und Isis hießen, von Legionären verehrt wurden, die man aus dem Orient hierher versetzt hatte. Es hieß sogar, daß unsere eigene Große Göttin, Brigantia, beflügelt von Sieg und Rache, manchmal über den Laufgang schritt, der den Wall krönte, und die bloße Vorstellung, diese Stätten zu sehen, erregte mich.

Als ich jedoch Rhufon fragte, ob er meinen Vater bitten würde, mich mitzunehmen, blickte mein alter Freund mich ungläubig an.

»Es ist eine Sache, Euch reiten zu lehren, wenn Ihr klein seid«, knurrte der Stallmeister, »Euch beizubringen, wie man für die Tiere sorgt und für das Geschirr und sogar ein bißchen über Fortpflanzung und so. Wenn Ihr aber glaubt, daß ich Euren Vater ermutigen werde, Euch in ein Grenzland mitzunehmen, was eine Männersache ist, dann habt Ihr Euch sehr geirrt, mein Fräulein, sehr geirrt!«

Rhufon beendete die Prüfung eines neuen Wassersacks aus Ziegenfell und warf mir einen finsteren Blick zu. Welche Gründe ich auch anführen mochte, angesichts dieser Logik würden sie sich als wirkungslos erweisen, und ich trollte mich enttäuscht. Vermutlich würde mein Vater dasselbe sagen, also ließ ich das Thema fallen, und am Morgen setzte sich der Wagenzug des Haushalts langsam in Bewegung.

Der nächste Monat brachte ständig neue Leute und Orte, als wir uns schwerfällig von einer Siedlung zur nächsten bewegten.

Überall hörten sich die Leute Artus' Vorschlag aufmerksam an, und meistens waren sie sich einig, daß er für alle von Nutzen wäre. Und an jedem Ort sang Edwen den Triumph Artus' und fügte ein besonderes Lied für die Männer ein, die aus dem Bürgerkrieg nicht zurückgekehrt waren, pries ihre Tapferkeit und ihren Kampfgeist. Mir fiel auf, daß er nie Urien als den Feind erwähnte, sondern statt dessen unsere Treue zum neuen Hochkönig betonte.

Wir hielten uns in Ambleside auf, als ein Bote von der Dame eintraf, und mein Vater ritt nach kurzer Beratung in Begleitung von Edwen und Nidan mit ihm davon. Er sagte niemandem, worum es ging, ließ aber Rhufon zurück, der uns über den Hardknott-Pass helfen sollte, weil er einer der gefährlichsten im ganzen Königreich ist.

Die selten benutzte Straße führt auf den Bergkamm und sieht wie ein Band aus, das nachlässig über die steilen Flanken der Berge geworfen ist. An Stellen, wo die Pflasterung fortgespült ist und wilde, großartige Abstürze drohen, muß man im Gänsemarsch reiten und die Packpferde vorsichtig über die Felsbänke führen.

Hat man das Hochmoor erreicht, kann man nach allen Richtungen über das Dach der Welt schauen, nichts um sich als die nackten Gipfel und darüber die fliegenden Adler. Wildbäche laufen klar und sprudelnd zwischen Fels und Heidekraut, und selbst der kleinste Tümpel ist dunkelblau und spiegelt den nördlichen Himmel wider. Weit im Osten liegen die Kämme der Penninen wie

Purpurrauch, während im Westen die grüne Kluft von Eskdale nach Ravenglass und zum Meer führt.

Am späten Nachmittag folgten wir der Straße am Ausläufer des Berges, die zu den Ruinen der Veste Hardknott führt, in denen ein einsamer Schäfer seinen Verschlag hat. Gewaltige Wolken von Nebel und Regen wälzten sich von der Küste landeinwärts, und ein schneidender Wind trieb sprühende Hagelschauer über den Himmel. Dieses Gebiet ist dafür berüchtigt, daß man das Wetter nie voraussagen kann, und wir mummten uns ein, so gut es ging, und hatten es eilig, Schutz zu finden.

Diese Nacht verbrachten wir am Feuer des Schäfers, in unsere Umhänge gehüllt und eng aneinandergeschmiegt, während der scharfe Wind durch die zerbrochenen Steinmauern pfiff.

Ich erwachte in der Morgendämmerung und war sicher, daß jemand meinen Namen gerufen hatte. Niemand rührte sich, doch ich konnte das Gefühl nicht loswerden, daß ich gerufen wurde. Ich kroch zwischen Brigit und Nonny hervor, zog mir die Kapuze über den Kopf und ging nach draußen.

Die Veste thront auf dem Rücken der Welt, einer Stätte der Macht, schrecklich und furchteinflößend in ihrer Einsamkeit. Des Schäfers Hund, den die vielen Fremden in seinem Revier argwöhnisch machten, folgte mir vorsichtig, als ich mich langsam zum Rand der steilen, schwindelerregenden Hänge bewegte, die nach Norden abfallen.

Der Regen hatte der Welt neuen Glanz gegeben und ihr Schönheit geschenkt, Nebelfetzen stiegen aus den dunklen, bewaldeten Tälern in der Tiefe. Es ist leicht, in einem solchen Augenblick die Anwesenheit der Götter zu spüren, und ich hockte mich auf einen eingefallenen Türsturz und schaute über Eskdale nach Scafell Pikes. Jenseits dieser Berge liegt das Heiligtum.

Allmählich wurde ich mir selbst entrückt, bis ich in einer Leere zu schweben schien, wo Zeit und Raum keine Bedeutung hatten. Ferner Donner rollte vorüber, und im Inneren des kristallenen Abgrunds sammelten sich merkwürdige Gestalten und zerstreuten sich wieder; helle Blitze umzüngelten die Klinge eines Schwertes, das hoch in den Himmel gereckt war; ein Rauchwirbel hüllte es ein, und Flammen schnellten in die Höhe, die brausten und krachten wie die Feuer des Beltane; eine Gestalt ragte auf, bleich und stolz, und einen Augenblick glaubte ich meinen Vater zu erkennen, der, seinem königlichen Versprechen getreu, noch immer in der Mitte der Glut gefangen war. Doch anstatt zu tanzen, stand diese Gestalt ruhig in diesem Schicksalsfeuer, und ich versuchte vergeblich zu erkennen, wer es war. Tränen der Furcht und heiliger Scheu blendeten mich, und ich wurde atemlos auf den Gipfel eines Gefühls getragen, das zu stark war, um einen Namen zu haben.

Langsam verschwand diese Vision, und ich begann wieder zu atmen, erschöpft und erschüttert. Ich wandte mich ab von der dunklen Macht der Berge und schaute zur Isle of Man, die im Westen schwamm, fast am Horizont der silbernen See. Man sagt, daß dort Geister wohnen, die darauf warten, noch einmal ins menschliche Leben gerufen zu werden, und ich wußte plötzlich, daß Mama dort sein mußte, von der Ebbe an diesen Ort des Lachens und Singens getragen. Gewiß konnte sie mich in dieser Welt beschützen, die fremd und unerklärlich geworden war. Ich griff nach ihr, lachend und weinend zugleich.

Der Schäferhund winselte und leckte meine Finger, ebenso verschreckt und trostbedürftig wie ich. Seine Unruhe rührte mich, denn auch der Hund hatte zweifellos die Gegenwart eines Gottes gespürt.

Der Hund kam näher, und ich kraulte ihn hinter den Ohren, während er sich in die Falten meines Umhangs drückte. Zusammen schauten wir auf das Meer hinaus und ließen uns von dem Zauber überschwemmen.

»Du liebe Güte, Kind, du wirst dir in der Kälte den Tod holen«, sagte die Frau des Schäfers warnend und warf mir einen mißbilligenden Blick zu. »Alles in Ordnung?«

Ich nickte und wurde mir erst jetzt der Tränen bewußt, die unablässig über meine Wangen liefen. Wie konnte ich ihr sagen, daß weder Kummer noch Freude mich erfüllten, sondern etwas, das größer war als jedes dieser Gefühle? Sie schien befriedigt, als ich ein zages Lächeln zustande brachte, drehte sich um und kehrte zu einem Lagerraum zurück, neben sich den springenden Hund.

Als die Brise mein Gesicht getrocknet hatte, gesellte ich mich wieder zum Haushalt, fühlte mich leicht und ruhig, jedoch seltsam verändert. Ich sprach mit niemandem über mein Erlebnis, aber die Gewißheit, daß Mama bei mir war, blieb während des Wegs zum Ufer den ganzen Tag in mir lebendig.

Ravenglass ist ein lieblicher Flecken, mit weichen roten Erddämmen, die sich über einer eingedeichten Meeresbucht erheben, wo die drei Flüsse sich vereinigen, bevor sie ins Meer fließen.

Die Mauern der Veste werden natürlich in gutem Zustand gehalten, denn noch immer suchen irische Räuber gelegentlich unsere Küste heim. Aber immer, wenn mein Vater hier Hof hielt, wohnte der Haushalt in dem Badehaus, das in liebliche Wälder gebettet ist und die Dünen zwischen dem Meer und der Lagune überblickt.

Mir war das Badehaus viel lieber als die militärischen Gebäude, denn in meinem Zimmer konnte ich dem Gurren der Tauben in den Wäldern lauschen und durch die scheckigen Schatten der Bäume den Schimmer des Strandes sehen.

An diesem Nachmittag kehrten mein Vater und seine Männer von ihrem Besuch im Heiligtum zurück, und für denselben Abend wurde ein Rat einberufen.

Die Nachricht verbreitete sich im Tal, und als die Tische abgeräumt waren und der Kreis gebildet wurde, hatten sich Bauern und Fischer und Freie aller Art eingefunden. Als der Kreis vollzählig war, nahm Edwen die Harfe und erzählte eine seltsame und wunderbare Geschichte.

Nachdem er Carlisle verlassen hatte, war Artus nach Norden gezogen und hatte zuerst bei der großen Veste Dumbarton haltgemacht, wo der König von Strathclyde ihn königlich bewirtete. Vor dort reiste er durch die Täler und Berge, in der Absicht, alle Vasallenkönige durch Verträge und Bündnisse zu vereinen. Es war eine Zeit der Waffenruhe, wenn nicht des Friedens, und nachdem er alle diese Führer, große und kleine, aufgesucht hatte, kehrte er zum Heiligtum zurück, wo er Nachtwache hielt mit der neuen Priesterin, Morgan le Fay.

Als sie glaubte, er sei bereit, sandte die Dame Boten durch die Lande und rief die keltischen Könige an ihren See. Sie kamen aus allen Himmelsrichtungen, und jeder brachte, so der Dame Geheiß, nur einen Krieger und einen Barden mit. Und der eine fragte den anderen: »Warum sind wir hier?«, aber niemand wußte es zu sagen.

Die Wiese am westlichen Ufer dieses furchteinflößenden Sees füllte sich mit Zelten und Bannern, und in der Nähe waren einige der edelsten Pferde Britanniens angepflockt. Man vergnügte sich mit Spiel und Wettstreit, und nach dem Abendessen traten der Reihe nach die verschiedenen Barden auf und erzählten die Geschichten von einst, die wir alle lieben, wenngleich jeder darauf achtgab, die Geschichten der jüngsten Schlachten zu meiden, aus Furcht, Wunden wieder aufzureißen, die kaum verheilt waren. Und noch immer hatte niemand Kunde von dem, was die Dame von ihnen wollte.

Schließlich, als sich das lange Zwielicht des dritten Tages vertiefte und alle eingetroffen waren, ließ die Dame die Fackeln entzünden und rief zur Ratsversammlung am steinübersäten Gestade des Schwarzen Sees. Sie trug die weiße Druidentracht, und ihr schwarzes Haar hatte sie gelöst, daß es bis auf die Hüften fiel. Als sie bei der Anrufung der Götter die Arme hob, fing sich das Licht im Gold ihrer Armbänder, und mit gemessener Würde eröffnete sie den Rat und beschwor die Große Göttin, an diese dunkle und magische Stätte zu kommen.

»Männer von Albion«, rief die Priesterin. »Kelten uralter, ruhmreicher Geschlechter, Kumbrier und Schotten und Pikten, ich rufe Euch zu Zeugen auf einer besonderen Zeremonie. Ihr habt die Ehre, an diesem großen Augenblick der Geschichte teilzunehmen, auf daß Ihr zu Euren Völkern zurückkehrt und ihnen berichtet, was die Göttin vollbracht hat.«

Ihre Augen erstrahlten in grünem Feuer, als sie fortfuhr: »Nun endlich hat die Zeit sich vollendet auf Geheiß der Götter, und nicht nur das neue Schwert Britanniens kann ich Euch zeigen, sondern auch den Mann, für den es gemacht wurde.«

Und da lief ein Murmeln der Überraschung durch die Reihen der Herrscher, und die Dame wandte sich um und schritt majestätisch und schweigend hinaus in den See, wo die Göttin wohnt, zu einem flachen Felsen. Diesen erstieg sie, beugte sich nieder und hob von einem Sims eine prächtige Waffe.

Sie hielt sie hoch, daß alle sie sehen konnten. Die Verzierungen auf der Scheide leuchteten, und Ortband und Knauf waren mit Edelsteinen besetzt.

»Seht das Schwert Excalibur, der Schmiedgott Gofynion hat es mit seiner geheimen Kunst geschaffen, in seiner Schmiede im Herzen von Furness!«

Sie zog das Schwert, und als die Spitze der Klinge aus der Öffnung der Scheide glitt, ertönte es wie das Läuten einer Glocke.

Langsam hob die Dame das Schwert hoch über das Wasser, während das rote Licht der Fackeln wie eine Flammenzunge über die schimmernde Klinge leckte, das Schlangenmuster über das Metall laufen ließ, bevor es im Silberschein erstarrte.

Ein Laut der Ehrfurcht und Bewunderung entfuhr Krieger und König gleichermaßen, als sie das Mysterium Excaliburs erblickten. Morgan le Fays Stimme erklang triumphierend:

»Geschmiedet in den Feuern einer windigen Nacht, ist es unüberwindlich.
Bearbeitet in der Finsternis des Mondes, ist es unüberwindlich.
Gehärtet in Wassern, die den Göttern geweiht sind, ist es unüberwindlich.
Gehoben nun aus dem Herzen des Sees, ist es unüberwindlich.
Keine andere Klinge wird seinem Streich standhalten.«

Keines Wortes mächtig erstarrten die Männer, als die Priesterin die Scheide in die andere Hand nahm.

»Seht auch die Scheide, von meiner eigenen Hand mit Zaubern der Heilung versehen, auf daß sie den Fluß des Blutes stille bei dem Mann, der sie am Gürtel trägt. Bewahrt den Zauber dieses Schwertes wohl im Sinn; von diesem Tage an wird es das Zeichen keltischen Schicksals sein, wird die Rechtschaffenheit seines Besitzers bezeugen, wird das Symbol sein, das alle Menschen erkennen läßt, welche Wahl die Göttin getroffen hat. Denn es gibt nur einen Mann, für den Excalibur gemacht wurde … für den nächsten Hochkönig von Britannien.«

Die Berge um den dunklen See widerhallten vom Beifall der Herrscher, und erst als er leiser wurde und zu ersterben begann, senkte sie das Schwert. Langsam und ehrfürchtig schob sie die Waffe in die Scheide und wiegte sie in den Armen, als wäre sie ein Kind.

»Wisset denn, daß ich gebetet habe und geopfert und den Vogelflug und die Bahnen der Sterne geprüft habe, um sicher zu sein, daß ich verstand, was die Göttin bestimmt hat. Es gibt keine Spur von Politik, keine Familie wird insgeheim bevorzugt, es gibt nichts, was zweifeln lassen könnte am Wunsch der Mórrígan selbst. Jede Prüfung, der ich den Bewerber unterzogen habe, hat er siegreich bestanden; die Göttin hat unzweifelhaft und klar ihre Wahl getroffen. Nachdem ich der Göttin getreulich gedient habe, mache ich Euch mit dem Mann bekannt, der nach ihrem Willen Hochkönig sein soll.«

Die Menge verstummte und wartete darauf, daß sie die Entscheidung der Göttin verkündete. Schweigend machte die Dame einem Jüngling ein Zeichen, der nahe am Wasser stand. Der Junge trat vor, schlicht in grobe Wolle gekleidet, ohne jeden Schmuck bis auf das schimmernde Kupfer seiner Haares.

»Es ist Gawain; sie gibt Lots Sohn das Zauberschwert«, flüsterten die Könige und wollten ihren Augen nicht trauen, als der Junge durch das kalte, schwarze, wispernde Wasser zu ihr ging und sich vor sie stellte.

»Derjenige, der dieses Schwert zückt, soll der rechtmäßige König von Britannien sein rief die Dame und legte die Waffe in die ausgestreckten Hände des Jungen.

Gawain drehte sich um, watete ans Ufer zurück und schritt langsam zu einem Felsvorsprung, der an einer Seite des kleinen Tales aufragte.

Eine Flamme brach plötzlich aus dem Haufen trockener Farne am Fuße des Felsblocks, schoß in strahlender Pracht empor und erhellte die Lichtung. Und als der Rauch der ersten Lohe sich verzogen hatte, sah man, daß Gawain mit Excalibur auf das oberste Felsband geklettert war.

Die Priesterin trat zur Seite und hob segnend die Arme, während ihre Worte durch die Dunkelheit drangen:

»Ich stelle Euch den Hochkönig der Kelten vor, König von Logres und Herrscher über ganz Britannien ... Artus Pendragon!«

Eine Gestalt, mit einem schlichten weißen Überwurf und Reithosen bekleidet, erschien im Glanz des Feuers, stolz aufgerichtet vor den Schatten der einbrechenden Nacht. Gawain kniete vor ihm und bot ihm in tiefer Demut das Schwert dar.

Artus' Hand umschloß den goldenen Griff und zog langsam die schimmernde Klinge heraus. Dann ließ er mit mächtigem Schwung seines Armes den Beschützer des Reiches über seinem Kopf kreisen, grüßte die Könige, die sich zu seiner Einsetzung als ihr Oberherrscher eingefunden hatten.

»Artus!« brüllte die Menge. »Artus, König der Kelten!«, während das Feuer flackerte und Artus sich niederbeugte und Gawain aufhalf.

Und so wurden die alten Riten befolgt und die Gelübde abgelegt zwischen Kelten und König. Dieselben Führer, die sich ihm höchst widerwillig auf dem Schlachtfeld unterworfen hatten, schenkten ihm jetzt ihre Herzen und schworen ihm Treue. Mit der feierlichen Übergabe Excaliburs wurde Artus schließlich der rechtmäßige Führer des christlichen und des heidnischen Britannien.

»Wir, die wir dabei waren, bringen euch diese Geschichte von großer Macht und magischen Waffen zu Gehör, auf daß ihr wisset, daß ein neues Zeitalter begonnen hat. Es gibt ein neues Schwert des Staates, gutgeheißen von der Göttin selbst, aus den schwarzen Wasser gehoben von der Dame und in die Hände des Auserwählten gelegt vom Sohn seines besiegten Widersachers. Möge seine Herrschaft so triumphal sein wie ihr Beginn ... Lang lebe König Artus!«

Edwen schloß mit einem aufrüttelnden Harfenton, und die Leute nahmen den Ruf auf und ließen ihn im Raum widerhallen.

»Lang lebe König Artus!«

Ich war wie betäubt, wußte, daß ich in meiner eigenen Halle war, und doch umgab mich noch die Erinnerung an die morgendliche Vision in Hardknott. War es ein so wichtiger, so großartiger Augenblick in Britanniens Geschicken gewesen, daß dessen Widerhall in der Luft zurückgeblieben war und sogar die Zuschauerin auf dem Berggipfel durchflutete, die nichts damit zu tun hatte?

Ein Sturm der Überraschung und Erleichterung toste in mir, als ich begriff, und ich schloß mich den Lobpreisungen an, klatschte und jubelte mit den anderen. Ich saß neben Kaethi, und die alte

Frau legte den Arm um meine Schultern und drückte mich innig – ich wußte überhaupt nicht, warum, aber die Kameradschaft war ansteckend, und man sang und trank bis tief in die Nacht.

Letzte Reste dieser festlichen Stimmung mischten sich mit den angenehmen Geräuschen unserer Fahrt, und ich dachte versonnen an die Gegenwart. Das Reisen war sicherer geworden, es gab weniger Banditen und weniger Furcht vor Wegelagerern; es schien den Leuten gutzugehen, und der Handel blühte; Rheged litt nicht mehr unter den Übergriffen der Männer Uriens, und bis jetzt wurde die Waffenruhe zwischen den verschiedenen Königreichen eingehalten.

Es schien, daß der junge König sein Reich tatsächlich in den Griff bekommen hatte und offensichtlich das Richtige machte.

21.

MERLIN

»Ich hoffe«, sagte Bedivere ein wenig spöttisch, »daß Ihr keine Einwände habt, heute nacht auf einer Wiese zu schlafen …«

Ich warf ihm einen strengen Blick zu und fragte mich, ob er mich noch immer für eine dieser zerbrechlichen Blumen des Südens hielt. Er grinste jedoch bis über beide Ohren, und ich mußte ebenfalls lachen.

»Ich denke, ich werde damit fertig«, antwortete ich und war froh über die Gelegenheit, in frischer Luft zu schlafen.

An diesem Abend schlugen wir unser Lager in einer lichten Waldung auf, wo das Haselgestrüpp vor kurzem ausgehauen worden war. Die Büschel hoher, gerader Triebe, die jedem Stumpf entsprossen, sahen wie ein Blätterwald aus, so dicht wuchsen sie. In den freien Flächen rings um den Fuß jeder Säule war ein Teppich von Veilchen, Schlüsselblumen und Fingerkraut aufgeblüht. Er lag in farbiger Fülle zwischen den grünen Pfeilern und gab dem Wald einen Anstrich von Heiterkeit und Gepflegtheit und erinnerte daran, daß die Leute dieser Gegend Zeit und Kraft aufwendeten, den Wald zu hegen.

Das Frauenzelt wurde auf einem höheren Wiesengrund aufgeschlagen, und die Männer machten es sich rund um das Kochfeuer bequem. Jeder bereitete sich emsig auf das Abendessen und die kommende Nacht vor, und als Lavinia sich beklagte, sie müsse zum Bach laufen, um Wasser zu holen, nahm ich einen Eimer und machte mich selbst auf den Weg zum Ufer. Ich hatte mich noch keine zwanzig Schritte vom Lager entfernt, als der Junge, der für die Sänfte zuständig war, mich einholte.

»Ich werde das Wasser holen, meine Dame«, sagte er, nach dem Eimer greifend, »und Ihr könnt zum Zelt zurückkehren.«

»Oh, es macht mir nichts aus«, erwiderte ich und fügte, als ich seine verdutzte Miene sah, hinzu: »Ich brauche Bewegung, und es ist ein gutes Gefühl, etwas Nützliches zu tun.«

»Nein, Ihr versteht nicht. Es gibt den strikten Befehl, daß Ihr ohne Begleitung nirgendwo hingehen sollt.«

»Wer hat das befohlen?« fragte ich argwöhnisch. Ob sie meinten, ich würde ausreißen?

»Nun, der König, denke ich, obgleich es Merlin war, der mir gerade befohlen hat, Euch zu folgen.«

Sieh an, und dieser Merlin gefiel sich in der Pose eines schläfrigen, alten Mannes! Ich unterdrückte die scharfe Entgegnung, die mir auf der Zunge lag, während der Junge neben mir herschritt.

»Wie ist dein Name, Junge?« fragte ich.

»Griflet, Ulfins Sohn«, gab er zur Antwort.

»Stehst du schon lange im Dienst des Königs?«

»Gewissermaßen schon«, sagte er vorsichtig, und seine hellen Augen zwinkerten. »Mein Vater war Garderobenverwalter bei König Uther, und als ich aufwuchs, half ich ihm am Hof. Ich habe mich für diese Reise freiwillig gemeldet; sie ist mein erster amtlicher Auftrag.«

»Wie gefällt er dir?« fragte ich, neugierig, ob er wirklich so offenherzig und freimütig war, wie er schien.

»Oh, sehr gut, Eure Hoheit.«

Der formelle Titel klang noch immer sonderbar in meinen

Ohren, und ich hatte den Verdacht, daß er sich bei mir einzuschmeicheln versuchte.

»Ach komm, Griflet«, schalt ich, »neben zwei Packpferden zu reiten, die eine Sänfte mit einer alten Dame tragen, kann nicht so interessant sein!«

Er zuckte die Achseln und grinste mich an. »Besser als Schuheputzen.«

Jetzt lächelte ich, und meine eigene Dummheit amüsierte mich ebenso wie die Ehrlichkeit des Jungen.

Der Bach war frisch und klar, mit felsigen, seichten Stellen und kleinen Tümpeln. Ich begann die Kresse abzupflücken, die an den flachen Stellen wuchs, während Griflet sich bückte, um den Eimer zu füllen.

»Außerdem«, fuhr er fröhlich fort, »hat Bedivere mir aufgetragen, mich um den Hund zu kümmern, also kann ich abends mit ihm spielen.«

»Um Himmels willen! Den Welpen habe ich ganz vergessen. Wie macht er sich denn?«

»Inzwischen geht es ihm viel besser. Am ersten Abend war er ziemlich verschüchtert und einsam, weil er von seiner Familie fort war. Er wimmerte so lange, bis ich ihn mit in meine Bettrolle nahm, und da wurde er ganz friedlich und schlief die Nacht durch. Seitdem geht es ihm bestens.«

Der Junge war offensichtlich über seine Findigkeit so erfreut, daß ich lachte. Es war eine gute, praktische Lösung, wenngleich ich mich wunderte, daß er nicht von Flöhen zerbissen war.

»Er hat sich sogar an seinen Namen gewöhnt«, fuhr mein Begleiter fort und hielt dann plötzlich inne, als ihm aufging, daß es ihm eigentlich gar nicht zustand, dem Hund einen Namen zu geben.

»Wie nennst du ihn?« wollte ich wissen und war neugierig, ob es ein sprechender Name war oder der eines Helden.

»Caesar«, sagte er, und ich schreckte vor dem Namen zurück, der so offenkundig römischer Herkunft war.

»Als ich ein Kind war, hatten wir einen Hund mit Namen Caesar, und darum wollte ich diesen Hund nach einem Tier nennen, das ich liebte«, erklärte der Junge, und reumütig ermahnte ich mich, nicht überall Unheil zu wittern. »Er wäre heute noch bei uns, ich meine der erste Caesar, wäre da nicht vor zwei Jahren eine Eberjagd gewesen. Eber sind tückische Gesellen, meine Dame, wenn sie auch gutes Fleisch geben.«

Wir waren zum Kamm der Wiese zurückgekehrt, und Griflet gab mir den Eimer. Ich hatte plötzlich einen Einfall und schlug ihm vor, nach dem Abendessen mit dem Hund zu mir zu kommen, und wir verabschiedeten uns.

Das Abendessen war einfach und zwanglos. Da es keine formelle Sitzordnung gab, nahm ich meinen Teller und ging auf die Suche nach Merlin, weil ich herausbekommen wollte, wie lange ich unter Bewachung stehen würde. Der Zauberer warf mir einen scharfen Blick zu, als ich vor ihm auftauchte, und murmelte eine Antwort auf meinen Gruß, bevor er sich wieder seinem Essen widmete. Einige Zeit konzentrierte er sich auf seine Mahlzeit und schien gar nicht zu bemerken, daß ich ihn ständig im Auge hatte. Nachdem er das letzte Bröckchen Brot verspeist hatte, seufzte er ausgiebig und warf mir unter den Brauen einen durchdringenden Blick zu. Als er merkte, daß ich ihn immer noch ansah, blickte er hastig wieder auf seinen Teller und begann geistesabwesend mit gedämpfter Stimme ein kleines Lied zu summen.

Sieh an, du alter Schwindler, dachte ich plötzlich. Du hast genausoviel Angst vor mir wie ich vor dir!

Der Gedanke war so überraschend, daß ich lächelte. Über welche Macht sollte ich, eine junge Frau, nach seiner Meinung wohl verfügen, verglichen mit dem Ausmaß der seinen? Ich konnte ja kaum meine Zunge im Zaum halten, geschweige denn meinem Körper befehlen, sich zu verwandeln. Doch ich hätte schwören können, daß er nichts sehnlicher wünschte, als daß ich fortging und ihn allein ließ.

»Nun, äh … «, sagte er, stellte seinen geleerten Teller auf den Boden, preßte beide Hände gegen die Knie und machte Anstalten aufzustehen. »Ist bis jetzt eine gute Reise gewesen, wie?«

Ich nickte zustimmend, dann nahm ich meinen Mut zusammen und stieß hervor: »Warum haltet Ihr es für nötig, mich unter Bewachung zu halten, Sir?«

»Bewachung, Kind? Wovon sprecht Ihr?« Er lockerte seine Arme und ließ sich vorsichtig auf eine Unterhaltung mit mir ein.

»Wie ich höre, ist es mir nicht gestattet, ohne Begleitung irgendwo hinzugehen.«

Merlin schien einen Augenblick verblüfft, dann nickte er langsam.

»Ach so, Ihr meint auf der Straße oder wenn wir in offenem Gelände sind, so wie jetzt. Das ist ein Gebot der Klugheit. Ihr seid die erwählte Braut des Hochkönigs, und wir sind dafür verantwortlich, Euch heil und sicher zu ihm zu bringen. Es ist nicht so, daß Ihr unter Arrest steht oder etwas in der Art. Aber Ihr braucht Schutz, ob Ihr das einseht oder nicht. Es gibt unter den Kumbriern einige, die keine Bedenken hätten, Euch zu benutzen, um den neuen König zu kränken. Aber«, setzte er eilig hinzu, als er die Empörung in meinem Gesicht sah, »das bezieht sich nicht auf Euch oder auf Euer Volk. Rheged ist Artus gegenüber immer loyal gewesen, und die meisten anderen Könige haben erfahren, daß Artus gerecht und anständig ist und gegen niemanden Groll hegt. Schaut Euch Urien an! Trat Artus in offenem Krieg entgegen, und doch nahm Artus, als die Kämpfe vorbei und die Verträge unterzeichnet waren, keine Rache an seinem Gegner. Er hat sogar Uriens Frau dabei unterstützt, Hohepriesterin zu werden, nachdem Vivian getötet war. Kein Herrscher von gemeiner oder kleinlicher Denkungsart würde es wagen, dem König von Northumbria und Morgan le Fay zusammen soviel Macht zu geben.

Aber es gibt immer ein paar, die in ihrem Glauben so fanatisch sind, daß sie sich über das Gesetz stellen. Vor diesen Leuten wünschen wir Euch zu beschützen.«

Ich nickte und war bereit, einzugestehen, daß die Wachen Beschützer und keine Kerkermeister waren.

»Kennt Ihr die Dame schon lange?« fragte ich unvermittelt.

»Mein liebes Fräulein, ein Mann in meinen Jahren hat so gut wie jeden von Kindesbeinen an gekannt«, meinte er, und dann blickte er zurück in die Vergangenheit. Seine Stimme, die jetzt nicht seine Macht ausdrückte, hatte die volle, wohltönende Klangfarbe eines Mannes in der Blüte seiner Jahre angenommen. Sie schien besser zu ihm zu passen als die Fistelstimme, die er in seiner Verkleidung als alter Mann benutzte, und ich hatte den Verdacht, daß sie mehr aus seinem Herzen kam.

»Als ich ein Kind war, gab es eine Stätte des Lernens für jene, die bei der Dame studieren wollten, nur daß sie sich damals auf dem Felshügel in Ynis Witrin befand. Die Christen nennen diesen Ort heute Glastonbury und beanspruchen ihn als ihre eigene heilige Stätte, und die Dame und ihre Druiden sind nach Norden gezogen, wie Ihr wißt.

Ich wurde zum Felshügel geschickt, um die Priesterwürde als Druide zu erwerben, und die damalige Dame suchte einige von uns aus, um sie in die Inneren Geheimnisse einzuweihen. Vivian und ich wurden ausgewählt, also könnte ich gewissermaßen sagen, daß wir zusammen aufwuchsen. Hatte damals nur Unfug im Kopf und war dazu noch ein hübsches Ding.«

Er hielt inne, wie verloren in einer liebevollen Erinnerung, und ich versuchte mir die Priesterinnen der Göttin als junge, ausgelassene Mädchen vorzustellen. Es fiel mir schwer, also wartete ich geduldig darauf, daß er aus seinen Träumeren aufwachte und zur Gegenwart zurückkehrte.

»Was ist die jetzige Dame für eine Person?« half ich nach.

»Morgan? Ich denke, daß sie mit der Macht gut umgehen wird, obwohl sie sie spät in die Hand bekommt. Sie wurde in ein christliches Kloster geschickt, als Uther Igraine heiratete, und ich glaube, man rechnete damit, daß sie auch als Erwachsene dort bleiben würde. Aber sie verließ das Kloster, um Urien zu heiraten.

Urien ist nicht gerade ein Stubenhocker und zieht das Leben eines Kriegers vor, also hat Morgan die Freiheit gehabt, alle möglichen Dinge zu erkunden, die alten Bräuche eingeschlossen.«

»Sir«, fragte ich, denn die Neugier machte mich kühn, »wäre es unschicklich, zu fragen, was die Dame Euch in dem Päckchen schickte, das Euch so zum Lachen brachte?«

»Wie?« Er sprach wieder mit der Stimme des alten Mannes, als sei die Unterhaltung beendet. Meine Frage mußte einen heiklen Punkt getroffen haben, denn er drehte sich um und blickte mich durchdringend an.

»Ihr wart dabei, Fräulein. Was saht Ihr?«

»Nichts.«

»Genau. Die gute Dame machte mir den seltenen Farnsamen zum Geschenk, der für einen, der sich unsichtbar machen will, unabdingbar ist.«

Er blickte mich an, und weil mir nichts anderes einfiel, nickte ich und sagte »oh«, als wäre das ganze Geheimnis erklärt.

Und dann stand er auf, und dieses Mal gelang es ihm, unsere Plauderei zu beenden.

Griflet tauchte mit Caesar auf, der an einer Leine sprang. Die beiden tollten in bester Laune herum, also gingen wir zu Brigit, um auch ihr Gelegenheit zu geben, mit dem Welpen zu spielen.

Der Hund reagierte auf sie, als sei sie seine lebenslange Freundin und keine neue Bekanntschaft, und seine überschäumende Begeisterung war ansteckend. Wir führten ihn auf die Wiese, fort von den Versuchungen der Kochtöpfe, und ließen ihn von der Leine. Mit wildem Geknurr und glücklichem Jaulen des Triumphs hüpfte er um uns herum, jagte in einem Augenblick tolpatschig einen Schmetterling und blieb im nächsten stehen, um eine schaukelnde gelbe Mohnblüte zu untersuchen.

Wir tollten mit ihm herum, glücklich, wieder rennen und lachen zu können, und als er sich ausgetobt hatte und mit hängender Zunge zusammensackte, ließen wir uns neben ihm ins Gras fallen.

Ich fragte Brigit, wie sie mit Lavinia in der Sänfte auskomme. Sie grinste breit und meinte, daß Vinnie alle Kelten als Heiden anzusehen schien, selbst wenn sie schon ein Leben lang Christen seien.

»Du kannst jederzeit zurückkommen und neben mir reiten, wenn es zu schlimm wird«, ermahnte ich sie, und sie schüttelte den Kopf.

»Danke, aber ich werde in der Sänfte bleiben. Ich hoffe bloß, daß wir, wenn wir das nächste Mal so weit reisen, ein Boot benutzen.«

Griflet hatte sich umgedreht, als Brigit ihre Religion erwähnte, und aus einer Ahnung heraus fragte ich ihn, ob seine Familie christlich sei.

»Ja, meine Dame. Das heißt, meine Mutter und ich sind Christen. Mein Vater wurde, als er noch jung war, unter die Anhänger von Mithras aufgenommen.«

»Gibt das keine Schwierigkeiten, zwei Religionen unter einem Dach zu haben?« fragte ich neugierig und wehrte Caesar ab, der an der Stulpe meines Ärmels zupfte.

»Eigentlich nicht. Es sind meist die Bischöfe, die soviel Aufhebens davon machen. Die Leute am Hof folgen vielen verschiedenen Religionen. König Uther und seine Krieger bevorzugten den Kriegergott Mithras, aber es gibt auch welche, die den alten Glauben bewahren, und keltische und römische Christen versammeln sich, um zusammen die Messe zu hören.«

Das war beruhigend, denn bei all dieser Verschiedenheit würde ich wenigstens keine Ausnahme darstellen.

Es begann zu dämmern, und ich wußte, daß Brigit ein stilles Plätzchen für ihr Abendgebet suchte. Da ich glaubte, daß Griflet sich ihr vielleicht anschließen wollte, schlug ich vor, daß sie zusammen fortgingen, während ich und Caesar auf ihre Rückkehr warteten.

»Ich werde mich nicht vom Fleck rühren und immer in Sichtweite des Lagers bleiben«, setzte ich hinzu, denn ich dachte an Griflets Verantwortung. Die beiden gingen hinunter zu den Weiden am Bach, während der Welpe sich neben mich schmiegte und einschlief.

Es war ein lieblicher, friedvoller Abend, und bald erfüllte das rauhkehlige Lied einer Drossel die Abenddämmerung. Andere Lieder mochten zarter oder kunstvoller sein, doch ich kenne keines, das reicher und freudiger wäre. Es schwoll an und glitt in ungebundener Schönheit schwungvoll und fröhlich und triumphierend in den weichen Dämmer. Konnte ich der Göttin näher kommen? Ich lächelte, streckte mich zufrieden aus und dachte, auch das sei eine Art Gebet.

Später, als ich in der Dunkelheit des Zeltes lag und auf den Schlaf wartete, war es der Ruf des Kuckucks, der mir Gesellschaft leistete. Plötzlich fragte ich mich, wo Kevin war, und ob auch er irgendwo auf die ersten Laute des Frühlings horchte. Gerade jetzt wollte ich mir nicht eingestehen, daß er von den Vögeln von Rhiannon in den ewigen Schlaf gesungen worden war, und wenn die Erinnerung imstande war, ihn an diese Erde zu binden, dann wollte ich ihn nicht vergessen.

22.

Der schwarze See

Am Tag nach der Einsetzung des Königs ritten Kevin und ich durch die Dünen von Ravenglass, jagten am Ufer entlang und lachten über die Schwärme schwarzköpfiger Möwen, die uns mißbilligend kreischend umkreisten, wenn wir an ihren Nistplätzen vorüberpolterten. Später folgten wir dem Reitweg, der am entfernten Ende der Meeresbucht entlangführte, und gerieten darüber in Streit, ob es gerecht sei, daß ich an den wichtigen Ereignissen nicht teilnehmen, weder mit meinem Vater in die entlegenen Gegenden reiten noch der Amtseinsetzung im Heiligtum beiwohnen durfte.

»Das ist doch nur vernünftig, Gwen, du bist im Schwertkampf nicht ausgebildet; du kannst dich nicht verteidigen, falls du angegriffen wirst, und es wäre viel zu gefährlich, wenn man deine Krieger damit beauftragen würde, in solchen Fällen auf dich aufzupassen.«

»Na gut, dann hätte man es mir beibringen sollen! Schau dir Boudicca an. Sie verteidigte ihr Land mit dem Schwert und hätte die Römer fast vertrieben, als sie ihre Heere gegen sie führte. Oder Vennolanda, die Kriegskönigin von Cornwall, die lieber ihre Rüstung anlegte und ihrem Gatten im Zweikampf gegenübertrat als zuzulassen, daß ihre beiden Heere sich gegenseitig abschlachteten. Sie gewann; in einem ehrlichen Zweikampf!«

»Und tötete den Hochkönig«, sagte Kevin mit einem Lächeln. »Vielleicht hat man deshalb beschlossen, keine Frauen mehr zu Kriegerinnen auszubilden.«

»Unsinn! Kein Kelte würde das behaupten. Schließlich hatte er es verdient; er hatte sie öffentlich betrogen, und sie hatte das Recht, ihn dafür zur Rechenschaft zu ziehen. Nein, ich wette, es waren die Römer, die Frauen zu Heimchen am Herd gemacht haben. Trotz ihres überheblichen Getues hatten sie Angst, es mit einer bewaffneten Frau aufzunehmen, möchte ich wetten.«

»Ich nehme es ihnen nicht übel«, erwiderte Kevin gutmütig. Ob die irischen Frauen wohl immer noch an der Seite ihrer Männer kämpften? Bevor ich ihn fragen konnte, brach Federfuß seitlich aus, von einer Natter aufgeschreckt, die vom Pfad wegglitt. Kevin hatte sogleich seinen Dolch in der Hand, aber die Schlange verschwand, und da sie sich nicht zu einem Angriff zusammenrollte, ließen wir es dabei bewenden.

»Es ist trotzdem nicht gerecht«, fuhr ich zornig fort. »Wenn ich Königin bin, werde ich mit den Kriegern kommen und gehen, wie es mir gefällt.«

»Es sei denn, dein Ehemann verbietet es«, hänselte Kevin.

»Kein Ehemann wird mir etwas verbieten«, brauste ich auf. »Vielleicht werde ich gar nicht heiraten ... Warum sollte ich, nur um Kinder zu haben? Wenn ich aber beschließe zu heiraten, suche ich mir einen Mann hier in Rheged, der an meiner Seite reitet und nicht von mir erwartet, daß ich zu Hause bleibe, während er auf Abenteuer auszieht. Wenn Gawain am Heiligtum war, hätte ich allemal da sein müssen«, beharrte ich, denn ich wollte mich nicht vom Thema ablenken lassen.

»Gawain, meine Liebe, ist der älteste Mann seiner Sippe«, sagte mein Gefährte sachlich. »Und obwohl seine Mutter die Herrscherin der Orkneys ist, war sie bei der Throneinsetzung nicht anwesend.«

»Das hätte sie aber«, fauchte ich und hielt dann inne, um einen Reiher zu beobachten, der versuchte, einen Frosch zu verschlingen. Das war nicht leicht, denn der Frosch wehrte sich mit wildem Gestrampel gegen den Griff des Vogelschnabels. Er hatte nicht die Absicht, kampflos eine hübsche, fette Beute zu werden.

Mit demselben Recht wehrte auch ich mich dagegen, einfach zu schlucken, daß Frauen von der Zeremonie ausgeschlossen waren. Ich fand es sonderbar, daß Morgause nicht dabeigewesen war. Schließlich war sie nicht nur eine einflußreiche Herrscherin, sondern auch die Halbschwester des neuen Königs und die Schwester der Dame vom See. Hätte ich ihren Rang gehabt, nichts weniger als das Kindbett hätte mich von der Teilnahme abgehalten.

Der Reiher hatte seine Beute schließlich richtig zu fassen bekommen und verschluckte sie, dann stakste er hochmütig davon.

»Was meinst du, wie das Heiligtum aussieht?« fragte ich. »Bist du je dort gewesen?«

Kevin zuckte die Achseln. »Wie hätte ich ohne dein Wissen hinkommen sollen? Ich hörte König Ban davon sprechen, als er und Artus in Carlisle waren. Es scheint, daß sein Sohn Lanzelot dort von der Dame erzogen wird, als Jünger wie als Krieger.«

»Ich glaube, Bans Sohn war einer der Prinzen, die Cathbad erwähnte, als er uns zum ersten Mal von dem Lehrhaus erzählte«, überlegte ich. Ich beobachtete eine Libelle, die über dem Wasser schwebte, und fragte mich, wie sich Druidenweisheit und Kriegertum in einem Menschen vertrugen. Die Verbindung erschien mir sonderbar, so schwer zu erkennen und einzuschätzen wie die blau-grün-purpurne Färbung der Libelle.

Plötzlich blitzte schillernd etwas auf, und Möwentänzer warf den Kopf herum, als die Libelle an seinem Ohr vorbeisurrte. Lachend ritten wir in gemächlichem Tempo weiter.

»Tut es dir leid, daß du nicht ins Lehrhaus der Dame gegangen bist?« fragte Kevin.

»Ein bißchen. Ich bin immer neugierig gewesen. Möchtest du nicht auch manchmal erfahren, was sie weiß, was sie vollbringen kann?«

Ich warf meinem Gefährten einen Blick zu, doch er schielte auf etwas, das sich durch das Wasser bewegte. Dann erblickte auch ich den glänzenden, glatten Kopf und das geschmeidige Rückgrat eines Otters. Er tauchte auf und verschwand wieder, den Schwanz nicht flach hinter sich, sondern aufgerichtet, so daß er wie ein kleiner Drache aussah, der durch die Wellen eilte. Das Tier tollte aus reiner Freude am Spiel im Wasser, und ich sah, wie es sich wälzte und wie es kreiste, tauchte und auftauchte, vor aller Augen, wie ein Vogel, der sich von den Luftströmungen umherwerfen läßt. Oh, dachte ich, solche Freiheit zu genießen!

Wo der Pfad und der Reitweg sich kreuzten, drehte ich Federfuß nach Osten und starrte in das langgestreckte Tal, das in die Berge führte. Irgendwo hinter diesem Felsenpanzer lagen der Schwarze See und das Lehrhaus, dem ich hätte angehören können.

»Sehen wir doch selber mal nach, wie es aussieht.« Schneller als gedacht hatte ich das ausgesprochen, und ich sah an Kevins Miene, daß er nicht überrascht war. Aber er runzelte die Stirn und schüttelte den Kopf.

»Ich glaube nicht, daß das eine gute Idee ist«, sagte er unbehaglich.

»Ach, komm schon«, drängte ich abenteuerlustig. »Was kann schon Schlimmes passieren, wenn wir einfach hinreiten und uns den See anschauen? Wir müssen das Heiligtum ja nicht betreten, weißt du – bloß mal sehen, wo es ist. Und es ist noch nicht einmal Mittag«, fuhr ich nach einem raschen Blick auf den Sonnenstand fort. »Wir werden rechtzeitig zum Abendessen zurück sein, und niemand wird erfahren, daß wir fort waren.«

»Aber wir haben Ailbe nicht dabei«, beharrte Kevin. »Wir müssen zurückreiten und ihn holen und Brigit sagen, wohin wir reiten.«

»Ach, immer muß man allen Leuten erzählen, wo man ist! Ich habe es satt, daß ich nie etwas tun kann, ohne irgend jemanden um Erlaubnis zu bitten«, brauste ich auf.

Er schwieg eine Weile, während Pflichtgefühl und Neugier in ihm rangen. Ich wußte, wie das Ergebnis am Ende ausfallen würde, wenn ich ihn die Sache auskämpfen ließ, also lenkte ich Federfuß auf den Reitweg. »Nun gut, dann muß ich eben allein reiten«, verkündete ich.

»Das kannst du nicht machen«, brach es aus ihm hervor, und er holte mich ein.

»Das ist besser, als dir befehlen zu müssen, mit mir zu kommen«, knurrte ich, wohl wissend, daß ich das empfindliche Gleichgewicht unserer Beziehung auf eine harte Probe stellte, doch ich war zu gereizt, um darauf zu achten. »Du kannst machen, was du willst, aber ich werde zum See reiten.«

Ich ritt forsch am Ufer entlang und blieb gerade so weit vor ihm, daß er nicht versuchen konnte, mir die Sache auszureden. Das hügelige Land zu Füßen der Klippen verengte sich, und der Reitweg wurde zu einem schmalen Pfad längs des Flußufers.

Bald wurde der Pfad unwegsamer, und wir kamen in ein steiniges, buckeliges Waldland. Der Fluß wand sich in Kurven und Kehren, und allmählich rückten die kahlen grauen Berggipfel näher.

An einer Stelle kamen wir an einem Fuchsbau vorbei, dessen stechender Geruch schwer in der linden Luft hing. Kurz darauf stellte Federfuß die Ohren auf, und ich hörte das scharfe Jaulen eines Fuchswelpen.

Wir ritten unten auf dem Ufersaum, und pötzlich konnte ich oben am Rand zwei Welpen erkennen, die spielerisch miteinander kämpften. Die Fähe war eifrig damit beschäftigt, die Reste eines Vogels einzuscharren, während ein anderer Welpe sich an eine übriggebliebene Feder heranpirschte. Wir hielten einen Augenblick an, um die kullernden, knurrenden Jungen zu beobachten, die auf jeden Schatten losgingen, auch wenn es nicht der Schweif der Mutter war.

Plötzlich purzelte einer der Welpen aus dem Haufen und kugelte auf mich zu. Er kam, Auge in Auge mit mir, am Rand der Abbruchkante zum Stehen. Federfuß schnaubte und warf den Kopf hin und her, das Junge erstarrte verblüfft, und die Fähe stieß ein scharfes warnendes Bellen aus, worauf es kehrtmachte und in den Bau flitzte. Das alles geschah sekundenschnell, aber dennoch hatte ich in den Augen des kleinen, wilden Tieres den raschen, stechenden Ausdruck der Überraschung gesehen, blitzartig gefolgt von der Abschätzung. Hinter diesem aufblitzenden Blick verbarg sich eine Schlauheit, die aller Achtung wert war, und ich lächelte Kevin an.

»Schade, daß man sie nicht zu Haustieren machen kann«, sagte er. »Sie scheinen die besten Eigenschaften von Hunden und Katzen zu haben.«

Ich nickte und versuchte mich zu erinnern, ob ich jemals von einem zahmen Fuchs gehört hatte. »Vielleicht müssen sie in Freiheit leben, um das zu bleiben, was sie sind«, meinte ich.

»Wahrscheinlicher ist, daß sie kein Verlangen danach haben, sich zu verändern. Du kannst etwas nicht zähmen, das nicht gezähmt werden will.«

Das Tal verengte sich plötzlich, die Berge bildeten eine Wand, welche die Geheimnisse des Heiligtums von der hellen Offenheit der Küstenebene abschirmten. Nachtschwarze Eiben, die grobrindigen Stämme im dichten Schatten verborgen, mischten sich mit lichteren, helleren Bäumen. Das Licht wurde schwächer, so daß ich erst meinte, der Nachmittag sei bereits vorbei, doch dann sagte ich mir, es sei bloß der Schatten der dichteren Wälder, der dieses düstere Zwielicht erzeugte.

Während die Hänge des Eden-Tales allmählich zum Kamm der Penninen ansteigen, schien es hier keine Vorberge zu geben, keine sanfte Hebung des Landes, keinen bequemen Zugang in die Berge. Sie steigen senkrecht und machtvoll unmittelbar aus dem Talgrund auf und lassen zu ihren Füßen alle Lebewesen wie Zwerge erscheinen.

Wir kamen zu einem breiten, ausgetretenen Pfad, der vor kurzem viel begangen worden sein mußte.

»Das ist vermutlich der Weg, auf dem die meisten hohen Herren zurückgeritten sind, als die Zeremonie vorüber war«, vermutete Kevin. Also folgten wir ihm vom Fluß aus und überquerten eine kleine Anhöhe.

Der Pfad führte uns um den Fuß der Berge, und der Wald lichtete sich und öffnete sich auf eine weite Wiese am Rande des Sees. Wir hielten an, um die Landschaft zu betrachten, zu sehr von Ehrfurcht ergriffen, um etwas zu sagen.

Der Ort trug seinen Namen zu Recht, denn das Wasser vor uns war schwarz und unbewegt, ein Ort des Mysteriums, geformt wie ein Keil unter der hohen, steilen Mauer des gegenüberliegenden Ufers. Diese Klippenwand erglühte rostbraun und grau im Licht des späten Nachmittags, ihre langen Geröllhalden breiteten sich hoch oben wie Fächer vom messerscharfen Kamm aus. Es ist eine dichte Felsmauer, die sich über des Sees ganze Länge erstreckt, ohne Gipfel oder Schlucht, Falte oder Vorsprung, und weder Baum noch Busch weichen ihre Konturen auf. Die aufragende Mauer aus Fels und Geröll wurde unten im Wasser widergespiegelt, wo ein Hauch von Bronze ihr einen metallischen Glanz gab.

Ich blickte mich um, entmutigt durch die ernste Würde des Ortes. Zur Rechten sah ich in der Höhe einen felsigen Ausbiß, der weit hervorragte, und an seinem Fuß lag ein Häufchen Asche. Kevin deutete wortlos auf die Überreste des Freudenfeuers. Das Echo der Zustimmung kam als Flüstern noch immer aus Fels und Wald: »Artus! Artus! König der Kelten!«

Ich nickte stumm, unfähig, den Zauber zu brechen, der uns umfing. Noch weiter rechts, jenseits des Felsvorsprungs, umfaßte ein dunkler Wald das Gestade, und weiter zur Linken, wo der See spitz auf eine Berggruppe zulief, stieg über einem Gehöft der

Rauch abendlicher Feuer auf. Wahrscheinlich wohnten dort die Schüler.

Plötzlich war ich sehr froh, daß ich meine Kindheit nicht an diesem Ort mit seiner unheimlichen Stille und dem furchteinflößenden See verbracht hatte. Ich drehte mich um, lächelte Kevin zu und war ganz und gar zufrieden, daß wir hergekommen waren.

»Möchtest du trinken?« fragte mein Gefährte und warf einen Blick auf das Wasser am kieseligen Ufer.

»Nicht von diesem Wasser.« Ich verzog das Gesicht beim Anblick der dunklen Flüssigkeit.

»Sehen wir nach, ob es im Wald eine Quelle gibt«, schlug er vor und lenkte Möwentänzer unter die schattigen Bäume hinter dem Felsen, auf dem man den König in sein Amt eingesetzt hatte.

Federfuß, die folgte, zuckte mit den Ohren und ließ das Weiße ihrer Augen sehen. Irgendwo vor uns stieß eine Krähe ein Krächzen aus, und mich überlief ein kalter Schauer. Es hätte des Vogels nicht bedurft, mich daran zu erinnern, daß wir uns im Hoheitsgebiet der Mórrígan befanden, und ich wäre gern auf demselben Weg zurückgekehrt, aber Kevin tauchte bereits in den Dämmer des Waldes, und ich wollte nicht allein zurückbleiben.

Im Wald stießen wir auf eine Quelle, an der sich in einer Felsnische über dem tröpfelnden Wasser sogar ein Becher für die Reisenden befand. Wir saßen ab und waren vorsichtig genug, der Göttin ein Trankopfer darzubringen, bevor wir selber tranken und dann die Pferde tränkten.

Ich blickte mich währenddessen neugierig um und bemerkte die Opfergaben, die nahe der Quelle hingen. Ihre Zahl war klein, und sie waren schlicht und stammten vermutlich von den Schülern, denn es schien unwahrscheinlich, daß viele Reisende an diesen abgelegenen Fleck kamen.

Es war angenehm, sich die Beine zu vertreten, also gab ich Kevin die Zügel und sah mich um. Hinter den nächsten Bäumen schien ein Pfad durch die Schatten auf eine Art Lichtung zu führen. Vielleicht war es einer der Heiligen Haine aus den alten Zeiten, wie Kaethi sie mir beschrieben hatte. Voller Neugier machte ich mich auf, den Platz zu erkunden.

Ich mußte die Entfernung falsch eingeschätzt haben, denn es

schien lange zu dauern, bis ich überhaupt den Pfad erreichte. Als ich schließlich in die Nähe der Lichtung gelangte, hörte ich ein Gesumm, so daß ich mich vorsichtig hinter eine große Eibe zurückzog und durch ihre Äste spähte.

Die Bäume bildeten eine Mauer um den offenen Fleck, und die Lichtung selbst lag in schwerer Dunkelheit. Uralte Schatten zuckten darüber hin, während in der Mitte eine riesige Holzsäule stand, dick wie zwei Männer, ausgebleicht zu einem kränklichen Weiß von der Farbe unbestatteter Knochen. Sonderbare Vertiefungen waren hier und da eingehauen, vielleicht um Opfergaben aufzunehmen, und ganz oben war ein unheimliches Antlitz eingeschnitzt. Der bloße Anblick ließ mein Blut erstarren, als ob sich die Säule im Lauf jahrhundertelangen geheimen Gebrauchs mit der Erinnerung an unaussprechliche Riten vollgesogen hätte.

Eine dunkelhaarige Frau beugte sich über etwas, das auf einem Steinaltar am Fuß der Säule lag. Ganz in ihr Tun versunken, ahnte sie nicht, daß ich in der Nähe war, und begann sich hin und her zu wiegen und zu summen wie ein Kind. Sie richtete sich auf und hob langsam ihre Arme zum Bittgebet. Die Ärmel ihres Gewandes fielen herab, und ein Paar goldener Armreifen schimmerte in der Dämmerung. In den Händen hielt sie einen Kelch mit silbernem Rand, wie in den alten Geschichten. Schaudernd erkannte ich, daß der Kelch aus einem Schädel gemacht war.

Sie stand reglos da, wie ein fahles Gespenst in den dunklen Schatten, und mit schrecklicher Gewißheit wurde mir bewußt, daß diese Frau Morgan le Fay war. Zitternd zog ich mich ein wenig zurück, damit meine Anwesenheit ihr Ritual nicht entweihte.

Der Singsang ging weiter, zuerst lieblich und melodisch, dann wurde er rauher und endete schließlich mit einem spitzen Schrei, und danach war es totenstill. Ich wünschte verzweifelt, ich wäre nicht hergekommen und ritte bereits mit Kevin am Fluß zurück.

Nichts verriet mir, was die Priesterin tat, und nach einer Weile beschloß ich, es sei das beste, heimlich zur Quelle zurückzukehren. Ich bewegte mich vorsichtig aus meinem Versteck und hoffte, unbemerkt wieder auf den Pfad zu gelangen.

Wir stießen um ein Haar zusammen, als sie lautlos über den Pfad glitt, und sie erstarrte ebenso wie ich. Einen Augenblick standen wir uns Auge in Auge gegenüber, und ich sah denselben scharfen, wilden Ausdruck auf ihrem Gesicht wie auf dem des Fuchswelpen: Überraschung, Abschätzung und Empörung. Ihre grünen Augen verengten sich zu Schlitzen, und ihr Blick drang bis in meine Seele.

»Du!« rief sie flüsternd. »Was tust du hier?«

Ich schluckte und brachte kein Wort heraus, während ihre Augen prüfend den Wald hinter mir absuchten. Ich hatte solche Angst, daß ich nicht einmal nach Kevin Ausschau hielt. Ihr durchdringender Blick schien aus uralten Zeiten zu kommen, so daß ich nicht wegzuschauen wagte.

»Du hast kein Recht, hier zu sein, Mädchen«, sagte sie schneidend. »Niemand darf den Geheimnissen der Göttin nachspionieren, der nicht von ihr unterwiesen worden ist.«

Die Priesterin, jetzt vollkommen Herrin der Lage, musterte mich von Kopf bis Fuß und entließ mich dann mit einer plötzlichen verächtlichen Handbewegung.

»Die Zeit ist noch nicht reif«, zischte sie. »Geh jetzt, falls du deinen Weg findest.« Und plötzlich umwogte uns dichter Nebel, so daß ich nichts mehr von ihr sehen konnte. Ich drehte mich um, stolperte zu Kevin, und in meinen Ohren dröhnte unheimliches Gelächter.

Die Pferde waren unruhig und bäumten sich auf, und Kevin hob mich mit einem Schwung auf Federfuß' Rücken. Während er auf Möwentänzer stieg, hielt ich sie am kurzen Zügel, obgleich ich mir nichts sehnlicher wünschte, als der Dunkelheit zu entkommen, die den Wald erfüllte.

»Hast du diese Augen gesehen?« fragte ich zitternd, als er an meine Seite kam und wir auf den Fluß zuritten.

»Was für Augen?« fragte er.

»Die Augen der Dame. Du hast die Dame doch gesehen, oder?« Es war fast ein Flüstern, denn meine Kehle war staubtrocken.

»Nein, außer dir in deinem Versteck hinter dem Baum habe ich nichts gesehen.«

»Aber sie stand dort mitten auf dem Pfad, ehe sie den Nebel der Druiden beschwor«, sagte ich, und jetzt, nachdem die Auseinandersetzung vorüber war, fing ich an zu zittern.

Kevin schüttelte den Kopf und blickte vorsichtig zurück.

»Hast du ihren Gesang gehört? Oder die Worte, die sie zu mir sagte?«

Wiederum schüttelte er den Kopf. »Nur das Lachen eines Spechtes, das durch die Bäume strich«, erwiderte er und betrachtete mich eindringlich. »Was hat sie zu dir gesagt?«

»Daß ich hier nicht spionieren dürfe, und etwas über die Zeit … « Meine Zähne klapperten, und mir schien, das Dunkel der Nacht hätte sich auf uns gesenkt.

»Nun, in beiden Punkten hatte sie recht«, sagte mein Gefährte mit Nachdruck und hielt neben dem Fluß an, wo die Bäume ein wenig lichter wurden. »Die Sonne ist längst untergegangen, und selbst das Zwielicht schwindet schon.«

Der Mond war bereits aufgegangen und das letzte Licht des Sommerhimmels war Nacht und Sternen gewichen.

»Zuhause wird schon ein mächtiger Aufruhr sein, denke ich.« Kevins Stimme verriet tiefe Sorge, und ich stöhnte innerlich bei dem bloßen Gedanken an das, was uns bevorstand.

»Also zurück zum Pfad, und dann so schnell wir können heimwärts«, setzte er hinzu und trieb Möwentänzer an.

So verließen wir den Schwarzen See, Kevin voran und ich hinter ihm, in wachsender Furcht an Federfuß geklammert. Ich erwartete, daß die Dame jeden Augenblick vor uns auftauchen, uns den Weg versperren und über unsere Furcht lachen würde. Der Haß und der Argwohn in ihrem Gesicht, als wir uns begegneten, war schrecklicher als alles, was ich jemals gesehen hatte, und mir war, als hätte ich ins Innerste der Dunkelheit geblickt, vor der man nur voll Entsetzen fliehen konnte.

Als wir das Heiligtum hinter uns ließen, umschwirrten uns die Nachtgeister, glitten in Eulengestalt vorbei und rasselten durch die Bäume, klagend wie Nachtschwalben. Kevin schlug ein flottes Tempo an, aber es kam mir unerträglich langsam vor, denn ich wollte so schnell wie möglich heim.

Als wir den Fuß des Berges hinter uns hatten und der Wald sich lichtete, schloß ich zu ihm auf und trieb Federfuß in einen Galopp. Nach ein paar Sprüngen stolperte sie, ich wurde nach vorn geschleudert und landete mit einem harten Geräusch auf dem Boden.

Kevin kniete im Nu neben mir, stieß schreckliche Drohungen gegen die Götter aus und beschwor mich, etwas zu sagen.

»Ist Federfuß …?« war alles, was ich sagen konnte, denn mir war übel, und ich bekam keine Luft.

»Sie ist nicht gestürzt«, erwiderte er, umfaßte meine Schultern und hob mich ein wenig an.

»Au!« heulte ich, als ein jäher Schmerz durch meine Schulter zuckte. Kevin fuhr mit der Hand vorsichtig über meinen Armknochen, dann über die Schulter und ließ sie an meiner Halsgrube ruhen.

»Du wirst heute nacht nicht mehr durch den Wald jagen«, sagte er grimmig, während ich das Pech verfluchte, in das wir verstrickt waren.

»Jetzt können wir uns auf was gefaßt machen«, keuchte ich, voller Wut, daß ich mich überhaupt auf dieses Unternehmen eingelassen hatte.

Kevin untersuchte Federfuß, und als er sie zu mir zurückführte, konnte ich sogar im Sternenlicht erkennen, daß sie merklich lahmte. Daß ich die Schuld daran trug, schmerzte mich mehr als meine verstauchte Schulter oder die Aussicht auf das Donnerwetter, das ich zuhause erleben würde.

»Wir werden zu zweit auf Möwentänzer reiten«, sagte Kevin und führte den Wallach herbei. »Federfuß kann laufen, aber langsam. Wir müssen sie führen.«

Er hob mich auf den Widerrist des Wallachs und gab mir Federfuß' Zügel. Er mußte sich ein bißchen abmühen, um hinter mir Platz zu finden, doch schließlich saßen wir beide im Sattel und trotteten langsam heimwärts.

Dies alles ist das Werk der Dame, dachte ich und fragte mich, welches neue Unglück sie sich vielleicht für uns ausdachte. Ich saß da, starr vor Elend und Angst, sah in jedem Schatten die goldenen Augen von Wölfen und fuhr beim leisesten Geräusch zusammen.

»He, he«, sagte Kevin leise, einen Arm um meine Hüften gelegt, »es wird nichts nützen, die Pferde noch mehr zu erschrecken.«

Er begann zu sprechen, und seine Stimme klang sanft und beruhigend, für mich und für die Pferde.

»Über uns ein Himmelszelt, mit Diamanten bestickt, mein

Mädchen, nun, da wir die dichten Wälder verlassen haben. Schau hin – der Bär erstrahlt hell, und alle Nebel sind verschwunden. Zumindest was das angeht, sind die Götter mit uns, denke ich. Und jetzt«, fuhr er fort und zog mich an sich, »mußt du dich bloß noch entspannen, und wir werden gleich daheim sein. Ich werde dich sicher und gesund heimbringen, und es wird keine stürmischen Augenblicke und schrecklichen Begegnungen mehr geben.«

Er summte seinen Singsang weiter, besänftigte mein rasendes Herz und meine schmerzende Schulter. Ich schmiegte mich in die Geborgenheit seines Armes, und mir wurde nicht einmal bewußt, daß ich anfing zu weinen. Es gab keine Worte für das süße Gefühl, ganz eingehüllt zu sein von seiner schützenden Fürsorge, und allmählich wurde ich ruhiger, und ich ließ den Tränen des Schmerzes, der Wut und Erleichterung freien Lauf.

Ich spürte seine Wange an meinem Haar, und er paßte seinen Gesang der rhythmischen Bewegung der Pferde an.

»Und ginge es nach meinem Willen, mein süßes Mädchen, würde ich dich auf der Stelle zum Palast in Tara bringen, mit der großen Halle, den geschnitzten Säulen und dem kostbaren Zierat. Und dort würde ich dich auf den Thron setzen und dir eine goldene Krone geben als meine Königin, und zusammen würden wir ganz Irland regieren.«

Er spann den Traum langsam und wunderbar aus, und ich träumte ihn in meinem Herzen nach. Es mußte gar nicht Tara sein, auch die Große Halle in Appleby genügte, und zusammen würden wir Rheged regieren. Die Vorstellung war so prachtvoll und überraschend wie ein aufflatternder Schmetterling. Mit einemmal wollte ich lachen und singen und ihn mit Küssen zudecken und hatte zugleich keine Lust, unser zartes Einverständnis zu stören.

Er ging zu einem Lied über, das Brigit manchmal sang, und einmal erhaschte ich ein paar Töne von einem Wiegenlied, das Mama vor dem Einschlafen zu summen pflegte. Ich lächelte still, drehte mich in seinen Armen und schmiegte meinen Kopf in den Winkel zwischen seinem Hals und seiner Schulter. Ich legte meinen gesunden Arm um ihn, und in dieser halben Umarmung ritten wir geraume Zeit.

Als wir an die Furt des Flusses kamen, erwachte ein Nachtvogel, und sein schläfriges Lied trillerte sehnsüchtig durch die Bäume.

»Weißt du, was er singt?« murmelte ich, und Kevin schüttelte den Kopf. »Er singt: Ich liebe dich.«

Kevin schwieg so lange, daß ich mich aus unserer Umarmung löste. »Hast du's gehört?« fragte ich.

Seine Augen waren im Sternenlicht nicht zu sehen, doch das weiße Aufblitzen seines Lächelns war unverkennbar. Während er mich noch immer in den Armen hielt, küßte er mich zart auf die Stirn.

»Dies ist nicht die Zeit, die Sache weiterzuverfolgen«, sagte er rauh, und ich kicherte. »Jetzt lehne dich einfach zurück und komm ein bißchen zur Ruhe, Mädchen, denn wir haben noch eine Stunde oder mehr zu reiten.«

Ich lehnte mich an ihn und war so glücklich, daß ich insgeheim der Dame dafür dankte, daß sie uns auf diese Weise zusammengebracht hatte; und ich sank in einen Halbschlaf, in dem sich Träume und Wirklichkeit mischten, so daß hinterher nicht mehr klar zu unterscheiden war, was gesagt worden war und was nicht.

Ich erwachte langsam, als wir auf die flache Straße einbogen, die zum Badehaus führte. Die Fenster waren dunkel und stumm, doch das Licht einer abgeschirmten Laterne leuchtete am Tor, und eine schläfrige Stimme rief leise: »Kevin?«

»Bist du's, Brigit?« sagte er ebenso leise.

»Ja, ich bin's. Wo um Himmels willen habt ihr zwei gesteckt?« schalt sie. Als sie das reiterlose Pferd hinter uns sah, hielt sie den Atem an. »Wo ist Gwen?«

»Ich bin hier«, flüsterte ich rasch. »Ich bin von Federfuß gefallen, als wir von der Dame …«

Meine Stimme verlor sich, denn ich war jetzt hellwach und blickte zu Kevin, um mich zu vergewissern, daß ich nicht träumte. Doch mein Gefährte glitt bereits vom Pferd, und als er die Arme ausstreckte, um mir zu helfen, lag sein Gesicht im Schatten, so daß ich den Ausdruck nicht erkennen konnte.

Auch der Schmerz in meiner Schulter war wiedererwacht, und ich biß mir auf die Lippe, als ich abstieg, halb gleitend, halb von Kevin gestützt. Er hielt mich kurz, während ich Halt suchte, dann ließ er mich los und wandte sich ab, um die Tiere in den Stall zu führen. Ich sah ihn davonhumpeln, verwirrt von der Liebe, die in diesem Augenblick in mir aufwallte.

Brigit sah mich durchdringend an, dann löste sie ihren Überwurf und legte ihn um meine Schultern. »Ich glaube, es gibt eine Erklärung für diese Abenteuer, aber es genügt, wenn wir die morgen früh hören. Du hast keine Ahnung, welche Mühe ich hatte, den übrigen Haushalt davon abzuhalten, sich Sorgen zu machen. Dein Vater ist trotzdem argwöhnisch, obwohl ich ihm sagte, ich hätte euch zum Bauernhof am Fluß geschickt, wo ihr wahrscheinlich bei der Familie übernachten würdet.«

Ich blickte zerknirscht auf die Pflastersteine unter meinen Füßen, unglücklich, daß unser Abenteuer Brigit zu einer Lüge gezwungen hatte. Ich hatte nicht daran gedacht, daß meine Aufsässigkeit vielleicht auch sie in Schwierigkeiten bringen konnte. Wenigstens hatte man niemanden losgeschickt, um nach uns zu suchen.

»Bist du schlimm verletzt?« fragte sie, als wir in die Küche kamen, und sie entzündete ein Binsenlicht an der Flamme ihrer Laterne.

»Ich habe mir beim Sturz die Schulter verstaucht. Ich glaube jedenfalls, daß es die Schulter ist und nicht das Schlüsselbein«, fügte ich hoffnungsvoll hinzu. Sie fuhr mit den Fingern über den Knochen, wie Kevin es getan hatte, dann nickte sie zerstreut und wandte sich zum Schrank.

»Willst du etwas essen?« Wir flüsterten immer noch, um den übrigen Haushalt nicht zu wecken, und ich schüttelte den Kopf.

»Gut, am besten schläfst du die letzten Stunden der Nacht in meinem Zimmer«, sagte sie. »Kein Grund, nach oben zu gehen und Nonny wach zu machen.«

»Und was ist mit dir?« fragte ich, als sie mich zu ihrem Lager schob.

»Ich gehe in den Stall und rede mit Kevin. Ich werde später kommen.«

»Sei ihm nicht böse, Brigit«, flehte ich. »Ich habe ihn überredet, mit mir zu kommen, und es war die Dame, die uns mit Nebel und Dunkelheit heimgesucht hat. Es war nicht seine Schuld«, fügte ich hinzu, als ich den strengen Zug in ihrem Gesicht sah.

»Vielleicht nicht«, sagte sie, und ihre Stimme war sanfter als ihr

Gesichtsausdruck. »Wenigstens bist du mehr oder weniger unversehrt zurück, und das ist das wichtigste.«

Und mit diesen Worten verschwand sie. Ich legte mich auf ihr Bett, zog die Wolldecke über mich, und ehe ich noch die Stiefel ausziehen konnte, war ich eingeschlafen.

Es war heller Tag, als ich erwachte, und Brigit beugte sich über mich und strich mir die Haare aus dem Gesicht. Sie sah unendlich müde aus, und ich vermutete, daß sie nicht geschlafen hatte. Ich wollte mich auf meinen Ellenbogen stützen, doch die Schulter begann sogleich heftig zu schmerzen, und ich verzog das Gesicht und sank zurück.

»Willst du mir alles erzählen?« fragte sie und setzte sich auf die Bettkante. Sie sah erschöpft aus, aber da sie nicht zornig zu sein schien, erzählte ich ihr alles von Anfang an bis zum Punkt unserer Rückkehr: von der schrecklichen Großartigkeit des Sees, vom Widerhall der Zeremonie, der dort noch immer spürbar war, von der Dame, bei deren Anblick ich an einen wilden Fuchs hatte denken müssen. Aber ich erzählte ihr nichts von meinem allerneuesten Traum.

»Und das ist alles? Du und Kevin … ihr habt nicht irgendwo wegen irgendwas haltgemacht?«

Das Stocken in ihrer Stimme brachte mich zum Lachen. »Natürlich nicht. Warum sollten wir haltmachen? Wir hatten nichts zum Kochen, und wir sind unterwegs niemandem begegnet. Bloß mit der Zeit muß etwas passiert sein, denn ich möchte schwören, daß es früher Nachmittag war, als wir den Wald betraten.«

Ich dachte an die Macht der Dame und machte eilig das Zeichen gegen das Böse.

Brigit seufzte und lächelte gequält. »Nun, wenigstens das ist eine Erleichterung«, sagte sie geheimnisvoll. Dann stand sie auf, legte ihre Kleider ab und ging zum Becken, um sich zu waschen, bevor sie sich umkleidete.

»Es ist viel passiert, während du fort warst, um mit der Herrin der Feen herumzutollen«, sagte sie bedächtig. »Wie es scheint, hat es sich herumgesprochen, daß König Leodegrance eine Tochter hat, die ins heiratsfähige Alter kommt, und gestern abend sind Abgesandte deines ersten Freiers eingetroffen. Darum mußte ich so rasch eine Ausrede für dich erfinden, denn dein Vater wollte dich beim Abendessen präsentieren.«

»Anstelle eines dritten Ganges?« fragte ich, denn die wirkliche Bedeutung dieser Neuigkeit ging mir nicht auf.

»Sie wurden auf heute morgen vertröstet«, sagte sie, ohne von meinem Scherz Notiz zu nehmen. »Aber jetzt mußt du rasch nach oben gehen und dich so gut du kannst zurechtmachen. Nonny wird wissen, was du anziehen sollst, und Kaethi wird sich währenddessen deine Schulter ansehen.«

»Langsam«, sagte ich und setzte mich aufrecht hin. »Du meinst wirklich, daß man mich beäugen wird wie eine Milchkuh auf dem Viehmarkt? Wer sind diese Leute eigentlich? Und woher kommen sie?«

»Sie kommen vom Hof König Markes von Cornwall. Ich nehme an, daß er bei der Throneinsetzung von dir gehört hat. Es scheint, daß der alte Narr nach einer jungen – sehr jungen – Frau Ausschau hält, und da seine Gesellschaft in der Gegend war, hat er beschlossen, eine Abordnung zu dir zu schicken und sich dann Bericht erstatten zu lassen.«

Sie streifte ein langes Gewand über, wandte sich zu mir und blickte mich an.

»Gütiger Himmel, Gwen, warum guckst du so?«

»Ich will nicht heiraten, zumindest nicht irgendeinen alten König Marke!« sprudelte ich hervor. »Außerdem bin ich überhaupt nicht alt genug. Ich bin noch keine Frau, und kein Mädchen muß heiraten, bevor es seine Periode bekommt.«

»Einige tun es«, sagte Brigit seufzend, »obgleich auch ich der Meinung bin, daß man dich nicht zwingen sollte. Ich bin sicher, dein Vater wird dich nicht überreden, wenn du ihm sagst, daß du nicht willst, aber es ist allemal eine Ehre, daß man an dich gedacht hat. Und du mußt höflich zu ihnen sein; schließlich sind sie unsere Gäste und der besten keltischen Gastlichkeit würdig.«

Ich ging in mein Gemach, wo Kaethi nachsah, ob ich mir etwas gebrochen hatte und wo Nonny viel Wirbel um mich machte und mich auszankte. Die Schulter war böse verstaucht, aber zur Heilung waren nur Breiumschläge und allgemeine Ruhe nötig. Wenn es nach Nonny ging, waren meine Haare das größere Problem, und so saß ich da, während sie kämmte und glättete, flocht und wellte, um meinem Haar eine Form zu geben, die ihr schicklich schien.

Und ich grübelte währenddessen über die neue Wendung der Dinge nach. Es war nicht nur dieses unerwartete Gerede über Heirat, man schien es auch zu akzeptieren, daß ich ans andere Ende Britanniens verfrachtet wurde. Die bloße Vorstellung, aus diesem Grund Rheged zu verlassen, war albern und barbarisch. Wie die Göttin Rhiannon würde ich vorher Reißaus nehmen.

Nonny nahm die emaillierte Haarspange aus Mamas Schmuckkästchen, und ich setzte an, ihr zu sagen, es hätte keinen Zweck, sich soviel Mühe zu machen, da ich vorhätte, diese Gäste so schnell wie möglich loszuwerden. Doch sie schien sich so zu freuen, wieder eine königliche Dame herauszuputzen, daß ich den Mund hielt und lieber darüber nachdachte, wie ich mit dem Problem des Heiratens im allgemeinen umgehen sollte.

Es gab wirklich keinen Grund, warum ich Kevin nicht heiraten sollte. Natürlich konnte er wegen seines Beines nicht König sein, aber auch andere Königinnen hatten während ihrer Regierung Gefährten gehabt. Cartimandua zum Beispiel, die hier in Rheged Königin der Briganten war, als die Legionen kamen. Ja, es war möglich, daß ich, wenn ich jetzt diese Freier zurückwies, bloß noch zwei Jahre zu warten brauchte, bis ich alt genug war, um zu verkünden, ich wolle Kevin zum Gefährten. Auf diese Weise konnte ich in Rheged bleiben, und Kevin und ich konnten der Zärtlichkeit nachspüren, die letzte Nacht zu erwachen begonnen hatte.

Die Idee war so einfach und aufregend, daß mir schwindelte, als es soweit war, meinen ersten Freiern gegenüberzutreten.

23.

TRISTAN

Das Gemach, in dem hohe Gäste empfangen wurden, war geräumig und behaglich, hatte einen Fliesenboden, und die Wände bestanden aus weichem, rosafarbigen Mörtel. Als ich mich dem Bogengang näherte, konnte ich hören, daß sich unsere

Gäste bereits mit meinem Vater unterhielten. Ailbe lag an der Tür, den Kopf auf seine langen, zottigen Pfoten gelegt, und er erhob sich und stellte sich neben mich, während ich darauf wartete, hereingerufen zu werden.

Die drei Männer waren so ins Gespräch vertieft, daß ich unsere Gäste unbemerkt mustern konnte.

Der ältere Mann war schlank und muskulös, mit einem klugen Gesicht und einem schelmischen Lächeln, und er bewegte sich mit der lässigen Selbstsicherheit eines erfahrenen Höflings. Wie es schien, hatte er auch die Rolle des Sprechers übernommen. Der andere Mann sah einem großen Reiher ähnlich, mit knochigem Körperbau und linkischen Gesten, kratzte sich die meiste Zeit am Kopf oder strich über die Hülle einer kleinen Harfe, die in seinem Schoß lag.

Beide Männer erhoben sich, als mein Vater mich eintreten ließ. Der Wolfshund folgte mir und trottete neben mir her. Ich ließ meine Hand auf seinem Kopf ruhen, zur Erinnerung an meine Liebe zu Kevin.

»Ginevra, dies ist Tristan, der Neffe von König Marke«, sagte mein Vater und deutete auf den Jüngling. »Und Dinadan, sein Gefährte.«

Die Gäste erhoben sich, und jetzt erkannte ich, wie groß der jüngere Mann wirklich war. Kein Wunder, daß er im Sitzen nur aus Ellenbogen und Knien zu bestehen schien. Ich knickste vor beiden, und Tristan trat vor, als wollte er meine Hand ergreifen. In diesem Augenblick schob sich der Hund mit gesträubten Rückenhaaren und einem tiefen anhaltenden Knurren zwischen uns.

»Ailbe!« rief ich. »Laß das! Dieser Mann kommt als Freund.«

Der Hund gehorchte nicht, sondern ließ den Fremden nicht aus den Augen. Als ich versuchte, an ihm vorbeizukommen, folgte das Tier jeder meiner Bewegungen, blieb mit seinem massigen Körper immer zwischen mir und der Bedrohung, die es in Tristan sah.

»Ich bitte um Verzeihung, Sir«, sagte ich hastig. »Ich weiß nicht, was in ihn gefahren ist; in der Regel benimmt er sich nicht so.«

Ich lächelte strahlend, obwohl mir klar war, wie dürftig meine Erlärung ausgefallen war, doch Tristan entging ihre eigentliche Bedeutung. Ich warf einen schnellen Blick auf Dinadan, entdeckte einen Ausdruck stillen Vergnügens auf seinem Gesicht, und in diesem Augenblick gelang es Edwen, den Hund am Halsband zu packen und ihn, der sich mit gespreizten Beinen heftig wehrte, aus dem Raum zu zerren.

So nahm ich meinen Platz in der kleinen Gesprächsrunde ein, die sich in Geplauder und Höflichkeiten erging. Zuerst wünschte ich, jemand wie Kaethi wäre dabeigewesen, damit es nicht mir allein überlassen blieb, die verlegenen Pausen zu überbrücken, doch im weiteren Verlauf der Unterhaltung war es mein Vater, der das Gespräch geschickt im Fluß hielt.

An einem Punkt erwähnten die Besucher, sie hätten bereits gestern damit gerechnet, mich kennenzulernen, und ich hatte kaum zu einer Antwort angesetzt, als sich mein Vater mit einer Frage nach der diesjährigen Ernte in Markes Land einmischte. Ich warf ihm einen schnellen Blick zu und hätte gern gewußt, wieviel Brigit ihm erzählt hatte. Das Thema kam nicht mehr zur Sprache, und ich war erleichtert, als wir uns zum Mittagsmahl begaben.

Die Klapptische waren am sandigen Ufer der Lagune aufgeschlagen, und Brigit und Gladys hatten sich bemüht, das Mahl so prunkvoll wie möglich zu servieren. Es gab Silbertabletts und Glaskelche, feine Schalen aus rotem samischen Ton und sogar eine emaillierte Weinkaraffe wie jene, die Artus in Carlisle bewundert hatte. Ravenglass war früher eine wohlhabende römische Hafenstadt gewesen und verfügte deshalb über eine der üppigsten Schatzkammern des Landes, die an diesem Nachmittag präsentiert wurde.

Der Ort war trefflich gewählt, denn wir hatten Ebbe, und ein breiter Streifen elfenbeinfarbigen Sandes hob sich leuchtend vor dem blauen Wasser ab, und eine sanfte Brise milderte die Sonnenhitze.

Tristan erzählte überschwenglich von den Ringkämpfen, die er bei der Throneinsetzung im Wettstreit gewonnen hatte, und seine laute, dröhnende Stimme schien ihn noch größer zu machen, als er wirklich war. Ich fand ihn langweilig und das Gespräch mit ihm ermüdend, aber seine unübersehbare Sorge, wohin er seine Füße setzen sollte, und die Bemühungen, seine Handbewegungen so einzuschränken, daß er nicht das Geschirr vom Tisch stieß, waren irgendwie rührend. Es war unverkennbar, daß er sein Amt als Gesandter seines Königs sehr ernst nahm und einen guten Eindruck auf uns machen wollte.

Es war das erste Mal, daß ich an der Haupttafel den Platz der Gastgeberin neben meinem Vater einnahm. Er bat mich, bevor wir zu essen begannen, um das Gebet, und so sprach ich das kurze, allgemeine Tischgebet, das alle Gottheiten einschließt und keine kränkt.

Es kam mir sonderbar vor, nicht beim Servieren zu helfen, und ich hielt dauernd nach Kevin Ausschau und hoffte auf einen verschwörerischen Blick, doch ich konnte ihn nirgendwo sehen. Da Tristan ernsthaft auf mich einredete, wandte ich ihm wieder meine Aufmerksamkeit zu.

»Ich stelle fest, daß Ihr das Festmahl mit einem heidnischen Gebet begonnen habt«, sagte er und nahm einen ganzen Laib Brot vom Tablett. »Ist denn Rheged kein christliches Land?«

»Wir haben etliche Anhänger des neuen Gottes«, erwiderte ich, »aber es gibt auch einige, die Mithra vorziehen oder die Göttin oder die verschiedenen einheimischen Götter. Ich mag dieses Tischgebet, weil es sich an den Geist des Ortes wendet, und den kann sich jeder aussuchen.«

Tristan runzelte leicht die Stirn und kaute am Brotkanten.

»Euer Vater hat also nichts getan, um den alten Bräuchen ein Ende zu machen?« fragte er mit vollem Mund.

»Natürlich nicht«, sagte ich, von der Vorstellung überrascht, ein König könnte darauf bestehen, sein ganzes Volk habe derselben Religion zu folgen. »Mein Vater hat immer die Ansicht vertreten, jedermann müsse sich seinen Gott oder seine Göttin selber wählen dürfen. Ist das in König Markes Reich nicht genauso?«

»Oh nein, unser König ist Christ, und alle Leute, die ihre Abstammung bis zu den großen römischen Familien zurückverfolgen können, sind ebenfalls Christen. An König Markes Hof käme gewiß niemand auf den Gedanken, die Riten der Göttin zu vollziehen.«

Der frömmelnde Ton seiner Stimme ärgerte mich, und ehe ich mich versah, hörte ich mich sagen: »Welch ein Jammer! Ich war erst gestern am Heiligtum der Göttin und fand es sehr eindrucksvoll und bewegend. Wenn Euer König sich die Zeit nehmen würde, tiefer in die Dinge einzudringen, käme er vielleicht zu einer anderen Haltung. Es ist möglich, daß man Euch der Dame vom See vorstellt, wenn Ihr es wünscht.«

Dem jungen Mann stand das Erschrecken deutlich ins Gesicht geschrieben, und einen Augenblick dachte ich, er würde den Stuhl von mir wegrücken, damit ich ihn nicht weiter vergiften könnte.

Mein Vater blickte mich verblüfft an, und ich warf übermütig den Kopf zurück. Mir war es gelungen, König Markes Interesse an dieser Kind-Braut ein Ende zu setzen, ohne ein Wort zu sagen, das nicht stimmte, und ich hatte keine Entscheidung getroffen, die beleidigend war. Es amüsierte mich, wie leicht das gewesen war, und ich hatte Mühe, ein Grinsen zu unterdrücken.

Später, als der Mangel an Schlaf und der dauernde Schmerz in der Schulter meine lebhafte Hochstimmung dämpften, bat ich, mich zu entschuldigen, und machte mich auf den Weg zum Badehaus, um ein wenig zu ruhen. Brigit war im Hof, wo das schmutzige Geschirr abgewaschen wurde, und ich blieb bei ihr stehen.

»Ich habe Kevin nicht gesehen«, begann ich. »War er heute zu erschöpft, um aufzustehen?«

Sie sah auf, und ich bemerkte um ihren Mund wieder die tiefen Falten vom Morgen, und die Augen waren vom Weinen gerötet.

»Was ist los? Was ist geschehen?« stammelte ich, als sie mich unsanft beim Arm nahm und zur Treppe zog.

Als wir in meinem Gemach waren, setzte sie sich auf das Bett, und ich nahm neben ihr Platz. Dann ergriff sie meine Hände und sagte, ohne mich anzusehen: »Kevin ist weg.«

»Was meinst du damit?« Meine Stimme wurde zu einem Flüstern.

»Genau das, Gwen. Er ist weg. Verschwunden. Ausgerissen. Ich ... ich kann nicht sagen, daß ich völlig überrascht war, als Rhufon es mir erzählte ... aber ich wünschte, es wäre nicht passiert.« Eine Träne rann langsam über ihre Wange, und sie machte keinen Versuch, sie wegzuwischen.

»Ich verstehe nicht. Warum ... warum sollte er fortgehen?«

»Aus vielen Gründen, denke ich. Er ... er sagte, daß er mehr für dich empfinde, als angemessen sei. Und er geriet ganz aus der Fassung, als ich ihm von den Freiern erzählte. Er fühlte sich auch schrecklich schuldig, daß er dich letzte Nacht erst in der Morgendämmerung zurückgebracht hatte. Er sei seiner Verantwortung nicht nachgekommen, auf dich aufzupassen, und dein Vater hätte das Recht, ihn, wenn er wollte, auspeitschen zu lassen.«

Sie machte eine Pause, schüttelte den Kopf und sagte traurig: »Kevin meinte, er habe Schande über unsere Familie gebracht, und die letzte Nacht werde vielleicht auch Schande über dich bringen, denn deine Freier seien Christen. Du weißt, daß Jungfräulichkeit für uns wichtig ist ... und im Hinblick auf seine Gefühle für dich ...« Brigits Stimme verlor sich, und sie preßte heftig meine Hände, sah mich aber immer noch nicht an.

»Also, dieses ganze Gerede über Jungfräulichkeit ist reiner Unsinn!« sagte ich erregt. »Ich bin heute noch genauso eine Jungfrau wie vor zwei Tagen; und jeder, der, nur weil wir nicht vor Anbruch der Nacht zurückkommen konnten, etwas anderes denkt, folgt diesem berühmten christlichen Wahn und sucht nach der ›Sünde.‹«

Ich hatte vergessen, daß Brigit Christin war, so sehr ärgerte mich die Vorstellung, daß der Glaube eines anderen in das Schicksal der Menschen eingriff, die mir am nächsten standen.

»Also«, sagte ich mit einem Seufzer, »wohin ist er gegangen? Und wann wird er zurückkommen?«

Brigit sagte kein Wort, blickte mich bloß an, und mir blieb das Herz stehen.

»Er kommt nicht zurück«, flüsterte sie endlich.

»Wir werden ihn darum bitten«, erklärte ich, denn ich wollte nicht hören, was sie mir sagte.

»Wie? Er hat keinem etwas gesagt, als er ging, und auch nicht, wohin er wollte. Zu unserer Familie kann er nicht zurück, denn er wurde als Geisel übergeben, und jetzt hat er dieses Treuegelöbnis gebrochen. Selbst wenn er sie aufsuchte, würden sie ihm nicht helfen, und das weiß er nur zu gut. Und er wagt sich in keine der Siedlungen, in der wir hofhalten, denn die Leute würden ihn erkennen, deinem Vater ausliefern, und er wäre in derselben Lage wie vorher. Nein, es gibt keine Möglichkeit, ihn zu erreichen; durch seine Handlungen hat er sich selber zum Verfemten gemacht.«

Daran hatte ich nicht gedacht, und jetzt saß ich benommen und stumm da, während Brigit zu schluchzen begann. Tränen rannen ihr über das Gesicht, als sie fortfuhr:

»Rhufon hat angeboten, nach ihm zu suchen, weil er aber zu Fuß ist, braucht er nicht auf den Pfaden zu bleiben, also erscheint das zwecklos.«

»Er hat Möwentänzer nicht mitgenommen?« fragte ich verstört. Wie sollte ein verkrüppelter Junge ohne Pferd im Wald überleben?

»Nein« – Brigit schüttelte den Kopf – »und Ailbe auch nicht. Er nahm nur das mit, was er am Leib trug, und seinen Dolch. Ich denke, für ihn war es eine Sache des Stolzes, zu gehen, ohne Schulden zu hinterlassen.«

»Wußtest du, daß er das tun würde?« Mir fiel ein, wie abgehärmt sie heute morgen ausgesehen hatte, und ich hielt es für möglich, daß sie die ganze Nacht versucht hatte, ihrem Verwandten eine solche Torheit auszureden.

»Nein, nicht genau.« Ihr Schluchzen hatte sich beruhigt, und sie ließ meine Hände los, um sich die Tränen abzuwischen. »Ich wußte, daß er schon bei eurer Rückkehr ziemlich aufgeregt war, aber als er die fremden Pferde im Stall entdeckte und hörte, daß sie Männern gehörten, die im Namen eines Königs um dich werben sollten ... da geriet er wirklich außer sich. Er weinte, als er von dir sprach, sagte, wie sehr er wünsche, die Dinge wären anders, doch ehe ich ihn verließ, war er ruhig und schien mit seiner Schicksalsgöttin Frieden geschlossen zu haben.« Ihre Stimme verschleierte sich wieder. »Ich hätte darauf kommen müssen, was er vorhatte, als er mich bat, ihn in meine Gebete einzuschließen.«

Ich lag auf dem Bett, plötzlich zu erschöpft, um irgend etwas zu sagen. Die Vorstellung, daß Kevin allein und ausgestoßen vor der Zukunft fortrannte, über die ich gerade nachzudenken begonnen hatte, kam mir unglaublich grausam vor. Trockenen Auges und schmerzerfüllt blickte ich zum Dach hinauf; ob das eine weitere Strafe der Dame war?

Brigit stand auf, begann meine Schuhe aufzuschnüren und den Gürtel um meine Hüften zu lösen.

»Morgen wird alles besser sein«, murmelte sie und half mir aus meinem Gewand, »wenn wir beide uns ausgeschlafen haben.«

»Vielleicht ändert er seine Meinung und kommt zurück«, flüsterte ich und klammerte mich an die Vorstellung, alles sei ein ungeheures Mißverständnis. Ich war zu müde, weiter darüber nachzudenken, kroch mit einem leisen Wimmern unter die Decke und ließ mich von Brigit warm zudecken. Sie saß eine Weile neben mir, bis ich einschlief.

Ich muß erschöpft gewesen sein, denn ich schlief den ganzen Nachmittag und die Nacht hindurch; aber es war ein unruhiger Schlaf, denn in meinen Träumen suchte ich nach etwas, das ich nicht finden konnte. Und immer war die Dame da, die sich mit ihrem sonderbaren, kalten Lachen vor mir erhob, um mir den Weg zu versperren.

Beim ersten Licht erwachte ich mit einem elenden Gefühl und wußte, daß etwas Schreckliches geschehen war, noch bevor mir wieder einfiel, was es war.

Ich stand auf und ging zur Weide, um nach Federfuß zu sehen, denn seit unserem nächtlichen Ritt hatte ich noch keine Zeit dazu gehabt.

Rhufon war bereits bei den Pferden und erneuerte den Breiumschlag am Vorderlauf meiner Stute.

»Wie geht es ihr?« fragte ich und fuhr mit der Hand über ihr Maul. Sie warf den Kopf hoch und schnüffelte liebevoll an meiner Schulter.

»Es fehlt ihr nichts, was sich nicht kurieren ließe, kleines Fräulein«, sagte der Stallmeister. Er hockte neben ihrem Vorderlauf, einen angewärmten Topf mit überbrühten Kräutern in Reichweite. Ich sah zu, wie er die schlaffen, tropfenden Blätter auf ihr Bein legte und die Stelle dann mit einem Streifen sauberen Wollstoffs abdeckte. »Ich höre, Ihr habt selber etwas abbekommen«, fügte er hinzu, ohne aufzublicken.

»Nicht der Rede wert«, sagte ich. »Wie geht es Möwentänzer?« Das war die einzige Möglichkeit, mich nach Kevin zu erkundigen.

»Prächtig, ihm fehlt nichts. Ich denke, jetzt, wo der junge Mann fort ist, nehmen wir ihn mit nach Stanwix und schicken ihn auf die Weide.«

Ich nickte und spürte einen Kloß im Hals, lehnte mich an den Hals von Federfuß und sah Rhufon bei der Arbeit zu. Mit langgeübter Geschicklichkeit wickelte er den Leinenverband um die Wolle und begann die Enden des Tuches zusammenzubinden. Ich wußte aus Erfahrung, daß diese Arbeit schwieriger war, als sie aussah, denn die Spannung muß ausreichen, den Umschlag vor dem Abrutschen zu bewahren, darf aber nicht so stark sein, den Fluß des Blutes zu hemmen. Um hinter den Trick zu kommen, hatten es Kevin und ich stundenlang an unseren eigenen Handgelenken ausprobiert.

»Weißt du, wohin er gegangen ist?« wagte ich schließlich zu fragen.

»Nein, Fräulein, ich weiß bloß, daß er sehr erpicht darauf war, nicht verfolgt zu werden.« Rhufon hockte sich hin und betrachtete seine Arbeit, dann blickte er mich an. »Euer Vater ist um das Wohlergehen des Jungen sehr besorgt, aber wir hatten ein langes Gespräch, der König, Brigit und ich, und waren uns einig, daß Kevin es so wollte.«

Ich nickte abermals, und mein alter Freund beobachtete mich weiter unter seinen buschigen Augenbrauen.

»Ich sage dir, Kind, die Zeit heilt alles«, sagte er, »selbst die Wut der Jugend auf das Schicksal.«

Damit war für ihn das Thema erledigt. Ich schlenderte zum Zwinger, wo Ailbe noch immer angekettet war, und setzte mich neben den Hund. Er sah kurz auf, und seine traurigen Augen musterten mich vorwurfsvoll, als wollte er mich fragen, warum ich angesichts dieses großen Unglücks nichts unternahm. Schließlich seufzte er und ließ den Kopf wieder auf die Pfoten sinken. Ich streichelte ihn und redete eine Weile auf ihn ein, aber er rührte sich nicht. Vielleicht hielt auch er alles für einen bösen Traum, aus dem er erwachen würde, wenn er lange genug wartete.

Später, als unsere Gäste abgereist waren, suchte ich Rhufon auf und fragte ihn, was mit dem Hund los sei.

»Er grämt sich, kleines Fräulein. Grämt sich wegen des jungen Mannes. Er hat gestern abend nichts gefressen und heute morgen auch nicht, und wenn ich ihn losmache, ist er so lustlos wie zuvor.«

»Könnte er Kevin einholen, wenn wir ihn losmachten?« fragte ich.

Rhufon betrachtete mich lange sehr nachdenklich, dann zuckte er eine Achsel. »Ich denke schon, wenn der Hund weiß, daß er die Erlaubnis hat zu gehen.«

»Und wie gibst du ihm diese Erlaubnis?«

»Nun«, sagte mein Lehrmeister und rieb sich stirnrunzelnd das stoppelige Kinn. »Ich könnte etwas nehmen, was dem Jungen gehörte, an dem sein Geruch haftet, und es dem Hund zu riechen geben. Und dann könnte ich ihn zum Tor führen und versuchen, ihm zu sagen, er solle Kevin finden … «

Rhufons Stimme verlor sich, und er blickte zum Zwinger.

»Gut«, sagte ich entschlossen. »Das wirst du tun. Und zwar wenn sich der übrige Haushalt zum Abendessen versammelt, damit der Hund nicht abgelenkt wird.«

Der Stallmeister, der den Blick gesenkt hatte, während ich sprach, blickte mich jetzt aufmerksam an.

»Ist das ein Befehl, Fräulein? Ihr wißt, daß der Hund wertvoll ist und daß er ein Geschenk der irischen Familie an den König ist. Ich will nicht, daß etwas verlorengeht, was dem König gehört, wißt Ihr.«

Ich hatte vorher nie daran gedacht, einem anderen einen Befehl zu erteilen, aber jetzt blickte ich meinen alten Freund offen an und sagte mit fester Stimme: »Ja, Rhufon, ich will, daß du das tust, und ich werde die Verantwortung übernehmen, falls es Schwierigkeiten gibt. Im übrigen«, fügte ich hinzu, »wozu ist ein Hund nütze, der verhungert, weil er um seinen verschwundenen Herrn trauert?«

Am Nachmittag, als alle übrigen sich zu Tisch gesetzt hatten, führte Rhufon das große, struppige Tier vor das Tor und machte es los. Später erzählte er mir, Ailbe hätte zunächst eine Zeitlang neben ihm gesessen und mit hoffnungsloser, geduldiger Jammermiene ins Nichts gestarrt. Aber nachdem ihm Rhufon einen von Kevins Schuhen unter die Nase gehalten, ihn über den Pfad gezogen und zurückgebracht hatte, damit er daran riechen konnte, hatte der Hund, nachdem er den Schuh abermals auf den Pfad gelegt hatte, plötzlich die Ohren gespitzt und sich in Bewegung gesetzt.

»Zuerst schien er unschlüssig herumzuschnüffeln, aber schließlich sah ich, wie er eine Spur aufnahm, Fräulein«, sagte Rhufon, und ein kleines Lächeln umspielte seine Augen. »Im Sommer hält sich der Geruch ziemlich lange, also denke ich, daß der junge Mann vor Anbruch der Nacht Gesellschaft haben wird.«

Das war ein Gedanke, an den ich mich den ganzen Tag klammerte, und als ich in dieser Nacht zu Bett ging, betete ich zu den Göttern, sie möchten die beiden beschützen.

24.

Lavinia

In banger Erwartung betrat ich das Gemach meines Vaters. Nichts deutete darauf hin, warum er mich hatte rufen lassen, aber ob es sich um Kevins Verschwinden, um unser Abenteuer am See oder um Ailbes Verlust handelte, er hatte das Recht, mir zu zürnen, und ich sah der Auseinandersetzung angstvoll entgegen.

Die Fenster nach Westen waren geöffnet, und das leise Gurren der Tauben schwebte mit der Sommerbrise herein. Mein Vater betrachtete aufmerksam einen Plan der Stammbäume unserer Pferde, der auf dem Tisch ausgebreitet war, und schien meine Anwesenheit nicht zu bemerken, als ich mich neben ihn stellte. Da er nicht aufblickte, schaute ich ihm über die Schulter auf den Plan, bis er sich mir zuwandte.

»Was war bloß neulich in dich gefahren, Kind?« fragte er, und seine Stimme klang eher verwundert als vorwurfsvoll. »Du wußtest doch bestimmt, daß diese Männer Christen waren und dein Vorschlag, die Dame zu besuchen, sie beleidigen würde, oder?«

Ich zuckte die Achseln und blickte auf meine Hände und konnte nichts erwidern. Ich hatte den Kopf voll mit anderen Dingen, die mir so wichtig waren, daß ich meinen Wortwechsel mit König Markes Neffen vergessen hatte, sobald er seinen Zweck erfüllt hatte.

»Und seit wann bist du eine Fürsprecherin der Dame?« fuhr mein Vater fort, setzte sich und ließ auch mich Platz nehmen. »Ich hätte nie gedacht, daß dir soviel an ihr liegt …«

»Ich weiß, Vater«, sagte ich und wußte nicht, wo ich anfangen sollte. »Und es tut mir leid, daß ich gegen unsere Gäste so grob war. Wirklich. Der Gedanke, du könntest mich fortschicken, um die Frau eines Fremden zu werden, machte mir solche Angst. Das ... das ist etwas, was ich nicht will, Vater.«

Er antwortete rasch und ungehalten: »Nicht wollen? Was hat wollen damit zu tun? Es gibt viele Dinge, die Herrscher, ob Könige oder Königinnen, tun müssen, selbst wenn sie es persönlich nicht wollen. Und manchmal gehört das Heiraten dazu.« Er hielt einen Augenblick inne, er schien das Thema wechseln zu wollen. »Kaethi erzählt mir, daß du Kevin sehr schätzt, und daß dich sein Verschwinden aus der Fassung gebracht hat ...«

Ich war ganz still und wußte nicht, worauf mein Vater jetzt hinauswollte. Wenn er dahinterkam, daß ich die Freier um Kevins willen vertrieben hatte, setzte er womöglich einen Preis auf den Kopf des Jungen aus.

»Nun, in diesem Punkt brauchst du dir keine Sorgen zu machen, Kind. Ich werde ihn weder mit dem Tod bedrohen noch ihn aus unserer Mitte verbannen. Es ist bedauerlich, gewiß, und es tut mir leid, daß es geschehen ist, aber du darfst dich dadurch nicht von deinen Pflichten ablenken lassen. Das Leben geht weiter«, sagte er und betrachtete den Ring, den Mama ihm geschenkt hatte.

Offenbar sah mein Vater in der Beziehung zwischen Kevin und mir nicht mehr als eine Kindheitsfreundschaft. Es war jetzt gewiß nicht der rechte Zeitpunkt, um anzudeuten, es könnte mehr sein, viel mehr, und ich stieß einen Seufzer der Erleichterung aus, froh, daß mein Vater der Sache nicht weiter nachging.

»Jetzt, wo du in das heiratsfähige Alter kommst«, fuhr er fort, »werden zwangsläufig mehr Männer auftauchen, um dich anzuschauen, und einige, das kann ich dir versichern, werden dir auch ihre Hand und ihre Krone anbieten. Solche Dinge erfordern Takt und Pflichtgefühl, und du kannst sie nicht einfach wegjagen, bloß weil es dir Spaß macht.« Er hielt abermals inne. »Wenn doch bloß deine Mutter hier wäre. Ich bin sicher, daß sie es besser erklären könnte ...«

»Jawohl«, entrüstete ich mich, »sie würde es besser verstehen als sonst jemand! Vergiß nicht, daß man sie wegschickte, um einen

Mann zu heiraten, den sie nie gesehen hatte, als sie sich darauf einließ, mit dir durchzubrennen. Sie wußte nur zu gut, was es heißt, um eines politischen Vorteils willen wie ein Stück Käse verhökert zu werden …«

Mein Vater warf mir einen schnellen, durchdringenden Blick zu und zog eine Augenbraue hoch.

Es war eine lange Minute, da ich seinem Blick standhielt und nicht nachgeben wollte, und schließlich seufzte er hörbar und sah weg.

»Wie wäre es, wenn ich verspreche, keine Verpflichtungen einzugehen, ohne zuerst dich zu fragen? Wir werden alles bedenken, was dafür und was dagegen spricht, wenn die Zeit kommt. Aber das augenblickliche Problem besteht darin, dich davon abzuhalten, die Hälfte der britischen Königreiche durch deine flinke Zunge in Verwirrung zu stürzen; ich kann nicht zulassen, daß du unseren Gästen kleine Bosheiten an die Köpfe wirfst. Und«, sagte er sehr langsam und bestimmt, »sie denken vielleicht, daß dir nicht bewußt ist, was du sagst, aber mir ist vollkommen klar, daß du weißt, was du sagst.«

Ich senkte den Kopf und hoffte, er würde nicht merken, was ich fühlte, denn ich zürnte weniger mit ihm als mit den Schicksalsgöttinnen, die alles so kompliziert gemacht hatten. Hätte sich Kevin nicht aus dem Staub gemacht, wäre alles so einfach gewesen!

»Laß uns eine Vereinbarung treffen«, schlug mein Vater schließlich vor. »Ich werde dich nicht zwingen, jemanden zu heiraten, der dir aus tiefstem Herzen mißfällt, und du wirst mit unserem guten Ruf, den unsere Gastfreundschaft und unsere guten Manieren haben, nicht Schindluder treiben. Das sollte dir dein Los etwas erleichtern, und es wäre auch für mich eine gewaltige Entlastung.«

Ich nickte zustimmend, ohne aufzublicken.

»Ist das abgemacht?« fragte er, unzufrieden mit der stummen Antwort eines Kindes.

Ich hob stolz den Kopf und versuchte, wie eine Erwachsene zu antworten: »Ja, Vater, das ist abgemacht.« Ich versprach ja nur, Freier in Zukunft höflicher zu behandeln, und das hatte mit Heirat gar nichts zu tun.

Wenn ich aber dachte, die Frage meiner Zukunft könne beiseite geschoben und vergessen werden, so verlor sich diese Hoffnung am nächsten Tag mit dem Blut der ersten Menstruation.

Das machte mich unwiderruflich zur Frau. Andere Mädchen, wie die Tochter von Gladys, empfanden den Übergang vom Kind zur Erwachsenen vielleicht als aufregend, doch für mich hieß das bloß, daß die Tage meiner Freiheit gezählt waren. Sogar die alten Riten, abgehalten im Schatten der heiligen Steine und begleitet von Gesang, Geflüster und frohen Hymnen auf die Weiblichkeit, heiterten mich nicht auf. Ich ging wütend zu Bett und weinte mich wie ein kleines Kind in den Schlaf.

Mein Vater und ich sahen einander in den folgenden Monaten nur selten; er reiste durch das Land, hielt Ratsversammlungen über Artus' Bündnis ab, und ich trieb mich am Hof herum und konnte oder wollte an nichts anderes als an den verschwundenen Kevin denken.

Ich arbeitete bei Gladys in der Küche oder leistete Brigit Gesellschaft, doch ins Freie kam ich nur bei den gelegentlichen Ausflügen zum Beerensammeln. Ich redete mir ein, daß ich nicht reiten ging, weil das Bein von Federfuß heilen mußte, aber in Wirklichkeit wollte ich nirgendwo hin und niemanden sehen.

Den einzigen Trost fand ich in dem Glauben, Kevin würde zurückkehren, wenn der Winter vorüber war. Ich durchlebte immer wieder unseren letzten gemeinsamen Ritt, legte jeder Bemerkung, jeder Handlung, jeder Einzelheit eine Vielzahl von Bedeutungen bei, die nur er und ich verstehen konnten. In meiner Vorstellung hatten wir einander Liebe geschworen und Treue versprochen; ich hatte keinen Zweifel, daß er wußte, wie elend ich mich ohne ihn fühlte, und daß seine Liebe zu mir ihn zurückbringen würde. Ich war fest davon überzeugt, daß wir im kommenden Frühling vereint sein würden.

Als die Blätter zu fallen begannen, zog der Hof an der Küste entlang nach Carlisle, und es wurden die letzten Pläne gemacht, wer dort bleiben und wer mit uns in den Norden kommen sollte. Ich beobachtete das Treiben wie in Trance und vergaß, daß ich mich noch vor kurzem darauf gefreut hatte, zur Mote zurückzukehren.

Am Morgen vor unserem Aufbruch wurden Brigit und ich von meinem Vater in das Empfangsgemach gerufen. Erschrocken bemerkte ich, wie erschöpft er aussah; hager und ergraut, schien er seit Beginn des Sommers um zehn Jahre gealtert zu sein.

»Ach ja, Gwen …«, sagte er und fuhr ein wenig zusammen, als überrasche es ihn, mich zu sehen. »Wie ist es dir ergangen?«

»Ganz gut«, erwiderte ich unverbindlich.

»Gut, gut«, sagte er und setzte sich auf seinem Stuhl zurecht. »Du liebe Güte, du wirst ja eine richtige junge Frau.«

Als ich nichts sagte, blickte er Brigit erwartungsvoll an.

»Dein Vater und ich«, begann meine Freundin, »haben uns kürzlich über deine Erziehung unterhalten, über das, was bisher zu kurz gekommen ist. Oh, du kannst spinnen und weben und so weiter, und du weißt recht gut in der Küche Bescheid. Aber, nun … nun, da es an der Zeit ist, über deine Zukunft nachzudenken, solltest du über das Leben bei Hofe unterrichtet werden.«

Eine unbehagliche Stille trat ein, und ich wunderte mich über dieses plötzliche Interesse an meiner künftigen Erziehung. Hier ging es um mehr als um zusätzliche Stunden bei Cathbad.

»Ich bin auf eine Witwe aus York gestoßen, eine sehr rechtschaffene Dame von guter römischer Bildung«, fuhr Brigit fort, »und wir haben bereits mit ihr gesprochen. Dein Vater und ich sind uns einig, daß sie eine gute Erzieherin für dich abgeben wird. Ich kann nicht den Haushalt führen und zugleich deine Erzieherin sein, und es gibt viele Dinge, die sie dich lehren kann, von denen ich nichts verstehe.«

Brigit blickte mich ernst an, und ich biß mir auf die Zunge, entschlossen, nichts zu sagen, ehe ich nicht dahinterkam, worum es wirklich ging. Ich witterte eine Falle und wünschte, es gebe eine Möglichkeit, mich in Luft aufzulösen.

»Sie ist bereit, an den Hof zu kommen«, warf mein Vater hastig ein, »du wirst also keinesfalls irgendwohin geschickt. Und es gibt vermutlich vieles, das wir alle von ihr lernen können.«

»Aber was ist mit Cathbad?« fragte ich, denn ich konnte mir nicht vorstellen, wie eine alte römische Matrone und ein junger keltischer Druide miteinander auskommen sollten.

»Cathbad ist in den letzten Jahren eine große Hilfe gewesen«, erwiderte mein Vater mit leichtem Stirnrunzeln. »Und ich hoffe, daß er weiterhin bei uns bleibt. Aber du brauchst jetzt eine andere Art von Unterweisung.« Langsam drehte er Mamas Ring, während er nach Worten suchte. »Du brauchst jetzt eine Frau, eine Dame, die dir die Kenntnisse vermitteln kann, die du als Königin an deinem eigenen Hof brauchst. Jemand, der dir Latein beibringt und die Anstandsregeln und Lesen und Schreiben ...«

Er verstummte und blickte Brigit an, als suche er eine Bestätigung.

»Es gibt sehr viele Dinge, die du wissen mußt, wenn du an einem großen Hof bist, Gwen«, sagte er sanft. »Dinge, an die wir nicht einmal gedacht haben.«

»Aber ich will nicht an einem großen Hof leben«, sagte ich und stand langsam auf. »Ich will Rheged nicht verlassen. Rheged ist meine Heimat, mein Besitz, meine Welt. Hierher gehöre ich, hier will ich sein.« Ich ging im Raum hin und her, und die bloße Bewegung gab mir Kraft. Das half vielleicht, das Gefühl abzuschütteln, ich würde in etwas hineingezogen, von dem ich keine blasse Ahnung hatte.

»Die Leute hier sind mein Volk, so wie ich eines Tages ihre Königin sein werde«, brauste ich auf und nahm wütend den Titel in Anspruch, den Kevin mir verliehen hatte, als wir Kinder waren, »und ich brauche nicht Lateinisch zu lernen, um zu ihnen zu sprechen. Warum auch? Die meisten unserer Untertanen verstehen überhaupt kein Lateinisch.«

Keiner sagte etwas, und als das Schweigen mich bedrückte, drehte ich mich um und warf mich wieder auf die Bank. »Außerdem werde ich nie, niemals lernen, im Liegen zu essen!«

Mein Vater hob eine Augenbraue, dann beugte er sich vor und versprach feierlich, daß wir niemals *so* römisch werden würden, um im Liegen zu essen.

Dann erörterten wir die Frage, ob ein Herrscher um des Staates und der Diplomatie willen Lateinisch können, ob Rheged darauf vorbereitet sein müsse, seinen Platz in den Plänen des Hochkönigs einzunehmen, und damit war sonnenklar, daß die ganze Sache bereits abgemacht war. Ich kam mir vor wie der junge Fuchs:

wütend, empört und gänzlich abgeneigt, gezähmt zu werden. Er hatte wenigstens einen Bau, in den er laufen konnte.

Schließlich, als ich einsah, daß es keine Möglichkeit gab, mich dieser neuen Entwicklung zu widersetzen, suchte ich im Schweigen Zuflucht. Ich sagte mir, die Dinge würden gewiß wieder in Ordnung kommen, wenn Kevin wieder da war.

So kam Lavinia an den Hof. Sie war klein und füllig, trug ihr Haar sorgsam gelockt und duftete nach einem Parfüm, das sie regelmäßig von einem Kaufmann in Marseille bezog. Sie war so ordnungsliebend, daß es mich fast zum Wahnsinn trieb, und sie übernahm die Leitung meines Lebens wie eine Glucke, die versucht, ein Küken vom Wasser fernzuhalten, und mit ungefähr demselben Erfolg.

Als ich am ersten Morgen nach ihrer Ankunft erwachte, stellte ich fest, daß mein Überkleid und meine Reithosen verschwunden waren und anstelle meiner Kleider ein schlichtes langes Gewand am Pflock hing.

»Überkleider, besonders solche in hellen Farben«, sagte sie energisch, »sind etwas für Damen mit schlechtem Ruf. Und eine anständige Frau trägt niemals Reithosen. Ich kann mir nicht vorstellen, was sich dein Kindermädchen dabei gedacht hat, dich wie eine Barbarin, wenn nicht noch schlimmer, herumlaufen zu lassen.«

Ich wußte nicht, was »noch schlimmer« bedeutete, aber sie war bereits emsig dabei, Mamas Truhe zu öffnen und die Kleider auszusortieren, die darin aufbewahrt waren.

»Wir werden die Kleider benutzen, die geeignet sind, und die übrigen ändern wir«, sagte sie vergnügt. »Die wirklich schönen Sachen heben wir uns für später auf. Eines Tages wirst du erwachsen sein und ein paar modische Kleider brauchen.«

Ich betrachtete die schönen Stücke, von Spitzen gesäumt und mit Stickereien verziert, und schwor mir, sie nicht so bald zu brauchen.

Die Vorstellung, in einem Raum mit unverglasten Fenstern zu schlafen, erfüllte Vinnie beinahe mit ebensoviel Entsetzen wie der Blick auf meine Garderobe, und sie unternahm unverzüglich etwas dagegen. Sie zog in das kleinere Gemach, das Brigit bewohnt hatte, wo wenigstens die Fenster heil waren, und Brigit schlief im Bett dem meinen gegenüber.

Nonny war zwar offiziell noch immer mein Kindermädchen, aber sie war inzwischen verwirrt, brachte mich und Mama und die Gegenwart durcheinander und erzählte mir von Streichen und Abenteuern, die lange vor meiner Geburt geschehen waren. Manchmal durchbohrte sie Lavinia mit Blicken und platzte mit sonderbaren Bemerkungen heraus: »Was ist mit den Haaren von dieser Frau passiert?«

Lavinia nahm es gelassen hin und behandelte die alte kumbrische Amme wie das kindische alte Weib, zu dem Nonny geworden war. Sie schien es wenigstens nicht übelzunehmen.

Plötzlich ging es nur noch um die Führung des Haushalts. Vinnie nahm die Schlüssel zu allen Schränken in Verwahrung und bestand darauf, daß ich mit ihr jeden Winkel inspizierte.

»Ein wirklich vornehmer Hof hat Leinenlaken«, verkündete sie und betrachtete skeptisch die schlichten, aber praktischen Wolldecken, die wir benutzten.

»Hat man hier nie von samischem Steingut gehört?« fragte sie und starrte ungläubig auf den Inhalt des Geschirrschrankes.

Ich versuchte, sie darauf hinzuweisen, daß wir einige rote Näpfe besaßen, doch sie schüttelte traurig den Kopf.

»Ach, es ist nicht wie in den alten Zeiten, Kind«, seufzte sie. »Weißt du, selbst nach ihrer Ankunft in Britannien benutzte die Familie meiner Mutter nichts anderes als die feinsten Töpferwaren vom Festland. Natürlich ist es seit der Zeit der Unruhen viel schwieriger geworden, etwas wirklich Gutes zu bekommen.«

Ich hatte eine Menge über die Zeit vor den Unruhen gehört, als der Handel mit Rom geblüht hatte und es im ganzen Reich Bibliotheken und Schmuckläden und Glashütten gab. Vinnies Großmutter war aus Rom gebürtig und pflegte Geschichten vom Glanz dieser Stadt zu erzählen. In Vinnies Vorstellung war Rom immer noch führend, was Kultiviertheit und feine Sitten anging, und damit verglichen war unser nördlicher Teil der »Provinz Britannien« in der Tat sehr rückständig.

Als Cathbad zurückkehrte, bewegte sich unser Alltag bereits in neuen Bahnen, und als der Druide an den Hof kam, teilte man ihm mit, meine Erziehung liege jetzt in den Händen der Witwe aus York.

Ich war nicht dabei, als man es ihm sagte, aber ich hielt mich gerade in der Halle auf, als er aus dem Gemach meines Vaters kam, das hübsche Gesicht rot vor Zorn.

»Es ist traurig, wenn eine Tochter der Kumbrier nur in den römischen Bräuchen unterrichtet wird«, bemerkte er schroff und warf erst mir, dann Lavinia einen finsteren Blick zu. »Und der Tag wird kommen, da Ihr es bedauern werdet, mein Fräulein, denkt an meine Worte.«

Er schritt weiter und zur Tür hinaus, ohne jemandem Lebewohl zu sagen. Es tat mir leid, daß ich keine Gelegenheit hatte, ihm zu sagen, daß es nicht meine Idee gewesen war.

Nach Vinnies Ankunft blieb der größte Teil des Haushalts in Carlisle, während mein Vater durch den Norden reiste, immer noch darauf bedacht, König Artus im kommenden Frühjahr etwas Endgültiges über den Bündnisvorschlag sagen zu können. Ich argwöhnte, daß er das als Vorwand benutzte, um den Veränderungen unseres häuslichen Lebens zu entfliehen, denn wenn Lavinia auch nicht auf Liegen bestand, so führte sie doch schon in der ersten Woche nach ihrer Ankunft bei den Mahlzeiten Fingerschalen und Handtücher ein.

Nachdem sie sich eingerichtet hatte, kündigte meine Erzieherin an, mit dem Unterricht im Schreiben und Lesen zu beginnen. Ich wehrte mich offen dagegen, und wir konnten uns erst einigen, nachdem sie zugestimmt hatte, daß Brigit zusammen mit mir unterrichtet wurde, weil ich Gesellschaft haben und Brigit es ebenfalls lernen wollte.

Ich sehnte mich nach der Freiheit meines früheren Lebens, dachte nicht nur an die Abenteuer mit Kevin zurück, sondern auch an die Stunden bei Cathbad. Ich vermißte seine Erklärungen, die langen Spaziergänge in den Wäldern bei gutem Wetter und seine Geschichten von anderen Ländern und Zeiten. Sie alle gingen in einem Traum auf, zu dem ich in meiner Phantasie immer wieder zurückkehrte.

Inzwischen hatte ich mir eingeredet, daß Kevin zum Beltane, an dem eine Amnestie erlassen wurde, zurückkommen würde, weil er nicht mehr befürchten mußte, wegen unseres Mißgeschicks mit der Dame oder wegen seiner Flucht bestraft zu werden. Nur diese Hoffnung machte das Leben für mich erträglich.

Langsam gingen die Monate vorbei. Der Winter kam, und der Marktplatz lag manchmal mehrere Wochen still und verlassen da. In diesem Jahr herrschte bittere Kälte, und oft wachte ich zitternd auf, nicht weil ich fror, sondern weil ich Kevin draußen in der Dunkelheit wußte, ohne Familie oder Heim oder Wärme.

Hin und wieder machten Reisende am Hof Zwischenstation, und gelegentlich kamen Nachrichten von meinem Vater, doch verglichen mit den Jahren voll von Reisen und Festen mit den Leuten, prächtigen Abenden mit Festessen und Gesang, war unser Leben eintönig und öde geworden. Ich wartete geduldig darauf, daß die Sonne nach der Wintersonnenwende zurückkehrte, und klammerte mich an die Vorstellung, daß Beltane mir alles zurückbringen würde, wonach ich mich sehnte. Freiheit und Lachen und vor allem Kevin.

Vinnie war entschlossen, mir jede Art von Handarbeit beizubringen, und bald begann ein Stapel bestickter Wäschestücke sich anzuhäufen. Doch mir fiel auf, daß die Wäsche nie benutzt, sondern sorgfältig zusammengelegt und in den Zedernschrank gelegt wurde, den Vinnies Großmutter aus Rom mitgebracht hatte. Schließlich erkundigte ich mich, warum diese Sachen aufbewahrt und nicht benutzt wurden.

»Aber, Kind, sie sind für deine Hochzeit. Sie gehören zu deiner Aussteuer.«

Ich blickte sie verständnislos an und hätte gern gewußt, wie sie auf den Gedanken kam, ich könnte eine Aussteuer brauchen. Als mein Vater und meine Mutter ausgerissen waren, hatte es keine Aussteuer gegeben; alles war viel zu schnell passiert, um daran zu denken. Je nachdem, wer die Geschichte erzählte, war es eine Entführung oder ein Durchbrennen gewesen. Wenn Kevin mich holen käme, würde ich mich auch nicht um eine Aussteuer sorgen, also war es müßig, Zeit und Mühe aufzuwenden. Es erschien mir lächerlich, Wäsche zu besticken, die ich nie benutzen würde, und ich verkürzte mir die langen Stunden damit, mir unser Wiedersehen am Beltane auszumalen.

Manchmal träumte ich, daß er plötzlich auf Federfuß angeritten kam, durch die verblüffte Menge sprengte und mir in den Sattel half; dann verschwanden wir zusammen, bevor überhaupt jemand begriff, was vor sich ging.

Oder er mischte sich unter die Bauern und Handwerker, die Dunkelheit und den Rundtanz abzuwarten, und wir verständigten uns durch ein rasches Lächeln. Während alle im Flackerlicht des Freudenfeuers herumwirbelten, schlüpften wir wie andere Pärchen in die Schatten und verschwanden, ehe es jemand bemerkte.

Ganz gleich, wie unser Wiedersehen ausfallen mochte, es war offenkundig, daß es keinesfalls zum üblichen Trott des Hoflebens, wie Lavinia es sich vorstellte, passen würde.

Als die Tage länger wurden, bemerkte ich mit heimlicher Freude, daß die Zahl der Reisenden auf der Straße zunahm, und ich war sicher, daß jeder Tag mir meinen Liebsten näher brachte.

Das Wetter wurde endlich schön: balsamisch und mild, mit einem Schleier von Erlenblüten, der über dem Fluß schwebte. Ich sehnte mich nach diesem Beltane mit mehr Begeisterung als je zuvor und teilte sogar Vinnies Meinung, daß ich zu diesem Anlaß ein langes Kleid tragen sollte und dazu den hellen Gürtel aus geflochtener Seide und die emaillierte Haarspange aus Mamas Schmuckkästchen. Immerhin war dies ein ganz besonderes Ereignis.

Nachdem ich angekleidet war, brachte Brigit mir den Spiegel, und ich blickte überrascht mein Spiegelbild an. Das Haar war zwar nicht kupferfarben und das Gesicht nicht von heiterer Gelassenheit, aber ich erblickte kein Mädchen, sondern eine junge Frau. Jetzt war ich alt genug, mein Leben in die eigenen Hände zu nehmen, und sollte ich nicht Königin werden, würde ich den Rest meines Lebens mit jemandem verbringen, den ich liebte. Das machte den Verlust des königlichen Ranges mehr als wett.

Die Glöckchen an den Enden des Gürtels klingelten lieblich, als ich mich bewegte, und mit einem Lachen begriff ich, daß man dieses Kleid durchaus als mein Brautgewand ansehen konnte.

Auf dem heiligen Hügel flammte das Freudenfeuer schon beim ersten Versuch auf, und die Nacht des Tanzes begann.

Freude und Hoffnung der neuen Jahreszeit vertrieben alle Spuren winterlicher Starre, als wir uns um die kleine Sonne drehten, die in der Mitte des Kreises flammte. Die Welt erfüllte sich mit Feuerglut und Fruchtbarkeit, und die Hitze weckte ein lange unterdrücktes Fieber. Pärchen fanden sich, befreit von winterlicher Bedrückung, vereint im Verlangen, und eines nach dem anderen verschwand in der Nacht. Ich folgte ihnen mit meinen Blicken und flehte voller Sehnsucht, daß Kevin jetzt zu mir kommen möge. Ab und zu streckte ein anderer Mann die Arme nach mir aus, da er aber nicht Kevin war, lächelte ich und schüttelte den Kopf.

Allzu rasch brannte das Freudenfeuer herunter; die dunklen Gerippe verkohlter Scheite fielen zusammen und schickten Funkenschauer in die Nacht, als sie zu einem Häufchen glühender Holzkohle wurden. Das Vieh wurde gebracht; Kühe und Schweine, Pferde, Schafe und Gänse, sogar die läufigen Ziegen und dümmlichen Hühner, alle wurden sorgsam durch die Asche getrieben, während die Bauern zum Schutz der Tiere vor künftiger Krankheit den Segen der Götter erflehten. Ich beobachtete jede dunkle Gestalt, auf dem Sprung, mich in ihre Arme zu werfen, doch keiner der Männer war der, den ich suchte, und unmerklich begann ich in Panik zu geraten.

Zitternd wartete ich, bis die allerletzte Gruppe sich auf den Heimweg zur Stadt gemacht hatte. Aus Furcht, allein zurückzubleiben, schloß ich mich ihnen an und stimmte in ihren Gesang mit ein, als die neu entzündeten Fackeln in die verschiedenen Häuser getragen wurden.

Jetzt, dachte ich ungestüm, jetzt ist es Zeit, Kevin. Du mußt dich zeigen, bevor wir die Festung der Steinhäuser erreichen, aus der ich unbemerkt nicht entkommen kann!

Fieberhaft musterte ich die Gesichter jeder Gruppe, auf die ich stieß, doch ich fand nichts als Frohsinn und gutmütiges Scherzen bei den Leuten, welche die Freiheit hatten, ihr Leben zu leben, wie es ihnen gefiel.

Als die letzten Feiernden schlafen gegangen waren, stieg ich langsam zu meinem Schlafgemach hinauf, erschüttert und ungläubig. Kevin war nicht gekommen, und jetzt dämmerte mir, daß er nie kommen würde. Diese Erkenntnis betäubte mich und legte sich wie ein Schleier auf meine Augen, und als ich mich durch den

Flur schleppte, erfüllten mich weder Hoffnung noch Verlangen, und ich hatte kein Interesse mehr an der Zukunft.

Brigit schlug die Decken zurück, begann mir beim Auskleiden zu helfen und sprach schläfrig vom morgigen Maitanz. Als sie den seidenen Gürtel zusammenlegte, klingelten die Glöckchen ein letztes Mal; alles, was ich mir erträumt hatte, verklang mit diesem leisen, silberhellen Geräusch, und mein Kummer löste sich in einem Strom von Tränen auf.

»Aber Gwen, was ist los?«

Ohne eine Antwort abzuwarten, nahm sie mich in die Arme, während sich mein ganzer Jammer schluchzend entlud. Sie lauschte aufmerksam, wiegte mich wie eine Mutter ihr Kind, während ich von meinen Ängsten sprach, von meiner Schuld und meiner Zerknirschung über sein Verschwinden und von all den Hoffnungen, die ich mir in den vergangenen Monaten gemacht hatte.

»Er wird mich nie holen, nicht wahr, Brigit?« flüsterte ich, vom Weinen und von Verzweiflung überwältigt.

»Wohl kaum, Gwen, wohl kaum«, antwortete meine Freundin und hielt mich noch immer in den Armen. »Du mußt aufhören zu glauben, daß er lebt, denn er ist so endgültig gegangen, als wäre er gestorben, und du mußt weiterleben und dir selber ein Leben schaffen.«

Ich dachte voll Überdruß an künftige Tage, voll von haargenauen Stichen und kunstvollen Leinentüchern, an Jahre braver Nesthockerei: Erwartete man wirklich von mir, daß ich mich als Ersatz für wirkliches Leben mit einer solchen Öde abfand?

Aber Brigit hatte natürlich recht, und als der Herbst kam, hatte ich die Erinnerung an meine Träume so gut wie begraben. Lavinia hielt mich so in Atem, daß keine Zeit blieb, mich wegen verlorener Freiheiten zu grämen, und weder über die Vergangenheit noch über die Zukunft wagte ich nachzudenken. Nur manchmal, in einer klaren Sommernacht, wenn sich die Sterne in einem Netz über dem nördlichen Himmel gefangen hatten, erinnerte ich mich an den Ritt vom Heiligtum nach Hause und an die Liebe, die hätte erblühen sollen.

25.

Die Verlobung

Während des folgenden Jahres war das Leben am Hof von Rheged geruhsam, friedlich und eintönig. Ich blieb mit dem Haushalt in dem großen Haus in Carlisle, lernte emsig Latein, fabrizierte tadellose Stickereien und befaßte mich hin und wieder mit mathematischen Problemen. Dabei konnte ich auf das zurückgreifen, was Cathbad mich gelehrt hatte, und das verwirrte Vinnie ungemein. Vielleicht war das ein Grund, warum es mir soviel Spaß machte.

Die Zahl königlicher Häupter, die zu Besuch kamen, schien zuzunehmen, besonders nachdem Artus' Bündnis mit Urien besiegelt war. Die meisten unserer Gäste waren Könige, die eine Frau für sich selber, für ihre Söhne oder manchmal für ihre Enkelsöhne suchten. Zuweilen kamen auch Frauen: fürsorgliche Mütter oder Schwestern, die mich und meine Umgebung kritisch beäugten, während sie albern daherschwätzten. Jedoch in der Regel kamen die Männer allein.

Hin und wieder nahm mich mein Vater auf Staatsbesuche mit, wenn das Wetter gut war, der Hof ihm zusagte und er meinte, ich könnte etwas Wertvolles lernen. Ich begrüßte die Möglichkeit, von Carlisle wegzukommen, und mich fesselte der Zusammenhang zwischen Personen und Politik bei unseren nördlichen Nachbarn. Das war zweifellos aufregender als Nadelarbeit, und ich bemühte mich, die verschiedenen Mundarten zu lernen, um bei diplomatischen Erörterungen die Feinheiten verstehen zu können.

Als Vinnie meinte, ich besäße die nötigen häuslichen Fertigkeiten, nahm sie das Problem der Kirche in Angriff. Es hatte in Carlisle einmal eine ansehnliche Gemeinde gegeben, und das Gebäude, das die Christen für heilige Zwecke erbaut hatten, existierte noch, verschimmelt und mit halbfertigem Dach, aber gleichwohl eine Kirche. Meine Erzieherin unternahm den Versuch, das Interesse wiederzubeleben, nicht nur bei den hiesigen Leuten, sondern auch bei den Kirchenführern. Sie begann beschriebene Holztäfelchen fortzuschicken, bat und flehte und umschmeichelte jeden Geistlichen, von dem sie je gehört hatte, und sah sich schließlich mit einem Brief aus London belohnt, des Inhalts, man werde als Hirten für die hiesige Herde einen Mann aus dem Kloster Sankt Ninian nach Carlisle schicken. Ich hatte mir Christen nie als Schafherde oder heilige Männer als deren Hirten vorgestellt, doch Vinnie versicherte mir, das wäre römische Art.

Ich willigte ein, sie zu den Festlichkeiten anläßlich der Ankunft des Bischofs zu begleiten, nachdem sie mir versprochen hatte, daß mich das in der Zukunft zu nichts verpflichtete.

Ich hoffte, der neue Hirte würde Pater Bridei sein, der piktische Mönch, der am Loch Milton gehaust hatte, aber er erwies sich als ein beschränkter, griesgrämiger Mann, der die Welt grundsätzlich mit finsterem Blick betrachtete und für den Frauen Luft zu sein schienen. Ich grübelte darüber nach, warum manche Christen ihren Mitmenschen Liebe und Fürsorge entgegenbrachten, während andere andauernd rechthaberisch und engstirnig waren. Es schien darauf keine Antwort zu geben, und am Ende bedankte ich mich bei Vinnie für ihre Sorge um meine Seele und hielt mir ihre Religion möglichst vom Leib.

Vinnie behauptete, Frauen müßten in ihrer eigenen, abgesonderten Welt leben und arbeiten, und ich sah mich mehr und mehr auf den Raum beschränkt, den sie »die Frauengemächer« nannte. Sie waren so weit vom alltäglichen Treiben entfernt, daß ich oft nicht wußte, wer uns besuchte oder wann er ankam.

So kam ich eines Abends zum Essen in die Halle, ohne zu ahnen, daß Merlin zugegen war und als Gast neben meinem Vater saß.

Ich machte hastig einen Knicks und nahm meinen Platz an der anderen Seite des Königs ein. Was hatte Artus' Zauberer nach Rheged geführt? Kriegspläne konnten es nicht sein, dazu war es zu spät im Jahr.

Als ich den Erzdruiden beobachtete, fiel mir Kevins Bemerkung ein, daß man Merlin nach der Eule hätte nennen sollen; stumm, ungerührt und allwissend ähnelte sogar sein Schatten dem des nächtlichen Raubvogels. Ich war froh, daß mein Vater zwischen uns saß, denn ich wußte beim besten Willen nicht, was ich zu unserem Gast sagen sollte, und aus seiner abweisenden Haltung schloß ich, daß er es nicht für nötig hielt, mit mir zu sprechen.

Und ich war noch überraschter, ihn beim Eintritt ins Staatsgemach vorzufinden, denn mein Vater hatte mich gebeten, ihm nach dem Essen Gesellschaft zu leisten. Ich versuchte es mit dem Vorschlag, ich könne ja später wiederkommen, aber mein Vater hielt mich zurück.

»Nein, nein, Kind. Ich … das heißt, wir haben dich aus einem bestimmten Grund hergerufen. Merlin möchte mit dir sprechen.«

Mein Vater deutete auf einen Stuhl, auf dem ich Platz nahm und meine Blicke langsam zwischen meinem Vater und dem Zauberer hin- und herwandern ließ.

»Aber, aber, Mädchen«, sagte Merlin barsch, »du brauchst nicht herumzuzappeln. Ich wollte bloß wissen, wie alt du bist.«

Ich wäre weniger erstaunt gewesen, hätte er mich nach Dracheneiern gefragt, und ich starrte ihn mit offenem Mund an. Mein Alter hätte er doch von meinem Vater erfahren können!

»Ich werde diesen Dezember fünfzehn«, erwiderte ich und fragte mich, warum er nickte.

»Anfang Dezember?« wollte er wissen, und als ich nickte, murmelte er etwas von Schützen und fehlendem Takt.

Schließlich jedoch wandte er sich an meinen Vater, dankte ihm für unsere Gastfreundschaft und erklärte, er werde jetzt schlafen gehen. Ich erhob mich ehrerbietig, als er ging, und dann blickte ich verdutzt meinen Vater an.

»Äh … hm.« Mein Vater holte tief Luft, zog die Schultern hoch, ließ sie langsam sinken und winkte mich zu sich.

»Ich denke, Gwen, daß du gerade auserwählt worden bist, König Artus' Frau zu werden.«

»Was?«

»Das war's, was Merlin hergeführt hat; er wollte sich erkundigen … ob ich eine solche Heirat in Erwägung ziehen würde oder nicht. Ich sagte ihm, ich müsse mit dir sprechen.« Er blickte auf seine Hände, und das Schweigen lastete schwer zwischen uns.

»Nun?« fragte er schließlich.

»Nun was?« Es hatte mir den Atem verschlagen, und es dauerte eine Weile, bis ich wieder sprechen konnte. »Fragst du mich, was ich dabei empfinde? Glaubst du ernsthaft, ich würde darüber nachdenken? Willst du mich von Rheged wegschicken, ob ich will oder nicht? Ich dachte, wir hätten eine Abmachung?«

»Richtig«, sagte er gelassen, »und darum sage ich dir nicht einfach, was du tun wirst, sondern wir unterhalten uns darüber. Fangen wir also an. Was hast du dagegen einzuwenden, den Hochkönig zu heiraten?«

»Einwände? Ich kenne ihn nicht einmal. Ich müßte mich auf den langen Weg nach Logres machen, um ihn zu heiraten und unter Fremden zu leben. Ich will keine Hochkönigin sein ... Ich will bloß hier in Rheged bleiben, bei meinem Volk. Und was am wichtigsten ist«, – ich hielt inne, um dem folgenden Satz besonderen Nachdruck zu verleihen –, »daß Urien dem Bündnis zufolge Anspruch auf die Krone erheben kann, wenn ich Rheged verlasse und du nicht mehr bist; und das will ich nicht.«

»In Ordnung«, räumte mein Vater ein, »trinken wir einen Becher Wein und betrachten wir diese Gründe etwas genauer. Es ist Zeit sich zu entscheiden, wen du als Gatten vorziehen würdest.«

»Vorziehen?« keuchte ich und spürte, daß die Zukunft mir auf den Leib rückte.

»Ja, wen du vorziehst. Ich werde Merlin nicht sagen, daß du sein Angebot ablehnst, ohne ihm den Namen des Mannes zu nennen, den du bevorzugst. Wie es aussieht, ist die Sache peinlich genug, ohne daß wir dem Hochkönig kurzerhand einen Korb geben. Nun, du hast fast jeden kennengelernt, der Interesse an dir gezeigt hat; also laß uns die Liste durchgehen und sehen, was das Beste ist, das wir für dich tun können, Mädchen. Besser bei einem Schluck Wein«, setzte er hinzu.

Ich füllte die Becher, und im Verlauf des Abends erörterten wir die Vorzüge und Nachteile jeder ehelichen Verbindung, die für mich in Frage kam. Ich hatte keine Ahnung, daß so viele Männer interessiert waren, und was deren Alter anging, war die Spannweite so groß, daß es fast komisch war. Selbst nachdem wir alle ausgeschieden hatten, die mehr als fünf Jahre jünger waren als ich, und dann alle, die sich bereits den Fünfzigern näherten, blieb dennoch eine Liste übrig, die weit länger war, als ich erwartet hatte.

An erster Stelle stand Urien, der für seinen Sohn Uwain um meine Hand warb.

»Diese Heirat«, erklärte mein Vater, »würde unsere beiden Königreiche vereinen und den Spannungen an den Grenzen ein Ende setzen. Aber ich kann mir nicht vorstellen, daß du in dieser Ehe glücklich würdest. Der Junge ist noch ein Grünschnabel, und Urien ist zwar ein guter Führer, aber von Natur aus hochfahrend, und er stellt Blutsbande über alles andere. Es ist besser, ihn als Verbündeten denn als Feind zu haben … aber er würde alles an sich reißen wollen und, wenn die Zeit käme, dich einfach beiseite schieben und sich selber zum Herrscher machen, bis eure Kinder erwachsen sind. Nein«, schloß er, »ich würde dich viel lieber als Gattin des Hochkönigs sehen, der genügend Macht hat, Urien zu zügeln, als unter der Fuchtel eines Herrschers, der kleiner und unbedeutender ist.«

Ich nickte und dachte, daß eine Heirat mit Uwain mich auch zur Schwiegertochter von Morgan le Fay machen würde – und ich war nicht sicher, ob ich damit fertig werden konnte.

»Auch König Caw«, fuhr mein Vater fort und leerte sein Glas, »hat dich immer mit einem Mitglied seiner Familie vermählen wollen. Kürzlich hat er seinen jüngsten Sohn als Gemahl für dich vorgeschlagen.«

»Gildas?« rief ich empört, denn ich erinnerte mich noch sehr gut an diesen Jungen, der alles besser wußte und bei einem Staatsbesuch im letzten Frühjahr gnadenlos meine Nerven malträtiert hatte. Von diesem engstirnigen und eingebildeten Burschen hatte ich am wenigsten erwartet, daß er am Heiraten interessiert war.

»Ich glaube, daß er ein Maulheld ist«, meinte ich. »Außerdem stehen seine Augen zu dicht zusammen. Er wird wahrscheinlich häßliche Kinder zeugen.«

Mein Vater nickte belustigt. »Ich dachte immer, er wäre dir zu gelehrt.«

Wir gingen zahlreiche Familien durch, meistens solche aus dem Norden, und dann fiel Gawains Name.

»Es ist nicht so«, fügte mein Vater eilig hinzu, »daß er um dich angehalten hätte. Aber wenn er dir besser gefällt als Artus, müßten wir uns erkundigen.«

Ich brach in Gelächter aus, als ich mich an den rothaarigen

Wirbelwind erinnerte, der in Threlkeld Knotts durch den Sommer gestürmt war.

»Das meinst du gewiß nicht ernst, oder?« fragte ich, und jetzt lachte mein Vater wirklich laut.

»Das wäre, als würde man zwei Soay-Schafe zusammen anpflocken«, sagte er. Dann seufzte er und verzog das Gesicht. »Maelgwn von Nord-Wales würde sich dieses Königreich eines Tages gern einverleiben; wegen seiner Verwandtschaft mit deiner Mutter rechnet er damit, einen Anspruch auf die Regentschaft zu haben, wenn ich sterbe, besonders wenn du in einem weit entfernten Königreich regierst. Er hat sogar vorgeschlagen, seine augenblickliche Gattin zu verstoßen, falls du zustimmst, ihn zu heiraten und unsere Länder jetzt zu vereinigen.«

Ich starrte meinen Vater voller Abscheu an, und er nahm meine Hand.

»Nein, nein, Mädchen, ich sagte ihm, daran sei nicht zu denken, und daß ich dich mit einer so unanständigen Aufforderung nicht behelligen wolle. Behalte Maelgwn in den kommenden Jahren trotzdem sorgfältig im Auge. Er ist ein habgieriger Teufel, der sein Königsamt eher als ein Recht denn als eine Verpflichtung ansieht, und für den Menschen keine achtenswerten Individuen, sondern bloß Dinge sind, die man benutzen und geschickt handhaben kann. Ich fürchte, er wird als Tyrann berühmt werden und jedem Land, das er regiert, ein bitteres Erbe hinterlassen.«

Ich beschloß, mir die Worte meines Vaters zu merken, und wir gingen zum nächsten Namen auf der Liste der Freier über.

Als die Weinkaraffe geleert war und die Öllampen zu qualmen begannen, waren mein Vater und ich in einem Punkt einig: von allen Heiratsanträgen war der von Artus am wenigsten mit Schwierigkeiten behaftet. Nicht nur das: damit war auch das Problem gelöst, wie man Uriens Sohn abweisen konnte, ohne seinen Stolz zu verletzen, und es bedeutete darüber hinaus, daß der Schutz Rhegeds im besonderen Interesse des Hochkönigs liegen würde.

»Aber warum«, fragte ich müde, »bittet der Hochkönig ausgerechnet mich um meine Hand? Welchen Vorteil kann das für ihn haben?«

Mein Vater seufzte und blickte in seinen leeren Becher.

»Du bist eine Kumbrierin, und gibt es eine bessere Möglichkeit, die grollenden Könige des Nordens zu besänftigen, als die Heirat mit einem Mädchen aus dem Norden? Natürlich sagt Merlin auch, Artus sei von dir recht eingenommen gewesen, als er uns nach der großen Schlacht besuchte, es ist also eine Werbung nicht ausschließlich aus politischen Gründen.«

»Vielleicht nicht für ihn«, brummte ich, »ich dagegen habe keine anderen Gründe als politische, seine Werbung anzunehmen. Es ist nicht das, was man eine Heirat aus Liebe nennen würde; überhaupt nicht mit der Beziehung zwischen Mama und dir zu vergleichen.«

Es gab eine lange Pause, und mein Vater blickte tieftraurig auf seine Hände.

»Glaube mir, Kind, wenn es unter den möglichen Freiern einen gäbe, dem du den Vorzug geben, den du wirklich heiraten möchtest, ich würde nicht zögern, Merlin eine Absage zu erteilen. Aber wir haben jeden der Bewerber geprüft und niemanden gefunden, der dir besonders gefallen hat. Es ist schwer, dich zu bitten, aus Pflichtgefühl zu heiraten, wo ich doch selber weiß, daß eine Heirat aus Liebe etwas Besonderes sein kann …«

Ihm versagte die Stimme, er blickte mich hilflos an, und sein Gesicht spiegelte Mitgefühl und Sorge wider.

»Und da ist noch etwas, Gwen, das wir in Betracht ziehen müssen. Ich bin nicht … nicht mehr so jung, wie ich sein sollte. Es gibt Tage, da ich kaum stehen kann, und ich ermüde viel schneller, als es natürlich wäre. Die Kräuterfrau tut alles, was sie kann, aber die Arzneien kommen gegen den Schmerz nicht mehr an, und ich wäre beruhigter über deine Zukunft, wenn du einen starken jungen Mann heiraten würdest, von dem ich weiß, daß er für dich sorgen wird. Das ist für dich vielleicht nicht dasselbe wie eine Heirat aus Liebe, aber es ist das nächstbeste, für das ich sorgen kann.«

Und so stimmte ich schließlich zu, im kommenden Frühjahr in den Süden zu reisen, um Hochkönigin von Britannien zu werden.

Das war vor sechs Monaten, und jetzt verkündete in den Wäldern hinter meinem Zelt ein liebestoller Kuckuck, daß es wirklich Frühling geworden war.

Mir ging zu viel im Kopf herum, um im Bett zu bleiben, und ich stand auf, warf meinen Umhang um und trat vor das Zelt.

Der Himmel war mit Sternen übersät. Die Männer meiner Eskorte lagen schlafend am Lagerfeuer, nur der Wachtposten saß in der Nähe der Pferde.

Die Nacht war windstill und nicht zu kühl, und ich lehnte mich an die Zeltleinen und blickte zum Himmel auf. Durch Raum und Zeit von mir getrennt lag meine Kindheit in Rheged hinter mir und die Liebe, nach der ich mich einst so gesehnt hatte. Vor mir knüpfte die Moira meine Schicksalsfäden … Königin an einem Hof, den ich nicht wollte, Ehefrau eines Gemahls, den ich nicht kannte.

Doch hier war ich frei von beiden Welten, von jeder angerührt, doch von keiner beengt. Ein Hauch von Abenteuer lag in der Luft, und das war neu für mich, denn ich reiste in Länder, die ich nie gesehen, an Orte, von denen ich nur in Liedern gehört hatte. Meine Zukunft mit Artus würde sich vielleicht in den Grenzen formeller römischer Sitten abspielen, doch bis dahin war noch etwas Zeit, und es wäre töricht, diese kostbaren Tage damit zu vergeuden, in Gedanken zwischen Vergangenheit und Zukunft zu schwanken und darüber die Gegenwart zu versäumen. Außerdem mußte ich wachsam und aufgeschlossen sein, falls etwas Besonderes geschah, das mein Schicksal verändern konnte.

Am Rand des Lagerplatzes erschien ein Mann, wechselte ein Wort mit dem Wachtposten und kam dann auf das Zelt zu. Noch bevor er ein Wort sagte, wußte ich, daß es Bedivere war.

»Ihr seid noch wach, meine Dame?« sagte er und blieb stehen, als er mich erblickte.

»Es ist eine wunderschöne Nacht«, erwiderte ich gelassen.

»Ja, und der Morgen wird bald dämmern. Und da wir morgen einen langen Tag vor uns haben, wird es das beste sein, wenn Ihr Euch schlafen legt.«

Ich nickte und wünschte, es gäbe eine Möglichkeit, ihn an meiner Hochstimmung teilhaben zu lassen.

Als ich mich wieder niederlegte, lächelte ich schläfrig, als ich Kaethis Stimme leise in meinen Ohren widerhallen hörte: »… eine wundervolle Rundreise, wo immer man auch hinkommt.«

26.

ARTUS

Die fröhliche Abenteuerstimmung hielt noch am folgenden Tag an. Meine Abschiede lagen hinter mir, aufregende neue Horizonte vor mir, und so ritt ich fröhlich und entdeckungslustig weiter.

Am Flußufer erstreckte sich eine verfallene Siedlung, und wir durchquerten sie, ohne bei den Leuten große Aufmerksamkeit zu erregen, wenngleich einige, die das Zeichen des Roten Drachen erkannten, uns einen Gruß zuriefen und der Schmied an der Furt Bedivere bei seinem Namen nannte.

Als Artus' Feldhauptmann das nächste Mal neben mir ritt, fragte ich ihn, woher der Mann ihn kenne.

»Ich bin im letzten Jahr eine Zeitlang hier gewesen.« Bedivere deutete auf den Hügelkreis am Horizont. »Manchester ist ein natürlicher Kreuzungspunkt, und jetzt, da Artus plant, ein königliches Kuriersystem einzurichten, könnte Manchester der nördliche Angelpunkt sein. Es ist sehr wichtig, Nachrichten von einem Ende des Reiches zum anderen zu befördern; während der Zeit der Unruhen brach das römische Postsystem zusammen, also müssen wir selbst noch mal von vorn anfangen. Ich kam her, um zu sehen, was man tun kann.«

Bediveres Begeisterung war ansteckend.

»Ist das denn möglich?« fragte ich.

»Natürlich. Artus sagt, alles sei möglich. Aber in diesem Fall scheint es auch durchführbar zu sein. Ich denke, im nächsten Jahr werden wir es so gut wie geschafft haben.«

Über die Notwendigkeit eines Nachrichtennetzes hatte ich nie nachgedacht, doch allmählich erkannte ich, wie wichtig ein solches System war.

»Er hat wirklich vor, der König aller Briten zu werden, nicht wahr?« fragte ich ein wenig erstaunt.

»Vorausgesetzt, wir können dem Vormarsch der Sachsen Einhalt gebieten«, bestätigte Bedivere mit einem Kopfnicken. »Es hat ihn viel Mühe gekostet, den Burgfrieden unter den Briten zustande zu bringen, damit wir mit vereinten Kräften gegen die Seewölfe kämpfen können. Eures Vaters Bündnis mit Urien hat dazu beigetragen, die anderen keltischen Könige zur Zusammenarbeit zu veranlassen. Hoffentlich werden sie jetzt gemeinsam gegen die Sachsen kämpfen und nicht einer gegen den anderen.«

Der Tag war so friedlich und ruhig, daß man sich schwer vorstellen konnte, von Feinden bedroht zu sein, die aus reinem Vergnügen mordeten und ihren Gegnern manchmal bei lebendigem Leibe die Haut abzogen.

»Sind die Sachsen wirklich so entsetzlich, wie man sagt?« fragte ich, als mir klar wurde, daß ich nie einen gesehen hatte.

»Kommt drauf an«, erwiderte er und trieb sein Pferd auf der Straße nach Westen zu einer schnelleren Gangart. »Es gibt welche, die seit Generationen an der sächsischen Küste leben, seit Vortigern sie als Söldner herüberkommen ließ. Sie sind Verbündete; alteingesessene Bauern, die treu zu Britannien stehen. Und in der Gegend von York hat es schon vor dem Abrücken der Legionen friedliche sächsische Siedlungen gegeben.«

Vinnies Bemerkung fiel mir ein: »Leute, kaum besser als Schweine, die in Erdhöhlen hausen.« Angesichts des römischen Erbes ihrer Familie betrachtete sie natürlich die Siedler, die sich außerhalb der Mauern ihrer Geburtsstadt zusammenrotteten, mit Hochmut. Aber sie hatte nie erwähnt, daß es mit den ansässigen Sachsen Ärger gegeben hatte, sondern nur mit den Eindringlingen.

»Warum kommen sie immer noch her?« wollte ich wissen.

Bedivere dachte kurz nach. »Ich nehme an, das Land ist hier besser als auf dem Festland. Sie sind gute Bauern, wenn sie erst einmal ihre Waffen weggelegt haben, und sie siedeln lieber in den Niederungen – in den Flußauen – als im Hochland, das unsere Leute schätzen.«

Das kam mir sonderbar vor, denn ich konnte mir nicht vorstellen, daß sich jemand absichtlich in Schlamm und Sumpf niederließ. Und Schafe hatten natürlich auch nicht gern nasse Füße. Vielleicht hatten sie keine Schafe.

»Das wirkliche Problem sind die Piraten, die sächsischen Seeräuber, die mit ihren Langbooten an der Küste entlangschleichen und jede Siedlung, auf die sie stoßen, verwüsten.« Bedivere warf mir einen fragenden Blick zu. »Interessiert Euch das wirklich, oder wollt Ihr bloß höflich sein?«

»Natürlich interessiert es mich, sonst würde ich nicht fragen«, entgegnete ich, denn es kränkte mich, daß er glaubte, ich wollte nur ein bißchen plaudern. »Ich weiß nicht, wie Eure südlichen Königinnen sind, aber eine keltische Königin macht sich Gedanken.«

Da lachte er und warf ausgelassen den Kopf zurück. »Ich werde nicht vergessen, es Artus zu erzählen«, sagte er, und ich wußte nicht, ob das gut oder schlecht war.

Die gutmütigen Neckereien gingen weiter, wobei Bedivere hin und wieder nach hinten ritt, um sich davon zu überzeugen, daß die Wagen mit unserem neuen Tempo Schritt hielten. Er ermunterte sogar den Zauberer, ein wenig schneller zu reiten, und einmal ertappte ich ihn dabei, wie er mich auf seine halb-amüsierte Art musterte, als hätten wir ein kleines Geheimnis. Vielleicht wartete auch er auf ein Abenteuer.

Am frühen Nachmittag kam uns ein Reiter auf der Straße entgegengeprescht, also entschuldigte sich Bedivere, um mit dem Mann zu sprechen. Mir fiel auf, daß Merlin plötzlich lebhafter wurde und sich zu unseren Vorreitern gesellte, die sich eilig berieten. Danach ritt Bedivere auf dem Weg des Boten zurück, während Merlin gemächlich an meine Seite kam.

»Es scheint, daß wir Gesellschaft bekommen«, bemerkte der Zauberer lakonisch. »Der Zug des Hochkönigs ist von Chester aus hierher unterwegs.«

»Artus?« Das kam so unerwartet, daß mir der Name wie ein Schluckauf entfuhr.

»Natürlich Artus. Er ist der einzige Hochkönig, den Britannien hat, meine Dame«, erwiderte Merlin trocken.

»Oh … « Die unmittelbare Ankunft des Mannes, der mein Leben von nun an bestimmen würde, erfüllte mich mit Verwirrung und Verblüffung; gerade jetzt mußten die Tage der Freiheit auf der Straße dem Protokoll und königlichen Zeremoniell weichen. Eine leise Panik ergriff mich, während die Pferde uns unbarmherzig vorwärtstrugen.

»Wenn Ihr wollt, können wir anhalten und das Zelt aufschlagen, damit Ihr ihn standesgemäß empfangen könnt«, schlug der Zauberer vor, und seine schwache Stimme übertönte kaum das Geräusch der Hufschläge.

Ich war unsicher und wußte nicht, was von mir erwartet wurde.

»Und wenn wir nicht anhalten?« fragte ich in der schwachen Hoffnung, das drohende Treffen abzuwenden. Vielleicht würde der König umkehren und fortreiten.

Ich sah ein kurzes Lächeln in den klugen, alten Augen aufblitzen. »Dann, denke ich, werden wir ihn auf der Straße treffen.« Er zuckte die Achseln und beobachtete mich immer noch verstohlen. »Es würde uns allen gewiß eine Menge Unannehmlichkeiten ersparen, wenn wir uns nicht damit aufhalten müßten, ein Lager aufzuschlagen.«

Ich dachte an die Umstände und lächelte freundlich. »Das ist nicht nötig, Sir«, sagte ich. »Ich kann ihn ebensogut auf dem Rücken eines Pferdes treffen.«

Merlin nickte wortlos, und wir setzten unseren Weg fort.

Ich wußte, daß Vinnie wütend sein würde. Ich konnte sie bereits hören, wie sie mich herunterputzte, weil ich meinen künftigen Ehemann nicht wie eine elegante Königin, sondern eher in der Kleidung eines Stallburschen empfing. Aber, sagte ich mir, er kommt schließlich, um mich zu holen und nicht um meiner Garderobe willen. Soll er ruhig von Anfang an wissen, was er bekommmt.

Vor uns gab es Bewegung, und eine Reiterschar kam auf uns zu. Die vorderen Reiter grüßten einander, als unsere beiden Trupps sich trafen. Kurz darauf löste sich ein junger Mann auf einem großen kastanienbraunen Pferd von den anderen und hielt vor Merlin an.

Er hatte das helle Haar, an das ich mich erinnerte, und die gebräunte Haut eines Mannes, der viel Zeit im Freien verbringt. Sein Haar war im Nacken mit einem Lederband zusammengebunden, und in den zwei Jahren nach seinem Besuch in Rheged hatte er sich tatsächlich einen Schnurrbart wachsen lassen, wenn dieser auch weder so üppig noch so eindrucksvoll war wie der von König Ban. Seine Augen standen weit auseinander und schienen über den Schauplatz zu schweifen, als wollte er ihn sich mit einem Blick einprägen, und mein erster Eindruck war, daß ich einen Mann vor mir hatte, bei dem sich ungeheures Selbstvertrauen mit Scharfsinn und Tatkraft paarte.

Mich sah er kaum an, sondern lächelte ausschließlich Merlin zu.

»Artus«, sagte der Zauberer ohne Umschweife, »ich glaube, du kennst Ginevra bereits.«

Der Hochkönig bedachte mich mit einem höflichen Nicken, lenkte sein Pferd neben das meine und winkte dem Zug zu, sich wieder in Bewegung zu setzen.

»Gibt es Nachrichten, die nicht bis heute abend warten können?« fragte er den Zauberer.

»Nicht, daß ich wüßte«, gab der Zauberer zur Antwort. »Außer, daß deine Schwester Morgan ein paar Tage hinter uns ist. Ich sagte ihr, sie dürfe gern mit uns reiten, wenn sie uns einholen könne.«

Artus lächelte und nickte. »Dann möchte ich mich gern, wenn du nichts dagegen hast, mit meiner Braut bekannt machen.« Zum ersten Mal wandte er sich mit einem schnellen und fröhlichen Blick an mich.

Der Zauberer nickte wortlos, warf mir einen letzten amüsierten Blick zu und fiel wieder in seinen Trott zurück.

Artus blickte auf das Gedränge von Männern und Pferden, in dem wir steckten, packte Federfuß' Zügel und bahnte uns den Weg durch die vordersten Reiter.

Als wir die Reiterschar hinter uns hatten, trabten die Pferde von allein weiter, und mein Bräutigam lächelte mich an.

»Ein bißchen schwierig, sich in dem ganzen Gewühl privat zu unterhalten«, sagte er liebenswürdig.

Ich wollte wissen, wie er uns gefunden hatte.

»Bedivere schickte einen Boten nach Chester, also blieb ich einen Tag länger dort für den Fall, daß du bald vorbeikommen würdest.«

»Du hast es so geplant?« Die Vorstellung machte mich neugierig; vielleicht war Artus gar nicht so sehr auf das Protokoll bedacht, wie ich erwartet hatte.

»Sagen wir, ich hoffte, daß es sich so ergeben würde. Wenn wir kurz vor der Hochzeit auf ein formelles Treffen warten würden, hätten wir kaum Gelegenheit, uns kennenzulernen. Und da ich wegen Kupferlieferungen von Great Orm's Head verhandelte, machte ich hier Zwischenstation, während Bedivere und Merlin nach Rheged reisten, um dich zu begleiten. Merlin rechnete nicht damit, daß du so rasch reisefertig sein und innerhalb von drei Tagen nach seiner Ankunft in Ambleside aufbrechen würdest. Also habe ich dich hier erwartet.«

Ich lächelte insgeheim und dachte, wie verwirrt der Zauberer gewesen sein mußte, als er feststellte, daß ich bereits alles gepackt hatte und bereit war, am nächsten Morgen aufzubrechen.

Eine Pause trat ein, und Artus warf mir einen raschen Blick zu. »Ich hoffe, ich habe dich nicht gekränkt. Es ist mir klar, daß das für Leute, die einander heiraten wollen, nicht gerade die übliche Art ist, sich zu begegnen.«

Ich lachte und schüttelte den Kopf. »Nein, überhaupt nicht. Ich bin bloß ein bißchen überrascht.«

»Gut«, sagte er und schien zufrieden.

Wir ritten eine Weile schweigend und ein wenig befangen.

Federfuß, die sich jetzt frei fühlte, tänzelte aufgeregt, und ich mußte sie an den kurzen Zügel nehmen.

Plötzlich stieß Artus hervor: »Ich habe gehört, daß du Wettrennen gern hast.«

Ich meinte in seiner Stimme eine gutmütige Herausforderung zu hören und bejahte.

»Nun, worauf warten wir? Dort oben auf dem nächsten Hügel steht eine einzelne Eiche. Hast du Lust?«

»Natürlich«, erwiderte ich ohne zu zögern, und dann stürmte sein Brauner vorwärts, und Federfuß hatte Mühe, Schritt zu halten. Ich war froh, daß Artus mir nicht gönnerhaft einen Vorsprung eingeräumt hatte, und ich gab den Kopf meiner Stute frei und trieb sie mit beiden Fersen kräftig an, während sie vom kurzen in einen langen Galopp überging.

Die Straße führte über eine Anhöhe und fiel dann zu einem Wäldchen von Stechpalmen und Eschen ab. Dahinter erstreckte sich eine lange ebene Strecke, die allmählich zur Hügelkuppe aufstieg, auf der ich den Umriß einer knorrigen Eiche erkannte. Artus blickte sich um und deutete auf den Baum, und ich nickte kurz. Sein Tier war groß und kräftig, mit der breiten Brust und der guten

Lunge eines erprobten Jagdpferdes, und ich wußte, wenn ich das Pferd einholen wollte, mußte ich es hier tun, wo die abfallende Straße sich zu meinen Gunsten auswirken würde.

Ich bückte mich tief über Federfuß' Kruppe, trieb sie mit Stimme und Fersen an und war mit dem Braunen auf gleicher Höhe, als die Stechpalmen vorbeiflogen.

Artus hatte den Vorteil des kraftvolleren Pferdes, ich jedoch war leichter und trug weder Schild noch Schwert. Er blickte sich um, und ich fürchtete einen Augenblick, er würde aufgeben und mich gewinnen lassen, bloß weil ich ihn eingeholt hatte. Ich war auf der Innenbahn, als wir uns einer leichten Kurve näherten, und ich schob mich an ihm vorbei und raste den langen, sanft ansteigenden Hang hinauf, unserem Ziel entgegen, ohne abzuwarten, wie er reagieren würde.

Beide Pferde holten alles aus sich heraus, hatten die Ohren angelegt und die Hälse langgestreckt, und als ich mich einmal umblickte, sah ich, daß Artus entschlossen war, mich zu überholen, während ich meinen Vorsprung halten wollte.

Das Stehvermögen des Braunen begann sich auszuwirken, und als wir den Hang hinaufdonnerten, konnte ich den Boden unter seinen Hufen erzittern hören. Seit Kevin fort war, hatte ich ein solches Rennen nicht mehr bestritten, und das Blut brauste in meinen Ohren, als wir uns der Entscheidung näherten.

Federfuß war wie immer mit Feuereifer bei der Sache, doch Artus kam uns Zoll für Zoll näher.

Als wir den Schatten der Eiche erreichten, sah ich zu meinem Widersacher hinüber und erkannte, daß wir gleichauf lagen, keiner hatte die Nase vorn. Ich sah auch, daß Artus' Gesicht vor Erregung ebenso gerötet war wie das meine, und als er einen Arm hob und sein Pferd zügelte, tat ich es ebenfalls.

Die Pferde wurden langsamer und kamen dann am Rand eines Ulmenwäldchens zum Stehen. Mein Herz klopfte noch immer, und wir saßen da, rangen nach Luft und lächelten.

»Kompliment, meine Dame«, sagte er schließlich, »du bist in der Tat eine so prächtige Reiterin, wie Gawain gesagt hat.«

»Gawain?« fragte ich und mußte lachen, als ich an unser Abenteuer in Rheged dachte.

»Natürlich«, sagte Artus. »Glaubst du etwa, ich würde nach einer Frau schicken lassen, ohne mich zuerst nach ihr zu erkundigen? Und du hast wahrlich einen nachhaltigen Eindruck auf meinen besten jungen Krieger gemacht. Ich glaubte, er übertreibe ein bißchen, aber nach dem, was ich eben erlebt habe, muß ich ihm recht geben.«

Wir trotteten zur Straße zurück und waren dem Zug jetzt ein gehöriges Stück voraus.

»Was hast du sonst noch gehört?« fragte ich, neugierig, ob er wohl wußte, daß ich nicht übermäßig erpicht darauf war, seine Frau zu werden.

»Nun«, sagte er gedehnt, »Bedivere warf mir einen seiner geheimnisvollen Blicke zu und meinte, ich würde nicht enttäuscht sein.«

Das brachte mich zum Lächeln, und Bediveres diplomatische Art erleichterte und amüsierte mich.

»Er würde einen guten Gesandten abgeben«, murmelte ich.

Artus nickte zustimmend. »Ich habe oft gedacht, daß es ein Glück ist, die Leute, die man braucht, in seiner Nähe zu haben.« Seine Stimme war jetzt tiefer, und ich warf ihm verstohlen einen Blick zu. Das Lachen und die Ausgelassenheit lagen dicht unter der Oberfläche, aber seine Miene zeigte mir, daß wir ein Thema berührt hatten, das zu wichtig war, um es in einer leichten Plauderei abzuhandeln.

»Es gibt so viele Dinge, die getan werden müssen, und manchmal verliere ich die Geduld mit Leuten, die in jeder Suppe ein Haar finden. Bedivere versteht es vorzüglich, andere von der Bedeutung neuer Ideen zu überzeugen, ohne sie zu reizen. Ich fürchte, mit diesem Talent bin ich nicht gesegnet«, fügte er reumütig hinzu, »aber er hat sich von jeher gut darauf verstanden.«

»Er erzählte mir, ihr wärt als Pflegekinder aufgezogen worden?«

»Wir sind zusammen durch dick und dünn gegangen, wie alle Jungen«, lächelte er. »Aber in den folgenden Jahren habe ich angefangen, mich immer mehr auf ihn zu verlassen. Wenn man von vielen Menschen umgeben ist, die alle möglichen Dinge wollen, ist es gut zu wissen, daß es eine Person gibt, von der man eine ehrliche und unparteiische Antwort erwarten kann. Jemand, der für

Gleichgewicht sorgt, wenn das Boot zu stark zu schwanken scheint. Und durch ihn lerne ich, das Leben am Hof im richtigen Verhältnis zu sehen.«

Ich dachte an Brigit und pflichtete ihm bei.

Eine große Gruppe Reisender kam in Sicht, Händler und Kaufleute und ein oder zwei Bauern, die sich zu einer Reisegesellschaft zusammengefunden hatten. Wir machten Platz, um die größere Gruppe vorbeizulassen, obwohl der Hochkönig nach dem Protokoll das Wegerecht hatte.

Er sah die Leute vorbeiziehen und lächelte, als sie uns freundlich grüßten. In der Mitte der Gruppe ritt ein dunkelhaariger Mann auf einem großen, stämmigen Pferd, gefolgt von Dienern und Packpferden in guter Ordnung. Er war kostbar gekleidet, und sein Umhang wurde von einer massiven, runden Spange zusammengehalten, die denen der Sachsen sehr ähnlich war. Ich fragte mich, ob er ein Händler vom Festland war; glattrasiert und gepflegt, wie er war, hätte er aus Konstantinopel oder gar aus Rom kommen können.

»Wie ist es am Hof?« fragte ich neugierig, als die Straße wieder frei war. »Ist er sehr römisch?«

Er schüttelte unwirsch den Kopf, doch er sprach heiter, nicht zornig. »Ich weiß nicht, warum man immer wieder diese Bezeichnung gebraucht. Ich habe Leute satt, die behaupten, wir wären zu römisch, wo wir doch in Wirklichkeit überhaupt nicht römisch sind. Das Römische Reich begann vor einem Jahrhundert zu zerfallen, und Britannien, ob es nun wollte oder nicht, mußte sich um sich selbst kümmern, seit die Barbaren Rom einnahmen. Die Lebensart, das Herrschaftssystem, selbst die Denkweise der Römer gehören der Vergangenheit an. Dahin gibt es kein Zurück, wir können nicht etwas wiederbeleben, das es nicht mehr gibt, selbst, wenn wir es wollten. Das würde einfach nicht klappen. Wir brauchen neue Ideen, neue Ziele, ein neues System …«

Er drehte sich im Sattel um und sagte mit Nachdruck: »Wir sind ein eigenes Land. Wir müssen uns auf unser eigenes Volk, auf unsere eigene Verteidigung und unsere eigenen Fähigkeiten verlassen. Die Barbaren dringen aus dem Osten und dem Norden ein, und die Iren sind für den Westen immer eine Bedrohung. Wenn wir nicht alle unsere Kräfte nutzen, werden wir von der Bildfläche verschwinden.«

Die Tiefe seiner Überzeugung leuchtete in seinem Gesicht wie eine Fieberröte, und ich konnte verstehen, wie er es geschafft hatte, die Männer von Anfang an auf seine Seite zu ziehen.

»Das bedeutet also«, fuhr er ernst fort, »daß wir alles benutzen sollten, was uns helfen könnte, ob es nun römischen oder keltischen oder selbst sächsischen Ursprungs ist. Wenn sich eine Idee oder ein System oder eine Waffe in einem Kampf als nützlich erweist, sollten wir zugreifen und sie uns zu eigen machen. Etwas zu kritisieren oder ohne nachzudenken abzulehnen, weil es von den Römern stammt, ist albern und kurzsichtig. Und wenn es ein blindes Vorurteil ist, anzunehmen, alle römischen Bräuche seien verderbt oder selbstgerecht oder kraftlos, so ist es noch schlimmer, sie für heilig zu halten und ihnen zu folgen, selbst wenn sie unseren Bedürfnissen nicht entsprechen.«

Er hielt inne, und ein schüchternes kleines Lächeln lief über sein Gesicht.

»Merlin sagt, daß ich mich von einem Thema so mitreißen lasse, daß ich vergesse, jemandem das Salz zu reichen, der mich darum gebeten hat. Ich fürchte, ich habe deine Frage nicht wirklich beantwortet, nicht wahr?«

Ich hatte den Atem angehalten, als Artus das beschrieb, was Bedivere »die Sache« nannte, und jetzt stieß ich einen leisen Pfiff aus.

»Nun, nicht direkt«, sagte ich lächelnd. »Aber du hast mir gewiß viel über Dinge erzählt, die wichtiger sind. Wenn ich deine Königin werde, ist es gut zu wissen, wozu wir da sind.«

Das Wort »wir« war mir unbedacht entglitten, und ich begriff zu spät, wie vermessen es sich vielleicht anhörte. Doch Artus blickte mich lange und eindringlich an, und allmählich begann er breit zu lächeln, als wäre er erleichtert. Wir blickten einander wortlos an, und er legte seine Hand kurz auf die meine. Ich sah den Drachenring in der Frühlingssonne blinken.

»In Ordnung«, sagte er freundlich und richtete seine Aufmerksamkeit wieder auf die Straße. »Woll'n mal sehen. Was willst du über den Hof wissen?«

»Ach … alles. Viele Kleinigkeiten«, verbesserte ich mich. »Ist es gestattet, zu Pferde zu reisen, oder müssen alle Frauen Sänften benutzen? Hat man viele Verpflichtungen als Gastgeberin? Muß ich lernen, im Liegen zu essen?«

Die letzte Frage brachte meinen Begleiter zum Schmunzeln. »Ich habe nur ein einziges Mal so essen müssen, und zwar als ich vor ein paar Jahren ein Königreich im Norden besuchte und mein Gastgeber nur Liegen hatte«, sagte er und sah mich belustigt von der Seite an. »Scheußliche Sitte! Ich hoffe, daß meine Königin nie versuchen wird, sie meinem Volk aufzuzwingen. Außerdem sind wir im allgemeinen zu beschäftigt, um so herumzulümmeln. Wenn es sich nicht gerade um ein besonderes Festmahl handelt, speise ich häufig mit den Männern an einem gemeinschaftlichen Feuer, und die Kameraden, die Familien haben, gehen heim, um dort zu essen.

Wir sind nicht das, was man einen vornehmen Haushalt nennen würde, Gwen. Ich bin nicht mal sicher, ob jemand, ausgenommen Königin Igraine, überhaupt eine Sänfte besitzt. Ich hoffe, du erwartest nicht ein Übermaß an Prunk und Zerstreuungen. Einige Königreiche in Wales halten an dieser Lebensart immer noch fest, aber wir im Süden und in der Mitte sind da viel anspruchsloser. Eines Tages vielleicht, wenn wir Frieden im Land haben und nicht dauernd unterwegs sein müssen, um irgendwo einen Aufruhr zu ersticken, dann wäre es hübsch, den Luxus eines prächtigen, stolzen Palastes und einige der Bequemlichkeiten zu genießen, an die sich die Leute aus der Zeit vor den Unruhen noch erinnern. Aber bis dahin müssen wir mit dem auskommen, was vorhanden ist. Natürlich«, fügte er eilig hinzu, »lebt man nicht überall so primitiv wie in einem Feldlager. Die christlichen Hauptorte sind ordentlich und angenehm, und einige der Städte versuchen die Schäden zu beheben, die Krieg und Pest und Hungersnot angerichtet haben. Mit etwas Glück wird das ganze Land einmal aufblühen, wenn wir die Streitigkeiten in den Griff bekommen und unsere Grenzen wieder befestigt haben. An jedem Ort, den ich besuche, sehe ich mich um und denke darüber nach, was man in Zukunft verbessern könnte.«

Wir hatten eine Anhöhe erreicht, wo man von der Straße aus im Westen einen dunklen, ausgedehnten Wald überblicken konnte, während sich im Süden und Osten das sanfte, hügelige Ackerland ausbreitete. Wir hielten an und betrachteten die Landschaft, und Artus fragte: »Bist du viel gereist?«

»Nur in Rheged«, antwortete ich.

»In den letzten drei Jahren habe ich das ganze Land bereist«, sagte er nachdenklich. »Und Britannien ist ein erstaunliches Land, und seine Vielfalt ist größer, als ich es mir hätte träumen lassen, als ich noch bei Sir Ector war. Schau, da drüben ist ein Urwald, der sich bis zur Halbinsel Wirral erstreckt, einem merkwürdigen, geheimnisvollen Ort, voll von alten Geistern und Schlupfwinkeln. Und im Süden gibt es die sanften grünen Hügellande, die wie endlose Wogen zum Meer strömen, und die große Ebene von Salisbury mit dem Tanz der Riesen, den man Stonehenge nennt. Wir haben zerklüftete Klippen und breite Flußtäler und sonnige Küsten und unglaubliche Marschen, die sich meilenweit in alle Richtungen ziehen. Im Norden gibt es die Hochlande und in eurem Seengebiet Seen und Berge. Und in Gwynedd habe ich an der Küste eine Hügelfestung gefunden, ein Fleck größten Zaubers, wie man ihn im ganzen Reich nicht findet.«

Er entwarf das Bild eines Königreichs der Wunder, und als er auf Nord-Wales zu sprechen kam, wurde ich aufmerksam. »Wie heißt der Ort?« fragte ich neugierig.

»Dinas Dinlle. Ein Stück hinter Caernarvon. An klaren Tagen ist das Wasser blau und grün, und die Klippen ragen stolz aus der Brandung hervor … ich bin sicher, Bedivere könnte es besser beschreiben als ich.« Er hielt inne und lächelte. »Der Ort liegt im Land deines Vetters Maelgwn, also kennt ihr ihn vielleicht bereits.«

»Nein, ich bin nie dort gewesen. Aber meine Mutter hat als Kind dort gewohnt, und mein Kindermädchen erzählte mir, wie schön es dort sei.«

»Eines Tages werde ich dich hinführen, und du wirst es mit eigenen Augen sehen«, sagte er fröhlich. »Das ist mein erstes Versprechen.«

Wir lachten beide, verlegen und froh zugleich, und ich war plötzlich sicher, daß Mama uns zuhörte und lächelte.

»Wohin geht es jetzt?« fragte ich, als wir die Kreuzung zweier Hauptstraßen erreichten.

»Es wäre übertrieben, mit dem ganzen Zug nach Chester zu ziehen«, bemerkte er mit einem Blick auf den Sonnenstand. »Ich denke, der Troß sollte seinen Weg fortsetzen, und wir werden mit leichter Bedeckung weiterreiten. Das heißt, wenn du mit einem Packpferd auskommst.«

»Natürlich«, erwiderte ich. Ich wußte freilich nicht, wie Vinnie den Vorschlag aufnehmen würde, die Sänfte aufzugeben, denn sie war zu groß und ungefüge für das rasche Reisen; einerseits würde sie mich nie allein gehen lassen, andererseits würde es ihr auch nicht behagen, auf ein Pferd umzusteigen.

»Kommst du nicht gerade aus Chester?« fragte ich.

»Ich habe dort meine Angelegenheiten gestern geregelt«, sagte Artus und suchte am Straßenrand nach einem geeigneten Rastplatz, um auf den Zug zu warten. »Wie es scheint, schwärmt man in Chester für Pferderennen, und gestern abend ist Maelgwn mit einer Koppel seiner besten Tiere angekommen, und ich habe mich bereit erklärt, bis morgen zu bleiben, um die Rennen zu sehen. Ich hörte, daß er eine ausgezeichnete Zucht hat«, sagte er beim Absteigen.

»Die sollte er haben!« rief ich aus, glitt von meiner Stute und folgte ihm zu einer kleinen Wiese oberhalb der Straße. »Wir stammen schließlich aus Cuneddas Geschlecht, und uns liegt die Pferdezucht im Blut.«

»Wundervoll!« strahlte er. »Wir können zwei Tage in Chester bleiben und den Zug später wieder einholen. Chester ist eine der schönsten Städte, die wir zur Zeit haben, und ich bin sicher, ihr werdet es bequem haben, du und deine Damen. Außerdem kannst du deinen Vetter begrüßen.«

Ich zuckte innerlich zusammen, denn mir fiel ein, was mein Vater über Maelgwns Charakter gesagt hatte. Aber die Vorstellung, gute Rennen zu sehen und eine schöne Stadt zu entdecken, überwand alle Befürchtungen. Und es würde interessant sein, Chester mit Carlisle zu vergleichen, der einzigen wirklichen Stadt, die ich bis jetzt kennengelernt hatte.

Wir legten den Pferden Fußfesseln an, damit sie grasen konnten, und lagerten im Schatten einer großen Linde, um die Ankunft des Zuges abzuwarten.

Der Nachmittag war warm, und über uns summten wilde Bienen aus einem nahen Stock. Wir sprachen über alles mögliche: Sir Ectors Anwesen im Herzen von Wales, die Vesten meiner Familie zu beiden Seiten des Solway, die Lieder und Geschichten, die wir beide kannten, die Bedeutung von Freunden in der Kindheit. Als ich ihm von Brigits Familie und dem Geschenk erzählte, das sie ihm schickten, war Artus entzückt und bestand darauf, den Hund mit nach Chester zu nehmen.

»Wird ihm guttun, mal wieder laufen zu können, nachdem er so viele Tage in einer Kiste zugebracht hat.«

Als der restliche Zug zu uns stieß, hatten wir die ersten schüchternen Unsicherheiten überwunden, und der eine fühlte sich in der Gesellschaft des anderen wohl.

Nachdem der Zug sich geteilt hatte und unsere kleinere Gesellschaft wieder unterwegs war, schloß sich Artus Bedivere und Merlin an, und die drei Männer tauschten Neuigkeiten und Meldungen aus. Ich ritt hinter ihnen, froh über die Gelegenheit, meine Gedanken sammeln zu können.

Artus war ganz anders als der »richtige« König, den ich mir ausgemalt hatte. Weder an seiner Hingabe an die Sache Britanniens noch an seiner Liebe zum Land gab es einen Zweifel, doch es war die Erinnerung an unser Wettrennen zur Hügelspitze, die mich zum Lächeln brachte.

27.

Chester

Die Legionärsstadt Chester wird von einem wuchtigen Felsen aus Sandstein überragt, der sich am Rand der Cheshire-Ebene erhebt. Es ist ein eindrucksvoller Ort, und die roten Mauern stiegen stolz und großartig vor uns auf, als wir uns dem Osttor näherten.

Nahe der Mauer zeichnete sich ein sonderbarer, scharfer Umriß vor dem Nachmittagshimmel ab, und ich betrachtete ihn nervös, als wir näher kamen. Er erinnerte mich an die Steinmale, welche uns die Götter schenkten, jene kreisförmigen Wälle, in deren Innenraum die Zeremonien des Mondes abgehalten werden. Diese Anlage jedoch war anders, denn aus dem Wall stiegen steile Felswände empor, und der Eingang lag voller Steinbrocken. Die Vorstellung, die Götter könnten einen Plan unvollendet gelassen haben, erschreckte mich, und ich machte das Zeichen gegen das Böse.

Ein Wachtposten auf der Brustwehr über dem Tor salutierte schneidig und rief einen Gruß, den Artus mit einem Winken erwiderte.

Als wir in die Stadt ritten, hielt ich den Atem an. Wie in Carlisle gab es auch hier ein Gewirr von Hütten und krummen Gassen im Schatten der Brustwehr. Aber entlang der Straße ins Stadtinnere waren die Bruchsteine von Ruinen terrassenförmig aufgemauert und in mehrstöckige Geschäfte verwandelt worden.

Im Erdgeschoß öffneten sich Läden und Verkaufsstände zur gepflasterten Straße, und darüber, hinter dem überdachten Gang des zweiten Stockwerks, wohnten die Familien der Ladenbesitzer. Es mußte Markttag gewesen sein, denn Goldschmiede, Weber, Sattler, Töpfer, Bronzeschmiede und Kräuterhändler hatten ihre Waren ausgestellt. Hier hing das Schild eines Augenarztes über der Straße, und dort schmückte eine Fülle von Bändern die Brüstung, um auf den Laden einer Näherin aufmerksam zu machen. Ein Stück weiter hatte eine erfinderische Hausfrau ihre Wäsche zwischen den Säulen aufgehängt, und die Stücke flatterten lustig in der Brise.

Die Ladenbesitzer waren geschäftig, denn der Abend rückte näher, und sie sammelten Päckchen ein oder rollten Zeltplanen zusammen. Doch wie die Wachtposten hielten sie inne und lächelten und winkten, als der Hochkönig vorbeiritt. Es erfreute mich, daß die einfachen Leute eines entlegenen Vorpostens ihm so freundliche Gefühle entgegenbrachten; das hätte ich von seinen direkten Untertanen in Logres erwartet, doch Chester war weit vom Sitz seiner Macht entfernt, und das zeugte von dem Vertrauen, das die Leute in ihn setzten.

Artus kam an meine Seite, offenbar erheiterte ihn mein bäurisches Interesse an der Stadt.

»Muß früher mal sehr eindrucksvoll gewesen sein«, meinte er.

»Oh, das ist es immer noch«, erwiderte ich und kam mir vor wie auf einem Jahrmarkt.

»Hier werde ich übernachten, und ich hätte gern, daß du uns beim Abendessen Gesellschaft leistest«, fuhr er fort und deutete auf das Praetorium, wo früher die Befehlshaber der Legionen residierten. »Ich habe für dich und deine Damen Quartier im Nonnenkloster an der Westmauer machen lassen. Es ist gut eingerichtet und hat Räume für gelegentliche Gäste.«

»Ich wußte gar nicht, daß die Christen in Britannien besondere Häuser für Frauen haben«, sagte ich und dachte an Brigit, die entzückt sein würde.

»Im Süden gibt es eine ganze Reihe davon, und es werden dauernd neue gegründet. Das begann unmittelbar nach den Unruhen«, sagte er nachdenklich, »als viele Frauen und Kinder keine Heimat mehr hatten, weil die Bauernhöfe und Familiensitze zerstört waren.«

Wir bogen in eine stille, von Bäumen gesäumte Straße ein. Die Linden wuchsen in einer gerade Reihe an einer ebenso geraden Straße und überschatteten eine lange Mauer, die von einem einzelnen, schweren Tor durchbrochen wurde. Drinnen waren die kleinen Steingebäude des Klosters in einer Linie aufgereiht, verbunden durch einen Kreuzgang, der ebenso schmucklos war wie der verlassene Hof, in dem wir hielten. Die Brustwehren der Stadt ragten an einer Seite, die Klostermauer an der anderen auf, so daß der Ort grimmig und abweisend auf mich wirkte. Daheim drängten sich die Häuser im Kreis zusammen oder standen ungeordnet innerhalb der schützenden Palisaden, und ich wurde das Gefühl nicht los, daß die Leute, die hier wohnten, sich einsam fühlen mußten, einer vom anderen getrennt.

Nachdem wir ausgepackt hatten, machte sich Brigit auf die Suche nach der Kapelle, und mir blieb es überlassen, mich mit der böse verstimmten Vinnie auseinanderzusetzen. Erstaunlicherweise war sie weniger darüber verstimmt, daß sie die Sänfte hatte verlassen müssen, als vielmehr über die Umstände meiner Begegnung mit Artus.

»Hat man je so etwas Unerhörtes, Unzivilisiertes, Gewöhnliches gehört!« fauchte sie. »Wie ein ungezogenes Bauernmädchen mit einem Mann wegzurennen, dem Ihr bis jetzt nicht einmal vorgestellt wurdet.«

»Er ist der Hochkönig, Vinnie«, erinnerte ich sie. »Hätte ich mich einfach weigern sollen?«

»Nun«, stotterte sie, »er hätte bessere Manieren haben sollen. Aber Ihr habt nichts dagegen getan, Kind! Vergeßt nicht, es ist die Pflicht einer Frau, dafür zu sorgen, daß ein Mann sich gesittet benimmt. Ihr hättet ihn daran erinnern müssen, wie unpassend es war, Euch auf diese Weise zu entführen, ohne Rücksicht auf Eure Stellung und den Rang Eurer Familie. Stellt Euch vor, wie entsetzt Eure Mutter gewesen wäre, wenn sie das noch erlebt hätte!«

Offensichtlich kannte Vinnie die Geschichte der Entführung meiner Mutter nicht, doch mir schien jetzt nicht der rechte Zeitpunkt, sie damit bekannt zu machen.

»Nun, Vinnie, es ist ja nichts Schlimmes passiert, und ich verspreche, heute beim Abendessen die feine Dame zu spielen«, sagte ich vergnügt. »Was meinst du, welches Kleid sollte ich tragen?«

Meine Bereitschaft, über Kleider zu sprechen, besänftigte den Ärger der guten Matrone, und dazu kam die Nachricht, daß wir ein oder zwei Tage bleiben würden, die sie nutzen konnte, diese unverkennbar römische Stadt zu erkunden.

»Artus sagt, daß es ein Amphitheater gibt, und Brigit macht bereits die Kapelle ausfindig«, sagte ich. »Vielleicht findet sich sogar ein intaktes Bad.«

Als Bedivere eintraf, um uns zum Abendessen zu geleiten, hatte ich mein bestes Reisegewand angelegt. Mamas Halsband aus Bernstein hob sich leuchtend von der cremefarbenen Wolle meines Kleides ab. Brigit hatte mein Haar geflochten, in Wellen gelegt und aufgetürmt und es mit der emaillierten Spange zusammengesteckt. Ich blickte auf die Stickerei, für die ich Wochen gebraucht hatte, und sah zum ersten Mal die Schönheit der Arbeit, nicht nur die Stunden der Enttäuschung, die darin steckten.

Das Praetorium war in überraschend gutem Zustand, und ich blickte mich interessiert und neugierig in der langen Halle um. In der Mitte des Fliesenbodens war eine Feuergrube ausgehoben worden, und zwei junge Knappen drehten die Spieße. An den Klapptischen an den Wänden saßen lärmende, ausgelassene Leute vom Hof und aus der Stadt. Krieger verschiedener Ränge, Schmiede und Juwelenhändler und andere Kunsthandwerker waren versammelt, und ich bemerkte einen weißgekleideten Druiden und einen schwarzgewandeten Priester.

Auch die Frauen waren in ihrem Wesen verschieden: elegant, flegelhaft, schön oder unscheinbar, einige von hochmütigem, abweisendem Betragen, andere voller Übermut. Sie lachten und schwatzten ungezwungen mit den Männern und schienen in keiner Weise einem besonderen »Frauengemach« zu entstammen.

An einem Ende erstreckte sich auf einem erhöhten Sockel ein Tisch fast über die ganze Breite des Raumes. Artus saß in der Mitte, neben sich einen leeren Stuhl, und als unsere kleine Gruppe im Eingang verharrte, hob ein junger Mann eine Trompete und blies ein Signal.

Als wir die Stufen erreichten, die auf den Sockel führten, war Artus hinter dem Tisch hervorgekommen.

Bedivere blieb stehen und trat zur Seite und rief mit seiner vollen Stimme: »Artus Pendragon, ich möchte die Dame Ginevra vorstellen, Tochter von König Leodegrance und Erbin des Thrones von Rheged.«

Artus blickte ernst auf mich herab, als sei ich eine Fremde, doch als ich in einen langen, tiefen Knicks versank, bemerkte ich ein winziges verschwörerisches Lächeln in seinen Augenwinkeln.

»Seid willkommen an meinem Hof«, sagte der junge König ernst und half mir auf. Die Hand, die er mir bot, zitterte unmerklich, und ich warf ihm einen raschen Blick zu. War er etwa gar nicht so selbstsicher, wie er nach außen erschien?

Als ich neben ihm auf dem Sockel stand, wandte er sich an die Leute in der Halle.

»Allen hier Anwesenden gebe ich bekannt, daß dies die Frau ist, die ich zu heiraten gedenke, und hiermit stelle ich sie allen vor, die künftige Hochkönigin von Britannien.«

Ich blickte über die Menge und stellte überrascht fest, daß alle aufgestanden waren. Als meine Augen von Tisch zu Tisch wanderten, breitete sich unwillkürlich ein Lächeln auf meinem Gesicht aus, und aus der Menge schlug mir brausende Zustimmung entgegen.

»Ginevra! Lang lebe Ginevra«, rief jemand, und dann stimmten alle in den Ruf ein, und ich hörte meinen Namen anschwellen, sich sammeln und wie Donner auf mich zurollen. Es war ein Geräusch, das ich noch nie vernommen hatte, und ich muß rot geworden sein, denn Artus lächelte breit, und jetzt galt der Beifall uns beiden.

Wir standen dort, Seite an Seite, während der Beifall uns überflutete. Wenn man der Mittelpunkt der Aufmerksamkeit ist, fühlt man sich wie berauscht, und als die Menge verstummte und Artus mich um den Tisch führte, war ich vor Aufregung benommen, und mir schwindelte.

Ein verschwenderisch gekleideter Edelmann stellte sich uns in den Weg. Sein Haar war wie das meine lchfarben, weder blond noch rot, und mir dämmerte, daß er mein Vetter Maelgwn sein mußte. Sein Mund lächelte, doch sein Blick war kalt, als er sich anschickte, mich wie eine Verwandte zu umarmen.

»Artus ist ein glücklicher Mann«, sagte er salbungsvoll, und es fiel mir schwer, ihn nicht einfach wegzustoßen.

Ich lächelte dünn und fragte: »Wo ist heute abend deine Königin, Vetter?«

»Ach, sie fühlte sich nicht wohl. Sie hat mal wieder einen ihrer bösen Anfälle, und es ist ungewiß, ob sie morgen den Rennen wird beiwohnen können.«

Ich murmelte ein paar Worte des Bedauerns und fragte mich, ob sie eine Ahnung von dem unanständigen Vorschlag hatte, den ihr Gatte meinem Vater gemacht hatte. Oder hatte sie gar Gefallen daran gefunden, weil sie den schmierigen Klauen dieses aufdringlichen Mannes entrinnen wollte?

Nachdem wir Platz genommen hatten, erhob sich ein Mann, der den Körper eines Kriegers und das Benehmen eines Mönchs hatte, und richtete ein Gebet an den Christengott. Er hatte ein bezwingendes Wesen, und ich fragte Artus, wer er sei.

»Abt des hiesigen Klosters«, kam die Antwort. »Maelgwn sagt, er sei einer seiner besten Krieger gewesen, hätte aber seine Laufbahn als Soldat aufgegeben, um das Kloster zu gründen. Ich habe schon einige solcher Männer gesehen, die sich in der Welt einen Namen machten, um sich dann von allem loszusagen und ihr

Leben ihrem Gott zu widmen. In diesem Fall bin ich mehr als traurig«, fügte er leise hinzu, »ich hätte lieber seine militärische Unterstützung als seine Gebete für meine Seele.«

Maelgwn saß auf meiner anderen Seite und erwies sich als ein aufdringlicher Nachbar, der dazu neigte, mit seinem Bein an das meine zu stoßen und seinen Arm an meinem zu reiben. Als ich mich von ihm wegdrehte, machte er weiter, so daß ich ihm, sobald der erste Hunger gestillt war, den Rücken zukehrte und mit Artus sprach.

Wir plauderten über die Pläne für den morgigen Tag, und Artus sagte, ich könne ihn gern ins Amphitheater begleiten, falls mich das nicht langweile.

»Die Truppen haben versprochen, uns etwas vorzuführen, und ich möchte sehen, welche Fortschritte die Reiterei gemacht hat«, erklärte er. »Aber wenn du lieber einkaufen gehen möchtest, ich bin sicher, daß die Nachricht von deiner Ankunft jeden Handwerker und Edelsteinhändler der Gegend herbeigelockt hat.«

»Ich würde lieber den Reitern zusehen als um Nippsachen feilschen«, spöttelte ich. »Immerhin hängt das Schicksal des Königreichs vom Zustand unserer Truppen ab, nicht vom Inhalt meines Schmuckkästchens.«

Artus schmunzelte, beugte sich näher zu mir und flüsterte vertraulich: »Wer weiß? Die Edelsteine, die du heute kaufst, bezahlen vielleicht in der Zukunft die Reiterei, wenn die Zeiten schwierig werden.«

Seine heitere und verschwörerische Art entzückte mich. Während des Essens plauderten wir auf dieselbe Art, und was nicht alle hören sollten, flüsterte er mir ins Ohr. Das war ein erregendes Gefühl, an das ich nicht gewohnt war, und ich sah Artus an und hörte ihm zu wie ein Kätzchen, das einen zuckenden Schatten beobachtet. Ich nahm es kaum wahr, als Maelgwn sich über mich beugte, um an der Unterhaltung teilzunehmen.

Zum Glück blickte Artus in die andere Richtung, als Maelgwn seine Hand zwischen meine Schenkel schob und ich wie ein Reh aus der Deckung in die Höhe schoß, unaussprechlich entsetzt und verblüfft. Instinktiv hob ich den Arm, doch bevor ich mich umdrehen und Maelgwn die Spitze meines Ellenbogens in die

Eingeweide bohren konnte, hatte sich Artus mir wieder zugewandt.

Mein Gesicht muß meine Empörung gespiegelt haben, denn der Hochkönig runzelte die Stirn und fragte, ob alles in Ordnung sei.

Ich nickte hastig, stieß zwischen zusammengebissenen Zähnen eine halblaute Bemerkung hervor, tat so, als streife ich ein paar Krumen von meinem Schoß und schob Maelgwns Hand weg. Ich drehte mich um, starrte meinen Vetter an, der meinen Blick ungerührt erwiderte, als sei nichts passiert. Von jetzt an, dachte ich, werde ich dafür sorgen, daß immer jemand zwischen uns sitzt.

Nachdem die Tafel aufgehoben war, ließ Artus Griflet rufen, und der Junge kam mit dem hüpfenden Caesar heran.

»Er ist ein prächtiges Hündchen mit viel Temperament«, sagte Artus, nahm die Leine vom Jungen entgegen und streichelte den Hund. »Ich habe mich schon vor dem Essen mit ihm angefreundet.«

Caesar zappelte fröhlich, die Ohren angelegt, das Maul weit aufgerissen.

»Ich denke, er wird größer werden als alle Hunde, die ich kenne«, meinte Artus. »Wahrscheinlich schwerer als die schottischen Hirschhunde. Und wenn er im Freien so munter ist wie im Zwinger, kann man hoffen, daß er auch sehr viel Mut haben wird. Ich höre, daß es im Norden noch mehr Hunde dieser Rasse gibt, und denke, wir sollten ihm als Gefährtin eine Hündin besorgen.«

»Angus wird sich freuen«, versicherte ich ihm, »obwohl ich nicht weiß, wie er den Hund befördern soll. Du hast ja keine Ahnung, wie schwierig es ist, einen Welpen zu transportieren!«

»Wir werden einen Weg finden«, erwiderte Artus mit solcher Bestimmtheit, daß ich unwillkürlich Bedivere anschaute.

Ich konnte sehen, daß Artus' Feldhauptmann das Problem in Gedanken notierte, um später darüber nachzudenken, bereit, alles Nötige zu tun, um Artus' Traum Wirklichkeit werden zu lassen. Zwischen ihm und dem Hochkönig bestand eine bemerkenswerte Partnerschaft, die bereits so lange währte, daß sie sich ihrer gar nicht mehr bewußt waren.

Für einen flüchtigen Augenblick stellte ich mir die Frage, ob es unter diesen Bedingungen noch Raum für mich geben würde;

dann erzählte Bedivere von Griflets Abenteuern mit dem Welpen, und Gelächter löschte alle anderen Gedanken aus. Als wir uns zum Kloster aufmachten, waren alle Zweifel verflogen, und ich hatte sogar vergessen, wie sehr ich mich über die unerwünschte Aufmerksamkeit meines Vetters geärgert hatte.

28.

MAELGWN

Das Kameradschaftsgefühl der vorigen Nacht wirkte noch nach, als wir am nächsten Morgen zum Amphitheater gingen. Artus und Bedivere nahmen mich in die Mitte und zogen mich kräftig auf, als ich versuchte, meinen Schritt dem ihren anzupassen. Caesar tollte fröhlich herum, wir hatten viel zu lachen, und mir wurde erst klar, daß wir uns dem häßlichen Bauwerk näherten, als wir in seinen Schatten kamen. Ich zögerte einen Augenblick, einen so absonderlichen Ort zu betreten, bis Kevins Worte deutlich in meinem Kopf zu widerhallen begannen: »Was bist du bloß für eine keltische Tochter …«

Als die Männer stehenblieben, weil ich zögerte, reckte ich mein Kinn. Wenn sie es riskierten, konnte ich es auch.

Im Inneren der Steinmuschel stiegen Sitze in steilen Stufen aus Kraut und Rasen auf, und wir kletterten halb bis nach oben, bevor Artus Platz nahm und den Hund zu unseren Füßen niedersitzen ließ.

»Merlin sagt, die Legionäre hätten dieses Bauwerk errichtet, um militärische Übungen abzuhalten«, sagte Artus und wies auf das Stadion.

Ich blickte mich unsicher um und zweifelte, daß Menschen wirklich ein so riesiges Bauwerk errichten konnten.

»Warum ist es so groß?« fragte ich und kam mir wie ein Getreidekorn vor, das an der Innenseite einer leeren Schale klebte.

»Weil in Chester das Hauptquartier der Legionen war«, mischte sich Bedivere ein. »Und hier veranstalteten sie vermutlich auch Spiele für die Leute aus der Stadt.«

»Was für Spiele?«

»Höchstwahrscheinlich Kampfspiele: Gladiatoren und Bären und manchmal sogar Löwen. Merlin glaubt, daß von ihnen die gefleckten Katzen abstammen.«

»Löwen?« Diese unwahrscheinliche Vorstellung erregte meine Aufmerksamkeit. Cathbad hatte die Geschichte eines griechischen Helden erzählt, der einen Löwen getötet und sein Fell als Umhang getragen hatte, aber nie erwähnt, daß es in Britannien Löwen gab.

Ich blickte von Bedivere zu Artus und war nicht sicher, ob sie mich aufzogen. Artus sah meine Verwirrung und grinste.

»Nun, niemand hat einen Löwen gesehen, aber vielleicht einen Leoparden. Man hört Geschichten von einer großen Katze irgendwo in Anglesey. Bis jetzt hat man sie nicht zur Strecke gebracht, und je öfter sie auftaucht, desto phantastischer werden die Geschichten. Wenn etwas Wahres daran ist, handelt es sich vielleicht um den Nachkömmling eines Tieres, das aus dieser Arena entkommen ist.«

Unter uns hatten sich die Reiter versammelt, und wir wandten ihnen unsere Aufmerksamkeit zu. Ich schob den Gedanken an die große Katze beiseite und konzentrierte mich auf die Übungen in der Arena.

»Was meinst du?« fragte Artus Bedivere, als die Vorführung nach einer Stunde vorbei war.

»Die Pferde sind prächtig, aber wenn das die Truppen sind, mit denen Maelgwn die Iren zurückgeschlagen hat, denke ich, er hat einfach deshalb gesiegt, weil diese Männer beritten und nicht weil sie gut ausgebildet sind.«

»Ich bin sicher, daß man zu Pferde mehr leisten kann, als wir hier gesehen haben«, stimmte Artus zu. »Seit ich in meiner ersten Schlacht neben König Uther ritt, hege ich die Überzeugung, daß eine erstklassige Reiterei, wenn nötig, eine ganze Armee aufhalten kann.«

»Was ihr braucht«, warf ich ein, »sind diese langen Schlaufen, die dem Reiter im Sattel einen festen Halt geben.«

Artus drehte sich so plötzlich um, daß ich fast glaubte, mich gerade selber in die »Frauengemächer« seines Hofes verbannt zu haben. Vielleicht war es eine Sache, gesellschaftlich mit ihm auf einer Stufe zu stehen, und eine ganz andere, über Dinge zu sprechen, die des Königs eigene Belange betrafen. Seine Miene zeigte jedoch weder Verachtung noch Ungeduld, also fuhr ich rasch fort: »Ich habe gesehen, wie man das schaffen kann. Erinnert Ihr Euch an die Jungen in Ribchester, Bedivere? Die auf dem Übungsplatz hin und her jagten?«

»Verschwommen«, nickte der Feldhauptmann.

»Nun, einem davon bin ich am nächsten Morgen begegnet, und er zeigte mir unglaubliche Reiterkunststücke. Sie nähen einen langen Lederstreifen über den Sattel, so daß er auf beiden Seiten herunterhängt, und dann machen sie Schlaufen für die Füße. Die helfen nicht bloß beim Aufsitzen, sondern erlauben dem Reiter auch, alle möglichen Positionen einzunehmen. Der Junge konnte sich aufrecht hinstellen, und das ganze Gewicht lag auf seinen Füßen. Er konnte sich ganz tief über den Widerrist des Pferdes beugen, sich hinauslehnen und im Vorbeireiten Dinge aus dem Wassertrog holen. Ich sage euch, noch nie habe ich jemanden so reiten sehen …«

Meine Stimme erstarb, als Artus mein Gesicht musterte.

»Wer ist der Junge?« fragte er gedehnt.

»Der Adoptivsohn des Gastwirtes; ich glaube, er hieß Palomides.«

Sein kühler Blick ließ mich nicht los, und ich erwiderte ihn äußerlich ruhig, denn ich wollte nicht scheu zur Seite blicken oder mir die Furcht, ich könnte vorlaut gewesen sein, anmerken lassen.

»Und du hast es mit eigenen Augen gesehen? Er hat sich nicht bloß mit einer Geschichte gebrüstet, um seine neue Königin zu beeindrucken?«

»Oh, nein, ich hab's gesehen«, versicherte ich ihm. »Er hielt mich für einen Knappen und zeigte mir sein Können, als wir allein waren. Ich hatte vor, mir diese Schlaufen an meinen Sattel nähen zu lassen, wenn ich im Süden angekommen war, aber ich hatte nicht daran gedacht, sie im Kampf zu verwenden.«

Artus und Bedivere tauschten heimliche Blicke, und Artus brach plötzlich in einen Jubelschrei aus.

»Gwen, vielleicht hast du uns gerade die Lösung beschert, die meine Reiterei zu einer echten militärischen Macht machen wird!

Das heißt, wenn es funktioniert. Die Sache ist es wert, daß man ihr nachgeht. Wie konnte dir so etwas entgehen, Bedivere?«

»Wahrscheinlich weil man mich nicht für einen Knappen hält«, erwiderte sein Pflegebruder, und die beiden lachten herzlich. Erleichtert und erfreut lachte ich ebenfalls.

Als die Übungen vorüber waren, schlug Artus mir vor, mit Caesar einen Spaziergang um die Mauern zu machen, während Bedivere und Griflet fortgingen, um sich mit Maelgwn über Pferde zu unterhalten. Der Hochkönig und ich stiegen am Torhaus die Treppe hinauf und schlenderten über die Mauerkrone.

Die Festungsmauern sind breit und bieten den Soldaten reichlich Platz zum Kämpfen; der Blick über die Landschaft ringsum war überwältigend. In der Ecke waren die Reste einer großen Maschine angehäuft.

»Ich glaube, das war ein Katapult«, sagte Artus, sinnend auf die Trümmer blickend. »Ich habe Merlin gebeten, einen Blick darauf zu werfen und zu entscheiden, ob wir es wiederherstellen können. Maelgwns Sippe hat ganz Nord-Wales gesichert, seit unsere Vorfahren die Iren vertrieben haben, aber jetzt, da die Kumbrier mir diese Veste zur Verfügung gestellt haben, werde ich dafür sorgen, daß sie die verwundbare Cheshire-Ebene schützt.«

Er wies auf die liebliche Landschaft. Die Rodungen der Bauern zogen sich friedlich und wohlbestellt bis weit in den Norden, wo der dunkle Schatten der Wirral-Wälder lag.

»Ich baue auf Maelgwns Treue, weil er mit dir verwandt ist und weil ich auf seine Ehre zähle«, fuhr Artus fort. »Ich will auf keinen Fall in meinem Rücken Ärger haben, wenn uns die Sachsen im Süden und Osten bedrohen.«

Ich dachte an die Warnung meines Vaters, Maelgwn werde einen unzuverlässigen Verbündeten abgeben, und wollte es gerade erwähnen, aber Artus und Caesar schritten bereits weiter, so daß ich ihnen nacheilte.

»Dort hinten«, rief er über seine Schulter und deutete auf ein Wolkengebirge, »liegen die Gipfel von Snowdon. Alle diese riesigen Berge, grünen Täler und hellen Ströme! Die Leute hier sind ein wundervolles Völkchen, stolz und unabhängig und bereit zu kämpfen, damit es so bleibt. Merlin sagt, daß sie sich den Römern nie gebeugt haben. Ich habe keine Angst um ihre Treue; die Männer aus den Bergen sind immer tüchtige Verbündete gewesen, wenn sie erkennen, daß man nicht die Absicht hat, sie zu unterjochen.«

Ich drehte mich um und blickte auf das Herz von Wales und erinnerte mich an Nonnys Geschichten von Höhlen und Drachen und den großen Göttern, die inmitten der zackigen Berggipfel bei den Adlern wohnten.

»Entscheidend ist, daß die Kumbrier begreifen, daß ich kein Interesse daran habe, ihnen meinen Willen aufzuzwingen; ohne ihre Mitarbeit kann ich nichts erreichen«, sagte Artus. »Und mit ihnen zusammen werden wir Wunder tun. Solange sie mir meine Flanke von den Iren freihalten, kann ich mich ganz auf die Sachsen konzentrieren.«

Wir standen schweigend an der nächsten Mauerbiegung und blickten auf die Insel Roodee hinunter, eine liebliche, ebene Wiese, zwischen zwei Flußarme gebettet und von einer Rennbahn umrandet. An der anderen Seite zogen sich Weidengruppen entlang, ein trefflicher Ort für Wettrennen.

Die Reiter versammelten sich bereits, tauschten Erfahrungen aus und nahmen die Tiere der anderen aufmerksam und mit dem Interesse von Mitbewerbern in Augenschein. Die Edelleute waren in die strahlendsten Farben gekleidet, und hier und da wehte ein Wimpel in der Brise. Es war ein herrlicher festlicher Anblick.

Artus und ich schlenderten über die Brustwehr, spielten mit dem Welpen und erörterten die Vorzüge oder Nachteile der Tiere, die wir von hier erkennen konnten. Ich sah walisische Bergponys von der Rasse Federfuß', und ich wies auf die Ähnlichkeiten zwischen ihr und einer weißen Stute hin, die von unbestreitbarer Anmut war.

»Wie kommt es, daß du so viel über Pferde weißt?« fragte Artus.

»Zum Teil war's Glück. Unser Stallmeister hatte keine eigene Familie, und ich nehme an, daß er deshalb mein zweiter Vater wurde. Jedenfalls habe ich große Teile meiner Kindheit bei ihm zugebracht. Und dann war da natürlich meine Mutter, eine vorzügliche Reiterin, die in Nord-Wales aufwuchs und stolz darauf war, Urenkelin von Cunedda zu sein.«

»Ach ja, die Frauen aus Cuneddas Linie«, sagte Artus leise. »Die Königinmutter, Igraine, stammt ebenfalls von Cunedda ab, wenngleich von der südlichen Linie.«

Er verstummte eine Weile, und ich hätte gern gewußt, was er für die Frau empfand, die ihn geboren, aber nicht aufgezogen hatte. So taktvoll wie möglich erkundigte ich mich nach ihr.

»Sie scheint eine stolze, ehrbare Frau zu sein, und die Leute müssen viel von ihr halten, sonst hätten sie mich nicht als ihren Sohn anerkannt.« Seine Stimme klang gezwungen und zurückhaltend, und einen Augenblick wirkte er unsicher. »Ich kenne sie sehr wenig und zweifle, ob sich das in Zukunft ändern wird. Sie ist kränklich und lebt fern vom Hof. Aber meine Pflegemutter, Drusilla, war eine völlig andere Person«, fuhr er fort, und die Begeisterung machte seine Stimme wieder lebendig. »Sie war warmherzig und herzlich, wie die Kelten nun mal sind, trotz ihres römischen Namens. Sie starb vor ungefähr zwei Jahren. Aber sie lebte wenigstens lange genug, um mitzuerleben, daß ihr Pflegekind zum König von Britannien gekrönt wurde.«

Es war das erste Mal, daß Artus selbst auf seine Königswürde zu sprechen kam, und in seiner Stimme klang kein Hochmut mit, sondern nur das Vergnügen, seiner Pflegemutter Ehre gemacht zu haben.

Als die Sonne hoch am Himmel stand, verließen wir unseren erhöhten Platz und gingen langsam zum Brückentor.

Hier führte die Straße, Watling genannt, durch eine Furt und wandte sich dann nach Süden. Eine Holzbrücke überspannte das breite Gewässer just unterhalb des Stauwehrs, in dem Lachse silbrig aufschimmerten, und am anderen Ufer unter Weiden duckte sich eine Gruppe von Fischerhütten. Hinter den Bäumen lag der Abhang eines Steinbruchs, und ich glaubte eine in den Felsen gehauene Figur zu erkennen.

»Minervas Schrein«, sagte Artus. »Immer wenn die Soldaten hier hinausmarschierten, sagten sie hier der Kriegsgöttin Lebewohl. Es heißt, daß sie nicht genau zur Veste blickt, sondern auf den höchsten Punkt, den die Flut erreicht. Ist dir je aufgefallen«, fragte er, »daß die Römer ihre Flußstädte knapp oberhalb der Gezeitenmarke anlegten, damit sie sich einschiffen konnten, ohne auf die normale Flut zu warten? Bemerkenswerte Baumeister ...«

Ich blickte auf den Fluß und zweifelte, ob Artus sich jemals einfach gehenlassen und den Augenblick genießen konnte. Es wäre schön gewesen, den Fischern zuzuschauen, die unten die Netze auswarfen, während ihre Frauen die Fische ausnahmen und zum Trocknen auf Gestelle hängten. Aber Artus und der Welpe waren bereits die Treppe hinabgeeilt, angelockt von den Pferderennen auf Roodee, und ich lief ihnen mit einem Seufzer nach.

Das Abendessen an diesem Tag war ein prächtiges Festmahl, ohne die zeremonielle Vorstellung des Vortages, sondern voller Frohsinn und Neckerei. Artus und Bedivere waren sehr zufrieden mit den Vereinbarungen, die sie am Nachmittag mit den Pferdehaltern getroffen hatten, und Maelgwn, der neben Vinnie saß, brüstete sich mit dem feinen Geschirr, das er kürzlich erworben hatte. Sein Hof in Degannwyn war für seine Eleganz berühmt, und obwohl er selbst als ungehobelter Bauer galt, wußte man in allen Handelsplätzen am Mittelmeer seinen Reichtum zu schätzen.

»Ihr müßt Eure Herrin ermutigen, das Heim meiner Vorfahren zu besuchen«, flötete er. »Ich versichere Euch, daß man die Damen aufs feinste bewirten wird.«

Das pausbäckige Gesicht meiner Anstandsdame strahlte in purem Vergnügen bei der Aussicht auf soviel Luxus. Maelgwn suchte meinen Blick und lächelte freundlich, und ich dankte ihm mit einem knappen Neigen des Kopfes. Doch es fiel mir auf, daß seine Frau immer noch abwesend war.

Als das Mahl beendet war, gesellte sich Merlin zu uns, und Artus, Bedivere und der Zauberer ergingen sich in Erinnerungen an ihre gemeinsame Zeit an Sir Ectors Hof. Zuneigung erhellte das Gesicht des Zauberers, als er von einem zum anderen Pflegesohn blickte, und gelegentlich klärte mich Bedivere über Dinge auf, von denen ich nichts wissen konnte. Es war ein fesselnder Anblick, mitzuerleben, wie die kalte und hochmütige Zurückhaltung Merlins in Gegenwart seiner beiden Schützlinge verschwand.

»Hat Bedivere dir von dem Reiter in Ribchester erzählt?« fragte Artus plötzlich, und als der Zauberer den Kopf schüttelte, legte der

Hochkönig den Arm um meine Schultern, als wolle er mich in ihren Kreis aufnehmen.

»Gwen sagt, daß sich die Burschen dort eine neue Art von Geschirr ausgedacht haben«, sagte er und beschrieb die Neuerung.

Merlin nickte nachdenklich und schlug vor, Palomides einzuladen, um seine Kunst vorzuführen.

»Daran habe ich auch schon gedacht«, pflichtete Artus bei, »denn ich möchte mit der Ausbildung meiner Reiterei so schnell wie möglich anfangen.«

Artus' Hand lag noch immer wie selbstverständlich auf meiner Schulter, und als ich mich vorbeugte, um der Unterhaltung an seiner anderen Seite zu folgen, schob ich mich enger in seine Armbeuge. Das erschien mir so natürlich, daß ich überrascht war, mein Herz so laut pochen zu hören.

Bedivere erbot sich, zurück in den Norden zu reisen und Palomides zu uns einzuladen und dabei Angus einen Besuch zu machen, um eine Gefährtin für Caesar zu holen.

»Aber wir müssen einen keltischen Namen für die Hündin finden«, sagte Artus vergnügt, »damit man uns nicht vorwirft, wir wären zu römisch.« Ein rasches, spitzbübisches Lächeln zuckte um seine Mundwinkel, und sein Seitenblick traf mich nur kurz. Ich hielt den Atem an, als hätte ich einen leichten, überraschenden Schlag verspürt. Artus hatte meine Ängste in ein scherzhaftes Spiel verwandelt, das nur wir zwei verstanden.

Ich errötete und senkte den Blick, und ein Schauer lief über meinen Rücken. Ich wünschte so sehr, die halbe Umarmung möge sich vollenden, doch statt dessen blickte ich auf den Tisch, gefangen in der Spannung zwischen Verlangen und Unbeweglichkeit. Artus drückte mich sanft und freundlich und ließ seine Hand sinken.

Bedivere sagte, er würde Griflet gern mitnehmen, um beim Transport des Welpen zu helfen. »Immerhin«, bemerkte er sarkastisch, »ist es eine Sache, diesen jungen Reiter zum Hochkönig einzuladen, und eine andere, ihn zu bitten, für ein kaum entwöhntes Hündchen das Kindermädchen zu spielen.«

Also wurde Griflet an unseren Tisch gerufen, und als er von dem Plan hörte, sagte er, er sei entzückt, Bedivere auf seiner Mission begleiten zu dürfen.

Meine innere Erregung wollte sich nicht legen, und obgleich ich zuhörte, als man die Einzelheiten besprach, konnte ich bloß daran denken, daß Artus mich später heimbegleiten würde. Ich beobachtete ihn insgeheim und versuchte herauszubekommen, ob er dasselbe Verlangen empfand wie ich; seinem äußerlichen Verhalten war nichts zu entnehmen, und ich dachte, wie geübt königliche Häupter darin waren, ihre eigenen Gefühle zu verbergen.

»Darf ich die Damen heimbegleiten, Hoheit?« Maelgwns Stimme durchfuhr mich wie ein Schwertstreich, als der Abend sich neigte. »In Kürze werdet Ihr jeden Abend in Gesellschaft meiner Base verbringen, doch heute, am Vorabend ihrer Abreise, möchte ich ihr gern im Namen der Familie Lebewohl sagen.«

Ich warf Artus einen raschen Blick zu und hoffte, er würde auf seinem Recht bestehen, mich selber zum Kloster zu begleiten, doch er lächelte dem Vasallenkönig höflich zu.

»Dagegen ist nichts einzuwenden«, sagte er freundlich und wandte sich mit einer Bemerkung über unseren frühen Aufbruch an mich. Nichts deutete darauf hin, daß er ebenso enttäuscht sein könnte, wie ich es war, und ich hatte keine Möglichkeit, ihm zu sagen, wie wenig mir die Begleitung meines Vetters behagte, also wünschte ich ihm förmlich eine gute Nacht und schlüpfte in meinen Umhang.

Maelgwn nahm meinen Arm, als wir durch die dunklen Straßen gingen, und ich schlug ein tüchtiges Tempo an, um das Zusammensein so rasch wie möglich hinter mich zu bringen. Brigit und Lavinia hatten Mühe, mit uns Schritt zu halten, und als wir das Kloster erreicht hatten, waren alle außer Atem.

Ein junge Novizin erschien auf unser Klopfen, zweifellos erleichtert, daß die Gäste endlich zurück waren und sie zu Bett gehen konnte.

»Eure Herrin wird gleich bei Euch sein«, sagte Maelgwn an Lavinia gewandt. »Es war reizend, Eure Bekanntschaft gemacht zu haben, werte Dame. Meine Base ist froh, eine so kluge Beschützerin zu haben, die ihr in den ersten schwierigen Tagen an einem neuen Hof zur Seite steht.«

Vinnie lächelte so albern über diese plumpe Schmeichelei, daß ihr fülliges Gesicht Grübchen bekam. Dann geleitete das

Mädchen meine Begleiterinnen mit einer Fackel über den Hof, und Maelgwn verstärkte den Druck auf meinen Arm und zog mich in den Schatten des Torbogens zurück.

»Nun, junge Dame«, sagte er scharf, »du scheinst dir am Ende einen feinen, prächtigen Bräutigam eingefangen zu haben. Ich wäre sehr gern an seiner Stelle.«

Er hatte mich gegen die Mauer gedrängt und kam mir so nahe, daß ich seinen Atem auf der Haut spüren konnte.

»Welch ein Jammer, mit anzusehen, wie ein reifes, junges Geschöpf ahnungslos in die Arme eines heißblütigen jungen Mannes fällt. Gewiß wird er im Bett nicht so behutsam mit dir umgehen, wie das ein erfahrener Liebhaber tun würde. Ich könnte dich in einer halben Stunde an dem kleinen Tor treffen, das sich in der Ecke der rückwärtigen Mauer verbirgt«, setzte er hinzu und fuhr mit dem Handrücken an meinem Kinn entlang.

»Nimm deine Hände weg«, zischte ich. Ich wollte zwar kein Aufsehen erregen, seine Berührung aber auch nicht dulden.

»Ist das die rechte Art, einen Vetter zu behandeln?« fragte er, umfaßte mit dem anderen Arm meine Hüften und versuchte, mich an sich zu ziehen.

Ohne zu überlegen schlug ich ihn so hart und schnell ich konnte, und meine flache Hand krachte gegen seinen Wangenknochen.

Einen Augenblick dachte ich, er würde zurückschlagen, und während ich die Wucht des Schlages in meiner Hand spürte, starrte ich ihn voll Wut und Abscheu an.

»Laß mich los«, befahl ich, »oder ich erzähle Artus von deinem Benehmen.«

Er ließ die Arme sinken und trat einen Schritt zurück.

»Dein neuer Rang wird dich nicht immer schützen, meine Liebe«, keuchte er, und in seiner Stimme lag kalte Wut.

Eine hitzige Entgegnung lag mir auf der Zunge, doch ich biß mir auf die Lippe und behielt sie für mich. Für den Augenblick hatte ich ihn in die Schranken gewiesen und nur noch den einen Wunsch, ihm zu entkommen, solange ich noch Gelegenheit dazu hatte.

Also wandte ich mich von ihm ab und schlüpfte, mit aller

Würde, die ich aufbringen konnte, durch das Tor, just als die Novizin mit der Fackel zurückkehrte.

Kaum war sie in Sichtweite, streckte ich ihm meine Hand entgegen und sagte mit ausdrucksloser Stimme: »Es ist ein interessanter Besuch gewesen, Vetter, den man lange nicht vergessen wird.«

»Das hoffe ich«, erwiderte er so vorsichtig wie eine wichtige Person, die weiß, daß man auf ihre Worte achtet. Er berührte kaum meine Hand. »Gute Nacht, meine Dame, und möge Euer Schlaf friedlich sein.«

Ich nickte, wandte mich ab und hoffte, daß das Mädchen die Beule nicht bemerkt hatte, die sich auf seiner Wange bildete. Sie trottete schläfrig neben mir her, und nichts deutete darauf hin, daß sie etwas anderes beobachtet hatte als das höfliche Abschiednehmen zweier Hochgeborener, also beruhigte ich mich und redete mir ein, alles sei in Ordnung.

Ich blickte mich in meinem Quartier um und bedauerte, daß es zu klein war, um es mit Brigit zu teilen. Es wäre eine Erleichterung gewesen, ihr alles zu erzählen, aber jede Zelle war von den anderen getrennt, und sie waren nur durch den Kreuzgang miteinander verbunden, und ich hatte keine Lust, mitten in der Nacht herumzutappen und nach der ihren zu suchen. Also entkleidete ich mich, füllte eine Schüssel mit Wasser und tauchte das Gesicht hinein, als könnte ich Maelgwns Berührung abwaschen.

Es versetzte mich in Wut, daß mein Vetter sich erdreistet hatte, mir einen solchen Vorschlag zu machen, und sein Mangel an Respekt vor dem Hochkönig erzürnte mich. Artus hätte ihn gewiß bestraft, wenn er davon erfahren hätte.

Falls er davon erfuhr.

Der erste Wutanfall ging vorüber, und die Stimme der Vernunft meldete sich. Der Vorfall taugte nicht dazu, ihn gegen einen notwendigen Verbündeten ins Feld zu führen, und ich wußte nur zu gut, wie wichtig es für Artus war, sich auf Maelgwn verlassen zu können, während er gegen die Sachsen kämpfte. Das gesamte Bündnis konnte gefährdet werden, wenn ich diesen rein persönlichen Zwischenfall aufbauschte.

Außerdem kannten Artus und ich einander noch so wenig, daß

unsere Beziehung durch eine unangenehme Spannung belastet worden wäre. Ich wollte nicht, daß er mich für ein törichtes, junges Mädchen hielt, das einen liebestollen Höfling nicht in die Schranken weisen konnte. Und was ich Maelgwn gesagt hatte, konnte er in der Tat so deuten, daß ich Artur nichts erzählen würde, wenn er mich in Ruhe ließ.

Ich lag eine Weile wach, überdachte die Lage und gelangte schließlich zu der Einsicht, daß die Sache, wenn sie mich schon so bekümmerte, Artus erst recht aufregen würde.

Als die Klosterglocken zum Mitternachtsgebet läuteten, hatte ich mich entschlossen, kein Wort darüber zu verlieren.

Artus und ich würden am Morgen aufbrechen, während Maelgwn hierblieb; es gab keinen Grund, ihn in der nächsten Zeit wiederzusehen, und bis dahin war ich vielleicht imstande, das Problem mit Artus zu besprechen. Für den Augenblick schien es das beste, der Sache keine Bedeutung beizumessen.

29.

Der Tempel

Da ich in der Nacht so lange wach gelegen hatte, schlief ich länger als gewöhnlich und erwachte erst, als Vinnie mir eine Schale Haferbrei brachte.

Meine Erzieherin plapperte munter, und ich hörte verschlafen zu, als sie die Vorzüge Chesters pries. Nicht nur die Bäder funktionierten, auch die Kaufleute waren zuvorkommend und die Juwelenhändler beeilten sich, ihr antike Stücke vorzulegen.

»Ist das nicht ein hübscher Siegelring?« rief sie und streckte mir stolz ihre dickliche Hand entgegen, damit ich ihren neuen Ring bewundern konnte.

»Sehr hübsch, Vinnie«, sagte ich und betrachtete den gravierten Jett in der goldenen Fassung. »Woher stammt er?«

»Sie sagen, der Jett käme aus Whitby, aber ich bin sicher, daß es eine römische Arbeit ist«, vertraute sie mir an und drehte den Ring bewundernd hin und her.

»Paß auf, daß du ihn nicht verlierst«, warnte ich, denn obwohl sie ihn über ihren Daumen gestreift hatte, war er offensichtlich zu weit.

»Oh, ich werde ihn in meine Börse tun, wenn wir wieder unterwegs sind«, erwiderte sie. »Aber wozu sollen Edelsteine schließlich taugen, wenn man sie nicht trägt?«

Ich erinnerte mich an Artus' Bemerkung über die Bezahlung der Reiterei und lächelte.

Als Vinnie später nachsah, ob ich im Schrank meines Gemaches etwas vergessen hätte, half mir Brigit beim Anziehen, und ich fragte sie nach ihrem Besuch des Hospitals.

»Ach«, seufzte sie. »Kaethi hätte es gefallen. Niemals habe ich so viele Phiolen und Fläschchen für Salbe und Balsam und Tränke gesehen, und besondere kleine Krüge zur Aufbewahrung von Heilkräutern, alle mit Namensschildern versehen. Das muß einmal eine vorzügliche Apotheke gewesen sein. Die Nonnen bemühen sich nach Kräften, sie weiterzuführen, und kümmern sich um die Bürger ebensogut wie die Soldaten. Wenn es dort kein Krankenrevier gibt«, fügte sie nachdenklich hinzu, »würde ich an Artus' Hof gern eines sehen wie dieses hier.«

Bedivere kam mit dem Packpferd, das mit unserem Gepäck beladen war, und Vinnie rannte durch den Hof und ermahnte die jungen Männer, sorgfältig mit den Bündeln umzugehen. Man hätte denken können, unsere Kleider wären die allerkostbarsten Dinge, aber vielleicht waren sie das in Vinnies Augen ja auch.

Als wir uns zum Praetorium aufmachten, richtete ich es so ein, daß ich neben Bedivere ritt, weil ich ihn um einen besonderen Gefallen bitten wollte.

»Gibt es eine Möglichkeit, Palomides' Tante zu sagen, daß ich für das Bett des Hochkönigs eine der Daunendecken bestellen möchte? Ihre Base fertigt sie an, und sie glaubte, ich könnte eine von ihr bekommen. Aber ich weiß nicht, wie ich sie bezahlen soll …«

Ich stockte, weil mir plötzlich aufging, daß ich bereit war, Artus' Braut zu werden, wenn ich so etwas tat. Ich errötete, denn diese Vorstellung bestürzte mich. Bedivere, der meine Verwirrung vielleicht mädchenhafter Bescheidenheit zuschrieb, warf mir einen amüsierten Blick zu und meinte, das ließe sich machen.

Artus erwartete uns im Quartier des Befehlshabers, heiter und glücklich, so früh aufbrechen zu können. Ich sah mit Freude, daß er nicht zu den Leuten gehörte, die während der ersten Stunden des Tages mürrisch und reizbar sind.

Caesar tollte fröhlich um ihn herum, bis Artus ihn zur Ordnung rief und der Welpe schwanzwedelnd gehorchte.

»Nun, das ist sicherlich ein Fortschritt«, sagte ich und wollte absitzen.

Artus lächelte und hielt mich zurück. »Unnötig, abzusitzen. Ich habe mich bereits von den Männern verabschiedet, die hierbleiben, und Maelgwn läßt sich entschuldigen.«

Ich hob die Augenbrauen, erleichtert und überrascht. »Geht es seiner Frau schlechter?«

»Nein, ich glaube nicht. Aber er tauchte heute morgen mit einem blauen Auge auf, das einem Krieger Ehre machen würde. Sagte, eine Hure hätte ihm im Streit über die Bezahlung einen Schlag verpaßt.«

Artus lachte und wandte sich an Bedivere. Ich wurde puterrot und beugte mich über den Kopf der Stute, um Zügel und Zaumzeug zu überprüfen, ließ mein Haar übers Gesicht fallen und suchte hinter dem Pferdehals meine Scham zu verbergen. Die Tugend der Barmherzigkeit, die Vinnie mir so oft gepredigt hatte, war in meinen Augen nicht die größte, und ich flehte die Göttin unverblümt an, meinen Vetter in eine Kröte zu verwandeln.

Es gab ein bißchen Bewegung, als Griflet und Bedivere zum Osttor aufbrachen, und als wir uns von ihnen verabschiedet hatten, war die Beleidigung vergessen.

Die Bridge Street war von wartenden Leuten gesäumt, die uns Lebewohl wünschen wollten. Sie drängten sich in den Bogengängen und auf den Treppen, die zur Brücke hinunterführten, winkten und jubelten und überschütteten uns mit Feldblumen. Eine Gruppe warf uns sogar eine Handvoll Nüsse zu, was Vinnie in Entzücken versetzte.

»Was ist das?« rief Artus, fing eine der harten, runden Früchte auf und versuchte festzustellen, was es war.

»Ich glaube, das sind Walnüsse« – ich lachte – »aus einem alten

Garten in der Nähe. Vinnie sagt, das sei ein alter römischer Brauch, um einem Paar Fruchtbarkeit zu wünschen.«

»Großartig, solange sie bei mir keine Beule hinterlassen, die so groß ist wie die Maelgwns«, sagte Artus schmunzelnd.

Ich konnte ein Kichern nicht unterdrücken, als ich dachte, daß ich ihn kaum so behandeln würde wie meinen Vetter.

So verließen wir Chester in einem Wirbel herzlichen Frohsinns. Sogar Caesar bellte von seinem Lager vor Artus' Sattel. Artus ritt mit einer Hand auf dem Rücken des Welpen und hielt ihn fest.

Wir waren mit einer Handvoll Männern nach Chester gekommen, doch wir verließen es in Begleitung von fast zwanzig Edelleuten aus Maelgwns Gefolge, die mit uns reisten. Das machte den Zug strahlend und lebendig, und wir ritten in raschem Tempo durch Watling Street.

Als wir zum Schrein der Minerva kamen, sah ich zum Steinbruch hinüber und bemerkte, daß zu Füßen der Statue Blumen verstreut waren. Ernst und stolz im Kampf, scharfsinnig und klug, war diese römische Gottheit unserer Göttin verwandt, und ich bat sie jetzt, die Reise zu segnen, die Artus und ich antraten.

Der Nachmittag bei den Rennen war für Artus sehr nützlich gewesen, und bald sprachen wir über die Pferde, die er gekauft hatte, und über seine Pläne für die Züchtung. Es ging ihm vor allem darum, ein Pferd zu züchten, mit dem er sein Vorhaben, eine schnellbewegliche Reiterei aufzubauen, verwirklichen konnte.

»Die Sachsen haben den Vorteil, daß sie mit ihren Langbooten jederzeit landen, ohne Warnung zuschlagen und verschwinden können, bevor Hilfe eintreffen kann. Und sie scheinen mehr Kettenpanzer zu haben als wir. Aber sie können keine Pferde befördern, und wenn ich unsere Männer ausbilden kann, zu Pferd zu kämpfen, werden wir die sächsischen Vorteile beträchtlich vermindern. Wir brauchen Pferde, die schnell genug sind, die Räuber zu stellen, bevor sie entkommen können; und sie müssen groß genug sein, größere Trupps zu überwältigen. Ich hoffe, aus den Shire-Pferden Rhegeds und den Tieren aus Chester eine Rasse zu züchten, die beiden Zwecken dient.«

»Wird das nicht Zeit brauchen?« fragte ich.

»Zeit«, seufzte er, »Zeit, das ist meine größte Sorge. Ambrosius wehrte den sächsischen Vormarsch ab, und Uther hielt mehr oder weniger die Grenzen, so daß es seit den Unruhen zu keiner großen Rebellion der Angeln und Sachsen gekommen ist. Aber es scheint, daß sich auf dem Festland neue Eindringlinge zusammenrotten. Leute, die von anderen Eindringlingen aus dem Osten von ihren Ländern vertrieben worden sind. Wenn ich unsere Streitkräfte rechtzeitig aufrüsten kann, bevor die sächsische Welle über uns hereinbricht, werden wir selbst einen größeren Angriff überstehen können.«

Er verzog das Gesicht. »Wenn … wenn die britischen Könige mir folgen, wenn das Bündnis zwischen den Königen des Nordens hält, wenn die Reiterei aufgebaut werden kann, wenn sich im Westen die Iren ruhig verhalten, wenn wir keine weiteren Hungersnöte oder Pestilenzen bekommen … manchmal kommt mir alles wie ein Haufen Blätter vor, der beim ersten kleinen Windstoß zerblasen werden kann.« Auf seiner Stirn erschienen tiefe Falten, als versuchte er, seine Aufgabe allein durch seine Willenskraft zu meistern.

»Und wenn alles klappt?« wollte ich wissen.

»Oh, daran muß man glauben«, erwiderte er mit einem Seufzer. »Wenn wir rasch genug arbeiten und die Zeit reicht, werden wir eine vereinte Nation und einen dauernden Frieden schaffen. Ich möchte den Handel mit dem Festland und mit den Städten des Mittelmeers ausweiten. Sie haben weit mehr zu bieten als bloß Wein und Glas, und wenn wir die Bergwerke im Süden wieder instand setzen und die Getreideproduktion im Norden verbessern können …« Er hielt inne und tätschelte kräftig Caesars Rücken. »Wer weiß? Vielleicht werden sogar die Hunde gefragt sein.«

Der Welpe, der wie eine Bettrolle über dem Widerrist des Pferdes hing, wedelte eifrig mit dem Schwanz und hob den Kopf. Artus lächelte ihm freundlich zu.

»Armer Kleiner, trotz aller Sprünge und Kapriolen ist das für dich nicht die rechte Art zu reisen. Ich frage mich, ob er in der Kiste auf einem Packpferd nicht doch besser aufgehoben ist, was meinst du?«

Ich zögerte. »Ich weiß nicht. Vielleicht sollten wir Brigit fragen.«

»Wenn er größer wäre, könnte er neben uns herlaufen«, sinnierte Artus. »Aber ich fürchte, er könnte unter die Hufe geraten, gestoßen oder erschreckt werden und wegrennen.« Er tätschelte den Hund noch einmal. »Aber, mein Freund, am Ende wird es sich lohnen. Ich verspreche es.«

Artus' Gesicht war sanft und besorgt, und ich staunte, daß dieser Mann eines so tiefen Mitgefühls und zugleich zu so hochfliegenden Träumen fähig war.

Gegen Mittag kamen wir auf eine Lichtung in den Wäldern, zu der von den westlichen Hügeln ein alter Pfad hinabführte. Es ist ein Fleck von altersloser Schönheit, wo eine heilige Quelle auf dem grünen Rasen sprudelt, wie Tautropfen zwischen grünen Farnen in der Sonne funkelnd.

Hinter der Quelle lag dicht am Saum des dunklen Waldes ein eingestürzter Tempel. Er war in besserem Zustand als viele andere, die ich im Norden gesehen hatte, und wenn dem Dach auch Ziegel fehlten und einige Säulen des Bogenganges zusammengebrochen waren, sah er doch nicht so verlassen aus wie ein aufgegebenes Gebäude.

Die Männer führten ihre Pferde an den Rand des Baches, den der Abfluß der Quelle bildete, während Artus und ich zum Brunnen gingen. In einer Felsnische stand ein Becher für Reisende, und nachdem wir den hiesigen Göttern ein Trankopfer dargebracht hatten, tranken wir, und Artus vergaß auch den Hund nicht.

Einer der Feldhauptleute deutete auf die Nachhut unseres Zuges. Wir sahen, daß die Straße voller Leute war. Bauern, Holzfäller, Fischer aus den Flußsiedlungen am Weg, alle wanderten auf die Lichtung und versammelten sich in Grüppchen zu fröhlicher Unterhaltung am Rand des Bachs. Es waren mehr als vierzig Personen, und alle schienen sie in bester Laune. Sie machten unsere Reisegesellschaft zu einer der größten, die ich je gesehen hatte, und ich fragte mich, wie die Gasthäuser sie alle aufnehmen sollten.

Merlin ging an uns vorbei und stieg gemächlich die Stufen zu dem halbzerstörten Gebäude hinauf. Aus dem Inneren war ein weißhaariger Einsiedler gekommen, stand zwischen den Türsäulen und blinzelte in die Sonne, als er zu erkennen suchte, welches Geschenk die Straße seinem Schrein gebracht hatte.

Ich sah gebannt zu, als die beiden Männer sich begrüßten. Neben dem geisterhaften Hüter dieses uralten Flecks erschien der Zauberer rüstig und kraftvoll, und er wirkte eher wie ein Mann mittleren Alters. Ich fragte mich, ob das einfach am Gegensatz lag oder ob jeder der beiden seine weltliche zugunsten einer geistigen Gestalt abgelegt hatte. Mit einem achtungsvollen Nicken nahm Merlin die Einladung des Älteren an, in den Tempel einzutreten.

»Es gibt keinen Menschen, von dem Merlin nicht zu lernen bereit ist«, sagte Artus, als ich ihn darauf hinwies. »In meiner Kindheit schon schärfte er mir ein, jede Person hätte ihre eigene Geschichte, ihre eigene Weisheit … und jeder Führer oder Gelehrter wäre töricht, wenn er sich dessen nicht erinnerte.«

Ein Schmetterling hatte Caesars Aufmerksamkeit erregt, und er sprang hinter ihm her zu den Bäumen.

»Was schätzt du, worüber sie sprechen?« fragte ich.

»Vermutlich über die Götter«, sagte Artus, zuckte leicht die Achseln und rief Caesar bei Fuß.

»Aber der Einsiedler trägt ein Kreuz.«

»Merlin wird nichts dagegen haben«, erwiderte Artus und lobte den Hund, weil er gehorcht hatte. »Es ist möglich, daß der Christ von unserem Weisen ebensoviel lernt wie Merlin von ihm. Draußen auf dem Land sind die Christen nicht so dogmatisch und nicht so auf Macht aus wie in den Städten. Ist dir das nicht aufgefallen?«

Ich dachte daran, daß auch Brigit Bräuche anerkannte, die anders waren als die ihren. Vielleicht hatte Artus recht, und nur in den Städten verachteten die Priester alle anderen Götter.

»Was denkst du über die Christen?« fragte ich.

»Christen?« wiederholte er. »Ihre Lehren scheinen sich von anderen Lehren nicht sehr zu unterscheiden. Sie bitten ihre Götter um Hilfe für sich selbst und um die Verdammung ihrer Feinde. Ich bin sicher, irgendwann kann jeder Gott hilfreich sein. Aber ich kann nicht sagen, daß ich ausschließlich ihrem weißen Gott folgen würde, und ich kann ihnen nicht zugestehen, daß sie sich in die Politik einmischen. Die Leute müssen jenen Lehren folgen, bei denen sie sich am wohlsten fühlen, und solange ich König bin, werde ich keine Religion vor einer anderen begünstigen. Ich kann es mir nicht leisten, das Vertrauen der Leute zu verlieren, und der Führer, der versucht, allen seinen Leuten eine einzige Glaubensrichtung aufzuzwingen, verdient es, als Tyrann angesehen zu werden.«

Wir blieben bei einem alten Baumstamm stehen, wo Caesar ein Mauseloch untersuchte, und Artus legte die Stirn in Sorgenfalten.

»Ich will nicht, daß mein Volk durch religiösen Streit gespalten wird, und zu welchem Gott ich insgeheim bete, ist allein meine Sache.« Er warf mir einen kurzen Blick zu. »Ich hörte, dein Vater hätte dich nach ähnlichen Grundsätzen erzogen.«

»Ja, ja, ich bin völlig deiner Meinung«, sagte ich heftig nickend. Es war offenkundig, daß ihm das Thema wichtig genug gewesen war, sich zu erkundigen, bevor er mich um meine Hand bat. Ich hätte darauf kommen müssen, daß Artus' Entschluß, sein Reich zu vereinen, über allem anderen stehen, und er keine Religion, die Ausschließlichkeit beanspruchte, unterstützen würde.

Plötzlich verschwanden alle meine Ängste vor römischen Höfen und dogmatischen Zwängen. Ich und Artus schienen uns im Geist einig zu sein; und das erfüllte mich mit überschwenglicher Freude, ich wollte im Licht der Aprilsonne laufen und singen und tanzen. Die Schönheit des Tages durchströmte mich, und ich warf die Hände in die Höhe und lachte vor reinem Entzücken.

Caesar sprang auf, hoffte auf ein Spiel. Ich sprang auf ihn los, und er duckte sich weg, flitzte im Kreis herum und kam zurück, um Artus anzuspringen. Plötzlich rannten und lachten wir zu dritt auf der Wiese, als jagten wir das Wunder und die Leichtigkeit des Frühlings selbst.

Brigit kam dazu, und dann zahlreiche jüngere Männer der Wache und der Leute aus Chester, bis jeder ein Teil des wirbelnden Kreises war, und wir lachten und hüpften, als wären wir ein Schwarm von Waldgeistern. Der vielnamige Geist des Ortes segnete uns auf die alte Weise.

Die Heiterkeit hielt selbst dann noch an, als wir stehenblieben und nach Luft schnappten und die Männer die Pferde brachten. Jetzt waren wir keine getrennten Gruppen mehr, die zufällig auf der Straße zusammengekommen waren, sondern vereinigt durch ein verwandtschaftliches Band.

Auf Anraten Brigits setzte Artus den Welpen wieder in seine Kiste und wollte ihn beim nächsten Halt wieder herauslassen. Als er zu mir zurückkehrte, deutete der Hochkönig auf die lärmende Menge, die sich bereit machte, sich uns anzuschließen.

»Wie es scheint«, sagte er verschmitzt, »haben die Leute gehört, daß in Winchester eine Hochzeit stattfinden wird, und nichts kann sie davon abbringen, uns dorthin zu begleiten.«

Verdutzt sah ich ihn einen Augenblick an, doch sein Lächeln war so ansteckend, daß ich nicht widerstehen konnte. Schließlich war das ein wunderbares Kompliment, denn konnte ein Volk seinem König mehr Aufmerksamkeit erweisen?

»Sie spüren es, Gwen. Sie wissen, daß etwas Neues und Aufregendes passiert, und sie wollen daran teilhaben.«

Sein Gesicht strahlte vor Hoffnung und Begeisterung, und mir wurde bewußt, daß er, obgleich nicht im Heiligtum erzogen, mit Sicherheit zum Helden geboren war.

Die festliche Stimmung hielt während des Nachmittags an, und am Rand von Whitchurch holten wir den Troß ein, der dort kampierte. Artus und seine Männer blieben dort, und die Leute, die zu uns gestoßen waren, schlugen in den nahen Wäldern ein provisorisches Lager auf, während Brigit, Vinnie und ich zu einem Wirtshaus in der Siedlung geleitet wurden.

Man gab mir und meinen Damen einen großen Raum, weit genug vom lauten Hofplatz entfernt, und nach zwei Nächten in einer Nonnenzelle war ich froh über die Gesellschaft. Doch ich bemerkte, daß meine Anstandsdame nicht auspackte, sondern mit geröteten Augen und ungewöhnlich schweigsam umherlief.

»Was ist los, Vinnie«, fragte ich, während sie Mamas Kamm und Spiegel herausnahm.

»Ich hätte es wissen müssen«, sagte sie schniefend. »Meine Mutter sagte immer, beim Reiten käme nichts Gutes heraus.« Auf ihrer runden Wange zitterte eine große Träne und rann an ihrem Kinn herunter.

»Hast du dich verletzt?« fragte ich und warf Brigit einen besorgten Blick zu.

»Sie hat ihren neuen Ring verloren«, erklärte Brigit.

»In der Sänfte wäre das nie passiert«, flüsterte die Matrone zitternd. »Und jetzt ist er für immer verschwunden.«

»Oh, Vinnie, das tut mir leid. Also, aber … aber … weine doch nicht!« setzte ich hinzu und legte den Arm um sie. »Hör zu, wir werden einen neuen kaufen, wenn wir in den Süden kommen; in Winchester wird es bestimmt anderen echt römischen Schmuck geben.«

Ich sagte das einfach so, um sie zu trösten, und es schien zu wirken. Sie löste sich von mir, und ein schwaches Lächeln schimmerte durch die Tränen.

»Würdest du das wirklich für mich tun?« fragte sie. Als sie dastand, das Gesicht tränennaß und mit zitternder Unterlippe, ähnelte sie verblüffend einem übergroßen Kind.

»Wenn wir einen finden, Vinnie, wird er dir gehören«, versprach ich.

Ich dachte einen Augenblick, sie würde abermals zu weinen anfangen, aber ihr Schluchzen verwandelte sich in eine Folge von Schluckaufs, und sie begann, ihr Haar zu richten.

»Das ist reizend, Fräulein«, sagte sie geziert. Dann bekamen ihre Wangen Grübchen. »Eigentlich sollte ich damit anfangen, dich Hoheit zu nennen, wo doch die Heirat mit dem jungen König feststeht.«

Der Gedanke war so lächerlich, daß ich lachte und sagen wollte, das sei nicht nötig, als Brigit sich heftig einmischte.

»Das werden wir alle, und wir sollten uns jetzt daran gewöhnen, solange wir unterwegs sind.«

Brigits Stimme war vollkommen ernst, und ich blickte sie aufgeschreckt an. Es schien widersinnig, daß Mitglieder meiner Familie anfingen, mich bei meinem Titel statt bei meinem Namen zu nennen. Ich wollte protestieren, aber Brigit fuhr mit Nachdruck fort: »Wir werden uns bei Hofe nicht so oft versprechen, wenn wir es eine Weile üben«, sagte sie mit fester Stimme, während sich Vinnie die Augen trocknete.

Es kam mir in den Sinn, daß Brigit vielleicht recht hatte; es war eine gute Idee, nicht unvorbereitet an einen fremden Hof zu gehen. Also stimmte ich zögernd zu.

Als wir später allein waren, flüsterte ich Brigit zu, wenn wir allein seien, wollte ich von diesem ganzen Unfug nichts wissen. Sie lächelte bloß und drückte meine Hand.

Es war Mittag, als Artus eintraf, um uns abzuholen. Der Troß war bereits kurz nach Sonnenaufgang aufgebrochen, und als wir ihn einholten, war ich verblüfft zu sehen, wie viele Leute ihm inzwischen folgten. Als wir auf die Straße kamen, machten sie uns jubelnd und lachend Platz, als sie Artus erkannten, und hin und wieder riefen sie sogar meinen Namen. Wir winkten und lächelten und grüßten sie der Reihe nach, und später, als wir gemächlich an der Spitze des Zuges ritten, fragte ich Artus, ob er auf der Straße immer so empfangen würde,

»Nein, niemals!« sagte er schmunzelnd. »Meistens kann ich mit einer kleinen Schar von Begleitern kommen und gehen, und keiner nimmt Notiz davon. Oder achtet nicht sehr darauf. Ich glaube«, fuhr er mit einem Seitenblick fort, »es ist deine Anwesenheit, die sie dieses Mal auf die Straße bringt.«

»Meine Anwesenheit?« Das erschien mir unwahrscheinlich.

»Aber gewiß doch. Die Neuigkeit, daß ich eine Kumbrierin zur Frau nehme, hat sich in Wales bestimmt wie ein Lauffeuer verbreitet, und jetzt wollen sie selbst sehen, wie du aussiehst. Für Leute, denen Blutsbande wichtiger sind als alles andere, bedeutet es sehr viel, daß eine der ihren zur Hochkönigin auserwählt worden ist.«

»Hast du mich deshalb erwählt?« fragte ich ruhig. Die Frage war weder spontan noch vorsätzlich, sondern hatte sich in der Unterhaltung ganz natürlich ergeben. Doch kaum hatte ich die Worte ausgesprochen, bedauerte ich sie.

Er drehte sich um und schaute mich mit demselben kühlen Blick an wie damals nach dem Wettrennen bei unserer ersten Begegnung.

»Ich habe aus denselben Gründen um dich angehalten, die dich bestimmten, mich zu akzeptieren«, sagte er einfach. »Britannien braucht eine Königin, und du brauchst einen Gatten. Was wir mit der Zukunft anfangen, liegt bei uns.«

Ich erwiderte seinen Blick, wartete auf ein Zeichen der Liebe oder Zärtlichkeit, doch er lächelte bloß und fügte schroff hinzu: »Was immer sonst eine Rolle gespielt haben mag, wir haben einen guten Anfang gemacht. Und keinem von uns wird es an einem Reitgefährten fehlen.«

Meine innere Spannung ließ nach, und ich lächelte, froh, daß er wenigstens von einem guten Anfang sprach. Vielleicht würde die Liebe folgen, wie mein Vater gesagt hatte.

Der Verkehr auf der Straße nahm zu. Manchmal verging eine Stunde, ohne daß wir jemandem begegneten, und dann tauchte ein Reisender nach dem anderen auf. Die meisten blieben stehen, starrten unseren Zug an, traten an den Straßenrand, und gelegentlich grüßten sie höflich, wenn sie das Zeichen des Roten Drachen erkannten.

Ein Imker, der seine kostbaren Stöcke für die Reise sorgsam in Leinen und Stroh eingepackt hatte, rief uns einen fröhlichen Gruß zu. Bienen sind immer ein gutes Omen, und ich war sicher, daß er sich heute abend neben seine Körbe setzen und seinen Bienen ausführlich erzählen würde, was er heute auf der Straße gesehen und gehört hatte, denn die kleinen, goldenen Honigsammler müssen über alles unterrichtet sein, was ihren Besitzer berührt. Wie er uns wohl beschreiben würde? Und was würden die Bienen denken?

Im Lauf des Nachmittags kam Wroxeter in Sicht, eine Stadt, deren Gießereien und Schmieden einst im ganzen Reich berühmt waren. Doch jetzt standen die Stadttore offen, und weder ein Wachtposten noch ein neugieriger Bürger beobachtete uns von den Mauern.

»Die Stadt ist verlassen«, erklärte Artus. »Aufgegeben. Seit den Zeiten der Unruhen gibt es weder genügend Leute, die Mauern zu bemannen, noch genug Handel, um die Bewohner zu ernähren, also kehren sie aufs Land zurück. Im Süden wirst du viele solcher Flecken finden; Ödland, das langsam verkommt und in Vergessenheit gerät.«

Ich schüttelte verständnislos den Kopf. »Aber warum?«

»Kommt darauf an, wen du fragst. Die Christen sagen, das sei die Strafe Gottes für die Sünden der Leute. Die Druiden sagen, man habe die alten Bräuche mißachtet. Die Soldaten, die Mithras folgen, sagen, es liege an der Gesundheitspflege … und ich«, fügte er hinzu und hob eine Augenbraue, »ich sage, es ist weniger wichtig, warum es so gekommen ist, sondern entscheidend ist, was wir dagegen tun. Wir müssen die Gemeinden wieder aufbauen und retten, was wir können. In ganz Logres ist es dasselbe: Wo die Städte verödet sind, haben sich die Leute verstreut, scharen sich um Anführer, die in Hügelfestungen wie dieser überlebt haben.«

Er deutete auf einen der sonderbaren, inselähnlichen Hügel, die sich ringsum erhoben. »Der Mann, der den Wrekin für sich beansprucht hat, folgt den alten Bräuchen und sieht keinen Grund, seine Leute in eine Stadt zurückzuführen, die mittlerweile seit vierzig Jahren verlassen ist. Übrigens ist er ein Freund von mir, und ich habe versprochen, die Nacht dort oben bei seiner Familie zu verbringen. Möchtest du mitkommen?«

»Natürlich«, erwiderte ich. »Wäre er nicht beleidigt, wenn ich fernbliebe?«

»Schwer zu sagen. Die Führer der walisischen Marken sind ein verschrobener Haufen; jeder hiesige König ist Herr seines eigenen Hügels und legt vielleicht gar keinen Wert darauf, daß wir seine Halle beehren. Aber ich kenne Pellinore und weiß, daß er entzückt wäre, dich kennenzulernen; ich bin nie einem Mann begegnet, der sich so auf Frauen verstand. Oder aufs Zeugen von Söhnen. Und wenn sie ihrem Vater nachschlagen, wäre ich froh, wenn sie im Süden für mich kämpfen würden.«

Ich betrachtete den Wrekin. Er sah aus wie eine natürliche Festung, abgelegen und schwer zu erklimmen.

»Ist das als Staatsbesuch gedacht?« fragte ich und dachte an die Sänfte, die man würde hochschleppen müssen.

»Gewissermaßen«, schmunzelte er, »aber wir werden nur eine kleine Garde mitnehmen. Ich habe keine Lust, unsere ganze Gesellschaft auf diesen Berg zu schleppen.«

Ich nickte. Was Lavinia wohl dazu sagen würde?

Als wir das Lager aufschlugen, kümmerte sich Artus um die Pläne für den Abend und ging mit Caesar spazieren, während ich mit Vinnie und Brigit sprach. Meine Anstandsdame sträubte sich dagegen, mich ohne Begleitung gehen zu lassen, aber sie hatte auch nicht die Absicht, irgendwohin zu reiten; also schwankte sie zwischen widersprüchlichen Befürchtungen.

Am Ende war es Artus selbst, der sie davon überzeugte, daß ich vor äußeren Feinden wie vor ihm selbst sicher wäre. Und als der Tag sich neigte, verließ unsere kleine Reiterschar das Lager und machte sich zu der uralten Hügelfestung auf.

30.

Pellinore

»Halt!« Der Befehl schallte durch den Abend wie das Krächzen einer Nebelkrähe. Wir hielten an der Spitze des Wrekin-Pfades und sahen uns unversehens von einer Schar lärmender, neugieriger Kinder umringt, die ausschwärmten, um uns aufzuhalten, bevor wir die äußeren Mauern erreichten.

Es mußte ein Dutzend sein, halbwüchsige und kleinere Kinder, deren Kleider zwar wärmten, aber nicht zusammenpaßten, so als wären sie von einer Generation an die nächste weitergegeben worden. Mädchen konnte ich nicht ausmachen, aber ich konnte deutlich wenigstens zwei Zwillingspaare erkennen.

Artus brachte geduldig sein Pferd zum Stehen und wies uns aus, indem er seine Hand mit dem Drachenring zur Bestätigung ausstreckte. Nach kurzem Überlegen machte der Trupp Platz und ließ uns weiterreiten.

»Bist du wirklich der Hochkönig?« fragte das älteste Kind, das neben Artus' Pferd herlief und zweifelnd zu ihm aufblickte. »Ich dachte, du wärst älter.«

Artus machte ein ernstes Gesicht. »Gefällt dir das besser, Söhnchen?« fragte er, senkte seine Stimme und blickte den Knirps finster an.

»Vielleicht ...«, sagte der Junge, nicht recht überzeugt.

Als wir das Tor erreichten, warf ich einen Blick auf das umliegende Land. Im Abendnebel schwamm vor einem lachsfarbenen Himmel ein Gewirr von Hügeln und Graten, dessen Schattierungen von Schiefer und Holzkohle bis zum mattesten Schwarz reichten. Es war ein ruhiger Abend und so still, als hielte die Erde den Atem an. Nichts rührte sich, und man konnte sich vorstellen, daß schlafende Riesen erwachten und durch das Land schritten.

Vor uns ragte die Steinmauer der Festung auf, die jedem, der so mutig war, sie Heimat zu nennen, Geborgenheit und Schutz bot, und als wir hintereinander durch das mächtige Tor ritten, richtete ich ein kleines Dankgebet an den Geist des Ortes.

Die Kinder umschwärmten uns im Festungshof.

»He, Junge, Platz für unsere Gäste!« rief eine junge Frau, die aus dem Eingang des Hauptgebäudes eilte und versuchte, die Schar zu verscheuchen. Sie trug einen rundlichen Säugling auf dem Arm, und es war nicht zu übersehen, daß sie in Kürze abermals gebären würde.

»Ist er wirklich König Artus?« piepte eines der Kinder.

»Er ist es ganz bestimmt!« antwortete eine mächtige, dröhnende Stimme von der Scheune her. Unser Gastgeber bahnte sich den Weg durch die Kinderschar. »Und es tut gut, Euch zu sehen«, erklärte er strahlend.

Artus glitt vom Pferd, und die beiden Männer umarmten sich herzlich. Artus war beileibe kein kleiner Mann, aber dieser Riese umschloß ihn mit seinen Pranken wie ein freundlicher Bär.

»Willkommen, Kamerad«, sagte Pellinore und klopfte Artus auf den Rücken. »Wir haben Eure Nachricht erst heute morgen erhalten, also hatten wir keine Zeit, etwas vorzubereiten. Immerhin ist Wildbret am Spieß.«

Der ältere Mann musterte die übrigen Gäste, während Artus mir aus dem Sattel half.

»Ich dachte mir, daß Ihr das kumbrische Mädchen mitbringen würdet«, knurrte Pellinore und blickte uns prüfend an, nachdem Artus mich abgesetzt hatte. Pellinores Augenbrauen hoben sich überrascht. »Bei der Göttin«, fluchte er kräftig, »ich habe Euch irrtümlich für einen Knappen gehalten.«

»Das passiert nicht zum ersten Mal«, erwiderte ich lächelnd, als Artus den Arm um meine Hüfte legte.

»Ginevra, darf ich dir unseren Verbündeten und Kampfgefährten Pellinore vorstellen«, sagte er formell, dann fügte er hinzu, »und seine Schar künftiger Krieger.«

Die Jungen waren plötzlich verschämt und stumm; die älteren spielten mit ihren Bogen herum, während die jüngeren mich mit unverhüllter Ehrfurcht anblickten.

»Und das ist meine Gemahlin, Tallia«, sagte Pellinore und deutete auf die Frau, um die sich die Kinder scharten. Sie sah kaum alt genug aus, um so viele Kinder geboren zu haben, und Pellinore, als hätte er meinen Gedanken erraten, sagte: »Wir haben nach der großen Schlacht geheiratet, kommenden Herbst sind es drei Jahre her, und sie hat mir bereits einen stämmigen Jungen geschenkt, und ein zweites Kind kann jeden Tag zur Welt kommen.«

Die junge Frau errötete und versank in einem tiefen Knicks, wobei ihr Wollrock durch den Schmutz des ungepflasterten Hofs schleifte. Das, dachte ich, ist echte Würde, und ich mochte sie auf Anhieb.

In der Halle rief Pellinore nach Bier, und nachdem wir neben ihm Platz genommen hatten, ging er daran, uns seine Sippe im einzelnen vorzustellen.

Der älteste Junge, dessen Zweifel sich mittlerweile gelegt hatten, trat stolz vor. Alles deutete darauf hin, daß der Vierzehnjährige genauso ein Riese werden würde wie sein Vater. Pellinore sagte, sein Name sei Lamorak, und der Junge verbeugte sich formell vor Artus.

Es folgte eine Anzahl weiterer Kinder, vom Dreizehnjährigen bis zu Kleinkindern, und nach ihrem Aussehen stammten sie von mehreren verschiedenen Müttern.

Vermutlich, dachte ich mit einem Seitenblick auf Tallia, zeugt dieser Mann eine große Zahl von Nachkommen, und die armen Frauen überleben das Gebären nicht. Es machte mich froh, daß Artus nicht Pellinores Statur hatte.

Nach der Vorstellung der Kinder waren Krieger und Gefährten und auch Freie zu begrüßen, denn unser Gastgeber hatte die Nachbarn zum Fest eingeladen. Dann, als das Fleisch tranchiert war und die Schneidebretter herumgereicht wurden, kam das Gespräch wieder auf Lamorak.

»Selbstverständlich würde ich ihn gern hier an meiner Seite behalten«, dröhnte Pellinore, »aber seit kurzem träumt er davon, an Euren Hof zu kommen.«

Der Junge errötete, reckte aber stolz den Kopf.

»Wenn der Sohn wie der Vater ist, sehe ich mich besser vor«, erwiderte Artus mit einem Lächeln. Er begann zu erzählen, wie schwer ihn Pellinore bei ihrem ersten Treffen in Bedrängnis gebracht hatte, damals vor der Krönung. »Stieß mich glatt vom Pferd und zerbrach dazu noch mein Schwert«, schloß er.

»Ich hatte das Körpergewicht und die Erfahrung auf meiner

Seite«, antwortete Pellinore barsch. »Wahrscheinlich würde ich das heute nicht mehr schaffen.«

»Nicht, wenn das stimmt, was ich höre«, erwiderte Artus und berichtete ihm von den Reitern in Ribchester und den Veränderungen, die sie mit ihren Geschirren vorgenommen hatten. »Das würde selbst dem leichtesten Reiter im Kampf einen Vorteil verschaffen«, schloß er.

»Hört sich interessant an«, stimmte Pellinore zu, riß einen letzten Fleischfetzen vom Knochen und warf die Überreste der Hundemeute zu, die sich am Feuer um Abfall raufte.

»Bedivere bringt einen der Jungen nach Winchester, rechtzeitig zur Hochzeit«, fuhr Artus fort. »Ich will diese Neuerung so rasch wie möglich mit eigenen Augen sehen. Warum kommt Ihr nicht zum Fest und schaut es Euch an?«

Pellinore nickte nachdenklich und blickte sich im Kreis seiner Männer um.

»Gibt es einen Grund, warum ich nicht für einen Monat nach Süden gehen sollte?« rief er einem seiner Feldhauptleute zu, und nachdem der Mann eine Zeitlang überlegt hatte, schüttelte er den Kopf.

Pellinores Gesicht verzog sich zu einem breiten Grinsen, und er wandte sich an seine Frau. Es war offensichtlich, daß sie ihn in ihrem Zustand nicht so weit begleiten konnte, aber er wollte auch nicht zuhause bleiben, wenn ein Abenteuer winkte. Also blickte er sie zärtlich an und fragte: »Was soll ich dir aus der Stadt mitbringen, meine Liebe?«

»Dich selber – mehr nicht«, erwiderte die junge Frau mit wissendem Lächeln, das den älteren Männern im Kreis laute Zustimmung entlockte. Es war klar, sie wußte um seinen ausschweifenden Lebenswandel, und der Erfolg ihrer Partnerschaft beruhte darauf, daß sie diesen akzeptierte.

Man erging sich jetzt in Erinnerungen an die große Schlacht, sprach davon, wie Pellinore auf eigene Faust auf König Lot losgegangen war, nachdem die aufrührerischen Könige Artus' Truppe zum Stehen gebracht hatten.

»Das war eine mutige Tat, mein Freund«, sagte Artus. »Und es kann sein, daß ich Euch den Sieg und meine Krone verdanke.«

Pellinore zuckte die Achseln. »Nur gesunder Menschenverstand. Alle anderen sind erschöpft, in der Sackgasse, und dann kommt Lot, spät wie gewöhnlich, und reitet frisch ins Gefecht. Ich war ihm nicht nur am nächsten, ich war auch ungefähr der einzige, der es an Körpergröße mit ihm aufnehmen konnte, und ich wollte es nicht riskieren, daß er Euch in Stücke haute, bloß weil ich mich bereits genug herumgeprügelt hatte.«

Er begann die Geschichte des Kampfes zu erzählen, ein blutiger Streich nach dem anderen, und ich sah die Augen der Jungen vor Bewunderung größer werden und hörte die Krieger mit den Zungen schnalzen, als sie die Geschichte noch einmal hörten. Strategie oder Planung konnte ich begreifen, doch der Reiz, der darin lag, jeden Schlag und jeden Stoß nacherzählt zu bekommen, war mir schwer verständlich. Ich blickte Artus an, der aufmerksam zuhörte, und nahm mir vor, ihn später danach zu fragen.

»Vielleicht verstehst du es nicht, meine Liebe«, sagte er, als wir nach dem Ende des Festes im Mondschein spazierengingen, »weil du nicht mit dem Schwert leben mußt. Wenn dein nacktes Überleben von einer sekundenschnellen Bewegung abhinge, einer unverzüglichen Reaktion, von der Fähigkeit, das Gleichgewicht der Kräfte unmerklich zu deinen Gunsten zu verschieben, ich wette, du wärst fasziniert … oder hättest zumindest Achtung vor der Tapferkeit eines anderen. Wäre Pellinore reicher, hätte er einen Barden, um sich seine eigenen Geschichten anzuhören, aber auf diese Weise erleben wir sie alle mit, wenn er sie noch einmal durchlebt.«

»Lebst du mit dem Schwert?« fragte ich.

»Manchmal. Ich werde nicht mit dem Schwert herrschen, soviel hat Merlin mir bereits beigebracht. Und daß man lernen muß, militärische Macht klug zu nutzen, war die erste Lektion des Bürgerkrieges. In meiner Begierde, die Rebellion niederzuschlagen, wäre ich gegen jedermann, an jedem Ort ins Feld gezogen, hätte Merlin mir nicht klargemacht, daß ich auf diese Weise bloß wertvolles Leben vergeuden würde. Man muß tun, was nach der Lage erforderlich ist, und wenn unsere Feinde uns mit dem Schwert angreifen, werde ich Logres und Britannien mit dem Schwert verteidigen, ob ich es will oder nicht.«

Seine Stimme war ruhig, aber sehr ernst, und als ich ihn ansah, erblickte ich für einen Augenblick im dünnen Licht des Vollmondes das Gesicht eines gebrechlichen alten Mannes, unsagbar grau und erschöpft. Sein Königsamt lag auf ihm wie ein Segen und wie ein Fluch, und seine Stirn war von Sorgen zerfurcht. Die tiefliegenden Augen, wenngleich traurig, glühten noch immer von seinem Traum, und eine Woge von Liebe und Zärtlichkeit stieg in mir auf.

Etwas bedrängte mich … etwas, das ich ihm sagen sollte … etwas, das helfen würde. Ich streckte die Hand aus und berührte seine Wange, meine Augen füllten sich mit Tränen, und ich würgte an den Worten, die seine Qual lindern sollten.

»Was ist das? Bist du ein bißchen mondsüchtig?« scherzte er, ergriff meine Hand und drehte mich herum. »Was würde deine Anstandsdame sagen?«

»Ich weiß es nicht«, flüsterte ich, dachte an die Göttin und an meinen Gefährten, denn die Ahnung von etwas anderem umfing uns noch immer. Nie zuvor hatte ich ein so überwältigendes Gefühl verspürt, und wenn ich auch nicht wußte, was es bedeutete, war doch klar, daß unsere Schicksalsfäden für ein ganzes Leben miteinander verknüpft waren.

Er zog mich an sich und küßte mich. Meine Arme umfingen seinen jungen, starken Körper, versicherten sich seiner Jugend und Lebenskraft. Er umfaßte fest meine Hinterbacken, hob mich halb in die Höhe, und mein Mund öffnete sich bereitwillig seiner drängenden Zunge. Begehren stieg mir in die Kehle, lief durch den ganzen Körper bis in die Lenden. Wir waren ineinander versunken wie ein Paar am Beltane, und ich hielt Gegenwart und Zukunft in den Armen, den feurigen jungen Mann dieses Augenblicks und die große ausdauernde Kraft, die Britannien in den künftigen Jahren zu neuem Leben erwecken würde.

»Gütiger Himmel, Mädchen, du zitterst ja«, sagte er plötzlich, löste sich von mir und machte die Nadel los, die seinen Umhang zusammenhielt. »Ich will nicht, daß es heißt, ich hätte meine Braut frieren lassen, bloß um den Segen der Göttin zu genießen.«

Er warf mir den Umhang über die Schultern und zog mich in das Licht, das durch die Tür der Halle fiel.

Tallia bereitete unsere Lager aus Fellen und Wolldecken neben dem Feuer. Die Kinder hatte man woanders untergebracht, und unsere Gastgeber hatten ihr eigenes Quartier, aber um des Anstands willen hatte man offenbar darauf geachtet, daß Artus und ich getrennt blieben, von allen unseren Männern wohlbehütet.

Ich lächelte wehmütig, denn ich wußte, daß ich mit diesem Mann bereits eine Vereinigung erfahren hatte, die größer und tiefer war als jene, vor welcher der Anstand mich so eifrig abschirmte. Ich hatte unser Schicksal erblickt und akzeptiert, hier, in dieser Nacht, auf der Kuppe dieses uralten Hügels, und alle anderen Zeremonien würden nichts sein als Rituale, um die Leute zufriedenzustellen und um die Verpflichtung öffentlich zu machen, die ich bereits insgeheim in meinem Herzen eingegangen war.

Als der Schlaf sein Recht forderte, fragte ich mich, ob Artus wohl wußte, was geschehen war.

Am nächsten Morgen nahm Pellinore lautstark Abschied von seiner Familie und gab Lamorak ausdrücklich den Auftrag, während seiner Abwesenheit das Amt des Hausherren zu übernehmen.

»Der arme Junge braucht etwas, um seine Enttäuschung zu verbergen, weil er nicht mit mir kommen kann«, sagte er, als wir die Hügelflanke hinunterklapperten, gefolgt von unserer Eskorte und den Männern, die Pellinore mitnahm. »Außerdem tut es ihm gut, einen Vorgeschmack von Verantwortung zu bekommen, während ich fort bin. Auf diese Art kann er Erfahrungen sammeln, und ich habe freie Hand, selber ein wenig auf die Jagd zu gehen.«

»Immer noch hinter den Damen her?« hänselte Artus.

»Ach, ich kann gar nicht sagen, wie schwer es ist, mit einem Appetit wie dem meinen fertig zu werden. Er ist ein rasendes Untier, das heult und bellt wie eine Hundemeute. Ich muß dahin, wo die Göttin mich hinführt, ganz gleich wohin. Höllisch schwer, einer Frau das verständlich zu machen«, fügte er nüchtern hinzu. »Oh, ich versuche ja, mich nicht fortlocken zu lassen; kann nicht einer Sippe vorstehen und immer fort sein und der Spur folgen, wißt Ihr. Aber wenn die Göttin mir zuwinkt, wenn die Jagd auf ist, habe ich keine andere Wahl, als ihr zu folgen. Eines Tages werde ich sie einfangen, und dann werde ich die Göttin selbst in den Armen halten.«

Artus nickte. »Der Traum jedes Mannes«, sagte er leise.

»Ja, aber es ist auch ein Fluch«, behauptete Pellinore. »Du glaubst, du wärst der Meister des Universums, der durch die Sterne pflügt, seine Blitzstrahlen ins Herz der Schöpfung schleudert, und lieferst dich ihr vollkommen aus. Aber wenn es vorüber ist, entdeckst du, daß du ein pockennarbiges Biest umarmt hast, mit krummen Beinen und einem blauen Auge. Ihr habt ja keine Ahnung, Kamerad, in welche Schwierigkeiten du kommen kannst, und es ist keine Pirsch, die ich einem anderen wünschen würde.« Hastig machte er das Zeichen gegen Verleumdung, nur für den Fall, daß die Göttin gekränkt war.

Artus tat es ihm nach, und eine Zeitlang ritten wir schweigend. Ich dachte über die Göttin nach, über ihre vielen Gesichter, und mir wurde bewußt, daß ich nie erwogen hatte, wie sie wohl einem Mann erschien. Jungfrau, Mutter, weise Hexe und uralt, war sie für mich die Verkörperung von Leben und Tod, von Fruchtbarkeit und uralter Stärke und Macht. Cathbad hatte sie als ein Land mit seinen Jahreszeiten beschrieben, als Sternenmeer und Gezeiten, unversöhnlich im Kampf und ruhmreich im Gebären neuen Lebens. Daß ihr tiefstes Wesen auch Männer verrückt machen konnte, war verständlich, doch daß Männer darin einen Fluch wie eine Herausforderung zugleich sahen, war mir nicht in den Sinn gekommen.

Ob Artus sie jemals so erfahren hatte, und wenn das zutraf, ob er es mir je erzählen würde? Ich kam zu dem Schluß, daß man diese Frage vielleicht besser der Zukunft überließ.

Die Sonne vergoldete die Spitzen der Grashalme, und aus den Wiesen stiegen kleine Dampfwirbel empor. Die Osterlämmer tollten auf den Weiden, starrten uns in jäher Verblüffung an und rannten zu den Mutterschafen zurück, wo sie auf die Knie fielen, um an den vertrauten Eutern zu saugen, wild mit den Schwänzen wedelnd. Die älteren Tiere hoben bloß die Köpfe, kleine Kiefer drehten sich ständig kauend zur Seite, als sie uns vorbeiziehen ließen. Der Hirte lüftete seinen Hut zum Gruß, und sein Hund schaute freundlich mit heraushängender Zunge, behielt uns aber trotzdem genau im Auge.

Das war das Gesicht der Göttin, das mir am besten gefiel, und ich dankte ihr für Wachstum und Fülle, mit der sie uns dieses Jahr beschenkt hatte, und schwor, ihr ein persönliches Opfer zu bringen, wenn wir nach Winchester kamen.

31.

MORGAUSE

Als wir den Zug einholten, empfing uns der lärmende Beifall der kumbrischen Führer, die sich über Nacht dem Zug angeschlossen hatten.

Es waren Männer, die neben Artus in der großen Schlacht gekämpft hatten und die wie Pellinore in besonderer Treue zu dem jungen Mann standen, dem sie geholfen hatten, Hochkönig zu werden. Sie überschwemmten ihn mit neuesten Nachrichten und den glücklichen Erinnerungen an vergangene Heldentaten, so daß ich mich neben Merlin zurückfallen ließ und damit zufrieden gab, Artus bei der Arbeit zuzusehen.

Er bewegte sich ungezwungen und antwortete eifrig auf ihre Fragen. Hatte für jene, die ihn in der hiesigen Sprache anredeten, eine kumbrische Erwiderung, und ging nur zum Lateinischen über, wenn ihn jemand ausdrücklich in dieser Sprache anredete. Es erinnerte an ein Familientreffen, und ich dachte an die enge Bindung meines Vaters an seine Männer, die ich daheim so oft beobachtet hatte. Vielleicht ist das die wichtigste Eigenschaft, über die ein Führer verfügen sollte: Er muß imstande sein, seinen Kriegern von gleich zu gleich zu begegnen, weder mit arroganter Erhabenheit noch mit kühler Zurückhaltung, sondern als einer von ihnen.

Blieb Merlin stumm und in sich gekehrt, war Artus mitteilsam und gesprächig, so daß ich mich der Stimmung der Reise überließ. Hier in den Marschen, zwischen aufragenden Hügeln und zerklüfteten Graten, waren die Götter zu spüren. Das Land war erfüllt von Nebeln und tückischen Winden, und ich begriff, warum die walisischen Königreiche nie von Rom erobert worden waren. Offenbar war dies eine Grenze, die von Geistern wie von Männern geschützt wurde.

Auf jeder Hügelspitze an der Straße entdeckte man eine Festung oder eine alte Siedlung. Manchmal stieß man auf die vertrauten Bilder von Mauern und Gräben, die wie Riesenstufen zu den Wachttürmen an den Toren hinaufführten. Und hin und wieder konnte man eine Rauchsäule erkennen, die von einem Feuer in einem Hof aufstieg, der hinter einem Schirm von Bäumen verborgen war. Immer war das Gefühl da, daß unser Vorrücken beobachtet wurde, und ich war froh, daß Verbündete und nicht Feinde die Straße in den Händen hatten.

An diesem Abend lagerten wir in einem lieblichen Tal auf, das von zwei sanft geschwungenen Hügeln beschirmt wurde, und Artus schlug mir vor, nach dem Abendessen die hiesigen Edelleute zu empfangen.

Lavinia half mir beim Umkleiden, während Brigit sich mit meinen verfilzten Haaren abmühte; jetzt hatten wir Gelegenheit, unsere eigenen Neuigkeiten auszutauschen. Ihr Tag war ebenso friedlich verlaufen wie der meine, obgleich Brigit lächelnd sagte, sie hätte einen schrecklichen Abend mit Caesar zugebracht, denn er hätte anscheinend im ganzen Lager nach Griflet, Artus oder mir gesucht.

»Er wollte sich nicht hinlegen, bis ich ihn schließlich am Zeltpfosten anband; dann rollte er sich am Fußende meines Bettes zusammen und schlief ein«, schloß sie, während Vinnie bei der Erinnerung, daß sie ihr Quartier mit einem Hund hatte teilen müssen, das Gesicht verzog.

»Ich werde mit ihm einen Spaziergang machen, sobald du hier fertig bist«, sagte ich, und sie meinte, er würde sicherlich entzückt sein, mich zu sehen.

Die Packpferde waren am Flußufer untergebracht, und als ich meinen Weg durch einen sumpfigen Fleck suchte, stürzte der Hund wie verrückt auf mich los, um mich fröhlich willkommen zu heißen.

»Bei Fuß, Caesar!« rief Artus.

Der Befehl kam zu spät, denn der Hund hatte sich mit voller Wucht gegen mich geworfen, so daß wir beide ins feuchte Gras taumelten, wo der Hund sich sogleich aufsetzte und mich angrinste, als Artus zu uns kam.

»Ich denke, er freut sich, dich zu sehen«, sagte er, schnippte mit den Fingern und befahl den Hund abermals bei Fuß. Caesar flitzte so rasch er konnte an Artus' Seite, blickte zu seinem Herrn auf und dann wieder in freudiger Erwartung zu mir.

»Alles in Ordnung?« fragte Artus, als er mir aufhalf und entsetzt mein Kleid betrachtete.

Ich versicherte ihm, daß weder mein Kleid noch meine Laune ernstlich Schaden genommen hätten, und wir begaben uns auf höheres, trockneres Gelände.

Wir fanden ein Plätzchen auf einer kleinen Anhöhe in der Nähe einer Gruppe von Holunderbäumen. Die Rinde am Fuß eines der größeren Bäume war zerfetzt, wo ein Hamster seine Krallen gewetzt hatte, und sogleich war Caesars Interesse geweckt.

»Zu dumm, daß er für die Jagd noch nicht alt genug ist«, sagte Artus, ließ sich zu Boden fallen und streckte die Beine aus. »Heute hätte ich ihn als Jagdhund brauchen können, glaube mir. Ist dir klar, daß wir jetzt, wo die Führer aus der Gegend sich uns angeschlossen haben, mehr als hundert Mäuler stopfen müssen?«

Ich pflückte ein paar Wiesenblumen und wand sie zusammen mit ein paar Efeuranken zu einem Kranz für den Hund.

»So viele?« fragte ich.

Artus nickte nachdenklich. »Die Göttin weiß, wie wir damit fertig werden sollen, wenn wir nach Winchester kommen, denn dann kommen die Herrscher aus dem Westen, aus Cornwall, Devon und Somerset, und auch die Männer aus Wales und die Gutsherren der nördlichen Hochlande. Winchester hat nur ein begrenztes Fassungsvermögen, und ich will nicht erleben, daß regionale Parteien sich wegen der Unterbringung zerstreiten. Ich denke, ich werde Merlin vorausschicken, um die Sache mit Kay zu besprechen; Kay versteht es ganz vorzüglich, solche Probleme zu meistern, und ich bin sicher, daß er einen Weg finden wird, es jedem behaglich zu machen.«

»Wie ist er, dein Pflegebruder?« fragte ich, und Artus lachte. Caesar kam herbeigehoppelt und warf sich zwischen uns nieder, und Artus legte ihm beruhigend die Hand auf den Rücken.

»Er ist hochmütig, schwierig, hat eine scharfe Zunge und das Auge eines Falken. Nicht gerade ein Diplomat, fürchte ich, aber er kümmert sich um jede Einzelheit. Darum habe ich ihn gebeten, mein Seneschall zu werden. Bedivere ringt den Leute ihre Zustimmung ab; Kay sorgt dafür, daß sie ihre Versprechen auch einhalten. Ich habe Merlin einmal gefragt, ob er das alles vorausgesehen hätte, als er uns drei als Kinder zusammenbrachte, aber er lächelte bloß und sagte, jeder meiner engsten Gefährten würde Britannien mit einer besonderen Befähigung Beistand leisten, und ich solle nicht denken, das sei bloß auf die Familie beschränkt, bei der ich aufgewachsen sei.«

»Wieviel weiß der Zauberer über die Zukunft?« fragte ich und schlang den fertigen Kranz um Caesars Kopf.

»Viel mehr als er sagt, dessen bin ich sicher. Er sieht seine Gesichte als Wegweiser, nicht als Ersatz für harte Arbeit und Hingabe; er sagt, ganz gleich, was die Schicksalsgöttinnen gesponnen hätten, bleibe uns doch die freie Wahl, unsere eigenen Fäden zu spinnen. Es sei wichtig, daß wir unsere Entscheidungen selber treffen, anstatt das jemand anderem zu überlassen oder den Göttern die Schuld an den Geschehnissen zu geben. Aber zuweilen kommt man sich vor wie in einer Zwickmühle, wenn man versucht, allen Parteien gerecht zu werden.

Nehmen wir zum Beispiel die Hochzeit. Alle waren sich einig, daß sie an Pfingsten stattfinden sollte, weil das Fest auf den letzten Apriltag fällt und bei Sonnenuntergang Beltane beginnt. Auf diese Weise hätte man die Frühlingsfeste der Ungläubigen wie der Christen unter einen Hut gebracht. Aber wo die wirkliche Zeremonie stattzufinden habe, das war eine ganz andere Entscheidung.«

Er setzte sich auf und kitzelte Caesars Nase mit einem Grashalm.

»Ich schlug Glastonbury vor, weil der Felsturm seit Urzeiten der Dame geweiht ist, und da die christliche Kapelle ganz in der Nähe ist, erschien mir das als vernünftige Möglichkeit, jeden zufriedenzustellen. Aber der Erzbischof von London hatte sich in den Kopf gesetzt, die Hochzeit müsse in London stattfinden, weil er der Ansicht ist, diese Stadt sei der wichtigste christliche Mittelpunkt in Britannien!«

Artus schnaubte verächtlich und warf den Grashalm fort. »Was für eine verwegene Idee! Merlins ganze Klugheit und Bediveres Überredungskunst waren nötig, dem Burschen klarzumachen, daß sei ganz unmöglich. London ist heute ebenso sächsisch wie keltisch, und obgleich wir mit den Sachsen und Angeln eine Waffenruhe vereinbart haben, wäre es eine reine Torheit, eine so große Abordnung unserer besten Führer an einem solchen Ort zu versammeln. Am Ende versprachen wir dem Erzbischof, er dürfe bei der Trauung mitwirken, ganz gleich an welchem Ort, und das brachte ihn schließlich dazu, Winchester zuzustimmen. Merlin sagt, er sieht darin keine Gefahr, also war ich damit einverstanden.«

Artus war eine Weile stumm und haderte mit solcher Kurzsichtigkeit. Es war unübersehbar, daß die Bischöfe ihm Ärger bereiteten, und mir stellte sich die Frage, welch ein Bündnis sich zwischen einem freigeistigen Herrscher und den ehrgeizigen, dogmatischen Kirchenmännern schmieden ließ.

»Hast du etwas dagegen, wenn du nach christlichem und nach dem alten Brauch getraut wirst?« fragte er und maß mich mit seinem durchdringenden Blick. Es war das erste Mal, daß er sich nach meinen persönlichen Vorlieben erkundigte.

»Nein, eigentlich nicht«, erwiderte ich vorsichtig. »Zeremonien müssen abgehalten werden, um die Bedürfnisse der Leute zu befriedigen. Du und ich wissen, daß öffentliche Rituale etwas für Barden sind, die nachher davon erzählen; Gelübde des Herzens legt man sehr viel heimlicher ab. Wenigstens in Rheged ist das so«, sagte ich leise.

Es trat ein verlegenes Schweigen ein, und plötzlich stand Artus auf und sagte, wir sollten zum Lager zurückkehren.

»Ich hörte, daß deine Schwester den Ritus nach den alten Bräuchen durchführen wird«, sagte ich, stand auf und versuchte mein Kleid zu glätten. »Stehst du ihr sehr nahe?«

»Morgan?« Wir gingen den Hügel hinunter. »Ja und nein. Ich lernte sie kennen, als ich mich nach der großen Schlacht an den See zurückzog. Ich hatte die nördlichen Könige auf dem Schlachtfeld besiegt, war aber nicht sicher, ob sie mich als Hochkönig anerkennen würden. Sie half bei der Beseitigung meiner Zweifel und hat dazu beigetragen, die Männer davon zu überzeugen, daß ich auch die Wahl der Göttin für das Amt des Hochkönigs sei. Sie hat sich wirklich dem verschrieben, was für die Leute gut ist, und auf dieser Ebene vertraue ich ihr ohne Vorbehalt. Aber als Person kenne ich sie fast noch weniger als die Königinmutter. Morgan wurde in ein Kloster geschickt, bevor ich geboren wurde, und ich bin ihr erst begegnet, nachdem ich ihren Gatten in der großen Schlacht besiegt hatte. Glaube mir, es war eine Erleichterung, daß Urien um Frieden bat, denn ich hatte keine Lust, meine beiden Schwestern an einem Tag zu Witwen zu machen. Ich brauche keine zwei Frauen, die sich in den schwarzen Künsten auskennen und sich gegen mich verschwören; eine reicht vollkommen.«

»Welche ist das?« fragte ich, denn ich wußte nicht, welche er meinte.

Artus stieß einen Erdklumpen mit einer Heftigkeit aus dem Weg, daß ich ihm einen prüfenden Blick zuwarf. Er stampfte störrisch dahin, den Blick starr zu Boden gerichtet, als sei er ein lebender Gegner. Seine Augen verengten sich, und ich sah, wie sich seine Kinnmuskeln strafften, als er nach Worten suchte.

Der Stimmungsumschwung war erschreckend, und ich fragte mich, ob er es übelnahm, daß ich mich nach seiner Sippe erkundigte.

»Zwischen Morgause und mir ist keine Liebe mehr«, sagte er schließlich, »und ich ziehe es vor, nicht über sie zu sprechen. Obgleich ich die Waffe nicht führte, gibt sie mir die Schuld an Lots Tod und wirft mir vielleicht noch viel mehr vor. Ich habe Gawain und seinen jüngeren Bruder Gaheris an meinen Hof genommen, weil sie meine Vettern und stolze, ehrliche Krieger sind. Und ich werde auch Agrawain und Gareth am Hof willkommen heißen, wenn sie alt genug sind. Aber ihre Mutter darf sich nicht erdreisten, sich als Verwandte an mich zu wenden. Ich werde das nicht zulassen.«

Seine Stimme war gezwungen und verkrampft und unerwartet kalt für einen Mann, der im allgemeinen Leben und Tatkraft verströmte. Es war klar, daß die Probleme, die es zwischen Bruder und Schwester gab, sich wahrscheinlich nicht so bald würden bereinigen lassen.

Als wir auf die Lichtung kamen, ließ er sich auf ein Knie nieder und leinte Caesar an, hielt einen Augenblick inne und ließ die

Hand auf dem Blumengewinde um den Hals des Tieres ruhen. Plötzlich ergriff er meine Hand und blickte zu mir auf.

»Ich wollte nicht so harte Worte gebrauchen, Gwen. Ich … ich kann einfach nicht über meine Schwester sprechen. Es ist nicht so, daß ich dich ausschließen möchte … aber ich sehe keine Möglichkeit, mein Verhältnis zu Morgause zu erklären. Und ich wäre dankbar, wenn das Thema nicht wieder zur Sprache käme.«

Ich blickte in sein Gesicht und fand es von Kummer wie von Peitschenhieben gezeichnet. Instinktiv strich ich ihm über das Haar, als wäre er ein verängstigtes Kind am Samhain.

»Natürlich, Lieber«, versicherte ich ihm. »Es ist recht. Was immer es ist, es wird recht sein.«

Er wandte sein Gesicht ab, und ich konnte seine Miene nicht sehen, aber dann seufzte er tief und sah auf. Der bittere Zorn war gewichen, und in seinen Augen funkelte wieder die Begeisterung, die ich so liebte.

»Ich glaube fast, du könntest es richten«, sagte er, nur halb im Scherz.

»Nun, ich kann es versuchen«, erwiderte ich leichthin, noch immer im Ungewissen, wovon wir eigentlich sprachen.

Er preßte meine Hand an seine Wange, dann lächelte er zärtlich. Caesar hatte uns unsicher beobachtet und fing nun an, fröhlich herumzuhüpfen, als wir zum Lager zurückkehrten, wo uns ein frisches, warmes Mahl erwartete.

Mir war nicht klar, was dieses merkwürdige Gespräch mit der Wirklichkeit unseres gegenwärtigen Lebens zu tun hatte. So wie die graue Geistererscheinung des alten Artus auf dem Wrekin war mir sein Zorn erschienen, aufgetaucht wie eine halbverborgene Welt, die in einer nebligen Nacht sichtbar wird und verschwunden ist, wenn der warme Tag anbricht, so daß man nicht weiß, was wirklich und was geisterhaft ist. Ganz gleich, wo ihr Ursprung zu suchen war, beschloß ich, diese Giftquelle in Zukunft nicht aufzurühren, und vielleicht würde die Zeit ihm den Schmerz nehmen. Und währenddessen kann man neuen Königen begegnen und eine weitere Nacht unter dem Sternenzelt zubringen.

Nach dem Abendessen zerstreuten sich die Leute zwischen den Zelten und Feuerstellen, standen in kleinen Gruppen zum Gespräch oder zum Glücksspiel beisammen. Die verschiedenen Führer kleiner kumbrischer Königreiche zogen vorbei, blieben stehen, um mich zu begrüßen und Artus ihre Aufwartung zu machen. Der Hochkönig war freundlich, aber zurückhaltend, und ich bemerkte eine Anspannung unter seiner Liebenswürdigkeit; im übrigen überließ er den anderen das Reden.

Pellinore saß eine Zeitlang bei uns, und seine ausgelassene Heiterkeit beherrschte den vom Feuer erhellten Kreis.

»Wunderbare Art zu erfahren, was anderswo vor sich geht«, sagte er, nachdem sich ein junger Mann aus einem der küstennahen Täler verabschiedet hatte. Am meisten sprach man über die Nachricht, die mit König Pellam zu tun hatte, den sein eigenes Schwert niedergestreckt hatte und dessen Wunde immer noch nicht heilte.

»Nicht viel, was man für ihn tun kann«, sagte Pellinore und dämpfte ehrfürchtig seine Stimme. »Gräßliche Tat, geboren aus einer gräßlichen Vorstellung. Was passierte eigentlich mit dem Burschen, der den qualvollen Schlag ausgeteilt hat?«

»Balin?« Artus seufzte, und plötzlich zischte die Flamme im Feuer. »Ich hörte, er und sein Bruder hätten sich im Zweikampf getötet, und sie erkannten einander erst, als es zu spät war. Sippe tötet Sippe ... es ist eine Tragödie, die den Himmel aufreißt, das Meer vertreibt, qualvoll die Erde spaltet.«

Mit seinen Worten war Artus zu den alten Bräuchen zurückgekehrt und benutzte die vertrauten Bilder aus den Tagen verwehten Ruhms. Ohne Zweifel hatte auch er sie in seiner Kindheit gehört.

Wir saßen schweigend, voller Ehrfurcht vor der Macht einer Schicksalsgöttin, welche die Fäden des Lebens zu einer herzzerreißenden Ironie des Schicksals verknüpfte. Ich war froh, daß niemand die Wahrheit über Balin kannte, denn jeder keltische Krieger träumt davon, in ruhmvoller Erinnerung weiterzuleben, selbst wenn sein Ende tragisch ist, und wer war ich, einem toten Mann seinen Ruf zu rauben?

Als die Feuer erloschen waren, erhob sich Artus, und wir gingen zusammen zum Zelt zurück. In der Dunkelheit leuchteten die verstreuten Lagerfeuer auf den Waldlichtungen wie Feenlaternen, die goldenes Licht zwischen die Stämme uralter Bäume warfen. Und jeder schimmernde Lichttümpel hatte Leute angezogen, wie ein Binsenlicht die Nachtfalter, und ab und zu drang ein kurzes Lachen oder ein schläfriger Ausruf durch die Nacht.

»Sie erweisen uns Ehre, meine Dame«, sagte Artus förmlich und deutete auf das gesamte Lager.

»Mögen wir so leben, daß wir die Ehre verdienen«, erwiderte ich, und Artus nickte gezwungen, während er die Zeltklappe für mich öffnete.

»Morgen werden wir einen langen Tag haben.« Seine Stimme war fest, aber kühl, und ich kam mir wie ein Huhn vor, das zur Nacht in den Stall gescheucht wird.

Was war bloß mit ihm los? Ich wußte es nicht, als sich die Zeltklappe jäh hinter mir schloß.

Ich erzählte Brigit von Artus' plötzlichem Zornausbruch, als ich von seiner Schwester sprach, und daß er seine Zurückhaltung und Förmlichkeit während des ganzen Abends beibehalten hätte.

»Nun ja«, sagte sie und nahm die Spange aus meinem Haar, nachdem ich in ein Schlafgewand gehüllt war. »Er scheint ein Mann zu sein, der mehr an Heere und Biwaks gewöhnt ist als an Hofetikette und junge Frauen. Und es ist verständlich, daß er sich auf die Dinge konzentriert, die ihm vertrauter und in gewisser Weise viel wichtiger sind. Schließlich ist es nicht so einfach, zu erleben, wie sich seine Hochzeitsreise in eine Art fortdauernde Ratsversammlung verwandelt, an die sich jedermann aus Spaß anhängt. Er ist vermutlich mit seinen Gedanken ganz bei Angelegenheiten des Reichs und hat gar nicht mitbekommen, daß er schroff war.«

Für Brigit war das Problem wie üblich ganz einfach und leicht zu erklären. Vielleicht hatte ich die Unruhe, die ich an ihm entdeckt hatte, in meinen Gedanken übertrieben. Ich lächelte ihr dankbar zu und hoffte, daß sie recht hatte und Artus morgen früh seine gute Laune wiedergefunden haben würde.

32.

AGRICOLA

Artus' gute Laune kehrte tatsächlich zurück, aber während der nächsten Tage blieb uns wenig Zeit füreinander, denn das Problem, die Menschenmengen zu ernähren, die uns folgten, nahm seine Aufmerksamkeit stark in Anspruch. Jeden Tag gingen Jagdgesellschaften auf die Pirsch, und Feldhauptleute wurden in die Städte geschickt, um Lebensmittel gleich welcher Art aufzutreiben.

Je weiter wir nach Süden kamen, desto mehr Reisenden begegneten wir auf der Straße, von denen sich viele, wie der Imker, den wir vor kurzem getroffen hatten, unserem Zug anschlossen. Oft ließen Leute, die bereits in den Süden unterwegs waren, ihre ursprünglichen Pläne fallen, um am Hochzeitsmarsch teilnehmen zu können.

Artus vermied Städte, obgleich sich dort häufig die Edelleute der Gegend versammelten und ungeduldig darauf warteten, uns zu begrüßen. Eine besonders große Abordnung, die aus den küstennahen süd-walisischen Königreichen gekommen war, erwartete uns in Gloucester.

Diese Kumbrier unterschieden sich sehr von den robusten Männern aus dem Norden. Viele trugen irische Namen, denn die Männer aus Demetien waren stolz auf ihre Vorfahren, die über die Irische See gekommen waren. Sie waren glattrasiert und geschmackvoll gekleidet, trugen im allgemeinen hellfarbiges Leinen statt Wolle und zogen es vor, statt Kumbrisch Lateinisch zu sprechen.

Viele benutzten besondere Fahrzeuge, Kutschen genannt, bei denen es sich um ein Mittelding zwischen einem Streitwagen aus Korbgeflecht und einem Bauernwagen zu handeln schien. Ich beäugte die sonderbaren Gefährte, leicht genug, um von Pferden statt von Ochsen gezogen zu werden, aber zu schwer, um sich damit in holperigem Gelände zu bewegen.

Wo er stand und ging, war der Edelmann von einem Schreiber begleitet. Ich konnte mir nicht vorstellen, was es schriftlich festzuhalten gab, aber Artus sagte, es bestehe ein regelmäßiger Handelsverkehr zwischen diesen Königreichen und den Resten des Weltreiches, und viele wohlhabende Leute schickten ihre Kinder zur Ausbildung noch immer ins Ausland.

Trotz ihrer seltsamen Angewohnheiten kamen sie mir wie Nachbarn, nicht wie Ausländer vor, denn wie ihre nördlichen Brüder standen sie in unerschütterlicher Treue zu ihrem Hochkönig.

Es war ein besonders warmer und schwüler Tag gewesen, und als wir zwischen zwei befestigten Hügeln hindurchritten, erhob sich vor uns eine steile Klippe. Artus zügelte sein Pferd.

»Wir haben morgen einen anstrengenden Aufstieg vor uns«, bemerkte er und wischte sich mit dem Handrücken den Schweiß von der Stirn. »Wie würde es dir gefallen, die Nacht in einer Villa zu verbringen? Eine sehr schöne liegt vor uns, in der wir sehr willkommen wären. Der Besitzer ist ein trefflicher Mann, und ich möchte mich gern eine Weile von der Menge absetzen; vielleicht sogar ein Bad nehmen.«

Ich hatte noch nie ein römisches Landhaus gesehen, obwohl Vinnie mir natürlich davon erzählt hatte, und die Vorstellung, in einem dieser berühmten Häuser des Luxus und der Vornehmheit zu übernachten, war gewiß reizvoll. Artus lachte, als ich ihn fragte, ob es soviel Platz gebe, daß auch meine Frauen mitkommen könnten.

»Natürlich«, erwiderte er. »Glaubst du wirklich, wir könnten eine Villa besuchen, ohne Vinnie mitzunehmen?«

Sobald die Vorkehrungen für das Hauptlager getroffen waren, zog die königliche Gesellschaft allein weiter.

»Früher gab es in dieser Gegend eine große Zahl von Villen«, bemerkte Artus, »wenn auch die meisten seit den Unruhen verfielen. Agricola sagt, diese sei aufgegeben, aber nie ausgeplündert worden, und als er nach dem Tod seiner Frau hierher zog, gelang es ihm, genügend Leute zu finden, um wieder einen richtigen Bauernhof daraus zu machen.«

»Stammte er ursprünglich aus dem Süden?« fragte ich, verwundert über den römischen Namen.

»Agricola? Sein voller Name ist Agricola Langhand«, antwortete Artus und ließ den keltischen Nachnamen auf seiner Zunge rollen. »Du wirst feststellen, daß es hier im Süden viele Leute gibt, die einen keltischen und einen lateinischen Namen tragen. Es heißt, das sei eine erfrischende Kombination«, fügte er mit einem verschmitzten Lächeln und einem Seitenblick hinzu.

Ich errötete und zog den Kopf ein, über seine Anspielung amüsiert und beschämt, daß man mich so leicht durchschaute. Den Mann mochte ich ja akzeptieren, aber das hieß nicht, daß ich auch seinen Hof unbesehen akzeptierte.

»Wer immer seine Vorfahren waren, Agricola kämpft wie ein Kelte«, fuhr Artus fort. »In der großen Schlacht gehörte er zu Uthers besten Leuten. Ich denke, es wird für dich nach der rauhen Gesellschaft der letzten Tage eine angenehme Abwechslung sein, und mir wird es Freude machen, einmal über etwas anderes als über vergangene Kriege zu reden.«

Wir bogen in eine schöne, abgezirkelte Auffahrt ein, die sauber gepflastert und von großen, kerzenähnlichen Bäumen gesäumt war. Sie standen schlank und königlich und schwarz vor dem abendlichen Frühlingshimmel, und ich bestaunte ihren regelmäßigen Wuchs; unsere Bäume im Norden sind damit verglichen buschig und ausladend.

Genauso erstaunlich war der Mann, der zu unserer Begrüßung in einer jener Kutschen angefahren kam, die über das Land gleiten wie Fellboote über das Wasser. Er hieß uns höchst formvollendet willkommen, und als er uns zum Haus geleitete, sah ich Vinnie, die mit großen Augen durch die Vorhänge ihrer Sänfte spähte.

Artus übernahm die förmliche Vorstellung, als wir uns in der Vorhalle versammelten, und Agricola verbeugte sich würdevoll. Er hatte den kräftigen, stämmigen Körperbau eines Bauern, doch seine Hände wiesen keine Schwielen auf, und sein dichtes graues Haar war sauber geschnitten. Seine Tunika wurde an der Hüfte von einem reichverzierten Gürtel zusammengehalten, der im Weltreich Zeichen eines hohen bürgerlichen Ranges gewesen war. Meine Anstandsdame richtete sorgsam ihre Locken, bevor sie vorgestellt wurde.

Meine Frauen und ich wurden in eine Zimmerflucht geführt, die auf den mittleren Garten blickte, wo ein Springbrunnen leise in der Dämmerung plätscherte.

Vinnie untersuchte die Blumen auf dem Tisch an meinem Bett und berührte zart die geschwungenen Blütenblätter, gesprenkelt in strahlenden Farben.

»Seit meinen Kindertagen habe ich keine solchen Lilien gesehen«, murmelte sie. »Unser Gastgeber muß einen sehr begabten Gärtner haben.«

Ich blickte ungläubig auf die fremdartige Blüte; ihre schwelgerische Farbe und gewundene Form waren so absonderlich, daß sie in Britannien mit Sicherheit nicht heimisch war.

Die Schränke und Truhen waren frisch gelüftet, und in allen Kommoden und Schränkchen lagen kleine Säckchen mit durchdringend süß duftenden Kräutern. Ich fragte unseren Gastgeber danach, als wir uns vor dem Abendessen im Hof versammelten, und er lächelte freundlich, augenscheinlich erfreut, daß ich sie bemerkt hatte.

»Die Säckchen sind mit getrockneten Lavendelblüten gefüllt, die ihren Duft einige Zeit beibehalten. Lavendel ist eine willkommene Ergänzung jedes Gartens, obgleich er eigentlich an ein wärmeres Klima gewöhnt ist.«

Ich betrachtete die Pflanzen in den sauberen Beeten und erkannte Schwarzwurz, Fingerhut und Ampfer für den Arzneischrank, aber auch Küchenkräuter, und dazu noch viele andere, die ich nicht kannte, und ich fragte ihn, wie er zu einer so breiten Auswahl gekommen sei.

»Es war meine Frau, die als erste mein Interesse am Gärtnern weckte. Sie stammte aus Cornwall, wo es das Klima erlaubt, fast alles anzubauen. Nachdem ich hergezogen war, empfand ich Gartenarbeit als sehr wohltuend«, fügte er hinzu. »Und es ist eine gute Gegend zum Experimentieren. Um es gleich zu sagen, die ursprünglichen Besitzer waren zum Glück so verständig, den Garten richtig zu bepflanzen. Habt Ihr die Zypressen an der Auffahrt bemerkt?«

»Die schlanken, schwarzen Bäume?« Ich nickte.

»Sie sind ein wirklicher Schatz« – er strahlte – »wie auch die Feigen am Ende des Gästeflügels. Wirklich wunderbare Bäume! Im Sommer große, schattige Riesen mit breiten flachen Blättern und silbergrauer Rinde, und im Herbst die süßesten Früchte. Vielleicht habt Ihr schon mal getrocknete Feigen gegessen? Sie halten sich sehr gut und lassen sich leicht transportieren.«

Ich mußte verneinen, doch Vinnie sagte, sie hätte sie als Kind in York gegessen.

»Das liegt einige Zeit zurück«, sagte sie geziert, plötzlich ein wenig schüchtern, als sich die ganze Aufmerksamkeit auf sie richtete.

»Und seitdem habt Ihr keine gegessen?« fragte Agricola, worauf sie stumm den Kopf schüttelte und verschämt auf ihren Teller blickte. »Nun, dafür läßt sich leicht sorgen«, fuhr Agricola fort, obgleich er nicht weiter darauf einging.

Beim Essen drehte sich das Gespräch um unsere Reise und die Vielzahl von Leuten, die uns folgten. Ich lehnte mich in meinen Stuhl zurück, insgeheim erleichtert, daß es keine Liegen gab, und ließ meinen Blick durch den Raum wandern.

Es war ein hübsches Gemach, luftig und hell. Der Mörtel der Wände war terrakottafarben, und ich sah ein Wandgemälde, das eine junge Frau darstellte, die Tauben fütterte. Ob es ein Porträt von Agricolas Gattin war? Gleichviel, die Frau war sehr hübsch. Die Öllampen, die auf den Tischen standen und von hohen Gestellen herabhingen, die neben den Eingängen standen, waren aus einem durchscheinenden Material, denn sie dämpften den Glanz der hellen Flamme des Dochtes.

Was mich jedoch am meisten entzückte, war eine Gruppe großer Kübel, die an der Hoftür standen, denn jeder enthielt einen lebendigen Baum. Die Idee, unter seinem Dach einen Wald zu haben, war mir nie gekommen, und ich gelobte, mir das für die Zukunft zu merken. Der Hauptgang des vorzüglichen Mahls war junges Lamm, mit einem Kraut gewürzt, das Agricola Rosmarin nannte. Es gab Gemüse in Fischsauce wie auch Hackfleisch und einen klaren, hellen Wein, der aus einer Gegend in Germanien kam, die Agricola Pfalz nannte.

Vinnie gingen vor Freude fast die Augen über, als ein Gang auf den anderen folgte, alle auf rotem samischen Geschirr serviert, das sie so bewunderte. Den letzten Schliff erhielt das Mahl dadurch, daß jedem sein Wein in einem eigenen Glaskelch serviert wurde. Gewiß hätte nichts sie glücklicher machen können.

Das Gespräch berührte viele Themen, doch es war weder von

besonderen Schlachten noch von aufgewärmten Ruhmestaten die Rede. Agricola sprach von der Ernte, die jetzt zwei Jahre in Folge gut gewesen war, und von der Möglichkeit, den Handel mit dem Festland neu zu beleben, vor allem wenn die Häfen an der sächsischen Küste wieder benutzt werden konnten.

»Ich hätte nichts dagegen, mit den Angeln und Sachsen zu verhandeln«, sagte Artus. »Ich bin bereit, ihnen soweit entgegenzukommen – wenn es bloß eine Möglichkeit gäbe, die Einfälle zu beenden.«

Agricola nickte zustimmend. »Viel wird davon abhängen, was in Gallien geschieht«, meinte er, als neuer Wein eingeschenkt wurde. »Ich höre, daß die Franken die Westgoten aus den Küstengebieten vertreiben und sie in großer Zahl über das Gebirge nach Spanien drängen. Es sind diese Franken unter ihrem König Clovis, die Ban und seinen Bruder in der Bretagne ständig belästigen, und ich mag gar nicht daran denken, was geschieht, wenn sie in das sächsische Gebiet im Norden einfallen; das würde eine neue Flut von Sachsen bedeuten, die hierherkommen wollen!«

»Ich habe keine neuen Nachrichten von Ban«, sagte Artus nüchtern und sah zu, wie der Wein in den Kelch floß. »Wenn er die Franken im Zaum halten kann, bis wir in Britannien Ordnung geschaffen haben, werde ich ihm mit Freuden jeden Mann schicken, den ich erübrigen kann, um seine Ostgrenze zu verteidigen. Schließlich war er mir in der großen Schlacht eine große Hilfe.«

»Wohlan«, seufzte Agricola und machte ein seltsames Zeichen, das ich noch nie gesehen hatte, »mit ein bißchen Glück und einer Menge Arbeit wird die Gunst der Götter vielleicht dem großen und dem kleinen Britannien zuteil.«

Darauf tranken wir alle, als ein Diener mit einer großen Silberplatte eintrat. Sie war reich verziert, und in der Mitte erhob sich ein kleiner Hügel eingelegter Früchte: jeder bekam zwei der goldenen Kugeln, die in einem dicken, klaren Sirup schwammen, und ich betrachtete sie mit derselben Mischung aus Neugier und Besorgnis, die ich bereits beim Anblick der Lilien empfunden hatte.

»Was ist das?« fragte ich, als der fremdartige Duft mir in die Nase stieg.

»Die Früchte sind Pfirsiche, und das Gewürz ist eine Art Wurzel, Ingwer genannt«, erwiderte Agricola. »Pfirsiche waren das Lieblingsobst meiner Frau, und ich mag sie inzwischen recht gern. Aber Ingwer ist jetzt sehr schwer zu bekommen, weil die Handelswege so unsicher geworden sind.

Jetzt, da die Westgoten nach Spanien geflohen sind, sollte man über etwas Wichtiges nachdenken«, fuhr unser Gastgeber fort, wieder an Artus gewandt. »Spanien hat den Mittelmeerraum früher mit Zinn versorgt, aber aufgrund des Einbruchs der Barbaren könnte es uns vielleicht gelingen, wieder ins Geschäft zu kommen. In Cornwall hat früher der Handel mit Zinn geblüht, wie Ihr wißt, und Bronzeschmiede sind immer auf der Suche nach Zinn.«

Artus nickte versonnen, und Agricola ließ sich über die Möglichkeit aus, mit Konstantinopel Handel zu treiben. Die umfangreichen Kenntnisse dieses Mannes verblüfften mich, und in einer Gesprächspause fragte ich ihn, woher sein Wissen über so verschiedene Dinge stammte.

»Mein Vater kannte den Wert einer guten Erziehung«, erwiderte er lächelnd, »also wurde ich an Orte geschickt, die heute vielleicht nicht mehr so leicht zugänglich sind. Ich habe die Säulen des Herkules gesehen, den Hafen von Alexandria und den Apollo-Tempel in Delphi.«

Ich war entzückt, mit einem Mann zu sprechen, der die Dinge, von denen uns Cathbad zu erzählen pflegte, wirklich gesehen hatte, und fragte ihn umgehend, welches Land der Welt für ihn das schönste sei.

»Britannien«, antwortete er ohne zu zögern, und er lächelte zärtlich. »Grau und wolkenverhangen, voll von Nebeln und grünen Wäldern, stürmischen Frühlingstagen und goldenen, reichen Herbsten. Im Augenblick ist das Land vielleicht ein wenig heruntergekommen, doch zur Zeit schlägt sich jeder mit den Barbaren herum; selbst Rom ist nicht mehr das, was es einmal war. Aber man darf nie vergessen, daß Städte Menschenwerk sind, während die Wunder der Götter Geschenke sind, die alle Generationen überdauern. Nichts ist zu vergleichen mit der geheimnisvollen Schlucht von Cheddar oder mit den weißen Klippen an der sächsischen Küste oder der friedvollen Würde eines aufsteigenden Mondes, der sich in den Wassern bei Glastonbury spiegelt.« Und abermals machte unser Gastgeber das sonderbare Zeichen mit der Hand.

»Ist das das Zeichen eines britischen Gottes?« fragte ich, ohne daran zu denken, daß meine Frage unhöflich sein könnte.

Agricola nickte und erklärte, er sei ein Anhänger des Herkules, dessen Kult sehr, sehr alt sei.

»Merlin hat mir gelegentlich von dem Heldengott erzählt«, bemerkte Artus.

»Das überrascht mich nicht«, sagte Agricola schmunzelnd. »Der Zauberer und ich begegneten uns zum ersten Mal bei einer Maifeier oberhalb des Riesen, als ich ein junger Mann war. Merlin war damals ein einfacher Druide, der half, die Bänder zu befestigen und den Stamm aufzustellen, ehe der Tanz begann. Meine Frau und ich hatten die Nacht dort verbracht, denn damals hofften wir noch auf Kinder.«

»Unter dem Maibaum?« fragte ich, denn für ein solches Vorhaben schien mir das ein schrecklich öffentlicher Ort zu sein.

»Nein, meine Dame, wir schliefen auf dem Riesen selbst«, erklärte Agricola. »Der Umriß des Helden mit erhobener Keule und seinem ragenden Glied war aus dem Grasboden einer Hügelflanke herausgehauen worden, und die Gestalt im Kreidekalk hebt sich klar und weiß vom Gras ab und ist meilenweit zu sehen. Es heißt, sie sei ein Geschenk der Götter, um Herkules und die dortigen Fruchtbarkeitsgötter zu ehren. Habt Ihr in Rheged nicht ähnliche Bräuche?«

»Wir haben nicht einmal Kreidekalk, um Bilder einzuhauen«, erwiderte ich. »Unsere Götter sind die der nebligen Täler und schimmernden Wasser und gelegentlich das Kreuz des Nordens.«

»Ach, Britannien«, sagte Agricola mit einem liebevollen Seufzer und hob seinen Becher zu einem Trinkspruch. »Ihr seht, jeder Winkel hat seinen eigenen Zauber, sogar seine eigenen Götter. Ich sage Artus immer, es sei das geheimnisvollste aller Länder, und ich kann mir nicht vorstellen, warum sich jemand wünschen sollte, anderswo zu leben.«

Darauf tranken wir alle und empfanden es als doppelten Segen, eine solche Heimat zu haben.

Nach dem Essen unternahmen Artus und ich einen stillen Spaziergang über das Anwesen, bewunderten die dunklen Schattenhöhlen der Feigenbäume vor dem sternenübersäten Himmel.

Zum ersten Mal seit Tagen waren wir allein, und ich genoß es aus vollem Herzen.

»Sind die anderen Edelleute bei Hof so wie er?« fragte ich hoffnungsvoll.

»Ein paar, aber nur ein paar. Ich wollte, daß er als Berater bei mir blieb, als aber seine Frau starb, beschloß er an einem Ort zu leben, der weniger von Erinnerungen heimgesucht war. Er ist ein prächtiger Verwalter und ein Gelehrter dazu.«

»Und er hat kein Interesse daran, wieder zu heiraten? Es wäre ein Jammer, wenn ein Mann mit soviel Gefühl allein bliebe«, bemerkte ich. Das leise Plätschern des Springbrunnens war hinter uns zu hören.

Artus schmunzelte. »Von Bedivere hörte ich, daß mehr als eine Dame glücklich gewesen wäre, seine Aufmerksamkeit zu erregen. Aber wie du vielleicht gemerkt hast, liebte er seine Frau sehr. Wenn jemand eine solche Zweisamkeit erfahren hat, ist es vielleicht nicht einfach, den Kummer zu vergessen.«

Ich warf ihm verstohlen einen Blick zu und hätte gern gewußt, ob auch er eine frühere Liebste verloren hatte, stellte aber fest, daß er emsig den Himmel absuchte.

»Da – da ist es«, sagte er plötzlich und deutete auf ein Sternbild. »Uthers Höflinge nehmen an, ich sei nach der römischen Familie Artorius benannt, aber als ich Kind war, zeigte mir Merlin immer das Sternbild, das die Kelten Artoris, den Bären, nennen, und erzählte mir, daher stamme mein Name. Tatsächlich nannte er mich damals oft den Bären.«

Ich suchte ebenfalls den Himmel ab und dachte, daß ich seit der Nacht mit Kevin solche Schönheit nicht mehr erblickt hatte. Ein Vogel begann in den nahen Bäumen süß und klar zu singen, und uns umhüllte der Gesang wie ein Regen.

»Was ist das?« flüsterte ich, als der Gesang erstarb.

»Eine Nachtigall. Hast du noch nie eine gehört?«

Ich schüttelte den Kopf und hoffte, sie würde noch einmal anfangen.

»Bei uns im Süden gibt es viele davon, und in jeder Frühlingsnacht werden sie dich in den Schlaf singen. Ich werde Merlin bitten, dafür zu sorgen«, setzte Artus hinzu, als wir zum Haus zurückkehrten. Mein Rock streifte die Pflanzen am Rand der Beete, und der Geruch von Minze erfüllte die Luft.

»Gibt Merlin sich mit solcher Zauberei ab?« fragte ich, denn das schien mir ein wenig unter seiner Würde zu sein.

»Nun, in der Regel nicht.« Artus' Stimme hatte einen leichten, listigen Unterton. »Aber er hat eine schreckliche Schwäche für junge Damen, also macht er für dich vielleicht eine Ausnahme.«

»Der Zauberer des Königs?« rief ich ungläubig aus. Ich konnte mir unmöglich vorstellen, daß dieser ernste, würdevolle Weise für ein junges Mädchen anfällig war. Ich blickte Artus verblüfft an und dachte immer noch, er scherze.

»Pst ... das ist ein Staatsgeheimnis. Er hat es nur ein einziges Mal erwähnt, und ich könnte nicht sagen, ob es eine Prophezeiung seines eigenen Todes war oder eine ironische Bemerkung über die menschliche Natur.« Artus wurde ernster. »Merlin ist der einzige Mann, der immer zur Stelle gewesen ist, wenn Britannien ihn brauchte, und er hat sein Leben in den Dienst der Sache gestellt, lange bevor du oder ich auf der Welt waren. Es gibt keine Geschicklichkeit, keine Kunst, keine Idee, die er sich nicht aneignen oder zunutze machen würde, wenn sie sich als hilfreich erweist. Druide, Militärstratege, Diplomat, Baumeister, Arzt ... und manchmal Zauberer – er hat das alles in sich vereinigt und die Idee der Kultur am Leben erhalten. Ohne ihn wären wir längst Vergangenheit. Er steht mir näher als ein Vater, Gwen, und ich denke, es wäre schön, wenn du im Lauf der Zeit ein wenig Menschenliebe für ihn aufbringen könntest. Niemand sollte allein alt werden.«

Artus' Bemerkung berührte mich tief.

Aber später erinnerte ich mich an Merlins Unbehagen, damals, als ich eines Abends zu ihm gekommen war und mich, während er aß, neben ihn gesetzt hatte, und es schien möglich, daß Artus recht hatte. Ich hoffte bloß, daß die Frau, die das erkannte, seiner würdig sein würde.

33.

Die Wiedervereinigung

Gestärkt und erquickt verließen wir am nächsten Morgen die Villa, um die letzte Etappe unserer Reise anzutreten. Artus ritt an der Spitze des Gefolges, während Brigit und Vinnie in der Sänfte reisten. Ich saß neben Agricola in seiner Kutsche und war sicher, daß es selbst in den Tagen des Reiches keinen Zug gegeben hatte, der merkwürdiger und vornehmer gewesen wäre.

Pellinores Miene verriet jähe Erheiterung, als wir in Sicht kamen, aber es gelang ihm, uns zu begrüßen, ohne in brüllendes Gelächter auszubrechen. Die anderen Leute reagierten verschieden, je nachdem, woher sie stammten; die robusten Leute aus dem Norden sperrten Augen und Mund auf, während die vornehmeren des Südens sich verbeugten, knicksten und uns Platz machten. Am Ende war ich geteilter Meinung über das Gefährt, denn es war bequem und trotzdem abscheulich. Ich hatte jedoch nicht vor, deshalb das Reisen zu Pferd aufzugeben.

In typisch römischer Manier hatten die Straßenbauer versucht, den Steilabbruch der Cotswolds zu überwinden, ohne auf die natürlichen Gegebenheiten Rücksicht zu nehmen. Wir erklommen mühselig drei steile Abschnitte der Straße, die ohne Serpentinen auskam, und alle verließen die Kutsche und die Sänfte, denn man konnte den armen Tieren nicht zumuten, das zusätzliche Gewicht einen so steilen Hang hinaufzuschleppen. Selbst Vinnie stieg aus und ging zu Fuß. Und als wir kurz vor der Spitze anhielten, nach Luft schnappend und in der morgendlichen Hitze schwitzend, bot der Blick zurück eine Aussicht, die mir den Atem raubte.

Die felsigen Vorsprünge des steilen Abhangs ragen über seine bewaldeten Flanken hinaus, während darunter das flache Tal von Gloucester sich westlich um die Kuppe ausbreitet, auf der die römische Stadt thront. Silberne Flüsse schlängeln sich durch grüne Wälder und saftige Wiesen, und im Westen, scheinbar zum Greifen nahe, bieten die blauen Hügel von Süd-Wales Schutz. Es ist eine

Welt, die auf eine Tischplatte zu passen scheint, und ich bestaunte dieses Wunder, während Vinnie sprachlos neben mir stand.

»Was habe ich über Britanniens Schönheit gesagt?« fragte Agricola lächelnd.

Ob es nun Freude und Erleichterung waren, daß wir den Kamm der Cotswolds erreicht hatten, oder die Tatsache, daß wir in Artus' eigenem Königreich, Logres, angekommen waren, unser Zug ähnelte bald einem Wanderzirkus. Von überall kamen Leute, um sich dem Zug anzuschließen, und es waren nicht nur abenteuerlustige junge Männer und Grundherren mit ihren erfahrenen Kriegern, sondern auch Frauen und Kinder gekommen, um sich zu ergötzen. Ganze Familien schlossen sich uns an, lachend und singend, nichts anderes im Sinn, als ihren König zu seiner Hochzeit zu geleiten.

Wir schlugen das Lager am Rande eines Waldes auf, wie ich noch nie einen gesehen hatte. Agricola erklärte, der tiefe Schatten der Buchen verhindere das Wachsen von Unterholz und Farn, so daß die Baumstämme zu großen Säulen würden, die sich auf offenem Boden erheben. Ich dachte an Kaethis Beschreibung lebendiger Tempel für die alten Götter; als die Sonne des Spätnachmittags den Kranz neuer Blätter sprenkelte und Glockenblumen sich auf jedem Pfad und jedem freien Fleck ausbreiteten, kam man sich vor wie in einem Märchenwald, friedlich und bezaubernd und unberührt von irdischen Sorgen.

Die heitere Stimmung war ansteckend, und die Leute ergriffen die Gelegenheit, ihrem König auf ihre eigene, schlichte Weise Respekt zu erweisen. Ein Pfeifer spielte im weichen Zwielicht seine Musik für uns, und eine Familie von Akrobaten kam an unser Feuer und erbot sich, uns zu unterhalten. Sie drehten sich und sprangen und kollerten auf der Wiese. Als ich die Mutter fragte, ob sie und ihre Truppe beim Hochzeitsfest auftreten wollten, errötete sie und stotterte, aber der älteste Sohn verbeugte sich formvollendet und sagte, es werde ihnen eine Ehre sein. Dann liefen sie durch die Bäume zu ihrem eigenen Lager zurück.

Als ich bemerkte, daß Artus mich beobachtete, kamen mir plötzlich Zweifel, ob ich ihn nicht vorher hätte fragen sollen.

Mein künftiger Gatte hockte auf einem Baumstumpf, und Caesar, immer an seiner Seite, lag neben ihm.

»Du magst die Leute wirklich, nicht wahr?« Seine Worte, halb eine Frage, halb eine Feststellung, überrumpelten mich.

»Natürlich«, sagte ich und wußte nicht, ob er nur einen Scherz machte. »Du etwa nicht?«

Er dachte einen Augenblick nach, dann antwortete er langsam: »Gewiß, doch es scheint mir das Talent zu fehlen, die einfachen Leute so zu behandeln, daß sie sich wohl fühlen. Ich kann Leute für Ideen begeistern, doch das ist nicht dasselbe wie die Gabe, einem einzelnen Menschen das Gefühl der Selbstzufriedenheit zu vermitteln. Das ist ein schöner Zug für eine Königin, zusammen mit keltischem Stolz und der Fähigkeit, gut zu reiten. Jetzt müßten wir nur noch etwas für deine Garderobe tun.«

Er konnte ein Grinsen nicht verbergen, und ich griff nach einem Haferfladen und warf nach seinem Kopf. Caesar richtete sich mit einem scharfen Bellen auf und hoffte, er würde auch einen bekommen.

»Ihr werdet lernen müssen, Euch schneller zu ducken, Sir«, rief eine bekannte Stimme aus den Schatten, und Bedivere trat ins Licht. Er sah müde und staubig aus, war aber offenbar bester Laune.

»Willkommen, Bruder«, rief Artus und umarmte ihn. »Du hast es schneller geschafft, als ich erwartet hatte.«

»Ja«, sagte Bedivere mit einem raschen Blick auf die Speisen auf dem Klapptisch. »Wir haben eben einfach nie haltgemacht, um mit Edelleuten zu speisen, noch nicht mal an Gasthäusern. Um ehrlich zu sein«, meinte er und griff nach einer gebratenen Taube, »ich kann mich nicht erinnern, wann wir das letzte Mal gegessen haben.«

»Ich glaube«, sagte Griflet, der hinter ihm hervorkam, »bei Palomides' Eltern, irgendwann letzte Woche.«

Der Junge sah genauso erschöpft und verschmutzt aus wie Bedivere, aber seine Augen funkelten, als er Artus die Leine überreichte, an der ein zweiter Welpe zerrte.

Die Hündin war ein cremeweißes Abbild Caesars, und obwohl sie nach der langen Reise ungebärdig war, hatten sich die beiden Hunde kaum beschnüffelt, als sie schon Freundschaft schlossen.

»Ich habe schon einen Namen für sie«, verkündete Artus und bedeutete den Ankömmlingen, sich selber von den Speisen zu nehmen. »Ein guter keltischer Name, um die Mischung der Kulturen im Zwinger auszugleichen. Erinnerst du dich an die Geschichte, die Merlin erzählte, als wir Kinder waren, über einen Hund namens Cabal?«

Bedivere schüttelte den Kopf, und Artus zuckte die Achseln. »Spielt keine Rolle. Es war ein Haufen Zeug, wenn ich mich recht erinnere, über ein Tier, das seine Gestalt verändern konnte – manchmal war es ein Hund, manchmal ein Pferd, je nachdem was sein Besitzer brauchte. Jedenfalls war das Tier temperamentvoll, tapfer, treu und grimmig, wie es alle diese Geschöpfe sein sollten. Ich könnte schwören, daß es eine von Merlins Geschichten war. Nun gut, der Name ist mir die ganze Zeit im Gedächtnis geblieben, denke ich, und so soll sie ihn zum Willkommen als Geschenk erhalten: Cabal; ja, das paßt gut.«

»Aber warum soll sie den Namen eines kriegerischen Hundes bekommen?« fragte ich, denn ich hatte erwartet, daß er einen weiblichen Namen wählen würde.

»Weil sie meine vierfüßige Kriegerin sein soll. Hündinnen sind immer die besten Angriffshunde. Wußtest du das nicht?« Als ich den Kopf schüttelte, fuhr er fort. »Vielleicht ist ihr Beschützer-Instinkt besser entwickelt. Einen männlichen Hund brauchst du, wenn du jagst oder Schutz vor wilden Tieren nötig hast, aber die Hündin ist auf dem Schlachtfeld nicht zu schlagen. Oder, Cabal?«

Die Hündin drehte sich um, sah zu ihm auf und konzentrierte sich zum ersten Mal auf das menschliche Wesen, das niederkniete, um sie zu begrüßen. Sie legte den schmuddeligen Kopf an sein Bein und nahm, blind gegen ihre Umgebung, Artus' Persönlichkeit in sich auf.

Es war ein schöner Anblick, die Zartheit und Sorge in Artus' Gesicht zu sehen, und ich mußte einfach lächeln.

»Hier sind wir – hier!« rief Bedivere und winkte jemandem außerhalb des Feuerscheins zu. »Es ist Palomides. Er wollte sich erst ein wenig waschen, bevor ich ihn dir vorstelle.«

»Aha, du warst also in beiden Missionen erfolgreich! Das ist wunderbar«, sagte Artus, tätschelte Cabal noch einmal, bevor er aufstand, um den dunkelhaarigen Jüngling zu begrüßen, der ins Licht trat.

Ich erkannte den Jungen kaum wieder, denn jetzt hatte er das Haar zurückgekämmt, und einen eleganten kurzen Umhang aus Brokat über eine Schulter geworfen; der Feuerschein betonte seine orientalischen Züge, und er bewegte sich mit geschmeidiger, tierhafter Anmut.

»Sir, ich erlaube mir, Euch Palomides vorzustellen, außerordentlicher Reiter und beflissener Untertan, der gern an Euren Hof kommen möchte«, verkündete Bedivere mit einem Pathos, das heiter und schmeichelnd war.

Palomides trat vor und kniete vor dem Hochkönig, und als Artus seine Hand auf die Schulter des Jünglings legte, blickte dieser mit derselben Treue und Hingabe zu ihm auf wie Cabal. Wie begierig sie doch nach einen Führer sind, dachte ich, und wie gut Artus dieses Bedürfnis erfüllt.

»Ich höre«, sagte Artus lächelnd und ließ Palomides aufstehen, »daß du meiner Braut Ginevra bereits begegnet bist. Wäre sie nicht gewesen, hätten wir dich nicht holen lassen können.«

Der Junge errötete, und er neigte den Kopf in meine Richtung, konnte mir aber nicht in die Augen sehen.

»Und«, sagte ich rasch, »hättest du mich nicht für einen Knappen gehalten, hätte ich vielleicht nicht gesehen, was du zu Pferde anstellen kannst. Also sind wir dir zu Dank verpflichtet und fühlen uns geehrt, daß du dich entschlossen hast, zu uns zu kommen.«

Palomides sah bei diesen Worten auf und lächelte über das ganze Gesicht – eine schönes weißes Aufblitzen von Freude, und seine Verlegenheit war verschwunden.

Die drei Ankömmlinge machten sich über das Essen her, während die Hunde zu unseren Füßen lagen und die Schnauzen aneinander rieben und wir Neuigkeiten austauschten.

Bedivere berichtete, sie hätten auf der Straße die Dame vom See getroffen, die mit einer militärischen Eskorte und einer Anzahl von Druiden und jungen Priesterinnen reiste. Sie hatte vorgeschlagen, sie zu begleiten, aber Bedivere hatte mit der Begründung abgelehnt, er müsse beim Hochzeitszug helfen; lange bevor er unser Lager erreichte, war die Nachricht von den Volksmassen, die uns folgten, bei ihm eingetroffen.

»Sagte Morgan etwas über ihren Gatten?« fragte Artus.

»Urien?« Bedivere dachte kurz nach und zuckte die Achseln. »Nur daß er über die östliche Straße aus York kommen und rechtzeitig zur Zeremonie in Winchester eintreffen würde. Bist du besorgt?«

»Nein«, erwiderte Artus langsam. »Er sagte, daß er zu diesem Fest kommen würde, und ich traue seinem Wort. Schließlich muß man anfangen, zerbrochene Zäune wieder zu reparieren.«

Pellinore kam zu uns mit einem Fäßchen Bier, das ein hiesiger Bauer dem König gestiftet hatte, und bald ließ man die Politik ruhen, als die Trinkhörner gefüllt und fröhliche Trinksprüche ausgebracht wurden.

Am nächsten Morgen trafen wir mit einer Reitergruppe zusammen, die so rasch von Süden heranjagte, als wollte sie uns den Weg abschneiden.

»Beim Himmel, es ist Kay!« rief Artus und vergaß auf der Stelle, worüber wir gerade gesprochen hatten.

Er gab seinem Pferd die Sporen, lachte und begrüßte Gawain und Gaheris. Scherzworte flogen hin und her, und plötzlich entdeckte ich Merlin unter den Männern.

Der Zauberer war einige Zeit unsichtbar gewesen, doch ich war so an sein schrulliges Betragen gewöhnt, daß ich nicht daran gedacht hatte, nach den Umständen zu fragen. Es stellte sich heraus, daß er bereits in Winchester gewesen war, mit Kay beratschlagt hatte und jetzt wieder zu unserer Gesellschaft stieß, Artus' Gefährten im Schlepptau. Selbst für einen erfahrenen Boten hätte ein solcher Zeitplan einen scharfen Ritt bedeutet, und ich fragte mich, ob Merlin Gebrauch von seinen Verwandlungskünsten gemacht hatte; nur ein Vogel hätte diese Entfernung so rasch zurücklegen können.

Nachdem sich Artus kurz mit den Männern beraten hatte, kam er zurück und erklärte, man werde die Pläne ändern und einen uralten Pfad einschlagen, der die Straße nahe der Festung Liddington kreuze. Ich blickte zum Felskamm hinauf, den er mir zeigte, und erkannte, daß der lange, grasige Hang plötzlich abbrach und sich ganz oben eine alte Befestigungsanlage erhob.

Als wir näher kamen, belebten sich die Mauern der wuchtigen Hügelfestung mit jubelnden Kindern und bannerschwenkenden Frauen. An ihrem Fuß, wo der Pfad auf die Straße traf, nahm eine

Abteilung von Kriegern schneidig Haltung an. Sie waren die ersten Männer von Artus' Leibgarde, die ich sah, und ich musterte sie neugierig. Einige trugen Stücke antiker Rüstungen nach Art der Römer, die zweifellos nach dem Verschwinden der Legionen vom Vater an den Sohn weitergegeben worden waren. Ein paar trugen neuere Lederhemden, und der Führer war mit einem Kettenhemd bekleidet. Sie salutierten, als wir vorbeikamen, und ließen die Enden ihrer Speere auf dem Boden dröhnen.

Artus winkte ihnen zu, und sie schlossen sich uns an, als der Zug querfeldein ins Wiesengelände schwenkte. Agricolas Gefährt war für das unwegsame Gelände nicht geeignet, also ging ich zu Federfuß zurück, während er auf der gepflasterten Straße weiterfuhr und versprach, wir würden uns vor der Hochzeit wiedersehen.

Artus sprach angeregt mit Kay und Gawain und anderen Mitgliedern des Haushalts, die er seit fast einem Monat nicht mehr gesehen hatte, also leistete mir Bedivere eine Zeitlang Gesellschaft. Er schaute mich verschmitzt an und schien sich wirklich zu freuen, mich wiederzusehen.

»Und wie findet Ihr Logres, meine Dame … äh, Gwen«, verbesserte er sich und lächelte.

»Aufregender, schöner und anheimelnder, als ich erwartet hatte«, antwortete ich heiter.

Ich erzählte ihm von den Leuten, die wir getroffen hatten, und er nickte, als ich ihm beschrieb, wie die ganze Gesellschaft auf der Wiese beim alten Brunnen getanzt hatte, und er lachte, als ich Pellinores Hügelfestung mit Agricolas Villa verglich.

»Und während der ganzen Zeit«, schloß ich, »reiten wir direkt ins Herz des Frühlings. Es ist unglaublich.«

»Und Ihr seid nicht von Artus enttäuscht?« Sein Blick war so herzlich und zuversichtlich, daß ich nicht auf die Idee kam, die Frage sei unverschämt.

»Gütiger Himmel«, rief ich, »wie könnte ich enttäuscht sein, wo er doch so … so …«

Ich rang nach Worten, und Bedivere legte seine Hand auf die meine. Sein offenes Lächeln schien nicht rasch über die Oberfläche zu huschen, sondern aus seinem Inneren zu kommen.

»Ich bin froh. Es ist genauso wichtig, eine glückliche Königin zu haben wie einen zufriedenen König.«

Ich nickte freudig. »Und was ist mit Euch? Wie war Eure Reise, außer daß sie schnell und zermürbend war?«

»Sie war erfolgreich. Anstrengend, aber erfolgreich. Und Brigits Familie hieß uns willkommen, als wären wir verlorene Angehörige. Und Ihr werdet es nicht glauben, aber drei Tage nach Eurer Abreise brachte Seans Frau ein Mädchen zur Welt, und sie baten mich, Euch zu sagen, daß man es nach Euch genannt hat.«

Es war eine Ehre, wenn einem auf diese Weise gedacht wurde, und ich sah die strahlenden Augen der jungen Mutter vor mir, als sie mir viele Kinder wünschte und mich ihren Bauch berühren ließ, damit ich Glück brächte.

»Wie geht es Brigit?« fragte Bedivere. »Ich habe sie im Zug nicht gesehen.«

Es war eine einfache Frage, wie sie beiläufig zwischen Freunden gestellt wird, aber unvermittelt betrachtete ich ihn genauer und begriff, daß unser wachsendes Vertrauen wechselseitig war. Er hatte nicht gezögert, mich nach meinen Gefühlen zu fragen, und ich wußte, daß es ganz in Ordnung war, ihn nach den seinen zu fragen.

»Ihr habt auf Eurer Reise viel an sie gedacht?« Der Blick, den er mir zuwarf, war so freimütig und leicht zu deuten, daß ich in Lachen ausbrach. »Es geht ihr prächtig«, versicherte ich ihm, »obgleich ich sie außer zur Schlafenszeit und morgens nicht oft zu Gesicht bekommen habe. Sie ist eine sehr gutherzige, wirklich bemerkenswerte Person, und ein Mann täte gut daran, sie sanft zu behandeln und behutsam um sie zu werben. Sie geht ganz in ihrem Glauben auf, wißt Ihr.«

»Ja, dessen bin ich mir bewußt.« Er seufzte ohne Groll oder Traurigkeit. »Es ist ein Glaube, mit dem ich mich nie zu befassen dachte, aber vielleicht ist sie bereit, mich zu unterrichten.«

»Zumindest könntet Ihr sie fragen«, sagte ich ermutigend und sah mit Freude, daß er nachdenklich davonritt, um sich den anderen Gefährten anzuschließen.

Der Glanz des Tages hüllte mich ein, voll von Erwartung und Aufregung und dem süßen, aufmunternden Gesang der Lerchen.

Es war gut zu wissen, daß Brigit, die aus Treue zu mir mit in den

Süden kam, in eine Zukunft fuhr, die auch für sie Liebe und Heirat bereithalten konnte.

Am Nachmittag verließen wir den alten Pfad und suchten uns den Weg auf die Ebene.

»Avebury«, sagte Artus, als wir uns dem Eingang zum größten Steinkreis näherten, den ich je gesehen hatte.

»Jedermann achtet die Heiligkeit eines Steinkreises, und hier sollte es genügend Platz geben, diesen bunten Haufen aufzunehmen.«

Wir ritten über den Damm, der den hohen Erdwall durchschnitt, und überquerten einen breiten und tiefen Graben im Innenraum. Zu meiner Verblüffung war der Steinkreis tatsächlich groß genug, die Menge, die uns folgte, zu fassen. Mindestens hundert Stehende Steine waren im Kreis am Rand des gewaltigen Grabens aufgereiht. Einige waren hoch und schlank, andere breit und ungefüge, aber alle schienen sie auf Zehenspitzen zu balancieren, und ich staunte über die Macht, welcher die Götter an einem solchen Ort Gestalt gegeben hatten.

Als die Lagerfeuer entzündet waren, begannen von einem halben Hundert Feuerstellen fahle Rauchfahnen aufzusteigen, die die Luft mit stechendem Holzgeruch erfüllten. Ich stand neben einem riesigen Felsblock, sah den Schauplatz und nahm zum ersten Mal wirklich wahr, wie viele Menschen sich in unserem Gefolge angesammelt hatten. Es war ein ernüchternder Anblick, wenn er auch davon zeugte, wie sehr die Leute Artus liebten.

Artus' Gefährten speisten mit uns, und alle wurden vorgestellt.

Kay war dunkel und schlank, höfischer als seine beiden Pflegebrüder, aber mit einem harten Zug um den Mund und einem kühlen Blick. Er musterte mich sorgfältig von Kopf bis Fuß und zögerte einen Augenblick, bevor er sich verbeugte. Er hatte nur ein winziges höfliches Lächeln für mich übrig, und ich überlegte, ob es schwierig sein würde, ihn näher kennenzulernen.

Du mußt nicht unbedingt Ärger haben wollen, sagte ich zu mir; vielleicht ist er einfach darüber besorgt, ob sein Pflegebruder sich die richtige Frau ausgesucht hat.

Angenehmer war es, Gawain zu begrüßen, der seit unserer ersten Begegnung größer und breiter und inzwischen ein junger

Mann geworden war. Sein Haar war noch ebenso rot wie früher, und er bewegte sich noch immer mit behender, vibrierender Energie. Er lächelte, als die formelle Vorstellung beendet war, und legte die Hand auf seinen unübersehbaren Nasenbuckel.

»Ich hab's nicht vergessen, meine Dame«, sagte er lächelnd. »Die beste Reitstunde, die ich je hatte. Inzwischen gibt es kein Pferd und keinen Sprung, mit dem ich nicht fertig werde.«

»Abwarten«, antwortete ich, »seht Euch erst einmal an, was Palomides auf einem Pferd alles anstellen kann! Bald werden wir alle wie griechische Götter auf geflügelten Pferden über Flußufer fliegen.«

»Ja, das hat Bedivere mir erzählt. Ich hatte bis jetzt noch keine Gelegenheit, den arabischen Burschen zu treffen. Wie nennt er diese Schlaufen für die Füße?«

»Steigbügel«, warf Bedivere, ließ sein Trinkhorn sinken und musterte die verschiedenen Gruppen, die sich in der Nähe unseres Feuers versammelt hatten. »Dort ist er, unterhält sich mit Pellinore. Kommt, ich werde Euch miteinander bekanntmachen.«

»Pellinore?« Gawains Stimme war messerscharf.

Mit einem Schlag lag Gefahr in der Luft. Viele von uns hatten vielleicht vergessen, daß Pellinore der Krieger gewesen war, der König Lot getötet hatte. Ich warf einen raschen Blick auf Gawain und konnte im ungewissen Licht gerade noch erkennen, wie die Zornesröte ihm ins Gesicht stieg.

»Vergeßt nicht, Neffe«, sagte Artus mit einer Stimme, die plötzlich ernst und bedrohlich war, »daß wir uns an einem heiligen Ort befinden.«

Er beobachtete Gawain genau und mäßigte seine Stimme, als der junge Krieger sich umwandte und ihn unerschrocken anstarrte. Die Wut begann zu schwinden, und Artus fuhr fast im Plauderton fort.

»Euer Vater starb in einem gerechten Kampf und genießt alle Ehren eines tapferen Kriegers. Der Sieger in diesem Kampf ist unser Verbündeter, und er ist als mein Gast zur Hochzeit eingeladen. Ich will nicht, daß eine Blutfehde die Freude dieses Festes verdirbt, Gawain, und wenn Ihr Euch damit nicht abfinden wollt, dürft Ihr an der Zeremonie nicht teilnehmen.«

Der Prinz der Orkney-Inseln war sichtlich bemüht, seine Wut zu zügeln.

»Für die Dauer dieser Versammlung soll er sicher sein«, gelobte Gawain schließlich, wandte sich an seinen Schildknappen und sagte scharf: »Ich gebe mein Wort darauf, Gaheris.«

Der Junge blickte Gawain an, senkte den Blick und nickte kaum wahrnehmbar.

So war die Sache zunächst beigelegt, Gawain nickte uns zu und ging mit Bedivere fort, um mit dem arabischen Reiter zu sprechen.

»Und das«, sagte Artus und deutete auf den untersetzten Schildknappen, der jetzt vor uns stand, »ist Gawains Bruder Gaheris.«

Gaheris, kaum ein Jahr jünger als Gawain, wirkte wie ein verdrossener Junge, der noch mit seiner Welt hadert. Seine Verbeugung war steif und unwillig, und ich zermarterte mir den Kopf, womit ich ihm die Befangenheit nehmen konnte.

»Dein Bruder hat mit Stolz von dir gesprochen, als wir Kinder waren.« Mehr fiel mir nicht ein, aber es schien seinen Zweck zu erfüllen, denn Gaheris' mürrischer Gesichtsausdruck wich einem strahlenden Lächeln.

»Bei seinem Besuch in Rheged?« fragte der Junge schnell. »Er hat mir oft von Euren Bergen und Seen erzählt, und daß die Frauen von Rheged Töchter der Pferdegöttin Epona wären.«

Ich lächelte bei dieser Übertreibung, war aber so froh, sein Verhalten sich ändern zu sehen, daß ich es unterließ, ihn zu berichtigen.

Wir plauderten noch eine Weile, und ich dachte, wie rasch bei den Orkney-Leuten die Stimmung umschlug: ein Augenblick ganz freimütige Gutmütigkeit und im nächsten nichts als Gewalt und Zorn. Wie hatte mein Vater sie genannt? Hitzköpfig und ungestüm, mit einem unverfälschten Schuß von keltischem Stolz.

Nachdem Gawain gegangen war, lächelte Artus mir zu. »Ich muß Bedivere sagen, daß er am Hof einen Nebenbuhler in Diplomatie hat.«

»Es ist leicht, wenn alles friedlich abläuft«, sagte ich achselzuckend, »aber ich komme immer in Schwierigkeiten, wenn die Worte schneller fliegen als die Gedanken.«

»Der Göttin sei Dank, daß du kein Schwert trägst«, sagte er,

»sonst könnte ich das keltische Temperament in meinen Hallen wüten sehen. Bist du sicher, daß du nicht mit Boudicca verwandt bist?«

Plötzlich hörte ich Kevins Stimme und den Singsang von den Kriegergöttinnen. »Nicht direkt, aber vielleicht im Geist«, erwiderte ich, und Artus lächelte.

»Das ist mir viel lieber, als wenn du irgendein empfindliches Klosterfräulein wärst«, sagte er leise, und ich errötete vor Freude und Verlangen.

Merlin näherte sich und stellte uns einen Druiden vom Heiligtum auf dem Hügel vor. Er war ein helläugiger kleiner Mann mit einem steifen Hals, was ihn zwang, den Kopf schräg zu halten.

»Wir wären höchst dankbar, wenn Eure Hoheit morgen früh zu unserem Tempel kommen würden«, sagte er mit der zwitschernden, frechen Stimme eines Sperlings. »Unser Brunnen ist dafür berühmt, Fruchtbarkeit zu schenken, und unsere Hüterin ist von der Dame unterwiesen worden. Sie ist sehr erfahren in der Zeremonie des Brautsegens und würde Euch gern durch die Riten der Vorbereitung geleiten.«

Obgleich es an den Brunnen von Rheged keine Hüterinnen der heiligen Wasser gab, hatte ich seit langem Geschichten über diese weisen Frauen gehört.

Ich blickte Merlin an, unsicher, ob es richtig war, diese Einladung anzunehmen, und der Zauberer beantwortete die unausgesprochene Frage mit einem leichten Nicken.

»Ich denke«, sagte er, »die Leute hier wären tief berührt, wenn Ihr den Schrein ehren würdet.«

Es wurde also abgemacht, daß ich eine Stunde vor Sonnenaufgang zum Heiligtum geleitet werden würde, und der Druide zog sich mit einer ehrerbietigen Verbeugung zurück.

An diesem Abend berief Artus einen Rat ein, denn die Hochzeit sollte an einem anderen Ort stattfinden, weil es Merlin und Kay für das beste hielten, die Zeremonie nicht im kleinen Tal von Winchester abzuhalten, sondern in der alten Hügelfestung, die man Sarum nennt. Diese Stätte lag im Mittelpunkt von fünf

Straßen, war also leicht zugänglich, und das freie Land der Umgebung bot für die Menge, die sich hinter uns sammelte, genügend Platz. Es gab eine kleine, aber angemessene Kirche, die den christlichen Ansprüchen genügte, und obgleich der Ort von den alten Göttern nicht gerade bevorzugt wurde, gab es in der Nähe genügend heilige Stätten, um die Dame zufriedenzustellen.

Als die Frage aufkam, wie Morgan darauf reagieren würde, holte Artus tief Luft und beugte sich vor, die Ellenbogen auf den Knien. »Ich bin sicher, daß es keinen Ärger geben wird«, sagte er, legte die Fingerspitzen zusammen und runzelte nachdenklich die Stirn. »Sie ist klug genug, um die Schwierigkeiten zu erkennen, und ich weiß aus Erfahrung, daß sie ihre Anhänger geschlossen hinter sich wissen will.«

Also wurde dem Plan zugestimmt, und man traf Vorkehrungen, die Reisenden, die nach Winchester gezogen waren, davon zu unterrichten, daß man den Ort gewechselt hätte.

»Was ist mit der Dame?« wollte ich wissen. »Wie soll sie wissen, daß sie nach Sarum kommen muß?«

»Ich kann morgen nach Norden reiten«, bot Pellinore an. »Hätte nichts gegen einen oder zwei zusätzliche Reisetage ... mein Pferd könnte Auslauf brauchen«, fügte er hinzu und streckte sich.

»Immer noch auf der Jagd?« fragte Artus mit ernstem Gesicht, aber heiterer Stimme.

»Immer«, bestätigte Pellinore, hakte den Daumen in seinen Gürtel und stieß einen schweren Seufzer aus.

»Damit hätten wir für die Reisenden aus dem Süden gesorgt und auch für alle, die in Winchester ankommen, und Pellinore wird die Dame aufsuchen«, sagte Merlin und zählte die einzelnen Punkte gewissenhaft an den Fingern ab. »Bleibt nur noch die Frage, wer Ginevra am Morgen zu den Riten der Vorbereitung begleitet. Es kann nicht der Bräutigam sein, sondern jemand aus ihrer eigenen Familie ...«

Mein erster Gedanke war, Brigit vorzuschlagen. Sie war meine engste Freundin und mir am nächsten verwandt; aber da sie natürlich eine Frau und dazu Christin war, kam sie nicht in Frage, also schwieg ich.

»Ich würde mich geehrt fühlen, wenn Hoheit gestatten.«

Pellinore sprach langsam, und sein großes Gesicht war ernst im Licht des Feuers, als er sich an den Zauberer wandte. »Ich kann sie beim ersten Tageslicht der Hüterin vorstellen und mich dann auf die Reise machen.«

Merlin grübelte, und seine Augen hatten denselben trüben, ziellosen Ausdruck wie die von Kaethi, wenn sie die Zukunft erforschte. Eine Eule glitt über uns durch die Bäume, und ihr lautloser Flug bewegte die Blätter nur unmerklich. Der Zauberer zeigte weder Freude noch Mißfallen, und was immer er voraussah, es war nicht für andere bestimmt.

»Bist du damit einverstanden, Artus?« fragte er, und als Artus nickte, sagte Merlin zu Pellinore: »Es ist eine große Verantwortung, einer Braut am Tage ihres Segens zur Seite zu stehen, und dadurch seid Ihr der Braut so gut wie blutsverwandt.« Der Weise blickte den Krieger durchdringend an. »Seid Ihr willens, von hier an die Verantwortung für ihr Wohlergehen zu übernehmen?«

»Sir«, erwiderte Pellinore ernst. »Ich wurde im Glauben an die alten Götter aufgezogen und mache dieses Angebot nicht leichtfertig. Aber seit die schönste Frau im Land für das Bett meines Herrschers auserkoren wurde, habe ich nur auf die Gelegenheit gehofft, ihr in allen künftigen Jahren wie ein Onkel zu dienen.«

Ich dachte, daß ich als Verwandten, der mich zu schützen gelobte, Pellinore jedem angeblichen Bewunderer, der mich über eine Wiese jagte, vorziehen würde, und es vermutlich in unser aller Interesse war, sein Angebot anzunehmen. Also stimmte ich mit Freuden zu, und als der Rat beendet war und Artus mich zum Zelt brachte, sagte er fast dasselbe.

»Ich möchte deine Tugend und mein Recht nicht gern gegen Pellinore verteidigen. Ich bin nicht sicher, ob er mich nicht doch besiegen würde.«

Mit diesen Worten umarmte er mich fest und besitzergreifend, mehr leidenschaftlich als sanft, als wollte er mir für alle Zeit seinen Stempel aufdrücken. Ich rang mühsam nach Atem, von seiner Glut überrascht, aber nicht beleidigt.

Lavinia runzelte verblüfft die Stirn, als sie erfuhr, was für morgen geplant war. Sie war davon überzeugt, daß unchristliche Riten eine Gefahr für Leib und Leben und die Seele darstellten, und nichts, was ich sagte, schien sie zu beruhigen.

Später beugte sich sogar Brigit, als sie mein Haar bürstete, dicht zu mir und fragte, ob sie mich begleiten solle.

»Es ist ein heidnischer Ritus, Brigit, und dir deshalb nicht erlaubt«, ermahnte ich sie, durch ihr Angebot gerührt. »Ich habe keine Angst, wirklich, denn obwohl die Prozedur heilig ist und man außerhalb des Heiligtums nicht darüber sprechen darf, habe ich nie eine junge Frau gesehen, die bei dem Ritual verletzt wurde. Ich habe die alten Götter mein Leben lang gekannt, und ich glaube nicht, daß sie mir jetzt ein Leid antun würden.«

Wir beließen es dabei, und als ich schlafen ging, hatte ich das Gefühl, daß jeder für mich sorgte und mich beschützte, Artus eingeschlossen.

34.

Nimue

Am nächsten Morgen, als die Erde noch im Schlaf seufzte, kamen Pellinore und der Druide, um mich abzuholen. Der kleine Mann hob die Hornlaterne über den Kopf, Pellinore hielt die Zeltklappe auf, und beide grüßten mich feierlich. Brigit umarmte mich noch einmal, während sich Vinnie bekreuzigte und ein schnelles Gebet für mein Wohlergehen murmelte, und dann waren wir unterwegs.

Ein schwacher Dunst lag in der Luft und verwischte den Umriß des abnehmenden Mondes, dessen Anblick mir immer Übelkeit bereitet, als sei er irgendwie verwundet, so daß ich meine ganze Aufmerksamkeit auf das Land richtete, das in seiner ganzen Schönheit im sonderbaren, durchscheinenden Nebel lag. Es waren weder die dichten, schweren Schwaden von Hardknott noch die schwebenden Dunstschichten des Moorlandes, sondern eher Schleier, die sich sanft über die Erde legten und alle scharfen und rauhen Konturen dämpften und verwandelten.

Im Lager schliefen die meisten noch, obgleich sich neben der

Asche eines Lagerfeuers hier und da eine schattenhafte Gestalt regte. Niemand bemerkte unseren Weggang, und wir hätten genausogut unsichtbar sein können, als wir schweigend zum großen Kreis von Avebury schritten.

Der gewaltige Graben war voll von Schatten, wie eine schwarze Grube zu beiden Seiten des Dammes gähnend, und ich hielt mich in der Mitte des ausgetretenen Pfades, um dem dunklen Abgrund nicht zu nahe zu kommen.

Hinter der aufragenden Böschung erstreckte sich vor uns eine Doppelreihe von Steinen im fahlen Licht. Sie waren paarweise angeordnet, dicke und dünne, hohe und niedrige, und bildeten eine breite Straße, die in die Nebel führte.

»Schau die Kraft aller Zweiheiten«, flüsterte der Druide und deutete auf die Steine zu beiden Seiten, als wir leise zwischen ihnen dahinschritten. »Materie und Raum, Chaos und Ordnung, Mann und Frau. Du folgst nunmehr dem Weg, Kind, aus dem Leib aller Mütter zum Bett aller Schöpfung. Denke an die Göttin und fürchte dich nicht.«

In den Bäumen erhob sich ein Chor von Vogelstimmen, schwoll an zu einer Morgenhymne. Auf einer nahen Lichtung sang eine Nachtigall, und ihre betörende Melodie erhob sich über die anderen. Mein Herz schlug höher bei diesem Lied, denn ich dachte an Artus und an den Garten der Villa.

Der Weg führte zu einem Buchenhain auf dem Kamm des Hügels. Geisterhafte, blasse Gestalten glitten durch die Dunkelheit unter den Bäumen, und als wir oben am Waldrand angekommen waren, dämpfte sich der Jubel der Vogelstimmen zu einem Geflüster, das uns umringte.

»Gwenhwyvaer, Gwenhwyvaer, Gwenhwyvaer …«, kam wispernd immer wieder die alte Form meines Namens. »Weißer Schatten der Kumbrier, willkommen in diesem Heiligtum.«

Es war ein tiefer, voller Laut mit Widerhall, der aufstieg und niedersank, denn die Göttin war überall zugleich. Ich spürte, wie sie uns umgab, über ihrem Volk schwebte und langsam Gestalt annahm in einer weißgekleideten Priesterin, die auf uns zukam, die Arme zum Segen ausgestreckt.

Nachdem meine Anwesenheit durch meinen Namen verkündet

war, sprach das Mädchen, das vor uns stand, mit heller und freundlicher Stimme.

»Wer bringt diese Frau zu ihrer Vorbereitung?« fragte die Hüterin.

»Pellinore vom Wrekin«, erwiderte mein Begleiter mit leiser, achtungsvoller Stimme und trat neben mich.

»Und was ist diese Frau für Euch?«

»Verwandte zu treuen Händen, Nichte im Geist und künftige Königin am Hof des Hochkönigs.«

Das war unverkennbar nicht die erwartete Antwort, und die Priesterin blickte unsicher zwischen uns hin und her.

»Könnt Ihr Euch für sie verbürgen?«

»Selbstverständlich«, erwiderte Pellinore voller Selbstbewußtsein. »Wenn Ihr mich fragt, ist sie für die bevorstehende Heirat bestens geeignet. Nach Merlins Wissen steht der Verbindung kein Hindernis im Weg, und nach dem Wunsch des Königs ist sie auserwählt.«

Die junge Frau hatte den Krieger eingehend gemustert, und jetzt nickte sie. »Seid Ihr bereit, Bürgschaft zu leisten, sollte sie des falschen Schwurs überführt werden?«

»Was die Göttin auch verlangen mag, ich stehe zu Diensten«, sagte er ohne zu zögern.

Ich warf meinem Gönner einen heimlichen Blick zu, denn seine uneingeschränkte Bereitschaft verblüffte mich. Er mußte es bemerkt haben, denn er grinste mich an und fügte hinzu: »Obwohl ich meine Männlichkeit lieber unversehrt behalten würde.«

Die Hüterin lachte sanft. »Ihr braucht keine Angst zu haben; unsere Göttin verlangt nicht solche Opfer wie die Cybele.«

Sie ließ Pellinore vor sich niederknien, und dann nahm sie seine Hände in die ihren. Mit weit geöffneten Augen und feierlicher Miene blickte sie auf ihn nieder, und ihre Stimme wurde tief und schwingend, als sie ihn fragte: »Pellinore vom Wrekin, beschwört Ihr die Wahrheit Eurer Aussagen und gelobt Ihr, der Göttin die Treue zu wahren, damit nicht die Erde sich öffne und der Himmel einstürze und das Meer sich unerreichbar weit zurückziehe?«

»Ja, und beim Geist dieses Ortes außerdem«, erwiderte er und fügte obendrein den lateinischen Ausdruck hinzu.

Das Mädchen blickte ihn an, ihre Augen erfüllt von Mondlicht und vielleicht von Zärtlichkeit. »Die Göttin ist sehr erfreut über die Treue eines so beherzten Mannes. Ihr dürft jetzt Eures Weges gehen, und wir werden die Braut in den Tempel bringen. Wenn die Riten vorüber sind, wird sie zu ihrer Gesellschaft zurückgeleitet werden.«

Pellinore blickte die Priesterin immer noch wie gebannt an, und die beiden tauschten stumme Blicke aus.

»Darf ich wiederkommen?« flüsterte er heiser.

Das Mädchen erschauerte und zuckte zusammen. Einen Augenblick dachte ich, sie versuche, ihre Hände zu befreien, aber er hielt sie flehend fest, und schließlich lächelte sie.

»Ihr werdet die Göttin finden, wo immer Ihr auch sucht«, sagte sie leise, und ihre Stimme hatte wieder ihren gewöhnlichen Klang. »Aber Ihr werdet mich, Nimue, hier im Heiligtum von Avebury finden. Ich kann nicht sagen, wann die Göttin Euch wieder besuchen wird, aber ich bin immer hier.«

Pellinore küßte ihr verehrungsvoll die Hände, bevor er sie losließ, und stand auf. Er wandte sich zu mir, nahm mich bei den Schultern und gab mir einen väterlichen Kuß auf die Stirn.

»Ich danke Euch für die Ehre, meine Dame. Möge der Tag für Euch gut ausgehen.«

Und dann war er fort, bewegte sich mit wiegenden Schultern und unbekümmerten Schritten in den Morgen. Ich sah seine Gestalt zwischen den Steinen verschwinden und dachte, daß er einer der aufrichtigsten und zuverlässigsten Männer des Reiches war.

Auch Nimue sah ihm nach, und ihr junges Gesicht zeigte einen verwirrten Ausdruck. Sie nahm meinen Arm und führte mich zum kreisförmigen Tempel im Schutz der Bäume. »Insgeheim ist jeder anfällig für die Göttin, aber es gibt nicht viele Männer, die es so offen zeigen wie Pellinore«, sagte sie.

Der Tag verging in einem Rausch von Farbe und Musik, Tanz und Gebet. Es war ein stilles Ritual am Brunnen, und ich erkannte Worte und Ausdrücke aus meiner Kindheit wieder, vermischt mit anderen, unbekannten Dingen. Die Einzelheiten solcher Riten kann man nicht nacherzählen – nicht weil sie zu widersinnig wären, wie die Christen glauben machen wollen, sondern weil sie voller Gnade und Kraft sind. Sie bezeichnen die Grenze zwischen Jungfrau und Mutter, Kind und Braut, und am frühen Nachmittag war ich gebadet und mit dem weißen Gewand der Eingeweihten bekleidet, innerlich und äußerlich von der Göttin gesegnet.

Als ich zum letzten Segen niederkniete, bekränzte mich Nimue mit Efeu.

»Vergiß nicht«, flüsterte sie und küßte mich sanft auf beide Wangen, »ich bin immer hier, wenn du mich brauchen solltest.«

»Wirst du nicht zur Hochzeit kommen?« fragte ich, überrascht von der Vorstellung, sie könnte womöglich am Fest nicht teilnehmen.

»Ich weiß es nicht. Meine Moira hält mich hier fest, zumindest bis er zurückkehrt«, sagte sie und deutete auf die Straße zwischen den Steinen, als sei dort noch immer Pellinores Schatten zu sehen. »Was danach geschieht, kann ich nicht erkennen. Eine sehr wichtige Persönlichkeit wird in mein Leben treten«, fügte sie langsam hinzu, »und wenn es nicht Pellinore ist, dann wird er mich zu ihr führen.«

Ein Schauer lief mir über den Rücken, und ich beneidete das Mädchen wegen der Selbstsicherheit, mit der es sprach. Vielleicht erreichte man diese Gewißheit, wenn man sich selbst ganz den Göttern hingab; aber wenn ich auch jetzt voller Gelassenheit kniete, so hatte ich doch den Verdacht, daß die Forderungen der Welt diesen inneren Frieden allzu rasch zerstören würden. Auf jeden Fall war ich nicht sicher, ob ich mit der ruhigen Majestät der Göttin in Verbindung würde bleiben können, wenn ich erst einmal Artus' Frau war.

»Natürlich kannst du das«, sagte Nimue klar und deutlich, und ich fuhr erschrocken zusammen, denn ich hatte kein Wort gesagt. »Glaubst du denn, du wärst zur Hochkönigin auserkoren worden, wenn du nicht die richtige Frau wärst? Dafür bist du von Anfang an herangezogen worden, ganz gleich, ob du selber es wußtest oder ein anderer es ahnte. Diener und Weiser und die Jahreszeiten haben zusammengewirkt, dich hierher zu bringen. Du wirst Artus' Frau werden, weil du das in die Ehe bringst, was am dringendsten gebraucht wird. So einfach ist das.«

Mit derselben tiefen und feierlichen Stimme, mit der sie zu Pellinore gesprochen hatte, wandte sie sich jetzt an mich, und ohne aufzublicken wußte ich, daß die Göttin zugegen war.

»Gehe nun in Frieden, denn dein Segen ist vollendet. Es spielt keine Rolle, ob deine Hochzeit heute oder in einer Woche stattfindet; man hat befunden, daß du gerüstet bist, und ich werde mit dir sein.«

Als ich zu dem Mädchen aufsah, lächelte es mich strahlend an. Sie legte eine Hand leicht auf meinen Kopf, und einen Augenblick sah ich Mama dort stehen, die auf mich niederblickte, als sei ich ein kleines Kind, und meine Augen füllten sich mit Tränen.

»Ich werde dich bald wiedersehen, denke ich«, sagte Nimue, und ihre Stimme gewann die jugendliche Heiterkeit wieder, »also gehe mit Freuden, bis wir ein anderes Mal zusammentreffen.« Darauf trat der Druide vor, zusammen mit anderen Leuten vom Heiligtum, um mich zum Lager zurückzugeleiten. Doch als wir vom Hügel herunterkamen, warteten Bedivere und eine kleine Gruppe von Begleitern neben dem Pfad, der dem Flußlauf folgt.

»Artus und die Gefährten sind nach Sarum vorausgeritten«, erklärte der Feldhauptmann, das Bündel mit meinen Kleidern hinter seinen Sattel geschnallt. »Der übrige Zug rückt so schnell wie möglich vorwärts und wird morgen am Fuß von Sarum kampieren. Es ist Vorsorge getroffen, daß Ihr die Nacht im Kloster in Amesbury verbringt – das heißt, wenn Ihr bereit seid.«

Ich nickte und blickte erst jetzt auf die Gruppe von Reitern und Tieren hinter ihm. Dort stand, inmitten stämmiger Reisepferde und Schlachtrösser, die schöne weiße Stute, die wir in Chester gesehen hatten. Ihre dunklen, glänzenden Augen betrachteten mich gelassen, ihre lange Mähne war mit Bändern durchflochten, und ihre Hufe waren so sauber und glatt wie Strandmuscheln. An den Zügeln hingen Glöckchen, und Bronzehöcker sicherten den Halfter. Der Anblick raubte mir den Atem, und Bedivere lächelte mich listig an.

»Ihr Name ist Schatten, und Artus dachte, Ihr würdet Euch freuen«, sagte er. »Durch dieses Geschenk will er den Leuten zeigen, wie sehr er Euch verehrt, meine Dame.«

Ich ließ das Tier an meiner Hand schnuppern und bewunderte

die reichverzierte Schabracke. Quasten und helle Borten schimmerten in der Nachmittagssonne, und als Bedivere mich auf ihren Rücken hob, fühlte ich mich so prächtig wie Etain die Schöne selbst.

Wir verabschiedeten uns von dem Druiden und seinen Begleitern und begannen unseren Zug zum Kloster.

»Was werden bloß die Nonnen dazu sagen, daß ich vom Heiligtum komme, ganz eingehüllt in heidnischen Glanz?« fragte ich, und Bedivere lachte.

»Sehr wenig, wenn sie vernünftig sind. Es gibt ein paar Dinge, in die man sich nicht einmischt, und die Hochzeit des Königs mit der Königin gehört dazu! Sie dürften mit Sicherheit wissen, daß er der Herr des Landes ist und daß Ihr die lebendige Verkörperung des Volkes seid. Außerdem sagt Brigit, die Zeremonie an diesem Morgen würde durchaus nicht von allen Christen abgelehnt.«

»Ihr habt also mit ihr gesprochen?«

»Mit Brigit? Ja; auf dem Weg zum Kloster ritten wir eine Zeitlang zusammen.

»Ach, sie ist Euretwegen aus der Sänfte gestiegen?« Ich war erfreut, denn das schien mir ein Fortschritt zu sein.

»Es war bloß ein Morgenritt, und nicht zu lang, aber er gab uns Gelegenheit zum Plaudern. Wie Ihr sagtet, sie ist eine bemerkenswerte Frau.«

Ich richtete für die beiden ein stilles Gebet an die Göttin, ehe mir einfiel, wie entsetzt Brigit sein würde. Doch wenn sie Mama zu einer Heiligen machen konnte, dann durfte ich wohl auch die Göttin bitten, sich um sie zu kümmern.

Amesbury ist eine winzige Siedlung, benannt nach Ambrosius Aurelius. Am Ufer des Avon, wo die Weiden sich über den Fluß neigen, ist eine Abtei entstanden, deren Chor zu den besten im Land gehört. Es stimmte mich heiter, daß eine Stätte so standhaften Christentums mit einem König in Verbindung stand, dem Merlin, der größte Druide aller Zeiten, wie ein Vater gewesen war.

Das Kloster war eine Mischung aus römischer und keltischer Bauweise. Obgleich es rechtwinklig und in einzelne Räume aufgeteilt war, machten es das Reetdach und die hölzerne Einrichtung doch zu einem behaglichen und angenehmen Aufenthalt. Bedivere meinte, es gebe viele Bauwerke dieser Art, weil sich darin vielleicht die Vorzüge beider Stile vereinigten.

Die Insassen des Klosters erwiesen sich als eine ähnliche Mischung von römischer Zucht und keltischer Natürlichkeit. Und sie schienen nicht übermäßig kritisch: Vinnie sah meinen Tag im Heiligtum mit mehr Mißtrauen an, als die Nonnen es taten. Doch selbst sie mußte die Stute und das Geschirr bewundern, die Artus mir geschenkt hatte, und es gab keine Einwände, als ich sagte, ich wünschte das Gewand aus dem Heiligtum am nächsten Tag auf meiner Reise nach Sarum zu tragen.

Wir verbrachten einen ruhigen Abend in meinem Gemach, sprachen über die Reise, die jetzt fast vorüber war, und das ließ uns an frühere Zeiten denken.

»Es ist ein schönes Leben gewesen, das ich mit dir geteilt habe«, sagte Brigit ruhig, »und ich möchte, daß du weißt, wie ich es genossen habe.«

»Gütiger Himmel, es ist doch nicht so, als ginge es jetzt zu Ende«, sagte ich mit einem Gähnen. »Hör mal, ich werde deine Hilfe in Zukunft genauso brauchen wie in meiner Kindheit.«

»Ja«, erwiderte sie bedächtig und klopfte die Kissen auf. »Aber von jetzt an wird es anders sein. Die Hochzeit mag noch eine Woche entfernt sein, aber wenn du morgen in Sarum eingeritten bist, wirst du Artus und dem Volk gehören, das steht außer Frage.«

»Reiten?« Vinnie, die plötzlich aufmerksam wurde, ließ sich vernehmen. Ich hatte mein Versprechen vergessen, beim Einzug in die Stadt die Sänfte zu benutzen, und plötzlich ergab sich eine nervöse Spannung, als die Matrone auf diese Tatsache anspielte.

»Ich habe nicht einmal daran gedacht, Artus davon zu erzählen, und jetzt hat er mir noch diese wundervolle Stute geschenkt. Was soll ich bloß tun?« rief ich, denn ich sah, wie betrübt Vinnie war.

»Ihr könntet einen der Männer das Pferd reiten lassen, Hoheit«, schlug sie vor, »während Ihr auf eine Art durch das Tor getragen werdet, die Eurer Stellung angemessen ist.«

»Nein, Vinnie, das geht nicht an«, schalt Brigit. »Du weißt, wie neugierig die Leute auf ihre neue Königin sind, und selbst wenn die Vorhänge der Sänfte geöffnet wären, würden sie von ihr nur einen flüchtigen Eindruck bekommen.«

Lavinia bückte sich, um die Tagesdecke am Fuß meines Bettes zu glätten, und ich dachte zerknirscht an all die Mühen, die sie aufgewendet hatte, die Sänfte eigens für diese Reise anfertigen zu lassen.

»Ich bin sicher, daß die Sänfte sehr praktisch sein wird, wenn die Königin schwanger ist«, fügte Brigit sanft hinzu. »Aber du hast gesehen, wie schön sie mit ihren langen, wallenden Haaren heute abend war, und wie das Pferd tänzelte, stolz darauf, einen solchen Schatz zu tragen. In dieser Schönheit sollten auch die Leute ihre Königin zum ersten Mal sehen.«

»Ich denke auch«, stimmte Vinnie zu, dann flehte sie mich an: »Aber Ihr werdet versprechen, dieses Gewand zu tragen, und nicht in der letzten Minute eine Jacke und Reithosen anzuziehen?«

»Oh, das verspreche ich aus ganzem Herzen.« Ich war erleichtert, daß ich ihre Gefühle nicht schlimmer verletzt hatte. »Und wie du mir oft genug gesagt hast, von morgen an werde ich die meiste Zeit Kleider tragen … auch das verspreche ich.«

Meine Erzieherin sah mich mit einer Mischung aus Zärtlichkeit und Wut an, und ich dachte einen Augenblick, sie werde sich niederbeugen und mir einen Gutenachtkuß geben, wie Nonny es getan hätte. Statt dessen straffte sie ihre Schultern und murmelte »wird auch Zeit«, und dann wünschte sie mir gute Träume und eilte hinaus.

Als alle im Bett waren, dachte ich an Brigits Bemerkung, daß unser Leben sich verändern würde, und wußte, sie hatte recht. Der morgige Ritt bedeutete mehr, als die letzten paar Meilen eines langen Weges zurückzulegen; zum ersten Mal würde ich dem Volk begegnen, das mich von jetzt an nicht mehr als eine Person, sondern als seine Königin ansehen würde.

Ganz gleich, ob sich das als gut oder als schlecht erwies, es ließ sich nichts daran ändern; ich schlug einen Weg ein, von dem es kein Zurück mehr gab, und diese Endgültigkeit tat sich grausam und unnachgiebig vor mir auf.

Bei Sonnenaufgang würde mein Schicksal entschieden sein. Wenn es überhaupt noch eine Möglichkeit gab, Reißaus zu nehmen, dann jetzt; doch der Gedanke reizte mich nicht, und ich tat ihn als kindischen Unsinn ab.

Irgendwie, irgendwo auf der Straße nach Sarum hatte sich mein Verlangen verändert: ich sehnte mich nicht mehr nach Freiheit, sondern nach einer Herausforderung. Und obgleich das Ausmaß der Veränderung mich einschüchterte und ich nicht sicher war, wie das Volk mich aufnehmen würde, gab es keinen Ort, an den ich mich flüchten, keine Verantwortung, der ich mich entziehen wollte.

Ich bewegte mich jetzt so sicher im Gefüge meiner Moira, als folgte ich der Strömung eines Flusses. Das Flüstern von Kevins Singsang umkreiste mich: »Natürlich kannst du ... Erbin der großen Königinnen der Vergangenheit, keltische Tochter von Rheged ... natürlich kannst du.«

Ich lächelte schläfrig und vernahm hinter alledem die Botschaft Nimues: Ich würde Artus heiraten, weil ich dazu bestimmt war, seine Frau zu werden; es war wirklich so einfach.

35.

SARUM

Die Glocken, welche die Nonnen zur Messe riefen, ertönten leise zur frühen Morgenstunde, und ich stand auf, um mit Lavinia und Brigit in die Kapelle zu gehen. Ich hatte noch nie an einem christlichen Gottesdienst teilgenommen, aber es schien mir angemessen und schicklich, als künftige Königin Britanniens die verschiedenen Glaubensrichtungen der Leute zu ehren, und dieses Kloster war der rechte Ort, um damit anzufangen.

Der Gottesdienst war merkwürdig, aber nicht unangenehm, und als der Priester anhob, ein besonderes Gebet für das »Mädchen aus dem Norden, das unseren König heiraten wird« zu sprechen, wunderte ich mich, woher er wußte, daß unter den verschleierten Damen an der Rückwand der Kapelle auch ich war.

Danach frühstückten wir schweigend im Refektorium und kehrten dann in mein Gemach zurück, wo das schlichte weiße Gewand und das Efeugebinde mich erwarteten. Als die Sonne aufging, saß ich auf der weißen Stute und war zum Aufbruch bereit.

Schatten stieg hoch und tänzelte, so daß die Glöckchen am Zaumzeug in unseren Ohren erklangen wie die Segenswünsche lange vergessener und immer noch unbekannter Götter. Es wehte eine leichte Brise, wie Schmetterlinge und Bienen sie lieben, und ich ließ mir das Gesicht von ihr streicheln. Es war wirklich ein wunderbarer Morgen.

In letzter Minute kam die Äbtissin des Klosters über die Pflastersteine geeilt und trug behutsam einen großen Strauß Blumen. Die rein weißen und trompetenförmigen Blüten waren mir unbekannt, und sie erklärte mir, es seien Lilien und der Mutter Gottes geweiht, deren Segen sie mir bringen wolle. Ich dankte ihr für ihre Aufmerksamkeit und barg die Blumen sorgsam in der Armbeuge.

Damit wurde die Bedeutung dieses Tages offenbar: das Zusammentreffen von Norden und Süden, Heidentum und Christentum, Vergangenheit und Zukunft. Ich spürte, wie sich die Grenzen zwischen Irdischem und Ewigem verwischten, als überlagerten sich zwei Reiche; alles schien möglich, aller Widerspruch schien erträglich. Als Bedivere uns durch das Klostertor führte, war ich ruhig und erregt zugleich. Es kam mir nicht einmal sonderbar vor, mit heidnischem Efeu gekrönt und das christliche Symbol der Reinheit im Arm in ein neues Leben zu treten.

Der Flußpfad war friedlich und still, und die wenigen Reisenden machten uns respektvoll Platz oder murmelten ein Grußwort. Als wir jedoch aus dem Wald kamen und unser Bestimmungsort am Horizont erschien, hielt ich den Atem an.

Sarum thront auf einem hohen, allein stehenden weißen Hügel, der glatt und glitzernd aus der Ebene aufsteigt. Rund um seinen Fuß sah ich plötzlich Zelte und Banner, die über dem Lager flatterten wie Vögel am Ufer des Solway.

Es hatte sich herumgesprochen, daß Artus seine Braut heute willkommen heißen würde, und als wir näher kamen, drängte sich die Menge um den Pfad, während Kinder in nahe Bäume kletterten, um besser sehen zu können. Hin und wieder erkannte ich ein Gesicht, und zuweilen fiel mir ein kumbrisches Banner ins Auge, das mir zulächelte wie ein alter Freund.

Ich fragte Bedivere, warum Sarums Hügel so glatt sei, denn selbst aus der Entfernung konnte man erkennen, daß die Kalkhänge von Gras, Ranken und Bäumen gesäubert waren.

»Es wäre dumm, dem Feind etwas zum Festhalten zu bieten«, sagte er. »Wenn man am Boden des Grabens steht und die glatte Kalkwand hinaufstarrt, fühlt man sich besiegt, ehe man noch zu kämpfen angefangen hat. Weil dieser Ort unbezwingbar ist und sich so viele Straßen hier kreuzen, ist er ein natürlicher militärischer Mittelpunkt. Die Stadt selbst ist leider ziemlich primitiv und nicht annähernd so schön wie Winchester; ich hoffe, Ihr seid nicht enttäuscht.«

»Aber ich sehe Wimpel und Banner von den Türmen wehen«, beharrte ich, und er lachte.

»Das ist wegen der Hochzeit. Die Leute wollen Euch willkommen heißen.«

»Dann müssen wir dafür sorgen, daß auch sie an der Feier teilnehmen können«, erwiderte ich, durch diese Aufmerksamkeit gerührt.

»Das ist bereits geschehen«, sagte Bedivere und begann mir zu erklären, daß es Tanz und Spiele und alles geben würde, was zu einem richtigen Jahrmarkt gehörte, und das Hochzeitsfest werde für alle offen sein, die daran teilzunehmen wünschten.

Bedivere teilte mir auch mit, daß die meisten Gäste bereits eingetroffen seien: Urien und Cador, die Könige von Cornwall, und die Königinmutter, Igraine. Aber Morgan war wohl noch immer unterwegs.

Vor uns entstand eine Unruhe, die Menge richtete ihre Aufmerksamkeit auf einen bestimmten Punkt, und wie alle anderen bemühte ich mich zu erkennen, was diese Bewegung hervorrief. Da öffnete sich plötzlich das Menschengewirr, und Artus erschien. Er kam mir entgegen auf einem schönen schwarzen Hengst mit rotem und goldenem Staatsgeschirr, das ebenso prächtig war wie das meiner Stute, und seine Kleidung war in Zuschnitt und Stoff so schlicht wie die meine, obgleich die seine mit dem königlichen Purpur gesäumt war, der den Römern so teuer ist. Die goldenen Reifen aus dem Schatz eines Königs schmückten seine Arme, und an seiner Seite glänzte Excalibur. Dieses Mal gab es weder am Mann noch an seinem Rang einen Zweifel.

Merlin ritt neben ihm, groß und vornehm, in Schwarz und Silber gekleidet.

Hinter ihnen ließ Kay, im Glanz von Edelsteinen und strahlenden Farben, sein Pferd tänzeln. Ich mußte lächeln: Trotz seines Rufes, ein Knauser zu sein, war die Vorliebe des Seneschalls für Prunk und Pomp unübersehbar, und er schien den Tag sehr zu genießen.

Im Zug, der folgte, befanden sich Gawain und sein Bruder, Agricola und Palomides. Sie kamen näher, und als ich Artus wieder anschaute, maß er mich mit seinem offenen, durchdringenden Blick.

Merlin sagte etwas und ritt zur Seite, und auch Bedivere fiel zurück, so daß nur Artus und ich gemessen aufeinander zuritten. Die Menge verstummte, als hielte sie den Atem an, und alle Augen beobachteten uns gespannt. Wir blickten weder nach rechts noch nach links, sondern sahen nur einander an, als die Entfernung zwischen uns allmählich geringer wurde.

Die Gegenwart schien Vergangenheit zu werden, und mit jedem Schritt sah ich einen anderen Mann vor mir: feierlich, jungenhaft, überschwenglich, nachdenklich, optimistisch, verblüfft, kraftvoll, leidend, majestätisch ... als verkörpere Artus die ganze Vielfalt der menschlichen Natur. Wie von einem unsichtbaren Netz wurden wir stetig zueinander gezogen, und als er mich erreichte, streckte ich meine Hand aus, immer noch ohne den Blick zu senken.

Er führte meine Finger an die Lippen; dann erhellte ein strahlendes Lächeln sein Gesicht, und er wandte sich wieder an die Menge. Mit einer ausdrucksvollen Geste bot er mich dem Volk dar, und zugleich das Volk seiner Königin.

Die Spannung in mir löste sich, Liebe überflutete mich, zu ihm, zum Volk, zum Leben selbst, und auch ich wandte mich der Menge zu.

Tosender Beifall erhob sich, und sogar Merlin lächelte. Wir setzten uns an die Spitze des Zuges, hielten uns noch immer an den Händen, die Pferde bewegten sich haargenau im gleichen Schritt, während die Leute lachend und weinend vor uns zurückwichen.

Und so legten wir die letzte Meile zum Tor von Sarum zurück, lächelten einander zu und unserem Volk.

Die Stadt war ebenso überfüllt wie die Straße, und am Tor begrüßten uns die Akrobaten, drehten sich und sprangen an der Spitze des

Zuges, während zugleich Trommler und Pfeifer fröhliche Weisen spielten. Überall war Geschrei und Jubel, und wir winkten und lachten und ließen uns von der Freude der Leute mitreißen.

Was die Stadt betraf hatte Bedivere recht gehabt, denn sie war offensichtlich eher ein militärischer Außenposten als eine prächtige Stadt. Aber die Bewohner hatten Flaggen aufgezogen und Banner aufgehängt. Von den Dachtraufen hingen Körbe mit blühenden Pflanzen aus Wald und Wiesen. Das zeugte eher von ausgelassener Fröhlichkeit als von gekünstelter Eleganz und war mir darum lieber.

Ringsum wogte das Fest, und überall sah ich lächelnde und wohlwollende Gesichter.

Auf dem Marktplatz hatte man Artus ein römisches Gebäude überlassen, und vor der Tür hing prächtig das Drachenbanner. Das Gebäude sollte als Hauptquartier und Versammlungshalle dienen, und ein Raum war für Artus persönlich reserviert, während die Königinmutter und ich in zwei verschiedenen Gebäuden in der Nähe untergebracht waren.

»Ich dachte, dir wäre an einem ungestörten Plätzchen gelegen, deshalb habe ich dich und Igraine nicht unter demselben Dach einquartiert«, sagte Artus, als wir an dem Haus vorbeikamen, in dem Igraine wohnte. »Freilich erwartet sie von dir, daß du sie heute nachmittag aufsuchst.«

Ich lächelte fröhlich zum Fenster hinauf und gewahrte eine schattenhafte Gestalt. Bruchstückhafte Geschichten von Hexerei und Geheimnis, die sich um Artus' Ursprung rankten, stiegen traumhaft auf, als ich Igraines Namen hörte.

Die Menschenmassen hinter uns, die es ins Freie zog, trieben uns vor sich her. Artus bog in eine schmale Gasse ein, und wir näherten uns einem Haus, das abseits vom Lärm und Getümmel des Marktplatzes lag. Hier befahl er zu halten, und Stille umfing uns.

Ich warf einen verständnislosen Blick auf das Fachwerkhaus und fragte mich plötzlich, was ich hier sollte. Es war eine Sache, sich auf eine Reise durch ganz Britannien einzulassen, aber eine ganz andere, sich damit abzufinden, daß sie hier endete. Ich hatte das schwindelerregende Gefühl, über Eis zu gleiten, und erwartete eine Erklärung von Artus, aber er hob mich vom Pferd und vermied meinen Blick.

Das Gemach, in das wir eintraten, war geräumig und behaglich. Der Herd war nicht in der Mitte des Raums, sondern an einem Ende, aber die frischen Binsen und die frisch aufgeschüttelten Kissen machten ihn vertraut und gemütlich. Zwei Glasfenster ließen Licht herein, und unter jeder Öffnung war eine Nische mit einem gepolsterten Sitz. Der Raum war zwar kleiner, aber die schweren Holzbalken der Decke, die hölzernen Schränke und die Nischen ließen mich an die Große Halle in Appleby denken.

Vinnie begann die Schränke zu untersuchen, und während Brigit und Bedivere sich um das Abladen der Packpferde kümmerten, geleitete mich Artus wortlos zu einem Fenstersitz, wo wir ungestört waren.

»Ich hoffe, du findest es bequem, weil es das Beste ist, was wir unter diesen Umständen finden konnten«, sagte er verlegen. Seine Stimme war gezwungen und förmlich, und ich blickte ihn scharf ab. Vielleicht fühlte er sich ebenfalls nervös und unsicher.

»Hast du mich klagen hören?« fragte ich.

»Nein, ich glaube nicht«, erwiderte er langsam. »Aber es kann nicht halb so vornehm sein, wie du es erwartet haben mußt.«

Der Raum füllte sich mit Kutschern, Dienern und Leuten, die beim Gepäck halfen, doch ungeachtet des ganzen Trubels erwachte ein höchst eigentümliches Gefühl in mir, als sei dies ein Ort, der mich mein Leben lang behütet hätte. Er war vertrauenswürdig und verläßlich und schätzenswert, so wie er war, und plötzlich fühlte ich mich sicher, glücklich und geborgen.

Mit Artus ging es mir genauso: Er war angenehm und vertraut und durch und durch vertrauenswürdig. Er konnte auch lebhaft, aufregend, energisch und sprunghaft sein, aber in einem Winkel meines Herzens kannte ich ihn so genau wie noch nie jemanden zuvor, und er war für mich so greifbar und verläßlich wie das Polster, auf dem wir saßen. Sogar seine augenblickliche Schüchternheit war verständlich, und meine letzten Zweifel verschwanden.

»Ich erwarte, mit dir zusammenzusein«, sagte ich langsam und wog jedes Wort, denn ich wollte ihm klarmachen, daß ich mein Gelöbnis ohne Einschränkung und Zögern ablegte. »Ob in einem Zelt oder in einer Festung, in einer römischen Halle oder in einem reetgedeckten Rundhaus. Du bist es, den ich heirate, nicht die

Umgebung. Und statt in einem vornehmen, aber nichtssagenden Frauengemach zu hocken, werde ich es immer vorziehen, bei dir zu sein, selbst in der schäbigsten Hütte.«

»Ich hätte es wissen müssen«, sagte er mit einem verlegenen Grinsen, »und ich entschuldige mich. Sollte ich dich noch einmal wie eine zimperliche Fremde behandeln, erinnere mich an die keltischen Königinnen.«

Die Erleichterung stand ihm ins Gesicht geschrieben, und eilig ging er zu praktischen Dingen über. Er erklärte, wir würden nach der Hochzeit noch eine Woche in Sarum bleiben, dann nach Caerleon reisen und bis zur Ernte dortbleiben.

»Sie haben dort eine großartige Pferdezucht und vorzügliche Einrichtungen für die Ausbildung. Es wäre die rechte Zeit, mit dem Aufbau der Reiterei anzufangen«, schloß er.

Ich hörte mit wachsender Verwunderung zu und wußte nicht, ob ich richtig gehört hatte. Ich hatte ihm gerade mein Leben und meine Freiheit ausgeliefert, und er sprach einfach über Pferde!

Die Enttäuschung nagte an mir, und ich gab mir Mühe, sie zu überwinden, indem ich mir sagte, es sei töricht zu erwarten, daß er die kumbrischen Bräuche verstand. Vielleicht hatte er nicht begriffen, daß ich ein Gelübde abgelegt hatte; oder falls er es begriff, zog er es vor, für das seine einen anderen Zeitpunkt abzuwarten. Immerhin waren wir im Augenblick alles andere als ungestört.

Das Gepäck häufte sich in den Ecken an, und Vinnie flatterte herum, deutete auf den einen und den anderen Winkel, während die Männer immer mehr Bündel hereintrugen. Artus blickte auf die Straße.

»Das Gedränge ist so dicht, daß ich nicht einmal zum Marktplatz zurückgehen kann«, brummte er, »und ich muß mich noch um alles mögliche kümmern. Bei all diesen Leuten, die zusammengeströmt sind, ist es so chaotisch, als bereite man einen Feldzug vor. Eigentlich noch schlimmer.« Er verzog das Gesicht.

»Kann ich helfen?« fragte ich. Der Wirrwarr der Gefühle begann mich zu erschöpfen, und ich versuchte, mich auf das zu konzentrieren, was in naher Zukunft von mir erwartet wurde.

Ein Knappe kam mit einer Ledertasche herein, hatte nur Augen für den König, stieß mit Lavinia zusammen, und es folgten empörte Aufschreie und hastige Entschuldigungen. Artus kaute an seinem Schnurrbart und blickte so geistesabwesend auf das Geschehen, als sei nichts passiert.

Er seufzte und schüttelte den Kopf. »Du solltest nur auf alles achtgeben, was du bei der Hochzeit tun mußt, sonst fällt mir nichts Besonderes ein«, sagte er, ehe sein Gesicht sich aufhellte, als er jemanden durch eine Tür am Ende des Gemachs gehen sah. »Ich bin sicher, daß Ulfin sagte, es gebe hier einen Hinterausgang.«

Er zog mich durch die Küche hinaus in einen kleinen Garten, in dem Kräuter und Gemüse gediehen. Ein Birnbaum wuchs als Spalier an der gegenüberliegenden Mauer. Artus' Laune hob sich sprungartig.

»Bei all den Leuten, um die ich mich am Hof kümmern muß, zweifle ich, ob ich dich heute noch einmal besuchen kann. Aber ich könnte morgen mit den Hunden kommen, auf einen kleinen Spaziergang, was meinst du?«

Ich nickte, empfing einen eiligen Kuß auf die Wange und sah zu, wie er sich in das Geäst des Baumes schwang, einen Augenblick vor dem Himmel schwankte, bevor er auf der anderen Seite hinuntersprang.

Die Vorstellung, daß ein König vor seinen Untertanen davonrannte, erschien mir unerhört, und ich war erheitert und schockiert. Das Leben war voller Widersprüche, und ich konnte nichts Besseres tun als den Kopf schütteln und lachen, während ich zum Haus zurückkehrte, um mich auf meine Begegnung mit der Königinmutter vorzubereiten.

36.

Königin Igraine

»Ich kann nichts finden«, jammerte Vinnie; sie stand in der Mitte des Schlafzimmers und überschaute das Durcheinander halb geöffneter Körbe. »Ich bin sicher, daß ich ihn in einen der Weidenkörbe getan habe!«

»Ist schon gut, Vinnie, er ist genau richtig«, sagte ich und fuhr mit den Händen über den schlichten Wollgürtel, der das dunkelgrüne Kleid aufhellte. »Ich fühle mich wohler so; es ist nur ein Plauderstündchen, keine richtige Audienz.«

»Trotzdem solltet Ihr Euer bestes Gewand tragen«, gab sie zurück und durchwühlte einen anderen Korb auf der Suche nach dem Seidengürtel mit den kleinen Glöckchen.

»Zumindest könntet Ihr das goldene Stirnband tragen«, setzte sie triumphierend hinzu und holte Mamas Schmuckkästchen hervor.

Müdigkeit und Anspannung machten mich reizbar, und ich holte tief Luft, um mich zu beruhigen.

»Vinnie, man wird mir schon bald eine viel größere Krone aufsetzen, und es gibt keinen Grund, etwas zu überstürzen.« Ich wollte es nicht riskieren, meine zukünftige Schwiegermutter zu kränken, indem ich mit meiner Stellung protzte, also ließ ich trotz Vinnies Widerstand mein Haar nur mit einem Band im Nacken zusammenbinden, als Ulfin kam, um mich abzuholen. Ich war ein wenig besorgt, als ich daran dachte, daß er königlicher Garderobenverwalter war, aber er lächelte anerkennend.

Beim Hinausgehen erblickte ich die Lilien, die ich am Morgen mit nach Sarum gebracht hatte, und ergriff sie mitsamt der Vase.

»Mag Ihre Hoheit Blumen?« fragte ich hoffnungsvoll.

»Ich denke, heute schon«, sagte er mit gewisser Zurückhaltung, die mich an Griflet erinnerte.

So schritten wir durch die Tür, und ich bemühte mich, die Blumen so zu halten, daß kein Wasser auf mein Kleid tropfte.

Nach wenigen Augenblicken nahm mir Ulfin mit einem besorgten »gestattet Ihr, meine Dame« die Vase ab und goß das Wasser vorsichtig auf das Kopfsteinpflaster. »Auf dem kurzen Weg werden sie nicht welken«, sagte er und gab mir die Blumen zurück.

Seit der morgendlichen Aufregung war es auf dem Marktplatz merklich ruhiger geworden, obgleich allerlei Leute in kleinen Gruppen herumstanden. Ein Schuster in seinem Laden an der Ecke sah von seiner Arbeit auf und nickte, als wir uns näherten. Er musterte mich neugierig, als suchte er sich zu erinnern, wer ich war, dann zuckte er die Achseln und nahm, das Büschel von Nagelstiften noch immer sorgsam zwischen die Lippen geklemmt, seine

Arbeit wieder auf. Ich erinnerte mich, daß Rhufon mich einmal nach einem Stift suchen ließ, den ich hatte fallen lassen, mit der Ermahnung, niemals sorglos mit einem Gegenstand umzugehen, der schwer zu bekommen sei. »Du kannst von einem Schuster lernen«, hatte er gesagt, »niemand auf der Welt hält die Lippen so fest geschlossen wie ein Schuster.«

Eine Vielzahl von Fragen ging mir durch den Kopf, als wir am Schuster vorbeigingen. Würde Igraine freundlich sein oder hochmütig, empfindlich, kritisch oder herablassend? Hatte sie meinem Einzug zugesehen und sich an ihre Jugend erinnert, an ihre Jahre als Hochkönigin an der Seite eines tatkräftigen Königs? Würde sie mich als eine Fremde ansehen, die aus einem rückständigen Land kam und drohte, sich ihres Platzes in den Herzen der Leute zu bemächtigen? Artus hatte so wenig über sie gesagt, daß ich keine Ahnung hatte, was mich erwartete; am besten, ich machte es wie der Schuster und hielt die Lippen verschlossen.

Am Haus der Königinmutter angekommen, öffnete sich die Tür, ehe Ulfin Zeit zum Anklopfen hatte. Die Zofe sah mich mit großen, neugierigen Augen an, und sie konnte sich nicht entscheiden, ob sie jetzt schon einen Knicks machen oder warten sollte, bis wir eingetreten waren. Ich lächelte ihr so beruhigend wie möglich zu und fragte mich, wer von uns beiden nervöser war.

Das Gemach der Königinmutter ähnelte dem meinen, behaglich und anspruchslos, und mir fiel auf, daß sie nichts getan hatte, etwas daran zu ändern. Eine verzierte Kohlenpfanne ausgenommen, in der selbst an diesem milden Nachmittag duftendes Apfelholz glimmte, gehörten die Möbel zweifellos zum Haus.

Igraine wärmte sich die Hände an der Kohlenpfanne, als Ulfin und ich eintraten.

Sie war eine große, königliche Frau, und unter ihrer pergamentartigen Haut war die jugendliche Schönheit immer noch sichtbar. Ihr Haar, einst wegen seines goldenen Glanzes berühmt, war jetzt silbergrau und zum größten Teil unter dem schwarzen Witwenschleier verborgen, und ihr Kleid war aus schlichtem, dunklem Wollstoff. Ich war doppelt froh, daß ich nicht aufwendiger gekleidet war, denn in prächtigerer Kleidung wäre ich mir wie ein erbärmlicher Emporkömmling vorgekommen.

Ulfin übernahm die formelle Vorstellung, und Artus' Mutter musterte mich sorgfältig, als wollte sie mir direkt ins Herz schauen. Sie hatte ihn vielleicht nicht aufgezogen, aber es war offenkundig, von wem ihr Sohn die Gewohnheit hatte, der Welt gerade und offen ins Gesicht zu sehen.

»Diese Blumen sind aus Amesbury«, sagte ich hastig, machte einen tiefen Knicks und bot ihr die Lilien dar. »Aber sie brauchen ein bißchen Wasser.«

Igraine hob leicht die Augenbrauen und warf einen Blick auf Ulfin, als sei sie darüber verwirrt, was sie gerade gehört hatte.

»Nun, steh auf, Kind. Solange du dich mit einem Knicks abmühst, können wir nichts für die Blumen tun«, sagte sie.

Mit rotem Gesicht richtete ich mich auf. Die Zofe eilte herbei, befreite mich von der Vase und ging damit in die Küche.

Um einen kleinen Tisch waren drei Stühle gruppiert, und nachdem Igraine sich gesetzt hatte, deutete sie auf die übrigen beiden.

»Hättest du gern Tee?« Und dieses Mal blickte ich Ulfin fragend an. »Kamillentee«, fuhr sie fort, ohne Ulfins Erklärung abzuwarten. »Er ist gut für das Blut und recht wohlschmeckend.«

Ich nickte zustimmend und kam mir wie eine Närrin vor. Als die Zofe zurückkam, um die Blumen auf das Fensterbrett zu stellen, sagte Igraine, sie möge Tee bringen.

Die hoheitsvolle Persönlichkeit Igraines beherrschte den Raum, und ich saß schweigend dabei, während sie sich mit Ulfin unterhielt. Sie sprachen über das Wetter, die jüngst angekommenen Hochzeitsgäste und erwähnten, daß Morgans Gesellschaft noch nicht eingetroffen sei. Ich blickte auf die langen Blütenblätter, die in fleckenloser Weiße im Nachmittagslicht leuchteten, und wußte nicht, wie es mit diesem Besuch weitergehen würde.

Der Tee war wohlschmeckend, aber das Gebäck erwies sich als merkwürdige kleine Bällchen in einer dicken, braunen Kruste. Ich kaute vorsichtig eines davon und hoffte, daß ich es richtig machte. Ich bemerkte, daß die Königinmutter nichts aß, obwohl sie einen Becher Tee trank.

»Sie sind köstlich«, sagte ich zu ihr. »Aber woraus bestehen sie? Sie sind so … anders.«

»Es sind Brötchen, Weizenbrötchen«, erwiderte Igraine, und als sie meine Verwirrung bemerkte, fügte sie hinzu: »Du bist an gutes, festes Brot aus Hafer und Gerste gewöhnt, nicht wahr?«

Als ich nickte, beugte sie sich vor, nahm vorsichtig eines der warmen Brötchen und brach es auf. Die Kruste zersprang knackend, und das Brot dehnte sich und schien sich auszubreiten, als die Schichten sich allmählich voneinander lösten. Ich sah gebannt zu, wie sie die beiden Hälften umdrehte und mit der Kruste nach unten auf meinen Teller legte.

»Das geht nur mit Weizen«, sagte sie, »jetzt nimm ein wenig Honig dazu, und es wird noch köstlicher schmecken.«

Ich tat wie geheißen und leckte mir anschließend die Finger ab, damit sie nicht klebten.

Als alle fertig waren, wurde das Tablett abgeräumt, obgleich Igraine bat, den Teetopf stehenzulassen. Ulfin und die Zofe wurden entlassen, und jetzt begann die wirkliche Unterhaltung.

»Wie ich höre, hast du heute morgen die Messe besucht«, sagte Igraine, und es war eher eine Feststellung als eine Frage, während sie die Finger um ihren Teebecher legte.

»Ja, Hoheit«, erwiderte ich gezwungen.

»Es gibt nicht viel, das dem Klatsch an eines Hochkönigs Hof entgeht, und ein paar Neuigkeiten trafen hier ein, bevor du selbst kamst. Wurdest du als Christin geboren? Eigentlich hatte ich den Eindruck, das Volk von Rheged wäre zu den alten Bräuchen zurückgekehrt.«

Ihre Miene war höflich unbeteiligt, und wenngleich ihre Stimme gebieterisch war, konnte ich nicht auf ihre Gefühle schließen.

»Ich wurde nach den alten Bräuchen erzogen«, sagte ich vorsichtig, »aber meine Pflegeschwester und meine Erzieherin waren Christen, und ich kann nicht sagen, daß mir die Lehren des weißen Christus unbekannt wären.«

»Das ist gut«, erwiderte Igraine mit einem Nicken. »Du hast keine Vorstellung, welch schreckliche Ansichten manche Leute über die römische Kirche hegen. Ich hoffte, du würdest nicht mit einem unangebrachten Vorurteil auf den Thron kommen. Ich würde meinen Glauben niemals anderen aufzwingen, aber ich hoffe, daß du dich, wenn du jemals Hilfe brauchen solltest, an die

Kirche wendest. Für mich ist sie ein großer Trost gewesen, Kind. Besonders jetzt, da ich am Hof keine Rolle mehr zu spielen habe. Hat man dir erzählt, daß ich in einem Kloster lebe?«

»Ich hörte etwas in der Art«, sagte ich ausweichend.

Ihr Blick schweifte zu den Blumen, und sie lächelte, obgleich ich nicht erraten kannte, ob über die Blumen oder über einen Gedanken, der ihr gerade durch den Kopf ging. »Es ist ein sehr stiller, bescheidener kleiner Ort, umschlossen von einem kleinen und unwichtigen Fluß. Meine Zelle wird von einer Weide beschattet, in der sich viele Grasmücken vergnügen. Seit mehr als vier Jahren habe ich keine Trompete mehr gehört, kein Banner gesehen oder einer Menge gegenübergestanden.«

»Oh, Hoheit«, sagte ich rasch, »wenn Ihr gern zurückkommen möchtet, wird an Artus' Hof immer Platz für Euch sein, da bin ich sicher, und auch Artus möchte, daß Ihr das wißt.«

»Ja, und bei Morgause auf den Orkneys gibt es ebenfalls Platz.« Ihre blitzschnelle Erwiderung überraschte mich. »Oder vielleicht an Uriens Hof, falls Morgan jemals aufhört, Priesterin zu sein und als Frau und Königin an den Hof zurückkehrt. Das wäre keine Schwierigkeit, meine Liebe. Nach einem aufregenden Leben in Tintagel, wo sich unaufhörlich Stürme aller Art um König Uther zusammenbrauten, ist es ein Vergnügen, sich in ein kleines Nest zurückzuziehen und so gut wie nicht wahrgenommen zu werden.«

Die Königinmutter sprach jetzt freimütig und zwanglos, als sei sie froh, sich mit jemandem unterhalten zu können.

»Ich habe das Interesse am Hof lange vor dem Tod meines Mannes verloren und war erleichtert, daß Artus nicht von mir erwartete, nach seiner Krönung dort zu bleiben. Mein Sohn und ich sind uns recht fremd, mußt du wissen«, setzte sie nach einer Pause hinzu, und es klang beinahe wie ein Seufzer.

Ich setzte zum Sprechen an, doch sie schnitt mir das Wort ab.

»Nein, ich ziehe meine kleine Zelle an der Biegung des Flusses der stürmischen Gewalt eines königlichen Haushalts bei weitem vor. Die Frage war nicht, was man mit einer abgedankten Königin tun sollte, sondern man mußte eine neue finden. Die meisten Leute haben vom Leben einer Königin keine Ahnung. Ich bin sicher, nahezu jede Frau denkt, sie könne Königin sein, wenn man sie nur ließe, aber nur wenige sind wirklich für diese Aufgabe geeignet. Aber ich habe das sichere Gefühl, daß du deine Sache gut machen wirst ... vermutlich weit besser, als ich es tat.«

»Was veranlaßt Euch zu dieser Ansicht?« rief ich, verblüfft über diese unerwartete Feststellung.

Als sie mich jetzt ansah, lag zum ersten Mal etwas Schelmisches in ihrem Blick. »Also, zum ersten hast du nichts von Verstellung oder Falschheit an dir; du bist genau das, was du bist. Und das mögen die Leute. Verstellung durchschauen sie immer, früher oder später. Aber was noch wichtiger ist, ich habe dich heute morgen beobachtet, meine Liebe. Du warst auf dem Gipfel der Erregung, den man erreicht, wenn man zum ersten Mal entdeckt, daß man Königin ist. Der Glanz und das Staunen tragen dich zuerst mit sich fort, und später stützt dich eine gewisse Würde, selbst wenn du zu abgekämpft bist, es zu wünschen. Oder zumindest tut sie das, wenn du stark und jung bist.

Um daran Freude zu haben, muß man ein besonderer Mensch sein. Es hilft, wenn man dazu erzogen wird. Wenn man aufgrund einer Leidenschaft auf den Thron gelangt, ist das eine ganz andere Sache. Ich fürchtete, Artus könnte sich ein hübsches, aber hohlköpfiges Gänschen aussuchen, das die Vorstellung, Königin zu sein, erregen würde, ohne einen Begriff davon zu haben, was dazu erforderlich ist. Oder du hättest dich auch als ein vernarrtes Mädchen erweisen können, den Kopf voller Schwärmereien, die dir später, wenn es mit der jungen Liebe vorbei wäre, nur das Herz brechen und endlose Schwierigkeiten hervorrufen würden.«

Igraine schien jetzt, da sie halb belehrte, halb aus der Erinnerung schöpfte, ein Wissen weitergeben zu wollen, das sie durch schwere Erfahrungen erworben hatte.

Sie hielt inne, streckte ihre Hand aus und befühlte den Teetopf, ob er noch warm war. Ich griff zu, sie nickte und reichte mir ihren Becher, und als beide Becher gefüllt waren, lehnte sie sich zurück und fuhr fort.

»Dann erschien Artus vorgestern abend voll des Lobes über seine zukünftige Braut, und ich begann mich zu fragen, ob nicht er der Schwärmer sei. Er erzählte Geschichten über ihre Reitkünste, über etwas, das er Steigbügel nannte, und daß sie an allem und jedem Interesse hätte. Er konnte gar kein Ende finden, alle ihre Eigenschaften zu preisen, die ihn entzückten, und ich dachte: Nun gut, wenigstens ist er zufrieden. Und das ist wichtig.«

Es gab abermals eine Pause, doch als sie dieses Mal fortfuhr, sah sie mich direkt an.

»Artus erzählte mir, das Volk verehre dich bereits, und das ist ein guter Anfang. Aber das verriet mir nicht, wie du über das Volk denkst. Also stellte ich mich heute morgen ans Fenster, um zu sehen, wie du dich verhalten würdest.«

Sie hob ihren Becher, und ich sah eine Spur von Heiterkeit in ihren Augen, als sie mich über den Rand anblickte. »Ich glaube, ich erwartete fast, ein biederes, gaffendes, in Pferde vernarrtes Mädchen zu erblicken, von der lärmenden Menge bedrängt und halbtot vor Angst. Und statt dessen sah ich eine hübsche junge Frau, die mit strahlendem Lächeln die Hingabe des Volkes erwiderte. Man spürt, daß du die Leute von Herzen liebst, so wie sie dich lieben, und wenn das so ist, wird es dir deine Aufgabe viel leichter machen. Es ist sehr schwer, Hochkönigin zu sein, wenn man von Natur aus scheu oder zurückhaltend ist«, fügte sie leise hinzu.

Die Königinmutter stellte ihren Becher ab und faltete die Hände gelassen im Schoß, als hätte sie meine Anwesenheit vergessen. Doch als sie schließlich aufblickte, lächelte sie offen und ermutigend.

»Was kann ich dir Besseres zur Hochzeit wünschen, meine Liebe, als daß du genau das liebst, was deine Moira dir vorschreibt. Das ist wichtiger als große Leidenschaft oder großer Ehrgeiz oder völlige Hingabe an eine andere Person. Es will mir scheinen, daß es ein Segen für das Volk ist, dich als Königin zu haben, und dich hat die Natur damit gesegnet, dein Schicksal mit Freuden auf dich zu nehmen. Und Artus … nun, ob er es erkennt oder nicht, er ist von allen derjenige, der am glücklichsten zu schätzen ist.«

Sie schien insgeheim über die Blindheit der Männer zu lachen, und ich stimmte in ihr Lachen ein.

Darauf sagte sie, jetzt sei es an ihr zuzuhören, und sie ließ mich alles mögliche über mein Leben, das vergangene wie das gegenwärtige, berichten. Ich erzählte von Mama und Rheged, Kaethi und Nonny, Federfuß und Ailbe, und natürlich von Vinnie, Brigit und meinem Vater. Wir plauderten den ganzen Nachmittag, und sie bestand darauf, mein Haus davon zu benachrichtigen, daß ich am Abend mit ihr speisen würde.

Für eine Frau, die der Welt entsagt hatte, um in ein Kloster zu gehen, hatte sie einen untrüglichen Blick für die Schwächen der menschlichen Natur, und ihre Anmerkungen waren gescheit und lebensklug.

»Du hast Glück gehabt, Kind«, sagte sie, als ich ihr erzählte, König Marke hätte sich nach meiner Heiratswilligkeit erkundigt. »Ich kenne Marke seit vielen Jahren, und ich würde keiner Frau wünschen, daß sie mit ihm das Bett teilen muß. Er ist ein Aufschneider und ein Feigling, ungeliebt von seinem Volk und selbst ohne Liebe. Bis jetzt hat noch keine Frau seinen Ansprüchen genügt, und ich zweifle, daß es je eine geben wird. Obwohl ich«, fügte sie mit einem schelmischen Lächeln hinzu, »wäre ich noch eine Heidin, geneigt bin zu glauben, daß die Göttin ihn im Netz seiner eigenen Wünsche verstricken und ihn im Alter zum Spielzeug eines schlauen jungen Mädchens machen will. Das ist, die Göttin weiß es, schon oft genug passiert, und wenn ein Mann anfängt, nach einer Frau zu suchen, die jung genug ist, um seine Tochter zu sein, ist es sehr wahrscheinlich, daß im Lauf der Zeit etwas passiert.«

Das einzige, was ich nicht erwähnte, waren Kevin und unsere Begegnung mit der Dame, und obwohl ich auf Morgan wie auf Morgause neugierig war, zögerte ich, auf sie zu sprechen zu kommen. Ich fand es angenehm und aufregend, mit dieser scharfsinnigen Frau über alle möglichen Dinge zu reden, und wollte in unser beider Interesse keine Spannung heraufbeschwören. Folglich traf es mich unvorbereitet, als sie das Thema selber zur Sprache brachte.

»Bist du meiner Schwester Morgan schon vorgestellt worden?« fragte sie plötzlich. Ich verneinte. »Nun, das macht nichts; du wirst sie früh genug kennenlernen. Morgan ist ziemlich … schwierig …

schwer zu verstehen. Oh, nicht daß sie absichtlich grausam wäre oder Zwietracht säte, wie es Morgauses Art ist ... nein, ich glaube nicht einmal, daß man sagen könnte, Morgan ziehe bewußt die Fäden. Sie gerät dadurch in Schwierigkeiten, wie sie ihre Überzeugungen zum Ausdruck bringt. Sie ist eine zutiefst gläubige Heidin, die eisern an den alten Zeiten und Grundsätzen festhält und die für niemanden Zeit oder Geduld hat, der den Glauben nicht anerkennt, den sie für selbstverständlich hält. Es ist unwahrscheinlich, daß sie glaubt, wir anderen wären absichtlich böse ... wir sind bloß zu verstockt, unsere Herzen den alten Göttern zu öffnen und deren Segen zu empfangen. Ich bin sicher, daß ihr nicht bewußt ist, in welchem Maße sie die Leute abstößt.« Igraine seufzte. »Ach ja, ich glaube, der Versuch ist problematisch, andere Menschen auf den eigenen Glauben einzuschwören: Was als seelische Leidenschaft beginnt, wird oft zu Hochmut und Selbstgerechtigkeit.«

Ich bewunderte Igraine wegen der Unvoreingenommenheit, mit der sie ihre Tochter zu verstehen suchte, und dankte der Königinmutter, daß sie mich ins Vertrauen gezogen hatte.

»Nun, vielleicht wird es für dich ein wenig leichter, wenn du vorgewarnt bist«, erwiderte sie.

Ich hätte gern auch etwas über Morgause gehört, doch das weiche Zwielicht des Frühlings war der Dunkelheit gewichen, und ich mußte mich verabschieden.

»Meine Liebe«, sagte Igraine, meine Hände fassend und liebenswürdig lächelnd, »es ist Jahre her, seit ich zum letzten Mal so ausgiebig mit einer jungen Frau geplaudert habe. Uther schickte meine Töchter fort, als sie noch nicht so alt waren wie du, darum habe ich nicht miterleben dürfen, wie Jungfrauen zu Königinnen heranreiften. Es freut mich, daß dein Besuch so angenehm verlaufen ist, und ich hoffe, er hat dir so gut gefallen wie mir.«

»Oh ja«, sagte ich, »und ich freue mich auf das nächste Mal.«

Auf Drängen Igraines holte Ulfin einen langen Umhang für mich, da ich nicht auf eine so späte Heimkehr vorbereitet war. Es war ein elegantes Gewand und üppig mit Pelz gefüttert.

»Paßt auf, daß sie sich nicht erkältet«, mahnte sie, als er ihn mir um die Schultern legte. Als ich protestieren wollte, lächelte sie unmerklich. »Unser südliches Wetter kann ziemlich launenhaft sein, Kind, und ich möchte nicht, daß du mit einem Schnupfen zu deiner Hochzeit gehst.«

Ich dankte ihr herzlich, und auf dem Heimweg sagte ich zu meinem Begleiter, daß sie viel freundlicher gewesen sei, als ich erwartet hätte. Ulfin blickte mich an und schmunzelte.

»Das ist bei ihr nicht die Regel, meine Dame. Sie scheint Euch richtig ins Herz geschlossen zu haben, und es gibt viele, die sagen würden, das sei ungefähr das schönste Kompliment, das man Euch machen könnte.«

Wir kamen an einem Wirtshaus vorbei, aus dem die Beschwingten auf den Marktplatz strömten, prahlten und fluchten und in ungezählten Trinksprüchen auf ihren König die Trinkhörner hoben. Nicht viel anders als im Norden, dachte ich, der dafür bekannt war, daß ein Kelte jeden Vorwand nutzt, um noch einen Krug zu trinken. Ich fragte mich, wo Artus war, und ob auch er über den Ausgang meines Besuches bei seiner Mutter so erfreut sein würde wie ich.

37.

Palomides

»Es ist so angenehm, nicht in der Sänfte zu schaukeln«, sagte Brigit am nächsten Morgen beim Frühstück. »Es ist ein unglaublich gutes Gefühl aufzuwachen und zu wissen, daß man heute nicht reisen muß.«

Vinnie und ich pflichteten ihr aus vollem Herzen bei, und wir waren uns einig, daß es ein wohlverdienter Luxus gewesen war, heute morgen länger zu schlafen.

»Außerdem«, seufzte die Matrone und warf einen Blick auf die übriggebliebenen Haufen Gepäck, »ist es nur gerecht, daß wir all unsere Kräfte sammeln; wir werden Tage zum Auspacken brauchen.«

»Nur solange, bis wir wissen, wo das Kleid für Sonntag ist«, scherzte ich, reckte mich träge und rieb meine Zehen an den Binsen unter dem Tisch. Angesichts der Zeit und Mühe, die das Anfertigen des Hochzeitskleides gekostet hatte, war ich ganz zuversichtlich, daß Lavinia genau wußte, wo es sich befand.

Damals, als die Heirat verabredet wurde, hatte Vinnie darauf bestanden, daß ich zur Zeremonie weiße Seide tragen sollte, und zu diesem Zweck ihr eigenes Hochzeitskleid angeboten. Es war auch das Brautkleid ihrer Mutter gewesen, und im Lauf der Jahre hatte es einen weichen Elfenbeinton angenommen, doch der Stoff selbst und sein Glanz ließen keinen Zweifel, daß es Seide war. Das Kleid hatte sich als viel zu kurz erwiesen, und die bauschigen Falten im römischen Stil hingen wie ein Zelt an meinem schlaksigen Körper, aber Brigit und Vinnie hatten es aufgetrennt und ein vollkommen neues Gewand geschneidert. Die Borten und Spangen, Stücke von Brokat und Spitze, die Vinnie von den festlichen Kleidern meiner Mutter aufbewahrt hatte, wurden herbeigeholt und wieder angenäht, und wir brachten Stunden damit zu, das Unterkleid mit Blumen, Vögeln und anderen Symbolen der Fruchtbarkeit zu besticken. Das Ergebnis war eines der prächtigsten Kleider, das man sich vorstellen kann. Ich erinnerte mich an Vinnies Entschlossenheit, mich »in eine richtige Königin, die jeden Hof ziert« zu verwandeln, und war froh, daß sie standhaft geblieben war.

Wir plauderten noch über die Hochzeitsvorbereitungen, als Bedivere mit der Einladung erschien, uns eine Vorführung von Palomides' Reitkünsten anzuschauen. Vinnie war nicht interessiert, und Brigit hatte Bedenken wegen der vielen Arbeit, die noch zu tun sei, aber ich schlüpfte in ein Kleid und war im Handumdrehen fertig.

Sarums flache Kuppe ist recht ausgedehnt, und nachdem wir das Gewirr von Gebäuden und den Saum der Küchengärten hinter uns gelassen hatten, breitete sich eine große grüne Wiese vor uns aus.

»In der Haupthalle ist nicht für alle Platz«, bemerkte Bedivere, als wir uns einem Kreis von Zelten am anderen Ende der Wiese näherten. »Eine Anzahl von Gefährten kampiert also hier – nahe genug, um zur Hand zu sein, wenn Artus sie braucht, aber weit genug entfernt, um nicht im Weg zu sein. Vergeßt nicht, Krieger und Höflinge gehören nicht derselben Rasse an; sie sind eher wie Hunde und Katzen, denn dem Soldaten ist eher nach tätiger Bewegung zumute, während der Edelmann ein warmes Plätzchen am

Feuer vorzieht. Darum schien es besser, die hohen Herrschaften in der Halle unterzubringen, während die Kameraden wie gewohnt anspruchslos wohnen.«

In Rheged waren der Krieger und der Edelmann ein und dasselbe, und ich erklärte Bedivere, das käme mir weit gerechter vor.

»Oh, ich stimme Euch völlig zu«, erwiderte mein Begleiter eilig. »Genauso wurden Artus und ich erzogen. Aber hier im Süden hat sich eine Schicht privilegierter Führer herausgebildet, Überbleibsel des Beamtentums des Reiches, die sich untereinander politisch bekämpfen, aber zur gemeinsamen Verteidigung keinen Finger rühren. Sie behaupten, sie seien Verwalter und keine Krieger, und jeder König im Süden muß sich mit ihnen auseinandersetzen. Sie erwarten, von anderen unterstützt zu werden, und verschaffen sich selber soviel Macht wie möglich. Artus versucht, die Leute von der Idee zu überzeugen, das Gemeinwohl sei wichtiger als persönliche Vorteile, aber die Höflinge sind da anderer Ansicht.«

Ich dachte, daß Artus die schwierige Aufgabe hatte, nicht nur die wilden Kelten des Nordens zu zähmen, sondern auch die kraftlosen Edelleute des Südens davon zu überzeugen, daß sie eine Verantwortung für die Allgemeinheit hatten.

Hinter den Zelten war ein Wäldchen, in dessen Schatten sich bereits eine kleine Gruppe von Männern versammelt hatte. Die Leute aus der Stadt waren zu Fuß, aber die Könige und die Krieger aus den Lagern auf der Ebene waren zu Pferd gekommen und umschwärmten ein schmutziges Feld, das zweifellos der ständigen Besatzung Sarums zum Exerzieren diente.

Wir begaben uns zu einer erhöhten Tribüne, wo Artus und einige der Gefährten saßen.

»Schön, daß du kommen konntest.« Artus deutete auf einen Sitz neben dem seinen und sagte zu Bedivere: »Da du am besten weißt, was er kann, warum stellst du ihn nicht vor?«

Bedivere nickte und begab sich zu Palomides, und Artus nahm seine Unterhaltung mit Gawain wieder auf, während ich mir die Leute anschaute.

Sie waren alle vertreten, von den auffallend gekleideten Gecken des Südens bis zu den in Plaids gehüllten Hochländern. Es gab Seidenbrokat und Leinen und Wolle und altes Leder im Überfluß, und die Pferde waren ebenso verschieden: stämmige keltische Ponys aus dem Norden, große Shire-Pferde aus den Penninen und elegante walisische Ponys, wie Federfuß. Sie spiegelten wie die Reiter die Verschiedenheit von Menschen und Kulturen wider, die Artus zusammenzuhalten versuchte.

Zwischen die Gruppen farbenfroher Krieger mischten sich die einfachen Leute in schlichter selbstgefertigter Kleidung, die nur gelegentlich durch ein helles Tuch oder eine lustige Kappe aufgelockert wurde. Eine stämmige Melkerin hatte einen Stand aufgebaut, verkaufte Käse und machte gute Geschäfte. Eine ältere Frau, deren graue Haare unordentlich aus dem Knoten fielen, schleppte ein Tablett mit Brot durch die Menge und pries mit gequälter Freundlichkeit ihre Brötchen und Brotscheiben an. Gut möglich, daß die beiden Jungen, die unermüdlich Zwiebeln feilboten, zu ihrer Sippe gehörten, denn sie hatten das struppige Haar und das breite Grinsen der Alten.

Bedivere und Palomides ritten in die Mitte des Ovals, und Bedivere hob den Arm und bat um Aufmerksamkeit.

»Ich stelle euch Palomides aus Ribchester vor«, rief er. »In seiner Heimat benutzen die Reiter eine bestimmte Art von Geschirr, ebenso einfach wie wirksam, das ihnen einen ungeheuren Vorteil gewährt. Seht ihm jetzt zu und urteilt selbst, was man damit machen kann.«

Palomides blickte nervös auf die Tribüne, und mir kam der Gedanke, daß der Junge unter schrecklichem Druck stehen mußte. Als junger Fremder, mit höfischen Sitten gänzlich unvertraut, stand er im Mittelpunkt der Aufmerksamkeit, und mir kamen Zweifel, ob wir ihm einen guten Dienst erwiesen hatten, als wir ihn einer so jähen Veränderung aussetzten.

Er grüßte Artus förmlich, doch obgleich der Hochkönig zur Erwiderung nickte, unterbrach er nicht sein Gespräch mit Gawain. Also hob ich die Hand zum Gruß und schwenkte meinen Schal hin und her, damit Palomides mich erkannte, und als ich seine Aufmerksamkeit geweckt hatte, machte ich das alte römische Zeichen des hochgereckten Daumens und lachte ihm zu.

Er erkannte mich plötzlich und warf mit breitem Lächeln sein Pferd herum und überschaute die Menge, ein Adler, bereit, sich aufzuschwingen. Auf seinen Befehl setzte sich das Pferd mit federnden Schritten in Bewegung, Palomides erhob sich in den Steigbügeln und hielt sich über die ganze Länge der Bahn stehend im Gleichgewicht. Die Menge summte und murmelte, beobachtete ihn neugierig und machte kritische Bemerkungen, und Palomides wendete und kehrte zum Oval zurück, dieses Mal weit über eine Flanke geneigt, doch von den Steigbügeln sicher gehalten.

Es gab längs der Bahn lebhafte Zustimmung, und sogar Artus wandte sich von Gawain ab, um die Vorführung zu verfolgen. Der Junge zeigte alles, was er konnte, und bei jedem neuen Kunststück wurden die Zuschauer erregter und klatschten ihm Beifall, als er vorbeiritt.

Dann trat Bedivere auf den Plan, trug zwei Schilde und zwei Lanzen und reichte Palomides ein Paar. Die Menge verstummte, als die Reiter zu den entgegengesetzten Enden des Ovals ritten, wendeten und aufeinander zupreschten. Das erste Mal war es ein glatter Durchlauf, die Pferde wichen sich nicht aus, doch als sie einander passierten, betrug der Zwischenraum kaum eine Fußbreite. Das war so elegant gemacht, daß ich argwöhnte, die beiden Reiter hätten es insgeheim lange geübt.

Die Reiter nahmen an den entgegengesetzten Enden der Bahn Aufstellung, wendeten und ritten in vollem Galopp aufeinander los. Die Zuschauer sahen begierig zu, als die Gegner ihre Lanzen einlegten. Die Hufschläge trommelten dröhnend, und als die beiden aufeinanderprallten, gab es einen krachenden Schlag, der allen in die Knochen fuhr. Jeder Reiter fing den Stoß mit dem Schild ab; während aber Palomides sein Gleichgewicht bewahrte, sauste Bedivere, den keine Steigbügel hielten, alles andere als elegant vom Rücken seines Pferdes.

Die Menge wurde verblüfft Zeuge der Schnelligkeit, mit der sich Bedivere dem Fremden ausgeliefert sah, und es gab einen Augenblick der Spannung, als Palomides zur Mitte des Ovals zurückkehrte, seine Füße von den Steigbügeln befreite und behende neben seinem gestürzten Freund zu Boden sprang. Artus' Feldhauptmann kam schwankend auf die Füße, umarmte den Jungen, klopfte ihm auf die Schulter und grinste, als sie sich zur Tribüne umdrehten. Die Zuschauer, jetzt tief beeindruckt, brachen in stürmischen Beifall aus, und nach einer tiefen Verbeugung kehrte Palomides zu seinem Pferd zurück und schwang sich mühelos in den Sattel.

Diese Behendigkeit überraschte die Zuschauer, und auf Bitten Bediveres wiederholte Palomides die Übung, sprang zu Boden und schwang sich dann ohne Hilfe wieder in den Sattel.

Unter den Zuschauern brach ein Tumult aus. In einer Woge von Aufregung und Stimmengebrüll drängte alles zu den beiden Reitern, um die Steigbügel genauer sehen zu können, und Bedivere mußte einen Trompeter rufen, damit Artus zu Wort kam.

»Wir haben bereits verschiedene Sättel geändert«, sagte der Hochkönig, offensichtlich erfreut über den Anklang, den diese Neuerung gefunden hatte, »und ich fordere jeden berittenen Krieger auf, sie selber auszuprobieren. Es ist ganz einfach, das Geschirr zu ändern, doch jeder sollte es erst selber ausprobieren, um sicher zu sein, daß er es auch benutzen will.«

Die meisten Reiter waren abgesessen, und alle wollten sich gleichzeitig die Steigbügel näher ansehen. Gawain sprach kurz mit Palomides und konnte als erster mit dem neuen Geschirr einen Proberitt machen.

»Wenn sie mit der Neuerung einverstanden sind«, sagte Artus mehr zu sich selbst, »haben wir den Britanniern vielleicht ihr Land gesichert.«

Er drehte sich um, lächelte mir zu und deutete zum Waldstück hinüber, wo Griflet und die Hunde sich aufhielten.

»Wie wär's mit einem Spaziergang?« fragte er, nahm meinen Arm und half mir von der Tribüne.

»Gern«, erwiderte ich und winkte Ulfins Sohn zu, als wir näher kamen. Der Junge lehnte an einem Baum, spielte beiläufig mit seinem Messer und winkte zurück.

»Wie geht es?« fragte Artus, nickte dem Jungen zu und hockte sich hin, um die Köpfe der beiden Welpen zu zausen. Die Tiere schmiegten sich an ihn und bettelten um seine Aufmerksamkeit.

»Könnte nicht besser sein«, meinte Griflet und schnitt ein Stück Zwiebel ab. Er spießte den Schnitz mit der Messerspitze auf, steckte ihn in den Mund und begann vergnügt zu kauen.

»Vielleicht nicht so abwechslungsreich wie Winchester, aber bestimmt ein schöner Platz für ein Picknick.«

Artus lachte, stand auf, und die Hunde begannen wie verrückt mit den Schwänzen zu wedeln und aufgeregt Männchen zu machen.

Wir nahmen Griflet seine Schützlinge ab, und nachdem wir ihre Leinen entwirrt hatten, schritten wir durch das Waldstück.

»Wie war dein Besuch bei der Königinmutter?« fragte Artus, als wir aus den Bäumen herauskamen.

»Er verlief sehr gut«, versicherte ich ihm. »Sie ist eine sehr liebenswerte Person. Es ist ein Jammer, daß ihr beide keine Gelegenheit hattet, einander kennenzulernen.«

Artus schielte zum Himmel und schien die Windrichtung abzuschätzen. »Hm«, sagte er zurückhaltend.

Und das war's. Wir gingen weiter, die Hunde schnüffelten in der Gegend herum, die Unterhaltung vermied Persönliches, und ich beschloß, mich aus den Familienangelegenheiten der Pendragons herauszuhalten. Sie waren viel zu kompliziert und unerfreulich, um sie zu ergründen, und es schien Artus nur noch verschlossener zu machen, wenn ich sie zur Sprache brachte. Alles würde glatter laufen, wenn ich das Thema ganz und gar mied.

»Und wie steht es mit dir?« fragte ich.

Er lächelte und seufzte und warf mir einen Blick von der Seite zu.

»Nun, abgesehen von der Tatsache, daß das halbe Land auf unserer Türschwelle kampiert, ist alles prächtig.«

Dann lachte er und sah mich an. »Ich weiß, sie wollen uns ihre Reverenz erweisen, aber sie bescheren mir auch schreckliche Kopfschmerzen.«

Ich lachte ebenfalls. Wir ließen die Hunde von den Leinen und fanden ein behagliches Fleckchen für eine Rast. Im Windschatten der Brustwehr saß ich mit dem Rücken an einem Baumstumpf und ließ mich von der Sonne wärmen. Artus warf sich neben mir zu Boden, dann drehte er sich um, legte den Kopf auf meinen Bauch und fuhr fort, den Himmel zu betrachten.

Eine perlmuttfarbene Wolke bauschte sich wie ein Segel am Himmel, und ich erzählte ihm von dem Handelsschiff, das in meiner Kindheit bei Morecambe auf Grund gelaufen war.

»Könnte eines der Schiffe gewesen sein, die früher nach London kamen«, sagte er nachdenklich. »Ich höre, daß die Sachsen mit den Ländern des Mittelmeers keinen Handel mehr treiben, also kommen keine großen Schiffe mehr themseaufwärts, aber früher waren sie in Dreierreihen an den Kais vertäut. Jetzt finden sie nur noch hin und wieder den Weg zu den reichen Fürsten an der walisischen Küste.«

Ich versuchte, mir mehrere dieser riesigen Boote auf einem Fleck vorzustellen, doch es gelang mir nicht. Ich seufzte, fuhr mit der Hand sanft über Artus' Stirn und durch sein Haar, während wir plauderten.

Die Hunde kamen zu uns und ließen sich nieder, auf jeder Seite einer. Cabal schob sich in Artus' Armbeuge und rollte sich dort behaglich zusammen, während Caesar neben mir Wache hielt. Nicht einmal eine große brummende Hummel konnte ihn weglocken, denn er schnappte nur einmal nach ihr und schüttelte spöttisch den Kopf. Alles in allem war es eine friedliche, sommerliche Szene, und ich dachte träge an die kommenden Tage und Jahre gemächlichen Wohllebens, als würde es immer so weitergehen.

Als wir wieder zur Gruppe auf dem Exerzierplatz stießen, gab Artus mir die Hundeleinen, murmelte etwas von gemeinsamem Abendessen und verschwand in Richtung auf das Lager der Gefährten. Die meisten Reiter hatten den Platz verlassen, eilten mit der Neuigkeit von den Steigbügeln ihren Lagern zu, und die Freien kehrten auf dem Wiesenpfad zur Stadt zurück. Ich betrachtete die Nachzügler am Waldrand und sah das dralle Käsemädchen heftig mit Griflet schäkern, während sie ihre Waren zusammenpackte.

»Wenn Ihr die Hunde bei Euch behaltet, meine Dame, kann ich Frieda beim Packen helfen«, sagte er hoffnungsvoll, als ich zu ihnen trat.

Das blonde Mädchen blickte mich spöttisch an, offensichtlich über mein Auftauchen verärgert, als sie aber begriff, wie Griflet mich genannt hatte, wurde sie neugierig.

»Seid Ihr eine der vornehmen Damen, die zur Hochzeit gekommen sind?« fragte sie.

»Sie ist die Braut«, sagte Griflet rasch, in der Zwickmühle zwischen Empörung über ihre Unwissenheit und dem Wunsch, ihr mit seinen wichtigen Bekanntschaften zu imponieren.

Das Mädchen errötete und machte einen halben Knicks, und ich lächelte und nahm von der Ladung, mit der sie hantierte, einen kleinen Korb.

»Ist schon gut, Frieda, woher solltest du das auch wissen? Du hast einen hübschen Namen … bist du sächsischer Abkunft?« fragte ich.

Sie bejahte und stemmte den Rest des Käses auf die Hüfte, während Griflet den Klapptisch ergriff. »In dieser Gegend gibt es viele Sachsen«, bemerkte sie.

»Und sächsische Frauen sind wegen ihrer Schönheit berühmt«, fuhr ich fort und dachte an Vortigerns Heirat mit der Tochter des Söldnerführers, den er nach Britannien eingeladen hatte. »Selbst der alte Tyrann war bezaubert und machte Rowena zu seiner Königin.«

»Ich bin nicht von hoher Geburt«, warf das Mädchen eilig ein. »Wir sind eine angesehene angelsächsische Familie und haben seit Generationen treu zum Hochkönig gestanden«, setzte sie stolz hinzu.

Wir gingen hintereinander durch ein Dickicht von Brennesseln, und als der Pfad sich wieder verbreiterte, betrachtete Frieda mich eindringlich. »Ich möchte nicht unverschämt sein, meine Dame … was ist der Hochkönig für ein Mensch?«

Ihr unverblümte Frage überrumpelte mich, und ich war einen Augenblick versucht, ihr mit derselben Offenheit zu antworten und zuzugeben, daß ich so ebensowenig von ihm wußte wie sie, zumindest, was sein Inneres anging. Statt dessen zuckte ich die Achseln und gab ihr eine allgemeine Antwort, die ebenso ehrlich war, wie es die andere gewesen wäre.

»Er ist zuverlässig und gerecht und denkt immer, immer zuerst an sein Volk.«

»Macht es das für Euch nicht langweilig?« fragte sie, sehr zu Griflets Entsetzen.

Nicht, wenn man zur Königin erzogen ist, dachte ich und erinnerte mich an Igraines Worte.

Wir standen am unteren Ende meiner Straße, und ich blickte auf das hellhaarige, neugierige Mädchen und lächelte. Sie stand stämmig in der Mittagssonne, entschlossen, herauszubekommen, was es mit dem jungen König und der Königin auf sich hatte, und ich bewunderte ihren Freimut.

»Langweilig?« wiederholte ich. »Im Grunde nicht, weil er immer voll Eifer nach Möglichkeiten sucht, Dinge zu verbessern und das Leben für alle schöner zu machen. Und«, fügte ich hinzu, als ich sah, daß ihre Zweifel sich verstärkten, »er weiß, wie man Spaß haben kann.«

Das konnte sie verstehen und schmunzelte über das ganze Gesicht. Wir lachten alle, und als wir uns trennten, nahm ich die Hunde mit, weil Griflet mit Friedas Tisch und Korb immer noch die Hände voll hatte.

Frieda machte einen tiefen Knicks und wünschte mir zur Hochzeit viel Glück, und ich dankte ihr und dachte, daß ich mir die Sachsen eigentlich anders vorgestellt hatte.

Je mehr ich über Artus und seine Landsleute erfuhr, desto interessanter erschienen sie mir, und ich eilte mit der beglückenden Überzeugung die Treppe zum Haus empor, daß es anscheinend viel angenehmer sein würde, Hochkönigin von Britannien zu sein, als ich mir vorgestellt hatte.

38.

KÖNIG MARKE

Die fröhliche Stimmung des Nachmittags begann sich einzutrüben, als der Abend das Nahen dunkler, unheilvoller Schatten ankündigte.

Als wir anhielten, um Igraine zum Abendessen zur Halle zu geleiten, lehnte die Königinmutter ab. Ihr Stimme war schwach und kraftlos und ihr Gesicht bleich, obgleich sie uns versicherte, sie sei nur ein bißchen müde. Sie bat mich jedoch, ihre junge Gefährtin mitzunehmen.

»Ettard hat Besseres verdient, als ihre Zeit bei einer kränkelnden alten Frau zu verbringen«, sagte Igraine, als das Mädchen vortrat.

»Es kann nicht viel Spaß machen, zur königlichen Hochzeit zu kommen und keine Gelegenheit zu haben, an den Festlichkeiten teilzunehmen.«

Ettard lächelte schüchtern, ihr Augen glänzten erwartungsvoll, und sie schloß sich Vinnie an wie ein Lamm seiner Mutter nach der Schur.

Als wir ankamen, stand Artus auf den Stufen der Halle und notierte sorgfältig etwas auf eine Schreibtafel.

»Das wär's«, sagte er, legte den Griffel in das Etui und verschloß es mit dem Holzdeckel. Ein halbes Dutzend Kinder lungerte an den Stufen herum und hoffte darauf, für den Hochkönig Botengänge machen zu können, und einem davon gab er die Tafel und sagte: »Bringe sie zum Schmied unten am Tor.«

Artus blickte auf, als das Kind fortlief, erblickte unsere Gruppe und hieß uns willkommen.

»Können in Logres die Schmiede lesen?« fragte ich, denn es kam mir sonderbar vor, daß sich ein Mann, der einen der wichtigsten Berufe ausübte, die Mühe machte, das Schreiberhandwerk zu erlernen.

»Dieser kann's«, bestätigte Artus. »Er hat vor, in den geistlichen Stand zu treten, und hat deshalb Lateinisch gelernt. Ist eine praktische Sache, wenn man's kann«, fügte er hinzu, und ich sah, daß Vinnie zustimmend nickte.

Artus war seit dem Nachmittag noch immer in bester Stimmung, verbeugte sich vor meiner Anstandsdame und fragte, wie es »der verehrten Dame aus York« gehe. Vinnie bekam Grübchen, machte einen formellen Knicks und erwiderte, alles sei prächtig, besonders jetzt, da wir unser Ziel erreicht hätten.

Ettard stand daneben und sperrte Mund und Augen auf, als sie vorgestellt wurde. Artus schenkte ihr ein liebenswürdiges Lächeln und sagte etwas über einen Garten schöner Maiden, der an seinem Hof erblühe, und ich fragte ihn, ob Bedivere ihm Unterricht in Diplomatie gegeben hätte. Das Mädchen folgte hingerissen unserem Geplänkel, denn alles hier mußte sich sehr vom Klosterleben unterscheiden, an das sie gewöhnt war.

»Sieht so aus, als müßten wir bei den Gefährten speisen«, sagte Artus, als Kay und Bedivere und viele andere sich zu uns gesellten.

»Die Köche haben alle Hände voll zu tun mit den Vorbereitungen zum Festmahl in zwei Tagen. Außerdem«, setzte er hinzu, kam die Stufen herab und führte unsere Gesellschaft mit schnellen Schritten über den Platz, »werden wir früh genug in der staubigen Halle eingesperrt sein, also laßt uns so lange wie möglich die frische Luft genießen.«

Bedivere richtete es so ein, daß er neben Brigit war, während mich Kay und ein älterer Mann, den ich noch nicht kannte, flankierten.

»Das ist Sir Ector, mein Pflegevater«, sagte Artus beiläufig, ohne den Schritt zu verlangsamen. Ich konnte weder knicksen noch der Fremde sich verbeugen, also lächelten wir uns statt dessen zu.

Sir Ector hatte seine besten Jahre hinter sich, und von seinem dunkelbraunen Haar war nur noch ein Kranz übriggeblieben. In sein Gesicht hatten sich Lachfalten eingegraben, und ich konnte mir vorstellen, daß er ein freundlicher und liebevoller Vater war. Er strahlte mich mit dem gutmütigen Lächeln eines Mannes an, den die Zukunftsaussichten seines Sohnes mit Zufriedenheit erfüllen.

»Ihr könnt Euch nicht vorstellen, welchem Druck Artus widerstehen mußte, eine Braut nach seiner eigenen Wahl zu finden«, sagte er. »Seine Mutter und ich machten uns schon Sorgen, daß man ihm irgendeine aufhalsen würde …«

Verwirrt ließ er den Satz unvollendet, dann zuckte er die Achseln. »Nun, gleichviel. Es hat sich alles zum Guten gewendet, und Drusilla hätte sich gefreut, daß er ein kumbrisches Mädchen erwählt hat.«

Ich dankte ihm und bemerkte, er müsse doch auf seine drei Jungen sehr stolz sein, worauf er lachte und zustimmend nickte.

»Es ist wunderbar, wenn zu solch einem besonderen Anlaß die Familie zusammenkommt«, sagte er leise. »Ich kenne König Leodegrance nur dem Namen nach, doch ich hörte, er werde an den Festlichkeiten nicht teilnehmen, oder?«

Ich erklärte, wie schwer das Reisen meinem Vater falle, und er nickte mitfühlend.

»Nun, meine Liebe, ich denke, das bedeutet, daß Ihr nach Rheged reisen werdet, um ihm sein erstes Enkelkind vorzuführen, nicht wahr? Ihr müßt unterwegs an unserem Hof einkehren.« Er schenkte mir das breite Lächeln, das ich auf Artus' Gesicht gesehen hatte. »Ja, ich würde sagen, es wäre ein lohnender Abstecher«, bekräftigte er.

Beim Abendessen ging es laut und ausgelassen zu, denn die Krieger feierten auf ihre rauhe Weise die bevorstehende Hochzeit ihres Führers. Als ich Agricola gewahrte, der abseits stand, rief ich ihn zu mir.

Da er über kein eigenes Gefolge verfügte, hatten sich die Gefährten vorübergehend seiner angenommen, und ich fragte mich, wie ein Mann von Welt mit den wilden Nächten fertig wurde, die für die jungen Krieger bezeichnend sind.

»Artus gab mir ein Gemach in der Halle neben dem von Sir Ector«, erwiderte Agricola, als ich ihn fragte. »Deshalb empfinde ich meinen Aufenthalt als sehr angenehm. Und wie ist Eure Reise verlaufen, meine Dame?«

»Wundervoll.«

»Das freut mich«, sagte er und legte die Hand auf meinen Arm. »Wenn ich Euch hier im Süden irgendwie behilflich sein kann, bitte zögert nicht, es mich wissen zu lassen.«

Ich sah in seinem Gesicht dieselbe Zuverlässigkeit wie in dem Pellinores.

»Oh ja«, sagte ich und erinnerte mich plötzlich an das Versprechen, das ich Vinnie gegeben hatte, »da gibt es etwas. Ich sagte meiner Anstandsdame, ich würde als Ersatz für einen verlorenen Ring einen anderen für sie auftreiben – einen römischen Siegelring. Sie war sehr betrübt über den Verlust, und ich sagte, wir würden einen anderen finden, wenn möglich. Wißt Ihr, wo ich einen solchen Ring bekommen könnte?«

Agricola schürzte die Lippen und dachte einen Augenblick nach. »Es gab eine Familie von Edelsteinhändlern in Winchester, bei der meine Frau früher kaufte. Ich werde mich umhören und sehen, ob ich etwas finden kann, meine Dame«, versprach er.

Artus kam auf uns zu, neben sich ein korpulentes Mannsbild mit einem Pferdegesicht, überhäuft mit Pelz und Schmuck von der geschmacklosesten Art. Er wurde von zwei Kriegern flankiert, die mir bekannt vorkamen, doch ich brauchte eine Weile, um mich an meine erste Begegnung mit den königlichen Brautwerbern zu erinnern. Dinadan war noch derselbe, drahtig und sarkastisch, aber der Kämpe mit dem piktischen Namen hatte beträchtlich zugenommen und war längst nicht mehr der hoch aufgeschossene Lümmel des ersten Besuches. Wir alle hatten uns in den letzten beiden Jahren sehr verändert.

»Darf ich Seine Hoheit König Marke von Cornwall vorstellen«, sagte Artus schwungvoll, als der rundliche Führer auf mich zugewatschelt kam und vor mir das Knie beugte.

Ich unterdrückte mühsam einen Abscheu, als ich begriff, daß dies ein Mann war, den ich vielleicht hätte heiraten müssen. Wie es schien, hatte er keinen Sinn für Mäßigung, wenn es um seinen Appetit ging, und war wirklich ein Sklave seiner Gelüste, worauf Igraines kluge Bemerkungen schließen ließen.

Sein Begleiter mußte ihm auf die Beine helfen, und Marke grinste mit seinen dunklen und verfaulten Zähnen.

»Ihr seid sehr glücklich zu schätzen, Sir«, sagte er zu Artus und strich mit einem fleischigen Finger über die Unterlippe, während er mich musterte. »Ich kann mir nicht vorstellen, daß meine Abgesandten dieses Juwel übersahen.«

»Wegen meines Heidentums war ich leider für Euren Hof nicht geeignet«, sagte ich schnell und hoffte, die Wahrheit würde seine Begeisterung dämpfen.

»Ja, nun ... das hätten wir vielleicht ändern können«, sagte Marke, und ich enthielt mich jeder weiteren Äußerung. Es hatte keinen Sinn, diesen Verbündeten zu reizen, und ich hatte auch nicht den Wunsch, seinen Riesenkrieger in Schwierigkeiten zu bringen.

Dinadan las mir meine Gedanken vom Gesicht ab, und nachdem Tristan mir Respekt erwiesen hatte, kniete der geschicktere Höfling rasch vor mir nieder. »Gut gemacht, meine Dame«, flüsterte er mit einem boshaften Lächeln.

Bei den Lagerfeuern gab es plötzlich heftige Bewegung. Ein Reiter kam ins Lager gedonnert und raste ohne Rücksicht auf Leib oder Leben auf die Gefährten zu, die aus dem Weg sprangen. Der

Reiter brachte seinen wilden, schnaubenden Hengst kurz vor dem Feuer zum Stehen.

Im Windzug schlug die Flamme empor, und als sie wieder ruhig brannte, erkannte ich Pellinore. Er hatte vor sich im Sattel ein Bündel und lächelte triumphierend

»Ich habe sie gefunden«, rief er, ohne auf den Tumult zu achten, den er hervorrief. »Seht, das Ergebnis meiner Suche, die fleischgewordene Göttin!«

Das Bündel regte sich, verwandelte sich in einen langen, weiten Umhang, und als die Kapuze zurückfiel, kam das großäugige, ernste Gesicht eines Mädchens zum Vorschein. »Nimue!« Ich sprang auf, verblüfft und erfreut, die Priesterin des Heiligtums von Avebury in Sarum zu sehen.

Als sie ihren Namen hörte, glitt die Priesterin vom Pferd und kam auf mich zu, wie in Trance und ohne die Krieger wahrzunehmen, die sie umringten. Die Männer machten Platz, als sie lautlos an ihnen vorbeiging, eine schöne und unirdische Erscheinung.

»Meine Dame«, sagte sie sittsam und kniete vor mir, »es scheint, daß ich doch an Eurer Hochzeit teilnehmen werde.«

»Ich bin so froh«, sagte ich und beugte mich nieder, um mich zu vergewissern, daß sie unverletzt war. Die Fröhlichkeit, mit der ich sie begrüßt hatte, wurde durch ihr zurückhaltendes und unnahbares Verhalten gedämpft.

»Ich glaube«, flüsterte sie mir zu, »es ist Verrat im Gange und König Artus muß gewarnt werden.«

»Natürlich«, murmelte ich und blickte in ihr Gesicht. Sie hatte den leeren Blick eines Menschen, der einer anderen Macht unterliegt. Vor Schreck und Überraschung brachte ich kein Wort heraus und bekam eine Gänsehaut. Welche Kräfte die Zukunft auch formten, sie waren in Nimue lebendig.

Mein Blick suchte Artus. Eine seiner Hände ruhte auf Gawains Schulter, und er schien Lots Sohn daran zu erinnern, daß er während der Dauer der Hochzeit keine Vergeltung an Pellinore üben dürfe.

Also setzte ich mich wieder und hoffte, so rasch wie möglich Artus' Aufmerksamkeit zu erregen.

Pellinore war in die Mitte des Kreises stolziert, lachend und prahlend wie ein betrunkener Krieger. Er begann eine lange, verworrene Geschichte über einen Jagdhund und einen weißen Hirschen zu erzählen, und wie er mit zwei anderen Burschen um den Besitz dieses einmaligen Mädchens gekämpft hätte.

»Der eine machte mir ganz schön zu schaffen«, polterte er, löste das Trinkhorn vom Gürtel und ließ es füllen. »Aber der andere war ihr Vetter, und nachdem ich seinen Kumpan mit einem einzigen Schlag niedergestreckt hatte, bot er mir nicht nur das Mädchen, sondern auch sein Pferd an.«

Der Krieger lachte schallend, und er deutete stolz auf den kastanienbraunen Hengst. Er leerte das Horn und erzählte weiter.

»Wundervolles Mädchen, einfach wundervoll! Wußte von Anfang an, daß sie was Besonderes war und daß ich mich durch nichts würde ablenken lassen, wenn ich ihr erst einmal auf der Spur war. Stieß auf eine arme Kreatur neben einer Quelle, die um Hilfe für ihren sterbenden Gefährten flehte, aber ich hatte keine Zeit herauszufinden, was es mit dem ganzen Elend auf sich hatte.« Seine Stimmung schlug plötzlich um, und das zerfurchte Gesicht wurde traurig. »Und welcher Jammer – als wir den gleichen Weg zurückritten, waren beide tot, und von allen Tieren waren nur noch die Köpfe übrig.«

»Oh, Pellinore«, rief ich, denn das Bild der Liebenden an der Quelle tanzte gräßlich vor meinen Augen, »wie konntet Ihr wegreiten und nicht einmal versuchen, zu helfen?«

»Ich weiß nicht, meine Dame«, brummte er zerknirscht. »Es muß das Fieber meiner Suche gewesen sein.«

»Pellinore!«

Merlins Stimme kam aus dem Dunkel, erhob sich scharf und klar über das verschwommene Gemurmel der anderen. Er war in den Schatten nicht zu erkennen, doch seine Gegenwart war so machtvoll, als spräche ein Gott. Ich spürte einen leichten Druck am Knie und merkte, daß Nimue, die noch immer vor mir kniete, ihre Hand gehoben hatte, um sie in die meine zu schieben. Ich ergriff ihre Finger, und sie preßte sie.

»Hast du eine Ahnung, wer diese Dame an der Quelle war?« fragte der Zauberer.

»Nein, aber sie verfluchte mich, als ich nicht anhielt. Sie war blaß, mit blondem Haar und violetten Augen, und sie kannte meinen Namen und verfluchte mich, weil ich ihr nicht half. Jetzt kann ich meine Augen nicht schließen, ohne dieses Gesicht zu sehen, denn es erinnert mich an jemanden ...«

»Das kann ich mir denken«, sagte der Zauberer, trat aus dem Dunkel und schritt auf Pellinore zu. »Sie war deine eigene Tochter von der Dame von Rule, und sie und ihr Gefährte waren auf dem Weg hierher zur Hochzeit, als sie aus dem Hinterhalt von Räubern überfallen wurde. Für ihn hättest du nicht mehr viel tun können, aber sie wäre nicht gestorben, wenn du sie nicht im Stich gelassen hättest.«

Der riesige Krieger sackte niedergeschmettert zu Boden. Es gab ein langes, schauerliches Schweigen, und dann begann Pellinore heftig zu stöhnen.

»Wie lautete der Fluch?« wollte der Zauberer wissen.

»Sie schwor, auch ich würde von einem Verbündeten in einer Zeit der Not im Stich gelassen werden und sterben, von demjenigen verraten, auf den ich mich hätte verlassen können. Warum«, stöhnte der verwirrte Mann, »warum haben die Götter mir nicht gesagt, wer sie war?«

»Das hätte nichts geändert, Pellinore«, entgegnete Merlin und stand direkt vor dem zitternden Krieger. »Die Götter segnen und verfluchen, und wir tun gut daran, ein paar jämmerliche Lektionen zu lernen. Durch deine eigenen Taten hast du dein Schicksal besiegelt, und was geschehen ist, kann nicht mehr ungeschehen gemacht werden. Aber von jetzt an darfst du nicht so oft an diese Suche denken, auf die du so stolz bist, sondern du mußt mehr auf jene achten, die deiner Dienste bedürfen.«

Merlin legte seine Hände auf Pellinores Schultern, und der Krieger sank in die Knie, und Tränen der Zerknirschung und der Reue liefen über sein Gesicht. Wie ein Kind hatte er gedankenlos gehandelt, jetzt suchte er wie ein Kind Vergebung.

Der Weise sprach das Gebet, während wir in ehrfürchtigem Schweigen zuschauten. Dann kam Kay, half Pellinore aufzustehen und führte den schluchzenden Mann weg.

Plötzlich begannen alle zu schwatzen und zu lachen und überlaut zu sprechen, um das Gewicht dessen, was soeben geschehen war, abzustreifen. Ich huschte zu Artus und flüsterte ihm zu, Nimue müsse ihn vor einem Verrat warnen. Jemand hatte gerade einen Trinkspruch auf den Bräutigam ausgebracht, und die Menge rief jetzt seinen Namen und wartete ungeduldig darauf, daß seine Braut das Feld räumte. Wir vereinbarten hastig, daß ich die Priesterin zur Halle brachte, um ihn dort zu erwarten; er würde uns nicht sofort folgen können, aber ich sollte diese Botin bis zu seinem Eintreffen sicher behüten.

Nimue kam mit mir, stumm und zitternd, und als ich die Küche leer vorfand, drückte ich das Mädchen in einen Winkel am warmen Ofen und begann im Schrank zu kramen. Unter den Kräutern fand ich etwas Ysop, braute Tee, gab ein paar Tropfen Honig in den Topf, während die Priesterin in der Ecke saß und unverwandt ins Leere starrte.

Sie griff mit beiden Händen nach dem Becher und trank in kleinen Schlucken, ehe sie mich dankbar anblickte und fragte: »Ist er oft so?«

»Betrunken und halb verrückt? Ich weiß es nicht«, erwiderte ich und dachte, daß jeder, der mit Pellinore ein solches Abenteuer erlebte, eine Zeitlang erschüttert sein mußte.

»Nein«, sagte sie mit fester Stimme, »der Weiße, der gerade eben am Feuer stand.«

Endlich begriff ich, daß sie Merlin meinte.

»Der Zauberer? Nein, ich glaube nicht«, antwortete sie. Was konnte sie gesehen haben, was uns anderen entgangen war? Ich zog einen Schemel heran und setzte mich neben sie. »Wenigstens habe ich ihn noch nie so gesehen, aber ich kenne ihn auch nicht sehr lange.«

Sie trank, und ein scheues Lächeln spielte um ihren Mund. »Jetzt«, murmelte sie, und ihre Augen wurden groß und dunkel, »jetzt weiß ich, warum Pellinore zu mir geschickt wurde. Um mich hierher zu bringen … zu ihm …«

Ihre Worte hallten leise durch die Stille der leeren Küche, und erst allmählich begriff ich, was sie meinte.

»Nimue!« rief ich entgeistert und erstarrte dann in Schweigen.

Das Mädchen hatte noch immer ihr liebreizendes Gesicht, aber aus seinen Augen blickte die Göttin mich an.

»Frage nicht nach etwas, das du nicht verstehst«, sagte die Göttin mit einem tiefen Grollen. »Sterbliche haben nicht zu entscheiden, wo Liebe blühen soll.«

Ich schaute schnell zur Seite, denn ich konnte die Kraft dieses Blicks nicht ertragen, und einen Augenblick später spürte ich die Hand des Mädchens, die sich in die meine schob.

»Ich sagte Euch«, sagte sie mit ihrer eigenen klaren Stimme, »daß etwas Besonderes daraus erwachsen würde. Ich wußte bloß noch nicht, wer oder was es war.«

Sie sprach so fröhlich, daß ich sie neugierig betrachtete. Würde mich eine solche Leidenschaft packen, wäre ich entsetzt.

»Fürchtest du dich?« fragte ich und dachte an die ehrfurchteinflößende Persönlichkeit Merlins.

»Natürlich«, sagte sie leise und blickte in den geleerten Becher. »Vielleicht wird er mich nicht einmal bemerken.« Sie zögerte einen Augenblick, als breche ihr diese Aussicht das Herz.

Ich war sprachlos. Sie, die in der Unterhaltung mit Pellinore so gelassen und selbstsicher, die mir eine so sanfte und entschlossene Begleiterin gewesen und die, wenn die Anwesenheit der Göttin sie erfüllte, so kraftvoll war, saß jetzt neben dem Ofen und sorgte sich, sie könnte nicht begehrenswert erscheinen!

Dieser Gedanke war so widersinnig, daß ich mit Mühe mein Lachen unterdrückte. Ich konnte mir keinen Mann vorstellen, der von ihr nicht bezaubert sein würde, und wenn Merlin, wie Artus sagte, eine Schwäche für junge Mädchen hatte, brauchte Nimue nichts zu befürchten. Als ich den wehmütigen Blick der Priesterin sah, umarmte ich sie rasch.

Die Göttin hatte zweifellos recht; wer war ich, die Liebe zwischen zwei Menschen zu bezweifeln? Schließlich kommt die Liebe in mancherlei Gestalt, und sie sollte in allen ihren Formen gehegt und respektiert werden, ganz gleich, wie merkwürdig sie anderen erscheinen mochte.

So saß ich neben meiner Freundin, bis sie aufhörte zu zittern, und zusammen warteten wir auf Artus.

39.

VERRAT

Endlich brach die Gesellschaft im Lager der Gefährten auf, und die Leute begannen gruppenweise in die Halle zu strömen. Die jüngeren Krieger hatten es eilig, den Hügel hinunter und in die Zeltstadt zu kommen, die unten auf der Ebene entstanden war, wo, gleich zu welcher Stunde, immer ein Glücksspiel, ein Fäßchen Wein oder eine willfährige Frau zu finden waren. Die älteren Gäste und alle, die sich von solchen Belustigungen fernhielten, versammelten sich in der Halle.

Ich spähte aus der Küchentür und erblickte Artus, just als er mich sah. Er bahnte sich unauffällig den Weg durch das Gedränge und schlüpfte in einem unbeobachteten Augenblick in die schwach erhellte Küche.

Die ausgelassene Heiterkeit fiel von ihm ab, und er wandte sich unverzüglich an die Priesterin.

»Was hat es auf sich mit diesem Verrat?«

Nimue sah ihn offen an, gespannt und wach, beugte sich vor und flüsterte: »Sir, ich habe Grund zu glauben, daß es in Eurem Lager Spione gibt, die nichts Gutes im Schilde führen.«

»Spione? Für wen spionieren sie?«

Merlins Stimme, nicht lauter als die ihre, ertönte plötzlich und überraschend für uns alle. Er war einfach neben Artus aufgetaucht und blickte das Mädchen neben mir argwöhnisch an.

Die Priesterin erwiderte gelassen seinen Blick. »Ich bin nicht sicher. Aber ich würde es vorziehen, an einem Ort, wo wir ungestörter sind, darüber zu sprechen.«

Artus nickte, wandte sich um und führte uns durch einen Gang in den Teil des Gebäudes, der für ihn persönlich reserviert war.

Während er die inneren Ledervorhänge schloß, so daß aus der Halle kein Geräusch mehr zu hören war, blickte ich mich neugierig in seinem Quartier um.

Das Gemach selbst war behaglich, anspruchslos, schmucklos. Das Bett war ein schmales Feldbett, über dem Excalibur wie eine goldene und silberne Flamme an der Wand leuchtete. Es hing schräg, so daß es sofort zur Hand war, wenn es eine nächtliche Störung geben sollte. Die Edelsteine am Knauf schimmerten unheimlich im flackernden Lampenlicht, und die Verzierungen der Scheide glänzten und zuckten wie lebendige Wesen.

Merlin prüfte die Fensterläden hinter einem langen Tisch, der mich an den meines Vaters erinnerte. Ich warf einen Blick auf die darauf verstreuten Gegenstände: Landkarten und Wachstafeln, Notizen für mögliche Poststationen, und neben dem Tintenfaß lag ein zusammengerolltes Manuskript. Ein Stück rotes Wachs lag bereit für das Siegel mit dem Roten Drachen.

»Bitte«, sagte Artus, als er sich davon überzeugt hatte, daß wir vor fremden Augen und Ohren sicher waren, »nehmt Platz und erzählt Eure Geschichte.«

Nimue setzte sich an den Tisch auf einen Klappstuhl, Merlin gegenüber, und faltete die Hände schüchtern im Schoß.

»Also«, begann sie, »als Pellinore und ich letzte Nacht durch den Wald ritten, stolperte mein Pferd, und ich wurde zu Boden geworfen. Da, wo die Felsen wie graue Schafe im Gras ruhen, und ich verletzte mir beim Sturz den Arm, also beschlossen wir, die Nacht an Ort und Stelle zu verbringen und erst bei Tagesanbruch weiterzureiten.«

Sie sah zuerst Artus, dann Merlin an. Der Zauberer erwiderte ihren Blick, und seine hohen Wangenknochen und seine tiefliegenden Augen wurden durch das Lampenlicht scharf hervorgehoben. Nach seiner unbeteiligten Miene zu urteilen hätte sie genausogut berichten können, wie viele Küken letzte Woche ausgeschlüpft waren.

»Wir schliefen in einem Dickicht, nicht weit vom Pfad entfernt, und kurz vor der Morgendämmerung wurde ich durch Hufschläge geweckt, die aus verschiedenen Richtungen kamen. Die Reiter machten halt und unterhielten sich, keinen Steinwurf weit von uns entfernt. Der eine war aus Sarum gekommen, und er gab einen genauen Bericht über die dort versammelten Männer und ihre Stimmung, während der andere lachte und fragte, ob jemand Verdacht geschöpft habe.

Der erste verneinte, weil jedermann nur das Fest im Kopf habe.

Dann fragte er, wie es zu Hause stehe, und der zweite Mann meinte, daß die Zeit reif sei, wo doch so viele Edelleute und Krieger zur Hochzeit gereist seien.«

Ein Windstoß ratterte an den Fensterläden, und die Züge von Merlins Gesicht verschärften sich, als die Lampe im Zug flackerte. Ich zitterte unwillkürlich, aber Nimue ließ sich durch seine prüfenden Blicke nicht beeindrucken, und nach einem kurzen Augenblick fuhr sie mit ihrer Geschichte fort.

»Die Männer hatten sich umgedreht und sprachen jetzt gedämpfter; das einzige, was ich deutlich hörte, war der Name Brychan. Als sie sich jedoch trennten, gelobten sie die Befreiung vom britannischen Joch; dann ritt jeder auf dem Weg zurück, auf dem er gekommen war.

Ich weiß weder«, schloß sie, »wer die beiden Männer waren noch welche Bedrohung sie darstellen, aber es schien mir das klügste, Euch so rasch wie möglich davon zu berichten.«

Artus hatte aufmerksam zugehört und beugte sich jetzt vor.

»Könnt Ihr mir zeigen, wo dieses Treffen stattgefunden hat?«

Ich zündete eine weitere Lampe an und trug sie zum Tisch, während Artus und Nimue die Landkarte betrachteten.

»Das ist Sarum«, erklärte Artus, »und hier ist Avebury, also müßte Euer Heiligtum ... hier sein«, schloß er und setzte seinen Daumen neben einen Tintenfleck.

»Ich glaube«, erwiderte sie, betrachtete die Karte und versuchte, die Entfernungen abzuschätzen, »daß es ungefähr hier war.«

Artus studierte den Punkt, auf den ihr Finger zeigte, und blickte Merlin an. Der Zauberer schaute sowohl auf die Landkarte als auch auf die Priesterin, und aus seiner Miene war nichts abzulesen.

»Ein Spion könnte es ohne Zweifel in einer Nacht von Sarum bis zu diesem Punkt und zurück schaffen«, bestätigte Artus, und Merlin nickte. »Und wer immer die Männer waren, die sich trafen, sie hätten von Norden, Osten oder sogar aus dem Westen kommen können.«

»Aus dem Westen höchstwahrscheinlich«, seufzte Merlin, »falls der irische Stammesführer Brychan im Spiel ist.«

Die beiden Männer wechselten Blicke, und Artus straffte sich.

»Sie haben richtig erkannt, daß alle Krieger hier in Sarum versammelt sind«, sinnierte er, »und das hat auch mir schon Sorgen gemacht, aber ich kann schließlich nicht alle nach Hause schicken, ohne böses Blut zu machen. Falls die Iren hoffen, aus ihren alten Bindungen mit Königreichen wie Demetien Nutzen zu ziehen, wäre dies für sie der ideale Zeitpunkt zum Handeln.«

Er schritt ans Ende des Tisches und zurück und kaute nachdenklich an seiner Schnurrbartspitze.

»Wir müssen annehmen, daß der Spion noch im Lager ist, also dürfen wir nichts sagen oder tun, was ihm verraten könnte, daß wir von der Sache Wind bekommen haben.«

»Mädchen«, sagte Merlin, sah die Priesterin an und errötete plötzlich. »Äh … das heißt … du hast doch einen Namen?«

»Ja, Herr«, erwiderte sie ruhig. »Ich werde Nimue genannt, und ich bin eine Schülerin der Dame.«

»Ach ja«, murmelte der Zauberer und blickte auf die Landkarte. »Nun, Nimue …«

Dann hielt er inne. Es gab ein langes Schweigen, die beiden starrten einander an, und ich hielt den Atem an. Artus, der gar nicht bemerkte, was vor sich ging, schritt auf und ab, und schließlich räusperte sich Merlin.

»Nimue, bist du in der Voraussicht geübt?«

Sie blickte auf ihre Hände, die immer noch ruhig im Schoß gefaltet waren, und ich bewunderte ihre Gelassenheit.

»Nicht geübt, Herr, aber ich habe gelegentlich Dinge gesehen«, antwortete sie.

»Willst du es in dieser Sache versuchen, für den König?«

In der Stimme des Zauberers lag eine Sanftheit, die ich noch nie gehört hatte, und ich atmete langsam aus. Welche Beziehung die beiden zueinander auch haben würden, er war wenigstens geduldig mit ihr, und ich lächelte, als Nimue zustimmend nickte.

Ein neues Binsenlicht wurde angezündet, und Merlin hielt es dem Mädchen vor die Augen. Artus stellte sich neben mich, während Nimue unbewegt in die Flamme blickte. Ihre dunklen Augen wurden unergründlich, und ich konnte den Widerschein der Flamme in ihren Pupillen sehen, als ihre Konzentration einem ausdruckslosen Starren wich. Ihre Hände blieben unbewegt, aber ihr Atem wurde rauher, und auf ihrer Stirn erschienen Schweißperlen.

»Ein Boot«, flüsterte sie. »Nein, mehrere Boote. Groß wie Häuser … und ein Mann mit einem fremdartigen Namen, der vom Festland kommt. Theo … sein Name ist Theo, und er tritt auf wie ein Verfemter. Er hat sich verirrt … nein, losgesagt von allen früheren Bindungen … sein Volk ist fort, und er sucht Artus.«

Sie stieß einen schrillen Schrei aus, schloß die Augen und umklammerte den Kopf mit den Händen. Das schöne Gesicht war schmerzverzerrt.

»Sachte, sachte«, summte Merlin leise, gab mir das Binsenlicht und legte seine Hände auf ihren Kopf. »Was sahst du noch, kleine Nimue, mit den Augen der Göttin?«

Das Gesicht des Mädchens begann sich zu entspannen, und die tiefen Falten zwischen ihren Brauen glätteten sich. »Ich … weiß nicht … bloß die Männer mit den Booten …«

Sie schlug die Augen auf und richtete sie langsam auf Merlin, der sanft ihre Schläfen massierte. »Das ist keine große Hilfe, nicht wahr?« fragte sie.

Der Zauberer ließ jetzt seine Hand über ihr Haar gleiten, wie es Eltern oder Liebhaber tun mochten. Es war eine tröstende und beschützende Geste, und ihm war vermutlich gar nicht bewußt, daß er versuchte, sie zu trösten.

»Das müssen der König und ich entscheiden. Für den Augenblick hast du uns einen großen Dienst erwiesen, und deine Vision wird uns irgendwie von Nutzen sein. Allein die Warnung vor Brychan, die du uns überbracht hast, ist unschätzbar. Ich denke, es ist das beste, wenn du und die Herrin einfach in eure Quartiere zurückkehrt und einen guten Schlaf tut. Und über alles natürlich kein Wort zu anderen.«

Der Zauberer lächelte die Priesterin jetzt an, und sie blickte schüchtern in ihren Schoß.

»Herr«, sagte sie, »ich habe kein Quartier.«

»Du kannst bei mir bleiben«, platzte ich heraus, denn mir fiel zu spät ein, daß sie vielleicht mit einer anderen Einladung gerechnet hatte.

»Das heißt«, verbesserte ich mich hastig, »wenn du willst.«

Sie schien erleichtert und erfreut, und ich war dankbar, daß ich keinen göttlichen Plan verdorben hatte. Hätte ich nicht selbst gesehen und gehört, wie die Göttin aus ihr sprach, hätte ich geschworen, daß Nimue eine unschuldige junge Frau sei, nicht fähig zu einer heimlichen Liebesbeziehung. Doch ich wußte, daß größere Dinge im Spiel waren.

»Das ist sehr freundlich von Euch, meine Dame«, sagte Nimue, und da ich in Merlins Gesicht keine Zeichen von Mißbilligung erkennen konnte, kam ich zu dem Schluß, daß ich keinen Schaden angerichtet hatte, und zog mich in Schweigen zurück.

Artus ging auf und ab, nichts anderes im Sinn als die Bedrohung Britanniens, und ich beneidete ihn um seine Zielstrebigkeit. Selbst nachdem wir unsere Umhänge angelegt hatten und er uns nach Hause begleitete, war unverkennbar, daß er mit seinen Gedanken woanders war. Ich küßte ihn sanft auf die Wange und schickte ihn mit einem mütterlichen Klaps zur Halle zurück, und ich bin nicht sicher, ob er das überhaupt bemerkte.

Vinnie schlief bereits, also bereiteten Brigit und ich ein Lager für Nimue auf der Bank unter meinem Fenster. Als wir sie zugedeckt hatten, sah die Priesterin auf und murmelte schläfrig: »Segen über euch«, und ich hätte nicht sagen können, ob das Mädchen sprach oder die Göttin.

Die dunklen Wolken eines drohenden Verrats wurden durch einen gesunden Schlaf vertrieben, und als ich am nächsten Morgen erwachte, war die Priesterin längst gegangen, und meine Erzieherin schlich durch den Raum wie eine Katze auf Mäusejagd. Vor der Bank, auf der Nimue geschlafen hatte, blieb sie stehen.

»Was ist los, Vinnie?« fragte ich gähnend, stützte mich auf einen Ellenbogen und sah, wie sie eine Ecke des Lakens anhob, sie vorsichtig zwischen zwei Fingern hielt und dann um Armeslänge zurückwich.

»Ich hörte, daß Ihr letzte Nacht eine Hexe mitgebracht habt, Hoheit.« Ihre Stimme war äußerst beherrscht, als versuchte sie, eine schmerzliche Enttäuschung zu verbergen, und sie warf mir einen vorwurfsvollen Blick zu.

»Hexe? Nun, davon weiß ich nichts«, sagte ich abwartend, im Zweifel, was sie mit dieser Bezeichnung meinte.

»Eine heidnische Hüterin von Geheimnissen, das ist sie«, verkündete Vinnie und ließ das Laken fallen. »Damen haben mit religiösen Dingen nichts zu schaffen«, fügte sie naserümpfend hinzu.

»Aber die Göttinnen sind Frauen!« erklärte ich, denn die Gedanken der Matrone erheiterten mich. »Und seit Anbeginn der Zeiten hat es weibliche Druiden gegeben.«

»Heidnische Verirrungen«, zischte Vinnie. »Der heilige Paulus hat uns gelehrt, was von solchen Dingen zu halten ist.«

»He, was willst du damit machen?« fragte ich, plötzlich aufgeschreckt. Vinnie hatte das Kissen zu Boden geworfen und schleppte es zur Tür.

»Ich nehme es mit nach draußen, um es von den Läusen zu befreien«, erwiderte sie entschlossen.

»Oh, jetzt ist es aber gut, Vinnie«, sagte Brigit, die in den Raum eilte und die Vorhänge aufzog. »Wenn man nicht christlich ist, muß man deshalb nicht verteufelt oder unrein sein. Schau dir zum Beispiel Ihre Hoheit an. Würdest du sagen, daß sie direkt mit dem Bösen verwandt ist?«

»Das ist etwas anderes«, sagte die Matrone entrüstet. »Sie läuft nicht im Wald herum und beschwört Dinge herauf, die man besser in Ruhe ließe. Zumindest hat sie es bisher noch nicht getan. Aber ich traue diesen Priesterinnen nicht, mit ihren kleinen goldenen Messern und uralten Zaubersprüchen ... und wenn heute die Dame selbst eintrifft, wer weiß, was Ihrer Hoheit zustoßen wird?«

»Heute?«

Ich sprang aus dem Bett, rannte zur Waschschüssel und konnte nur noch an das Gespenst der Dame denken, die in den Wäldern unter der Säule mit den Totenschädeln wehklagte. Die Begegnung ließ sich nicht länger vermeiden, und mein Herz begann zu klopfen wie damals, als wir uns am Schwarzen See von Angesicht zu Angesicht gegenübergestanden hatten. Damals hatte mich die Priesterin lediglich verscheucht und mir im weiteren Leben große Unsicherheit und viel Kummer bereitet; wie würde sie jetzt, da ich nicht weglaufen konnte, an mir Rache nehmen?

Aber während ich mich wusch, gewann die Vernunft die Oberhand. Es gab keinen Beweis, daß sie mir wegen dieser kindlichen Unbedachtheit grollte.

»Die Dame vom See wird meine Schwiegermutter werden«, sagte ich langsam und griff nach dem Handtuch, das Brigit mir reichte, »ich muß also darauf vorbereitet sein, sie angemessen zu empfangen, und dafür sorgen, daß sie sich an Artus' Hof wohlfühlt.«

»Und wird Artus sich wohlfühlen, wenn sie hier ist?« beharrte meine Erzieherin.

»Artus kommt mit Morgan sehr gut aus«, erwiderte ich und versuchte mich selbst und auch Vinnie zu beruhigen. Morgause, sie war natürlich ein verbotenes Thema, aber er hatte keinen Zweifel daran gelassen, daß er der Dame vertraute und sich auf sie verließ. »Und ich bin sicher, daß die Königinmutter sich freuen wird, sie zu sehen«, sagte ich und erinnerte mich an Igraines Bemühungen, mich über ihre Tochter aufzuklären.

»Der ganze Markt ist schon in Aufruhr«, mischte Brigit sich ein. »Als die Messe vorüber war, sah ich haufenweise Leute vor der Halle. Eine Gruppe von Ausländern ist eingetroffen, und man konnte weder vor noch zurück, weil alle stehenblieben, um sie anzuglotzen.«

»Woher weißt du, daß sie Ausländer sind?« fragte ich und dachte, daß ich nicht mehr als eine Handvoll Völker kannte.

»Sie sind anders angezogen als wir und sprechen weder Lateinisch noch Keltisch. Sie sind rauhe, wetterharte Männer, haben Tücher um die Köpfe gebunden und tragen enganliegende Wämser wie Fischer«, erwiderte sie.

Das hörte sich aufregend an, und ich wünschte, mein Fenster hätte sich zum Platz geöffnet; da ich aber das Haus nicht verlassen durfte, gab es keine Möglichkeit, mich selber davon zu überzeugen. Ich mußte mich also mit Brigits Beschreibung zufriedengeben, bis ich Gelegenheit hatte, Artus selbst zu fragen.

Er kam gegen Mittag, brachte die Hunde mit und bestand darauf, sie auf einen Spaziergang mitzunehmen. Ein wenig gehetzt und abwesend schob er mich so schnell durch die Tür, daß ich kaum Zeit hatte, nach einem Tuch zu greifen.

»Einfacher und sicherer, draußen zu sprechen«, erklärte er, als wir über eine Wiese liefen.

In seiner Stimme lag gespannte Erregung, und ein rascher Blick in sein Gesicht bekräftigte das Unbehagen, das ich wie ein Kribbeln auf der Haut spürte. Die Ereignisse der letzten Nacht erwachten wieder zum Leben und vertrieben die unbekümmerte Fröhlichkeit des Morgens.

Wortlos kletterten wir auf die Brustwehr, ließen die Hunde von den Leinen und blickten ins Land. Unten auf der Ebene breitete sich die Zeltstadt meilenweit aus, und Artus deutete auf die verschiedenen Banner, die im Wind flatterten, während ich mich bemühte, das Tuch unter meinem Kinn zu befestigen.

»Wie es scheint, ist das Zweite Gesicht der Priesterin nichts weniger als genau«, sagte er schließlich, »wenigstens was den Mann namens Theo angeht.«

»Die Männer, die eine fremde Sprache sprechen!« rief ich.

Artus blickte mich überrascht an, eine Augenbraue hochgezogen, als hätte ich selber die Gabe des Zweiten Gesichts. Ich erklärte ihm, daß Brigit die Männer heute morgen gesehen hätte. »Aber was sind das für Leute und woher kommen sie?« fragte ich.

»Theo ist so, wie Nimue ihn beschrieb: halb Soldat, halb Seeräuber. Er war Kapitän bei den Westgoten, doch seit die Franken sie nach Iberien vertrieben haben, ist Theo von einem Küstenkönigtum zum anderen gezogen, um sich einen anderen Schirmherren zu suchen. Als er in die Bretagne kam, schlug König Ban ihm vor, mich aufzusuchen, und da Bors nach einem Schiff suchte, um zu unserer Hochzeit zu kommen, bot er Theo an, ihm als Wegweiser und Gönner zu dienen. Sie haben gestern in Weston-Super-Mar Anker geworfen; Bors sagt, es wären insgesamt fünf Schiffe, und Theo sei bereit, Lehenstreue zu schwören, wenn ich ihm sichere Häfen anbiete und Kaperfahrten erlaube. Ich glaube, daß ich auf diese Art zu einer Flotte komme.«

»Brauchen wir eine Flotte?« fragte ich.

Artus drehte sich um, blickte über die Kuppe von Sarum und spähte gegen den Wind, der sich launisch mit ihm gedreht hatte.

»Selbst wenn wir sie jetzt nicht brauchen, es kommt vielleicht eine Zeit, da wir die Iren damit in Schach halten können. Der Kampf gegen die Sachsen im Osten wäre gewiß einfacher, wenn ich mir keine Sorgen um die Iren im Westen machen müßte.«

Wir schritten über die Brustwehr, die Hunde tollten vor uns herum.

»Ich bin immer noch nicht sicher, was ich mit Nimues Warnung vor Spionen anfangen soll«, fuhr Artus fort. »Sie und Merlin haben den ganzen Morgen versucht, genauer zu bestimmen, was sie gehört hat, aber bis jetzt ist es noch immer unklar.«

Ich erschrak unwillkürlich, denn ich war nicht auf den Gedanken gekommen, Nimue könnte beim Zauberer sein. Sollte ich Artus davor warnen, was die Göttin mit Merlin vorhatte? Aber ich beschloß zu schweigen. Die Göttin hatte mich bereits einmal gewarnt, mich einzumischen.

»Ich denke«, sagte Artus, als die Zelte der Gefährten in Sicht kamen, »daß wir uns auf einen Kampf vorbereiten müssen, ohne daß es jemand merkt – wenn das möglich ist.« Er blieb stehen und beobachtete die Reiter, die auf dem Exerzierplatz übten, dann lachte er kurz und deutete auf Griflet, der mit halsbrecherischer Geschwindigkeit auf und ab jagte. »Er scheint ebenfalls Lust zum Kämpfen zu haben. Ich wette, daß es im Augenblick nicht mehr als guter Wille ist, aber vielleicht kommt der Tag, an dem er sich als wertvoller Krieger erweist.«

Artus kniete nieder, um die Hunde wieder anzuleinen, und ließ mich ebenfalls niederknien. Wir kauerten im Windschatten der Mauer, wo uns niemand sehen oder hören konnte.

»Ganz gleich, was für ein Verrat uns droht, du solltest besser geschützt sein«, sagte er leise. »Teilte ich dir mit einemmal eine formelle Leibwache zu, könnte das Verdacht erregen, aber ich könnte Griflet zu dir schicken, der ist jung genug, um als Knappe durchzugehen, der zu deiner Verfügung steht, doch ich glaube, er würde wie ein Löwe kämpfen, wenn du jemals in Gefahr wärst. Natürlich weiß er nicht, wie die Dinge stehen; ich habe nur Bedivere eingeweiht. Aber von jetzt an will ich, daß du Griflet mitnimmst, wo du auch hingehst, und er soll auch bei dir im Haus schlafen.«

»Hör mal«, knurrte ich. »Mit der Priesterin und Griflet ist mein Haushalt doppelt so groß geworden, und dazu kommen noch die Hunde. Ich möchte nicht wissen, wen ich nächste Woche aufnehmen muß!«

Einen Augenblick schien Artus unsicher, ob ich scherzte oder nicht, doch dann grinste er und stand auf.

»Nächste Woche um diese Zeit werden wir, wenn alles gutgeht, alle unter einem Dach hausen, und dann wird es Kays Aufgabe sein, für Quartiere zu sorgen.«

Und dabei blieb es. Artus machte sich auf, um mit Griflet über seine neue Aufgabe zu sprechen.

Ich hatte den Wind jetzt im Rücken, launisch und unzuverlässig, voller rauher Püffe und jäher Schläge. Die Hunde zerrten an den Leinen, zerrten mich mit, und ich schien in eine Zukunft gewirbelt zu werden, die mit Krieg und Verlust drohte, aber auch die Festlichkeiten der Hochzeit beschwor. Die Zukunft war erschreckend und erregend zugleich und deutete auf eine Moira hin, die nicht einmal die Dame selbst hätte erfinden können.

40.

MORGAN LE FAY

Im Lauf des Nachmittags frischte der Wind auf, kam jetzt mit starken Böen, die um die Ecken fegten und an den Flaggen und Wimpeln der Stadt zerrten. Griflet, der seine spärliche Habe in mein Haus geschafft hatte, begleitete mich und die Hunde auf einem Besuch bei Igraine, und wir kämpften uns gegen den scharfen Wind vorwärts wie Fische, die einen aufgewühlten Fluß hinaufschwimmen.

Der Platz war voller Leute, die meisten scharten sich in der entfernten Ecke um zwei Schmiede. Das Feuer in der Esse flammte rotgolden auf, wenn der launische Wind hineinfuhr, und als die Klingen geschärft wurden, kam und ging ein wimmerndes Geräusch wie ein nächtliches Klagelied.

»Eines der Geschenke des Königs an sein Volk«, erklärte Griflet. »Er hat hier und auf der Ebene Schmieden errichten lassen, und jeder, der es wünscht, kann Sichel, Messer oder Pflugschar auf des Königs Kosten instand setzen und schärfen lassen. Teil der Hochzeitsfeiern, wißt Ihr.«

Griflets Erklärung war so sinnvoll, daß ich ihn scharf anblickte, doch nichts deutete darauf hin, daß er heuchelte. Gewiß hatte

Artus ursprünglich diese Absicht gehabt, aber es überraschte mich, daß Griflet nicht darauf kam, daß es sich um Vorbereitungen zum Krieg handeln könnte. Zweifellos würde man sich neben den Haushaltsgegenständen, die die Leute brachten, auch um Schwert und Speer und Schild kümmern. Daß man das alles unter dem Vorwand der Großzügigkeit des Königs und ohne Verdacht zu wecken tun konnte, war ein beinahe genialer Einfall. Wer sich das wohl ausgedacht hatte?

Der Wind hatte uns zugesetzt, und wir waren atemlos, als Ettard die Tür öffnete, und ich muß ziemlich zerzaust ausgesehen haben, als wir auf die Königinmutter warteten. Die Hunde lagen zu unseren Füßen und erhoben sich verstohlen, als wir die Gastgeberin begrüßten. Ich stellte Griflet vor, und Igraine lächelte nachsichtig.

»Meine Liebe«, sagte sie. »Ich kenne diesen Jungen seit seiner Geburt. Vergiß nicht, daß sein Vater zum königlichen Haushalt gehörte, schon bevor wir heirateten.«

In ihrem Tonfall lag etwas, das mir zu Herzen ging, denn sie sprach so, als sei Uther nicht tot, sondern schliefe bloß irgendwo, wie der alte Gottkönig, während wir anderen bis zu seiner Rückkehr seinen Hof in treuer Verwahrung hatten. Vielleicht ist das immer so, wenn jemand einen anderen so sehr geliebt hat; mit dem Tod dieser Person bleibt die Zeit stehen, und künftige Generationen sind nur Schatten dessen, woran man sich erinnert. Gewiß war das für meinen Vater nach Mamas Tod genauso gewesen.

»Ich bitte um Verzeihung, meine Dame«, sagte ich, und sie lächelte sanft.

»Wie sollst du dich denn an etwas erinnern, von dem du bloß gehört hast?« sagte sie, nahm neben der Kohlenpfanne Platz und zog eine Decke über den Schoß. Der Wind rüttelte an den Läden, und jedesmal gab es im Raum einen Luftzug.

»Erzähle mir doch, wie ihr zu diesen irischen Hunden gekommen seid«, forderte sie mich auf.

»Ihr kennt diese Hunde, meine Dame?« fragte ich, während Griflet die Hunde zu ihrem Stuhl führte. Caesar war überaus zutraulich, doch Cabal nicht mehr als höflich. Es war klar, daß nur Artus für ihn zählte.

»Natürlich kenne ich diese Wolfshunde, Kind, obgleich das lange zurückliegt. Viele Iren siedelten in Cornwall, und Gorlois mochte diese Hunde sehr und hielt ein paar im Zwinger.«

Es war das erste Mal, daß ich von irischen Siedlern in Cornwall hörte, und ich stellte mir die Frage, wie sie in die augenblickliche Lage hineinpaßten. War es möglich, daß auch sie eine Bedrohung darstellten?

Ich wünschte, ich hätte der Königinmutter von Nimues Warnung erzählen können. Es wäre ein Trost gewesen, eine so erfahrene Person ins Vertrauen zu ziehen, und ich war sicher, daß sie besser wissen würde als ich, wie man mit Doppelzüngigkeit und Verrat fertig wurde. Aber ich nahm Artus' Warnung ernst, kein Wort über die Sache zu verlieren, und schwieg.

Wir sprachen über die Welpen, und als ich Igraine ihre Namen nannte und wie sie dazu gekommen waren, mußte sie so lachen, daß ihr die Tränen kamen. »Ich wußte, daß er recht daran tat, eine Kumbrierin zu heiraten«, sagte sie und trocknete sich die Augen.

Plötzlich überraschte uns ein wütendes Geklapper, gefolgt von einem so heftigen Klopfen, daß ich dachte, die Elemente selbst verlangten Einlaß. Ettard hatte kaum geöffnet, als ein Dutzend bewaffnete Männer hereinstürzten. Sie trugen ein Zeichen, das ich nicht kannte, stellten sich mit den Rücken zur Wand auf und nahmen Haltung an.

Griflet sprang auf, zog den Dolch, und die Hunde sträubten die Rückenhaare und knurrten.

Ein dunkelhäutiger Mann, kaum größer als ein Kind, trat ins Gemach. Kopf und Arme waren von normaler Größe, doch seine krummen Beine waren verkümmert, eine Schulter war hochgezogen und krumm. Mir stockte der Atem, denn ich hielt ihn für den Zwergengott Bilis persönlich. Er blickte sich prüfend im Raum um und wandte sich an die Königinmutter.

»Eure Hoheit, die Dame vom See ist gekommen und möchte Euch ihre Aufwartung machen.«

Ich warf Igraine einen schnellen Blick zu in der Hoffnung, sie werde mich entlassen, damit Mutter und Tochter sich allein sprechen konnten. Aber die Königinmutter legte ihre Hand fest auf mein Handgelenk und drückte mich auf den Stuhl, als sie sagte: »Sage Morgan, es ist uns eine Freude, sie zu empfangen.«

Igraines Finger umschlossen beruhigend meine Hand. Alles, was ich hörte, war das Klopfen meines Herzens, als Morgan le Fay eintrat.

Die Priesterin war kleiner, als ich sie in Erinnerung hatte, aber ihr dunkles, spitz zulaufendes Gesicht und ihre tierhafte Lebhaftigkeit waren unverändert. Sie betrachtete uns ungerührt und mit unergründlicher Miene. Ich wäre aus reiner Panik aufgesprungen, hätte nicht Igraine meine Hand festgehalten; schließlich trat die Priesterin vor und knickste vor der Königinmutter.

»Hoheit«, sagte sie förmlich mit glatter, höflicher Stimme, »ich hoffe, Ihr befindet Euch bei guter Gesundheit.«

»Ja, Kind, den Umständen entsprechend«, erwiderte die Königinmutter, »wenn man bedenkt, daß du hier wie ein plünderndes Heer hereingestürmt bist. Bei mir hast du solche dramatischen Auftritte nicht nötig, weißt du.« Mit herrscherlicher Würde wandte sie sich an mich. »Ginevra, ich darf dir meine Tochter Morgan vorstellen, Gemahlin König Uriens und Hohepriesterin der Göttin.«

Igraine blickte ihre Tochter streng an, und Morgan blieb nichts anderes übrig, als auch vor mir zu knicksen. Die Priesterin murmelte eine Höflichkeitsfloskel, und ich rang mir ein schwaches Lächeln ab und war dankbar, daß Igraine weitersprach.

»Ich wollte gerade Tee bestellen, Morgan. Für dich ebenfalls?«

Morgan nickte und entließ mit einer Handbewegung ihren Zwergenhauptmann und ihre Eskorte. Griflet, den dieser Auftritt ebenso entnervt hatte wie mich, verkündete, er werde seinen Tee in der Küche einnehmen, wo er auch gleich die Hunde füttern könne, und als der Tee kam, zog sich Ettard auf die andere Seite des Raumes zurück, und ich sah mich den beiden Königinnen allein gegenüber.

»Ich glaube, für meine Mutter stellen eine Tasse Tee und ein Plauderstündchen die Lösung aller Probleme der Welt dar«, sagte sie liebenswürdig, setzte sich so, daß sie uns beide vor sich hatte, und legte Wert darauf, mich in die Unterhaltung einzubeziehen. »Als ich Kind war, bestand Mutter immer darauf, daß wir die Teezeit einhielten, ganz gleich, was geschehen mochte.«

Igraine nickte, vermied es jedoch, sich auf den Austausch von Erinnerungen einzulassen. »Nachmittags Tee zu trinken ist eine sehr kultivierte Angewohnheit«, sagte sie. »Sie schließt den Arbeitstag angenehm ab, bietet die Gelegenheit, die Familie zu versammeln, bevor die abendlichen Tätigkeiten beginnen, und ist ein durch und durch zuträglicher Brauch. Du könnest erwägen, ihn wieder bei Hof einzuführen, Gwen.«

»Ich bin sicher, die neue Königin wird eigene Vorstellungen davon haben, was am Hof zu tun ist«, erklärte Morgan, und ihre seidenweiche Stimme unterstrich die Herausforderung hinter ihren Worten.

Mir fiel dazu nichts ein, und ich war erleichtert, als sie zu plaudern fortfuhr. Sie sprach über ihre Reise und die Notwendigkeit einer bewaffneten Eskorte, weil die Straßen heutzutage voller Gesindel seien. Ich beobachtete sie genau, entdeckte aber keine Spur einer Gefühlsregung, nicht einmal, als sie von ihrer Freude sprach, wieder im Süden zu sein.

»Ich verließ den Süden als Kind«, sagte sie, ohne ihre Mutter anzublicken, »und da ich im Norden ausgebildet und dann mit einem König des Nordens vermählt wurde, komme ich nicht oft heim. Nicht, daß mir die Gegend mißfiele«, fügte sie mit einem Nicken in meine Richtung hinzu. »Das Seengebiet ist einer der schönsten und unverdorbensten Teile Albions, wenn man Hafergrütze und Hammelfleisch mag, aber ich vermisse das wärmere Klima und all die Blumen von Cornwall.«

Sie verzehrte den Rest ihres Brötchens und wandte sich direkt an mich. »Wie ich höre, war Cathbad einst Euer Lehrer?«

»Ja.« Ich kam mir wie eine Närrin vor, und es verschlug mir fast die Sprache. Morgans Ton war viel freundlicher geworden, und ich sagte mir, es sei lächerlich, vor ihr Angst zu haben. Immerhin war auch Igraine anfangs distanziert und unnahbar gewesen, und sie hatte sich nicht als meine Feindin erwiesen. Vielleicht wollte sich die Dame einfach Gewißheit über meine Beweggründe und Meinungen verschaffen. »Ich wurde so gut wie jeder andere nach den alten Bräuchen erzogen«, sagte ich vorsichtig.

»Ihr seid also mit den Hochzeitsriten vertraut?«

»Oh ja«, versicherte ich. »Ich habe bereits den Segen empfangen …«

Unter Morgans eiskaltem Blick blieben mir die Worte im Hals stecken. Sie warf den Kopf zurück und machte eine schroffe Bemerkung über Laien, die sich mit heiligen Ritualen befaßten.

»Wo genau hat der Segen stattgefunden, meine Dame?« fragte sie und hatte sich sofort wieder in der Gewalt. Trotzdem war immer noch Wut in ihren Augen.

»Im Tempel nahe Avebury. Man sagte mir, die Priesterin sei eine Eurer Schülerinnen, also dachte ich …«

»Da habt Ihr leider sehr falsch gedacht. Es handelt sich um Riten, die der Göttin selbst geweiht sind, und sie sollten durch keine andere vollzogen werden als durch die von ihr ernannte Dame. Wie heißt diese sogenannte Priesterin?«

»Nimue«, erwiderte ich voller Furcht, daß ich meine neue Freundin Morgans Zorn aussetzte, hoffte jedoch, alles sei in Ordnung. wenn die Dame erfuhr, wer den Segen vollzogen hatte. »Sie ist eine Eurer Schülerinnen, nicht wahr?«

Morgan riß die Augen auf, als sie den Namen hörte, dann zuckte sie kühl die Achseln.

»Sie war eine Zeitlang meine Helferin. Aber sie konnte sich nicht einfügen, und am Ende mußte ich sie auffordern zu gehen.«

»Tut mir leid, das zu hören«, murmelte ich.

»Mir auch.« Morgan seufzte wie eine vielgeplagte Mutter. »Sie gab zu großen Hoffnungen Anlaß, aber sie befaßte sich mit zu vielen … Dingen. Und jetzt ist es höchst bedauerlich, daß sie Eure Vorbereitung entweiht hat.«

»Sie ist gewiß nicht entweiht, meine Dame«, sagte ich rasch und versuchte sie zu besänftigen. »Ich … über die Riten selbst kann ich nichts sagen, aber die Göttin war anwesend, dessen bin ich sicher. Es kann doch keinen so großen Unterschied machen, wer die Göttin herbeiruft, oder?«

Ich hatte die Situation völlig falsch eingeschätzt, und die Priesterin blickte mich verächtlich an.

»Seid Ihr ein so beschränktes Mädchen, nicht zu begreifen, daß ich, die Dame vom See, die einzige bin, durch die die Göttin spricht? Solche Unwissenheit hätte ich von einem schwerfälligen römischen Mädchen, aber nicht von einem Kind der Kumbrier erwartet! Ihr wollt nach den alten Bräuchen erzogen worden sein? Nach allem, was Ihr vom Leben versteht, hättet Ihr genausogut in einem Kloster aufgewachsen sein können.«

Morgan war inzwischen aufgestanden und durchmaß den Raum von einem Ende zum anderen mit dem sicheren Schritt, den ich von Artus kannte. Eine Hand nestelte nervös an der schwarzen Locke, die über einem Ohr hing, und sie bildete einen solchen Gegensatz zur reinen Gelassenheit ihrer Mutter, daß man ihren Beinamen »le Fay« durchaus als Hinweis auf das störrische Kind verstehen konnte, das sie gewesen war. Ich erinnerte mich an unsere erste Begegnung und erwartete fast, daß sie in einem Anfall von Wut verschwinden würde, mit oder ohne die Magie eines Druidennebels.

Während unserer ganzen Unterhaltung hatte Igraine schweigend dagesessen, und jetzt nahm sie einen Schluck Tee und beobachtete, wie ihre Tochter eine Spur durch die Binsen auf dem Boden zog.

»Gütiger Himmel, Morgan«, sagte die Königinmutter und setzte ihren Becher ab. »Als ich Gorlois heiratete, hat man kein großes Aufhebens davon gemacht, welche Priesterin den Segen durchführte. Ich verstehe nicht, warum das jetzt eine so große Rolle spielen soll.«

»Aber Gorlois war nur ein Herzog und kein Hochkönig«, brauste Morgan auf, »und außerdem fing man damals gerade erst an, die alten Bräuche nicht mehr zu verbergen, und es wurden zweifellos hier und da Ausnahmen gemacht. Jetzt aber sind die alten Riten wieder eingeführt und müssen von jedem befolgt werden, der die Gunst der Göttin begehrt.«

»Nun, wie auch immer, was geschehen ist, ist geschehen, und wir sollten die restlichen Zeremonien wie geplant durchführen«, schlug Igraine vernünftigerweise vor.

»Bei allem schuldigen Respekt«, sagte ihre Tochter schroff, »Ihr seid jetzt eine Christin, meine Dame, und habt kein Recht, das Urteil der Göttin in Frage zu stellen. Nein, ich muß das Mädchen reinigen und die Riten noch einmal durchführen, als sei inzwischen nichts geschehen.«

Sie wirbelte herum, näherte sich meinem Stuhl, sah mich mit ihren verschlagenen, wilden Augen an und sagte: »Das bedeutet, daß man Euch morgen bei Sonnenaufgang zum Heiligtum bringen wird und daß wir Euch im Lauf des Tages auf die angemessene Weise einführen werden. Meine Leute werden bei Tagesanbruch bei Euch sein.«

Ohne auf eine Antwort zu warten, drehte sie sich brüsk um und wollte gerade den Raum verlassen, als ihre Mutter ausrief: »Darf ich annehmen, daß du gehst, Kind?«

Morgan kehrte um, machte einen flüchtigen Knicks und erwiderte: »Mit Eurer Erlaubnis, meine Dame. Ich muß Vorbereitungen treffen.«

Die Königinmutter hob die Hand zu einer Bewegung, die ein Segen, aber auch ein Verscheuchen sein konnte, dann seufzte sie, als die Tür sich krachend hinter ihrer Tochter schloß.

»Ich habe sie seit fünf Jahren nicht gesehen, nicht seit Uthers Tod, und sie hat sich kein bißchen verändert.« Igraine schüttelte müde den Kopf. »Ich hatte gehofft, daß sie ein wenig weicher werden würde, als sie selber Mutter wurde, aber ich habe meinen Enkelsohn Uwain zuletzt gesehen, als er knapp acht Jahre alt war.«

Igraine reichte mir ihren Becher, und ich goß ihr den letzten Tee ein. Sie blickte nachdenklich zur Tür, durch die Morgan gerade gestürmt war.

»Uwain ist ein netter Junge und manierlich … schlägt seinem Vater nach«, bemerkte sie sarkastisch. »Urien brachte ihn mit zu Uthers Beerdigung, und damals dachte ich, daß er überhaupt nicht wie seine Mutter aussah und noch weniger wie sie handelte. Ich würde sagen, er wird ein Prinz werden, auf den man stolz sein kann.«

Sie wußte wohl kaum, daß er als möglicher Gatte für mich ins Spiel gebracht worden war, aber die Vorstellung, auf die eine oder andere Weise in die Familie dieser großen Königin hineinzuheiraten, rührte mich.

»Ich kenne ihn und seinen Vater dem Namen nach«, sagte ich, denn ich hielt es für das beste, nicht auf die lange Geschichte der Grenzkämpfe zwischen Rheged und Northumbria zu sprechen zu kommen.

»Du wirst sie morgen auf dem Fest des Adels treffen«, sagte Igraine. »Du wirst Gelegenheit haben, nicht nur die Vasallenkönige, sondern fast die ganze Familie unter einem Dach zu finden und obendrein noch einen Eindruck von ihrem guten Benehmen zu bekommen! Welch eine übermütige Sippe, und der eine so sehr vom anderen verschieden, wie man sich nur vorstellen kann«, fügte sie mit einem Unterton nachsichtiger Resignation hinzu.

»Werden sie alle da sein, man sagte mir, Morgause ...«

»Nein, meine Tochter von den Orkneys ist noch auf ihren Inseln, und das ist vermutlich das beste«, sagte die Königinmutter bedächtig und strich ihr Kleid glatt. »Morgause hat eine Art, wo sie geht und steht, Unruhe zu stiften. Gawain und Gaheris werden diesen Zweig der Familie vertreten; von ihren fünf Jungen sind sie die einzigen an Artus' Hof.«

»Fünf?« fragte ich verblüfft. Nicht um alles in der Welt konnte ich mich daran erinnern, daß Lot sich mit fünf Söhnen gebrüstet hatte. Welchen hatte ich vergessen?

»Gawain und Gaheris, Agrawain, Gareth und Mordred, der nach Lots Tod geboren wurde. Hast du nicht von ihm gehört?«

Ich verneinte, überrascht, daß die Nachricht von einem neuen Prinzen von Orkney nicht nach Rheged gedrungen war.

»Armer Junge, ich denke so oft an ihn, wie er ohne Vater auf diesen seltsamen, öden, so weit entfernten Inseln aufwachsen muß. Gawain sagt, im Aussehen und Verhalten schlägt er Morgan nach: unergründlich und hitzig und grüblerisch. Was sonst kann man von einem Kind erwarten, das am Todestag seines Vaters gezeugt wird? Ich bete für alle meine Nachkommen, aber am meisten für ihn. Es kann nicht leicht für ihn sein, dazu noch mit einer Mutter wie Morgause.«

Ich fragte mich, was sie damit meinte, und hätte vielleicht den Mut gefunden, zu fragen, aber Griflet und die Hunde kamen in diesem Augenblick aus der Küche, und ich wußte, daß es Zeit war, mich zu verabschieden.

»Nun gehe heim und schlafe dich richtig aus, meine Liebe«, sagte Igraine, mich anlächelnd, »damit du frisch und ausgeruht bist, wenn es Zeit ist, dem Adel vorgestellt zu werden. Das ist für dich gewiß ein großes Erlebnis, und ich möchte, daß du es aus vollem Herzen genießt.«

Aus einer plötzlichen Regung heraus beugte ich mich über ihre zerbrechliche Gestalt und legte mit einer leichten Umarmung meine Wange an die ihre.

»Vielen Dank, meine Dame«, flüsterte ich, und einen Augenblick ruhte ihre Hand leicht auf meinem Kopf.

»Alles Gute, Kind. Es ist schön, jemanden in dieser Familie zu wissen, der sich zu benehmen weiß.«

Ich schlief unruhig, denn flüchtige Bilder von Morgan zuckten durch meine Träume. Ich wurde wach, als Artus an mein Fenster klopfte. Ich ließ ihn durch die Küchentür herein, und nachdem er Griflet geweckt und als Wache an der Rückseite des Hauses postiert hatte, stiegen wir auf den Dachboden. Er hängte die Hornlaterne an einen Pflock und ließ sich in einen Haufen Kissen fallen.

Ich hielt vor Überraschung den Atem an, denn er war bleich vor Erschöpfung und sah aus, als hätte er tagelang nicht geschlafen.

»Gwen«, sagte er nüchtern und zog mich neben sich, »ein Gefolgsmann von Agricola, ein Mann namens Geraint, ist heute abend mit Nachrichten aus Wales angekommen. Er sagt, daß die Iren tatsächlich einen Aufstand unterstützen, weil sie glauben, daß wir viel zu sehr mit der Hochzeit beschäftigt sind, um es zu merken. Es sieht also so aus, als würden wir morgen in den Krieg ziehen.«

»Morgen?« Ich schnappte nach Luft. Das Laternenlicht trieb Schatten durch den Raum, und ich dachte an die Riten, die in Unordnung waren, die Hochzeit, die abgesagt werden mußte, an das Chaos einer ungesicherten Zukunft.

»Ja, morgen.« Er sah mich prüfend an. »Würdest du lieber … die Hochzeit verschieben? Es fällt schwer, darum zu bitten, aber noch schlimmer wäre es, von dir zu verlangen, dich anstelle einer Hochzeitsnacht mit einem Schlachtfeld abzufinden und mit der Möglichkeit eines toten Gatten, noch ehe dein Leben richtig angefangen hat. Oder ich könnte schwer verletzt heimkehren oder erblindet oder heillos verkrüppelt. Im Krieg gibt es keine Sicherheit, und ich will nicht, daß du dein Leben mit einem Ehemann verbringst, der nur der Schatten eines Mannes ist … das ist keine Zukunft für eine lebensfrohe junge Frau.«

Ich dachte an Mama, und fing an, ihm auseinanderzusetzen, daß Wunden oder Krüppelhaftigkeit an unserer Liebe nichts zu ändern brauchten, doch die Trostlosigkeit seiner Miene ließ mich verstummen. Die Worte hatte er sich unter großen Mühen abgerungen, und ich forschte in seinen Zügen nach ihrer wirklichen Bedeutung. Vielleicht war die ganze Idee mit der Heirat ihm zu einer Belastung geworden, von der er sich jetzt befreien mußte.

»Verschiebung? Ist es das, was du willst?« fragte ich.

Er schüttelte ernst den Kopf. »Nein, ich möchte dich heiraten und das Bett mit dir teilen, bevor ich aufbreche«, antwortete er, blickte auf unsere verschlungenen Hände und sagte mit leiser, rauher Stimme: »Ich würde gern wissen, daß die Zukunft bereits in deinem Leib ruht und du, wenn ich nicht zurückkehre, das Reich verwaltest und für mich den nächsten König aufziehst.«

Ich war sprachlos und von dieser Vorstellung überwältigt. Er schaute mich nicht direkt an, aber der Ernst in seiner Stimme verstärkte die Bedeutung seiner Worte.

»Und«, fuhr er scheu fort, »es würde mich noch mehr anspornen zu wissen, daß ich sowohl für Frau und Familie als auch für Thron und Untertanen kämpfe. Außerdem bist du im Fall meines Todes mit einem Heer, das dich schützt, als Königin hier sicherer denn als Verlobte eines besiegten Königs, die versucht, nach Rheged zu fliehen.«

»Nein, nein!« rief ich, entsetzt über die Möglichkeit, Artus könne fallen. Ich befreite meine Hände und legte sie auf seine Schläfen. »Du wirst nicht sterben. Ich lasse das nicht zu! Ich will deine Frau sein, die auf dich wartet.«

Er starrte mich voller Kummer und Hoffnung an.

Als ich erkannte, wie verwundbar er war, überwand ich meine eigene Angst, zog seinen Kopf herunter und küßte ihn leidenschaftlich.

»Ich werde deine Königin sein, deine Mitstreiterin, deine Gefährtin, deine Vertraute, und zusammen werden wir in den kommenden Jahren Britannien regieren; Nimue und die Göttin sagen es«, fügte ich mit Nachdruck hinzu. Er umarmte mich so heftig, als rettete ich sein Leben.

»Wann wirst du wissen, wie schlimm die Lage ist?« sagte ich endlich.

»Morgen früh vermutlich. Wir arbeiten heute nacht einen Plan aus, aber wenn er sich als unausführbar erweist, werden wir die Hochzeit wie geplant am Sonnabend abhalten und abwarten, welche neuen Nachrichten aus dem Norden kommen. Wir hätten dann mehr Zeit zur Vorbereitung, aber wir würden den Vorteil der Überraschung verlieren. In der Zwischenzeit müssen wir dafür sorgen, daß die Leute keinen Wind davon bekommen und nicht in Panik geraten.«

»Wann wirst du es den Leuten sagen?«

Er seufzte. »Erst, wenn wir beschlossen haben, was zu tun ist. Haben wir uns darauf festgelegt, Krieg zu führen, können wir die Krieger aufbieten, die wegen der Hochzeit hier sind, aber bis die Pläne unter Dach und Fach sind, muß die ganze Angelegenheit vollkommen geheimgehalten werden.«

Ich stand auf und reckte mich, um das Gefühl loszuwerden, daß ich in einen engen schwarzen Sack gestopft würde.

»Man sagte mir, du hättest Morgan heute nachmittag getroffen«, sagte er abwesend, und ich gab barsch zur Antwort: »Sie ist verstimmt, daß die Riten in Avebury vollzogen worden sind. Wie es scheint, will sie alles morgen noch einmal wiederholen.«

Verglichen mit Artus' Sorgen war das Verhalten der Dame kleinlich und lächerlich. Je mehr ich darüber nachdachte, desto weniger war ich geneigt, dabei mitzumachen.

»Das Ritual, das Morgan geplant hat … es wird den ganzen Tag dauern, nicht wahr?« fragte Artus und stand langsam auf.

»Wahrscheinlich. Als erstes will sie eine Art von Austreibung vornehmen.« Mir schauderte, wenn ich nur daran dachte. »Ich bin sicher, daß das überflüssig ist; die wichtige Zeremonie ist bereits vollzogen worden, also könnte ich auf diese verzichten, falls etwas Dringendes passiert«, schlug ich vor und folgte Artus über die Leiter. »Vielleicht ist diese ganze Austreibung unnötig.«

Wir blieben am Herd stehen, und er zog mich an sich.

»Nein … nein, ich möchte, daß du dabei mitmachst, als sei das ganz natürlich«, flüsterte Artus. »Du darfst durch dein Verhalten keinen Verdacht erregen, und ich muß wissen, wo ich dich schnell finden kann.«

Er legte seine Hand unter mein Kinn und hob es sanft. Ich war beunruhigt und hoffte, er würde etwas Zärtliches und Tröstliches sagen, doch statt dessen küßte er mich, gröber, als er ahnte.

»Schlafe ein bißchen«, flüsterte er, »und ich werde dich benachrichtigen, sobald klar ist, was wir tun müssen.«

Und dann war er verschwunden, und ich blickte in die Asche des kalten Herdes.

41.

Die Hochzeit

Unsichtbare Hände kratzten an meinem Rücken, zwickten durch das Gespinst des Traums mein Fleisch, und ich sah voll Entsetzen Morgans Gesicht, das sich auflöste und in eine fürchterliche, unwirkliche Fratze verwandelte. Ich versuchte, mich der Priesterin zu entwinden, aber sie lachte mit dem hohen, schrillen Jaulen einer Klinge auf einem Wetzstein … und dann fiel ich durch endlose Dunkelheiten.

Das Hämmern meines Pulses wurde zum Trommeln des Regens auf dem Dach, und ich wälzte mich in einem Bett, das sich in ein Durcheinander von Decken verwandelt hatte. Irgendwo hörte ich einen Hahn krähen, und das machte mich vollends wach. Diese Nacht schien nicht zum Schlafen geschaffen, und mit einem Seufzer stand ich auf. Wenigstens würde ich keine Alpträume mehr haben, bevor ich der Dame persönlich gegenübertreten mußte.

Ich schlüpfte so geräuschlos wie möglich in das weiße Gewand, aber Brigit erwachte und stand auf, um mir zu helfen, und leistete mir später bei einer stummen Nachtwache am Herd im Hauptgemach Gesellschaft. Wir wärmten uns an der kleinen Flamme, die sie entfachte, und die Innigkeit unserer Freundschaft trieb die Dämonen des Unheils wieder in ihre Winkel zurück.

Die Hunde sprangen auf, als es klopfte. Schläfrig nahm Griflet sie an die Leine, und Brigit öffnete die Tür, während ich nach Igraines großem, dunklem Umhang griff.

Eine weiße Gestalt trat durch den Eingang, und als sie die Kapuze zurückschlug, erkannte ich Cathbad.

»Regnet es noch?« fragte ich und trat näher, um meinen alten Lehrer zu begrüßen.

»Sieht aus, als wollte es aufklaren, Eure Hoheit«, antwortete er gezwungen. Sein Ton war so kühl, daß man glauben konnte, er teile die Abneigung der Dame gegen mich. »Ich bin berufen worden, die Stelle Eures Vaters einzunehmen, wenn Ihr keine Einwände habt.«

»Ich fühle mich geehrt«, sagte ich höflich, und nach einem kurzen Abschied von meinem Haushalt folgte ich ihm nach draußen.

Eine bewaffnete Eskorte stand still, und bestürzt blickte ich von einem zum anderen. Die Männer und Frauen in weißen Gewändern stellten keine Bedrohung dar, aber die Bedeutung der Wachen und Krieger war nur allzu klar. Vielleicht dachte die Dame, man müsse mich mit Gewalt zu ihr bringen.

Im Osten erhellte sich der Himmel, aber die Sterne waren von Wolken verdeckt, und das Licht der Fackeln, die in der feuchten Luft rauchten, wurde gespenstisch rot von Pflastersteinen und Pfützen zurückgeworfen. Riesige Schatten tanzten auf den Mauern, und als wir durch die Straßen schritten, gab das leise Grollen einer gedämpften Handtrommel unseren Schritten den Takt vor.

Als wir die Felder erreichten, begannen die Druiden zu singen, zuerst leise und wehmütig, dann lauter, während die Trommelschläge stärker wurden. Dieser Gang war ganz anders als der zum Tempel in Avebury, wo die Nachtigall uns begrüßt hatte und die Götter meinen Namen durch die Bäume geflüstert hatten; damit verglichen war diese Morgenmusik schwer und plump, wie ein rätselhaftes, kehliges Trauerlied.

Die Aussicht, einen ganzen Tag in den Händen der Dame zu verbringen, schüchterte mich immer mehr ein. Obgleich mich Nimue sanft durch die Einweihung geleitet hatte, war klar, daß die Hohepriesterin ganz anders verfahren würde, und mochte auch die Erhabenheit, wenn Morgan sie heraufbeschwor, eindrucksvoller sein, das Ergebnis war gewiß nicht halb so wunderbar. Hinzu kam noch, daß der unbekannte Ritus bedeutete, daß alles gelöscht wurde, was bereits vollzogen war. Ich konnte mir nicht vorstellen, was dabei vor sich gehen würde, und der dumpfe Trommelschlag verstärkte noch meine zunehmende Panik.

Sogar Cathbads Anwesenheit bot keinen Trost, denn ein rascher Blick auf sein halb verhülltes Gesicht überzeugte mich, daß ich von ihm keine Hilfe erwarten konnte. Und Flucht war unmöglich, denn angesichts so vieler Verfolger würde es kein Entrinnen geben, würde ich der Panik nachgeben und fliehen. Ich hatte auch keinesfalls das Verlangen, wie ein entflohener Sklave vor Morgans Füße geschleppt zu werden. Ob ich also wegrannte oder blieb, das Ergebnis war dasselbe, und bei diesem Gedanken war mir nicht wohl.

Die Dame erwartete uns am Waldrand, in ihren schwarzen Kapuzenmantel gehüllt, wie ein Nachtgespenst. Wir blieben vor ihr stehen, die Eskorte bildete in der Düsternis einen Kreis, während der Singsang langsam verstummte. Die Trommel jedoch schlug weiterhin unbarmherzig den Takt.

Ein zufriedenes Lächeln spielte um Morgans Mund, und als sie die Arme ausstreckte, sah ich das Armband schimmern, das sie getragen hatte, als sie am Schwarzen See den scheußlichen Kelch hob.

»Die Zeit ist gekommen, meine Schwester, da wir endlich zueinanderfinden«, sagte sie, und ihre Stimme säuselte triumphierend.

Hinter mir begannen unsichtbare Hände an Igraines Umhang zu zerren, als wollten sie mich allen Schutzes berauben, und der Alptraum kehrte wieder, während die Trommeln dröhnten, bis der Boden bebte.

»Haltet ein!«

Ein Reiter durchbrach den Kreis der Druiden, Hufschläge übertönten die Trommeln, und meine Wächter erstarrten. Das Pferd bäumte sich wiehernd vor Morgan auf, wie ein alter Gott, den ihr Zauberspruch entfesselt hatte.

»Wie könnt Ihr es wagen?« rief die Priesterin gebieterisch und trat zurück, um den Eindringling zu mustern. Ihre Augen schossen zornige Blitze auf den Unbekannten. »Wer seid Ihr, der Dame vom See Befehle zu erteilen?«

»Ich bin's, Artus Pendragon«, donnerte der Reiter.

Die Worte rissen mein Entsetzen entzwei, zerfetzten es wie mürben Stoff, und die Erleichterung ließ mich erschlaffen. Artus schwang sich aus dem Sattel und reichte mir ohne einen Blick die Zügel. Alle seine Kräfte konzentrierten sich auf die Priesterin.

»Meine Dame Ginevra und ich müssen heute morgen getraut werden, und ich bin gekommen, Euch um Euren Segen zu bitten. Wollt Ihr die Zeremonie jetzt vollziehen, hier, auf der Stelle?«

Morgan wich einen Schritt zurück, als werde sie körperlich angegriffen.

»Natürlich nicht!« Sie spie die Worte aus, ihre Stimme bebte vor Empörung über dieses Ansinnen. Sie richtete sich zu ihrer ganzen Größe auf und verkündete: »Zuerst muß sich die Braut den Vorbereitungen unterziehen.«

»Aber das ist bereits in Avebury geschehen«, gab Artus zurück, »und wir können nicht noch einen Tag warten.«

»Ich habe Grund anzunehmen, daß sie nicht in angemessener Weise durchgeführt wurden«, erwiderte Morgan kühl.

Es gab einen Augenblick des Schweigens, während Bruder und Schwester einander in einem unverhüllten Kräftemessen gegenüberstanden.

Schließlich wandte sich Artus brüsk um und reichte mir die Hand. »Dann werden wir uns vom Erzbischof trauen lassen«, sagte er bestimmt.

Mit einem Schwung hob er mich auf den Rücken des Hengstes, setzte einen Fuß in den Steigbügel und saß hinter mir auf.

»Was wollt Ihr tun?« Morgan konnte es nicht fassen, und ihre glatte Stimme wurde schrill und rauh. »Ich verbiete es!« schrie sie, die Fäuste geballt, die Augen vor Zorn glühend.

»Und ich als Hochkönig von Britannien sage, daß jetzt keine Zeit zum Streiten ist!« erwiderte Artus, riß sein Pferd herum und trieb es an.

Das Tier, für die Schlacht ausgebildet und voller Feuer, sprang vorwärts, die Männer der Dame wichen mit wehenden weißen Gewändern zurück, und binnen Sekunden hatten wir den Kreis hinter uns gelassen und eilten zur Stadt.

Ich duckte mich tief auf den Nacken des Pferdes, Artus legte einen Arm um meine Hüften, drängte sich eng an mich, so daß wir wie zwei Kletten am Pferd klebten. Der Rumpf des Hengstes hob und senkte sich unter uns, seine Hufe schleuderten Grasbüschel und feuchte Erde hoch. Ich schloß die Augen, und der Rhythmus des Galopps, die Wärme und Festigkeit von Artus' Griff ließen mich das Entsetzen vergessen.

Wie eine Wolke flog mein windgepeitschtes Haar um unsere Köpfe, und Artus mußte sein Gesicht darin vergraben, um sich verständlich zu machen.

»Das Ganze tut mir leid«, sagte er, doch als wir am Rand der Stadt ein langsameres Tempo anschlugen, drehte ich mich um, und sein fröhliches Lächeln verriet weder Zerknirschung noch Bedauern.

»Irgendwie werde ich es bei ihr wiedergutmachen«, versprach er. »Den Gesichtsverlust und all das. Aber in der letzten Nacht haben wir unsere Pläne zu einem guten Ende gebracht: Heute morgen sind drei Bootsladungen Krieger unterwegs zur Küste, und ich habe Theo für seine Mühe ein Königreich versprochen. Cador und Pellinore und alle anderen ziehen ihre Männer zusammen, und morgen abend werden wir uns in Marsch setzen. Uns bleibt nur noch übrig, einen Priester für die Zeremonie zu finden. Und Trauzeugen aufzutreiben«, sagte er lachend, als er mein verblüfftes Gesicht sah. »Wer muß denn unbedingt dabeisein?«

»Nun, Vinnie und Brigit und Nimue und Merlin und deine Mutter natürlich … und Agricola und Pelli, wenn sie es möglich machen können, und Bedivere … und wer sonst noch kommen kann, würde ich sagen.«

Ich brach in Lachen aus, als mir klar wurde, daß diese Staatsaffäre sich in eine Kreuzung aus Entführung und Maitanz verwandelte. Wellen von Erleichterung, Überraschung und Freude durchliefen mich.

»Wollen wir uns wirklich auf der Stelle trauen lassen?« fragte ich und lehnte mich an Artus, während er den Hengst durch die Straßen lenkte.

»Es sei denn, du hättest deine Meinung geändert«, flüsterte er mir durch das Haargewirr ins Ohr.

Wir gelangten auf den Marktplatz, der voller Menschen war, die im frühen Morgenlicht umherliefen. Bratspieße für die Feuer, die bereits vor Tagesanbruch entzündet worden waren, wurden vorbereitet. Gewaltige Mengen von Fleisch und Fisch, Wildbret und Geflügel waren bereits aufgespießt und warteten auf die Zubereitung.

»Was ist eine Hochzeit ohne eine Festessen?« grinste Artus. »Wir haben bloß alles um zwei Tage vorverlegt. Auf diese Weise wird jeder satt sein, wenn wir abends aufbrechen, und alles, was übrig ist, nehmen wir mit. Wir sind schneller, wenn wir nicht Nahrung auftreiben und sie zubereiten müssen, und wir werden keine Feuer brauchen, die unsere Position verraten würden. Wenn wir nachts marschieren, können wir am Severn sein, ehe sie bemerken, daß wir unterwegs sind. Dank der Göttin haben wir Neumond.«

Er war glücklich wie ein Kind mit einem Windrädchen an einem windigen Tag, und auch die Jungen, die angelaufen kamen und uns umringten, als wir vor der Kirche anhielten, lachten.

Behende schwang er sich aus dem Sattel, reichte einem der Jungen die Zügel. Der Junge nahm sie voll Stolz entgegen, hieß seine Kameraden schweigen und sprach besänftigend auf den Hengst ein, der vor Erregung immer noch tänzelte und zitterte.

Artus stand am Fuß der Kirchentreppe und blickte mit einem Selbstvertrauen und einer Heiterkeit zu mir auf, die unwiderstehlich waren. Ich erwiderte seinen Blick, erstaunt, daß die Anspannung der letzten Nacht spurlos verschwunden war. Es war nicht klar, ob er verjüngt aussah, weil er ein paar Stunden geschlafen hatte oder weil er jetzt endlich handeln konnte, doch ich nehme an, daß letzteres der Grund war.

»Hast du letzte Nacht überhaupt geschlafen?« fragte ich.

»Schlaf?« gab er zurück. »Das kommt später, wenn wir erst Mann und Frau sind.« Er hob mich vom Pferd und umarmte mich kurz.

Der Hilfsgeistliche trat in die Tür der kleinen Holzkirche und blickte uns wegen des Lärms finster an. Wir wären sicherlich fortgescheucht worden, hätte er es nicht so eilig gehabt, zum Altar zurückzukehren, wo der Erzbischof mit der Messe beginnen wollte.

»Sir … äh, Vater«, rief Artus, nahm zwei Stufen auf einmal und zog mich hinter sich her. »Wir müssen auf der Stelle den Erzbischof sprechen.«

»Weswegen?« fragte der Priester, der offensichtlich nicht wußte, wen er vor sich hatte.

»Eine Heirat. Unsere Heirat. Es ist dringend.«

»Ich vermute, ihr habt bereits unter der Hecke Hochzeit gefeiert, und erst jetzt sind euch die Folgen bewußt geworden«, sagte der heilige Mann unwirsch und blickte argwöhnisch auf meinen Umhang, der unter Umständen eine Vielzahl von Sünden verbarg.

Ich bemühte mich, ernst zu bleiben, während Artus ein breites Lächeln aufsetzte.

»Keine Spur, Vater, sagt dem Erzbischof lediglich, daß der König ihn zu sprechen wünscht … sofort!« fügte er hinzu und streckte die Hand mit dem Drachenring aus. Nachdem der Priester den Ring mit offenem Mund verblüfft angestarrt hatte, verbeugte er sich eilig und rannte in die Kirche.

Artus winkte einer bekannten Gestalt zu, die über das Pflaster auf uns zuschritt.

»Gut, Euch hier zu sehen, meine Dame«, bemerkte Bedivere. »Ich schließe daraus, daß die Priesterin keine Vernunft annehmen wollte.«

Er und Artus tauschten rasch Neuigkeiten über den Vorfall mit Morgan und den Proviant aus; dann lachte Artus fröhlich.

»Schicke einen Knappen zur Königinmutter und einen zu Gwens Haus und lasse auszurichten, daß sie sich beeilen sollen, wenn sie an der Trauung teilnehmen wollen. Und sorge dafür, daß auch Merlin und Nimue es erfahren. Ich denke, sie sind zusammen.«

Bedivere zog eine Augenbraue hoch. Ob er eine Ahnung hatte, was mit unserem Zauberer geschah?

»Ach«, sagte ich, als er sich zum Gehen wandte, »sagt Vinnie, sie soll den Schleier mitbringen und auch einen Kamm.«

»Und sage dem Schmied Bescheid«, fügte Artus hinzu. »Er muß wissen, daß auch er willkommen ist. Armer Mann, er hat Tag und Nacht in der Schmiede gestanden; es ist das mindeste, was wir tun können, ihn zur Zeremonie einzuladen.«

Bedivere eilte bereits die Stufen hinunter, winkte bestätigend und pfiff einer Kinderschar, die ihm eilig zur Halle folgte.

In der Mitte des Platzes blieb eine Frau stehen, die ein Tablett mit Broten trug; als sie das Pferd sah, ging sie vorsichtig um das Tier herum und blickte uns an. Sie kam mir entfernt bekannt vor, und ich versuchte mich zu erinnern, wo ich sie schon gesehen hatte.

»Ach herrje, wenn das nicht der König ist!« rief sie aus, als sie Artus erkannte, und sie versank in einen tiefen Knicks.

Dabei kippte ihr Tablett, und die Fladen und Brötchen purzelten zu Boden. Es dauerte einen Augenblick, bis sie das Unglück bemerkte, denn sie starrte Artus so hingebungsvoll an, wie Cabal bei der ersten Begegnung nur Augen für seinen künftigen Herrn gehabt hatte.

Als sie schließlich auf das Durcheinander von Laiben blickte, begann sie mit einem trübseligen Grinsen die Brote aufzulesen. In diesem Augenblick erkannte ich sie als die Frau, die bei Palomides' Vorführung der Steigbügel Brot verkauft hatte. Ihr struppiges Haar und ihre gute Laune hatten mich auch damals erstaunt, denn sie erweckte den Eindruck, daß sie der Lächerlichkeit des Lebens mit unerschütterlichem Humor begegnete und sich über jedes Unglück hinwegsetzte, das ihr zustoßen mochte.

Ich eilte die Stufen hinab und half ihr, die verstreuten Brote wieder einzusammeln. Sie nahm meine Hilfe ohne Ziererei an und ließ sich nur einmal auf ihrem Gesäß nieder, um eine lose Haarsträhne wieder in den Knoten zu stopfen.

»Ist er nicht großartig?« rief sie bewundernd und starrte meinen Bräutigam an.

Kaum hatte ich mich auf alle viere niedergelassen, als der Erzbischof neben Artus erschien, verärgert schnaufend, als er erst auf seinen König und dann auf mich blickte. Artus übernahm die Vorstellung, und ich neigte achtungsvoll den Kopf, denn ich war zu dem Schluß gelangt, daß wahre Würde ohne Frage darin bestand, der Frau zu helfen.

Die Brotverkäuferin stand wie angenagelt und blickte Artus mit offenem Mund an, während er sich mit dem heiligen Mann beriet, und als der Erzbischof zustimmend nickte, waren fast alle Brote wieder aufgesammelt.

Artus wandte sich mit einem Lächeln an die Frau und sagte: »Sage deiner Familie, den Nachbarn und allen, die du triffst, sie wären alle zur königlichen Hochzeit eingeladen«, und vermied es, mich dabei anzuschauen, die ich mir gerade die Hände abstaubte. »Die ganze Stadt ist eingeladen, wenn die Leute rechtzeitig herkommen können.«

Die Blicke der Frau liefen zwischen ihm und mir hin und her, und in ihrem Gesicht spiegelten sich Verblüffung, Unglauben und schiere Freude, als sie die Situation begriff. Mit einem Jubelschrei warf sie ihr Tablett in die Luft und rannte den Weg zurück, den sie gekommen war. Ich sah die Laibe ein zweites Mal über das Pflaster kollern und blickte Artus an, der grinste, die Achseln zuckte und mir die Hand reichte.

Und so kam es, daß wir an diesem feuchten Aprilmorgen vor einer verblüfften, schläfrigen Gemeinde getraut wurden von einem Erzbischof, der beklagte, daß es nicht zu dem glanzvollen Ereignis gekommen war, das er so sorgfältig geplant hatte, der aber nicht denselben Fehler wie die Dame vom See machen wollte.

Vinnie und Brigit waren kurz vor Beginn des Gottesdienstes eingetroffen, und da der Schleier noch nicht ausgepackt war, nahm Brigit einen Kranz trockener Blumen vom Altar und setzte ihn mir auf.

Meßdiener brachten weitere Kerzen, so daß die kleine Kirche sich mit Licht und Wärme füllte, als die Leute aus der Stadt durch die Tür strömten. Ein kleiner Chor begann zittrig zu singen, doch als weitere Sänger dazukamen, fügten sich die Stimmen harmonisch zusammen und erklangen voll und anmutig.

Als der Erzbischof fragte, wer die Braut aufbieten werde, trat Merlin vor und geleitete mich zum Altar. Nach Pellinore und Cathbad nun der Zauberer – ich muß die am häufigsten aufgebotene Frau des Landes gewesen sein, nur mein Vater hatte es nie getan.

Ich stand in einer Wolke von Weihrauch, meine Augen wurden feucht und die Nase juckte. Ich wünschte, mein Vater wäre dabei gewesen. Zwar war ich nicht sicher, daß er an mich dachte, doch Kaethis krummes Lächeln sah ich so deutlich, als wäre sie bei mir und nicht Hunderte von Meilen entfernt.

Irgendwann hörte ich Vinnie schniefen, und ein anderes Mal

erblickte ich Nimue, und ihre großen, dunklen Augen sagten mir, daß sie Göttin anwesend war. Als die Zeremonie halb vorüber war, kam Pellinore durch die Seitentür, seinen Gürtel festschnallend, und stolperte um ein Haar über Griflet und die Hunde, die im Schatten standen.

Es gab einen Augenblick der Verwirrung, als der Erzbischof nach dem Ring fragte. Er wandte sich an Bedivere, der sich erschrocken, dann niedergeschlagen umsah und schließlich den Kopf schüttelte. Artus ließ meine Hand los, zog den Drachenring behutsam vom Finger und reichte ihn dem Priester. Irgend jemand, vielleicht Igraine, keuchte, doch der Ring war geweiht, und Artus streifte ihn über meinen Daumen und umschloß mit den Fingern meine Hand.

Ich blickte entsetzt zu ihm auf und sah in seinem Gesicht ein Licht des Triumphs, der Zufriedenheit und vielleicht der Liebe aufleuchten. Der Erzbischof erklärte uns zu Mann und Frau, Artus umarmte mich, und beseligt versanken wir in einen langen Kuß.

Mochte es nun ein öffentliches Ereignis sein oder nicht, hastig, verwirrt und voller Aufregung, wir hatten gleichwohl vor dem Volk des Landes unser Gelübde abgelegt und waren jetzt rechtmäßig für immer vermählt, Artus und Ginevra, Hochkönig und Königin von Britannien.

Als wir uns der Gemeinde zuwandten, verschmolzen die Musik, die Kerzen und die Gesichter zu einem bunten Flirren. Ich sah das sächsische Mädchen ernst und ehrerbietig lächelnd neben Griflet stehen; ein Mann, riesig wie ein Berg, mit den Armen und Schultern eines Grobschmieds, musterte mich von oben bis unten, dann zwinkerte er Artus zu; die Brotverkäuferin und ihre Sippe standen an der Seite und genossen die Gelegenheit, sich als Teil der Geschichte zu fühlen, während der Schuster mit den geschürzten Lippen uns anlächelte und dabei sein Pferdegebiß entblößte und nicht einmal einen Blick auf unser Schuhwerk warf.

Leute, die ich selten traf, an denen ich sonst eilig vorüberging oder mit denen ich ein paar Worte wechselte, vermischten sich mit den Menschen, denen bereits meine Liebe galt: Vinnie, die sich die Augen trocknete; Bedivere, der wie gewöhnlich still im Hintergrund stand, Igraine, vornehm und anmutig lächelnd – und natürlich Brigit, die das Kreuz schlug und mich dann mit dem wissenden, ermutigenden Lächeln bedachte, das mir aus manch einer Klemme geholfen hatte. Meine Augen füllten sich mit Tränen, und ich hätte sie am liebsten alle umarmt, sogar Merlin.

Wir schritten durch den Mittelgang, und Freunde und Fremde schlossen sich uns an, und die Hunde bellten aufgeregt, als Griflet mit uns Schritt zu halten versuchte.

Scharen von Menschen strömten auf den Marktplatz, alle rannten zur Kirche, als wir herauskamen, und für einen Augenblick ging alles drunter und drüber.

Die Leute von draußen rannten zu den Stufen, während die anderen versuchten, die Kirche zu verlassen, und wir waren mittendrin, eine Insel der Ruhe im wogenden Meer der Begeisterung.

»Zur Halle können wir nicht zurück«, flüsterte Artus nach einem Blick auf die Menschenmenge. »Sie ist jetzt militärisches Hauptquartier, und man kann dort nicht allein sein.«

»Mein Haus?« fragte ich, obgleich ich nicht wußte, wie wir hinkommen sollten.

Zu unseren Füßen gab es Bewegung, und Gawain drängte sich durch die Menge nach vorn, das rötliche Gesicht von Schweiß bedeckt, und drückte mir einen struppigen Strauß Feldblumen in die Hand.

»Zum Gelübde habe ich es nicht geschafft, aber ich möchte Euch diese Blumen schenken«, sagte er atemlos und hielt mir den Strauß hin wie ein Kleinod aus der königlichen Schatzkammer. Jemand hatte die Blumen mitsamt den Wurzeln ausgerissen, aber in diesem Augenblick waren sie für mich das schönste Geschenk, und ich nahm sie feierlich entgegen und vergrub mein Gesicht darin.

Die Menge begann zu jubeln, und Artus legte einen Arm um meine Schulter und winkte mit dem anderen den Leuten überschwenglich zu. Plötzlich hob er mich hoch und trug mich die Stufen hinunter.

Die verblüfften Leute machten uns Platz und begleiteten uns mit ihren Hochrufen den ganzen Weg, bis wir sicher in meinem Haus angelangt waren, die Tür sich hinter uns schloß und die Menge draußen sang und lachte.

Er setzte mich ab, und wir blickten einander schweigend an.

»Nun«, sagte er verlegen und überprüfte noch einmal die verschlossene Tür. »Ich fürchte, es war ein bißchen unkonventionell.«

»Ein bißchen«, stimmte ich zu, und unsere Befangenheit wuchs.

»Und in künftigen Jahren werden sie bestimmt behaupten, die Trauung sei viel großartiger und förmlicher gewesen. Du weißt, daß die Barden leicht übertreiben.«

Ich nickte und blickte auf die Feldblumen, die ich noch in der Hand hielt. Eines Tages würde es zweifellos heißen, ich sei mit Edelsteinen geschmückt gewesen und hochberühmte Könige hätten uns in einer prächtigen Kathedrale die Ehre gegeben. Aber ich wußte es besser. Ich kannte die Wahrheit und fand sie viel aufregender.

Ich wünschte, Artus würde etwas Liebevolles, Zärtliches sagen, aber er sah mich mit starrem, durchdringendem Blick an, und ich wandte mich verlegen ab.

»Möchtest du etwas Tee?« fragte ich, denn etwas anderes fiel mir nicht ein.

Da lachte er, und sein Blick verriet den anderen Artus: fröhlich und schelmisch und unverkrampft.

»Du klingst wie die Königinmutter«, scherzte er, ergriff meine Hand und stieg zum Dachboden hinauf. »Wir können später Tee trinken, wenn wir Zeit haben.«

Wir türmten Kissen auf, warfen die Pelzgewänder darüber, und er verwickelte mich in eine lachende Balgerei. Ich hatte kaum Zeit, mein Kleid über den Kopf zu ziehen, als er schon bereit war – stark und hart und beharrlich, und seine Erfahrung und sein Begehren machten wett, was mir an Wissen fehlte. Mit einer schnellen Bewegung drehte er mich auf den Rücken, preßte seine Schenkel begierig zwischen die meinen, und seine Männlichkeit suchte und fand ihr Ziel.

Verwirrt und überrascht versuchte ich dem Rhythmus unserer Vereinigung zu folgen, wartete darauf, daß sich das Verlangen regen würde, das ich während der letzten Wochen nach ihm verspürt hatte. Aber mir blieb keine Zeit, das Begehren wachsen zu lassen, mich der Nähe unserer Körper voller Vertrauen hinzugeben. Artus erreichte den Höhepunkt seiner Leidenschaft mit einem tiefen, anhaltenden Stöhnen und senkte langsam seine Stirn auf meine Schulter.

Verwirrt lag ich still unter ihm, diesem Fremden an meinem Leib, und vermißte die Küsse und Zärtlichkeiten, nach denen ich mich so gesehnt hatte. Er zumindest schien zufrieden, und ich fuhr mit der Hand sanft über seinen Rücken, als er wieder zu Atem gekommen war.

Schließlich hob er den Kopf, und ich forschte in seinem Gesicht nach irgendeiner Spur von Zärtlichkeit, wie ich sie entdeckt hatte, wenn er mit den Hunden sprach.

»Danach habe ich mich seit dem Augenblick gesehnt, als mir klar wurde, daß du mich in diesem Wettrennen besiegen wolltest«, sagte er langsam und schnippte ein Blütenblatt aus meinem Haar. »Du bist eine bemerkenswerte Frau, Gwen, und du sollst wissen, wie glücklich ich bin, daß du meine Frau bist und nicht die eines anderen. Überdies bist du aus dem Stoff, aus dem man Königinnen macht«, bemerkte er leichthin, »und ich glaube, es ist besser, den Drachenring zurückzunehmen, bevor du zu dem Schluß kommst, daß du die Arbeit selber machen kannst.«

Sein Scherzen ließ mich das Fehlen von Liebkosungen und Zärtlichkeiten leichter ertragen. Ich öffnete die Faust, die das Symbol britannischer Macht umschlossen hatte, nahm seine Hand und schob den Ring wieder an seinen rechtmäßigen Platz.

Wir lösten uns voneinander und streckten uns still und müde nebeneinander aus. Als er einschlummerte, murmelte er: »Bedivere wird gegen Mittag kommen …«

Ich lag lange neben ihm und fragte mich, ob alle Hochzeiten so endeten. Sollten sich nicht zwei Seelen berühren, oder würde es bei ihm immer dieses neckische, gutmütige Spiel bleiben? Vielleicht ist das wirklich alles, dachte ich; aber die Erinnerung an Nimues Augen, als sie Merlin angeschaut hatten, sagten mir, daß es viel, viel mehr sein konnte.

Artus lag in tiefem Schlaf, und nach einer Weile stand ich leise auf und ging auf Zehenspitzen in das Hauptgemach. Von der Straße hörte ich Gesang, denn eine kleine Gruppe hatte sich vor unserer Tür postiert und gab ein Konzert zur Erholung von König und Königin. Sie stimmten ein kumbrisches Wiegenlied an, und meine

Augen wurden feucht, als ich mich, gerührt von dieser Treue, vom Fenster abwandte.

Die Kohlen auf dem Rost waren noch warm, ich fachte das Feuer wieder an und rollte mich davor auf dem Stuhl zusammen, sterbensmüde, aber zu nervös, um zu schlafen.

Bilder aus der Vergangenheit wirbelten im Kopf, immer neue setzten sich zusammen wie in einem Mosaik: Igraine, die stumm die Lilien aus der Abtei von Amesbury betrachtete, ehe sie sie mir reichte; Nimue, die den Efeukranz segnete, bevor sie ihn mir aufsetzte; Gawain, der mir stolz seinen Wildblumenstrauß überreichte; Artus' Miene, als er mir das Blütenblatt aus dem Haar strich.

Doch trotz aller Blüten von Frühling und Hoffnung umschlichen dunkle Schatten den Horizont dieses Tages: Über die Irische See kam der Krieg, brachte Tod und Vernichtung und schreckliches Leid. Diese Gewißheit lauerte hinter der Feuerglut und gab der Freude des Tages einen Rahmen von Bitterkeit.

Ich stieg wieder zum Dachboden hinauf, stand vor Artus und hatte den Wunsch, mich zu vergewissern, daß alles wirklich geschehen war. Er lag da, ein Arm sorglos auf einem Kissen, und sah eher einem Kind ähnlich als einem König, der ein grausames Land regiert. Jeder, der ihn kannte, mußte ihn einfach lieben.

Dort stand ich lange Zeit, wachte über seinen Schlaf und versuchte, mir sein Gesicht einzuprägen. Ich wollte ein Bild bewahren, an das ich mich während der kommenden Jahre erinnern konnte, so daß ich ihn, falls er nicht aus dem Krieg heimkam, seinem Kind beschreiben konnte.

Als es mir gelang, die Augen zu schließen und sein Gesicht immer noch vor mir zu sehen, begann ich mir Einzelheiten einzuprägen wie die widerspenstige Haarlocke an seiner Schläfe oder die Narbe an seiner Schulter. Ich stellte mir Drusilla vor, die das eigensinnige Haar zu glätten versuchte, als er ein Junge war, und sann, welches Mißgeschick die Narbe verursacht haben konnte – vielleicht ein Sturz vom Pferd oder der Fall von einem Baum?

Furcht stieg mir in die Kehle, und ich stöhnte leise. Wie viele Dinge gab es, die der eine vom anderen noch erfahren mußte, und wie wenig Zeit blieb uns … wie bitter wenig Zeit!

42.

Die Trennung

Als Bedivere mittags an der Tür erschien und ich ihn einließ, sah ich in seinem Blick die Überraschung, daß ich auf den Beinen und fertig angezogen war und Artus allein im Bett lag.

»Ich fand, daß er soviel Schlaf wie möglich bekommen sollte, wenn er heute nacht ein Heer anführt«, flüsterte ich.

Bedivere nickte, und ich stieg langsam die Treppe hinauf.

Artus sah so friedlich aus, daß ich zögerte, die Welt in diesen Schlupfwinkel der Ruhe eindringen zu lassen. Noch eine Stunde oder zwei … und er hat sich erholt und wir haben Gelegenheit zu reden, uns aneinanderzuschmiegen und das Zusammensein zu erkunden … ist das zuviel verlangt, bevor die Pflichten eines Königs uns auseinanderreißen?

Doch während ich noch mit mir kämpfte, schlug er die Augen auf.

»Bedivere ist da, nicht wahr?« fragte er, dehnte sich und streckte gleichzeitig die Arme nach mir aus.

Ich nickte und sank auf das Bett, den Tränen zu nahe, um zu sprechen.

Er setzte sich auf und umarmte mich flüchtig. »Hör mal« – er deutete auf das noch warme Bett – »warum gehst du nicht wieder zu Bett und machst ein Nickerchen? Du wirst dich danach besser fühlen, und ich werde dich wecken, bevor wir aufbrechen.«

»Und ich soll den ganzen Wirbel verpassen?« rief ich und kämpfte tapfer meine Gefühle nieder. Daß unsere Hochzeitsnacht nicht so gewesen war, wie ich sie mir wünschte, bedeutete nicht, daß ich nicht seine Gefährtin war. Und ich würde genug Zeit zum Schlafen haben, wenn er und seine Männer in den Krieg gezogen waren; in der Zwischenzeit geizte ich mit jeder Stunde, die uns blieb.

»Ach ja, die keltische Königin«, scherzte er und sah sich nach seinen Reithosen um. »Sage Bedivere, daß ich gleich komme.«

Die schweren grauen Morgenwolken hatten sich verzogen, und

der Tag wurde frisch und strahlend, voll vom Reiz des kommenden Frühlings. Die Leute strömten zum Marktplatz, denn es war verkündet worden, das Hochzeitsfest werde trotz der plötzlich geänderten Pläne stattfinden.

Ich blickte über die Versammlung, dachte an Tanz und Musik und fröhliches Feiern. Statt dessen machten Krieger aus allen Lagern ihre Waffen bereit, während die Führer berieten, Feldschere ihre Arzneien zusammensuchten, Köche Packkörbe und Satteltaschen füllten und der Schmied, immer ein wichtiger Mann, seinen Amboß zum Transport auf einen Wagen lud.

Auf der anderen Seite des Platzes bewegte sich ein Troß mit Vorräten zum Tor. Die Wagen kreischten und ächzten, als die Fahrer die schwerfälligen Ochsen antrieben, denn der Troß brach vor den anderen auf, um einen Vorsprung vor den schneller beweglichen Truppen zu gewinnen, die ihn nach den ersten paar Meilen einholen würden. Das alles genügte, um mich daran zu erinnern, daß man Träume von Lachen und Heiterkeit und süßen Geheimnissen in Zeiten des Krieges aufgeben mußte. Schließlich blieb keine andere Wahl.

Wir machten uns in der Abgeschiedenheit von Artus' Gemach an die Arbeit, und auf dem langen Tisch wurden Landkarten und Bestandslisten und hastige Skizzen möglicher Routen ausgebreitet.

Ständig kamen Leute durch die Ledervorhänge mit Nachrichten oder Fragen, wurden abgefertigt oder empfingen Befehle. Kay schaute von Zeit zu Zeit herein und Bedivere ebenfalls, doch Merlin blieb dauernd bei uns, und Nimue saß stumm wie ein Schatten neben mir.

Eine Platte mit frisch gebratenem Geflügel wurde hereingebracht, und wir aßen nebenbei, denn für ein richtiges Mahl war keine Zeit. Artus hatte sich gerade einen Hühnerschenkel genommen, als Tristan und Dinadan Einlaß begehrten, und er deutete auf das Essen, als er sie begrüßte.

»Leider ist es nicht so vornehm«, sagte er achselzuckend. »Aber ihr wißt ja, wie es im Augenblick zugeht.«

Die Helden aus Cornwall nickten, und Tristan räusperte sich. »Ich hoffe, Ihr versteht auch, wie es bei uns zugeht«, begann Tristan.

»Wir möchten Euch wissen lassen«, mischte Dinadan sich ein, »daß es nicht unser Wunsch ist, nach Cornwall zurückzukehren. König Marke möchte keinen Krieg außerhalb seines eigenen Landes riskieren, und da wir ihm eidlich verpflichtet sind, können wir nicht bleiben und an Eurer Seite kämpfen, wenn wir es auch beide möchten.«

Ich hörte zum ersten Mal, daß König Marke abtrünnig wurde, hielt den Atem an und warf einen raschen Blick auf Artus. Er nickte langsam.

»Ich verstehe, daß es eine Frage der Ehre ist«, sagte er und warf den Hühnerknochen beiseite, »und ich möchte euch beide wissen lassen, daß ihr an meinem Hof jederzeit willkommen seid, wenn ihr kommen wollt. Was König Marke angeht, nun ...« Er seufzte und suchte nach einer taktvollen Umschreibung. »Ich war nicht vollkommen überrascht, als ich von seinem Entschluß erfuhr.«

»Ich bin sicher, daß sein Fernbleiben nicht als Untreue aufzufassen ist«, warf Dinadan diskret ein, und Artus belächelte die Bemühungen des Mannes, die Beleidigung zu bemänteln. Wie viele Männer mochten uns dadurch verlorengehen, und wie würde das auf die anderen Könige wirken? Es konnte verheerend sein, wenn es eine Kette von Fahnenflucht auslöste.

Es folgten noch einige Floskeln der Entschuldigung und der guten Wünsche, dann verbeugten sich die beiden Krieger und gingen, und Artus sah ihnen nach.

»Eines Tages«, sagte Merlin mit einem verschlagenen Blick zum Hochkönig, »werden sie König Marke verlassen und womöglich sogar zu Euch kommen – aber leider mit einem kleinen Schandmal.«

Er sprach genauso, wie Kaethi es zu tun pflegte, und ich war sicher, daß er mehr wußte, als er sagte, aber in diesem Augenblick kam gerade ein Bote aus dem Norden, verbeugte sich hastig vor Artus und berichtete von zahlreichen Booten, die bei Carmarthen gelandet seien, denen man standgehalten hätte, und von Gefechten, die sich anscheinend entwickelten. Der Bursche war bleich vor Erschöpfung, aber er überbrachte seine Meldung, ohne sich einmal zu verhaspeln, und Artus hörte ernst zu und dankte ihm.

»So viele Iren!« flüsterte ich, über die Zahlen entsetzt.

»Vergiß nicht, daß Theo auf jedem seiner Schiffe viel mehr Leute befördern kann. Ich glaube nicht, daß wir zahlenmäßig so unterlegen sind, wie es sich anhört.« Artus' Stimme war ruhig und zuversichtlich, und ich lächelte ihm hoffnungsvoll zu.

Im Lauf des Nachmittags begannen die Dinge sich von allein zu regeln, und in der Verwirrung zeichnete sich eine Art Ordnung ab. Es schien sogar, daß wir ein paar Minuten für uns selber herausschlagen konnten, bevor Artus aufbrach. Ich erinnerte mich an das Hochzeitsgeschenk, das ich für ihn gemacht hatte, und schickte einen Knappen, um es rasch aus meinem Haus zu holen.

Der Junge kehrte zurück und schlüpfte im Gefolge Kays in unser Gemach, der mit einer Weinkaraffe und ein paar Gläsern eintrat. Ich bedeutete dem Knappen, das Päckchen an der Tür zu lassen, während Kay den Wein in die Gläser goß und sie herumreichte.

Der Seneschall hob sein Glas ans Licht und betrachtete nachdenklich und mit zusammengekniffenen Augen das Getränk.

»König Marke ist ausgerissen und eilt nach Süden.« Seine Stimme triefte vor Verachtung. »Und Pellinore ist zum Wrekin aufgebrochen.«

Ich wollte es nicht fassen, daß dieser riesenhafte Kämpe aus den Marschen Marke so bereitwillig folgte. Pellinore war der Mann, den ich nicht im Traum für einen Feigling gehalten hätte.

»Scheint, daß er zu Hause Hilfskräfte sammeln will, um sich mit uns bei Caerleon zu vereinigen. Cador und Geraint sind letzte Nacht mit Theo und einer auserlesenen Schar von Männern aufgebrochen, und alle anderen, Urien eingeschlossen, sind bereit, heute abend mit Euch aufzubrechen.«

Kay hob sein Glas Artus zu Ehren und nahm einen Schluck. Ich sah, wie er das Getränk langsam im Mund hin und her bewegte, als prüfe er es auf Gift; nie zuvor war ich jemandem begegnet, der sich so als Weinkenner aufspielte. Im Norden trinkt man den Wein mit großem Genuß und Verständnis, doch ohne vorher solche Umstände zu machen.

»Da wäre nur noch eine Kleinigkeit«, sagte Kay, nahm einen zweiten Schluck und verzog das Gesicht. »Wer bleibt bei den Königinnen zurück?«

Man beratschlagte kurz, und es wurde beschlossen, daß Bedivere in Sarum bleiben sollte, um uns angemessen schützen zu können, falls die Sachsen versuchten, die Tatsache, daß Artus anderswo beschäftigt war, zu ihrem Vorteil auszunutzen.

»Ich denke, das war der letzte Punkt«, schloß Kay. »Aber ich werde Euch holen, wenn es Zeit zum Aufbruch ist.«

Der Seneschall leerte sein Glas in einem Zug, dann stellte er es auf den Tisch. »Pfui, was ist das bloß für ein saures Gesöff!« rief er und schnitt eine schreckliche Grimasse, als er aus dem Raum ging.

Artus ging ruhelos hin und her, und seine ernste Miene wurde ausgesprochen finster. Schließlich blieb er stehen und wandte sich an Merlin.

»Ich bin trotzdem nicht glücklich darüber, Griflet mitzunehmen«, sagte er. »Er ist nur ein gutmütiger Junge, der mehr Zeit im Hundezwinger als beim Fechtmeister zugebracht hat. Und wenn er, wie du sagst, seinen ersten Zweikampf nicht überleben wird ...«

Er wandte sich ab, wütend und verwirrt. Ich wußte genau, was er empfand, denn es schien grausam ungerecht, daß der Junge, der mich in den Süden begleitet hatte, für seine Treue mit dem Leben bezahlen sollte.

Der Zauberer breitete seine Hände über dem Tisch aus und spreizte langsam die Finger, als glättete er eine Falte in der Luft.

»Selbst jene, die in die Zukunft sehen können, versuchen nicht, Gott zu spielen«, sagte er. »Der Junge muß seiner Moira folgen, und wenn das seinen Tod bedeutet, ist das eine Sache zwischen ihm und den Göttern. Er würde dir auf deinem Feldzug folgen, mit oder ohne deine Erlaubnis, und auf diese Weise ist wenigstens auch ein kleiner Ruhm damit verbunden. Wenn er überlebt, ist er vielleicht ein bißchen klüger.«

Er warf Nimue einen Blick zu. »Und jetzt, meine ich, würde es den Frischvermählten guttun«, sagte er so nüchtern wie immer, »ein paar Minuten für sich allein zu haben, also wird es das beste sein, wenn wir mit dem Packen weitermachen.«

Das Lachen war ein wenig verkrampft, als wir alle aufstanden, uns reckten und halbherzige Scherze machten, als sei es uns allen zuwider, die Kameradschaft dieses Tages aufzugeben. Solange wir alle zusammen waren, Pläne durchgingen und Einzelheiten regelten, standen wir unter einer belebenden Herausforderung; wenn es aber darum ging, was jemand mitnehmen oder zurücklassen sollte, vielleicht für immer, wurde daraus ein einsames und erschreckendes Geschäft.

Merlin und Nimue verließen uns, und Artus begann Kleidungsstücke auf das Bett zu werfen, dann kramte er nach seinen Satteltaschen. Ich holte das Päckchen aus dem Eingang und entfernte die Riemen, als ich bemerkte, daß Artus unbeweglich dastand und einen Gegenstand anstarrte, der an seiner Hand baumelte. Es war ein Talisman, wie der meine, den ich von Kaethi bekommen hatte, alt und verschlissen und offensichtlich häufig gebraucht.

»Als ich Kind war«, sagte er leise, »war dies das einzige, was ich über meine Eltern wußte. Drusilla erzählte mir, meine wirkliche Mutter hätte es mir um den Hals gebunden, als ich fortgegeben wurde, und seitdem habe ich es immer bei mir. Ich hatte damals keine Ahnung, daß es ein Geschenk von der Hochkönigin persönlich war, aber ich betrachtete es immer wieder und fragte mich, ob die Frau, von der es stammte, gehofft hatte, daß es mich beschützen würde.«

Er betrachtete stumm den kleinen bestickten Beutel. Ich stellte mich vor ihn und nahm seine Hände.

»Da ich deine Mutter kenne, bin ich sicher, daß sie daran glaubte«, sagte ich, nahm den Talisman und legte ihn feierlich um seinen Hals. »Und bis jetzt hat er dich beschützt.« Ich war darauf bedacht, fröhlich und unbeschwert zu sprechen, als ich zum Tisch zurückging. »Übrigens habe ich dir einen eigenen kleinen Zauber mitgebracht.«

Der Umhang entfaltete sich voll, üppig und schwer unter meinen Händen. Da ich ihn nicht für den Kampf vorgesehen hatte, war er weder an den Schultern noch am Oberkörper gepolstert, aber er würde ihn wenigstens warm halten. Und es war das Beste, was ich ihm außer meiner Liebe schenken konnte.

Er betrachtete den Umhang voller Bewunderung und fuhr mit dem Finger sanft über die Verzierungen an den Schultern und auf der Vorderseite. Sterne und Blumen und Symbole der Göttin stachen strahlend von der dunkelgrünen Wolle ab, und ich hielt ihn stolz in die Höhe und hoffte, daß er ihm gefallen würde.

»Er ist prachtvoll, Gwen … wie von Feen gemacht. Und viel zu schön, um ihn inmitten von Blut und Schlamm zu tragen. Ich möchte nicht, daß er in der Schlacht zerfetzt und besudelt wird.«

»Ich auch nicht, solange du drinsteckst!« scherzte ich, legte ihm den Umhang sorgsam um die Schultern und prüfte seine Länge.

»Aber er wird dir Glück bringen und Sieg und den Segen der Göttin … oder zumindest den deiner Frau«, versprach ich, und wir umarmten uns hastig.

Plötzlich schob er mich zurück.

»In dieser ganzen Aufregung habe ich nicht an eine Morgengabe für dich gedacht«, sagte er schuldbewußt.

Ich legte meine Stirn an seine Brust und sagte, zärtlich und schalkhaft zugleich: »Wenn du mir heute morgen ein Kind geschenkt hast, ist es das schönste Geschenk, das ich mir wünschen könnte.«

»Gesprochen wie eine wahre Königin!« scherzte er, und dann lächelte er. »Und wenn ich zurückkomme, werden wir die versprochene Reise machen. Wir werden durch das ganze Land reisen, meine Dame, und du kannst dir deinen eigenen Schlupfwinkel aussuchen, welcher dir auch gefällt! Vielleicht ein walisisches Jagdschloß oder ein Herrenhaus in den Hochlanden, jenseits von Dumbarton. Oder, wenn dir das lieber ist, eine Villa wie die von Agricola, mit geheizten Fußböden und einem Bad, das immer in Betrieb ist!«

»Wie lange wirst du fort sein, glaubst du?« Meine Stimme verriet mich, denn sie wurde zu einem Flüstern, und ich schaute ihn nicht an. Ich fuhr mit der Hand über seine Schulter, und mir fiel ein, daß ich noch immer nicht wußte, woher die Narbe stammte.

»So lange wie nötig!« Artus' Antwort war bezeichnend. »Es hängt davon ab, was wir vorfinden, wenn wir ankommen. Die meisten der Könige an der Küste haben mir bei der Krönung Treue geschworen. Wenn sie abtrünnig geworden sind und sich den Eindringlingen angeschlossen haben, werde ich jeden einzeln niederkämpfen und sie durch britische Herrscher ersetzen müssen … durch Männer, auf die ich vertrauen kann. Wir haben vielleicht bis zum Herbst damit zu tun, wenn dieser Fall eintreten sollte.«

Er wandte sich ab und begann die allerletzten Dinge vom Tisch zu nehmen, also stopfte ich seine Kleider in die Satteltaschen.

Während der ganzen Zeit sprach er laut seine Gedanken aus, wie es auch mein Vater zu tun pflegte.

»Wenn die Vasallenkönige treu zu mir stehen, sind wir vielleicht in einer oder zwei Wochen fertig. Theo ist natürlich ein unsicherer Geselle; er erzählt eine Menge über militärische Taktik, und wenn seine Männer im Kampf so gut sind, wie er sagt, können sie vielleicht die Südküste für mich halten. Wenn er nicht so gut ist … nun, ich bin zuversichtlich, daß ich auf seine Männer zählen kann, so daß, selbst wenn Theo nur Vorräte befördert, unsere Angriffstruppen den Eindringlingen Kopfzerbrechen bereiten werden!«

Er nahm Excalibur von der Wand. Das Gold und das Silber flackerten von einem inneren Feuer, noch immer von Macht durchglüht, wie am Morgen in Hardknott.

Beschütze ihn, betete ich, als ich niederkniete, um den Schwertgürtel festzuschnallen.

Kay klopfte an die Tür und meldete, die Gefährten hätten sich auf dem Platz versammelt. Artus räusperte sich und sagte, wir würden gleich kommen.

»Merlin sagt, daß er am Fluß Usk viel Blutvergießen sieht«, sagte er leise und zog mich rauh in die Höhe. »Er sagt auch, du sollst dir keine Sorgen machen – ich werde unversehrt und dickköpfig wie immer heimkehren.«

»Das sollst du«, flüsterte ich und versuchte nicht zu scherzen.

Wir blickten einander schweigend an, versuchten mit unseren Augen die Worte zu sagen, die uns nicht über die Lippen wollten, dann fanden wir uns in einer heftigen Umarmung … Schenkel, Lippen, Hände, Zungen und Atem, alles floß zusammen. Für einen winzigen Augenblick gab es in der Welt nur diese Umarmung, erfüllend und verzehrend zugleich, bis Kays scharfe Stimme die Luft durchschnitt.

Wie auf ein Stichwort lösten wir uns voneinander, griffen nach Kartenmappe und Satteltaschen und gingen zur Tür. Keiner sah den anderen an, als wir durch den Bogengang schritten, und wir hatten nur den einen Gedanken, den bevorstehenden Abschied mit soviel Kraft und Mut wie möglich zu meistern.

Die Nachricht des bevorstehenden Abmarsches hatte sich mit Windeseile in der Stadt verbreitet, und auf dem Platz wogten Lärm und Licht durcheinander. Die Sonne des späten Nachmittags überzog alles mit einem klaren Glanz, einem Blendwerk für Krieger und Städter gleichermaßen. Wir standen auf den Treppenstufen und blinzelten in das grelle Licht.

Menschen und Pferde waren in ruheloser Bewegung, formten sich zu kleinen Grüppchen. Die Gefährten standen neben ihren Pferden, während die Zurückbleibenden sich nervös um Gatten und Vater, Sohn und Bruder drängten. Man rückte den Kriegern Waffen und Ausrüstung zurecht, ermahnte sie und vergewisserte sich, daß Glücksbringer und Amulette sorgfältig unter den Jacken befestigt waren.

Ich beobachtete diese kleinen Rituale, mit denen man die Endgültigkeit solcher Abschiede von sich fernhalten will, und zum ersten Mal verstand ich sie ganz. Traurig, bitter, tapfer, verehrungswürdig, glichen sie einem großen, lautlosen Schluchzen.

Artus stand auf den Stufen der Halle und rief Bedivere zu sich. Als die Menge verstummte, übergab der Hochkönig feierlich das Siegel von Britannien in Bediveres Obhut und verkündete laut vor Hunderten von Zeugen, daß Bedivere, sollte der Hochkönig fallen und dem Königspaar ein Kind geboren werden, als Reichsverweser amtieren solle, bis das Kind herangewachsen sei.

Befreit von allem Gepränge war es so einfach und so herzzerreißend: Leben und Tod in ein und demselben Satz. Ich war wie betäubt, erschöpft und den Tränen nahe.

»Meine Dame«, hörte ich eine bekannte Stimme. »Meine Dame, ich möchte Euch um einen Gefallen bitten.«

Agricola drängelte sich vor, und ich blickte ihn verständnislos an, denn ich konnte mir nicht vorstellen, welche Gefälligkeit ich einem Mann erweisen konnte, dessen Leben so komfortabel und wohlgeordnet war.

»Ich erinnerte mich, daß Ihr einen Ring von römischer Arbeit für Lavinia suchtet«, erklärte er, »und es fiel mir ein, daß meine Frau ein ebensolches Stück besaß. Diesen Ring möchte ich Euch jetzt aushändigen, damit Ihr ihn an Eure Erzieherin weitergeben könnt. Er ist nicht besonders wertvoll, aber wenn ich aus diesem Krieg nicht zurückkomme, wäre es mir lieber, ihn als Schmuck an der Hand der Matrone zu wissen, als an der Geldbörse eines Iren.«

Sorgsam legte mir einen Ring aus Gold und Jett auf die Hand und schloß meine Finger darüber, während mich wie ein Blitz die Erkenntnis traf, daß auf dem Schlachtfeld niemand sicher war.

»Oh, Sir«, stieß ich hervor, »Euch kann gewiß nichts zustoßen!«

»Aber, aber, meine Dame«, sagte er, durch meine Reaktion überrascht. »Natürlich wird mir nichts zustoßen, und ich werde so gut ich kann dafür sorgen, daß auch der Hochkönig unversehrt zurückkommt. Er gehört zu jenen Führern, die man nur selten findet, und keiner von uns wird ihn im Stich lassen.«

Ich streifte den Ring auf meinen Finger und murmelte ein Dankeswort und war Agricola für seine Versicherung dankbarer, als ich sagen konnte.

Artus hatte Igraine erblickt und verbeugte sich nachdrücklich und tief vor ihr und sagte ihr Lebewohl. Dann blickte er sich nach mir um, und ich trat an seine Seite.

Er legte den Arm um meine Hüfte, und wir drehten uns langsam, damit alle uns sehen konnten. Er reckte den anderen Arm in die Höhe, und ich tat es ihm nach, und wir grüßten die Untertanen.

»Auf den Sieg und auf den Frieden in Britannien!« rief er aus, und die Menge antwortete mit brausender Zustimmung.

Hufgeklapper erschallte auf dem Pflaster, und ein Stalljunge kam gelaufen.

»Platz da – macht Platz für den Hengst des Königs!« schrie er und drängte sich durch die dichte Menge.

Das Pferd warf sich nach vorn und tänzelte erregt und zerrte den Pferdejungen fast bis zum Fuß der Treppe. Sein Fell schimmerte wie schwarzes Metall, und Mähne und Schweif waren für die Schlacht geflochten. Das Zaumzeug leuchtete im Nachmittagslicht, und die Leute wichen ehrfürchtig zurück, als das mächtige Tier ungeduldig nach seinem Herrn schnaubte.

Danach begann sich um uns alles zu drehen, löste sich in einzelne Teile auf und verschwamm; wir ließen die Arme sinken, als die Schlachthörner geblasen wurden, röhrende Laute der Auerochsenhörner, daß sich meine Nackenhaare sträubten, denn es ist ein Ruf zu den Waffen und zum Tod, den jeder in Britannien kennt. Artus führte meine Hand langsam an seine Lippen, eine Geste des

Abschieds um des Volkes willen, und drückte mir erst zum Schluß einen raschen Kuß darauf. Und dann schritt er die Treppe hinunter, schwang sich in den Sattel, und der Augenblick der Trennung war gekommen.

Das Drachenbanner wurde entfaltet, und die Menge machte den Kriegern Platz. Bedivere und ich liefen neben Artus her, obgleich ich zweifle, ob er uns überhaupt sah. Der Feind war gelandet, die Truppen waren bereit, und die letzten Aufgaben in der Heimat waren erledigt. Artus lebte bereits in einer anderen Welt, ritt einem Stelldichein entgegen, das Meilen entfernt an einem anderen Tag stattfand, und wir, die wir zurückblieben, waren so vergessen wie Seetang, den die Flut auf den Strand gespült hat.

Als wir ans Tor kamen, drängten sich die Leute zusammen, winkten und weinten, als die Männer abmarschierten, und Bedivere half mir auf die Brustwehr. Wir standen auf der Krone der nackten Kalkmauer, schwebend zwischen Himmel und Erde, Triumph und Verzweiflung. Artus war deutlich zu erkennen, als er die Männer über den Damm führte, er ritt aufrecht und stolz und elegant in seinem neuen Umhang, während das Drachenbanner über ihm im Zwielicht flatterte und peitschte.

Die Männer längs der Straße grüßten und schlossen sich dem Zug an. Neue Banner kamen hinzu, als die verschiedenen Könige ihre Streitkräfte herbeiführten, und bald sah es so aus, als bewegte sich das Land selbst in eine ungewisse Zukunft.

Erst als ich Uriens Rabenbanner in der Dämmerung wehen sah, erinnerte ich mich an Morgan le Fay. Seit jenem Morgen hatte ich nichts von ihr gesehen oder gehört, und als mir aufging, daß sie noch in Sarum sein mußte, überkamen mich böse Ahnungen. Ich zitterte, und Bedivere legte mir seinen Umhang um die Schultern und stützte mich. Ich lehnte mich an ihn, plötzlich zu müde, um nachzudenken. Tränen rannen über mein Gesicht, und jetzt, da Artus sicher unterwegs war, ließ ich ihnen freien Lauf.

43.

ACCOLON

Früh am nächsten Morgen stand Cathbad strahlend auf meiner Schwelle und überbrachte eine Einladung Morgans, sie am Nachmittag in ihrem Quartier zu besuchen. Er benahm sich unerwartet freundlich, und ich blickte ihn erstaunt an.

»Ist sie sehr wütend?« fragte ich argwöhnisch.

»Die Dame ist eine Frau, die sich tief verpflichtet fühlt, die alten Bräuche wieder einzuführen«, erwiderte der Druide, und seine Stimme war so klangvoll, wie ich sie aus meiner Kindheit in Erinnerung hatte. Für einen Augenblick war ich wieder in Rheged und wartete neugierig auf eine neue wunderbare Sage. »Sie ist auch eine Frau, die sehr hitzig ist, und zuweilen gewinnt ihr Eifer die Oberhand über ihre Duldsamkeit. Wenn Ihr willens seid, über ihren gestrigen Ausbruch hinwegzusehen, werdet Ihr gewiß feststellen, daß sie von Artus' Untertanen eine der treuesten und einflußreichsten ist.«

Die leichte Betonung auf »einflußreich« brachte mich in die Gegenwart zurück und gemahnte mich an Morgans Bedeutung für Artus. Während Brigit mir beim Ankleiden für das Treffen am Nachmittag half, bemerkte sie: »Vergiß nicht, daß Morgan keine andere Wahl hat, als dich zu unterstützen, denn du bist jetzt Britanniens Hochkönigin. Es ist an ihr, mit dir Frieden zu schließen.«

Daran hatte ich nicht gedacht, denn obwohl ich jetzt den höchsten Titel im Lande trug, spürte ich in mir keine Veränderung und hatte kaum eine Ahnung von der Macht über andere, die mir meine Stellung verlieh. Wann würde ich anfangen, mich wie eine Hochkönigin zu fühlen? Im Augenblick dachte ich nur daran, den Riß zwischen Morgan und mir zu kitten, bevor Artus zurückkehrte, damit er Frau und Schwester versöhnt wiederfand.

Morgan war in Agricolas Gemach gezogen, einen hellen, sonnigen Raum mit Überresten von bunten Fresken an den Wänden. Seidene Kissen und kostbare Teppiche bedeckten das Bett, und ihre Dienerinnen hatten auf dem Boden Felle ausgebreitet. Verglichen mit der Umgebung, an die ich gewöhnt war, strahlte dieser Raum königliche Pracht aus.

»Meine Liebe«, rief sie und löste sich aus der Schar junger Frauen, die sie umgaben. Sie begrüßte mich mit einer verwandtschaftlichen Umarmung. »Ich fürchte, du mußt mich für schrecklich ungehobelt halten. Ich entschuldige mich für den gestrigen Vorfall im Hain – es war bloß ein Schock. Hätte ich gewußt, daß die Lage so kritisch und die Zeit so kurz war … nun ja, ich kann nur hoffen, daß du verstehst.«

Ihre Stimme war zuckersüß, und sie floß vor Freundlichkeit über. Ich machte eine Bemerkung über die Zwänge des Augenblicks, und sie lachte fröhlich.

»Die Königinmutter sagte, sie sei sicher, daß du mir nicht grollen würdest. Aber jetzt komm, lassen wir das alles hinter uns. Jetzt, da die Männer in den Krieg gezogen sind, haben wir endlich Gelegenheit, uns näher kennenzulernen, wie sich das für Schwestern gehört. Seit Monaten habe ich versucht, dich zu treffen, aber immer schien etwas dazwischenzukommen.«

Morgan gab den weißgekleideten Mädchen ein Zeichen, worauf sie enteilten, hakte sich bei mir unter und führte mich zum Fenster, wo ein Stickrahmen stand. Ein leeres Stück Leinen war in den Reifen gespannt, und sie deutete auf ein Nähkörbchen, das Wollknäuel in leuchtenden Farben enthielt.

»Hätte ich gewußt, daß ich hier in Sarum auf unbestimmte Zeit festgehalten werden würde, hätte ich die Arbeit mitgebracht, an der ich daheim sitze. Ich habe bereits Boten auf die Märkte geschickt, die alle Wolle herschaffen sollen, die sie bekommen können. Sticken ist die einzige häusliche Tätigkeit, die ich als wirklich wohltuend empfinde.«

Ich dachte an die Stickerei, die sie für die Scheide von Excalibur angefertigt hatte, und nickte anerkennend. Sicherlich arbeitete sie mit Zaubernadeln.

»Du mußt ebenfalls eine Begabung fürs Sticken haben«, fuhr sie fort. »Dieser Umhang, den Artus beim Abmarsch trug, stammt kaum aus einer gewöhnlichen Nähstube.«

Ich freute mich, daß sie ihn bemerkt hatte, und lächelte, froh, daß wir eine Gesprächsgrundlage hatten.

Während sie ihre Stickarbeit wieder aufnahm, musterte ich sie eingehend. Dieselbe Heftigkeit, die sie zu einer ernstzunehmenden Gegnerin werden ließ, machte sie auch zu einer bezaubernden Gefährtin, und sie schien ernstlich bemüht, die Spannungen der Vergangenheit vergessen zu machen.

Die Unterhaltung drehte sich um Stiche und Muster, Garne, Farben und Rezepte zum Färben, während ihre feine Ahle den Stoff durchbohrte.

»Mein Vorrat an Färbemitteln daheim ist fast vollständig«, sagte sie. »Ich habe sogar gelernt, aus Wellhornschnecken Northumbriens das königliche Purpur zu gewinnen; die Farbe ist ziemlich selten und schwer zu bekommen, mußt du wissen. Die meisten Leute bringen das Heiligtum nicht mit Färberei in Verbindung«, sagte sie beiläufig. »Wir sind zu sehr als ein Ort der Heilung und spirituellen Übung bekannt.«

Ich schreckte auf, als sie den Schwarzen See ins Spiel brachte, aus Furcht, sie könnte auf unsere erste Begegnung zu sprechen kommen.

»Und das Lehrhaus, das Vivian begründet hat, ist zu Recht berühmt«, sagte Morgan und drehte einen blauen Faden zwischen den Fingern. »Unsere ersten Schüler kommen in ein Alter, da sie in der Lage sind, in die Welt hinauszugehen. Prächtige junge Männer, allesamt.«

Ich lächelte nervös, als sie mir einen Blick zuwarf. Nichts in ihrem Verhalten verriet Zorn über die Weigerung meiner Eltern, mich in dieses Lehrhaus zu schicken; vielleicht hatte Cathbad es ihr nicht erzählt.

Ich fühlte mich unbehaglich, meine Hände wurden feucht, und ich suchte nach einer Möglichkeit, ohne direkt zu fragen, herauszufinden, wieviel sie wußte.

»Sind keine Mädchen dort?« erkundigte ich mich, einen Augenblick im Zweifel, wer von uns die Katze und wer die Maus war.

»Nein, und soviel ich weiß, waren niemals welche da. Ursprünglich hatte Vivian vor, mehr Schüler zu gewinnen, aber ich habe mich entschlossen, nur die Besten auszubilden.«

Das hörte sich beinahe so an, als meinte sie sich verteidigen zu müssen, als falle es ihr schwer, in Vivians Fußstapfen zu treten. Vielleicht war das der Grund für ihre schreckliche Engstirnigkeit als Priesterin.

»Hin und wieder stolpert ein Bauernkind aus der Gegend bei uns herein«, fuhr sie fort und zerrte heftig an einem Knoten im Stickfaden.

Ich hielt den Atem an und saß mäuschenstill, denn ich war sicher, daß sie auf unsere Begegnung am See zusteuerte.

»Aber es ist ganz einfach, sie zu verscheuchen.« Sie zuckte die Achseln. »Schließlich darf man ihnen nicht gestatten, nach Belieben um das Heiligtum zu stromern – das wäre schlecht für die Zucht unter den Schülern, und wer weiß, welche Ideen und Geschichten, die sie falsch verstanden haben, Kinder mit nach Hause nehmen.«

Mit einem heftigen Ruck zog sie den Knoten aus dem Faden, und die Spannung in meinem Inneren löste sich. Plötzlich war klar, daß ich jahrelang in schrecklicher Angst wegen eines Vorfalls gelebt hatte, der für die Dame so alltäglich war, daß ihr nicht einmal bewußt wurde, daß ich eines dieser Kinder gewesen war. Es erschien mir unglaublich komisch; ein zügelloses Kichern wollte mich überkommen, und ich mußte alle Kraft aufbieten, nicht in schallendes Gelächter auszubrechen.

Einen Augenblick lang hatte ich den Wunsch, ihr die Geschichte zu erzählen, aber die Erinnerung an ihre gestrige Wut hielt mich zurück; dabei wäre gewiß nicht das Schuldbekenntnis eines jungen Mädchens herausgekommen. Also hielt ich mein fröhliches Kichern im Zaum und ließ die Unterhaltung treiben, wohin Morgan sie lenkte, davon überzeugt, daß einer Freundschaft mit meiner Schwägerin nichts mehr im Weg stand.

Als ich frohgemut und beschwingt heimkehrte, fand ich Beutel, Körbe und Taschen vor der Tür aufgehäuft.

»Bediveres Anordnung«, sagte Vinnie knapp, ganz das Bild einer Märtyrerin.

»Er sagt, es wäre einfacher, für alle drei Königinnen zu sorgen, wenn sie unter einem Dach in der Halle wären«, erklärte Brigit. Ich hielt das für eine vernünftige Maßnahme zu unserer Sicherheit, wenn sie auch, angesichts der unterschiedlichen Persönlichkeiten, die betroffen waren, ein wenig riskant war.

Vinnie fand gegen ihren Willen schließlich doch Gefallen an der neuen Regelung, denn sie entsprach schon eher ihrer Vorstellung von den Frauengemächern, die sie von einem richtigen Hof erwartete. Wir konnten, wie es uns gefiel, getrennt oder gemeinsam speisen, und es war für mich bequemer, Igraine zu besuchen, wenn ihr nach Gesellschaft zumute war.

Nimue zog mit uns um und die Hunde ebenfalls, obgleich Bedivere sagte, eines der Küchenmädchen hätte sich erboten, auf die Welpen aufzupassen. Es stellte sich heraus, daß es sich um Frieda handelte, und ich fragte sie scherzhaft nach ihrem Verhältnis zu Griflet.

»Nun«, sagte sie in ihrem bedächtigen, rauhen Tonfall, »die Hunde sind nach all dem gemeinsamen Spielen und Herumtollen an mich gewöhnt, und ich mag sie auch. Im übrigen«, fügte sie ernsthaft hinzu, »wenn Griflet ein Krieger wird, beweise ich ihm besser, daß ich mehr sein kann als ein Küchenmädchen.«

Ich hatte den Verdacht, daß die Göttin zwischen diesen beiden ein Band spannte, so wie sie es bei Merlin und Nimue getan hatte.

Das Leben in Sarum wurde zu einem friedlichen, gedankenlosen Alltagstrott, und jeder versuchte, den anderen so wenig wie möglich in seinen Gewohnheiten zu stören. Morgan und Nimue gingen sich geflissentlich aus dem Weg, und obwohl ich Igraine jeden Tag besuchte, schienen die beiden Priesterinnen an verschiedenen Nachmittagen unsere Gesellschaft zu suchen. Igraines Gefährtin Ettard war immer dabei, beobachtete und hörte zu, sagte aber nie ein Wort. Ich begann mich zu fragen, was in ihrem Kopf vor sich ging, falls sich dort überhaupt etwas regte.

Nach vierzehn Tagen kam die Nachricht, daß der Einmarsch größer war, als selbst Artus erwartet hatte, und nahe Caerleon am Fluß Usk eine große Schlacht stattgefunden hätte. Das war die Stadt, in der Artus die christliche Krone empfangen hatte, und ich fand es betrüblich, daß er vier Jahre später in ebendieser Stadt um die Wiedergewinnung seines Herrschertums kämpfen mußte.

Der Hochkönig selbst war nicht verletzt worden, obwohl auf beiden Seiten viele Männer getötet oder verwundet worden waren. Wie es schien, wollte man jene, die zu den Iren übergelaufen waren, von einem Königreich zum anderen jagen, so daß wir bis zum Ende des Sommers in Sarum würden bleiben müssen.

Ich seufzte und war traurig, daß Artus so emsig die Iren jagte, wo wir uns doch näher kennenlernen und eine Familie hätten begründen sollen, denn es stand fest, daß ich in unserer Hochzeitsnacht kein Kind empfangen hatte.

Morgan reagierte höchst ungehalten auf die Kriegsnachricht, rang die Hände und erklärte, die Langweile werde sie umbringen, wenn sie bis zum Herbst hierbleiben müsse. Igraine und Bedivere waren nötig, um sie davon zu überzeugen, daß es töricht wäre, die Rückreise zu den Seen zu unternehmen, nur von ihrem Zwerg und der Schar hingebungsvoller Gehilfinnen geschützt. Schließlich war die Hohepriesterin damit einverstanden, bei uns zu bleiben, obgleich sie gereizt und verärgert war. Sie zog sich mehr und mehr in die Gesellschaft ihrer Anhängerinnen zurück.

Seit Anfang Juni waren die träge verfließenden Nachmittage zu einem ständigen, ewig gleichen Strom geworden, aus dem sich kein Tag besonders hervorhob. Unser Leben war so langweilig, daß der Tag, an dem Ettard während des Nachmittagstees endlich einmal etwas sagte, uns beinahe wie ein Feiertag vorkam.

Nimue hatte sich, wie schon so oft, über Merlins Großzügigkeit ausgelassen, mit der er sein Wissen mit ihr teilte, als Ettard sich plötzlich mit einem unmerklichen Stirnrunzeln des hübschen Gesichtes vorbeugte.

»Macht es dir keine Angst, mit Merlin zusammenzusein?« fragte sie halb ehrfürchtig, halb neugierig.

»Angst?«

»Er ist so – bedeutend. Immerhin ist er nach dem König der mächtigste Mann im Königreich«, beharrte Ettard. »Mir würde rein gar nichts einfallen, was ich zu ihm sagen könnte.«

Nimue lachte versonnen – ein kräftiges, wissendes Lachen, das zur jungfräulichen Schüchternheit des Klostermädchens in krassem Widerspruch stand.

»Es spielt keine Rolle, über welche Macht ein Mann verfügt, er ist trotzdem eine männliche Kreatur, und das vergißt die Göttin nicht«, sagte Nimue. »Aber ich liebe Merlin nicht wegen seiner Macht – ich liebe ihn wegen seiner Menschlichkeit.«

Mir fiel auf, daß die Priesterin sich verändert hatte. Dieses Mädchen, das noch jünger war als ich, war in einer Weise aufgeblüht, die ich nicht begriff, und schon jetzt hatte sie die Aura einer edlen, weisen Frau. Ob das daher rührte, daß sie von Merlin geliebt wurde, oder ob sich einfach ihr inneres Wesen entfaltete, war nicht klar, aber dennoch war es unübersehbar. Würde ich als Königin jemals über so viel Selbstvertrauen verfügen wie sie als Priesterin?

Am Abend spazierten Nimue und ich über die Brustwehr, betrachteten den perlenfarbigen Sonnenuntergang und wünschten, die Hitze möge nachlassen. Die Fülle des Sommers übersättigt nach einer Weile die Sinne, und nach den traumhaft schillernden Wolkengebilden Sarums hatte ich jetzt das Verlangen nach dem hellen, scharfen Blau eines nördlichen Himmels.

»Hörst du manchmal etwas von Merlin selbst?« fragte ich nervös.

»Ich kenne bloß die Nachrichten, die Bedivere bekommt«, erwiderte die Priesterin und fügte, als könnte sie meine Gedanken lesen, hinzu: »Ich bin sicher, daß beide gesund sind. Es wird bloß ein bißchen länger dauern, als sie erwartet haben.«

Bald danach trafen die ersten Verwundeten in Sarum ein, Männer, die zum Reisen kräftig genug, aber zu schwer verletzt waren, um im Lager von Nutzen zu sein. Sie kamen auf Karren oder in Sänften oder stützten sich gegenseitig mit Stöcken und Krücken. Sie berichteten, der Gegner sei zersprengt, und Artus hätte unsere Männer in verschiedene Einheiten eingeteilt, um den Feind durch Süd-Wales zu verfolgen.

Der Aufbau einer vorläufigen Krankenstation verschaffte Morgan die Möglichkeit, sich zu betätigen. Brigit half ihr freiwillig und war ohne weiteres bereit, über religiöse Unterschiede hinwegzusehen, wenn es galt, Leben zu retten, und so bildeten die beiden ein sonderbares, aber wirkungsvolles Gespann. Die Tage vergingen, erfüllt von der alltäglichen Arbeit.

Mitte des Sommers hatte Morgan den dritten Kissenbezug in Folge fertig gestickt. Selbst die Krankenstation reichte nicht mehr aus, sie zu beschäftigen, und ihre Nerven waren zum Zerreißen gespannt. Ich erinnerte mich an die Frage, ob man einen Fuchs zähmen könne, und kam zu dem Schluß, daß Kevin recht gehabt hatte, als er sagte, man könne nicht etwas zähmen, was nicht gezähmt werden wolle. Die Dame hatte nicht bei uns bleiben wollen, und obwohl sie versucht hatte, es mit Anstand hinzunehmen, war sie im tiefsten Herzen mit der Situation unzufrieden.

Und dann kam Accolon während einer langen Dämmerung, die noch nach Sonnenuntergang anhielt, an unser Tor geritten. Die Wache holte Bedivere aus dem Bett, der feststellen sollte, wer der junge Mann war, und am Morgen wußte jedes Mädchen und jede Frau in der Stadt, daß wir einen Besucher vom Festland hatten.

Morgan beäugte ihn so scharf wie ein Turmfalke eine lohnende Beute.

»Den ganzen Weg aus Gallien, um meinem Bruder zu helfen?« staunte sie am nächsten Abend beim Essen. »Du liebe Güte, welch prächtiger Vertrauensbeweis.«

Accolon war ein eleganter junger Bursche, schlank und muskulös, und er errötete jetzt, überrumpelt von Morgans Aufmerksamkeit. Er war nicht viel älter als Gawain, und die Dame verdrehte ihm etwas den Kopf.

»Artus wird es bedauern, daß er Euch nicht auf dem Schlachtfeld bei sich hatte«, sagte ich, »aber Ihr seid natürlich eingeladen, bei uns zu verweilen, bis er und die Gefährten heimkehren.«

»Oder Ihr könntet vielleicht«, fiel Morgan einschmeichelnd ein, »mit mir zu den Seen kommen. Die Männer, die mich gewöhnlich begleiten, sind mit dem König fort, aber mit Euch als Begleiter würde ich mich ganz sicher fühlen.«

Unser Besucher wußte plötzlich nicht mehr ein noch aus, und er warf hilfesuchende Blicke um sich.

»Ich glaube«, sagte Bedivere freundlich zu Morgan, »Euer Bruder rechnet damit, daß Ihr hierbleibt und nach der Rückkehr der Truppen die Verwundeten pflegt. Die verehrte Morgan ist die beste Heilerin in ganz Britannien«, sagte er als Erklärung zu unserem Gast.

»Der König ist überaus glücklich zu schätzen«, antwortete Accolon, und Morgan nahm das Kompliment gnädig entgegen.

»Nun, zumindest könnt Ihr mich begleiten, wenn ich Kräuter sammeln gehe. Ich werde Euch sogar Stonehenge zeigen«, schlug sie vor, und ihr Blick war eine einzige Aufforderung.

Ich hatte noch nie eine so geschickte Verführung erlebt, und es faszinierte mich und stieß mich ab. Erheblich älter und klüger als der junge Kämpe, spielte die Hohepriesterin nach Belieben mit ihm. Es wäre mir vielleicht weniger unheimlich vorgekommen, wenn die beiden ungefähr das gleiche Alter gehabt oder spielerisch miteinander getändelt hätten. Doch so wie es aussah, konnte ich unserem Gast nur zulächeln und hoffen, daß ihm bewußt war, worauf er sich einließ.

Zu jeder Zeit, tags oder nachts, ritten sie zusammen aus; wie Morgan betonte, mußten bestimmte Pflanzen vor der Morgendämmerung gesammelt werden, während andere den zunehmenden Mond brauchten, um wirken zu können. Anfangs wurden sie von Morgans Gehilfinnen begleitet, aber mit der Zeit ritten sie immer öfter allein. Bedivere machte sich Sorgen wegen ihrer Sicherheit, kam aber zu dem Schluß, daß es besser war, sie gewähren zu lassen und einen größeren Ausbruch zu verhüten, als ihr so enge Fesseln anzulegen, daß sie sie gewaltsam sprengte.

Dann, eines Tages im August, als ich mit Igraine Tee trank, brach die Königinmutter zusammen, ihr Haut wurde fahl und feucht, und eine Hand ballte sich zur Faust.

Ettard sprang zu ihr, rieb ihre Hände, während ich in hektischer Suche nach Morgan aus dem Raum rannte. Brigit sagte, sie hätte sie seit mehreren Stunden nicht im Hospital gesehen, und nachdem ich einen Knappen in den Stall geschickt hatte, der nachsehen sollte, ob ihr Pferd noch da war, eilte ich den Flur entlang zu ihrem Gemach.

»Morgan, Morgan!« rief ich und schob ohne zu klopfen den Vorhang beiseite. »Morgan, bist du da?«

Als sich meine Augen an das Halbdunkel gewöhnt hatten, sah ich, daß die Bewegung auf dem Bett jäh aufhörte und Accolon sich zur Seite rollte.

»Mußt du denn so plump spionieren?« seufzte die Priesterin und zog träge das Laken über die Hüften.

»Es geht um Igraine«, keuchte ich. »Sie hat eine Art Anfall und braucht dich …«

»Ich werde gleich da sein«, kam die schroffe Antwort, worauf ich rasch Atem holte und wieder in die Halle rannte.

Als ich bei der Königinmutter ankam, ging es ihr schon besser, obgleich Nimue darauf bestand, daß sie warm eingepackt im Bett blieb. Als Morgan ein paar Minuten später auftauchte, schickte sie uns alle aus dem Zimmer und wandte ihre Heilkünste an. Welche Arzneien sie ihr auch gab, sie taten bei Igraine gute Wirkung, und bald ruhte sie friedlich.

Ich nahm an, daß mein Eindringen in Morgans Schlafzimmer, solange ich nicht davon sprach, nicht erwähnt werden würde. Als keltische Königin hatte sie das Recht, mit jedem Mann ihrer Wahl das Bett zu teilen, vorausgesetzt sie ließ ihr Volk nicht im Stich. Ich sah keinen Anlaß, die Sache ihr oder einem anderen gegenüber zu erwähnen, und war folglich überrascht, als Cathbad am selben Abend mit der kurzen Nachricht zu mir kam, die Dame lasse mich rufen.

Ich war versucht, ihn mit der Ermahnung zurückzuschicken, selbst eine Hohepriesterin könne der Königin keine Befehle erteilen. Aber um Artus' willen schwieg ich und ging zu ihr, um zu hören, was sie wollte.

Morgan saß auf einem ihrer hochlehnigen Stühle, die Arme gekreuzt. Sie entließ ihre Dienerinnen und warf mir einen stechenden Blick zu.

»Ich erlaube niemandem, über mich zu richten, ausgenommen die Göttin«, verkündete sie, ohne auch nur zu warten, bis ich mich gesetzt hatte.

»Ich habe weder das Bedürfnis noch den Wunsch, über dich zu richten«, erwiderte ich, gereizt, daß sie ohne Grund so verletzend sprach. Offensichtlich hatte sie für mich ebensowenig Verständnis wie ich für sie.

»Oh, jetzt komm aber!« Der Hohn schärfte ihre Worte. »Erwarte nicht von mir zu glauben, daß du Artus, möglicherweise meinem Gatten, nicht davon erzählen wirst, was du ohne Zweifel glaubst gesehen zu haben. Und es ist gewiß ein nettes Histörchen, um in einer Teestunde darüber zu tratschen.« Sie stand auf und schritt auf und ab, ein Bild der Entrüstung, wie ich es am Tag ihrer Ankunft gesehen hatte. »Angesichts von Männern, die Verrat wittern, und Frauen, die von sittlicher Rechtschaffenheit überquellen, können Accolon und ich unmöglich länger hierbleiben.«

»Unsinn«, brauste ich auf, über ihre Komödie verärgert, aber noch immer bestrebt, die Wogen zu glätten.

»Oh, versuche nicht, zu leugnen«, unterbrach sie mich. »Ich weiß, von welcher Sorte du bist … genauso wie meine Mutter, immer das tun, was sich schickt, und alle kritisieren, die in ihren Reaktionen ehrlicher sind. Was für ein öder, langweiliger Haufen ihr seid … Prachtstücke, die ihr Mäntelchen nach dem Wind hängen, oder Christen, die nach Sünde und Verderbtheit schnüffeln! Blieben wir in eurer ehrenwerten Gesellschaft, würdet ihr jedes unserer Worte, jede unserer Handlungen auf die Goldwaage legen und unser Leben jämmerlich machen, ohne auch nur zu begreifen, mit wem ihr es zu tun habt.«

Dieses Mal erwiderte ich ihren stechenden Blick. »Das bildest du dir alles bloß ein, Morgan, und wenn du das Thema fallenläßt, verspreche ich, niemandem davon zu erzählen. Ich habe es noch nicht getan und werde es auch in Zukunft nicht tun.«

»Das glaube ich nicht«, wütete sie. »Wenn ich bloß daran denke, auf welch vertrautem Fuß du mit diesem christlichen irischen Mädchen stehst oder mit der emporgekommenen Priesterin aus Avebury. Ich wäre dir bloß dankbar, wenn du es meiner Mutter nicht erzählen würdest; so schlecht, wie es um ihre Gesundheit bestellt ist, würde es sie umbringen.«

Wie vom Donner gerührt blickte ich Artus' Schwester an. Zum ersten Mal sah ich klar und deutlich, wie hochmütig, unsicher und ichbezogen sie war. Da sie sich durch alles bedroht fühlte, was ihrem Bestreben, die Welt zu beherrschen, in die Quere kommen konnte, richtete sie sich nicht nach der Wirklichkeit, sondern benutzte ständig ihre eigenen Vorurteile als Waffen.

Ihre Machtbesessenheit mochte unter aller Kritik sein, und ich konnte sie als ihr Vorrecht abtun. Aber daß sie glaubte, ich könnte Igraines Leben einer lächerlichen Bettgeschichte wegen aufs Spiel setzen, war eine völlig andere Sache.

Mein Zorn setzte sich über jeden Wunsch hinweg, eine friedliche Beziehung aufrechtzuerhalten, und ich stand auf, und mit aller Würde, die mir zur Verfügung stand, sagte ich langsam und bestimmt:

»Wenn du dich wieder gefangen hast, Morgan, werde ich bereit sein, dich zu empfangen; unterdessen habe ich keine Zeit, mich mit deinem aufgeblasenen Getue zu befassen.«

Ich drehte mich um, ging hinaus und sah gerade noch den ungläubigen Ausdruck in ihrem Gesicht.

Wenn sie erst einmal eine Nacht darüber geschlafen hat, sagte ich mir, wird sie sich gewiß beruhigen; wenn sie sich klarmachte, daß auch ich eine keltische Königin war und keinen Anlaß hatte, wie sie befürchtete, sie bei Hof anzuschwärzen, würde sie sich eines Besseren besinnen.

Aber Morgan überraschte mich abermals, denn sie stahl sich mitten in der Nacht mit Accolon davon. Als ich am frühen Morgen des nächsten Tages durch Bedivere davon erfuhr, war ich erschrocken und entsetzt, denn das war viel gefährlicher, als sich einfach mit einem jungen Krieger ins Bett zu legen. Unbesonnen und tollkühn war es eine bewußte Mißachtung der königlichen Anweisungen für die Kriegszeit. Morgans Handlungsweise, fast schon Verrat, konnte den ganzen Hof in Aufruhr versetzen.

Zum Glück wurde die Flucht der Dame völlig von der Ankunft eines Boten überschattet, der am späten Morgen eintraf.

Der irische Feldzug war zu Ende, und Artus kehrte heim.

44.

GLASTONBURY

Die Welt wurde grau und öde, und ich spürte, wie sich der Horizont um mich zusammenzog und nichts übrigließ als Bediveres Stimme.

»Eine Verwundung, Gwen ... nur eine Fleischwunde, kein Schädelbruch oder der Verlust eines Armes.«

Der Feldhauptmann hielt meine Hände, und ich konzentrierte mich auf sein Gesicht und versuchte verzweifelt herauszulesen, ob er schlimmere Nachrichten verheimlichte.

»Ich sage, Artus würde nichts verhehlen; und wäre es eine böse Wunde, hätte der Bote es gesagt. Solche Nachrichten kann man dem Volk nicht vorenthalten. Von einem König, der ohnmächtig wird, während er die Meldung diktiert, wird man nicht einfach sagen, er wäre ›unpäßlich‹ … und genau das steht im Bericht.«

Ich war versucht, seinem besänftigenden Tonfall und seinen beruhigenden Worten zu glauben. Die Dinge begannen wieder Farbe anzunehmen, der Duft von frisch gemähtem Gras trieb durch das offene Fenster, und die Welt war wieder in Ordnung.

»Für dieses Jahr ist der Feldzug vorbei. Der Krieg ist gut ausgegangen, und in Wales sind nur ein paar verstreute Reste des Feindes übriggeblieben; und jetzt wird Euer Gatte auf seinem eigenen Schiff zurückkommen.« Bediveres Stimme war keck und selbstbewußt. »Er wird wie ein richtiger Weltreisender in den Hafen von Glastonbury einlaufen.«

»Und wir werden ihn wie einen Helden empfangen!« rief ich und steigerte mich von der Furcht zur Hochstimmung. Ich entzog ihm meine Hände und klatschte begeistert. »Wir werden Pfeifer und Trommler kommen lassen und einen Siegeszug veranstalten und …«

»Ich glaube nicht, daß er das wirklich will«, warf Bedivere rasch ein. »Artus sagte immer, der Triumph gebühre den Soldaten, die gekämpft hätten, und da die meisten von ihnen auf dem Landweg kommen, würde er es unpassend finden, in Glastonbury eine Feier abzuhalten. Außerdem ist es bloß ein verschlafenes Fischernest, noch kleiner als Sarum.«

»Macht mir nichts vor, Bedivere«, fuhr ich ihn an, und meine Stimme wurde hart und fordernd, als mir die Wahrheit dämmerte. »Er ist zu schwer verletzt, um reiten zu können, sonst würde er die Männer selber herführen. Wie schlimm ist es, Bedivere – wie schlimm?«

Mein Freund blickte auf seine Hände, dann sagte er bedächtig: »So schlimm, daß er wohl den Winter über wird das Bett hüten müssen, schätze ich. Es heißt, daß es bereits anfängt zu heilen. Er hat die Männer immer befehligt … betäubende Mittel waren nicht nötig. Der Göttin sei Dank, daß es am Ende des Feldzuges passiert ist.«

»Wie lange habt Ihr das gewußt?«

»Ich hab es erst heute morgen erfahren, Gwen.«

Er blickte mich mit solcher Aufrichtigkeit an, daß ich ihm einfach glauben mußte.

»Wann erwarten wir ihn also?«

»Nun, sie sollten Ende der Woche in Glastonbury sein. Ich will gerade mit ein paar Wagen hin und …«

»Und mich zurücklassen? Nun hört aber auf, denkt Ihr wirklich, ich sei bereit, hierzubleiben und zu warten, bis man ihn wie ein Fuder Heu ablädt?«

Bedivere mußte lächeln, und obwohl er den halbherzigen Versuch machte, mich zum Bleiben zu bewegen, war er am Ende einverstanden.

Ich schlug vor, die Sänfte zu nehmen, weil sie ein wenig behaglicher war als ein klobiger Wagen und man die Vorhänge schließen konnte, wenn wir nicht wollten, daß das Volk sah, wie »unpäßlich« sein König war.

Da mein Instinkt mir sagte, es sei besser, möglichst wenig Aufsehen zu erregen, ging ich früh am nächsten Morgen zu den Ställen und entschied mich, Federfuß und nicht Schatten zu satteln, die zu sehr auffiel.

Nimue war bereits dort, trug eine Jacke und Reithosen, als hätte sie selber einen Reise vor.

»Ihr braucht jemanden zur Begleitung, meine Dame«, sagte sie ruhig, »und Ynys Wittrin war in den alten Zeiten ein Mittelpunkt der Götterverehrung. Es gibt dort einen heiligen Berg mit einem schneckenförmigen Heiligtum auf dem Gipfel, das der Mutter geweiht ist. Ich möchte gern gewisse Riten zu Ehren von Artus' sicherer Heimkehr ausführen … und sie um ihren Segen für Eure Fruchtbarkeit bitten.«

Was ich auch einwandte, ihre letzte Bemerkung gab den Ausschlag, und ich war dankbar für ihre Aufmerksamkeit und froh über ihre Begleitung.

Wir kamen auf der Straße rasch vorwärts und erreichten bei Anbruch der Nacht den Damm, der die Marschen durchquert und Glastonbury und den Berg von der übrigen Welt trennt. Nebel stieg auf und trieb niedrig über dem stummen Wasser. Er stieg nicht höher als bis zu den Bäuchen der Pferde, und die Tiere wateten darin, als glitten sie mühelos in eine vorbestimmte Zukunft.

In der Ferne sahen wir ein Licht, das deutlicher wurde, denn es näherte sich uns ein Reitertrupp mit hoch erhobenen Fackeln.

Federfuß' Ohren zuckten nervös, und ich wunderte mich über Leute, die auf so merkwürdige Art reisten.

Die Priesterin und ich ließen uns zu den Männern bei der Sänfte zurückfallen, damit man uns nicht erkannte. Bedivere war zur Erkundigung vorausgeritten, als Nimue plötzlich den Kopf hob und ein glückliches Lächeln ihre Züge erhellte. Sie riß ihr Pferd scharf herum und ritt rasch auf die Fremden zu, denn Merlin war uns mit einer Eskorte entgegengekommen.

Der Zauberer führte uns zu einem kleinen, bescheidenen Wirtshaus am Fuß des heiligen Berges. Wir nahmen gemeinsam ein leichtes Abendessen ein, dann fragte ich Merlin nach Artus' Befinden.

»Er wird ein paar Monate am häuslichen Herd bleiben müssen«, kam die Antwort. »Aber nach einem Kriegssommer wird es ihm guttun, eine Weile auszuruhen; vermutlich wird er Pläne für das Aufräumen machen, das nächstes Jahr ansteht. Macht Euch keine Sorgen«, setzte er hinzu und schien andere Räume und Zeiten vor Augen zu haben, »seine große Zeit wird noch kommen, und sie wird noch viele Jahre anhalten.«

Es war eine schlichte Feststellung, kein Wort zuviel oder zuwenig, aber Merlin war Britanniens Seher und Artus' persönlicher Weiser, und darum fühlte ich mich erleichtert.

Der nächste Morgen war frisch und klar, und voller Vorfreude wachte ich auf, nahm ein Stück Käse aus dem Schrank und ging nach draußen.

Das Wirtshaus lag am Eingang eines kleinen, steilen Tales, das zwischen einen sanften Hügel und den schroffen, kegelförmigen heiligen Berg gebettet war. Fruchtschwere Apfelbäume bedeckten die untere Flanke des Bergs, und als ich den Obstgarten betrat, vernahm ich Nimues helles Lachen aus einem kleinen, versteckten Häuschen. Wie es schien, hatte sich Merlin für sein Liebesnest ein passendes Plätzchen ausgesucht.

Ich las ein paar Äpfel auf und begann den langen, winkligen Grat hinaufzusteigen, der zum Gipfel des Berges führte. Auf halber Höhe stößt ein Felsen durch den Rasen, und ich setzte mich, um zu frühstücken.

Schimmernd wie poliertes Silber erstreckten sich die Wasser der

Marschen und Seen vor mir, so weit das Auge reichte. In den Flußbetten, wo Erle und Weide die Flußläufe säumten wie ein laubiges Labyrinth, spiegelte sich das Weißgold des Herbstes wider. Hier hausten Wasservögel aller Arten: Haubenenten und Lappentaucher, Moorhühner und manchmal Reiher. Das erinnerte mich an die Vogelscharen, die am Solway überwinterten – die Götter hatten Logres wahrlich ebenso gesegnet wie Rheged, und das erfreute mich.

Nachdem ich die Äpfel verzehrt hatte, stand ich auf und bemerkte die breiten Felsbänder, die sich an den Flanken des Berges entlangzogen. Sie bildeten zweifellos ein Muster, wenngleich sie den Grat, auf dem ich stand, nicht kreuzten. Einen Augenblick war ich versucht, ihnen zu folgen, bis mir einfiel, daß dieser Berg der Schauplatz uralter Riten war. Also kletterte ich lieber den steilen Grat hinauf und überließ es Nimue, den Pfaden zu folgen, die zur Göttin und ihrem Tempel in der anderen Welt führten.

Die Welt, wie man sie vom Gipfel des Bergs sieht, breitet sich wie eine geglättete Landkarte vor dem Betrachter aus. Hier und da ragten andere hügelige Inseln mit hochgelegenen Feldern aus dem Wasser auf. Manche Inseln spiegelten sich im glasklaren See, andere hüllten ihre Sockel in Nebel. Über dem Wasser stiegen Tausende von Kiebitzen und goldfarbenen Regenpfeifern auf, ein Flirren von Flügeln, wenn sie ins Sonnenlicht eintauchten oder ihm wieder entglitten. Sie waren so prall vor Leben, daß ich meinen Arm zum stummen Gruß hob, froh über das gute Omen zum Tagesanbruch.

Da sah ich es, das Schiff, das sich langsam von Nordwesten näherte. Ich beschattete die Augen und spähte unverwandt auf das große Gefährt, das dem Holzschiff ähnelte, das einst bei Morecambe gestrandet war. Es schien in unsere Richtung zu steuern, und als ein Windstoß die Flagge lüftete und das Banner des Roten Drachen sich langsam bauschte, stieß ich einen wilden Schrei aus und rannte den Grat hinab.

»Es ist da! Artus' Schiff ist da!« schrie ich, vergaß jede Zurückhaltung und stürzte in Merlins Schlupfwinkel.

Nimue und Merlin standen zusammen an einem Tisch und betrachteten eine Schriftrolle mit einer alten Handschrift. Sie waren so in ihr Studium vertieft, daß ich auf der Schwelle stehenblieb, weil ich mich plötzlich scheute, so rücksichtslos in ihre Welt einzubrechen.

»Nun, kommt herein, meine Dame, und schließt bitte die Tür. Unnötig, die ganze Umgebung zu heizen.« Merlin deutete auf einen Schemel am Herd, und Nimue goß mir einen Becher Apfelwein ein, während der Zauberer das Pergament zusammenrollte. »Sie werden noch eine Stunde brauchen, um den Anleger von Wearyall Hill zu erreichen, also könnt Ihr Euch genausogut hinsetzen und warten.«

Nach der ersten wunderbaren Erregung, zu wissen, daß Artus heimkehrte, war unser wirkliches Wiedersehen enttäuschend. Von einer Schar junger Männer umgeben wurde Artus auf einer Bahre ans Ufer getragen und sah grau, erschöpft und schrecklich schwach aus. Als ich zu ihm kam, nahm er meine Hand, doch seine ganze Aufmerksamkeit galt Bedivere. Sie grüßten sich, tauschten die neuesten Nachrichten und ein paar Willkommensfloskeln aus, bevor wir den langsamen Marsch zurück zum Wirtshaus begannen. Ich hielt Artus' Hand, und er drückte meine Finger von Zeit zu Zeit heftig, wenn ein falscher Tritt die Bahre erschütterte, aber das war alles. Erst später, als er in einem sauberen Bett lag und alle gegangen waren, blickte er mich genauer an und lächelte.

»Den Umhang habe ich nicht getragen«, bemerkte er trocken, »also ist er noch ganz ansehnlich. Falls ihn jemand trägt, dem es besser geht als mir.«

Ich nahm seine Hand und preßte sie an meine Wange.

»Es ist so schön, daß du lebend heimgekommen bist«, flüsterte ich.

»Bist du … das heißt, sind wir …?«

Ich begriff nicht sofort, daß er wissen wollte, ob ich schwanger sei.

»Nein«, erwiderte ich.

»Schade«, seufzte er und schloß die Augen, als wollte er schlafen. »Angesichts dieser Wunde werde ich daran in den nächsten Monaten nichts ändern können, fürchte ich.«

»Das ist schon in Ordnung«, sagte ich und strich ihm das Haar aus der Stirn. »Im kommenden Frühjahr werden wir mehr als genug Zeit für eine ganze Kinderschar haben. Na ja, vielleicht nicht alle auf einmal«, fügte ich hinzu, als er eine Augenbraue hob. »Aber jetzt schlafe, und über die Zukunft sprechen wir, wenn du dich wohler fühlst.«

Er nickte, die Augen immer noch geschlossen, dann murmelte er: »Hat Morgan dich begleitet, oder pflegt sie in Sarum noch die Verwundeten?«

»Nein«, sagte ich ausweichend. Hielt er seine Verwundung etwa für so schwer, daß er glaubte, ihre besondere Behandlung zu brauchen? Ich wußte nicht, was ich ihm über ihre Abreise erzählen sollte. Ich wollte ihre Liebelei mit Accolon nicht erwähnen, denn sollten die Hohepriesterin und ich uns nach unserem jüngsten Zwist jemals wieder versöhnen, würde sie anerkennen müssen, daß ich kein Schwatzmaul war. Daß sie dem königlichen Befehl zum Trotz abgereist war, würde Bedivere dem König am besten berichten können. Also sagte ich einfach, an Morgans Stelle sei Nimue mitgekommen, die vorhätte, auf dem Berg einen besonderen Ritus auszuführen.

Ich wußte nicht, ob Artus mich hörte oder ob er bereits eingeschlafen war, aber zu meiner großen Erleichterung kam er auf Morgan nicht mehr zu sprechen.

Als Artus gänzlich ausgeruht war und das Schwanken und Taumeln der Sänfte besser vertrug, reisten wir nach Sarum zurück. Dort hatte sich seit unserer Abreise nichts verändert, obgleich Igraine zwei Tage später um Erlaubnis bat, packen und in ihr Kloster zurückkehren zu dürfen, und ich es ihr um keinen Preis ausreden konnte.

»Jetzt kann Bedivere eine Eskorte erübrigen, und da Artus zurück ist, werdet ihr zwei Zeit brauchen, um euch an das gemeinsame Regieren zu gewöhnen«, sagte sie energisch.

Am Ende der Woche, als sie fertig gepackt hatte, kam sie in Artus' Gemach, um förmlich Lebewohl zu sagen. Ich wollte sie allein lassen, weil ich dachte, das gebe ihnen die Möglichkeit, ihre Gefühle freimütiger auszudrücken, aber beide machten ein solches Geschrei, als ich mich zurückziehen wollte, daß ich schließlich blieb. Später, als ich sie zur Sänfte brachte, ergriff Igraine meine Hand.

»Es gibt wahrscheinlich keine Möglichkeit, das Unrecht wiedergutzumachen, das ich meinen Kindern, wie sie glauben, angetan habe, alles im Namen der Liebe. Aber es hilft mir zu wissen, daß du an seiner Seite bist und wenigstens nicht schlecht von mir denkst.« Sie lächelte mir zu. »Du wirst nicht nur eine gute Königin werden, du bist mir in meinem Alter auch eine wunderbare Tochter.«

Dann umarmten wir uns wie Mutter und Tochter, und ich bat sie, mich wissen zu lassen, wenn sie je etwas brauchen sollte.

»Natürlich«, erwiderte sie, »und du mußt mir das ebenfalls versprechen.«

Als sie in der Sänfte saß und die Pferde anzogen, winkte sie ein letztes Mal. Neben ihr saß Ettard und weinte still, denn sie konnte ihre Trauer nicht verbergen, den Hof verlassen zu müssen. Als das Gefolge fort war, eilte ich, das Gesicht tränenfeucht, zu Brigit.

Nach Morgans Abreise hatte Brigit die Führung des Hospitals übernommen und als Hilfe Frieda angeworben.

»Wenn ich mit Morgans keltischen Göttern nicht arbeiten kann, dann gewiß mit Friedas sächsischen Gottheiten«, sagte sie zu mir. »Außerdem ist Frieda, seit man Griflet hergebracht hat, Tag und Nacht hiergewesen. Sie braucht etwas, das sie in Gang hält, und wir brauchen zusätzliche Hilfe.«

»Wie geht es dem Jungen?« fragte ich, nahm einen frisch gewaschenen Verband und rollte ihn zusammen.

»Schlecht … sehr schlecht. Ich bin keineswegs sicher, daß wir ihn durchbringen.«

Brigits Stimme war schroff, denn sie hatte keine Zeit, die Ungerechtigkeit des Schicksals zu bejammern; dann sah sie mich mit einem verschlagenen Lächeln an. »Aber wir werden ihn nicht kampflos aufgeben.«

Wie sich erwies, gesundete Griflet rascher als Artus, und am Samhain war er auf den Beinen, besuchte den Hochkönig jeden Tag und beschäftigte sich fortwährend mit den Hunden.

»Komme mir alt vor«, brummte Artus eines Morgens nach einem solchen Besuch.

»Gebrochene Rippen sind etwas anderes als Fleischwunden«,

erwiderte ich und schüttelte das Kissen auf, das ich für seinen Stuhl gemacht hatte.

»Und Jungen gesunden rascher als Männer«, erwiderte er ärgerlich.

Ich holte das Damebrett und stellte die Steine auf und hoffte, das Spiel würde seine Laune heben, aber er schob es mit einem Fluch beiseite.

»Ich habe die Nase voll von Spielen und müßigem Geschwätz. Verdammt, ich sollte arbeiten und dieses Land regieren und nicht wie ein Invalide hier herumsitzen, der nicht auf sein Pferd steigen, nicht mit seiner Frau schlafen und sich nicht einmal in diplomatischer Mission ins Lager des Feindes begeben kann!«

»Du hast doch gearbeitet«, widersprach ich. »Immerhin haben wir Verträge mit den irischen Siedlern in Wales entworfen, die ihnen zu neuen Regierungen verhelfen, mit Männern wie Agricola an der Spitze; Männer, auf deren Treue du bauen kannst. Geraint hat Devon unter Kontrolle, und Theo und sein Hauptmann Marcellus haben sich verpflichtet, dafür zu sorgen, daß die Meerenge von Bristol von Eindringlingen frei bleibt. Die verschiedenen Königreiche haben ihre neuen Führer akzeptiert und schicken ihre besten Krieger, um unter deinem Banner zu kämpfen. Das sind ziemlich eindrucksvolle Leistungen für einen Mann, der erst seit knapp zwei Monaten wieder daheim ist.«

»Aber das ist nicht genug, Gwen, es ist nicht genug«, sagte er gereizt. »Verträge sind nur so gut wie die Männer, die sie unterzeichnen; und sie bedeuten nicht viel, wenn ich die Könige nicht von der Bedeutung der britannischen Sache überzeugen kann – von der Notwendigkeit, sich zu einer tatkräftigen Einheit zusammenzuschließen. Merlin sagt, ein neues Ideal sei notwendig, ein neuer Entwurf, die Leute zu verbinden; die Religion vermag das nicht, weil die Glaubensrichtungen der Leute zu verschieden sind.« Er seufzte gequält. »Wenn wir nicht bald eine Lösung finden, werden die Sachsen unsere Schwäche erkennen und wieder zum Angriff übergehen. Ich weiß, daß sie weitere Pläne haben, über die britannischen Herzlande herzufallen. Ich spüre es ganz einfach. Ich weiß nicht, welchen sächsischen Verbündeten ich trauen kann und welche auf Ausbreitung erpicht sind. Meine

Informationen kommen stückchenweise, und dann beruhen sie in der Regel nur auf Beobachtungen, nicht auf echtem Wissen. Ich brauche jemanden, der die Sprache spricht.«

»Frieda … Frieda ist Sächsin, und sie kann uns die Sprache beibringen«, schlug ich vor. »Wir können sie beide lernen, und wenn du mit ihnen zu tun hast, wirst du eine bessere Grundlage haben.«

Es gab eine lange Pause, während Artus darüber nachdachte, und schließlich war er einverstanden. »Das ist eine gute Idee«, sagte er und stellte das Damebrett wieder auf. »Eine wirklich gute Idee, tatsächlich. Wenn ich es auf dem Schlachtfeld nicht mit ihnen aufnehmen kann, werde ich mich wenigstens darauf vorbereiten, sie in ihrer eigenen Sprache zu übertreffen.«

Also begann Frieda uns zu unterrichten; und sie gab sich Mühe, unseren flüssigen keltischen Tonfall in das sächsische kehlige Rollen zu verwandeln. Artus war ein viel schlechterer Schüler und das sächsische Mädchen viel geduldiger, als ich erwartet hatte, also machten wir stetige, wenn auch nicht gerade atemberaubende Fortschritte. Und es verschaffte ihm eine Beschäftigung während der Wintermonate. Er setzte den Unterricht sogar fort, nachdem er wieder auf den Beinen war und Bedivere jeden Tag auf dem Exerzierplatz Gesellschaft leistete.

Die Pläne für die Reiterei erhielten nach dem irischen Feldzug neuen Auftrieb, denn die Bedeutung der Steigbügel war erwiesen, und unsere Reitertruppe war von einer Handvoll Gefährten zu einer eindrucksvollen Streitmacht herangewachsen. Bis Artus imstande war, die praktischen Übungen zu beaufsichtigen, hatten Bedivere und Palomides eine Anzahl wichtiger Neuerungen eingeführt, welche die Reiterei zu einer schlagkräftigen Einheit machten. Sie bot einen fesselnden Anblick, und Artus' Laune hob sich unverzüglich.

Hilfreich war auch, daß wir wieder miteinander schliefen. Das ergab sich genauso selbstverständlich wie das gemeinsame Regieren des Königreiches; es war angenehm und fruchtbar (wenngleich noch nicht in bezug auf Kinder), und wenn ich auch in der Vereinigung keine große Leidenschaft oder überströmende Gefühle erlebte, so war sie auch nicht enttäuschend. Artus ging mit dem Beischlaf genauso um wie mit allem anderen: direkt und freimütig, ohne Tändelei oder große Umstände. Ich hoffte, daß wir im Lauf der Zeit vielleicht mehr Zärtlichkeit entwickeln würden, war jedoch willens, diese Liebe, so wie sie im Augenblick war, hinzunehmen.

»Die neuen Reiter werden immer besser«, sagte er eines Nachts, als wir vor dem Einschlafen aneinandergeschmiegt dalagen. »Ich denke, wir sollten ihnen Gelegenheit geben zu zeigen, was sie inzwischen können.« Er stützte sich auf einen Ellenbogen und blickte sinnend aus dem Fenster auf den Halbmond. »Es ist Zeit, mit dem Hof nach Caerleon umzuziehen und ein Turnier zu veranstalten. Wir können es mit der Feier zu meiner Genesung verbinden und die Gelegenheit wahrnehmen, den Iren nachdrücklich klarzumachen, daß ich entschlossen bin, Wales fest in meiner Hand zu behalten!«

Er sprang aus dem Bett, vergaß den Schlaf, so sehr befeuerte ihn diese Idee. Er machte Licht, und wir begannen eine Liste aller Leute zu diktieren, die eingeladen werden sollten. Schließlich umfaßte sie beinahe alle Personen, die zur Hochzeit gekommen waren, mit Ausnahme von König Marke, den wir beide nicht dabeihaben wollten.

Als wir zu Morgans Namen kamen, warf ich ihm einen Blick zu. Ob die Dame kommen würde? Die Ehre verbot mir, den Grund ihrer Abreise zu nennen, und Artus hatte nie darüber gesprochen; er hatte vermutlich keine Ahnung von ihrer Feindseligkeit mir gegenüber.

»Du wirst den Gästen mit dem ganzen Zeremoniell vorgestellt werden, das einer Hochkönigin zusteht«, verkündete er und ging ungeduldig auf und ab, »so wie wir es gemacht hätten, wäre der irische Feldzug nicht dazwischengekommen. Außerdem hat Merlin mir einmal gesagt, es wäre eine gute Idee, sich jedes Jahr von den Vasallenkönigen ihre Treue erneut bestätigen zu lassen. Wir werden das alles im Rahmen eines großen Festes machen, zu Pfingsten, im Frühling. Was hältst du davon?«

»Ich denke, es wird zugehen wie in einem Tollhaus«, lachte ich. Hieß es nicht das Schicksal herausfordern, wenn wir abermals so viele rivalisierende Parteien zusammenbrachten?

»Ja«, sagte er und legte sich einen Umhang um. »Es muß einen

Weg geben, sich über alle diese königlichen Ichs hinwegzusetzen. Wo sitzt wer, zum Beispiel«, sagte er verächtlich.

»Das läßt sich leicht regeln. Stelle die Tische einfach im Kreis auf, wie wir Kumbrier es bei Ratsversammlungen machen.« Ich zog die Knie unters Kinn und stopfte die Bettdecke fest. »Auf diese Weise kommt allen Gästen der gleiche Rang zu, und zwischen den Tischen läßt du genug Raum, damit die Diener sich bequem bewegen können.«

Artus blieb wie angenagelt stehen und starrte mich an. Es war schwer zu erkennen, ob er mich anschaute oder durch mich hindurch, aber ich erwiderte seinen Blick und rätselte, was er sich jetzt wohl ausdachte.

»Auf der Reise in den Süden haben wir das gemacht, nur ohne die Tischplatten«, fuhr ich fort, »und meine Vorfahren haben es seit Generationen so gehalten. Wenn die empfindlichen Kelten damit zufrieden sind, warum dann nicht auch die römisch-bretonischen Herren?«

Artus lächelte strahlend, und seine Augen begannen spitzbübisch zu funkeln.

»Bei Jupiter! Bedivere sagte, ich täte gut daran, auf dich zu hören! Ein Kreis – wie ein großer runder Tisch, wo es kein Kopfende und kein Fußende gibt. Was für ein toller Einfall! Die Politiker unter ihnen werden sich noch wochenlang die Köpfe darüber zerbrechen, ob sie sich nun geschmeichelt oder beleidigt fühlen sollen!«

Er ergriff die Laterne und eilte zur Tür.

»Artus, wohin willst du?« rief ich, kroch aus dem Bett und lief ihm nach.

»Ich muß Merlin davon erzählen«, sagte er und zerrte ungeduldig an den Schnüren, welche die Ledervorhänge zusammenhielten.

Ich stellte mich vor ihm auf und zeigte zum Fenster. »Es ist längst Mitternacht vorbei; sieh doch, sogar der Mond ist untergegangen. Um der Göttin willen, bringe den Zauberer nicht um den Schlaf. Du kannst das morgen mit ihm besprechen.«

Die Nachtkälte biß mir auf der Haut, und ich begann zu zittern, während ich Artus anlachte. Er stand da und sah so aus, als erblickte er dieses Mal wirklich mich.

»Vielleicht hast du recht«, sagte er schüchtern, hängte die Laterne wieder an den Haken und umschlang mich mit beiden Armen. »Wer weiß, welche Ideen noch kommen können, wenn wir ihnen dazu Gelegenheit geben.«

Ich lachte abermals – das tiefere, rauhere Lachen, das von der Göttin stammt – und dachte freudig, daß Artus nun endlich wieder ganz und gar er selbst war.

45.

DER RUNDE TISCH

Die Vorfreude auf das Fest in Caerleon erfüllte den winterlichen Hof mit den farbenprächtigen Bildern von Gepränge und Frohsinn. Boten wurden durch das ganze Reich geschickt, um die Könige Britanniens zu Pfingsten zu uns einzuladen, und am Ende jeder Schriftrolle prangte das scharlachrote Drachensiegel.

Merlin rief die besten Handwerker und Möbeltischler von Logres zusammen und nahm sie mit nach Caerleon, wo sie die besonderen Tische bauten, die beim Fest in einem Kreis aufgestellt werden sollten. Jede Frau am Hof nahm Nadel und Faden und half dabei, die vornehmen Namen unserer Gäste in Tücher zu sticken; die Reiter polierten ihr Zaumzeug, und die Köche machten sich daran, feine Menüs zusammenzustellen, die uns allen Ehre machen sollten. Kay durchstreifte sogar das Land auf der Suche nach Verstecken der hochgeschätzten Fischsauce, die man vielleicht auch in nahen Speisekammern hätte finden können, und die Amphoren, die er entdeckte, wurden ordnungsgemäß auf Packpferde geladen und sorgsam vorausgeschickt. Als wir selbst nach Caerleon aufbrachen, hatten wir seit Wochen an nichts anderes gedacht als an das Fest.

Glücklich, sich wieder rühren zu können, war Artus überall zugleich, ritt mit Bedivere, scherzte mit Gawain, beriet mit Merlin. Für mich selbst war es eine freudige Erleichterung, ein anderes Stück von Britannien kennenzulernen, nachdem ich ein Jahr mit den langen Wellenkämmen der grünen Hügellande gelebt hatte.

Wir reisten gemächlich und schlugen am zweiten Abend unser Lager an einem Abhang auf, der das dampfende, stinkende Tal überblickte, in dem einst der römische Badeort Bath gelegen hatte.

Kay betrachtete die Ruinen der Stadt und taxierte mit den Augen eines Steuerschätzers jede bröckelnde Säule und jede eingestürzte Arkade.

»Wie stehen die Chancen, die Stadt wieder aufzubauen?« fragte Artus und deutete auf die Geröllhaufen und Bruchstücke von steinernen Bogengängen, die im späten Licht golden glänzten.

»Den Sumpf trockenlegen … die Gebäude abstützen?« Der Seneschall dachte nach. »Es wäre zuviel Aufwand, alles zu retten, aber die Bäder könnte man vielleicht erhalten; vermutlich leben nicht genug Leute hier, um die alte Eleganz aufrechtzuerhalten, aber einen Ort mit natürlichen heißen Quellen sollte man nicht verkommen lassen. Ich kann mich darum kümmern, wenn du willst.«

Artus brummte zurückhaltend und ließ seinen Blick auf den Überresten eines anderen Zeitalters ruhen. Schilf und Binsen verstopften jetzt den Flußlauf, und auf den stehenden Tümpeln schwammen Unmengen von Seerosen, weich, fleischig und träge. Das eingestürzte Mauerwerk und die zerbrochenen Statuen an den Quellen waren in heiße Dämpfe gehüllt, manchmal deutlich erkennbar, manchmal im Dampf verborgen. Es war wie ein Traum von vergangenem Glanz, der sich zaghaft in die Gegenwart drängte.

An diesem Abend machte ich mit Artus die Runde durch das Lager, und hinterher blieben wir auf einem Felsvorsprung stehen und blickten noch einmal auf die Ruinen. Sie leuchteten im Mondlicht, eine fremdartige, zeitlose Verlockung.

»Ein Gefühl des eigenen Wertes – das braucht Britannien«, sagte er mehr zu sich selber. »Den Glauben an etwas, das ehrenhaft, aufrichtig und wirklich ist. Diese Angewohnheit, in die Zeiten des Reiches zurückzublicken oder sogar in die älteren Zeiten der Helden – das ist schön, aber es ist wie eine Mahlzeit, an die du dich erinnerst: Du kannst dir den Geschmack vergegenwärtigen, aber er füllt dir nicht den Magen. Die Leute müssen auf das stolz sein, was sie jetzt, heute, tun – mit der Möglichkeit, ihren augenblicklichen

Wert zu erkennen. In Britannien gibt es nichts, was nicht zu retten wäre, wenn die Leute bloß ihren Sinn darauf richten würden, und das gilt für das tägliche Leben und den Handel ebenso wie für verstopfte Abzuggräben und verfallende Gebäude. Solange sie sich besiegt und ängstlich vorkommen, unfähig, die Dinge in Ordnung zu bringen, werden sie nichts leisten können, und sie werden wie Ratten in den Ruinen herumschleichen, die sie selber geschaffen haben.«

Er seufzte und blickte düster in die Nacht. Ich wußte inzwischen, daß es Zeiten gab, da Artus von mir nichts anderes erwartete als schweigende Unterstützung, also hörte ich still zu und vertraute darauf, daß die Lösung des Problems, mit dem er sich herumschlug, wenn die Zeit reif war, Gestalt annehmen würde, klar, umfassend und zweckdienlich.

Die Überquerung des Severn mit der Fähre ging glatt vonstatten, und an einem strahlenden Nachmittag ritten wir mit flatternden Fahnen in Caerleon ein.

Die Stadt prangte mit einer Blütenpracht, und Banner und Markisen schmückten die Gebäude, während auf den Wiesen außerhalb die Zelte der Edelleute leuchteten, die unserer Einladung gefolgt waren. An den Straßenecken sah man Jongleure, und vor dem Amphitheater erfreute ein Tanzbär die Menge.

Die Arena war für die Vorführungen der Reiterei vorbereitet worden, und es versammelten sich dort Schmiede und Sattler, Pferdeärzte und Soldaten, um Ratschläge und Informationen über letzte Verbesserungen und die allerneuesten taktischen Manöver zu bekommen. Das Turnier selbst dauerte zwei Tage und umfaßte Reiterkunststücke, Exerzieren, Scheingefechte, vor allem aber das beliebteste keltische Bravourstück, den Zweikampf zu Pferde. Artus und ich saßen unter einem Baldachin, der sich über der Tribüne der Preisrichter wölbte, applaudierten den verschiedenen Teilnehmern und gaben uns Mühe, die Preise gerecht zu verteilen, damit keine Partei unzufrieden und reizbar wurde.

Sogar die Königinmutter war zu den Festlichkeiten erschienen, obgleich unübersehbar war, daß ihre Gesundheit nachließ. Sie sah bleicher und erschöpfter aus als früher, doch ihre Augen funkelten noch immer humorvoll, wenn wir uns unterhielten, und es tat mir leid, daß ich nicht mehr Zeit für sie hatte.

»Das ist schon in Ordnung, Kind«, wandte sie sanft ein. »Schließlich hast du genug damit zu tun, Königin zu sein.«

Ich war ihr dankbar für ihr Verständnis und eilte in meine Gemächer, um mich für das Fest umzukleiden.

Später, als Vinnie mein Haar in Wellen und Zöpfe legte, so daß die Spange stolz auf einer Fülle rotgelber Locken prangte, und ich die langen, goldenen Ohrringe aus Brigits Familie trug, nahm ich den eleganten, goldenen Torques, den Igraine mir geschenkt hatte. Das Stück war, länger als sich jemand erinnern konnte, in Cuneddas Familie gewesen, und die kleinen Tiere an den Knäufen erwiderten meinen Blick überrascht und glotzäugig.

Wie viele andere Frauen hatten diesen Halsreif getragen und an die Leben gedacht, die er miteinander verband? Das uralte Zeichen der Freigeborenen, ein einzigartiges Kleinod, es war vielleicht in Zeiten großer Ehren und Zeremonien, in Zeiten großen Leides getragen worden, und auch bei Staatsempfängen und an den hohen, heiligen Tagen des Zaubers und Tanzes. Die geflochtenen Stränge schimmerten durch die Zeitalter wie die verschlungenen Fäden der Schicksalsgöttin; stolzes, unbeflecktes Symbol der Würde und des Mutes aller, die das Recht hatten, dieses Stück zu tragen.

Es legte sich leicht um meinen Hals, und ich stand auf, um mich im Spiegel zu betrachten. Über Mamas bezaubernde Schönheit oder Gemütsruhe würde ich nie verfügen, aber das grünseidene Kleid war für meine größere, schlankere Gestalt geändert worden, und der Goldschmuck verlieh meinem Spiegelbild eine königliche Aura.

Brigit, die hinter mir saß, flüsterte Vinnie halblaut zu: »Sie sieht wie eine richtige Königin aus, nicht wahr?«, und die Matrone blickte sie empört an.

Doch Brigits schelmisches Gesicht brachte sogar Vinnie zum Lächeln, und nach einer übertrieben langen Prüfung nickte meine Erzieherin: »Ich denke, ja …«.

Ich lachte, denn ich erinnerte mich, wie lange ich versucht hatte, genau diesem Schicksal zu entgehen. Irgendwo hörte ich auch Mamas Stimme im Raum und hoffte, sie würde Nonny erzählen, daß ich am Ende Cuneddas Geschlecht doch noch Ehre machte.

Auch Artus nickte mir beifällig zu, als wir zusammen an der großen Halle ankamen. Vielleicht würde ich ihm eines Tages erzählen, wie ich vorgehabt hatte, lieber auszureißen als seine Braut zu werden, doch im Augenblick war ich glücklich, mit ihm Arm in Arm zu gehen.

Am Eingang der großen Halle hielt ich den Atem an. Merlin hatte darauf bestanden, den Raum selber herzurichten, und mir gesagt, ich sei als Hilfe bei Kay nützlicher als beim Aufstellen der Tische. So kam es, daß ich wie alle anderen Edelleute verblüfft war, als ich den runden Tisch zum ersten Mal sah.

Der Wände des Raumes waren mit Bannern und Schilden und hellen Wandteppichen aller Art geschmückt. Wandleuchter trugen lodernde Fackeln, und auf jedem Tisch schwammen kleine Sonnen in kristallenen Kerzenschalen mit sauber geputzten Dochten.

Die Tafel war mit weißem Leinen gedeckt, das die klobigen Tische verbarg. Sie waren im Kreis aufgestellt, wie ich es von daheim kannte, nur daß es hier in der Mitte keine Feuerstelle gab. So war der Blick nicht durch einen Wald von Kaminböcken und baumelnden Töpfen versperrt. Frische Binsen bedeckten den Boden, und der Platz jedes Gastes war mit frischen Wiesenblumen geschmückt.

Jeder Edelmann an der Tafel hatte seinen eigenen Stuhl, über dessen Lehne eine Stoffbahn hing, in die sein Name und sein Rang eingestickt waren, während sein Gefolge hinter ihm plaziert war. Die meisten Gäste hatten bereits Platz genommen, und mir fiel auf, daß man die Gefährten vorsorglich zwischen Vasallenkönige und Herrscher aus anderen Reichen gesetzt hatte.

Merlin hatte alles prächtig eingerichtet und meine Erwartungen weit übertroffen, und insgeheim beglückwünschte ich ihn zu dieser guten Arbeit.

Der Trompeter blies auf ein Zeichen Artus' ein Signal, und alle erhoben sich. Wir durchquerten zusammen die Halle. Artus bewegte sich inzwischen schwungvoll, ohne eine Spur von Hinken und Steifheit, und man hätte nie vermutet, daß er so schwer verletzt worden war. Ich warf ihm einen verstohlenen Blick zu. Er sah wunderbar aus: stolz, erwartungsvoll und seiner Welt gewiß.

Nachdem wir Platz genommen hatten, trat Merlin in die Mitte des Kreises und hob die Arme zum Gebet. Er rief alle Götter an, den christlichen und die nichtchristlichen gleichermaßen, und dann wandte er sich an unsere Gäste.

Er ließ seine Blicke langsam um den Kreis wandern und zog die Aufmerksamkeit der Gäste so mühelos auf sich wie ein Weber, der seine Fäden zusammenzieht, wenn er den Rahmen eines Webstuhls herumwirft. Es wurde ganz still, und die erstaunliche Stimme des Zauberers umfing, anfangs leise, die Gäste in der Halle.

»Gefährten von Artus, Verbündete, Herrscher und Helden vieler Reiche, Ihr seid hergekommen zu einer der prächtigsten Versammlungen in Friedenszeiten, die Britannien je gesehen hat. König und Herzog, Graf und Krieger, Freier, Edelmann, Druide und Bischof: Ihr seid die Blüte dieses Landes, versammelt zu Ehren des Hochkönigs und seiner Königin. So heiße ich Euch denn, hohe Herren und Damen des Reiches, im Namen von Artus und Ginevra willkommen.

Bemerkt wohl diese Einheit Albions, die auf besonderen Wunsch Eures Hochkönigs zustande gebracht wurde! Seid Ihr nicht Kumbrier und Kornier, Bretonen und Pikten, Schotten und Iren und Römer: Freie allesamt, mächtig im eigenen Land, doch bereit, persönlichen Zwist zu vergessen um der Gelegenheit willen, an dieser großen Feier teilzunehmen? Und blicken nicht Eure Götter wohlgefällig auf dieses schöne Paar herab, das uns auf diese Weise zusammengebracht hat?«

Der Zauberer machte eine Pause, und ich stellte mir vor, wie sehr mein Vater diesen Augenblick genossen hätte, und ich wünschte, er wäre hier.

Merlin fuhr fort, und seine Stimme, welche die Halle erfüllte, widerhallte von Prophetie und Weisheit.

»Auf daß alle es wissen, die hier versammelt sind, sage ich Euch, daß Ihr an der Schaffung einer neuen Ordnung teilnehmt. Solange das Reich bestand, haben die Barbaren Städten und Villen gleichermaßen Tod und wütende Zerstörung gebracht. Regierungen haben sich geduckt aus Angst vor Plünderern, und heilige Männer jeglichen Glaubens wurden bei diesen scheußlichsten Erschütterungen hingemetzelt. Doch es war an den Himmel geschrieben worden, daß Britannien sich erheben würde, um sich zu verteidigen. Ein mächtiger König würde seine Landsleute um sich scharen gegen die Flut der Eindringlinge, die an unser östliches Gestade brandet, und er und seine Gefolgsleute würden die Barbaren fernhalten, während das übrige Reich sich verdunkelt.

Wisset, daß die alte Prophezeiung sich erfüllt hat, denn Artus Pendragon ist dieser König, und seine Versammlung der Helden Britanniens ist nur die erste Offenbarung dieser Bestimmung. Von diesem Tage an werden die Verbündeten von Artus den Göttern teuer sein, geeint unter dem Banner des Roten Drachen. Darum bringe ich Euch einen Trinkspruch dar.«

Es gab eine Pause, und ihm wurde ein gefüllter Becher gereicht. Die Zuhörer wagten kaum, sich zu rühren, vor Ehrfurcht, daß der Zauberer ihnen eine solche Ehre erwies. Artus saß auf der Stuhlkante, die Finger so heftig zusammengepreßt, daß die Knöchel sich weiß färbten. Als ich mich in der Halle umblickte, wurde mir klar, daß es nicht einen einzigen Führer gab, der nicht genauso in den Bann geschlagen war. Gefangen von Merlins Vision sahen sich alle Edelleute in einem anderen Licht, und das Feuer der Begeisterung ergriff sie.

»Auf die Ritter der Tafelrunde!« sagte Merlin und hob sein Glas zum althergebrachten Trinkspruch. »Auf dieses mystische Bündnis von Führern in Krieg und Frieden. Jetzt, in diesem Augenblick, formen die Götter Euren Platz in der Geschichte. In der Bretagne und in Spanien, im nahen Schottland und im fernen Konstantinopel werden sie von Artus' Hof hören und herkommen, um ihre Ehre der britannischen Sache zu weihen. So grüße ich, Merlin der Magier, Euch, die ersten dieser großen Gefolgschaft. Als Mitglieder der Tafelrunde werdet Ihr Teil eines Ruhmes sein, von dem man allzeit künden wird. Möge Eurer Mut beglänzt, Eure Ehre erhöht und Eure Treue durch ewigen Ruhm belohnt werden.«

Er vergoß das Trankopfer für die alten Götter, und dann leerte er seinen Becher auf einen Zug wie ein alter Krieger.

Tosender Beifall schlug ihm von den Gästen entgegen, die berauscht waren vor Erregung und Stolz, ihm Ehre zu erweisen.

Artus grinste über das ganze Gesicht und applaudierte wie alle anderen. Er beugte sich zu mir und brüllte durch den Lärm: »Ich denke, wir haben es geschafft! Wir haben ihnen das Gefühl gegeben, daß sie etwas wert sind!«

»Du hast das geplant?« fragte ich.

Er nickte wortlos, und dann erhob er sich und forderte die Versammlung zu stehendem Beifall für seinen alten Erzieher auf.

Anschließend deutete der Zauberer auf uns. »Jetzt«, erklärte er, »ist es an der Zeit, Artus und seiner Königin Ginevra Ehre zu erweisen.«

Die Halle füllte sich mit murmelnder Unterhaltung, und die Gäste machten es sich bequem. Ich bemerkte, daß es Lavinia gelungen war, neben Agricola gesetzt zu werden; ich lächelte und hoffte, diese Gesellschaft würde sie für alle Jahre harter Geduldsproben und endloser Bemühungen, eine Dame aus mir zu machen, entschädigen. Die gute Matrone hatte es zweifellos verdient.

Igraine, die neben mir saß, hatte eine Unterhaltung mit Brigit begonnen, und als ich mich nach Bedivere umsah, entdeckte ich ihn neben Gawain und Palomides; ohne Zweifel hatte er die Absicht, wenn nötig unseren heißblütigen jungen Helden zurückzuhalten.

Sogar Morgan war anwesend und saß in hochmütiger Majestät auf ihrem Platz, ohne mit jemandem zu reden, und ich fragte mich, ob sie ohne Accolon gekommen war. Erst später entdeckte ich ihn unter den jungen Kriegern der gallischen Abordnung.

Merlin machte mit der Eleganz eines erfahrenen Höflings eine tiefe Verbeugung vor mir. Ich dachte einen Augenblick, er hätte sogar gelächelt, doch dann blickte er wieder die Gefährten an, und seine schöne Stimme verkündete den Namen des ersten Edelmannes, den er vorstellte.

Welch eine außergewöhnliche Ehre, dachte ich, wenn der eigene Name vom Zauberer ausgerufen wird anläßlich dieser ersten Versammlung der Tafelrunde. Dieser unvergeßliche Klang würde sich sicherlich irgendwo erhalten, Bestandteil der Musik der Zeit, so daß spätere Generationen ihn hören und ehrfürchtig flüstern konnten: »Welch ein wunderbares Ereignis war das!«

Artus und ich saßen würdevoll auf den harten, flachen Sitzen der geschnitzten Stühle und grüßten jeden der Edelleute, der vorgestellt wurde. Einigen war ich natürlich bereits begegnet, doch viele kannte ich nur dem Namen nach. Cador, der Herzog von Cornwall, war ein Mann wie ein geschmeidiger Wolf, nur schlanker und älter, als ich erwartet hatte, mit grauem Haar und einem Gesicht, in dem Schlachten und Wind und Wetter ihre Spuren hinterlassen hatten. Sein Betragen war von einer altmodischen Ritterlichkeit, die bezaubernd war, als er sich erst tief vor der Königinmutter verbeugte, bevor er mir vorgestellt wurde. Erst später fiel mir ein, daß Igraine in den Tagen, da Gorlois noch lebte, seine Stiefmutter gewesen war.

Urien von Northumbrien war kleiner und sein Betragen gelassener, als ich mir vorgestellt hatte, wenn ich an den Ärger dachte, den er Rheged bereitet hatte, als ich Kind war. Er kniete stolz vor mir, erwies der Gattin des Hochkönigs die Ehre, die ihr zustand, und ich lächelte hoheitsvoll und dankte ihm für seine Bündnistreue. Ich hörte noch deutlich meinen Vater sagen, es sei besser, Urien als Verbündeten denn als Feind zu haben, und war froh, daß er jetzt zu uns gehörte.

Sein Sohn Uwain war ein Bursche, kaum alt genug, um einen Knappen abzugeben, aber er trug bereits die Würde eines jungen Mannes zur Schau, der weiß, daß er eines Tages in einem größeren britannischen Königreich herrschen wird.

Artus lächelte über das ganze Gesicht, als Merlin Bors aus der Bretagne aufrief. Ein großer blonder Mann, dessen Schnurrbartspitzen wie bei König Ban herabhingen, und der mit herzlicher Freundlichkeit vortrat. Selbst wenn er Theo und seine Seeleute nicht für uns gewonnen hätte, wäre Artus erfreut gewesen, ihn zu sehen, denn er war genauso stürmisch, hartnäckig und offen kameradschaftlich wie Artus selbst.

Von anderen hatte ich noch nie gehört, und mit der Zeit verschwammen ihre Namen und Gesichter.

Als schließlich alle Gäste vorgestellt waren, machte Merlin eine tiefe Verbeugung und kehrte auf seinen Platz neben Nimue zurück, die in ihrem weißen Kleid und dem Efeukranz strahlend schön aussah. Sie lächelte ihm ernst und bewundernd zu, und obwohl der Zauberer mir den Rücken zuwandte, war ich sicher, daß wir Gott und Göttin sahen, die einander anblickten.

Darauf erhob ich mich, dankte den Gästen für ihr Kommen, genauso wie Mama es bei unseren Festen in Rheged zu tun pflegte. Ein Murmeln lief durch die Versammlung und wurde zum Gesang. Artus stand auf, und wir verharrten nebeneinander, solange die Hochrufe und der Beifall erklangen. Ich blickte mich um und musterte die Versammlung.

Eines Tages, dachte ich, werdet ihr mir alle so vertraut sein wie die Krieger und Edlen meiner Kindheit. Eines Tages werde ich alle eure Geschichten kennen, die Geschichten von euren Hoffnungen und Träumen, Verwundungen und gebrochenen Versprechungen, von tapferen und törichten Handlungen, geforderter oder verlorener Liebe, die Geschichten von geborenen oder begrabenen Kindern, von Großem und Kleinem, Triumph und Tragik – unsere Leben werden zusammengehören wie ein Wandteppich menschlichen Strebens, auf göttlichem Webstuhl gefertigt, gefärbt mit dem Glanz aller unserer Taten. Und die kommenden Generationen werden sich unser erinnern und uns besingen.

Ich lächelte meinem Gatten zu und meinem Hof, dann gab ich den Pfeifern an der Küchentür ein Zeichen und rief: »Möge das Fest beginnen!«

Nachbemerkung

Es gibt wenige Geschichten, die so beliebt sind und so oft erzählt werden wie die Sagen, die sich um König Artus ranken. Was als eine Geschichte über einen Kriegsherrn aus dem »Dunklen Zeitalter« begann, hat sich allmählich zu einem der großen Sagenkreise des Abendlandes entwickelt, voll von archetypischen Themen und Personen. Im Lauf der Jahrhunderte hat der Stoff in volkstümlichen Überlieferungen, erbaulichen Geschichten, großen Ritterepen, Abenteuer- oder Fantasyromanen Gestalt angenommen, die im allgemeinen den sozialen Hintergrund und die persönlichen Vorlieben des jeweiligen Erzählers widerspiegeln.

In den letzten Jahren hat das Interesse zugenommen, einen Blick hinter solche Mythen zu werfen und sie eher als menschliche denn als sagenhafte Geschichten neu zu erzählen. Das hat zu einigen fesselnden historischen Romanen geführt, in denen Kultur und Atmosphäre der erzählten Zeit einen erheblichen Einfluß auf die Entfaltung der Geschichte haben.

Auch ich habe mich durchweg dieser Technik bedient, mich dabei aber besonders auf die Entwicklung Ginevras konzentriert, die in der Vergangenheit zu oft als eine zweidimensionale Gestalt gezeichnet worden ist: entweder als gesichtslose Frau eines Königs, der eine schlechte Wahl getroffen hat, oder als eigensinnige, verdorbene Schönheit, die ohne Bedenken das Königreich zerstört.

Die Geschichten über Artus' bemerkenswertes Königreich entstammen der keltischen Wiedergeburt, die mit dem Niedergang der römischen Zivilisation und dem Eindringen der Angelsachsen einsetzte. Aus den verstreuten Spuren, die von der modernen Archäologie gefunden wurden, aus der volkstümlichen Überlieferung und aus den Schriften des Gildas (des einzigen Autors aus dieser Zeit) läßt sich schließen, daß die Könige des Dunklen Zeitalters von besserer Lebensart und in Handel und Erziehung fortschrittlicher gewesen sein müssen, als wir früher dachten.

Viele dieser keltischen Könige waren Nachkommen jener Stämme, die sich vier Jahrhunderte zuvor den eindringenden Römern widersetzt hatten, und als das römische Weltreich zerbröckelte, setzten sich diese Könige gemeinsam gegen die Sachsen zur Wehr. Sie waren ein wildes, stürmisches Völkchen, mit einer langen Tradition von Königinnen, die zusammen mit ihren Ehemännern regierten. Die Taten dieser lebenstüchtigen und aufregenden Frauen haben in der keltischen Sage wie in der römischen Geschichte ihren Niederschlag gefunden, und jede ihrer Töchter wurde wahrscheinlich selber eine unabhängige und außerordentliche Persönlichkeit. In diesem Kontext habe ich die Figur der Ginevra angesiedelt.

In diesem Buch gibt es keine Drachen und Turniere, die Malory zu bieten hat, sondern eher Zeiten der Umbrüche und neuer Denkweisen, Bedrohungen der Zivilisation von außen, wie sie die Bretonen erlebten, und interne Streitigkeiten, wie sie auch die heutigen Länder kennen.

Wie alle Autoren, die Artus' Geschichte erzählen, bin ich jenen verpflichtet, die sie vor mir erzählt haben, wie auch den zahlreichen Wissenschaftlern, die sich mit diesem legendären König befaßt haben. Die Details aus Gwens Kindheit sind größtenteils meine Erfindung und sollen zur Erläuterung ihrer Handlungen und ihres Verhaltens als erwachsene Frau dienen. Kulturen und Ideen können sich im Lauf der Jahrhunderte verändern, aber die elementare seelische Verfassung der Menschen ändert sich viel langsamer. Zweifellos ist das der Grund, warum archetypische Geschichten jahrhundertelang populär bleiben.

Es ist eine heikle Frage, welcher Sprache man sich in einem solchen Buch bedienen soll. Am Ende kam ich zu dem Schluß, der Purist möge dieses Buch als eine Übersetzung betrachten: die Gestalten selbst haben vielleicht Brythonisch, Lateinisch oder Gälisch gesprochen, und ob sie Essen oder Mahl, Buch oder Täfelchen sagten, ist letztlich nicht entscheidend.

Um die Orientierung zu erleichtern, habe ich mich im allgemeinen moderner Ortsnamen bedient, um besondere Schauplätze hervorzuheben, auch wenn der Name selbst vielleicht angelsächsisch ist. Wenn ein früherer historischer Name eine politische

Abgrenzung deutlicher bezeichnet (wie beim Königreich Rheged), habe ich mich für diesen entschieden.

Ein bißchen heikler ist das Problem »Waliser« oder »Kumbrier«. Das Wort »Kumbrier« bedeutet »Gefährten« und ist der Name, den sich die britannischen Kelten durch die Jahrhunderte selbst gaben. Als die Barbaren Britannien schließlich überrannten, wurden diese Stämme in die Berge des Nordens und Westens getrieben, wo sie Regionen wie Cumbria und Cumberland ihren Namen gaben. Die siegreichen Angelsachsen bezeichneten diese Regionen als Wales und Nord-Wales, was »Land der Fremden« bedeutet. Auf diese Weise sahen sich die Eingesessenen von den Neuankömmlingen als Fremde gebrandmarkt, eine Situation, die sie gründlich verabscheuten.

Das spezifische geographische Gebiet von Wales nenne ich bei seinem heute gebräuchlichen Namen, bezeichne die Bewohner jedoch als Kumbrier, zum Teil um die Verwandtschaft zwischen den zahlreichen kleinen Königreichen aufzuzeigen und zugleich, um auf die große Ausdehnung ihres Reiches hinzuweisen, das weit größer war als das heutige Wales.

Die Schreibweise der Personennamen orientiert sich im wesentlichen an Malorys Version des Stoffes (Thomas Malory: *König Artus*. Übertragen von Helmut Findeisen auf der Grundlage der Lachmannschen Übersetzung. 3 Bände, Frankfurt/Main 1977), es sei denn, es existierte eine ebenso bekannte keltische Form.

Da in der Geschichte sagenhafte und historische Gestalten nebeneinander auftreten, habe ich gelegentlich um der historischen Treue willen auf das Werk von John Morris: *Age of Arthur* zurückgegriffen. Theoderich, Urien, Gildas, Agricola Langhand, Cunedda, Maelgwn und vermutlich auch König Marke und Tristan sind historische Persönlichkeiten. Ein besonderer Reiz bei der Beschäftigung mit dem Artus-Stoff liegt darin, Nachprüfbares und Mythisches miteinander zu verknüpfen, denn beides birgt eine Magie, die dauerhafter ist als bloße Zauberei.

Da es sich bei diesem Buch um einen Roman handelt, habe ich die Dinge so lebensecht wie möglich dargestellt, doch zugleich versucht, mich im Rahmen der damals vermutlich herrschenden Denk- und Verhaltensweisen zu bewegen.

Als ich dieses Unternehmen begann, hatte ich keine Ahnung, daß es so viele Nachforschungen erforderlich machen oder sich gar zu einer Trilogie ausweiten würde. Doch mit den Gestalten dieses ersten Buches vertraut zu werden, war eine wunderbare Erfahrung, und ich hoffe, daß der Leser an der Lektüre dieses Buches ebensoviel Vergnügen findet wie ich, als ich es schrieb.

Mountain View, Kalifornien
1981–1986

Klett-Cotta
Die Originalausgabe erschien unter dem Titel
»Child of Northern Spring«
im Verlag Poseidon Press, New York

Printed in Germany
Schutzumschlag: Dietrich Ebert, Reutlingen,
unter Verwendung eines Fotos des Archivs für Kunst und
Geschichte, Berlin / James Archer, »Der Tod Arthurs«
Gesetzt aus der 10,5 Punkt Joanna von
Offizin Wissenbach, Höchberg bei Würzberg
Auf säure- und holzfreiem Werkdruckpapier gedruckt und
gebunden von Clausen & Bosse, Leck
Zweite Auflage, 2000
ISBN 3-608-93497-9

IRLAND
IRISCHE
N
W
O
S